Randy Singer · Die Witwe

Randy Singer

DIE WITWE

Thriller

SCM Hänssler

SCM

Stiftung Christliche Medien

Bestell-Nr. 395.010
ISBN 978-3-7751-5010-1

Internet: www.scm-haenssler.de
E-Mail: info@scm-haenssler.de
Übersetzung: Karen Gerwig
Umschlaggestaltung: OHA Werbeagentur GmbH, Grabs, Schweiz;
www.oha-werbeagentur.ch
Titelbild: shutterstock.com, istockphoto.com, Archiv OHA werbeagentur gmbh
Satz: Satz & Medien Wieser, Stolberg
Druck und Bindung: CPI – Ebner & Spiegel, Ulm
Printed in Germany

Lob für *Die Witwe*

»*Die Witwe* ist ein gut gemachter Justizthriller mit starken Charakteren, überraschenden Wendungen und einem fesselnden Thema: internationale Verantwortung für religiöse Verfolgung. Randy Singers Roman ist einnehmend, einprägsam und höchst bedeutsam.«

Randy Alcorn, Autor von *Der Himmel* und *Beschütze dein Herz*

»*Die Witwe* ist eine realistische und fesselnde Geschichte über die verfolgte Kirche und diejenigen, die für weltweite Religionsfreiheit kämpfen. Sie versetzt Sie direkt in die Lage derer, die einen hohen Preis dafür zahlen, die Gute Nachricht weiterzugeben, und derer, die ihr Recht darauf verteidigen. Ja, diese Geschichte wird Sie unterhalten. Aber sie wird Sie auch herausfordern, Ihr Engagement in diesem aktuellen geistlichen Kampf zu überdenken.«

Jay Sekulow, leitender Anwalt des *American Center for Law and Justice*

»Nach einer Reihe spannungsgeladener Nächte und Vormittage mit übernächtigtem Blick kann ich persönlich bezeugen, dass Randy Singer sogar noch bessere Justizthriller schreibt als John Grisham. *Die Witwe* packt Sie auf Seite eins und lässt Sie nicht mehr los. Seine Bücher sind gleichzeitig von geistlicher Kraft und so voller überraschender Wendungen in der Handlung, dass man schreien möchte. Seien Sie auf einen Willenskampf vorbereitet, wenn Sie das Buch abends weglegen, um schlafen zu gehen. Und nur für den Fall … halten Sie einen Kaffee für den folgenden Morgen bereit.«

Shaunti Feldhahn, Autorin von *The Veritas Conflict*

»Als begeisterter Leser finde ich zu wenige Bücher, die ich nicht weglegen kann. Ich suche Action, unerwartete Wendungen, eine spannende Handlung, fesselnde, realistische Charaktere, einfach Bücher, die es in sich haben. *Die Witwe* vereint all das. Randy Singer, ein Fachmann in Sachen Grundrechte der amerikanischen Verfassung, versetzt uns mit fesselndem Geschick mitten zwischen die gegnerischen Kräfte unserer Welt – Religionsfreiheit und religiöse Verfolgung. Sie werden das Gefühl haben, als läsen Sie die neuesten Berichte über die brisanten Zustände in unserer Welt, also bleiben Sie dran!«

Robert E. Reccord, Präsident a. D. des *North American Mission Board*

»Mit *Die Witwe* liefert uns Randy Singer nicht nur ein temporeiches, schön geschriebenes Gerichtsdrama, sondern auch einen kleinen Einblick in die Not, die unsere Brüder und Schwestern in Übersee erdulden müssen, wenn sie ihren Glauben in Ländern leben, die der Guten Nachricht feindlich gegenüberstehen.«

Bill Bright, Gründer von *Campus Crusade for Christ*, dem amerikanischen Zweig von *Campus für Christus*

»*Die Witwe* ist grandios! Gut durchdacht und fesselnd geschrieben. Die Spannung steigt bis ganz zum Schluss. Ich fand es großartig! Ein wahrer Justizthriller.«

Jeff Brauch, Dekan der *Regent University School of Law*

»Ein temporeiches Buch mit vielen realistischen Situationen, die Christen in Saudi-Arabien tatsächlich so erleben!«

Dr. Tom White, Leiter von *The Voice of the Martyrs*, USA

»Randy Singers Roman über internationale Machenschaften, ein Gerichtsdrama von fesselnder Spannung, fordert die Leser heraus, Glaubens- und Ethikfragen zu revidieren. *Die Witwe* ist eine passende Geschichte für Zeiten wie diese.«

Jerry W. Kilgore, Generalbundesanwalt a.D. von Virginia

»Eine packende Geschichte.«

Publishers Weekly

Für Rhonda, Roz und Josh.
Ihr seid die Besten und werdet es immer bleiben.

Teil I

Verfolgung

1

»Sarah, die Muttawa haben uns gefunden! Sie kommen! Vielleicht heute Abend!« Der Anrufer hielt inne, seine Stimme zitterte. »Verhaftungen. Verhöre. Exekutionen. Sie werden vor nichts haltmachen.« Er flüsterte hastig auf Arabisch.

Sarah versuchte zu antworten, doch die Worte blieben ihr im Hals stecken. Sie umklammerte den Hörer so fest, dass ihre Knöchel weiß hervortraten. Sie war plötzlich atemlos, doch sie wusste, dass sie den Mann am anderen Ende der Leitung nicht ihre Angst spüren lassen durfte.

»Sarah, bist du noch da?«

»Ist dort Rashid?«, fragte sie, ebenfalls leise murmelnd. Auch sie sprach arabisch.

»Du musst die Gottesdienste für heute Abend absagen. Und, … Sarah?«

»Ja?«

»Schaff die Kinder aus der Wohnung.«

Die Kinder. Die zwölfjährige Meredith. Der zehnjährige Steven. Natürlich würde sie einen Ort für die Kinder finden. Aber was war mit ihr … und Charles? Sie konnten nicht einfach beim ersten Anzeichen einer Untersuchung weglaufen und sich verstecken. Aber wenn dies kein falscher Alarm war …

»Sarah? Denk daran, Gott hat uns nicht einen Geist der Furcht gegeben, sondern einen Geist der Kraft, der Liebe und der Besonnenheit.«

»Ähm, okay … wir machen das schon.« Während sie sprach, wurde ihre Stimme fester, doch sie flüsterte immer noch. »Bete für uns!«

»Das werde ich«, versprach er, und die Leitung brach ab.

Sarah hielt das Telefon weiter ans Ohr, noch nicht bereit aufzulegen und sich Charles und den Kindern zu stellen. Eine Million Fragen schrien nach Antworten. Es war Rashids Stimme gewesen, aber wie konnte er von den Muttawa wissen? Und wenn sie heute Abend kamen, was wussten sie? Wer hatte es ihnen gesagt? Und warum? Sie versuchte, ihre Gedanken zu sammeln, ihre Ängste zu beruhigen, das wirbelnde Gefühl in ihrem Kopf anzuhalten. Sie senkte den Hörer und starrte darauf.

»Ist alles in Ordnung, Schatz?«, fragte Charles. Er durchquerte die Küche und begann ihre Schultern zu massieren. Sie schloss die Augen und spürte, wie seine Finger in ihre knotigen Muskeln drangen. Sie entspannten sich nicht. »He«, fragte er sanft. »Warum bist du so verspannt?«

Sarah drehte sich um und ließ sich von Charles umarmen. Sie zitterte in seinen Armen, dann hob sie sich auf die Zehenspitzen und flüsterte ihm ins Ohr: »Die Muttawa haben uns gefunden. Sie kommen vielleicht heute Abend.«

Sie legte den Kopf in den Nacken, um ihn anzusehen, und suchte in seinem Blick nach dem Trost und der Stärke, die sie in den dreiundzwanzig Jahren ihrer Ehe in so vielen Situationen gefunden hatte.

Stattdessen sah sie nichts als blankes Entsetzen.

* * *

Es waren nur wenige Plätze frei in dem höhlenartigen Gerichtssaal und die Gerichtsdiener waren in voller Alarmbereitschaft. Der Mittelgang teilte die Zuschauer in zwei Lager. Sie hatten nichts gemeinsam.

Die linke Seite, hinter dem Tisch des Staatsanwalts, war überfüllt von den örtlichen Unterstützern des Abtreibungsrechts. Angestellte der *Norfolk Medical Clinic* waren da ebenso wie führende Anwälte aus ganz Virginia, die das Recht auf Abtreibung befürworteten. Um nicht mit den Fanatikern auf der anderen Seite in Verbindung gebracht zu werden, hatten sich Angestellte des Gerichts zu ihnen gesellt. Sie hatten sich freigenommen, um zusehen zu können, wie der Angeklagte das bekam, was er verdiente.

Die andere Seite des Gerichtssaals – die rechte Seite – war von Mitgliedern der *Chesapeake Community Church* besetzt. Viele hielten die Köpfe in stillem Gebet gesenkt, während ihr Pastor, Reverend Jacob Bailey, zu einem entscheidenden Punkt in seiner Aussage kam. Zu den Gemeindemitgliedern hatten sich einige Veteranen vom ganz harten Kern der Anti-Abtreibungsbewegung gesellt, Männer und Frauen, die Haftstrafen abgesessen hatten, weil sie sich aneinander- oder an Abtreibungskliniken gekettet hatten. Zu ihrer Zeit hatten sie durchaus einige wütende Richter erlebt. Aber – und das verrieten sie gerne jedem Reporter, der ihnen zuhören wollte – sie hatten niemals eine so voreingenommene Richterin wie diese gesehen: die ehrenwerte Cynthia Baker-Kline. Und in diesem Fall, ohne Jury, hatte sie die alleinige Macht zu verurteilen oder freizusprechen.

Zwei Zeichner, die schnell und grimmig ihre Arbeit verrichteten, saßen bei den Reportern auf der linken Seite des Gerichtssaals. Die Frau in der Robe war unkompliziert, der Traum eines jeden Zeichners. Hinter ihrem Rücken nannten die Anwälte sie Ichabod Crane. Sie hatte hagere Gesichtszüge - eine lange, spitze Nase, eine Brille mit Drahtgestell, anklagende, knochige Finger, einen fortwährend finsteren Blick und einen ausladenden Kiefer - der Inbegriff einer Lehrerin. Sie hatte während der ganzen Verhandlung noch nicht einmal gelächelt.

Reverend Jacob Bailey erwies sich als schwieriger für die Zeichner. Sosehr sie es versuchten, keiner schaffte es, den Angeklagten wie einen Kriminellen aussehen zu lassen. Sein Gesicht war schmal und blass. Zwanzig Tage Fastenzeit mit rein flüssiger Nahrung hatten ihn abmagern lassen. Statische Elektrizität lud seine dünnen und ungepflegten blonden Haare auf und er saß in sich zusammengesunken da, während er seine Aussage machte; die knochige Gestalt versank in dem Zeugensessel. Er sprach so leise, dass Ichabod ihn fortwährend daran erinnern musste, ins Mikro zu sprechen.

Der Mann, der Bailey im Moment befragte, war der Verteidiger Brad Carson. Er schnitt bei den Zeichnern besser ab. Er war dünn, besaß die Figur eines Läufers, ein kantiges Kinn, tiefliegende und ausdrucksvolle, stahlblaue Augen und rabenschwarzes Haar. Er hatte die ungezwungene Haltung eines Mannes, der sich nicht verstellte und ein schnelles und unbefangenes Lächeln, das sowohl Zeugen als auch Zuschauer bezauberte.

Die Zeichner legten ihre Stifte nieder, als Carson zum springenden Punkt der Geschichte kam.

»Was taten Sie am 13. September vor der Abtreibungsklinik, Reverend?«, wandte sich Brad von seinem Rednerpult aus an den Zeugen. Gestern hatte sein unermüdliches Auf- und Abgehen im Gerichtssaal eine strenge Strafpredigt von Ichabod über Schicklichkeit nach sich gezogen.

»Beten«, sagte der Reverend leise und schlicht.

»Sprachen Sie mit Gott oder sprachen Sie mit Menschen?«

»Ich bete zu Gott«, antwortete der Reverend, »im Namen seines Sohnes Jesus Christus.« Diese letzte Bemerkung hatte Brad nicht ins Skript geschrieben und er warf Bailey einen tadelnden Blick zu.

»Hatten Sie die Augen geschlossen, als Sie zum Beten niederknieten?«

Brad betonte, dass der Reverend kniete; es ließ sein Verhalten weniger bedrohlich erscheinen.

»Ja, natürlich.«

»Wussten Sie überhaupt, ob jemand in der Nähe war?«

»Eigentlich nicht«, sagte der Reverend. »Wenn ich bete, versuche ich, mich auf Gott zu konzentrieren und alles andere auszublenden.« Noch eine Bonus-Antwort. Brad gewann den Eindruck, der Pastor schmückte seine Aussage für die Gemeinde ein wenig aus.

»Befanden Sie sich innerhalb eines Radius von dreißig Metern um die Klinik?«, fragte Ichabod scharf und beugte sich vor, sodass sie über dem Zeugen schwebte.

Ihre Frage, wenn auch einfach, schien den Zeugen zu erschrecken. Er sah kleinlaut zu der Richterin auf. »Ja, Ma'am«, sagte er.

Brad sah zu, wie Ichabod auf ihrem Block etwas abhakte. Das Gesetz galt für jede Rede oder Aktivität innerhalb von dreißig Metern um eine medizinische Einrichtung herum.

Er schaltete sich schnell ein, um die Initiative wiederzugewinnen. »Dürfte ich mich dem Zeugen nähern, Euer Ehren?« Brad begann auf den Zeugenstand zuzugehen.

Ichabod warf Brad einen finsteren Blick zu und wartete ein paar ungemütliche Sekunden ab. Er blieb stehen. »Ja«, sagte sie, als sie seine volle Aufmerksamkeit hatte. Brad seufzte und setzte sich wieder in Bewegung. Aus dem Augenwinkel beobachtete er, wie Ichabod sich wieder ihrem Gekritzel auf dem Block zuwandte und ihr Bestes tat gelangweilt auszusehen.

»Ich händige Ihnen eine Ausführung des fraglichen Gesetzes aus«, sagte Brad, während er dem Reverend ein einzelnes Blatt Papier reichte. Das Blatt zitterte in Baileys Hand. Brad hatte gewusst, dass das passieren würde. Es war Teil seines Plans, Mitleid zu erzeugen.

»Sehen Sie sich Paragraf zwei an«, fuhr Brad fort, während er zurück zu seinem Tisch ging und eine Lesebrille aus seiner Jacketttasche zog, »und lesen Sie mit, wenn ich kurz vorlese, was dieses Gesetz untersagt. Haben Sie versucht, jemanden aufzuhalten, den Weg zu versperren oder jemanden daran zu hindern, die Einrichtung zu betreten?«

»Nein.«

»Kamen Sie wissentlich weniger als zweieinhalb Meter in die Nähe einer Patientin, mit dem Ziel, ihr eine Broschüre oder ein Flugblatt zu geben?«

»Nein.«

»Kamen Sie wissentlich weniger als zweieinhalb Meter in die Nähe einer Patientin, mit dem Ziel, verbal zu protestieren oder die Patientin zu überzeugen, die Abtreibung nicht vornehmen zu lassen?«

»Nein«, sagte Reverend Bailey, dessen Stimme etwas Sicherheit gewann, wenn seine Hand auch weiterhin zitterte.

Brad war mit dem Zeugen zufrieden; es war alles andere als leicht gewesen, den Pastor zu überzeugen, so kurz und knapp zu antworten und auf jedes überflüssige Wort zu verzichten.

Aber Ichabod war noch nicht fertig.

»Wenn Sie beten«, fragte sie, wobei sie nachdenklich nach vorn ins Publikum sah, »schreibt Ihre Religion es dann vor, dass Sie an einem bestimmten Ort beten?«

»Nein, Euer Ehren«, gab Bailey zu und sah verdattert aus.

»Dann können Sie also überall im Land beten und Gott hört trotzdem zu?«

»Ja, natürlich. Er ist allgegenwärtig.«

»Und kann Gott Sie hören, ob Sie nun laut oder still für sich beten?«, fragte die Richterin, die immer noch in die Ferne starrte.

»Sicher«, sagte Bailey. Er hatte sich zu nah ans Mikro gebeugt und es gab ein durchdringendes Pfeifen von sich. Er sprang zurück, als habe es ihn gebissen.

»An dem fraglichen Tag – haben Sie da laut oder für sich selbst gebetet?«, wollte Ichabod wissen.

»Laut.«

»Laut genug, dass andere Sie hören konnten?«

»Ja.«

Ichabod machte noch ein paar Notizen auf ihrem Block. Dann wandte sie sich um und warf dem Zeugen einen eisigen Blick zu. Er rutschte unbehaglich auf seinem Sitz herum.

Brad hatte das Gefühl, in Zeitlupe einem Zugunglück zuzusehen, das er nicht stoppen konnte. Er nahm die Brille ab und begann auf dem Bügel herumzukauen.

»Dann erwarten Sie von diesem Gericht zu glauben, dass Sie sich *zufällig* diese Stelle zum Beten ausgesucht und *zufällig* laut gebetet haben, in Wirklichkeit aber keinerlei Absicht hatten, die Frauen zu überreden, die vielleicht *zufällig* vorbeigingen?« Ichabod hob ungläubig sowohl ihren Tonfall als auch die Augenbrauen.

»Euer Ehren«, sagte Brad schnell, um die Aufmerksamkeit vom Zeugenstand abzulenken. »Ich befinde mich in der ungewöhnlichen Lage, gegen die Fragen des Gerichts selbst Einspruch zu erheben.« Er ließ ein entwaffnendes Grinsen aufblitzen, das die Richterin nicht erwiderte.

»Wenngleich ich den Verdacht habe, dass mein Einspruch abgelehnt werden wird«, fuhr er fort, »scheint es mir unangebracht, dass Sie dem Zeugen bedrängende Fragen stellen. Vor allem, wenn die Frage impliziert, dass dieses Gesetz jemanden daran hindert, auf einem öffentlichen Gehweg laut zu beten. Ich lese aus diesem Gesetzestext keine solche Interpretation heraus.«

»Ist das Ihr Einspruch?« Ichabod richtete ihren eisigen Blick nun auf Brad.

»Vorerst«, fügte er schnell hinzu.

»Abgelehnt. Das Gericht hat das Recht, den kompletten Sachverhalt zu kennen. Und jetzt, Mr. Bailey, beantworten Sie die Frage.«

Reverend Bailey zögerte und atmete tief aus. »Ehrlich gesagt, Euer Ehren«, sagte er leise und bittend, »fühlte ich mich gedrängt, für diese Sache zu beten.« Er zögerte, sah auf seine gefalteten Hände hinab und seine Stimme wurde noch leiser. »Diese Sünde, die unsere Nation heimsucht … dieses Töten von ungeborenen Kindern. Und ich fühlte mich von Gott geführt, das vor der Klinik zu tun, ungeachtet der Konsequenzen.«

Guter Junge!, dachte Brad. *Zeig ein bisschen Rückgrat!* Brad ergriff die Chance, die Kontrolle wiederzuerlangen.

»Warum fühlten Sie sich dazu gedrängt?«, fragte er, während er sich mit gespieltem Interesse vorbeugte.

Die Frage entlockte der Staatsanwältin, einer streng aussehenden Frau in den Mittvierzigern namens Angela Bennett, die augenblicklich aufstand, um Einspruch zu erheben, eine prompte Erwiderung. Sie hätte sich die Energie sparen können, denn Ichabod, die selbsternannte Wächterin der *Norfolk Clinic*, machte ohnehin ein Riesentheater.

»Mr. Carson«, zischte Ichabod und starrte ihn über die Brille auf ihrer Nasenspitze hinweg an. »Diese Frage ist unzulässig und das wissen Sie. Ich habe es Ihnen schon einmal gesagt: Wir werden uns nicht auf die persönlichen Ansichten des Reverend über Abtreibung einlassen …«

»Aber Richterin, die Beweggründe sind der Schlüssel! Das Gesetz setzt voraus, dass Reverend Bailey sich Abtreibungspatientinnen vorsätzlich mehr als zweieinhalb Meter näherte, mit der *Absicht,* sie zu überreden ...« Die Richterin hob eine Hand und Brad unterbrach seinen Satz.

»Mr. Carson!«, schnappte sie. »Ich bin noch nicht fertig!«

»Entschuldigung, Euer Ehren«, sagte Brad ohne den leisesten Anflug von Reue.

»Sie werden *nicht* das Thema ›Beweggründe‹ in diesen Fall einbringen! Dies ist grundsätzlich ein Fall von Hausfriedensbruch. Er hat entweder das Gesetz übertreten oder nicht. Der Grund seiner Anwesenheit - der womöglich darin bestand, Frauen von einer Abtreibung abzubringen - kann aus seinen Taten ermittelt werden. Seine Beweggründe interessieren mich nicht. Ist das klar?« Sie starrte Brad mit ihrem besten Bundesrichterinnen-Blick an.

Er hatte gute Lust ihr zu sagen, dass sie juristische Haare spaltete, dass sie eine Schande für den Richterstuhl sei. Er wollte ihr die Meinung sagen, wie er es in seinen Träumen getan hatte, wie er es auf der Fahrt zur Arbeit getan hatte und wie er es an diesem Morgen in Gedanken bereits tausendmal getan hatte. Er spürte, wie die Hitze in ihm aufstieg, und er wusste, wie gut es sich anfühlen würde, sie herauszulassen. Aber er wusste auch, dass es sinnlos wäre.

Sein Plan verlangte eine ganz andere Herangehensweise. Und die Zukunft seines Mandanten hing von Brads Fähigkeit ab, einen kühlen Kopf zu bewahren und den Plan auszuführen.

Also starrte er nur mit blitzenden Augen und derselben Intensität zurück.

»Mr. Carson, ich spreche mit Ihnen«, sagte Ichabod, und ihre Stimme überschlug sich fast.

»Entschuldigung, Richterin«, antwortete er endlich, »ich wollte diesmal nur sichergehen, dass Sie fertig waren.«

Seine Impertinenz machte sie sprachlos. Ihre Augen waren zu Schlitzen verengt, die Flügel ihrer riesigen Nase blähten sich rhythmisch. Als sie schließlich sprach, kam es in kurzen, stakkatoartigen Ausbrüchen.

»Behandeln Sie dieses Gericht ... nie wieder so respektlos! Das nächste Mal ... belange ich Sie wegen Missachtung des Gerichts! Und, Mr. Carson?«

Er hob eine Augenbraue, entschlossen, nichts zu sagen.

»Gehen Sie zurück hinter Ihr Rednerpult und setzen Sie Ihre Befragung von dort aus fort!« Sie beobachtete ihn wachsam, als Brad sich zum Rednerpult zurückzog. »Ihre kindischen Spielchen beeindrucken mich nicht.«

Brad schob seine Notizen auf dem Rednerpult herum, dann beugte er sich nach unten, um der korpulenten Frau am Anwaltstisch, seiner langjährigen Assistentin Bella Harper, ins Ohr zu flüstern.

»Beobachten Sie die Vene an ihrem Hals«, flüsterte Brad, »ich werde sie zum Platzen bringen.« Während er sprach, pulsierte die vorstehende Vene an Ichabods rechter Halsseite sichtbar mit jedem Herzschlag.

»Spielen Sie nicht den Helden«, flüsterte Bella zurück.

Aber Brad wurde klar, dass er keine Wahl mehr hatte. Er konnte diesen Fall vor Ichabod nicht gewinnen. Sie hatte sich bereits entschieden und würde sich nicht durch Fakten durcheinanderbringen lassen. Die beste Möglichkeit, die ihm blieb, lag darin, ihre Voreingenommenheit zu demonstrieren und eine Aufhebung durch Berufung einzuleiten.

Dafür würde er die ganze Wut der Richterin provozieren und seinen eigenen Ruf aufs Spiel setzen müssen – einen Ruf, den er sich in zwölf Jahren aufgebaut hatte. Es würde den Prozess unerträglich machen, ihm aber Munition für die Berufungsverhandlung liefern. Als unangenehmes Nebenprodukt würde es ihn zum Aushängeschild der christlichen Rechten machen, zu einem Märtyrer für eine Sache, die er nicht vertrat.

Er würde es trotzdem tun.

Er würde es tun, weil er einen Eid geleistet hatte, seine Mandanten pflichtbewusst zu vertreten. Er würde es tun, weil es das Richtige war.

Brad holte Luft und sammelte sich. Ichabod hatte noch nicht alles zum Thema Beweggründe gehört.

Es war Zeit für Plan B.

* * *

Auf der anderen Seite der Erde schlich sich ein Krieger an sein Opfer heran.

Ahmed Aberijan war ein heiliger Krieger und er befand sich im heiligen Krieg. Sein offizieller Titel war »Leiter der Muttawa«, der saudi-arabischen Militärpolizei. Seine Kollegen nannten ihn die rechte Hand Mohammeds.

Seine Dienststelle war die letzte Bastion religiöser Reinheit in einer Gesellschaft, die vom Krebsgeschwür der westlichen Kultur schwer gezeichnet war. Für Ahmed war das islamische Gesetz alles, was sein Land vom Zerfall des Westens trennte. Ohne das würde Saudi-Arabien zu Amerikas Marionette werden; sein arabischer Sklave. Amerika machte ihn krank – die hochnäsigen Frauen, der haarsträubende Materialismus, die Arroganz der verweichlichten westlichen Politiker. Er hatte sich heimlich gefreut, als die Zwillingstürme des World Trade Centers eingestürzt waren, und genüsslich beobachtet, wie radikale Muslime auf den Straßen tanzten. Wie die Ungläubigen im World Trade Center würden eines Tages alle Christen sich dem grimmigen Zorn Allahs stellen und sich für ihre Sünden verantworten müssen.

Bis dahin würden sie es mit ihm zu tun haben.

Er lebte für Nächte wie diese; er spürte das Blut durch seine Adern rauschen, alle Nerven-Enden in voller Alarmbereitschaft. Sein Ziel war die Untergrund-Hausgemeinde eines amerikanischen Missionars namens Charles Reed. Aber sein eigentliches Ziel, wie immer, war Reinheit für die Menschen des Königreichs.

Der Prophet Mohammed selbst – Friede sei mit ihm – hatte erklärt, dass es keine andere Religion als den Islam auf der arabischen Halbinsel geben solle. Es war geweihter Boden. Heilig. Er durfte nicht von westlichen Ungläubigen entweiht werden.

Aus diesem Grund war es nicht-islamischen Sekten verboten, öffentliche Versammlungen abzuhalten oder Gottesdienst zu feiern. Und auf das Konvertieren vom Islam zu einer anderen Religion stand immer noch die Todesstrafe.

Als junger Mann war Ahmed zusammengezuckt, wenn die Muttawa die religiöse Reinheit mit kaltherziger Brutalität, Folter, selbst Enthauptungen durchsetzten. Aber während er an Kraft und Eifer zunahm, begann Ahmed zu verstehen, dass das Vorankommen der Sache des Großen Propheten manchmal Blutvergießen erforderte. Er erinnerte sich immer noch an das erste Mal, als er persönlich Rache für Allah einforderte. Er wurde überwältigt von einem euphorischen Gefühl von Leidenschaft und Frieden. Er erlebte wie nie zuvor Allahs Wohlgefallen. An diesem Tag hatte er sein Leben dem Vorantreiben der Sache und der Bestrafung der Ungläubigen gewidmet.

Heute Abend erforderte diese Mission Ahmeds Anwesenheit am anderen Ende der Stadt in einem heruntergekommenen Apartmentkomplex. Obwohl er es leicht hätte tun können, dachte er nie auch nur einen Augenblick daran, diese schwere Aufgabe für Mohammed an jemand anderen zu delegieren. Und während seine Kolonne durch die dunklen Straßen von Riad brauste, saß er allein auf dem Rücksitz des ersten Zivilfahrzeugs mit angeschalteter Innenbeleuchtung, sah die Akte durch und genoss die Gedanken an seinen Plan.

Die Reed-Akte war dünn, die Informationen spärlich. Seite eins enthielt die Zusammenfassung. Dr. Reeds offizielle Beschäftigung in Saudi-Arabien, wie es auf seinem Visumsantrag aufgeführt war, war die eines Privatlehrers. Seine Frau Sarah gab sich als Schulangestellte aus. Aber Ahmed wusste, dass die Reeds in Wirklichkeit amerikanische Missionare waren, hierher geschickt, um Muslime zu täuschen und zu bekehren.

Laut seiner Quelle, einem loyalen Muslim, der vorgegeben hatte, sich bekehrt zu haben und der Gemeinde der Reeds beigetreten war, hatte sich die Kombination von Dr. Reeds leidenschaftlichen Predigten und der administrativen Fähigkeiten seiner Frau als erfolgreich genug erwiesen, mehr als nur ein paar Muslime fehlzuleiten. Heute Abend würde er ihren Verbrechen ein Ende setzen.

Seite zwei der Reed-Akte enthielt die schriftliche Erklärung der Quelle. Die Reeds und ihre Anhänger drängten sich jeden Freitagabend um sieben Uhr in dem stickigen Wohnzimmer der Reeds und bildeten eine der am schnellsten wachsenden Untergrundkirchen von Riad, besagte die Quelle. Die Reeds waren leidenschaftlich darin, die Teilnehmer zu konvertieren und zugleich ihre etwa zweistündigen Gottesdienste im Geheimen abzuhalten.

Aber es war nicht der Freitagabendgottesdienst, der Ahmed beschäftigte. Die Namen und Adressen dieser Gottesdienstbesucher konnten – und das war bereits tatsächlich geschehen – von seinem Informanten beschafft werden. Ein kleines Kirchentreffen verdiente nicht eine Minute von Ahmeds wertvoller Zeit. Aber in der eidesstattlichen Erklärung stand, dass die Reeds außerdem die Katalysatoren für ein ganzes Netzwerk von Untergrundgemeinden waren. Sie beteten an den Freitagabenden für diese anderen Kirchen. Manche wurden von den Reeds geleitet und trafen sich an anderen Orten zu Gottesdiensten. Manche wurden von anderen Pastoren geleitet, die wiederum von Reeds unterstützt und angeleitet wurden. Sie benutzten nie Namen und der Informant kannte weder die Leiter noch die Versammlungsorte dieser Gemeinden.

Aber Reed kannte sie. Und wenn ihm seine Frau und seine Kinder etwas bedeuteten, würde er sie heute Abend verraten.

Ahmed starrte auf die Passfotos des Paares. Die Jahre als Pastor waren nicht freundlich mit Charles Reed umgegangen. Ahmed grinste beim Anblick der bleichen und pockennarbigen Haut des untersetzten Amerikaners, der dicken Brille, des schütteren Haars, der tiefen Falten, die sich wie Ranken von den Augenwinkeln des Amerikaners weg ausbreiteten. Er würde eine leichte Beute sein. Weich. Beeinflussbar.

Sarah Reed war anmutiger gealtert. Ihre kurzen, welligen blonden Haare umrahmten ein Gesicht mit sanften Linien und glatter Haut. Hohe Wangenknochen ergänzten tiefblaue Augen, die selbst auf dem Foto vor Leben sprühten. Ahmed war überrascht, dass Sarah Reed sich nicht bemühte, diese Züge mit dem verabscheuenswerten Make-Up oder Schmuck des Westens zu unterstreichen. Ihr Aussehen sprach von einer natürlichen und angenehmen Wärme, von einer Frau, die für die arglosen Muslime, die sie in die Häresie führte, sofort zur Freundin und Vertrauten wurde.

Er war sich schon allein vom Ansehen der Fotos sicher, dass Charles Reed seine Frau innig liebte und alles tun würde, um sie zu schützen. Er war sich außerdem sicher, dass die Männer, die er zu dieser Razzia mitgebracht hatte, Charles Reed genug Gründe zur Sorge geben würden, zumal sie für ihre Neigung bekannt waren, westliche Frauen zu unterwerfen.

* * *

Mehrere Stunden nach dem Anruf begann Sarah zu glauben, es sei falscher Alarm gewesen.

Von dem Anruf erschüttert, hatte sie zuerst vorgeschlagen zu gehen.

»Wo sollten wir hin?«, fragte Charles. »Bei wem sollten wir unterkommen – und ihn in Gefahr bringen?«

Sarah senkte den Blick und antwortete nicht.

»Früher oder später werden wir uns ihnen stellen müssen, wenn wir in diesem Land bleiben und diese Menschen erreichen wollen«, sagte Charles leise.

Ohne ein weiteres Wort nahm Sarah den Hörer auf und begann, Anrufe zu tätigen. Sie rief ein paar zuverlässige Freunde an und bat sie, sich um die Kinder zu kümmern. Sie rief sämtliche Familien der Gemeinde an, erklärte ihnen die Situation, sagte ihnen, der Gottesdienst müsse ausfallen und bat sie um ihre Gebete. Nur drei Gemeindemitglieder waren nicht zu Hause und obwohl es allen Regeln der noch jungen Untergrundbewegung widersprach, hinterließ sie eine angedeutete Warnung auf ihren Anrufbeantwortern.

Als Meredith und Steven sicher aus dem Haus waren, ging sie mit Charles daran, die Wohnung von allen religiösen Dingen zu reinigen. Charles fing mit dem Computer an. Er löschte Bibelsoftware, E-Mails, Dateien und Datensicherungskopien. Er speicherte Listen von Gemeindemitgliedern auf CDs.

Sarah sammelte alle CDs, Bibeln, Notenblätter, Adresslisten und Papiere von der Missionsgesellschaft zusammen und verstaute sie in zwei großen grünen Mülltüten. Sie nahm sogar die Kühlschrankmagneten mit den Bibelversen ab. Sie wickelte die Tüten zur Sicherheit in eine zweite Tüte, dann trug sie sie nach draußen.

Das Apartmenthaus der Reeds lag in einem vergessenen Teil der quirligen Stadt Riad. Es beherbergte Hunderte von Mietern, vor allem Ausländer, in gleich aussehenden Apartments, die sich nur durch die Nummer unterschieden. Das Gebäude roch nach abgestandenem Urin. Die Apartments hatten seit vielen Jahren keinen neuen Anstrich bekommen und die Müllcontainer auf dem Parkplatz quollen über. Sarah ging zielstrebig an den vollen Mülleimern vorbei und trug ihre schweren Tüten zu einem Müllcontainer in einem Komplex, der drei Häuserblocks entfernt lag.

Als sie mit ihrem »Frühjahrsputz« fertig waren, hätte die Wohnung genauso gut einem Atheistenpaar gehören können.

Es war Zeit zu beten. In den folgenden Stunden saßen Charles und Sarah nebeneinander und redeten. Miteinander und mit Gott. »Herr«, sagte Charles ruhig, während er am Küchentisch Sarahs Hand hielt, »wenn es dein Wille ist, befreie uns von den Muttawa und bewahre uns. Aber wenn es dein Wille ist, dass wir leiden, gib uns dieselbe Kraft und den Mut durch den Heiligen Geist, den du dem Apostel Paulus gegeben hast. Und schenke uns die Gnade, durch die Paulus sagen konnte, er freue sich, wenn er in deinem Namen leiden müsse. Und schütze vor allem Meredith und Steven und bewahre sie.«

Charles drückte Sarahs Hand. Sie erwiderte den Druck.

»Im Namen Jesu, amen.«

Sarah stand auf, um die Wohnung noch einmal zu inspizieren. Es wurde spät. Vielleicht würden sie nicht kommen. Es war fast acht Uhr. Vielleicht hatte der Herr ihre Gebete schon erhört.

Sie sah Charles an und zwang sich zu einem kleinen Lächeln. Er versuchte sich ruhig zu geben, aber Sarah hatte den Schweiß in seiner Handfläche während des Gebets gespürt und der Ausdruck des Schreckens war nicht aus den Tiefen seines Blicks gewichen.

Während sie dastand, steckte sie die Hände in die Taschen ihrer Jeans. Dann spürte sie es. Ihre Gebetskarte. Die tägliche Liste, die sie jedes Mal daran erinnerte zu beten, wenn ihre Finger in ihre Tasche griffen. Sie lächelte über die Art, wie der Herr sie eben daran erinnert hatte, sie loszuwerden. Sie hatte das ganze Haus sorgfältig durchkämmt und dabei die Liste in ihrer eigenen Tasche vollkommen vergessen.

Sie zog sie heraus, um die Namen ein letztes Mal zu lesen, während sie auf die Tür zuging. Die Karte würde mit dem anderen Zeug im Mülleimer verschwinden. Aber vorher würde sie versuchen sie auswendig zu lernen. »Bitte um Erlösung«, stand auf der Liste, »für Hanif und für Khartoum, der zum Gottesdienst kommt, aber nie …«

Sie hörte mitten im Satz auf zu lesen und erstarrte mitten im Schritt. Ein Geräusch – vielleicht ein Schlurfen – vom Treppenabsatz vor der Tür. Ihr Blick schoss zu Charles hinüber, der den Zeigefinger an die Lippen legte. Sie griff in ihre Bluse und stopfte die Liste in ihren BH. Wieder ein Geräusch, gedämpfte Stimmen …

* * *

Um 20.02 Uhr waren Ahmed und seine Schläger die Stufen hinaufgestiegen und versammelten sich vor Apartment 3C. Er gab seine Befehle in leisem, rauem Arabisch.

Im nächsten Moment brachen er und seine Männer durch die Holztür der Wohnung und ließen den Zorn Mohammeds auf Sarah und Charles Reed niedergehen.

2

Für Sarah verschwammen die Ereignisse in einem Nebel ungeordneter Bilder, die so schnell aufeinanderfolgten, dass der Blick sich nicht fokussieren konnte.

Ohne anzuklopfen brachen zwei große Muttawa-Agenten durch die Holztür, zerstörten den Riegel und zerschmetterten die Tür. Zwei weitere folgten rasch mit gezogenen Pistolen, während Befehle auf Arabisch durch den Raum flogen.

Ein älterer Mann trat als Nächster schnell durch die gesplitterte Tür; er hatte eindeutig das Sagen und sein Blick loderte, als er die Wohnung taxierte. Er war nicht groß, aber er hatte die Figur eines Footballspielers, dunkle Haut und einen finsteren Blick. Tiefe Falten knitterten sein ledriges Gesicht und ein dünner, drahtiger Bart bedeckte sein Kinn. Sein eindringlicher Blick ging direkt durch Sarah hindurch, bis sie von ihm wegschaute.

Der Mann ließ einen Strom grimmiger arabischer Flüche von sich. Sarah verstand nicht alles, aber sie bekam das Wesentliche mit. Er erwartete einen Gottesdienst. Man hatte ein falsches Spiel mit ihm getrieben. Sie würden dafür bezahlen. Die Verräter würden sterben. Die anderen Männer begannen sich auf sie und Charles zuzubewegen.

Sarah wich instinktiv in Richtung Wohnzimmer zurück, das neben der Küche lag, die Hände über den Kopf erhoben. Sie sah hinüber zu Charles, der wie erstarrt immer noch am Küchentisch stand. Er hatte seine eigenen Hände hinter den Kopf gelegt, wie sie es in den Filmen taten. Seine Miene wandelte sich schnell von Bestürzung zu Ruhe und er nickte Sarah fast unmerklich zu. Aus irgendeinem Grund war der Schrecken fort. Sein ruhiger Blick beruhigte auch Sarah.

Ein magerer Agent mit kleinen, dunklen Augenschlitzen und einer Narbe auf der linken Wange begann den Reeds auf Arabisch Befehle zuzubrüllen. »Hände über den Kopf! Breiten Sie die Beine aus und stellen Sie sich an die Wand!«

Sarah drehte sich im Wohnzimmer sofort mit dem Gesicht zur Wand und reckte den Hals ganz leicht seitwärts in Richtung Küchentisch und Charles. Er bewegte sich langsamer und sie sah, wie ein anderer von Ahmeds Männern ihm den Unterarm in den Rücken rammte und ihn an die Wand knallte. Seine Nase traf hart auf und Blut begann auf den Boden zu tropfen.

Charles behielt die Hände über dem Kopf, während der Agent hinter ihm stand und rhythmisch die Fäuste ballte.

Sarah warf einen schnellen Blick über die Schulter auf den offenkundigen Anführer. Seine Augen hinter der Vermummung waren rot und emotionsgeladen, wie ein schlecht entwickeltes Foto. Obwohl sie den Blick augenblicklich wieder der Wand zuwandte, wusste sie, dass sich diese Augen für immer in ihr Gedächtnis eingegraben hatten, eingraviert als Erinnerung an diese furchtbare Nacht.

Sie wünschte, sie hätte nicht hingesehen.

Sie spürte, wie der Mann sich langsam und gezielt hinter sie bewegte. Innerhalb von Sekunden konnte sie den schalen Atem über ihre Schulter riechen und fühlen, wie die schwielige Hand in ihren Nacken griff. Er drückte zu und der Schmerz schoss durch ihren Kopf. Sie wollte schreien, konnte aber nur wimmern.

»Fordere mich nicht heraus«, flüsterte er heiser. »Sieh mir nicht in die Augen!« Die anderen Männer in der Wohnung hielten in ihren Bewegungen inne. Sarah hörte nichts als den schweren Atem des Mannes in ihrem Ohr.

Er drückte noch einmal mit Finger und Daumen zu. Ihre Knie sackten ihr vor Schmerz unter dem Körper weg und sie gab einen mitleiderregenden Laut der Unterwerfung von sich. Er lockerte seinen Griff und trat einen Schritt zurück.

Sarah holte stockend Atem und ließ langsam ein Stöhnen entweichen. Sie versuchte sich darauf zu konzentrieren, dass sie stehen blieb, und lehnte sich schwer gegen die Wand. Der Raum drehte sich und das Pochen in ihrem Nacken ließ nicht nach.

Sie würde sie nicht noch einmal ansehen.

Jemand begann die Anklagen vorzutragen. Vielleicht der Mann mit der Narbe; das gebrochene Englisch klang wie seines.

»Wir haben Grund zur Annahme, dass Sie die Leiter einer kriminellen … wie sagt man bei Ihnen … Verschwörung sind«, verkündete er. »Wir wissen, dass Sie über eine Gruppe von Leuten, die sich, äh, als Kirchengemeinde ausgibt, Kokain verkaufen. Wir haben Haft- und Durchsuchungsbefehle.«

»Ich will Ihre Berechtigungsschreiben sehen.« Sarah hörte Furcht in Charles' Worten. Seine Stimme, eine Oktave höher als normalerweise, klang eher wie ein Wimmern als wie ein Befehl. Aber er stammelte tapfer weiter: »Diese Anklagen sind lächerlich.«

Ein scheußlicher, dumpfer Schlag brachte Sarah dazu, einen Blick in die Küche zu werfen. Charles' Gesicht mit der blutigen Nase war gegen die Wand geschmettert worden, seine Brille lag auf dem Boden. Charles stöhnte vor Schmerz, als ein dicker Agent die Brille mit dem Absatz zertrat und Charles' Gesicht fester gegen die Wand drückte. Der Schlag hatte eine Platzwunde über Charles' linkem Auge verursacht und noch mehr Blut rann an seinem Gesicht herab und tropfte auf den Boden.

Sarah schrie durchdringend beim Anblick des Bluts, dann hörte sie abrupt auf, als der Lauf einer Pistole ihren eigenen Nacken berührte. Sie begann zu zittern und lautlos zu schluchzen. Sie schloss die Augen, um die Bilder auszulöschen. Aber alles, was sie in der Dunkelheit sah, war Charles' blutüberströmtes Gesicht. Und die boshaften Augen des Muttawa-Anführers.

In den nächsten Minuten begannen die Männer die Wohnung zu durchwühlen. Sarah versuchte den Schmerz und die Angst niederzukämpfen, ihr schlanker Körper wurde geschüttelt, während sie lautlos schluchzte. Sie hielt die Augen geschlossen und horchte, wie die Agenten von Zimmer zu Zimmer gingen und alles auf den Kopf stellten. Sie zerlegten, zerstörten und durchsuchten alle Räume.

Sie betete um Mut.

Ein Tumult im Schlafzimmer ließ ahnen, dass sie etwas gefunden hatten. Die Männer versammelten sich kurz im Flur und begannen dann mit neuem Schwung, den Rest der Wohnung auf den Kopf zu stellen. Der Mann hinter Sarah rammte ihr die Pistole fester gegen den Schädel, eine Warnung, die ihre Wirkung auf sie nicht verfehlte, dann zog er sie weg und schloss sich den anderen bei ihrer Suche an. Sarah brachte endlich den Mut auf, vorsichtig über ihre Schulter zu blicken, als die Männer das Wohnzimmer in Angriff nahmen. Ihr Herz setzte einen Schlag aus, als die Agenten die Sofakissen aufschnitten und Päckchen mit einer pulverigen, weißen Substanz herauszogen.

Wir wurden hereingelegt, ging ihr auf. *Was nun?*

Als die Durchsuchung zu Ende war, sah die kleine Wohnung aus wie ein Kriegsgebiet. Die Agenten beschrifteten und stapelten die Plastiktüten sorgfältig auf dem Couchtisch.

»Ahmed!«, rief der Agent mit der Narbe den Anführer und deutete auf den Stapel. »Zehn Kilo«, sagte er mit einem grausamen Lächeln.

Sarah sah Charles fragend an, in der lautlosen Sprache, die in den gemeinsamen Jahren einer Ehe entsteht.

Was sollen wir tun?

In seinem festen Blick lag weiterhin Frieden, ein Sich-Abfinden mit der Tatsache, dass er für seinen Glauben verfolgt wurde. Seine Gelassenheit war ihre Stärke und für einen Augenblick glaubte sie, es würde wirklich alles gut werden.

Der Mann namens Ahmed verteilte weitere Befehle und die Agenten stürzten sich wieder auf ihre Aufgaben. Sie drehten einen Küchenstuhl in Richtung Wohnzimmer um, warfen Charles darauf, dann rissen sie seine Arme nach hinten. Ahmed beugte sich über Charles, das Gesicht nur Zentimeter von seinem entfernt.

»Wir finden zehn Kilo Koks«, prahlte Ahmed. »Sie werden bald ein berühmter Drogenbaron sein. Aber Sie sind auch ein amerikanischer Missionar – ja?«

Charles Reed sagte nichts. Er hielt den Blick auf den Boden gesenkt.

»Ignorieren Sie mich nicht!«, verlangte Ahmed. Er schnappte Charles' Haare und riss sein Gesicht nach oben. »Sehen … Sie … mich … an!«, knurrte er.

Charles verengte seine blutverklebten Augen zu Schlitzen und starrte zurück. In seinem Blick lag Trotz, wie es Sarah noch nie gesehen hatte.

»Ich will Namen und Adressen von anderen Kirchenleitern«, sagte Ahmed leise und schroff. Ohne nachzudenken, fing Sarah an, langsam den Kopf zu schütteln. Ihr Mann konnte sie nicht mehr sehen, sie wurde vom massigen Körper seines Befragers abgeschirmt. Doch Sarah bestärkte ihren Mann in Gedanken, sich diesem üblen Mann zu widersetzen. *Bleib standhaft,* flehte sie ihn lautlos an, *gib ihm keinen einzigen Namen!*

»Aha«, knurrte Ahmed, ließ seine Haare los und beobachtete Charles, der weiterhin auf den Boden starrte. »Sie machen es mir schwer.«

Er wandte sich an die Agenten im Wohnzimmer. »Macht mit der Suche weiter!«, befahl er auf Arabisch, aber diesmal gab er seine Befehle langsam und sprach die Worte deutlich aus, damit die Reeds ihn verstehen konnten. »Zieht der Frau die Kleider aus und durchsucht sie nach Drogen, jedes Versteck an ihrem Körper. Amüsiert euch.«

Sarah erstarrte.

Wie angetrieben von der Angst seiner Frau reagierte Charles mit dem verzweifelten Impuls eines Mannes, der nichts zu verlieren hat. Er sprang von dem Stuhl auf und schüttelte einen Agenten ab, gerade als Ahmed sich wieder zu ihm umwandte. Charles senkte den Kopf und setzte sich in Bewegung. Er landete einen perfekten Kopfstoß, indem er seine Stirn wie einen Rammbock gegen Ahmeds Kinn trieb.

Ahmed taumelte rückwärts, spuckte Blut, gewann den Halt aber schnell wieder. Mit der fließenden Bewegung eines Kampfsportexperten wirbelte er herum und traf mit seinem Fuß direkt die Seite von Charles' Gesicht; das Geräusch von brechenden Knochen zeugte von der Kraft des Schlags. Charles' Kopf wurde zur Seite gerissen und sein Körper wurde gegen die Küchenwand geschleudert, wo er hilflos zu Boden fiel.

Sarah verbarg ihr Gesicht in den Händen und schrie.

Ein großer Agent riss sie augenblicklich herum und klemmte ihr eine Hand über den Mund. Sie biss ihn. Fest. Und sie riss ihr Knie mit aller Kraft nach oben. Er riss seine Hand zurück, krümmte sich und fluchte.

Aber jetzt waren zwei weitere Agenten über ihr, drängten sie an die Wand und stopften ihr eine Art Stoff in den Mund. Die zierliche Frau hatte keine Chance gegen diese Männer. Sie hielten ihre Arme und Beine fest. Dann machten sie sich über ihre Kleidung her, rissen ihre Baumwollbluse auf, gafften und grinsten dumm.

Die Gebetsliste, erinnerte sie sich, *sie werden die Gebetsliste sehen!*

Dieser Gedanke gab ihr neue Energie und in einer von Adrenalin erzeugten, explosiven Bewegung entglitt sie einem Angreifer und warf sich auf den anderen. Er konnte ihren Schlägen gerade noch ausweichen, packte sie in einer ungestümen Umarmung und warf sie rückwärts zu Boden, wobei er direkt auf ihr landete. Ihr Kopf wurde zurückgeworfen und schlug hart auf dem dünnen Teppich auf.

Alles wurde schwarz.

* * *

Brad checkte noch einmal seine Notizen und wappnete sich. Ichabod würde den Zeugen diese Fragen niemals beantworten lassen; trotzdem musste er fragen. Wenn man einen Fall verhandelte, bei dem man schon die Berufung im Hinterkopf hatte, musste man sich an das Protokoll halten. Die Richterin ihr Urteil sprechen lassen. Ihre Befangenheit demonstrieren.

»Glauben Sie, dass menschliches Leben mit der Empfängnis beginnt?«, fragte Brad Reverend Bailey direkt.

»Einspruch!«

»Stattgegeben«, entschied Ichabod. »Diese Frage wird aus dem Protokoll gestrichen.«

»Haben Sie eine Grundlage in der Bibel für Ihren Glauben, dass menschliches Leben mit der Empfängnis beginnt?«, ließ Brad nicht locker.

»Einspruch, Euer Ehren«, lamentierte Staatsanwältin Angela Bennett. »Diese Frage geht davon aus, dass der Zeuge die vorherige Frage beantwortet hat, was er nicht getan hat.«

»Stattgegeben«, schnappte Ichabod. »Mr. Carson, gehen Sie zu etwas Relevantem über.«

»Glauben Sie, dass Abtreibung Mord ist?«

Bennet stand auf, hatte jedoch keine Zeit Einspruch zu erheben. »Mr. Carson!« Ichabods Stimme war schneidend. »Verstehen Sie Englisch? Die persönlichen Ansichten des Reverend über Abtreibung sind nicht relevant. *Nicht relevant.* Kommen Sie jetzt zu einem Thema, das für den Fall relevant ist, oder setzen Sie sich, damit der Zeuge ins Kreuzverhör genommen werden kann.«

»Dürfte ich zumindest den Grund für meine Fragen erläutern?«, fragte Brad mit einer Spur Sarkasmus in der Stimme.

»Nein.«

Bennett grinste selbstgefällig und setzte sich.

Brads Blick bohrte sich in den von Ichabod, während er seine nächste Angriffswelle plante. Die nächste Frage kam langsam aus seinem Mund, doch er hielt seinen Blick auf die Richterin gerichtet und forderte sie heraus, die Frage für unzulässig zu erklären. »Laut dem Gesetz muss man vorsätzlich versuchen eine Frau zu überzeugen, die Klinik nicht zu betreten und eine Abtreibung vornehmen zu lassen«, erklärte Brad. »Was war Ihr *Ziel,* als Sie auf dem Gehweg vor der Klinik gebetet haben?«

Ichabod runzelte die Stirn, sagte aber nichts.

»Gott um Erbarmen zu bitten«, sagte der Reverend. Brad wandte seine Aufmerksamkeit wieder dem Zeugen zu. Der Mann sah blasser und zerbrechlicher aus als je zuvor.

»Und warum haben Sie beschlossen, dieses Gebetstreffen vor der Abtreibungsklinik abzuhalten?«

»Weil dort das Böse stattfand«, sagte der Reverend leise.

»Sprechen Sie lauter«, verlangte Ichabod, »und gehen Sie näher ans Mikrofon!«

»Weil dort das Böse stattfand«, wiederholte Reverend Bailey. »Dort starben die Babys.«

»Ist der Platz vor der Abtreibungsklinik der einzige Ort, wo Sie diese Art von Gebetstreffen abgehalten haben?«, fragte Brad.

Die Staatsanwältin stand bereits wieder, doch ihr Einspruch wurde durch einen raschen Blick von Ichabod verhindert.

»Bemühen Sie sich nicht«, sagte die Richterin unwirsch. »Bemühen Sie sich nicht Einspruch zu erheben, weil ich die Frage zulassen werde. Ich werde Mr. Carson das ganze Seil geben, das er braucht, um sich selbst zu erhängen.«

Bennett zuckte die Achseln und setzte sich.

»Nein, das ist es nicht«, sagte der Reverend und beugte sich dabei zum Mikro vor.

»Was ist es nicht?«, fragte Brad.

»Es ist nicht der einzige Ort, wo wir Gott darum gebeten haben, Erbarmen zu haben und dem Bösen Einhalt zu gebieten. Meine Gemeinde und ich haben in den letzten Jahren vor unserer örtlichen Apotheke gebetet, als sie anfingen, die RU-486-Pille auszugeben, und vor ein paar Bars am Military Highway. Und, Sie wissen schon, an diesen gewissen Orten …« Er verstummte und lehnte sich wieder zurück.

Brad warf ihm einen vorwurfsvollen Seitenblick zu. »Gibt es sonst noch Orte, an die Sie sich erinnern … wo Sie Gott gebeten haben, ein Übel zu beenden?«

»Wie könnte das relevant sein?«, fragte die frustrierte Angela Bennett.

»Weil es zeigt, dass Reverend Bailey nicht mit dem Ziel zu der Abtreibungsklinik ging, schwangere Frauen zu überreden, wie es durch das Gesetz verboten ist«, antwortete Brad. »Sein Ziel war es, zu dem Gott zu beten, an den er glaubt, und das ist nicht verboten. Und es zeigt, dass er mit seiner Gemeinde auch an anderen Orten gebetet hat, an denen er böse Einflüsse wahrnahm, und zwar ebenfalls, um zu Gott zu beten. Kurz gesagt: Es zeigt ein Muster auf.«

Brad sah die Richterin an und wartete auf ihr Urteil. Er wusste, sie hatte nichts für diese Argumentation übrig, doch genauso wenig mochte sie die

Aufhebung ihrer Urteile in Berufungsverhandlungen, weil sie sich nur auf Beweismaterial verlassen und schlechte Urteile gefällt hatte.

»Fahren Sie fort«, sagte Ichabod, ohne ihre Ungeduld zu verbergen. »Gibt es noch andere Orte, wo Sie dieses Gebets-Ding gemacht haben?«

»Nur noch einen Ort«, sagte Reverend Bailey kleinlaut. Er zögerte. Der ganze Gerichtssaal wartete.

»Die Treppe vor dem Gerichtsgebäude.«

»Das ist lächerlich!«, sagte die Staatsanwältin scharf.

»Da stimme ich zu«, bellte Ichabod. »Die Bemerkung wird aus dem Protokoll gestrichen!«

Ihr Gesicht färbte sich rot und die Ader pulsierte.

Sie hatte den Köder geschluckt.

3

Charles Reed versuchte sich zu konzentrieren. In seinem Kopf schwirrte ein Durcheinander aus Wut, Schmerz und Hilflosigkeit. Zwei muskulöse Agenten zwangen ihn zurück auf den Küchenstuhl und hielten ihm die Arme hinter dem Rücken fest. Ahmed stand vor ihm. Sarah lag regungslos auf der Wohnzimmercouch.

Sie lebte, das wusste er. Und durch Gottes Barmherzigkeit war sie nicht belästigt worden. Nachdem sie das Bewusstsein verloren hatte, begann Ahmed erneut Befehle zu bellen: Kontrolliert ihren Puls! Legt sie aufs Sofa! Holt diese Liste aus ihrem BH! Lasst sie in Ruhe!

Charles kannte den Grund für diesen letzten Befehl nicht. Vielleicht warteten sie, bis sie das Bewusstsein wiedererlangte. Vielleicht konnten sie das, was sie wollten, auch von ihm bekommen. Vielleicht hatten diese Männer sogar Grenzen für das, was sie amerikanischen Staatsbürgern antaten. Vielleicht war es auch einfach eine wundersame Antwort auf sein Gebet. Was auch immer der Grund war: Er gab Charles Hoffnung.

»Wer ist Hanif?«, wollte Ahmed wissen, der von der Liste vorlas.

Charles starrte zu Boden. Sein Gesicht pochte. Der Geschmack von Blut rann durch seinen Mund.

»Wer ist Khartoum?«, fuhr Ahmed fort.

Noch mehr Schweigen.

Einer von Ahmeds Männern zog einen glänzenden schwarzen Elektroschocker aus seinem Halfter. Er hielt ihn nur knapp von Charles' Halsansatz entfernt und sah zu Ahmed, offenbar auf seinen Wink wartend. Ahmed grinste Charles an und prahlte mit der Waffe. Sie lähme jeden Mann, erklärte ihm Ahmed, mit zweihunderttausend Volt. Und das Beste, behauptete er, war, dass das Instrument keine Spuren auf dem Opfer hinterließ, bis auf zwei kleine Brandstellen, wo die Sonden der Pistole die Haut berührten und die Elektrizität entluden. Nur das zentrale Nervensystem würde einen bleibenden Schaden erleiden und die Ursachen dafür waren schwer zu beweisen.

Charles fragte sich einen flüchtigen Augenblick lang, wie schlimm es sein konnte.

Er erfuhr es bald. Und in den nächsten zwanzig Minuten - die ihm wie eine Ewigkeit erschienen - schwand seine Hoffnung aufs Überleben mit jeder weiteren Frage, mit jedem sengenden Stromstoß.

»Ich brauche die Namen der Anführer der anderen Kirchengruppen, die Sie gegründet haben«, sagte Ahmed bedächtig und ruhig, als wüsste er, dass Charles langsam Schwierigkeiten hatte, die Worte zu verstehen. »Spielen Sie keine Spielchen mit mir.«

Das Warten war das Schwierigste. Zu wissen, was kommen würde - der sengende Strom des Elektroschockers - und machtlos dagegen zu sein. Wie viele Male hatten sie das nun durchgemacht? Wie viel konnte er noch ertragen? Vor wie langer Zeit war Sarah ohnmächtig geworden? Und was würde jetzt mit ihr passieren? Seine Gedanken rasten, dahinjagende Fragen ohne Antworten.

Charles spürte eine Bewegung hinter sich und verkrampfte sich bei dem Gedanken an einen weiteren Stromschlag der verhassten Pistole. »Bitte ... ich flehe Sie an«, bebte er um Atem ringend. »Sie müssen mir glauben ... ich weiß nicht, von welchen Kirchen Sie sprechen ... Diese Namen auf der Karte sind nur Freunde ...«

»Halt den Mund!«, schnappte Ahmed. Er griff in Charles' Haare, riss seinen Kopf wieder zurück und verlangte Augenkontakt.

Charles betete um Stärke.

Ahmed hob langsam einen Mundwinkel, ein kleines und krankes Lächeln, dann spuckte er Charles ins Gesicht und ließ seine Haare los. Charles' Kopf fiel ihm schwer auf die Brust. Der Speichel tropfte von seiner Wange.

»Du denkst, du bist stark«, flüsterte Ahmed durch zusammengebissene Zähne. »Aber du bist dumm. Du wirst reden, meine Freund.« Ahmed schwieg kurz, ließ die Worte in der Luft hängen. »Du wirst reden.«

Ahmed streckte die Hand aus, um den Agenten mit der Elektroschockpistole zu stoppen. Diesmal würde sich Ahmed selbst die Ehre geben. Er nahm die Pistole und rammte sie wütend an Charles' Halsansatz.

Brennendes Fleisch, strömende Elektrizität, sengender Schmerz. Charles wurde geschüttelt und schrie auf, als sein Körper unwillkürlich zuckte, während der Schmerz sämtliche Nerven-Enden traf und die Elektrizität sein Gehirn erschütterte. Sein Körper brannte von innen heraus. Seine Schreie schienen nicht zu ihm zu gehören, unkontrolliert zuckte er auf dem Stuhl, unfähig, dem Schocker zu entkommen und diese weitere Runde Folter zu ertragen.

Glücklicherweise schaltete Ahmed schließlich die Waffe aus. Charles' Krampfanfall ging weiter, Blut und Speichel flossen aus seinem verzerrten Mund in seinen Schoß. Der Geruch von verbranntem Fleisch erfüllte die Küche.

Charles verlor langsam seinen Durchhaltewillen. Er betete um Kraft für die nächste Minute, sonst nichts. Er versuchte sich auf Sarah und die Kinder zu konzentrieren. Er würde noch eine Minute für sie durchhalten, für die Gemeindemitglieder, für den Herrn.

Bilder blitzten in schneller Folge durch seinen Kopf. Bilder von seiner Frau und seinen Kindern, von Taufen von Gemeindemitgliedern, von dem Gesicht Jesu, wie es damals in seiner Kinderbibel dargestellt war. Ahmeds Stimme unterbrach die Vorstellung.

»Wir fangen gerade erst an«, sagte Ahmed barsch, emotionslos. »Sei nicht dumm. Meine Männer wollen unbedingt zu Ende bringen, was sie angefangen haben. Sowohl bei dir als auch bei deiner Frau. Deine Frau braucht Hilfe und ich brauche Namen. Lass uns einen Deal machen.«

Die Drohung gegen Sarah brachte Charles in die Realität zurück. Er hob den Kopf, sah hinaus ins Wohnzimmer, dann heftete er seinen Blick auf Ahmed. *Was meint er?*, fragte sich Charles. Die Augen sagten ihm nichts. *Kann man mit dem Bösen verhandeln? Gott, gib mir Weisheit!*

Plötzlich wurde es ihm inmitten der Schmerzen klar, eine augenblickliche Antwort auf ein verzweifeltes Gebet. *Dieser Mann lässt Sarah nur in Ruhe, damit er sie als Druckmittel gegen mich benutzen kann. Wenn ich ihm die Namen gebe, hat er keinen Grund mehr, uns am Leben zu lassen, keinen Grund, Sarah vor seinen Männern zu schützen. Der Informant muss ihm die Namen der Freitagabend-Gottesdienstbesucher genannt haben. Aber die anderen Namen kennt er nicht. Mein Schweigen erhält Sarah am Leben.*

Ahmed verengte die Augen. Charles war sicher, dass der Mann seine Gedanken lesen konnte. Als Ahmed wieder nach dem Elektroschocker griff, murmelte Charles einen Satz und ließ das Kinn auf die Brust fallen.

»Noch einmal«, verlangte Ahmed. »Sag das noch einmal!«

Wie von einer Macht besessen, die stärker war als er selbst, wiederholte Charles die Worte, langsam und kaum hörbar.

»Er wurde wie ein Schaf zum Schlachten geführt«, er zögerte und holte mühsam Luft. »Und wie ein Lamm vor dem Scherer verstummt, so machte er den Mund nicht auf.«

Ahmeds Schweigen ließ Charles den Kopf heben. Als er es tat, drehte Ahmed sich um und sah zu Sarah hinüber, die auf dem Sofa ausgebreitet lag, das einzige Lebenszeichen war das Heben und Senken ihrer Brust. »Manche Menschen brauchen etwas zusätzliche Überzeugung«, knurrte der Muttawa-Anführer. Er wandte sich wieder Charles zu, zog mit Gewalt seinen rechten Arm hinter seinem Rücken hervor und griff nach seinem Handgelenk. Er drückte fest gegen Charles' Handrücken und knickte das Gelenk um, als er die Hand in Richtung Unterarm zwang. Charles zuckte zurück und knirschte mit den Zähnen, unterdrückte den Schrei, der in seiner Kehle aufstieg. Sicher würde sein Handgelenk entzweibrechen.

Der Schmerz war wieder da. Brennender, lähmender Schmerz. Und dann ließ Ahmed in seinem Griff ein klein wenig nach, doch er hielt weiterhin das Handgelenk. »Sprich mit mir«, sagte Ahmed einfach. »Oder du wirst mich anflehen aufzuhören, doch es wird kein Ende geben.«

Noch einmal sammelte Charles Mut, von dem er nicht wusste, dass er ihn besaß, für einen weiteren symbolischen Akt des Widerstands. Er biss die Zähne zusammen und machte einen vergeblichen Versuch, sein Handgelenk aus Ahmeds eisernem Griff zu reißen. Charles wusste sofort, dass er einen furchtbaren Fehler gemacht hatte.

Ahmed verstärkte den Druck wieder mit Gewalt. Diesmal ließ er nicht los, als Charles um Gnade flehte. Ahmed drückte fester. Der Schmerz verstärkte sich, er schoss Charles' Arm hinauf und flutete in sein Gehirn. Und dann ertönte es – das widerwärtige Knacken des Gelenkknochens, als seine Hand schlaff wurde.

Sein markerschütternder Schrei echote durch das Apartment.

* * *

»Wann haben Sie auf der Treppe vor dem Gerichtsgebäude ein Gebetstreffen abgehalten?«, fragte Brad unschuldig.

Angela Bennett schoss von ihrem Sitz hoch, die Hände protestierend ausgebreitet.

»Mr. Carson, das ist nicht relevant«, sagte Ichabod grimmig, lehnte sich zurück und verschränkte die Arme.

»Euer Ehren, es *ist* relevant. Wenn Sie mir ein paar Minuten geben, werde ich Ihnen den Zusammenhang erläutern«, versprach Brad.

Die Richterin zögerte und sah ihn dann mit finsterem Blick an. »Fahren Sie fort, Mr. Carson. Aber in Ihrem eigenen Interesse sollte es besser eine gute Geschichte sein.«

Oh, das wird es, dachte Brad.

»Reverend Bailey, wann und warum haben Sie auf der Gerichtstreppe gebetet?«

»Es war im Sommer 2000«, sagte er, »nach dem Sternberg-gegen-Carhart-Urteil vor dem Supreme Court, bei dem das Gericht einer Teilgeburtsabtreibung zustimmte. Ich konnte es einfach nicht fassen, dass unsere Gerichte in diesem Land solch eine Prozedur verteidigen – eine Prozedur, bei der ein lebensfähiger Fötus in den Geburtskanal gebracht und dann …« Der Reverend zögerte, schürzte die Lippen und schüttelte traurig den Kopf. »Und dann wird der Schädel mit einer Schere aufgerissen und die Gehirnsubstanz wird abgesaugt, um die Kopfgröße zu reduzieren und sicherzugehen, dass das Kind vor der Entbindung stirbt.«

Er sah Brad nicht an, als er mit seiner Antwort fertig war. Brad beschloss, das Schweigen im Raum hängen zu lassen.

»Gott helfe uns«, murmelte der Reverend in das Schweigen. »Ich wusste, dass es Zeit war zu beten.«

Ichabod schien ungerührt, abgesehen von der verräterischen Ader, die jetzt ein bisschen größer war und etwas schneller pulsierte als vorher. Sie war übertölpelt worden; Brad sah diese Erkenntnis in ihrem Blick. Die unberechenbaren Themen, die aus dem Fall herauszuhalten sie sich solche Mühe gegeben hatte, prasselten nun um sie herum nieder und sie konnte sie nicht aufhalten.

»Haben Sie das Urteil im Fall Sternberg gelesen, bevor Sie zum Gericht gingen um zu beten?«, fragte Brad weiter.

»Ja, ich habe es aus dem Internet heruntergeladen.«

»Gab es etwas in dem Urteil, das Sie überrascht hat?«

»Ja. Ich hatte so viele Berichte über die grauenhafte Prozedur gesehen, die als Teilgeburtsabtreibung bezeichnet wird. Aber bis ich das Sternberg-Urteil gelesen habe, hatte ich mich nie darauf konzentriert, was während einer normalen D&E-Prozedur wirklich passiert, nicht bei der Teilgeburtsabtreibung, sondern bei der Art von Abtreibung, die jeden Tag hier in der Norfolk-Klinik durchgeführt wird.«

»Und das hat Sie dazu bewegt …«, begann Brad.

»Stopp! Kein Wort mehr!«, befahl Ichabod, deren barsche Worte von den Wänden des Gerichtssaals zurückgeworfen wurden. »Sie führen die Entscheidungen des Gerichts vor, Mr. Carson!« Sie biss die Zähne zusammen und krümmte die Schultern nach vorn. »Hören Sie mit dieser Art der Befragung auf!«

»Muss die Staatsanwaltschaft ihren Einspruch nicht mehr selbst erheben oder wollen Sie nur …«

»Treiben Sie es nicht zu weit, Mr. Carson!«, schnappte Ichabod. »Treiben Sie es nicht zu weit!«

Brad nahm eine Kopie des Falles von seinem Tisch und wandte sich der abweichenden Position des Richters Anthony Kennedy zu. »Erinnern Sie sich an den Wortlaut der Stellungnahme?«, fragte er den Reverend. Er begann zu lesen, als hätte Ichabod nie etwas gesagt. »Sind dies die Worte, die Ihnen solchen Kummer gemacht haben, dass Sie zuerst zum Gericht und später zu der Klinik gingen, um Gott anzuflehen, diese Methoden zu stoppen?«

Ichabod sah verblüfft aus, doch Brad konnte erahnen, wie sich die Räder in ihrem Gehirn drehten. Würde sie es wagen, sogar den Text eines Urteils des Obersten Gerichtshofs als zu emotional aufgeladen, für nicht zulässig zu erklären?

»Bei einem D&E-Eingriff«, las Brad, »stirbt der Fötus in vielen Fällen genau so, wie es ein menschlicher Erwachsener oder ein Kind tun würde: Er verblutet, während er Gliedmaß um Gliedmaß zerstückelt wird …«

Die Staatsanwältin sprang erneut auf. »Ich erhebe aufs Schärfste Einspruch gegen diese aufrührerische Taktik!«, rief Bennet in dem Bemühen, Brad zu übertönen.

»… der Fötus kann zum Beginn des Zerstückelungsprozesses am Leben sein und kann eine Zeit lang überleben, während seine Gliedmaßen abgetrennt werden …«

Ichabod begann, mit ihrem Richterhammer zu hämmern. »Mr. Carson! Mr. Carson!« Die Staatsanwältin erhob weiterhin Einspruch und ein lautes Raunen erhob sich auf der linken Seite des Gerichtssaals. Reverend Baileys Augen weiteten sich.

Brad hob die Stimme und fuhr über den anschwellenden Lärm hinweg fort: »… reine Zerstückelung führt nicht immer zum Tod. Dr. Carhart wusste von einem Arzt, der einem Fötus den Arm entfernt hatte, der als lebendes Kind mit einem Arm geboren wurde.« Der Hammer schlug weiter, Bennett erhob Einspruch und Ichabod wiederholte immer wieder das Wort »stattgegeben«. »Am Ende eines D&E-Eingriffs bleibt kein Fötus unversehrt. Laut Dr. Carhart hat der abtreibende Arzt danach …«

»Das reicht!«, schrie Ichabod. Die Heftigkeit, mit der sie es tat, brachte den Gerichtssaal zum Schweigen. Niemand rührte sich.

»… einen Eimer voller Einzelteile«, sagte Brad in die Stille.

Alle Blicke wandten sich der vor Wut kochenden Gestalt Ichabods zu, die immer noch nach vorn gebeugt war mit wildem Blick und puterrotem Gesicht.

»Diese Bemerkung, Mr. Carson, wird Ihnen eine Klage wegen Missachtung des Gerichts und eine Geldstrafe von zehntausend Dollar einbringen«, sagte sie kalt, sämtliche Muskeln angespannt, um sich unter Kontrolle zu halten. »Ich habe in sechsundzwanzig Jahren auf dem Richterstuhl nie solch ein anstößiges Betragen erlebt.« Während sie sprach, zitterte ihre Stimme und der Zorn verzerrte ihre Gesichtszüge. »Zusätzlich«, fuhr sie fort, »werden Sie wegen Missachtung fünfundzwanzig Tage in Beugehaft genommen …« Ein hörbares Keuchen war von der rechten Seite des Gerichtssaals zu vernehmen. Brad mied ihren Blick.

Nach einer übertriebenen Pause fuhr Ichabod fort: »… die unter der

Bedingung einer Entschuldigung gegenüber dem Gericht und einem Benehmen, das sich für ein Mitglied der Anwaltschaft gehört, für den Rest der Verhandlung ausgesetzt wird.«

Sie starrte Brad wütend an. »Wünscht der Rechtsanwalt sich dazu zu äußern?«

Brad wusste, wie es lief. Sie wartete darauf, dass ein gedemütigter und zerknirschter Brad Carson vor sie kroch und sich entschuldigte und dann würde sie vermutlich eine gewisse Nachsicht in Betracht ziehen. Selbst Ichabod hatte nicht die Angewohnheit, Anwälte ins Gefängnis zu schicken. Jetzt war er dran.

Auf diesen Moment war Brad vorbereitet. Er hatte seine Hausaufgaben gemacht. Er hatte dieses Szenario in der vorhergehenden schlaflosen Nacht in Gedanken immer wieder durchdacht. Er wusste, dass nur ein Wort den gewünschten Effekt haben und seinen Plan vollenden konnte. Er wog seine Antwort sorgfältig ab.

Dann zuckte er die Achseln.

»Ist mir gleich«, war alles, was er sagte, als er zu seinem Platz zurückkehrte.

»Schaffen Sie ihn hier raus!«, bellte Ichabod die Gerichtsdiener mit emotionsgeladener Stimme an. »Legen Sie ihm Handschellen an und schaffen Sie ihn mir aus den Augen! Sie haben mindestens fünf Tage, Mr. Carson. Und Sie werden länger hinter Gittern bleiben, es sei denn, Sie entschuldigen sich bei diesem Gericht und versprechen, ihm in Zukunft den gebührenden Respekt entgegenzubringen! Diese Verhandlung wird hiermit vertagt, bis Mr. Carson seine Haftstrafe abgesessen hat.«

Sie hieb ihren Hammer auf den Block.

Zwei kräftige Gerichtsdiener schnappten Brad und legten ihm Handschellen an. Reverend Bailey sah entgeistert zu, wie sein Anwalt wie ein Krimineller behandelt wurde.

Die Gemeindemitglieder beteten.

Als er aus dem Gerichtssaal geführt wurde, drehte Brad sich um und stellte Blickkontakt mit Bella her. Er starrte sie eine Sekunde an, dann blinzelte er. Dies war nicht das Verhalten einer unvoreingenommenen Richterin. Vielleicht würden die Berufungsrichter in Richmond nun verstehen.

Plan B hatte perfekt funktioniert.

* * *

Charles Reed hatte keinen Plan. Er wollte nur sterben.

Er krümmte sich in Embryostellung auf dem Boden zusammen, den linken Arm eng um seine Beine gewickelt, während das rechte Handgelenk an seiner Seite herunterbaumelte. Übelkeit hatte ihn übermannt. Der Gedanke an weitere Folter, der scharfe Schmerz seines Handgelenks, das Hämmern in seiner Schläfe und im Gesicht – es schien sich vorübergehend alles in seinem Magen gesammelt zu haben. Das Erbrechen war die kleinste seiner Sorgen. Er gab sich keine Mühe, sich zu säubern.

Er hatte Namen genannt. Er konnte den Gedanken an einen weiteren Stromstoß nicht ertragen. Doch die Namen waren nur die der Gottesdienstbesucher der Freitagabende, Namen, die Ahmed bereits kannte, und so ging die Qual weiter. Weitere Namen waren ihm bisher nicht über die Lippen gekommen, doch er wusste, sie hatten seinen Willen gebrochen; er war bereit zu reden.

Stattdessen betete er.

Herr, nimm mich zu dir. Lass mich diese Namen mitnehmen. Hol mich nach Hause, bevor ich rede.

Es war jetzt alles so verwirrend, so dunkel. Die Bilder verschwammen immer schneller ineinander. Er versuchte sich auf die Kinder zu konzentrieren, auf Sarah, auf das Leiden seines Herrn. Er dachte an das Kreuz, die Nägel, die in diese segnenden Hände getrieben worden waren. Und dann wurden die Nägel zu einer Nadel. Einer Nadel, die Ahmed tief in Charles' linken Arm trieb. Es war die Rede von Kokain. Dann wurde sein Arm zu dem von Sarah und er sah die Nadel wieder. Sie zwangen ihn zuzusehen. Sie bewegte sich nicht einmal, als sie den Inhalt der Nadel in ihren Arm leerten.

Die Bilder verschwammen, der Schmerz existierte nur noch entfernt. Und dann spürte er es. Die kalte Berührung von zwei Metallkontakten an seinem Halsansatz. Die Stimme von Ahmed im Hintergrund, die mehr Namen verlangte. Das unwillkürliche Anspannen aller Muskeln, als der Strom seinen tödlichen Lauf begann. Er schlang seinen linken Arm enger um seine Beine. Er versuchte zu schreien.

Diesmal traf ihn der Schmerz in der Brust, wie ein Messer. Er rang nach Luft, doch die Enge überwältigte ihn.

Jesus liebt euch, sagte er zu seinen Peinigern. Doch die Worte blieben in seinen Stimmbändern stecken und beschränkten sich auf ein Keuchen.

Seine letzten Gedanken galten Sarah und den Kindern. Unterbewusst legte er sie in die Hände seines Herrn, dann bereitete er seine Seele darauf vor zu sterben. In weiter Ferne hörte er Ahmed seinen Männern Befehle erteilen.

* * *

Ahmed sah angewidert auf Charles Reed hinab. Der Amerikaner war leichenblass, sein rundliches Gesicht schmerzverzerrt. Er keuchte noch einmal und wurde still.

Als sein Opfer starb, spürte Ahmed, wie er sich zu entspannen begann. Der Adrenalinrausch, der seinen Körper angetrieben hatte, verlangsamte sich, als die grausame Lebendigkeit der Folter vorüber war.

»Schrammt seine Fingerknöchel an der Wand entlang«, befahl Ahmed. »Lasst es wie einen Kampf aussehen.«

Er warf einen Blick auf Sarah, die immer noch bewegungslos auf dem Sofa lag. Er sah die Gier in den Augen seiner Männer.

»Rührt die Frau nicht an«, befahl er, »außer, um ihr noch ein Hemd anzuziehen. Das sind amerikanische Staatsbürger und sämtliche Verletzungen werden ewig untersucht werden.«

Ahmed gestikulierte zu einem der Polizisten hinüber, der Charles Reed festgehalten hatte. Der Polizist kam herüber und blieb vor ihm stehen.

»Hat der Amerikaner nicht versucht, in drogeninduziertem Zustand Widerstand zu leisten?«, fragte Ahmed.

Der Polizist nickte mit nervöser Zustimmung.

»Und hat er sich nicht das Handgelenk gebrochen, als er auf uns eingeschlagen hat?«

»Ja.«

»Dann muss es mehr Beweise für einen Kampf geben«, sagte Ahmed. Und blitzschnell hieb er seine Faust kraftvoll gegen den Wangenknochen des Polizisten. Ein Riss klaffte auf und Blut floss.

Der Mann taumelte rückwärts, vergrub mit Furcht im Blick das Gesicht in den Händen. Er verteidigte sich nicht.

»Du«, sagte Ahmed, »bist Beweisstück A.« Er rieb sich die Faust und lächelte. »Und jetzt ruf einen Krankenwagen.«

Er wandte sich an einen seiner Untergebenen und bat um die zwei Listen mit Namen, die sie aufgestellt hatten. Er verglich die erste Liste des Informanten mit der Liste, die er Charles Reed abgerungen hatte. Reed hatte einundzwanzig Namen herausgerückt. Alle bis auf zwei waren bereits von dem Informanten ausgeplaudert worden. Die Bemühungen waren beklagenswert weit hinter Ahmeds Erwartungen zurückgeblieben.

»Kümmert euch um die Ungläubigen auf diesen Listen«, sagte er, als er sie dem Polizisten zurückgab. Solche gewöhnlichen Gemeindemitglieder verdienten keinen persönlichen Besuch von Ahmed Aberijan.

Auch ohne einen expliziten Befehl wusste Ahmed genau, was passieren würde. Die Muttawa würden sich mit örtlichen Behörden zusammentun, um sich um die bedeutenderen Mitglieder der Kirche zu kümmern. Drogen würden auf mysteriöse Weise in Wohnungen auftauchen. Die Gemeindemitglieder würden verhaftet, bedroht und dann freigelassen, nachdem sie detaillierte Geständnisse unterschrieben hatten. Das waren die Glücklicheren unter ihnen.

Islamische Fundamentalisten der wahhabitischen Sekte würden den Auftrag bekommen, sich um die weniger bekannten Mitglieder von Reeds Gruppe zu kümmern. Es würde keine Verhaftungen geben. Falls die Gemeindemitglieder widerriefen, würden sie schwer verprügelt und freigelassen werden. Falls sie nicht widerriefen, würden sie die Nacht nicht überleben. Ihr grausamer Tod würde als bildhafte Warnung für jeden dienen, der geneigt war Mohammed anzuzweifeln.

4

Ein paar Minuten nach Mitternacht begann die Botschaft der USA in Riad, Anrufe zu machen. Die Botschaft war von einem Freund der Reeds alarmiert worden, dem Pastor einer anderen Gemeinde, bei deren Aufbau die Reeds geholfen hatten. Der Pastor und seine Frau kümmerten sich um Meredith und Steven. Kurz vor Mitternacht ging das Paar zur US-Botschaft und außer Atem erzählten sie ihre Geschichte.

Sarah Reed hatte sie während des Tages angerufen und gebeten, sich um die Kinder zu kümmern. Sie machte sich Sorgen wegen einer Razzia der Muttawa. Der Pastor begann ein paar Minuten nach neun Uhr abends in der Wohnung der Reeds anzurufen, doch keiner ging ans Telefon. Nachdem er es fast eine Stunde lang versucht hatte, ging er vom Schlimmsten aus und fuhr zur Wohnung der Reeds. Das Apartment sah aus, als sei ein Wirbelsturm hindurchgefegt. Auf dem Küchenboden war Blut. Er hatte Fotos als Beweis.

Er hatte die Muttawa bereits angerufen, doch man sagte ihm, man könne keine vertraulichen Informationen über Verhaftungen und laufende Ermittlungen herausgeben.

Die Botschaftsmitarbeiter waren nicht viel besser. Sie bestätigten durch die Muttawa, dass die Reeds verhaftet worden waren. Tatsächlich behauptete die Muttawa, die Reeds hätten sich der Verhaftung widersetzt und würden wegen Verletzungen behandelt. Dr. Reed und seine Frau seien keine Schulangestellten, wie sie auf ihren Visumsanträgen behaupteten. In Wirklichkeit seien sie Drogenhändler im großen Stil und an diesem Abend sei ihr verwerfliches Unternehmen zum Stillstand gebracht worden. Es sei ein großer Drogenfund für ein Land wie Saudi-Arabien, Kokain im Wert von geschätzten zwei Millionen Dollar. Die Reeds selbst seien zur Zeit der Verhaftung high gewesen und Tests würden in Kürze die Kokainmenge in ihrem Blut bestätigen.

Die Muttawa wolle gern helfen, könne aber keine weiteren Informationen herausgeben. Nein, die Botschaftsmitarbeiter könnten nicht mit den Reeds sprechen, solange die Untersuchung nicht beendet sei. Nein, die Reeds hätten keinen Rechtsbeistand und nicht um einen Anwalt gebeten. Nein, die Muttawa sei nicht bereit, eine »fundierte Einschätzung« über die Möglichkeit einer Kaution anzustellen oder darüber, wie der Prozess sich entwickeln könnte. Und so ging es weiter, ein Regierungsbeamtenapparat blockierte den anderen, wobei die Muttawa die besseren Karten hatte.

Die Situation eskalierte während des Vormittags. Höhergestellte der Botschaft setzten sich mit Höhergestellten der saudi-arabischen Regierung in Verbindung. Erst eine Abteilung, dann eine andere. Mitarbeiter, die gebraucht wurden, um Entscheidungen zu treffen, konnten nicht erreicht werden. Die, die man erreichen konnte, hatten keine Entscheidungsbefugnis.

Am späten Samstagmorgen erfuhr man in der Botschaft schließlich, dass die Reeds im König-Faisal-Spezialkrankenhaus in Riad waren. Charles Reed war in kritischem Zustand. Anklagen wegen Drogenbesitzes waren eingereicht worden.

Die höchst heikle Situation war von internationaler Bedeutung. Beide Seiten waren verhandlungsbereit. Die Saudis wollten, dass die Drogenbarone ausgewiesen wurden. Die Amerikaner wollten die Missionare in Sicherheit wissen. Und so kamen sie am frühen Nachmittag überein, dass die beiden Amerikaner in ein Krankenhaus eines Militärstützpunktes dreißig Meilen außerhalb von Riad verlegt wurden. Amerikanische Spezialisten würden ihre Betreuung übernehmen. Die Reeds würden ihr Visum abgeben und die Klagen würden fallengelassen.

Charles Reed wurde gegen den ärztlichen Rat seines Chirurgen verlegt. Er sei operiert worden und die Prognose sei nicht gut. Seine Herzoperation sei durch das Kokain verkompliziert worden, das durch seinen Blutkreislauf raste, durch die Verzögerung in der Behandlung und durch das vorher bereits vorhandene Herzleiden.

Die Operation habe mehr als drei Stunden gedauert. Dank Lüftungsanlagen, Schläuchen, Monitoren und anderen Geräten konnte er noch atmen und sein Herz schlug weiter. Doch es wäre eine Übertreibung gewesen zu behaupten, dass er noch lebte. Die Prognose seines Chirurgen war düster. Eine Verlegung würde das Unvermeidliche nur beschleunigen.

Die Botschaft wollte Charles jedoch unbedingt in der Obhut amerikanischer Ärzte wissen. Sie ignorierten den Rat des saudischen Chirurgen und genehmigten die Verlegung.

* * *

Brad wachte am Samstagmorgen vom Kaffeegeruch auf. Er hatte einen schweren Kopf und war desorientiert – dieser Moment zwischen Tiefschlaf und völligem Wachsein – und er wurde nicht recht schlau aus seiner Umgebung. Er rieb sich die Augen und blinzelte, als die helle Sonne durch die vergitterten Fenster auf sein Feldbett schien. Die warmen Strahlen machten seinen Kopf frei. *Ach, richtig,* erinnerte er sich. *Eine bundesstaatliche Arrestzelle. Ein Gefangener meiner eigenen Regierung.*

Brad strahlte beim Gedanken an die Logik seines Plans. Natürlich hätte er es vorgezogen, an einem Ort seine Berufung auszuhecken, wo er unbeaufsichtigt das Badezimmer benutzen konnte. Doch was die schiere Brillanz der juristischen Strategie anging, war er sicher, sich selbst übertroffen zu haben. Gestern hatte sein Fall noch nirgendwo hingeführt; heute hatte er einen ernsten Grund für eine Berufung. Es war weit hergeholt, aber es war ein Grund.

Spät am Donnerstagabend war es ihm aufgegangen: Hör auf, diesen Fall gegen die Regierung vor der Richterin zu verhandeln; verhandle den Fall gegen die Richterin vor der Regierung. Stell die Richterin vor Gericht. Ärgere sie so, dass das Protokoll unmissverständlich ihre Voreingenommenheit widerspiegelt. Widerspruch wegen richterlichen Fehlverhaltens. Bitte das Berufungsgericht um eine neue Verhandlung vor einem unvoreingenommenen Richter. Tausche die winzige Chance, die du vielleicht auf ein erstinstanzliches Urteil hast, gegen die viel bessere Chance auf eine erfolgreiche Berufungsverhandlung ein. Würfle mit den Jungs vom vierten Bezirk.*

Zu Brads Überraschung war er jetzt eine Art Volksheld unter den Bundesmarshals, die die Haftanstalt von Norfolk leiteten. Sie hatten ihm am Vorabend anvertraut, dass sie die brütende Arroganz von Baker-Kline ebenfalls nicht ausstehen konnten. Man konnte es ihr nie recht machen, sagten sie. Und die Marshals, die ab und zu zum Schutz der Richterin in den Gerichtssaal abgestellt wurden, gehörten zu ihren bevorzugten Prügelknaben. Brad beschlich der leise Verdacht, dass seine Bewacher davon träumten, der Gerichtssaal-Despotin genauso Kontra zu geben, wie er es getan hatte.

Am Abend zuvor hatte man Brad erlaubt, allein zu duschen. Er hatte seine eigene Arrestzelle – klein, feucht und modrig, mit nur einer Pritsche und einer offenen Toilette an der gegenüberliegenden Wand – aber zumindest war es seine eigene. Keine Drogenbarone als Zimmergenossen. Und jetzt, um sieben Uhr morgens am Sonntag, begann sein Tag mit heißem Kaffee.

»Morgen, Brad.« Es war Clarence, einer der Marshals, der am Abend

---

* Das »United States Court of Appeals for the Fourth Circuit« ist das Berufungsgericht des vierten Bezirks der USA in Richmond, Virginia (Anm. d. Übers.).

zuvor mit Brad Geschichten ausgetauscht hatte. Clarence stand vor der Zelle und hielt zwei Styroporbecher in den Händen.

»Hier ist nicht das Hilton, aber miesen Kaffee gibt's hier auch.«

»Danke, Mann.«

Clarence grunzte irgendetwas, stellte die beiden dampfenden Becher mit schwarzem Kaffee auf den Boden und machte sich daran, Brads Zelle aufzuschließen. »Du hast Besuch, Brad. Sie ist ziemlich penetrant. Wenn sie jemand anderen besuchen wollte, hätte ich ihr gesagt, wo sie sich hinscheren soll. Aber ich dachte mir, du würdest sie heute Morgen vielleicht sprechen wollen.«

Brad konnte sich ein Grinsen nicht verkneifen. Er wusste, wer es war.

»Aber hey, sag ihr, sie soll sich entspannen, sonst kommt sie nächstes Mal nicht durch. Und wenn sie für dich arbeitet, setz sie auf Diät.« Und das von einem Mann, der offensichtlich mehr als genug Donuts verschlungen hatte.

»Das kannst du ihr selbst sagen«, sagte Brad und streckte seinen Rücken. Er war nicht überrascht, dass Bella so früh da war. »Gibt es hier eine Art Konferenzraum, wo wir ungestört reden können? Es dauert nicht lange.«

»Na ja, genau genommen ist jetzt nicht Besuchszeit.« Clarence reichte Brad den heißen Becher. »Aber ich schau mal, was ich tun kann.« Er drehte sich um, ließ die Tür offen und trottete langsam den Flur hinunter.

Brad nippte an dem kochend heißen Kaffee. Furchtbar. Doppelt so stark wie das Zeug in seinem Büro und ohne Sahne. Sobald Clarence verschwunden war, goss er die kräftige schwarze Flüssigkeit in die schmutzige Toilette. Er setzte sich vorsichtig auf seine fleckige Pritsche und widerstand dem Drang, einfach zur Tür hinauszuspazieren.

* * *

Für eine Dame von nur einsachtundfünfzig war Bella Harper eine imposante Gestalt. Dafür sorgte ihre Persönlichkeit, definitiv nicht ihr Aussehen. Sie war im wahrsten Sinn des Wortes eine Bulldogge.

Sie versammelte einiges an Gewicht in ihrer kurzen Gestalt. Niemand wagte zu fragen, wie viel. Ebenso wenig hatte jemand den Mumm, sie nach ihrem Alter zu fragen. Bella feierte nicht Geburtstag.

Bella trug ihr graumeliertes Haar in einem Männerhaarschnitt, herzlich wenig Make-up, rauchte gewöhnlich eine Packung Zigaretten am Tag und trug einen finsteren Blick zur Schau, der den Leuten deutlich machte, dass sie eine Frau war, mit der nicht zu spaßen war.

Außerdem war sie die weltbeste Rechtsanwaltssekretärin.

Bella arbeitete für Brad, seit er nach dem Examen seine Anwaltskanzlei eröffnet hatte. Von ihrer direkten Art abgesehen, war sie eine rau-liebevolle Mutter für Brad, vor allem, als Brads Frau sich von ihm scheiden ließ, weil sie nicht länger mit der Juristerei um seine Aufmerksamkeit kämpfen wollte. Bella jedoch war erbittert loyal, sowohl Brad gegenüber als auch gegenüber ihrer eigenen kranken Mutter, um die sie sich mit der Achtsamkeit einer Meistergärtnerin kümmerte.

Und heute war es schön sie zu sehen. Sie fuhr ihren Laptop hoch, als sie den Raum betrat, und ließ sich auf den am Boden festgeschraubten Stuhl auf der gegenüberliegenden Seite des ebenfalls am Boden verankerten Metalltischs fallen.

»Sie sehen aus wie der Tod an einem schlechten Tag«, sagte Bella, mit ihrem New Yorker Akzent, ohne aufzusehen.

»Danke.« Er stand auf und begann, auf seiner Seite des Konferenztisches auf und ab zu gehen. »Sie sehen auch nicht besonders toll aus.«

Brad log nicht. Bellas Augen waren blutunterlaufener als normalerweise. Weil es kein offizieller Arbeitstag war, war sie nicht »professionell« gekleidet. Ihre schwarze Stretchhose schien zwei Größen zu klein.

»Ich habe die drei größten Anwaltskanzleien angerufen, die die meiste Erfahrung mit Bundesgerichten haben.« Bella hielt sich nicht mit Vorreden auf. Als hätte Brad an diesem Tag noch wichtige Termine. »Keine von ihnen will sich um diese Notfallverfügung kümmern. Sie bringen alle dieselben lahmen Ausreden vor – zu viel zu tun, Terminplankollisionen, Sie kennen das ja. Alle haben Angst sich mit Ichabod anzulegen.«

Dieser Teil des Plans hatte Brad immer Sorgen bereitet. Er wusste, er konnte nicht mit Anwälten Kontakt aufnehmen, damit sie ihn vertraten, bevor er seinen kleinen Trick durchgezogen hatte. Es hätte zu kalkuliert ausgesehen. Jetzt war er der Gnade der örtlichen Anwaltschaft ausgeliefert, während er sich allein auf seine Verteidigung vorbereitete. Keine der üblichen Bundesgerichtskanzleien würde sich mit einer amtierenden Bundesrichterin anlegen. Brad hatte eine Menge Freunde, die es ohne zu zögern tun würden, aber er würde sie nicht fragen. Er würde diese Freundschaften nicht belasten, nur um ein paar Tage früher aus dem Knast zu kommen.

Seine Schritte wurden energischer. Er fuhr sich mit der Hand durch seine ungekämmten Haare.

Bella redete weiter: »Harris, Clark & Yarbrough; Day & Adams; Kilgore & Strobel. Sie geraten alle in Panik. Ich habe ihnen den vollen Stundensatz angeboten. Man konnte sie durchs Telefon fast lachen hören. Brad, Sie haben schon die Hälfte ihrer Mandanten verklagt. Sie zu vertreten wäre Selbstmord für sie.«

»Man sollte ihnen mal sagen, sie sollen diese Klagen nicht immer so persönlich nehmen«, brummelte Brad.

»Genau.«

Bella griff geistesabwesend in ihre Handtasche und zog eine Packung Camels heraus. Als sie eine anzündete, füllte widerlicher Rauch den schlecht belüfteten Raum. Brad ging weiter schweigend auf und ab, wobei er seine Route änderte und einen weiten Bogen um Bella machte.

»Übrigens«, sagte Bella zwischen zwei Zügen, »ich musste Tina feuern.«

Brad hielt mitten im Schritt inne und stöhnte. »Kommen Sie, Bella! Wir haben auch so schon zu wenig Personal! Tina hat ihre Arbeit gut gemacht. Wie oft haben wir das schon diskutiert?«

»Tina war ein Parasit«, schnappte Bella. »Sie kam spät herein, machte zwei Stunden Mittagspause und war um fünf wieder weg. Ich hätte sie schon vor einem Jahr feuern sollen. Ich mache ihre Arbeit besser selbst.«

»Vor einem Jahr war sie noch nicht einmal bei uns«, protestierte Brad. »Und jetzt werden Sie in der Tat ihre Arbeit selbst machen.«

Er wartete auf eine Antwort, doch Bella paffte nur schweigend weiter.

»Schalten Sie die üblichen Kleinanzeigen. Und vergessen Sie die juristischen Fachzeitschriften nicht«, sagte Brad. Er brauchte dringend Koffein, um einen klaren Kopf zu bekommen. »Und diesmal, Bella, will ich, dass die Rechtsanwaltsgehilfinnen sich direkt bei mir vorstellen. Ich stelle sie ein und nur ich feuere sie.«

Er sah wieder zu Bella hinüber und wartete auf ihre Bestätigung. Sie ignorierte ihn und zog noch mehr Akten aus ihrer Aktentasche. Es hatte keinen Sinn, jetzt wütend auf sie zu sein. Er würde sich später mit ihrer Haltung befassen. Zumindest war sie hier, früh am Samstagmorgen. Und sie hatten wichtigere Dinge zu besprechen als die Büroleitung.

Er wechselte das Thema. »Wir brauchen bis heute Abend einen Schriftsatz mit Antrag für eine gerichtliche Verfügung, persönlich eingereicht bei Richterin Baker-Kline und einem Richter am Berufungsgericht, um auch nur die Chance auf eine Anhörung am Montag zu haben. Wir werden ihn selbst schreiben müssen. Sie müssen mir bei der Recherche helfen. Ich werde ihn unterschreiben und ihn vor dem Berufungsgericht geltend machen.«

Als Antwort nahm Bella einen weiteren langen Zug von ihrer Camel, dann warf sie einen Aktenordner und eine Lesebrille vor Brad auf den Tisch. Er setzte die Brille auf, öffnete den Ordner und war nicht allzu überrascht, einen zweiundzwanzigseitigen Schriftsatz mit dazugehörigem Antrag darin zu finden. Bella konnte ein Grinsen nicht unterdrücken. Ihre blutunterlaufenen Augen blitzten.

»Ich war die ganze Nacht auf und hab das Baby hier aufgesetzt«, sagte sie stolz. »Ich hatte ein bisschen Hilfe.«

Brad setzte sich und begann zu lesen, wobei er den Rauch ignorierte, der in Wellen über den Tisch wogte. Ichabod klang wie der Ayatollah. Der Schriftsatz war gefüllt mit geltendem Fallrecht – Präzedenzfälle, bei denen noch unerhörteres Verhalten von anderen Anwälten für nicht ausreichend erklärt wurde, um eine Strafe wegen Missachtung zu rechtfertigen. Bereits auf Seite elf war Brad bereit zu unterschreiben.

»Das wird nicht nötig sein«, sagte Bella. »Sie wissen ja, was man sagt. Ein Anwalt, der sich selbst vertritt, hat einen Narren zum Mandanten.«

»Jemand muss es unterschreiben.«

»Warum sehen Sie sich nicht die letzte Seite an, bevor Sie schon wieder eine Diskussion anfangen, die Sie nicht gewinnen können?«

Brad sah nach und sein Mund blieb offen stehen.

Die Unterschrift gehörte Jay Sekulow, dem renommierten Verfassungsrechtexperten des *American Center for Law and Justice*. Sekulow hatte das persönliche Ansehen und die juristische Feuerkraft, um die Aufmerksamkeit der Richter des *Fourth Circuit* zu bekommen. Der Geruch nach Sieg begann den abgestandenen Qualm von Bellas Zigaretten zu ersetzen.

»Ich musste nicht einmal betteln«, sagte Bella knapp. »Es hat sich herausgestellt, dass er den Fall bereits genau verfolgt hat. Seine Gruppe ist dick im Geschäft bei Religionsfreiheitsfällen. Im Gegenzug«, sie senkte die Stimme und murmelte den Rest, »musste ich nur versprechen, dass Sie bei *Jay Sekulow Live* auftreten, wenn Sie rauskommen.«

»Sie mussten was?« Brad legte den Kopf schief, als würde es diese Nachricht ändern, wenn er Bella aus einem anderen, skeptischen Blickwinkel ansah. »Das hat mir gerade noch gefehlt! Eine landesweit syndizierte Radiosendung. Brad Carson, der neue Schoßhund der christlichen Rechten.« Er nahm die Brille ab und legte sie auf den Tisch. Dann beugte er sich vor, verengte die Augen und fixierte Bella, um sein Argument deutlich zu machen.

»Ist mir gleich«, sagte er mit einem schiefen Lächeln.

* * *

Am Nachmittag saß Brad in der königlichen Kanzlei der ehrenwerten Richterin Cynthia Baker-Kline. Es war eine surreale und zugleich erniedrigende Szene. Die Richterin saß hinter ihrem ausladenden Eichentisch, gekleidet in einen schwarzen Nadelstreifenanzug. Die stellvertretende Bezirksstaatsanwältin Angela Bennett saß neben Brad und trug ebenfalls ein Kostüm, das Macht demonstrierte; und das am Samstagnachmittag. Brad trug seinen orangefarbenen Gefängnisoverall, seine Füße zierte die Standardausgabe der Gefängnis-Flip-Flops.

Brad wusste, in welcher Klemme er steckte, als er rechtzeitig in Ichabods Büro ankam, wo er feststellte, dass die Richterin und die Staatsanwältin sich schon besprachen. Solche einseitigen Treffen waren genau genommen regelwidrig – ein Richter sollte nie einen Fall diskutieren, wenn nur ein Anwalt anwesend ist –, doch als Brad das Büro betrat, begannen die beiden Frauen ziellos über alle möglichen nicht juristischen Themen zu plaudern. Die Botschaft war deutlich: Wir haben nicht über den Fall geredet, du musst dir also gar nicht erst die Mühe machen dich zu beschweren.

Ichabod tat, als bemerkte sie seinen Overall nicht. Aber Brad nahm ein Dauergrinsen auf den Lippen von Bennett wahr, die viel zu viel Spaß zu haben schien.

»Wie geht's so?«, fragte sie abfällig.

»Mir ginge es besser, wenn ich daran gedacht hätte, am Freitag meine Zahnbürste mit ins Gericht zu bringen.«

Ichabod lächelte nicht. Sie begann, ein Angebot darzulegen, von dem Brad sicher war, dass sie es schon mit Staatsanwältin Bennett besprochen hatte. Es war Zeit für Schadensbegrenzung und Ehrenrettung für Ichabod.

Es war eindeutig, dass sie diesen Fall nicht in die Revision gehen lassen wollte. Jetzt, wo sie sich beruhigt, Brads Schriftsatz gelesen und den Namen Jay Sekulow gelesen hatte, war sie offensichtlich bereit, alles in ihrer Macht Stehende zu tun, um das Berufungsgericht in Richmond davon abzuhalten, den Fall zu prüfen und ihr Verhalten zu beurteilen.

»In dieser Situation kann niemand gewinnen«, sagte Ichabod, die Ellbogen auf dem Tisch, die Fingerspitzen aneinandergelegt. Sie sah zwischen Brad und Angela Bennett hin und her. »Ich habe lange darüber nachgedacht. Mr. Carsons' unkluge Handlungen haben die emotionale Natur dieses höchst aufgeladenen Falles eskalieren lassen und eine für alle Beteiligten schwierige Situation geschaffen.«

Brad bemerkte plötzlich, dass kein Gerichtsschreiber anwesend war, um ihr Gespräch aufzunehmen. »Ich habe jedes Recht und gute Lust dazu, Sie so lange im Gefängnis zu behalten, wie Sie sich stur weigern, sich für Ihr kindisches Verhalten zu entschuldigen«, fuhr sie fort, wobei sie ihn mit ihrem selbstgerechten Blick ansah.

Brad breitete die Hände aus - versuch's doch.

»Aber ich werde es nicht tun«, verkündete Ichabod, »weil ich mich weigere, mich von einem Anwalt auf sein Niveau herunterziehen zu lassen.«

Bennetts Grinsen wurde breiter.

»Stattdessen möchte ich eine Übereinkunft vorschlagen, die das Ganze in eine Win-Win-Situation verwandeln könnte.« Ichabod blätterte in ihren Papieren und begann, aus ihren Notizen abzulesen.

»Ich rate dringend dazu, dass der Anwalt in diesem Verfahren eine Verständigung in Betracht zieht, und ich habe mir ein paar Gedanken über die Art der Bedingungen gemacht, die ich akzeptieren würde. Lassen Sie mich offen zu Ihnen sein, Mr. Carson. Ihr Mandant hat keine Chance, freigesprochen zu werden.«

Sie sagte es und schwieg, als wäre das eine schockierende Behauptung gewesen. In Wahrheit wusste es Brad von dem Moment an, als sich abzeichnete, dass Ichabod den Fall hören würde. Jahre zuvor, als sie neu auf der Richterbank war, hatten ein paar Pro-Life-Senatoren ihre Bestätigungsverhandlungen mehr als anderthalb Jahre verzögert und nach Schmutz gegraben, den sie nicht fanden. Es war im Gerichtsgebäude allgemein bekannt, dass Ichabod ein gutes Gedächtnis hatte und die Verantwortlichen über einen Kamm scherte.

Brad hatte viel Zeit damit verbracht, sich in den Hintern zu beißen, weil er seinem Mandanten vorgeschlagen hatte, auf sein Recht auf ein Geschworenengericht zu verzichten und sein Glück mit einem Richter zu versuchen.

»Ich nehme an, das Gewissen von Reverend Bailey würde ihm nicht erlauben, sich in diesem Fall schuldig zu bekennen, also wäre ich bereit zu akzeptieren, dass er als Angeklagter die Aussage verweigert. Es hätte natürlich denselben Effekt, nur dass er sich nicht schuldig bekennen müsste. Sie werden sämtliche Klageeinwände zurückziehen und auf alle Rechte auf Berufung verzichten und ich werde den Reverend schuldig sprechen. Ich werde ihn nur zu vier Tagen Gefängnis verurteilen, abzusitzen an vier aufeinanderfolgenden Samstagen. Keine Aufenthalte über Nacht. Ich werde ihn außerdem zu insgesamt sechs Monaten Gefängnis verurteilen; diesen Teil seiner Strafe werde ich aber zur Bewährung aussetzen, sein gutes Benehmen für ein Jahr vorausgesetzt - unter anderem keine Proteste oder Gebetstreffen in einem Radius von dreißig Metern von sämtlichen Abtreibungskliniken.«

Ichabod hörte auf zu lesen und sah Brad an. Er saß mit gänzlich versteinerter Miene da, fest entschlossen, ihr nicht die Befriedigung einer Reaktion zu verschaffen. Es *war* ein gutes Angebot. Und er wusste, es war aus Ichabods Wunsch geboren, nicht vor den Berufungsrichtern in Richmond schlecht dazustehen. Jedoch wollte er nicht so wirken, als wäre er völlig darauf erpicht, auf das Angebot einzugehen. Besser, man ließ den Richter ein bisschen schwitzen.

»Ich werde das mit meinem Mandanten besprechen müssen«, sagte Brad und rieb sich nachdenklich sein unrasiertes Kinn.

»Richterin, ich weiß nicht, ob ich dem zustimmen kann!«, brach es aus Bennett heraus. »Es ist sehr nachsichtig. Aber dieser Fall gerät außer Kontrolle und ich würde dieses Thema sehr gern beenden.« Sie machte eine effektvolle Pause.

Alles Teil einer sorgfältig choreografierten Show – mit mir als Publikum, dachte Brad. Er fühlte sich geschmeichelt.

»Ich werde dem zustimmen«, sagte Bennett schließlich und versuchte, zögerlich zu klingen, »aber nur, wenn wir es bis heute Nachmittag um fünf unter Dach und Fach bringen können. Ich bin nicht bereit, das ganze Wochenende darüber nachzudenken, was wir tun werden. Ich habe ein

Schlussplädoyer für diese Verhandlung vorzubereiten … angenommen natürlich, dass Mr. Carson vernünftig genug ist, sich zu entschuldigen.«

»Oh, das ist ein anderes Thema«, sagte Ichabod und sah in ihre Notizen, als fiele ihr eben etwas wieder ein. »Wenn wir uns alle auf diese Abmachung einigen können, werde ich Mr. Carson am Montagmorgen aus dem Arrest entlassen.«

Was für eine Überraschung.

»Also, Mr. Carson, was wird es geben?«

Er war versucht, wieder »ist mir gleich« zu sagen. Er war versucht, Ichabod zu sagen, wie sehr er das Gefängnis mochte und wie sehr die Marshals ihn mochten, weil er sich ihr widersetzt hatte. Stattdessen starrte er nur auf seine Flip-Flops hinab. Es war wirklich ein guter Handel für seinen Mandanten und er wollte nichts sagen, was ihn aufs Spiel setzen konnte.

»Mein Mandant ist ein Mann von starken Überzeugungen«, sagte Brad feierlich. »Und ich bin mir nicht sicher, ob er einverstanden sein wird. Aber ich werde mit ihm reden und ich werde es ihm empfehlen. Und ich werde Ihnen bis fünf Bescheid sagen.«

»Danke, Mr. Carson«, sagte Ichabod und klang dabei gleichzeitig ehrlich und selbstzufrieden. Dann sah sie Bennett an. »Ich würde gern einen Moment allein mit Mr. Carson sprechen, bitte.«

Die Regierungsanwältin entschuldigte sich rasch. Brad studierte noch ein wenig seine Flip-Flops; er wusste, was kommen würde. Kein Gerichtsschreiber, keine Zeugen. Ichabod würde ihn in seine Schranken weisen.

»Mr. Carson«, begann sie, die Stimme leise und ruhig, während sie jede Silbe abwog, »Sie halten sich vielleicht für sehr schlau. Und, das muss ich zugeben, Sie haben mit Ihrem kleinen Trick für Ihren Mandanten in diesem Fall gut abgeschnitten. Aber das Wichtigste, was jeder Anwalt in meinen Gerichtssaal mitbringt, ist seine oder ihre Glaubwürdigkeit. Und wenn Sie die einmal verloren haben, bekommen Sie sie nie wieder zurück. Sie haben auch noch den allerletzten Rest Ihrer Glaubwürdigkeit bei mir als Richterin verloren, Mr. Carson. In meinem Gerichtssaal sind Sie ein gezeichneter Mann. Und ich habe ein gutes Gedächtnis.«

Brad spürte, wie ein tiefer Atemzug seinen Körper verließ, und mit ihm ging ein Teil des Stolzes auf seine geschickte Leistung einher. Er hatte tatsächlich für seinen Mandanten gut abgeschnitten, doch um welchen Preis für seine eigene Karriere? Wollte er wirklich als der Anwalt im Gedächtnis blieben, dem man nicht trauen konnte, selbst bei jemandem, der so engstirnig war wie Ichabod?

Er begann, sorgfältig die Worte für eine Antwort zu wählen, doch Ichabod ließ ihm nicht die Chance dazu. Sie drückte einfach auf einen Knopf unter ihrem Tisch und ein Marshal erschien an der Hintertür.

»Clarence«, sagte sie, »stellen Sie Mr. Carson eine halbe Stunde von seiner Strafe wegen Missachtung frei, damit er sich eine Zahnbürste kaufen gehen kann.«

Brad stand auf und schenkte Ichabod ein verblüfftes Lächeln. Er wartete darauf, dass sie aufsah, damit er ihr die Hand reichen konnte. *Nichts für ungut?*

Doch Ichabod begann, in irgendwelchen Papieren zu lesen, und machte sich nicht die Mühe, aufzustehen, ihm die Hand zu geben oder ihn auch nur anzusehen.

»Guten Tag, Mr. Carson«, sagte sie, ohne den Blick von dem Blatt vor sich abzuwenden.

* * *

»Was hat er gesagt?«, fragte Bella.

Sie saß mit Brad in dem stickigen, feuchten Gefängnis-Konferenzraum. Er hatte von der Verständigung berichtet, die Ichabod angeboten hatte, dann hatte er Reverend Bailey von einem Handy aus angerufen, das Clarence Bella in den Konferenzraum hatte mitbringen lassen.

»Er sagt, wenn ich das empfehle, dann nimmt er es an.«

»Der Mann ist eindeutig ein schlechter Menschenkenner«, bekundete Bella.

Brad ignorierte den Sarkasmus und starrte nachdenklich zu Boden. Er war ziemlich sicher, dass er diesen Fall gewonnen hatte. Er hatte nur nicht gedacht, dass Gewinnen sich so schlecht anfühlen würde.

* * *

Sarah Reed versuchte, ihre Augen zu öffnen, war plötzlich blendenden Lichtern ausgesetzt und schloss sie wieder. In ihrem Kopf hämmerte es und sie hatte das Gefühl, den Dunstschleier nicht loszuwerden. Sie hörte entfernte Stimmen, konnte aber die Worte nicht ausmachen. Sie versuchte zu sprechen, versuchte zu schreien und jemandem von dem Schmerz zu erzählen, doch die Geräusche purzelten nur aus ihrer Kehle und ergaben keinen Sinn.

Sie versuchte zu schlafen, doch der Schlaf wollte nicht kommen. Ihr Geist wechselte zwischen Ohnmacht und Bewusstsein, während Albträume die Grenzen zwischen Realität und Träumen verschwimmen ließen. Sie versuchte, die Hand auszustrecken und etwas Reales zu greifen, sich zu orientieren, doch ihre Arme reagierten nicht. *Wo bin ich? Wo ist Charles?* Dann wurde der Schleier dunkler und sie schwebte davon, während Stimmen sie in der Ferne verspotteten.

»Sarah?«

Eine körperlose Stimme schnitt durch den dichten Nebel, der sie einhüllte. Eine Berührung am Arm, ein fernes Schütteln, dann dieselbe freundliche Stimme.

»Sarah, hören Sie mich?«

Es war die Stimme eines Mannes. *Vielleicht Charles?*

Sie streckte die Hand nach ihm aus, fand Trost in den sanften und verständnisvollen Augen. Er kam näher, brachte Frieden und Ordnung in ihre Gedanken. Ohne auch nur zu wissen, warum, tröstete sie seine Gegenwart. Sie konnte sich nicht erinnern, was geschehen war, aber sie spürte große Gefahr und großen Verlust. Und dann … veränderte er sich. Das Gesicht verfestigte sich vor ihren Augen und verwandelte sich in das ledrige Konterfei des Muttawa-Anführers, der Blick wurde fanatisch. Sarah hörte sein abscheuliches Lachen … sie schreckte zurück, von Furcht überwältigt.

»Sarah.«

Noch eine sanfte Berührung. Diesmal öffnete sie die Augen und blinzelte, um sie vor dem grellen Schein der Lampen zu schützen. Sie konnte den Umriss einer Gestalt ausmachen, die über ihr stand.

»Sarah, mein Name ist Dr. Rydell«, sagte die sanfte Stimme. »Wissen Sie, wo Sie sind?«

Sarah nickte ganz leicht mit dem Kopf. Zumindest versuchte sie es. Sie wusste nicht, ob es ihr tatsächlich gelang. Sie versuchte sich zu konzentrieren. Sie spürte, wie der Schlaf zurückkam und wusste irgendwie, es würde nicht lange dauern, bis sie eine Antwort wegen Charles bekam.

»Sie sind in einem Krankenhaus des Marinestützpunktes außerhalb von

Riad. Sie haben einen ziemlich bösen Schlag auf den Kopf bekommen, aber das wird schon wieder. Sie brauchen ein bisschen Ruhe.«

Auch noch als der Nebel sich wieder um sie zusammenzog, fühlte Sarah, wie die Bilder über sie hereinbrachen. Die Muttawa. Charles. Blut, das von seinem Gesicht tropfte. Die Männer, die auf sie zukamen. Sie schloss die Augen und fühlte, wie ein Strom von Tränen ihr Gesicht hinab und auf ihr Kissen rann.

Sie musste es wissen.

Sie mühte sich mit den Worten ab, kämpfte darum, für einen letzten wichtigen Augenblick den Nebel abzuschütteln, doch ihre Zunge fühlte sich geschwollen an und gehorchte ihr nicht. Dennoch schaffte sie es, ein einzelnes Wort zu formen, fragte mit Blicken und Lippen.

»Charles?«

Der Doktor streckte die Hand aus und berührte wieder ihren Arm, beugte sich vor und flüsterte fast. »Leider konnten wir ihn nicht retten«, sagte der Mann. »Wir haben alles versucht, was wir konnten, aber er ist vor ein paar Stunden an einem schweren Herzversagen gestorben.« Er zögerte einen kurzen Moment, während die furchtbare Nachricht durch den Nebel drang und ihr Herz durchbohrte. »Es tut mir leid, Sarah.«

Nein!, wollte sie schreien. Holt ihn zurück! So darf es nicht enden! Nicht für die, die Gott lieben und nach seiner Bestimmung berufen sind …

Weitere Bilder blitzten - unbeachtet - in ihrem Geist auf, Bilder von ihren letzten gemeinsamen Momenten im Kampf. Jetzt erinnerte sie sich. Lebhaft. Die Art, wie Charles sich mutig weigerte, die Namen von anderen Pastoren herauszugeben. Die brutale Reaktion der Muttawa. Der Schmerz und das Blut.

Sie musste ihren Mann noch einmal in den Armen halten … ihm auf Wiedersehen sagen … ihm sagen, wie sehr sie ihn liebte … wie schwer es werden würde ohne ihn … wie viel er sie über die Liebe Christi gelehrt hatte.

Doch Charles war nicht da und selbst in ihrem drogenvernebelten Zustand verstand sie mit furchtbarer Gewissheit, dass er nie wiederkommen würde. Sie merkte, dass sie den Arm des Doktors umklammerte, und ihre Lippen formten eine letzte quälende Frage, als sie zurück in die Dunkelheit glitt.

»Warum, Gott? Warum?«

Teil II

Das Gesetz

5

Sechs Monate später

Leslie Connors sah auf ihre Uhr und konnte kaum glauben, dass es schon halb zwölf Uhr nachts war. Die juristische Bibliothek schloss in dreißig Minuten. Wie üblich war ihr die Zeit ausgegangen, bevor ihr die Arbeit ausging.

Sie lehnte sich auf ihrem Stuhl zurück und sah sich verstohlen um. Es war nicht überraschend, dass sie als Einzige im Untergeschoss übrig war. Die meisten Studenten mieden die Einsamkeit und Verzweiflung, die in diesem Teil der Katakomben zu lauern schienen. Keine Fenster, kein Lärm, keine geselligen Menschen, keine Ablenkung. Genau wie Leslie es gern hatte.

Sie verbrachte ihre Zeit Nacht für Nacht in derselben Arbeitsnische, mühte sich ab und verfolgte ihren Traum. Diese Arbeitsnische gehörte ihr; nicht im rechtlichen Sinne, sondern durch die persönliche Note, die sie überall in dem kleinen Würfel versprüht hatte, und dadurch dass sie jegliche Eindringlinge bestrafte. Schließlich war sie Jurastudentin im zweiten Jahr und schon ein bisschen so etwas wie eine Legende. Sie war drauf und dran, den zweitbesten Abschluss ihrer Klasse zu machen. Schon allein diese Leistung würde sie einen Schritt näher an ihr Ziel bringen, eine der besten Anwältinnen für internationales Recht im ganzen Land zu werden. Die Welt schrumpfte und das globale Dorf wurde zunehmend Realität. Leslie genoss den Gedanken an die Reisen, das Prestige, die intellektuelle Herausforderung – und ja: an das Geld. Für ein Mädchen, das in einer Wohnwagensiedlung aufgewachsen war, schien ein Beruf, in dem man multinationale Konzerne vertrat, wie das perfekte Ticket in ein besseres Leben zu sein.

Es gab kein Opfer, das sie dafür nicht bringen würde.

Ihre Arbeitsnische war an der ganzen Rückseite von Gesetzbüchern gesäumt. Bilder, Notizen auf gelben Klebezetteln und To-Do-Listen übersäten die Seitenwände. Eines der verblassten Fotos zeigte die glücklicheren Zeiten in ihrem Leben. Es war ein Bild von Leslie und ihrem verstorbenen Mann, Arm in Arm auf der Treppe des U.S. Supreme Court.

Als er dreiunddreißig Jahre alt war, diagnostizierte man bei Bill eine aggressive Form von Prostatakrebs, die bereits Metastasen gebildet hatte. In den folgenden bittersüßen neun Monaten ließ Bill Leslie versprechen, ihre juristische Karriere weiterzuverfolgen. Sie hatte sie den Kompromissen des wirklichen Lebens geopfert, die ein junges Paar eingehen musste, wenn es über die Runden kommen wollte. Und so schrieb sich Leslie mit achtundzwanzig Jahren, und seit acht Jahren zum ersten Mal ohne Bill an ihrer Seite, an der William and Mary Law School ein. Seither hatte sie den Laden aufgemischt.

»Bereit für Freitag?«

Leslie zuckte zusammen und wirbelte herum. Ihre Freundin Carli lächelte. »Sind wir heute ein bisschen nervös?«

Leslie schüttelte den Kopf und lächelte zurück. »Wusste ja nicht, dass du dich anschleichst!«

»Ich komm nur vorbei, um zu schauen, ob du hier unten vielleicht gestorben bist oder einen Schlafsack brauchst oder sowas.«

»Sehr lustig.«

Carli musterte die Fallsammlungen und Schriftsätze, die überall in der Nische verteilt waren. »Und … bist du bereit?«

»Noch nicht, aber ich werde es sein.«

»Ja, genau«, neckte Carli. »Kein Stress, aber die Fakultätsbuchmacher handeln dich als Fünf-zu-Eins-Außenseiter. Sie sagen, du wirst unter Strobels vernichtenden Fragen zusammenbrechen.«

»Und was sagst du?«

»Dass Strobel so begeistert sein wird, dass er dir auf der Stelle einen Traumjob als Anwältin für internationales Recht in seiner Kanzlei anbieten wird.«

»Nur zur Sicherheit«, sagte Leslie, »solltest du vielleicht ein paar Scheinchen gegen mich setzen.«

Carli lachte und gab Leslie einen neckischen Schubs, als sie ging. »Machst du Witze?«, warf sie über ihre Schulter zurück. »Das hab ich schon!«

Leslies Gedanken verweilten einen Moment bei Maximilian Strobel, dem geschäftsführenden Teilhaber der größten Anwaltskanzlei in Südostvirginia. Strobel war einer der drei Richter, die in zwei Tagen die Abschlussprüfungen abnehmen würden. Und was noch wichtiger war: Er leitete die einzige florierende Kanzlei für internationales Recht außerhalb von Washington D.C., New York und Los Angeles. Weil Leslie sich geschworen hatte, dass sie nie in einer dieser Riesenstädte wohnen würde, war Strobel ihre einzige Chance auf eine ernsthafte Karriere in internationalem Recht mit einer angemessenen Lebensqualität.

Sie sah wieder auf die Uhr. Es war jetzt fünfzehn Minuten vor Mitternacht. Nicht mehr lange bis sechs Uhr morgens. Sie griff in ihren Rucksack und zog ein paar Schlaftabletten heraus. Die Wirkung würde ungefähr dann eintreten, wenn sie in ihrem kleinen Einzimmerapartment war. Die fünfzehn Minuten bis dahin würde sie weise nutzen. Sie nahm einen Schriftsatz hoch und begann, ihn zum dritten Mal durchzulesen.

* * *

Am nächsten Morgen betrat Sarah Reed die Kanzlei von Carson & Partner, ganz und gar nicht davon überzeugt, dass sie das Richtige tat. In ihr nagte die Ansicht, Christen sollten Anwälte im Allgemeinen und Prozesse im Besonderen meiden. Dennoch hatte der beleidigende Brief, den sie jetzt in ihrer Handtasche trug, diese Überzeugung überwunden und Reverend Jacob Bailey, ihr Pastor in Chesapeake, hatte ihr geraten, hierher zu kommen. Sie kannte keinen anderen Anwalt, bei dem sie eine Chance sah, dass sie ihm vertraute.

Doch als sie im fünften Stock aus dem Aufzug des Gebäudes der Tidewater Community Bank am Rand eines Einkaufszentrums von Virginia Beach trat, begann sie zu zweifeln. Sie war vorher nie in einer Anwaltskanzlei gewesen. Sie wäre lieber zum Zahnarzt gegangen.

Sie folgte den Schildern von Carson & Partner bis ans Ende des Flurs. Dort zögerte sie vor der Eichentür, die mit dem Namen der Firma in goldenen Buchstaben geschmückt war. Dann holte sie tief Luft, sprach ein kurzes Gebet und betrat den Wartebereich.

Die Empfangsdame trug nicht dazu bei, dass sie sich wohler fühlte.

»Ja«, sagte die gedrungene Frau. Sie machte sich nicht die Mühe, ihr Tippen zu unterbrechen. Das Namensschild auf dem Schreibtisch wies sie als Bella Harper aus. Rauch waberte von einem Aschenbecher neben ihr auf, wo eine halb abgebrannte Zigarette schwelte.

»Ich möchte gern zu Mr. Carson«, sagte Sarah zaghaft.

»Haben Sie einen Termin?«, fragte Bella.

Sarah fühlte sich augenblicklich wie ein Trottel. Sie wusste, sie hätte vorher anrufen und einen Termin ausmachen sollen. Aber dann wäre sie festgelegt gewesen. Sie brauchte die Möglichkeit, sich aus dem Staub zu machen, wenn sie kalte Füße bekam. So wie jetzt.

»Nein. Reverend Jacob Bailey hat mich an Sie verwiesen. Ich hatte gehofft, ich könnte nur eine Minute von Mr. Carsons Zeit in Anspruch nehmen. Ich werde später wiederkommen.«

»Herzchen«, sagte Bella, die endlich geruhte aufzublicken. »Wir nehmen keinen, der einfach hereinschneit. Ich kann Ihnen einen Termin machen, aber es wird vermutlich ungefähr drei Wochen dauern, bis Mr. Carson Zeit für Sie hat. Er ist heute Morgen bei einem Gerichtsprozess, der eine Woche dauern wird. Danach hat er zwei Wochen lang einen Termin nach dem anderen.«

Drei Wochen!

Juristische Fragen waren etwas, um das Charles sich immer gekümmert hatte. Der Gedanke daran ließ Sarah Tränen in die Augen steigen, wodurch sie sich noch unsicherer fühlte. Es war auch nicht gerade hilfreich, dass Bella sie von oben bis unten musterte. Sarah war so emotional geworden, seit Charles tot war, und Wellen von Kummer überspülten sie zu den ungelegensten Zeiten.

»Ich mache einfach ein andermal einen Termin, wenn ich die Sache nicht selbst klären kann«, sagte sie zu Bella, schluckte hart und zwang sich zu einem künstlichen Lächeln.

»Ganz wie Sie wollen.« Bella nahm ihr Tippen wieder auf.

Sarah starrte Bella einen Moment entgeistert an. *Kein Wunder, dass Anwälte so einen schlechten Ruf haben.*

Dies war offensichtlich Gottes Art, ihr zu sagen, sie solle das Thema fallen lassen. Sie hätte überhaupt nicht herkommen sollen.

Als sie sich zum Gehen wandte, stürmte ein schlanker, gut gekleideter Mann durch die dicke Eichentür und rannte sie fast um.

* * *

»Entschuldigung«, sagte Brad, der nur knapp einer Kollision entging. Er schenkte der Frau einen fragenden Blick. »Kenne ich Sie?«

Sie zuckte die Achseln. »Ich glaube nicht.«

»Ich bin Brad Carson«, sagte er und streckte die Hand aus. *Sie kommt mir so bekannt vor.*

»Sarah Reed«, sagte sie leise. *Sogar der Name klingt vertraut.*

Brad bemerkte eine Rauchfahne aus dem Aschenbecher, wo Bella gerade ihre Zigarette ausgedrückt hatte.

»Was ist passiert?«, rief Bella aus. »Ich dachte, Sie wären im Gericht!«

»Wir haben uns geeinigt.«

Dann traf es ihn wie ein Schlag. Er hatte diese Dame in den Nachrichten gesehen. Die Missionarin, deren Mann in Saudi-Arabien gestorben war. CNN hatte ihre Aussage vor dem Außenpolitik-Ausschuss des Senats live gesendet. Die Regierung von Saudi-Arabien hatte Sarahs Mordvorwürfe verneint. Sie behaupteten, ihr Mann sei an einem Herzinfarkt gestorben, der nichts mit den Verletzungen zu tun hatte, die er erlitten hatte, als er sich einer Verhaftung wegen Drogendelikten widersetzt hatte.

Am Ende siegte die Bedeutung der gewaltigen saudischen Ölreserven über die Zeugenaussage einer Missionarin. Der Ausschuss verfasste einen vernichtenden Bericht, vermied aber echte Sanktionen gegen die Regierung von Saudi-Arabien und die Saudis erklärten sich bereit, eine interne Untersuchung durchzuführen und alle abtrünnigen Polizisten zu bestrafen. Der Senat setzte die Saudis für eine Weile auf Bewährung und die Saudis sagten zu, die Menschenrechte gewissenhaft zu wahren.

Das Öl floss weiter.

»Jetzt erinnere ich mich. Mein Beileid wegen Ihres Mannes«, sagte Brad aufrichtig. »Und es tut mir leid, wie Ihr Fall von der Regierung behandelt wurde.«

Sarah zuckte die Achseln und schien sich ein kleines bisschen zu entspannen. »Danke. Ich versuche einfach weiterzumachen. Einen Tag nach dem anderen.«

»Können wir Ihnen irgendwie helfen?«, fragte Brad. Bella schoss einen Blick auf ihn ab.

»Reverend Bailey hat sie an uns verwiesen«, sagte Bella, als erklärte das alles. Reverend Baileys Gemeindemitglieder hatten ihre Abtreibungsproteste nicht aufgegeben und viele hatten um Brads Vertretung gebeten.

Das eine Mal war genug gewesen.

Doch Brad konnte spüren, dass Sarah nicht aus diesem Grund gekommen war. Er sah etwas anderes in den weichen Linien ihres Gesichts. Sie sah müde aus, älter als sie nur wenige Monate zuvor gewirkt hatte, als er sie im Fernsehen gesehen hatte.

»Nun«, sagte Brad, »wie das Schicksal es will, ist mein Tag eben freigeworden. Kommen Sie mit in den Konferenzraum, dort können wir reden.« Er wandte sich mit einem neckischen Lächeln an Bella. »Bella, könnten Sie uns zwei Tassen Kaffee machen?«

Bella grunzte und stolzierte den Flur zur Küche entlang. Brad führte Sarah in den Konferenzraum.

* * *

»Das ist lächerlich«, sagte Brad und klatschte den Brief auf den großen Eichentisch. »Unglaublich!«

Der Brief kam von Charles' Lebensversicherung und wies Sarahs Antrag auf einhunderttausend Dollar Sterbegeld ab. Brad sah auf den maßgeblichen Absatz:

> Die Untersuchung von *Trust Indemnity* hat ergeben, dass der Versicherte laut Tests, die im Krankenhaus und bei der Autopsie gemacht wurden, am Abend seines Ablebens eine tödlich hohe Dosis Kokain im Blutkreislauf hatte und dass der Herzinfarkt des Versicherten teilweise durch eine selbst zugefügte Überdosis Kokain herbeigeführt wurde. Folglich kann *Trust Indemnity* Ihrem Antrag auf Versicherungsleistung angesichts des Ausschlusskriteriums 4, Paragraf A(2) nicht entsprechen.

Brad stand auf und begann, auf und ab zu gehen, den Brief immer noch in der Hand. Um sich die eigenen Taschen zu füllen, hatte die Versicherungsgesellschaft beschlossen, Sarahs Version der Tatsachen zu ignorieren und zu beschließen, dass Dr. Reed an einer selbst zugeführten Überdosis gestorben war. Und das war, wie Brad wusste, bei Trust Indemnity zu erwarten. Er hatte sie im letzten Jahr allein zweimal wegen Täuschungsabsicht verklagt.

Er sah in Sarahs abwartendes Gesicht. Sie saß einfach nur da, wurde von dem tiefen Leder-Drehsessel fast verschluckt, die Hände auf dem Tisch gefaltet, die Sorge tief in ihre Stirn eingegraben.

»Wir werden klagen«, versprach Brad. Er sagte das mit dieser kompetenten Miene, die seine Mandanten liebten. »Das ist skandalös. Wir werden sie auf jeden Penny von den Hunderttausend verklagen, dann verklagen wir sie wegen Täuschungsabsicht und auf Schadenersatz. Ich hatte schon eine Menge Zusammenstöße mit diesen Leuten, aber dies ist der schlimmste Fall.« Er machte eine rhetorische Pause. »Es wird Zeit, diesen Kerlen eine Lektion zu erteilen.«

Brad war überrascht, dass der Ausdruck auf Sarahs Gesicht sich nicht änderte. Er sah nicht dasselbe Glitzern in den Augen, den Du-sagst-es-Blick, den er von anderen Mandanten gewohnt war, wenn er das magische Wort »Schadenersatz« aussprach. Wenn überhaupt, gruben sich die Sorgenfalten auf Sarahs Stirn tiefer ein.

»Könnten Sie nicht einfach einen Brief schreiben und schauen, ob wir es auch so hinbekommen?«

»Ein Brief wird nichts bringen, Sarah. Die Jungs bei Trust Indemnity verstehen nur zwei Dinge: Prozesse und Schadenersatzklagen. Nichts sonst weckt ihre Aufmerksamkeit.«

Sarah rutschte unbehaglich auf dem Stuhl herum und sah auf ihre Hände hinab. »Ich will keine Schadenersatzklage erheben, Mr. Carson.«

Brad versuchte, sie nicht anzusehen, als sei sie eine Art Sonderling. *Sie will nicht auf Schadenersatz klagen? Macht Gott tatsächlich immer noch solche Leute?*

Mit nach wie vor gesenktem Blick fuhr Sarah leise fort: »Eigentlich will ich überhaupt keine Klage erheben. Aber ich habe zwei Kinder, an die ich denken muss, und das Geld ...« Ihre Stimme bebte und verstummte dann ganz.

Brad beugte sich über den Tisch, sah Sarah direkt an und senkte seine Stimme auf seinen tröstendsten Tonfall, den er in vielen Jahren vor der Geschworenenbank perfektioniert hatte. »Okay, Sarah, hören Sie mir zu.« Sie sah auf und Brad fuhr fort. »Es ist nichts Falsches an einer Klage«, sagte er mit echter Überzeugung, die Stimme beruhigend und fest. »Manchmal ist es der einzige Weg, um in unserer Gesellschaft Gerechtigkeit zu erlangen. Diese Kerle schulden Ihnen Hunderttausend. Sie damit davonkommen zu lassen würde bedeuten, zuzugeben, dass Charles Selbstmord begangen hat und an einer selbst zugeführten Überdosis Kokain gestorben ist. Und ich weiß, dass Sie das nicht wollen.«

Sarah zwang ihre Lippen zu einem schwachen Lächeln und schüttelte den Kopf.

»Dann werde ich Folgendes tun. Ich werde eine Klage entwerfen und sie Trust Indemnity zustellen lassen. Meiner Schätzung nach werden sie auf der Stelle zahlen, wenn sie erst einmal wissen, dass Sie einen Anwalt eingeschaltet haben. Wenn nicht, werden wir ab diesem Stadium über eine Provisionsvereinbarung reden. Ich werde Ihnen für den Klageentwurf und das Übersenden nichts berechnen.«

Es war kein gutes Geschäft, aber ab und zu glaubte Brad, er schulde es dem Beruf, einen Fall *pro bono* zu übernehmen. Wenn es je solch einen Fall gab, dann war es dieser hier. Zumindest sah er es so; Bella würde wahrscheinlich eine Woche lang nicht mit ihm sprechen.

»Reverend Bailey sagte, es würde Ihnen ähnlich sehen, diesen Fall umsonst zu übernehmen«, sagte Sarah. »Das will ich nicht. Ich will, dass Sie Ihr normales Honorar berechnen. Eigentlich bestehe ich sogar darauf, und ich werde zu einem anderen Anwalt gehen, wenn Sie sich weigern.«

Brad warf Sarah erneut einen schrägen Blick zu. Wo kam sie her? Es war schwer, nicht von dieser Dame bezaubert zu sein. »Es passiert mir selten, dass Mandanten darauf bestehen, mir ihr Geld zu geben. Aber wenn Sie darauf bestehen, werde ich Bella auf Sie hetzen und wir lassen Sie unsere Vorschussvereinbarung unterschreiben.«

Sarah zögerte einige Augenblicke, bevor sie antwortete. »Wenn ich mich noch einmal mit ihr auseinandersetzen muss, überlege ich es mir vielleicht noch mal.« Sie lächelte leise und ihre feuchten blauen Augen leuchteten zum ersten Mal auf. Brad lachte höflich, angerührt von der Wärme ihres Lächelns.

Er stand auf und schüttelte seiner neuen Mandantin die Hand, ging um den Tisch herum, legte ihr einen Arm um die Schulter und drückte sie. Sie plauderten noch einen Moment, dann führte er sie aus dem Konferenzraum und in Bellas Fänge.

Brad sah zu, wie Bella mit Begeisterung die Vorschussvereinbarung in Angriff nahm und ein Formular nach dem anderen zur Unterschrift vor Sarah legte. Carson & Partner würde ein Drittel von allem Geld bekommen, das »von Trust Indemnity oder anderweitig« aufgrund von Charles Reeds Tod eingetrieben wurde. Brad wusste, dass Bella ein anderes Formular besaß, das das Honorar sogar auf 40 Prozent festlegte, doch offenbar konnte nicht einmal sie dieses Formular in solch einem einfachen Fall einer trauernden Witwe wie Sarah unterschieben.

* * *

Rashid drehte sich um und streckte die Hand aus, um seiner Frau übers Haar zu streichen. Als er ihre Wange berührte, spürte er die warmen Tränen. Er stützte sich auf einen Ellbogen und versuchte, in der Dunkelheit zu sehen.

»Was ist los, Mobara?«

Er spürte eine leichte Bewegung, vielleicht ein Schaudern, vielleicht ein Schulterzucken. »Nichts«, sagte sie.

Rashid war klug genug, diese Antwort nicht zu akzeptieren.

»Du beschließt also einfach ohne Grund, mitten in der Nacht mit Weinen anzufangen? Komm schon, du kannst mit mir reden.«

Mobara wischte sich mit den Handflächen die Tränen weg. »Ich fühle mich so schuldig«, schluchzte sie. »Ich habe dieses Gefühl jeden Tag und jede Nacht, seit die Muttawa gekommen ist …« Ihre Stimme stockte. Rashid streckte die Hand aus und zog sie an sich. Er hielt sie sanft im Arm, während sie weinte.

Als sie sich wieder unter Kontrolle hatte, sprach sie verzweifelt im Flüsterton weiter: »Wir haben unseren Herrn verleugnet, Rashid. Ich kann so nicht leben.«

Er drückte sie fester in der Stille. »Ich auch nicht«, sagte er schließlich.

»Was … sollen wir tun?« Ihr Schluchzen verstärkte sich.

Rashid löste sich sanft aus der Umarmung, dann zog er sie aus dem Bett, um mit ihr zusammen niederzuknien. »Wir müssen beten … um Vergebung bitten … Gott vertrauen, dass er uns noch eine Chance gibt.«

Mobara kniete sich zu ihm und legte ihre Hand auf seine.

»Was, wenn sie zurückkommen, Rashid? Ich habe solche Angst!«

»Ich weiß. Lass uns beten. Denk daran, Gott hat uns keinen Geist der Furcht gegeben.«

Mobara sah ihren Mann unverwandt an. »Ich liebe dich, Rashid. Und mir geht es gut, wenn du bei mir bist.«

Rashid legte wieder den Arm um sie, zog sie an sich, immer noch kniend, und machte sich zum Beten bereit.

»Hast du Angst?«, fragte sie.

Rashid dachte einen Moment nach und senkte den Blick. Er konnte Mobara nicht anlügen. Sie würde es wissen. »Ja«, gab er zu.

Zusammen begannen sie zu beten.

6

Leslie nahm noch einen Schluck Wasser aus dem Glas auf ihrem Anwaltstisch. Es war halbleer, ihr Mund war immer noch trocken und sie hatte noch nicht einmal mit ihrer Erörterung angefangen. Sie klopfte die Kanten ihrer getippten Seiten vor sich auf den Tisch und machte einen perfekten Stapel aus ihren Notizen, dann sah sie noch einmal die Reihe der Kommission von Anwälten an, die in ihrer Abschlussprüfung in Gerichtsverhandlungen als Richter fungierten.

Zu ihrer Linken saß Professor Lynda Parsons. Ihr wurde nachgesagt, hart, fair, sarkastisch und geistreich zu sein. Leslie hatte es geschickt gemieden, ihre Kurse zu besuchen, doch jetzt hatte sie sich ihr als Richterin in der Abschlussprüfung zu stellen.

In der Mitte saß Mack Strobel, der aufgrund seiner Erfahrung und seines Rufs in internationalem Recht den vorsitzenden Richter spielen würde. Er starrte bereits die Prozessparteien nieder.

Leslie starrte zurück.

Sie hatte sich über Strobel genau informiert. Lass dich nicht von ihm einschüchtern. Er ist von der alten Schule - unverblümt und aufbrausend. Respektiere ihn, aber traue ihm nicht.

Es war schwer, nicht den Blick abzuwenden. Strobels Blick war durchdringend. Sein glattrasierter Kopf, der kurzgeschorene Spitzbart und der grimmige Blick verliehen ihm ein drakonisches Aussehen - eine Art Wrestling-Profi im Anzug. Seine ledrige Haut und der kahle Schädel waren gut gebräunt, obwohl der Sommer noch Monate entfernt war. Er hatte breite Schultern, war überdurchschnittlich groß und schien den Gerichtssaal mühelos zu dominieren.

Nachdem sie mit Strobel fertig war, wandte sie ihren Blick Brad Carson zu, der zu Leslies Rechten saß. Carson raschelte mit Papieren und sah abwesend im Gerichtssaal herum. Er fing Leslies Blick auf und lächelte. Im Vergleich zu Strobel war Carson keine eindrucksvolle Gestalt, aber er schien selbstsicher zu sein und wirkte so natürlich in der Umgebung eines Gerichtssaals, dass er ebenfalls Achtung abnötigte. Er sah außerdem gelangweilt aus und schien darauf zu warten, dass es endlich losging.

»Setzen Sie sich«, bellte Strobel, offenbar bereit, die Prozessparteien aufzumischen.

* * *

Man schätzte sich gegenseitig ab. Brad hatte bereits entschieden, dass Leslie gewinnen würde, wenn Stilpunkte vergeben würden.

»Ist der Berufungskläger bereit?«, fragte Mack.

»Bereit, Euer Ehren.« Leslie stand auf und ließ ein nervöses Lächeln aufblitzen.

»Ist der Berufungsbeklagte bereit?«

»Ja, Euer Ehren.«

Brad musterte den jungen Mann, der Leslies Gegnerpartei darstellte. Steife Körperhaltung, kurz gestutztes Haar und präzise Bewegungen. Vermutlich einer aus dem aktiven Militärdienst, der die Universität mit einem JAG-Stipendium besuchte. Viel Disziplin, wenig Kreativität, dachte sich Brad.

Leslie war rätselhafter. Sie war attraktiv, gab sich aber alle Mühe, mehr wie eine Anwältin auszusehen als wie eine Schönheitskönigin. Sie trug ihr schulterlanges, kastanienbraunes Haar fest geflochten und ihr klassischer dunkelblauer Anzug verhüllte ihre große, schmale Figur. Ihre eindringlichen, himmelblauen Augen schienen vor Vorfreude zu funkeln. Sie hatte die hohen Wangenknochen und den langen Hals eines Models, trug aber kein Make-Up, das diese Züge betont oder die Aufmerksamkeit auf sie gelenkt hätte. Ihre blasse Haut hatte vermutlich seit Wochen keinen Sonnenstrahl gesehen und rote Flecken waren an ihrem Hals sichtbar, wo sie sich wahrscheinlich nervös gekratzt hatte. Brad schätzte sie als hart arbeitende Streberin ein, die diese Veranstaltung viel zu ernst nahm.

Sie stand auf und wandte sich an das Gremium.

»Mit Erlaubnis des Gerichts, mein Name ist Leslie Connors und ich vertrete die Revisionskläger – das ehemalige Talibanregime und das Land Afghanistan. Das Thema dieses Falles ist die Frage, ob es in die Zuständigkeit eines amerikanischen Bundesgerichts fällt, den Fall bestimmter weiblicher Flüchtlinge aus Afghanistan gegen die Taliban und das Land Afghanistan zu verhandeln und ihnen für die angeblich erlittene Folter Schadenersatz zuzuerkennen. Lassen Sie es mich ganz deutlich sagen: Es geht nicht darum, ob die Taliban diese Frauen missbraucht haben und für ihr abscheuliches Verhalten bestraft werden sollten; es geht darum, ob ein amerikanisches Gericht die Rolle der internationalen Gemeinschaft an sich reißen, sich selbst als letztes Tribunal einsetzen und über dieses Verhalten richten sollte.«

»Frau Anwältin«, unterbrach sie Strobel, »würden Sie zustimmen, dass Ihre Mandanten einige der verabscheuungswürdigsten und weitreichendsten Menschenrechtsverletzungen seit den Gräueltaten Hitlers verübt haben?«

»Euer Ehren, das muss die internationale Gemeinschaft entscheiden, nicht dieses Gericht.«

»Aber, Frau Anwältin«, sprach Strobel gedehnt weiter, »bestreiten Sie, dass das Talibanregime Frauen wie Sie der grundlegendsten Menschenrechte beraubte?«

»Nein, das bestreiten wir nicht.« Leslie schien sich bei diesem offensichtlichen Zugeständnis unwohl zu fühlen. Brad sah, wie sie ihr Gewicht von einem Fuß auf den anderen verlagerte und sich dann nervös eine imaginäre Haarsträhne hinters Ohr strich.

»Bestreiten Sie, dass die Taliban Frauen schlugen und folterten, falls sie versuchten, vor ihren Männern zu fliehen, wenn sie sie missbrauchten? Bestreiten Sie, dass die Taliban Frauen als nicht menschlich betrachteten, als Eigentum ihrer Ehemänner?«

»Nein. Doch die internationale Gemeinschaft hat sich damit auseinandergesetzt, als sie die Taliban absetzte ...«

»Frau Anwältin«, unterbrach Strobel und brachte Leslie augenblicklich zum Schweigen. »Eine Gruppe von Flüchtlingen hat jetzt bei diesem Gericht den Antrag auf Bewilligung einer Entschädigung für diese furchtbaren Folterungen gestellt. Wollen Sie damit sagen, dass dieses Gericht untätig herumsitzen soll, sich weigern, die Rechtsprechung in diesem Fall zu übernehmen und die Taliban mit Vergewaltigung, Mord und Folter davonkommen zu lassen?«

»Wir sind ein Land der Gesetze«, antwortete Leslie, langsam und ruhig. »Und in diesem Punkt ist das Gesetz sehr präzise und eindeutig. Alle Nationen genießen das Privileg der Immunität, ein grundsätzliches und fundamentales Privileg, das sie davor bewahrt, als Angeklagte vor die Gerichte anderer Nationen gezerrt zu werden. Wir müssen die Souveränität anderer Nationen respektieren und sie nicht vor unsere Gerichte stellen, als wären sie gewöhnliche amerikanische Bürger, vor allem seit in Afghanistan eine neue Regierung die Taliban ersetzt hat ...«

»Mir ist das Gesetz sehr wohl vertraut, Frau Anwältin.« Strobel sprach in dem Tonfall, in dem Eltern normalerweise ihre Kinder schelten. »Also lassen Sie uns eine Minute über das Gesetz sprechen. Beim *Foreign Sovereign Immunities Act* gibt es gewisse Ausnahmen. Zum Beispiel kann ein fremder Staat vor unsere Gerichte gestellt werden, wenn dieser Staat in Zusammenhang mit einer geschäftlichen Aktivität Schaden verursacht, etwa durch Vertragsbruch. Stimmt das?«

»Unter gewissen Umständen.«

»Und ein fremder Staat kann vor unsere Gerichte gestellt werden, wenn ein Agent dieses Staates auf hoher See Schaden verursacht, richtig?«

»Das ist richtig.«

»Und wenn ein Agent eines fremden Staates jemand auf amerikanischem Boden schädigt, wird dieser Staat dann vor amerikanische Gerichte gestellt?«

»Ja, in den meisten Fällen.«

»Dann lassen Sie mich das richtig verstehen.« Strobel strich sich über sein Bärtchen, als wäre er tief in Gedanken versunken. »Ein fremder Staat kann vor amerikanische Gerichte gezerrt werden, wenn er uns am Geldbeutel trifft, wenn er jemanden auf hoher See schädigt oder wenn er einen Vertrag bricht. Aber es soll einen erdrückenden Grund geben, warum wir ihn nicht vor amerikanische Gerichte bringen können, wenn er systematisch unschuldige zivile Frauen foltert, vergewaltigt und ermordet. Ist das die Art, wie Sie das Gesetz lesen?«

Leslie verlagerte ihr Gewicht. Die roten Flecken wuchsen. Sie schob sich noch eine imaginäre Strähne hinters Ohr.

Brad für seinen Teil hatte genug von der Schikane. Er war immer derjenige, der für den Außenseiter jubelte. Vor allem, wenn der Außenseiter so hübsch war wie Leslie.

»Ganz so würde ich es nicht ausdrücken«, sagte Leslie. »Es gibt wichtige außenpolitische Gründe …«

»Frau Anwältin«, sagte Brad und kam ihr zu Hilfe, »haben Sie dieses Gesetz geschrieben? Richter Strobel scheint dieser Ansicht zu sein.« Er schoss einen Seitenblick auf Strobel ab. Sie konnten sich gegenseitig nicht ausstehen. »Soweit ich weiß, hat der Kongress dieses Gesetz verfasst und es war die Aufgabe von Gerichten wie diesem, es anzuwenden.«

Leslie sah erleichtert aus, einen Ball vorgeworfen zu bekommen, den sie tatsächlich treffen konnte. »Der Kongress musste zahlreiche wichtige Faktoren abwägen, als er den Foreign Sovereign Immunities Act entwarf. Es stehen heikle außenpolitische Themen auf dem Spiel – es gibt eine neue Regierung in Afghanistan, von unserem eigenen Land dort eingesetzt, und diese Regierung sollte nicht untergraben und für die Taten der Taliban verantwortlich gemacht werden. Außerdem müssen die Regierungen anderer Länder von den Gerichten der Vereinigten Staaten respektiert werden oder diese anderen Länder werden im Gegenzug die Vereinigten Staaten als Angeklagten vor ihre Gerichte zerren. Die Rolle dieses Gerichtes ist heute nicht, die Weisheit des Sovereign Immunities Act, der vom Kongress erlassen wurde, zu hinterfragen, sondern das Gesetz anzuwenden, auch wenn uns das Ergebnis nicht unbedingt gefällt.«

Brad sah Strobel an und nickte.

»Das Gericht sollte nicht in dieses Wespennest stechen«, schloss Leslie. »Andernfalls werden die Klageanwälte unsere Gerichte mit allen möglichen Scheinansprüchen gegen ausländische Regierungen bombardieren und ihr Glück versuchen, in der Hoffnung, den großen Wurf zu landen.«

Brad zuckte. Jetzt grinste Strobel.

Brad war voll dabei. Das Spiel war klar: Brad gegen Strobel, Mann gegen Mann. Die Prozessparteien waren nur Verbündete – Bauern, die man auf dem Schachbrett herumschob. Brads Meinung nach traf es sich gut, dass er die Attraktive auf seiner Seite hatte. Strobel konnte den Drill-Sergeant haben.

»Ihnen ist klar, Frau Anwältin«, dröhnte Strobels Stimme wieder, »dass alle zivilisierten Länder gewisse allgemein anerkannte internationale Gesetzesprinzipien akzeptieren?«

»Ja. Diese grundlegenden Prinzipien und Werte, die für die ganze Menschheit gültig sind, werden *jus cogens* genannt und gelten als bindend.«

»Dies sind die höchsten Formen internationalen Rechts, richtig?«

»Ja, das sind sie.«

Brad blätterte in seinen Unterlagen nach einer Kopie des Foreign Sovereign Immunities Act. Er konnte es nicht genau ausmachen, aber diese hypothetische Verhandlung hinterließ ein merkwürdiges Déjà-vu-Gefühl bei ihm.

»Und eine dieser Regeln, die weithin als *jus cogens* anerkannt sind, ist das Recht der Menschen, überall frei von Folter durch ihre eigene Regierung zu sein, richtig?«, fragte Strobel.

Die Falle war gestellt. Brad konnte absehen, dass sie kurz vor dem Zuschnappen war.

»Grundlegende Menschenrechte wie das Recht, frei von Folter zu sein, würden als *jus cogens* betrachtet werden, ja«, gab Leslie zu.

Ein freudloses Lächeln erschien auf Strobels Lippen. »Wenn also eine Nation ein grundsätzliches Menschenrecht verletzt wie das Recht, frei von Folter zu sein, hat sie einen der elementarsten Grundsätze des internationalen Rechts verletzt. Sollte eine Nation, die einen dieser elementarsten Grundsätze des internationalen Gesetzes, ein *jus cogens,* bricht« – Strobel zog die Worte in seiner gedehnten Südstaatensprechweise wie eine religiöse Beschwörung in die Länge – »indem sie ihre eigenen Bürger foltert und tötet; sollte man in solch einem Fall nicht davon ausgehen, dass diese Nation auf den Schutz souveräner Immunität verzichtet?«

Strobel beugte sich vor, die Ellbogen auf der Richterbank, und wartete auf eine Antwort. Der majestätisch lateinische Ausdruck *jus cogens* schien im Gerichtssaal widerzuhallen.

Leslie räusperte sich. »Wenn wir damit anfangen, Verstöße gegen internationale Gesetze abzuwägen, und beschließen, dass manche Verstöße den Schutz der Sovereign Immunity verdienen und andere nicht, werden wir uns auf schwierigem Terrain wiederfinden. Was das internationale Recht vor allem anderen braucht, sind Klarheit und Rechtssicherheit ...«

»Aber machen wir nicht bereits Ausnahmen?«, beharrte Strobel. »Wir machen bis jetzt allerdings nur Ausnahmen in wirtschaftlichen Fällen und ich behaupte, dass die weit wichtigeren Fälle, für die es Ausnahmen geben sollte, Verletzungen menschlicher Grundrechte sind – Verletzungen von *jus-cogens*-Gesetzen.«

Leslie ließ die Frage im Raum stehen. Sie sah Brad an – eine dringende Bitte um Hilfe.

Brad und Mack begannen ihre Fragen zur selben Zeit. Brad hob die Stimme und machte weiter.

»Ms. Connors, Sie sind eine amerikanische Anwältin, die die Taliban und Afghanistan vertritt, ist das richtig?«, fragte er.

»Ja«, sagte Leslie zögernd.

»Erinnern Sie sich daran, als die amerikanischen Kampfjets unerbittlich Städte in Afghanistan bombardierten und es zahlreiche Berichte von Zivilisten gab, die während dieser Bombenangriffe getötet wurden?«

»Ich glaube schon«, antwortete Leslie, die offensichtlich auf Nummer Sicher ging.

»Würden Sie sagen, dass das Töten unschuldiger Zivilisten eines dieser Gesetze verletzt; wie nennen Sie sie doch gleich?« Brad runzelte die Stirn, ein Bild von Naivität und Verwirrung.

»*Jus-cogens*-Gesetze«, antwortete Leslie.

»Ja genau«, sagte Brad, »würden Sie sagen, unschuldige Zivilisten mit einem Militärjet zu töten würde darunterfallen?« Er nahm seine Lesebrille ab und begann darauf herumzukauen.

»Aber sicher!«

»Haben einige Menschen im Land Ihrer Mandanten, inklusive einiger Richter, immer noch eine Abneigung gegen die amerikanischen Truppen, die ihre Städte bombardierten und ihre Zivilsten töteten?«

»Ich glaube, man kann mit Sicherheit sagen, dass einige die Amerikaner verabscheuen«, sagte Leslie zögernd.

»Wenn ein afghanisches Gericht, das meinem Verständnis nach immer noch vom islamischen Gesetz regiert wird, die Erlaubnis hätte, die Vereinigten Staaten für die Bombenangriffe auf diese Zivilisten anzuklagen – anders ausgedrückt: wenn das Blatt sich gewendet hätte – könnten Sie dann vorhersagen, wie hoch die Schadenersatzsumme ausfallen würde, zu der ein afghanisches Gericht die Vereinigten Staaten in einem solchen Fall verurteilen würde?«

Brad nahm an, dass die Antwort für alle im Gerichtssaal offensichtlich sein musste.

»Ich bin sicher, es würde um einen Milliardenbetrag gehen«, antwortete Leslie begeistert. »Die amerikanischen Gerichte würden dann mit einem Urteil gegen Afghanistan über weitere Milliarden kontern. Und ziemlich bald wäre der Damm für Vergeltungsmaßnahmen gebrochen – Staaten würden sich gegenseitig mit Milliardenurteilen ohrfeigen und das internationale Recht in Chaos versinken lassen.«

Leslie sah Brad dankbar an und ließ zum ersten Mal während der Verhandlung ein entspanntes Lächeln aufblitzen.

* * *

Auf der Heimfahrt fiel es ihm plötzlich ein – der Grund für sein Déjà-vu. Der Fall der afghanischen Flüchtlinge erinnerte ihn an den Missbrauch, den Sarah Reed durch Regierungsbeamte erlitten hatte. Von den Dammbrüchen einmal abgesehen: Warum sollten fremde Regierungen unschuldige Zivilisten foltern dürfen und sich dann hinter dem Rechtsgrundsatz der Sovereign Immunity verstecken? Warum sollte die saudi-arabische Polizei einen amerikanischen Bürger foltern und töten dürfen und nicht vor einem amerikanischen Gericht dafür zur Verantwortung gezogen werden?

Brad war nicht mit den Tücken des internationalen Rechts vertraut, aber er hatte ein feines Gespür für Gerechtigkeit und Fairness. Und im Fall von Sarah Reed verlangte es die Gerechtigkeit, dass die saudische Polizei für das bezahlte, was sie getan hatte.

Er nahm sein Mobiltelefon heraus und wählte die Telefonauskunft. Er brauchte einen Experten für internationales Recht, der diesen potenziellen Klageanspruch erschöpfend recherchieren konnte. Er kannte da genau die richtige Person.

* * *

Leslie kochte vor Wut. Sie hatte die letzte Runde im Wettkampf der hypothetischen Verhandlung verloren und die Heimfahrt damit verbracht, unbarmherzig ihre eigene Leistung zu kritisieren. Sie hinterfragte jedes Wort und jede Geste, ließ die ganze Verhandlung im Geiste noch einmal ablaufen, dachte an Dinge, die sie hätte sagen sollen, und hasste sich selbst dafür, sie nicht gesagt zu haben.

Sie wohnte zwölf Meilen von der juristischen Fakultät entfernt in einer gemütlichen kleinen Einzimmerwohnung über einer freistehenden Garage auf dem Land. Ihre Juraprofessorin besaß ein fürstliches Anwesen, ungefähr zwei Meilen abseits der Hauptstraße am Ufer des malerischen Chickahominy-River. Weil die Professorin einen zweijährigen Lehrauftrag an einer anderen Universität angenommen hatte, hatte sie eine Baufirma beauftragt, den Speicher ihrer Garage, die Platz für drei Autos bot, zu einer Wohnung auszubauen. Sie hatte Leslie die Wohnung mietfrei angeboten, wenn Leslie dafür ein Auge auf das Anwesen hatte.

Leslies Freunde hielten sie für verrückt, weil sie allein in so einer abgelegenen Umgebung wohnte. Aber Leslie gefielen die Abgeschiedenheit, die Landschaft, die wild lebenden Tiere an den Flussufern und der Preis der Wohnung. Abgesehen davon wohnte Leslie praktisch in der Bibliothek der juristischen Fakultät. Ihre Wohnung war nur eine Durchgangsstation zum Schlafen, Duschen und um ihre Wunden zu lecken.

Als Leslie von der Hauptstraße abbog, war sie mehr oder weniger zu dem Schluss gekommen, dass sie immer die Zweitbeste sein würde. Sie hatte außerdem beschlossen, dass sie keinerlei Wunsch hegte, in der Firma von Kilgore & Strobel internationales Recht zu praktizieren. Sie träumte von dem Tag, an dem sie, eine großstädtische Anwältin, Fälle gegen Strobel und seine Kleinstadtkanzlei verhandeln würde. Sie würde ihn mit überlegenen Mitteln und anwaltlicher Raffinesse zerquetschen. Sie sehnte sich plötzlich nach dem Big Apple, wo sie ihre Rache planen konnte.

Leslie parkte ihr Auto in der Garage und stieg langsam die Treppe zu ihrer Wohnung hinauf. Die Sonne begann gerade, über dem Chickahominy unterzugehen, und der Anblick war spektakulär. Sie wollte sich das Abendessen in die Mikrowelle stellen, sich ein Gesetzbuch und eine Flasche Wein schnappen und auf dem Steg sitzen, bis die Sonne vollständig untergegangen war.

Sie hatte in den Tagen nach Bills Tod Probleme mit Alkohol gehabt und sich deshalb seit Semesterbeginn nicht ein einziges Glas zugestanden. Aber nach einem Tag wie diesem hatte sie es verdient. Sie würde nur dieses eine Mal nachgeben. Während sie ein Diätgericht in die Mikrowelle schob und sich ihr erstes Glas eingoss, rief sie ihre Nachrichten ab.

Der erste Anrufer hatte keine Nachricht hinterlassen. Der zweite war ein tröstender Anruf von Carli. Du warst toll. Du hättest gewinnen müssen. Lieb gemeinte Lügen, damit Leslie sich besser fühlte. Der dritte Anruf ließ sie die ersten beiden schnell vergessen.

»Hallo Leslie, hier ist Brad Carson. Hören Sie, das haben Sie heute toll gemacht bei der hypothetischen Verhandlung. Ich weiß, das klingt jetzt ein bisschen seltsam, aber ich untersuche im Moment einen echten Fall, der dem hypothetischen Fall ähnelt, den wir diskutiert haben. Ich brauche jemanden, der sich mit internationalem Recht auskennt, um ein paar Recherchen zu machen und mir zu helfen zu entscheiden, ob wir einen Klageanspruch haben. Äh … ich bin bereit, genug zu zahlen, damit es sich für Sie lohnt, und Sie können um Ihren Kursplan herum arbeiten. Nun ja, falls Sie interessiert sind, rufen Sie mich doch an und meine Sekretärin wird einen Termin mit Ihnen ausmachen.«

Leslie spielte die Nachricht noch zweimal ab, schrieb die Nummer auf, die er hinterlassen hatte, und überdachte ihre Möglichkeiten. Sie hatte keine Zeit dafür. Sie musste sich auf die Uni konzentrieren, um ihren Ranglistenplatz in ihrem Jahrgang zu halten. Gute Angebote von Topfirmen würden folgen. Abgesehen davon war es März und Leslie hatte vor, den Sommer als Teil des Studienprogramms der Universität in Exeter in England zu verbringen.

Doch während Leslie den Steg entlangging, konnte die Anwältin in ihr nicht anders, als die andere Seite geltend zu machen. Sie schuldete Brad einen Gefallen, weil er sie vor der vollständigen Erniedrigung gerettet hatte. Vielleicht würde dies ihr großer Durchbruch in internationalem Recht sein. Sie hatte genug davon, Konzepte zu studieren und hypothetisch zu argumentieren. Der Gedanke an einen echten Fall mit einem echten Mandanten war berauschend. Außerdem brauchte sie das Geld.

Sie diskutierte lebhaft mit sich selbst, bis die Sonne untergegangen war und sie die winzige Portion Diät-Lasagne und zwei Gläser Wein verputzt hatte. Doch dann hatte sie ihr Urteil gefällt. Sie würde Brad sofort am Montagmorgen anrufen.

Nach einem weiteren Glas Wein hörte sie auf, ihre Leistung zu kritisieren und beschloss, dass sie vielleicht am Ende doch nicht so miserable Arbeit geleistet hatte. Sie war bereit, echte Fälle zu bearbeiten und mit einem echten Anwalt zusammenzuarbeiten. Vergiss Montag! Sie würde am nächsten Tag als allererstes in die Bibliothek gehen. Sie würde Brad morgen Nachmittag anrufen und sich zu Wochenbeginn in einen echten Fall verbeißen.

Es war eine schöne Nacht und ihr Kopf begann sich zu drehen. Sie legte sich auf dem Steg auf den Rücken und sah den Sternen zu, wie sie am Himmel kreisten. Ein Chor von Ochsenfröschen brachte ihr ein Ständchen, begleitet vom steten Rhythmus der Wellen, die gegen das Ufer schwappten. Sie spürte, wie ihre Nerven sich beruhigten, als die Erschöpfung ihren müden Körper überschwemmte. Es dauerte nicht lange, da schloss sie die Augen und dämmerte ein.

Sie träumte davon, Strobel zu demütigen.

7

Meilenweit schlängelten sich von Bäumen gesäumte Gehwege zwischen den großen, herrschaftlichen kolonialen Ziegelgebäuden hindurch, von denen jedes mit hübschen weißen Säulen geschmückt war und die den städtischen Komplex City of Virginia Beach ausmachten. Der lang gestreckte Büropark protzte mit einer Menge Grünflächen und makelloser Landschaftsgestaltung, die zu seinem ländlichen Reiz beitrug.

Das Gerichtsgebäude summte immer wie ein Bienenstock vor Geschäftigkeit. Und an diesem Freitagmorgen, wie an den meisten Freitagen, drängten sich ganze Menschenmengen zum freitäglichen »motions day« in die Gerichtssäle, dem wöchentlichen Viehtrieb, bei dem Anwälte im Schnelldurchlauf ihre Verfahrensanträge stellten, damit sie die anderen Tage für Prozessarbeit reservieren konnten.

Zwei Wochen nach ihrer hypothetischen Verhandlung schob sich Leslie in das wöchentliche Gewühl des Sitzungssaals Nummer 7 des Bezirks Virginia Beach und setzte sich im hinteren Bereich. Brad hatte Leslie gesagt, er wisse nicht, wann er mit seinen Anträgen fertig sei, aber sie würden danach gemeinsam zu Mittag essen und ihre Recherchen durchsprechen.

Sie beschloss, ein paar Stunden früher zu kommen, um zuzusehen, wie Verfahrensanträge und andere wichtige juristische Themen in der wirklichen Welt entschieden wurden. Doch wie sich jetzt herausstellte, ging ihre wertvolle Zeit für eine Studie von Mittelmäßigkeit dahin, die Leslie dankbar für ihren Notendurchschnitt sein ließ und sie entschlossener denn je machte, den stinkenden Pfuhl der banalen Rechtspraxis zu meiden, in dem die meisten Anwälte sich suhlten.

Die Fälle von Billy »The Rock« Davenport dominierten die Anhörungen des Vormittags. Leslie erkannte den Namen sofort wieder. Der weithin bekannte Seniorpartner von Davenport & Asscociates war das Genie hinter den pietätlosen und allgegenwärtigen Fernsehwerbungen: »Wenn der Ärger rollt, rufen Sie ›The Rock‹«.

Es war die Art von Werbung, die Leslie verabscheute, die Art von Exhibitionismus, die alle Anwälte in Verruf brachte. Wenn man im Fernsehen die Jerry Springer Show einschaltete, wurden die Werbepausen von einem böse dreinblickenden Anwalt mit fester Stimme dominiert, der Boxhandschuhe trug und bereit war, auf die Versicherungsunternehmen loszugehen. Auf dem Sportkanal ESPN sagte einem ein anderer Anwalt, diesmal fit und in Jogginghose, wie man es vermeiden konnte, von Versicherungsgesellschaften an der Nase herumgeführt zu werden. Schaltete man zu seiner Lieblingsseifenoper, versicherte einem ein junger, gutaussehender Anwalt, dass Davenport & Partner im wahrsten Sinn des Wortes mit einem fühlte. Natürlich sah keiner der Anwälte im Fernsehen auch nur entfernt dem kleinen, kahlen und dicklichen Mann ähnlich, der kleinlaut am Anwaltstisch in Sitzungssaal Nummer 7 Platz nahm.

Fünfundvierzig Minuten lang wechselten sich Verteidiger aller Couleur dabei ab, auf The Rock einzuprügeln. Die Fälle waren verschieden, aber die Themen waren dieselben – The Rock hatte auf gerichtliche Fragen nicht fristgerecht reagiert, The Rock hatte nötige ärztliche Atteste nicht eingereicht, The Rock war nicht zu einer angesetzten eidesstattlichen Aussage erschienen, The Rock hatte Gutachter nicht rechtzeitig angegeben und so weiter und so weiter. Die Anwälte beantragten Sanktionen gegen The Rock oder dass die Fälle abgewiesen wurden oder dass The Rock gezwungen wurde, als Strafe für seine Versäumnisse in wichtigen Punkten nachzugeben, um den Regeln der Offenlegung zu entsprechen.

The Rock befand sich eindeutig in der Defensive, blätterte in Papieren herum, murmelte lahme Entschuldigungen und versuchte, den Vormittag mit wenigstens ein paar intakten Fällen zu überstehen, während er den Augenkontakt mit dem Richter mied. Am Ende seiner Zeit auf dem heißen Stuhl konnte Leslie nicht anders: Sie hatte ein wenig Mitleid mit dem glücklosen Rock und großes Mitleid mit seinen Mandanten. Sie seufzte erleichtert, als endlich Brad an der Reihe war.

Bis 13.15 Uhr hatte der Richter den letzten Fall entschieden und Leslie war reif fürs Mittagessen. Brad bestand darauf, in einem seiner Lieblingsrestaurants am Lynnhaven River zu essen. Er bot Leslie an, sie in seinem Auto mitzunehmen. Das Geschäftliche konnten sie unterwegs besprechen.

Sie freute sich nicht darauf. Leslies ursprünglicher Enthusiasmus über diesen Auftrag, der zu Beginn so überzeugend gewirkt hatte, war durch ihre ernüchternde Recherche in Gesetzbüchern und alten Fällen stark dezimiert worden. Es gab keinen Fall für Sarah Reed. Und jetzt war es Leslies Aufgabe, Brad das Essen zu verderben und ihm die harten Fakten des Sovereign-Immunity-Gesetzes zu erklären.

* * *

Die drei Erwachsenen, die ängstlich in dem schwach beleuchteten Apartment warteten, hatten außer einem gefährlichen Glauben wenig gemeinsam. Sie waren alle Mitglieder der Gemeinde in Riad gewesen, die früher von Charles und Sarah Reed geleitet worden war. Sie waren von den radikalen Islamisten, die von Ahmed Aberijan von der Leine gelassen worden waren, schwer verprügelt worden. Zu ihrer großen Beschämung hatten sie mit ihren Lippen widerrufen, wenn auch nicht im Herzen.

Doch jetzt hatten Rashid und Mobara Berjein die wöchentlichen Gebetstreffen mutig wieder aufleben lassen. Zu den beiden jungen Lehrern hatte sich Karim Bariq gesellt, ein weiteres ehemaliges Mitglied der Gemeinde der Reeds, der sich von einer Anstellung auf dem Bau zur nächsten hangelte und im Augenblick arbeitslos war. Die Berjeins taten, was sie konnten, um Karim sowohl finanziell als auch geistlich zu unterstützen, an beiden Fronten mit gemischten Ergebnissen.

Die Berjeins waren überglücklich gewesen, wieder mit Karim vereinigt zu sein und zu erfahren, dass er mit denselben Schuldgefühlen zu kämpfen hatte wie sie selbst. Die winzige Gemeinde mit ihren drei Mitgliedern widmete sich neu der Sache Christi und dem Studium seines Wortes. Mit der Zeit ersetzte die Vergebung die Schuld und Mut begann die Angst zu verdrängen.

Die Berjeins wurden so ermutigt, dass sie an diesem Abend ein weiteres Paar aus der Schule eingeladen hatten, die enge Freunde waren und geistlich auf der Suche. Als Rashid kurz nach zehn das spezielle Klopfzeichen hörte und seine Freunde zu ihrem Treffen willkommen hieß, erwartete er nichts weniger als ein Wunder.

Doch jetzt, wo die Gäste da waren, wusste Rashid nicht recht, wo er anfangen sollte. Er sah Mobara mit steigender Panik im Blick an und bat sie, ein wenig von ihrer eigenen geistlichen Reise zu erzählen. Mobara lächelte warmherzig und begann sofort, als wäre es das Natürlichste auf der Welt. Es dauerte nicht lange, bis sie ganz in ihrer Erzählung aufging und leidenschaftlich von ihren Gefühlen und ihrem Glauben erzählte. Sie sprach von ihrem Leben als treue Muslimin, als glühende Nachfolgerin von Mohammed und den Lehren des Koran. Sie erzählte davon, wie viel sie in ihrer Zeit als Muslima gelernt hatte und welch großen Respekt sie für andere hingebungsvolle Muslime empfand. Aber sie sprach auch über eine Leere, eine Sehnsucht nach etwas, was mehr als die Disziplin und das Opfer des islamischen Glaubens war. Sie sehnte sich nach Frieden, sie sehnte sich nach Freude, sie sehnte sich nach der Sicherheit des ewigen Lebens. In einem Wort, sagte Morbara, sie sehnte sich nach einem Retter.

Ohne sich dessen bewusst zu sein, saß Rashid gebannt auf der Kante seines Stuhls, als höre er die Geschichte seiner Frau zum ersten Mal. Er liebte es, Mobaras ständig wechselnde Gesichtsausdrücke zu sehen, während sie die Zuhörer durch eine Reihe von Emotionen leitete und jeder Zug in ihrem Gesicht aufs Ganze ging, um ihre Worte zu unterstreichen. Und dann schien Mobara dies selbst auch zu bemerken - dass sie das Zentrum der Aufmerksamkeit geworden war - und schien deswegen plötzlich befangen zu werden. Vielleicht bemerkte nur Rashid, weil er seine Frau so gut kannte, die leichte Veränderung in ihrer Haltung. Und er war nicht im Mindesten überrascht, als sie sich ihm zuwandte und ihn bat zu erzählen, wie sie die Antworten auf all ihr geistliches Suchen, auf alle ihrer vielen Fragen in der Bibel gefunden hatten.

Rashid schluckte hart, räusperte sich und bemerkte plötzlich, wie trocken sich seine Zunge anfühlte. Er sprach ein schnelles Gebet, leckte sich über die trockenen Lippen und öffnete seine Bibel. Er begann, ein paar Geschichten zu erzählen, die nicht im Koran zu finden waren. Dabei fing er mit einigen der großen Lehren Christi an, der gemeinsamen Basis von Muslimen und Christen. Während er sprach, seine Gäste höflich zuhörten und Mobara zustimmend nickte, wurde er mutiger. Er spürte eine Kraft, die nicht aus ihm selbst kam, eine Eloquenz, von der er nicht wusste, dass er sie besaß.

Sicher, er stammelte immer noch ein wenig und er konnte sich an die

Hälfte der Bibelpassagen, die er erklären wollte, nicht erinnern, aber er war jetzt bereit, die Themen direkt anzusprechen. Er erklärte, wie Christus an einem Kreuz gelitten hatte und gestorben war. Wie Christus den Preis für alle Sünden bezahlt hatte. Er wusste, das war eine große Streitfrage für Muslime; es war auch seine größte Hürde gewesen.

»Ich konnte nicht glauben, dass ein Gott der Liebe tatsächlich seinen eigenen Sohn an einem Kreuz sterben lassen würde«, gab Rashid zu und sah seine Gäste an. Er sah dieselbe Frage in ihren Blicken. »Wenn Gott allmächtig ist, warum ließ er dies dann geschehen?« Eine lange Pause. »Doch dann wurde mir klar, dass genau diese Liebe Gottes der Grund war. Er liebte uns so sehr, dass er bereit war, jeden Preis zu zahlen, sogar den Tod seines eigenen Sohnes, um uns einen Weg zu bereiten, der zurück in eine Beziehung mit ihm führt.«

Er wusste nicht, ob er sie erreichte, doch jetzt konnte nichts mehr Rashid stoppen. Er sprach über Jesu Auferstehung und den historischen Beleg für dieses Wunder. Er sagte, das neue Leben in Christus sei für jeden zugänglich – Juden und Muslime, Männer und Frauen – und dass Gott der Vater aller Menschen sei.

»Im christlichen Glauben«, erklärte Rashid ernst, »folgt die Rettung nicht aus einem aufopfernden Leben, Gewissenhaftigkeit im Gebet oder dem Befolgen einer bestimmten Reihe von Regeln. Christus befolgte alle Regeln, hielt das gesamte Gesetz ein, etwas, was wir nie schaffen könnten. Und er tat es für uns.« Rhashid machte eine kurze Pause. »Die Rettung kommt durch den Glauben an Jesus Christus.«

Es war an der Zeit, seine Freunde direkt vor die Wahl zu stellen, Rashid spürte es. Und er wusste, dass diese Worte nicht seine eigenen waren, dass der Heilige Geist sie ihm irgendwie eingab. »Man kann Christus nicht nur als einen guten Menschen sehen oder als einen großen Propheten in einer langen Reihe von Propheten, die in Mohammed gipfelte. Christus nahm für sich in Anspruch, Gott zu sein, und will der Herr eures Lebens sein. Wir müssen ihn entweder so annehmen oder ihn als Lügner oder Spinner zurückweisen.«

Rashid legte die Bibel nieder, die er in beiden Händen gehalten hatte, und sah seine Gäste direkt an. »Klingt das logisch für euch?«, fragte er.

Es folgte ein langes und unbehagliches Schweigen, während diese Frage in der Luft hing. Seine Gäste hatten die Blicke gesenkt, studierten still den

Fußboden und Rashid hatte keine Ahnung, was er tun sollte. Er hatte es vermasselt. Er war so aufgeregt gewesen, dass er sie überrannt hatte. Er hatte sich nicht klar ausgedrückt. Er hatte sie abgeschreckt. Er, ein ausgebildeter Lehrer, konnte aus irgendeinem Grund das Grundlegendste der Welt nicht erklären – die einfache Gute Nachricht von Jesus Christus.

Und dann sah die Frau auf. Rashid sah, wie Tränen in ihre Augen stiegen. Ihr Mann streckte die Hand aus und legte sie sanft auf ihre. Er nickte ganz leicht mit dem Kopf, beinahe unmerklich. Er sagte, das ergebe alles Sinn!

»Wirklich?«, fragte Rashid, überraschter als alle anderen im Raum.

Der Mann nickte nur wieder. »Und was sollen wir jetzt tun?«, fragte er leise.

Erschreckt, begeistert, verwirrt und aufgeregt sah Rashid Mobara an. Sie lächelte und wandte sich an die Gäste. »Rashid wird euch im Gebet anleiten«, schlug sie vor. »Ein Gebet, das alles verändern kann.«

Zunächst zögernd, dann mit größerem Enthusiasmus, leitete Rashid das Paar in einem Gebet, das ihre Trennung von Gott beendete und ihre Beziehung mit Christus begann. Danach redeten sie noch eine Stunde lang.

An diesem Abend wuchs die kleine Gemeinde um zwei Mitglieder. An diesem Abend wurde Rashid zum Pastor.

Sie beendeten den Abend wie immer mit einem weiteren Gebet. Und ihr Gebet endete wie immer mit der Bitte, dass Gott ihnen helfen möge, Christus treu zu bleiben, »koste es, was es wolle«. Sie hatten nicht die Möglichkeit des billigen und einfachen Christentums des Westens. Ihr Glaube, mit seiner großen Belohnung, würde auch große Opfer verlangen.

* * *

Brad sprach keine Minute über den Reed-Fall auf dem Weg zum Lynnhaven Mariner. Der Meister im Geschichtenerzählen unterhielt Leslie mit unglaublichen Geschichten über schrullige Anwälte, verworrene Fälle und jähzornige Mandanten. Als sie angekommen waren, verlängerte er die Wartezeit noch, indem er darauf bestand, dass sie auf einen Tisch auf dem Kai mit Blick über die Bucht warteten, und Leslie überraschte sich selbst, weil ihr das alles überhaupt nichts ausmachte. Einmal lachte sie und bemerkte, dass ihre Anspannung wegen dieses Treffens und der dazugehörigen schlechten Nachricht verschwunden war.

Brad kam nicht auf das Geschäftliche zu sprechen, bevor sie ihr Essen vor sich stehen hatten.

»Also, Frau Anwältin, haben wir einen Fall für Sarah Reed? Nur keine falsche Zurückhaltung.«

Leslie zögerte nur eine Sekunde. »Es sieht nicht gut aus, Brad. Ich würde nicht sagen, es ist unmöglich, aber es kommt dem sehr nahe.« Sein Blick traf ihren. Er starrte sie durchdringend an und sie spürte, wie sich ihre Kehle zusammenzog. »Ich habe ein vollständiges Memo in meinem Auto liegen, aber ich kann Ihnen die Zusammenfassung geben.« War das ihre Stimme? Wurde sie heiser?

»Nur zu.« Er starrte weiter.

Sie nahm einen schnellen Schluck Wasser und sammelte sich. »Sarah hätte einen potenziellen Klageanspruch gegen die beiden Individuen, die sie gefoltert haben, genauso wie gegen die Regierung von Saudi Arabien für die Taten der Regierungsangestellten. Für beides gibt es verschiedene Gesetze und Verfahren. Bezüglich der einzelnen Polizeibeamten gibt es einen Klageanspruch nach dem Torture Victim Protection Act. Dieser Teil des Falles ist ziemlich unkompliziert«, fuhr Leslie fort. »Wir müssten handfeste Beweise haben, dass Sarah und ihr Mann tatsächlich von offiziellen Vertretern der saudischen Regierung gefoltert wurden. Wir könnten gegen diejenigen auf Schadenersatz klagen, die die Folter ausgeführt haben, und gegen alle höheren Tiere, die diese Taten autorisiert, geduldet oder wissentlich ignoriert haben.«

»Klingt gut«, witzelte Brad. »Wo muss ich unterschreiben?«

Leslie wagte es noch einmal, Brad in die Augen zu sehen. »Wie Sie besser als jeder andere wissen, ist das Problem nicht, ob Sie ein Urteil erwirken, sondern ob Sie von der beklagten Partei irgendwelche Zahlungen bekommen können. Selbst wenn Sie die beteiligten Polizisten festnageln können, haben die vermutlich keinen Cent vorzuweisen. Und Sie können nicht einmal versuchen, bei ihnen zu kassieren, solange sie kein Eigentum in den Vereinigten Staaten besitzen oder das Land persönlich betreten.«

»Was ist mit Prinz Asad?«, fragte Brad. »Ich würde niemanden lieber verklagen ... höchstens vielleicht Bill Gates.«

»Es gibt keinen Hinweis darauf, dass der Prinz dieses Verhalten entweder autorisiert oder sanktioniert hat«, sagte Leslie in ihrem professionellsten Tonfall und gab sich die größte Mühe, Brads Seifenblase zum Platzen zu bringen. »Das wahre Problem liegt darin, ob Sie ein Urteil gegen die Regierung von Saudi Arabien für die Taten ihrer Ermittler bekommen würden.«

»Ich bin ziemlich sicher, dass die Saudis genug Kohle haben, um sämtliche Milliarden-Dollar-Urteile abgelten zu können, die wir bekommen.« Brad winkte den Kellner davon, der ihre Gläser nachfüllen wollte. »Also, was ist die Antwort?«

»Ich glaube, das wird nichts, Brad.« Leslie wusste, dass das keine gute Nachricht war, und sie mochte ihn zu gern, um es zu beschönigen. »Andere Staaten und ihre Behörden genießen mit nur wenigen kleineren Ausnahmen seit 1812 Immunität vor Klagen vor amerikanischen Gerichten. Und keine von diesen Ausnahmen greift hier.« Sie unterbrach sich abrupt. Brad beugte sich vor, das Kinn auf beide Hände gestützt, und sah sie direkt an. Es fiel ihr schwer, seinen Blick zu deuten. »Langweile ich Sie?«

»Ganz und gar nicht«, sagte er und lächelte. »Ich dachte nur daran, wie gut ich jemanden wie Sie gebrauchen könnte, um mir bei den Recherchen für ein paar Themen zu helfen, mit denen ich ständig konfrontiert werde. Sie klingen wie ein Lexikon.«

»Danke. Kann ich mir denken.« Gegen ihren Willen wurde sie rot. Sie fühlte sich wie ein Schulmädchen mit einem heimlichen Schwarm. *Ich kenne diesen Kerl nicht einmal!*

Sie schob diese störenden Gefühle von sich – gezielt und nüchtern zwang sie sich selbst dazu, sie zu ignorieren – und fuhr mit ihrer einstudierten Übersicht des Immunitätsgesetzes fort. »1976 kodifizierte der Kongress das Thema hoheitliche Immunität mit dem Foreign Sovereign Immunity Act. Dieses Gesetz sorgt im Grunde dafür, dass ausländische Regierungen nicht vor amerikanischen Gerichten verklagt werden können, wenn nicht eine von fünf Ausnahmen Anwendung findet.«

Brads Augen leuchteten auf. »Gesetzeslücken sind meine Spezialität.« Er lächelte spitzbübisch.

Leslie behielt ihr Pokerface. »Das mag sein, aber ich bezweifle, dass eine dieser Ausnahmen greifen würde. Die Reeds sind nicht die ersten amerikanischen Bürger, die in einem anderen Land gefoltert wurden. Lassen Sie es mich so sagen: Wenn die Opfer des Holocaust nach diesem Gesetz in

New York nicht erfolgreich klagen konnten, kann man sich schwer vorstellen, dass wir es vor den konservativen bundesstaatlichen Gerichten von Norfolk, Virginia könnten.«

Brad wurde still und starrte nachdenklich auf die Schiffe, die langsam auf dem Lynnhaven vorbeituckerten. Leslie meinte bemerkt zu haben, wie seine Schultern leicht nach unten sackten.

Brad wandte sich vom Horizont ab und stocherte in seinem Essen herum. »Wenn Sie im Reed-Fall Klage erheben müssten, wenn Sie keine andere Wahl hätten, als Klage zu erheben, wie würden Sie dann vorgehen?«

Leslie legte die Stirn in Falten und starrte nun ihrerseits in den Fluss. »Ich würde die Implicit Waiver Clause vorbringen ... die Klausel, dass andere Nationen, wenn sie amerikanische Bürger in einem Verstoß gegen die *jus-cogens*-Regeln foltern, stillschweigend auf ihre Immunität vor Klagen verzichten. Diese Theorie wurde nie voll und ganz vom Obersten Gerichtshof angesprochen. Ich würde die Tatsache betonen, dass Charles und Sarah Reed amerikanische Bürger waren, die aus religiösen Gründen gefoltert wurden und dass unsere Gerichte eine spezielle Rolle zu spielen haben, wenn es um die Grundrechte amerikanischer Bürger geht.«

Brad dachte einen Augenblick darüber nach. »Oh, Sie meinen die Strobel-Argumentation!«

Leslie zuckte zusammen. »Ich denke ja. Aber ich würde es lieber nicht so nennen.«

»Nennen Sie es, wie Sie wollen, solange es funktioniert!«

»Ich sagte nicht, dass es funktionieren würde. Nur, dass es unser bestes Argument wäre.«

»Wie stehen unsere Chancen?«, fragte Brad. Er setzte sich aufrechter hin und nahm einen großen Bissen von einem Krabbenpuffersandwich. »Ich bin bereit.«

»Wie bitte?«

Er kaute eine Minute und schluckte. Das Sandwich spülte er mit einem großen Schluck Tee hinunter. »Ich sagte ... ich bin bereit. Ich will nur wissen, wie unsere Chancen stehen.«

Leslie legte ihre Gabel nieder. Das hier lief gar nicht wie geplant. »Nahezu null. Haben Sie mir nicht zugehört? Brad, sämtliche Anstrengungen aller Anwälte der letzten hundert Jahre, ein anderes Land aufgrund von

Menschenrechtsverletzungen hier vor Gericht zu stellen, waren erfolglos! Und es gab eine Menge Fälle mit Fakten, die ganz genauso furchtbar waren wie Ihre!«

In ihrer Stimme lag Ungeduld. Und entweder ihr Tonfall oder die Schonungslosigkeit ihres Urteils verursachte ein langes Schweigen zwischen ihnen. Leslie begann, sich unbehaglich zu fühlen und widmete sich wieder ihrem Essen. Brad starrte wieder zum Fluss hinunter.

Nach einer scheinbaren Ewigkeit ergriff er erneut das Wort: »Es muss ein erstes Mal geben«, murmelte er.

Leslie senkte wieder ihre Gabel. »Was meinen Sie damit?«

»Leslie, für jeden neuen Durchbruch der Gerechtigkeit muss es ein erstes Mal geben. Was glauben Sie, wie wir unsere Bürgerrechtsgesetze bekommen haben? Ein paar Anwälte saßen herum, genau wie wir beide heute, und wussten, dass sie die Gerechtigkeit auf ihrer Seite hatten, aber nicht das Gesetz. Das hielt sie nicht auf, weil sie wussten, dass das Gesetz dazu da war, der Gerechtigkeit zu dienen, nicht umgekehrt. Ich weiß, das mag abgedroschen klingen, aber es ist wahr. Neunundneunzig Prozent der Anwälte der Welt sehen das Gesetz, wie es ist, aber ein paar wirklich gute sehen das Gesetz, wie es sein sollte.«

Brad sprach, als sei das Gesetz etwas Heiliges. Er beugte sich vor, die Stimme voll Ehrfurcht, kaum lauter als ein Flüstern, und plötzlich sah Leslie vor sich, wie sich Bill zu ihr beugte und seine Stimme kam voll packendem Idealismus aus der Vergangenheit. Sie keuchte, ehe sie es sich verkneifen konnte.

»Was ist los?«, fragte er.

Leslie fühlte, wie ihre Wangen heiß wurden. »Nichts«, murmelte sie. »Was sagten Sie gerade?«

Brad konzentrierte sich jetzt auf den Horizont und fuhr im selben leidenschaftlichen Ton fort: »Die meisten Anwälte glauben, die Gesetze stünden in Gesetzbüchern, aber ein paar Anwälte verstehen, dass die fundamentalen Gesetze der Gerechtigkeit tief in den menschlichen Geist eingegraben sind, dass die Gesetzbücher nur versuchen, diese transzendenten Gesetze einzufangen, die bereits da sind. Und wenn die Gesetze in den Büchern nicht mit dem zusammenpassen, was die Gerechtigkeit erfordert, ändert man die Gesetze in den Büchern, nicht die Definition von Gerechtigkeit.« Er hielt kurz inne. »Man wartet sein ganzes Berufsleben auf einen Fall wie diesen. Es muss ein erstes Mal geben, Leslie! Und ich denke, dieser Fall könnte genau das sein.«

Brad beendete seine spontane Rede und es folgte wieder Schweigen. Er heftete seinen Blick auf Leslie, flehte sie mit seinen stahlblauen Augen an. Es war zweifellos einer der eindringlichsten Blicke, die sie je erlebt hatte – eines der intensivsten Gefühle, das sie je gehabt hatte.

Sie konnte den Blick nicht abwenden.

Reiß dich zusammen, Connors, ermahnte sie sich selbst. *Es ist nur ein Fall. Es ist kein Kreuzzug und es wird nicht zum Weltfrieden führen. Er ist nur ein Typ wie jeder andere. – Ja, klar.*

»Wenn ich beschließe, gegen diese Windmühlen zu kämpfen«, fragte Brad, »werden Sie mir dann helfen? Ich könnte Ihre Hilfe für die Recherche wirklich gut gebrauchen. Und ich zahle zwanzig Dollar die Stunde.«

Leslie hatte dieses Szenario vorhergesehen. Sie hatte den ganzen Weg von Williamsburg bis Virginia Beach geübt, Nein zu sagen. Das Examen und die Reise nach England standen vor der Tür. Es war kein guter Zeitpunkt.

»Danke für das Angebot, Brad. Aber ich kann einfach nicht … ich habe keine Zeit.« Sie sah auf ihr Essen hinab; sie hatte es nicht angerührt. »Ich habe mir fest vorgenommen, diesen Sommer im Ausland zu studieren und im dritten Jahr langsamer zu machen und die Zeit an der Uni zu genießen. Ich kann einfach … Ich weiß nicht …«

Ihre Stimme verlor sich und sie wusste, sie hatte die Tür einen ganz kleinen Spalt offengelassen. Das war nicht Teil des Plans.

Brad hatte es offenbar auch gespürt. »Die Uni wird immer da sein, Leslie. England kann warten. Aber dieser Fall«, er machte eine effektvolle Pause, »ein Fall wie diesen bekommt man nur einmal, vielleicht zweimal im Leben. Sehen Sie es nicht, Leslie? Schauen Sie noch einmal genau hin: Die Prüfungsverhandlung. Sarah Reed, die wegen eines anderen Problems einfach in meine Praxis spaziert. Es ist Schicksal, Leslie. Sie können dem Schicksal keinen Korb geben.«

Brad kämpfte mit harten Bandagen, aber Leslie hatte sich gestählt. Natürlich wollte sie nichts lieber tun, als an einem möglicherweise bahnbrechenden Fall zu arbeiten. Aber sie hatte sich bereits entschieden. Sie hatte andere Pläne. Pläne, die schon seit zwei Jahren im Entstehen waren. Pläne, die weniger Schmerzen verursachen würden, als für eine andere Witwe an einem Fall zu arbeiten – einem Fall, der sie jeden Schritt des Weges an den verheerenden Verlust ihres eigenen Ehemannes erinnern würde. Und sie konnte ihre Pläne nicht über Bord werfen, nur weil ein unwiderstehlicher Mann auf der anderen Seite des Restauranttisches sie darum bat.

Konnte sie nicht?

»Okay«, sagte sie, verblüfft von ihren eigenen Worten. »Aber ich bin mindestens fünfzig in der Stunde wert.«

Brad lächelte breit, mit weiß blitzenden Zähnen, und hob sein Teeglas für einen Toast.

»Abgemacht«, sagte er. »Sie können am Montag anfangen.«

Leslie berührte sein Glas vorsichtig mit ihrem eigenen, überzeugt, dass sie eben einen Riesenfehler gemacht hatte.

* * *

Der Fahrer des großen Sattelschleppers war schon seit zweiundzwanzig Stunden ununterbrochen unterwegs. Sein Fahrtenbuch sagte natürlich etwas anderes, damit seine Firma keine Vorladung der Federal Trade Commission kassierte. Die Bezahlung stimmte, aber er wurde langsam zu alt dafür. Er würde seine Ladung am Depot am Military Highway abladen und dann den restlichen Weg bis zu einem Rastplatz außerhalb von Richmond durchziehen.

Es war warm für eine Aprilnacht, deshalb ließ er die Fenster unten. Die frische Luft würde ihm helfen wach zu bleiben, die schweren Augenlider offen zu halten, und konnte vielleicht sogar dazu beitragen, die paar Bier abzuschütteln, die er im Truck Stop in Suffolk gekippt hatte. Er war sich ziemlich sicher, dass er nach zweien oder dreien aufgehört hatte, nichts, womit er nicht klargekommen wäre, nichts, womit er nicht vorher schon klargekommen war.

Das langgezogene Hupen eines Autos weckte ihn abrupt. Er riss den Kopf gerade rechtzeitig hoch, um den Fahrer des Autos zu sehen, der mit vor Entsetzen weit aufgerissenen Augen aus dem Fahrerfenster auf den Lastwagen starrte, der auf ihn zuraste … ein Ruck, das surreale Geräusch von splitterndem Glas und zerschmetterndem Metall und der scheußliche Rums eines Autos unter dem Fahrgestell des Lastwagens.

* * *

Nikki Moreno hörte es im Polizeifunk. Ein schlimmer Unfall, möglicherweise tödlich, auf der Kreuzung Military Highway und Battlefield Boulevard – weniger als vier Häuserblocks entfernt. Mit etwas Glück war sie schneller am Schauplatz als die Polizei.

Sie war nicht richtig angezogen dafür. Es war Freitagabend und sie war direkt vom Strand zu den Partys gegangen. Sie trug Shorts, ein Bikinioberteil und Sandalen. Das würde genügen müssen.

Sie griff unter ihren Sitz und zog eine halbleere Flasche Jack Daniels hervor. Sie nahm sich vor, daran zu denken, dass sie ihren Vorrat wieder auffüllen musste. Man wusste nie, wann die Gelegenheit anklopfte.

»Halt durch, Junge, halt durch«, murmelte sie vor sich hin, als sie den Motor hochjagte. »Tot bist du lang nicht so viel wert.«

8

Selbst Bella musste zugeben, dass der Fall gut klang. Der Anrufer war Ralph Johnson, der zum ersten Mal vor fünf Jahren zu Brad gekommen war, nachdem er bei einem Unfall mit einer Stichsäge zwei Finger verloren hatte. Bella erinnerte sich, wie Brad für diese zwei Finger einen hübsch gegliederten Vergleich mit einer Gesamtsumme von mehr als 150 000 Dollar herausgeschlagen hatte. Nach Abzug von Brads Drittel wäre Johnson genug für eine Anzahlung für ein neues Haus geblieben. In seiner Euphorie und ohne auch nur seine Frau zu fragen, hatte Ralph beschlossen, einen neuen Pickup zu kaufen, in der heruntergekommenen Hütte zu bleiben, in der sie lebten, und so zusätzlich noch ein bisschen Geld zum Feiern übrig zu haben.

Fünf Jahre später war das Partygeld fort und das Haus fühlte sich eng an, aber der Pickup fuhr immer noch einwandfrei. Wie ein Fels in der Brandung. Ralph bereute nie, wie er seinen warmen Regen angelegt hatte.

Jetzt rief Ralph von der Bettkante seines Bruders Frank im Krankenhaus von Norfolk an. Das Unglück hatte die Johnson-Familie wieder einmal heimgesucht und Ralph hoffte, Brad würde wieder einen Stapel Bares auftreiben, um den Schmerz zu lindern. Frank hatte das Pech gehabt, in dem Moment auf eine Kreuzung zu fahren, als ein schlafender, betrunkener Lastwagenfahrer in einem Neunachser über eine rote Ampel donnerte und Franks Auto demolierte. Ralph war sicher, dies sei ein Fall für Brad Carson.

Nachdem sie den Sachverhalt gehört hatte, verwandelte sich Bella in eine zuckersüße Trauerbegleiterin. Es fiel ihr allerdings schwer, die Fröhlichkeit in ihrer Stimme zu verschleiern, als sie Ralph und seinem Bruder ihr tiefstes Mitgefühl ausdrückte. Sie versicherte ihnen, dass Brad sich sofort auf den Weg machen würde. Der Gerechtigkeit würde Genüge getan werden. Der Vollidiot, der für diese furchtbare Tragödie verantwortlich war, würde dafür bezahlen. Und zwar teuer.

Sie sprach von Gerechtigkeit, doch sie dachte an Geld. Der Fall war eine Goldgrube. Bis sie den Hörer auflegte, sabberte sie förmlich.

* * *

Brad nahm den Anruf von Bella auf seinem Handy entgegen und war im Nu im Krankenhaus. Er wartete kurz auf den Aufzug, verlor die Geduld und sprang die Treppe in den dritten Stock hinauf; seine Füße berührten kaum den Boden, das Adrenalin pulsierte durch seine Adern. Er fühlte sich immer so, wenn er einen vielversprechenden neuen Fall an Land gezogen hatte.

Dieses Gefühl von Aufregung über das Unglück eines anderen sorgte jedes Mal für einen Anfall von Schuldgefühl, gefolgt von der immer gleichen aufmunternden Rede von Brad Carson an Brad Carson: Die Rechtsausübung war von so viel Konkurrenzkampf geprägt, erinnerte er sich selbst, es war nichts Falsches daran, sich gut zu fühlen, wenn man einen neuen Fall an Land gezogen hatte. Schließlich war der Schaden bereits angerichtet und irgendwer musste dem Mann ja helfen, das Geld zu bekommen, das er verdiente, um weiterleben zu können. Brad war überzeugt, dass das niemand besser konnte als er. Offensichtlich war Franks Bruder da ganz seiner Meinung. Brad arbeitete hart und bekam ein ehrliches Honorar. Kein Grund, sich deswegen schlecht zu fühlen.

Brad setzte sein schönstes Gesicht professionellen Mitgefühls auf und betrat Frank Johnsons Krankenzimmer. Er überblickte die kleine Gruppe von Menschen und spürte sofort, dass etwas nicht stimmte. Frank lag unbequem in einem Streckbett, mit Schläuchen an eine Computervorrichtung angeschlossen, die seine Vitalfunktionen anzeigte und ihm intravenös Flüssigkeiten zuführte. Franks Frau saß neben seinem Bett und hielt seine Hand. Ralph stand mit gesenktem Blick neben ihr. All dies war typisch für das Krankenhauszimmer eines verletzten Klienten. Doch die Frau, die mit dem Rücken zur Tür stand, war die Quelle von Brads Unbehagen. Sie gehörte eindeutig nicht zum medizinischen Personal und Brad sah Ärger auf sich zukommen.

Ralph stellte die Unbekannte betreten als Nikki Moreno vor, eine Anwaltsassistentin von Billy »The Rock« Davenport.

Brad gab Nikki die Hand. In ihrer anderen Hand - deutlich sichtbar für Brad - hielt sie den getippten Vertrag für juristische Dienstleistungen. Am Ende der eng bedruckten Seite befand sich eine Unterschrift, von der Brad annahm, sie gehöre Frank Johnson.

Brad gab ihr einen bedrohlichen Händedruck. Nikki hob eine Augenbraue.

Sie sah nicht sehr professionell aus. Sie war dünn - zu dünn für Brads Geschmack - und bestand nur aus Beinen, die sie mit einem engen Minirock und Fünfzehn-Zentimeter-Absätzen zur Schau stellte. Nikki glaubte offenbar, dass die Stilgötter von ihr verlangten, ihre glatte, dunkle Haut zu schmücken und zu durchlöchern: mit einer kleinen Tätowierung am Knöchel, einer hervorstechenderen an ihrer linken Schulter, einem gepiercten Bauchnabel, der unter ihrer geknoteten Bluse deutlich sichtbar war, und zahlreichen Löchern in den Ohren. Trotz ihrer übertriebenen Aufmachung hatte Nikkis Gesicht einen exotischen Latino-Reiz, der von schrägstehenden Wangenknochen, tiefgebräunter Haut, langen, schwarzen Haaren und dunkelbraunen Augen herrührte - letztere großzügig mit dunklem Lidschatten betont.

Brad beschloss augenblicklich, er würde sich nicht von der Anwaltsgehilfin eines zweitklassigen Krankenwagenjägers wie The Rock abdrängen lassen. »Was tun Sie hier?«, fragte er direkt.

»Unsere Kanzlei vertritt Frank Johnson. Was tun *Sie* hier?«, feuerte Nikki zurück.

Brad schoss einen Blick auf Ralph Johnson ab. Ralph studierte eingehend einen Fleck auf dem Boden.

»Mr. Johnson« - Brad deutete auf Ralph - »rief *mich* an, um zu sehen, ob ich seinem Bruder auf dieselbe Art helfen kann, wie ich ihm selbst geholfen habe. Ich wusste nicht, dass Sie dem Rettungswagen zum Krankenhaus gefolgt sind.«

»Es ist nicht meine Schuld, wenn Sie einen Tag zu spät sind und einen Dollar zu wenig haben«, gab Nikki zurück. Sie wandte sich an Mrs. Johnson. »Brad ist ein ziemlich guter Anwalt, der seine Sache recht gut machen könnte, wenn es hier um einen gewöhnlichen Fall von Personenschaden ginge. Aber er arbeitet allein. In einem komplizierten Fall, in dem es um ernste Verletzungen geht, sind Sie mit den Ressourcen einer Kanzlei wie Davenport & Partner besser beraten.«

Brad schnaubte. »Ihr Chef hat keine Ahnung, wie man Fälle verhandelt.« Er wandte sich von Nikki an Ralph. »Erzählen Sie Ihrem Bruder von Ihrem Fall, Ralph. Sagen Sie ihm, wie ein echter Anwalt arbeitet.«

Alle Blicke wandten sich Ralph zu, der immer noch wie hypnotisiert den Fleck auf dem Boden anstarrte. Er stand still und reglos da wie eine Statue.

»Ein echter Anwalt«, warf Nikki ein, »benimmt sich vor Gericht nicht so schlecht, dass er mitten im Fall ins Gefängnis geworfen wird. Es ist schwierig, effizient für Ihren Mandanten zu arbeiten, wenn Sie im Gefängnis sitzen.«

»Ich habe nicht mit Ihnen geredet«, schnappte Brad.

Die Statue räusperte sich. »Es ist so«, sagte Ralph zögernd, »Ms. Moreno hier bringt ein paar Sachen in den Fall mit, die keine andere Firma bringt. Sie kann uns helfen zu beweisen, dass der andere Fahrer betrunken war. Sie hat gesehen, wie er getrunken …«

»Ich kann sie jederzeit vorladen«, unterbrach Brad. »Ich sage Ihnen, Ralph, Sie wollen nicht, dass Davenport den Fall Ihres Bruders verhandelt. Die andere Seite wird bis zur Abweisung der Klage die ganze Zeit über nur lachen.«

»Sie können mich nicht vorladen, wenn ich den Lastwagenfahrer vertrete«, sagte Nikki mit erhobener Stimme. Sie wedelte mit dem Papierkram vor Brads Nase. »Und glauben Sie mir, wenn Mr. Johnson von diesem Vertrag zurücktritt, wird der Lastwagenfahrer mich einstellen, so schnell können Sie gar nicht schauen.«

Brad verdrehte die Augen. »Wenn Sie eine Zeugin sind, werde ich Sie vorladen. Und warum sollte der Fahrer gerade Sie einstellen?«

Brad wusste, dass dieser Streit mit einer zweitklassigen Anwaltshilfe vollkommen würdelos war. *Aber welche Möglichkeiten habe ich? Soll ich sie den Fall stehlen lassen, damit The Rock Frank für eine schnelle und einfache Einigung verkaufen kann?*

Nicht in einer Million Jahren.

Eine Krankenschwester mit dem strengsten Stirnrunzeln, das man sich vorstellen konnte, trat zwischen Brad und Nikki - *wo kommt die jetzt her?* - und bat sie kurzerhand, den Raum zu verlassen. »Der seelische Schock meines Patienten ist im Moment groß genug«, sagte sie verächtlich. »Warum verlegen Sie Ihre kleine Meinungsverschiedenheit nicht in den Flur?«

Brad fühlte sich nach dieser Schelte wie ein Idiot und murmelte eine Entschuldigung in Richtung der Familie, schoss noch einen wütenden Blick auf Nikki ab und verließ schnell den Raum.

Nikki folgte ihm.

»Was für ein Glück«, ätzte Brad, »dass Sie *zufällig* über diesen Unfall gestolpert sind und *zufällig* Zeugin wurden, wie der andere Fahrer ein paar Drinks gekippt hat. Was tun Sie, verbringen Sie die ganze Nacht damit, den Polizeifunk abzuhören und darauf zu warten, dass ein armer Kerl getötet oder verletzt wird? Ich sollte Sie der Anwaltskammer melden.«

Nikki stand nur da und starrte Brad an.

»Sind Sie fertig?«, fragte sie schließlich.

»Für den Moment ja.«

»Gut, dann werden Sie mir ja vielleicht zuhören. Wir kamen prima klar, bis Sie aufgetaucht sind, Sie Staranwalt. Wenn es Ihnen nichts ausmacht, werde ich wieder da reingehen und mich mit meinem Mandanten beraten. Sie sind übrigens nicht eingeladen.« Sie drehte sich auf dem Absatz um.

Brad sah seine Felle davonschwimmen. Er konnte den Gedanken nicht ertragen, dass ein glückloser Anwalt wie The Rock Frank Johnson vertrat. Er musste etwas tun. Und zwar schnell.

»Warten Sie«, sagte Brad. »Wir wurden beide für den Fall engagiert.« Er zögerte. Er hatte Schwierigkeiten, den nächsten Satz herauszubringen. »Lassen Sie uns den Fall gemeinsam übernehmen und das Honorar teilen.«

Nikki hielt an der Tür an und drehte sich um. Sie warf sich das lange, dunkle Haar über die Schulter. Wenn es dazu gedacht war, ihn zu beeindrucken, funktionierte es nicht. Brad begann bereits, sich selbst zu hassen, weil er diesen Teufelspakt vorgeschlagen hatte.

Nikki sah sich im Flur um und machte einen Schritt auf Brad zu. »Okay,

Folgendes«, sagte sie mit gesenkter Stimme. »Wenn Sie ein Stück von dem Fall wollen, stellen Sie mich ein. Es ist ein Pauschalangebot. Den Fall und mich gibt's nur im Doppelpack.«

Brad war verblüfft. Sprachlos. Wenn er ablehnte, würde er den Fall ganz sicher verlieren.

»Ich habe tatsächlich über den Polizeifunk von dem Unfall gehört«, flüsterte Nikki. »Ich kam zum Unfallort, bevor irgendwelche Hilfe da war. Der andere Fahrer roch wie eine Brauerei. Ich fragte, ob alles in Ordnung sei. Bei Mr. Johnson war schon jemand anderes. Ich schaute in den Lastwagen und sah eine offene Flasche Jack Daniels. Ich sagte ihm, ich arbeitete für einen Anwalt, und schlug ihm vor, einen Schluck zu trinken, um seine Nerven zu beruhigen.«

Sie schwieg kurz, damit die Kühnheit ihrer Tat sacken konnte.

»Ich habe lange genug mit The Rock herumgehangen, ich kenne die Vorgehensweise. Man sagt einem betrunkenen Fahrer am Unfallort, er solle noch mehr trinken und dann mit niemandem reden. Der Blutalkoholtest kann dann nicht unterscheiden, welcher Prozentsatz vor dem Unfall und wie viel hinterher getrunken wurde, bevor die Polizei ankam. Der einzige Mensch, der weiß, wie viel der Lastwagenfahrer nach dem Unfall getrunken hat« - Nikki machte eine erneute Pause und sah sich sicherheitshalber zu beiden Seiten im Flur um -, »bin ich. Deshalb brauchen sowohl Sie als auch Mr. Johnson mich in diesem Fall.«

Brad stand nur da, schüttelte den Kopf und verurteilte sie mit Blicken. Ein solch verabscheuenswürdiges Verhalten hatte er noch nie erlebt.

»Natürlich«, fuhr Nikki fort, »will ich nicht, dass der Kerl mit Alkohol am Steuer davonkommt, also bin ich hergekommen, sobald Mr. Johnson Besuch haben durfte. Ich sagte Mr. und Mrs. Johnson, dass ich, wenn sie unsere Kanzlei beauftragen, gern für sie aussagen würde.«

»Das war großzügig von Ihnen«, schnaubte Brad.

»Wenn die Johnsons beschließen, irgendeine andere Kanzlei zu beauftragen - Ihre eingeschlossen«, fuhr Nikki in ihrem konspirativen Flüsterton fort, »rufe ich einfach den Lastwagenfahrer an und *er* wird uns beauftragen. So wird jede Information, die ich habe, entweder durch die anwaltliche Schweigepflicht geschützt oder ich vergesse sie einfach bequemerweise.«

»Sie haben keine Moral«, sagte Brad und sprach damit das Offensichtliche aus.

»Und das von dem Mann, der absichtlich eine Richterin ködert und sich selbst ins Gefängnis werfen lässt.«

»Das ist etwas anderes!«

Nikki zuckte die Achseln. »Wie Sie meinen.« Sie lächelte. »Meine Moralvorstellungen sind hier nicht das Thema. Ich bin nicht dumm. Ich habe den Fall, den Sie wollen, und Sie brauchen eine gute Assistentin.« Sie sah sich noch einmal im Flur um. Die Luft war noch immer rein. »Und wenn Sie das weitererzählen, werde ich abstreiten, es je gesagt zu haben – aber ich weiß auch, dass Sie ein zehnmal besserer Anwalt sind, als Davenport je zu träumen wagen würde. Nehmen Sie an, Carson.«

Brad stellte in Gedanken ein paar Berechnungen an. Selbst wenn er Nikki aus seiner Beteiligung von einem Drittel ein riesiges Gehalt zahlte, würde ihm immer noch ein hübscher Gewinn bleiben. Wenn ihm ihre Arbeit nicht gefiel, konnte er sie feuern.

Abgesehen davon brauchte er tatsächlich eine Anwaltshilfe und wenn sie gut war, konnte er eine Gaunerin wie Nikki auf jeden Fall gebrauchen. Aber er würde einige strenge ethische Grundsätze über das Verhalten beim Akquirieren von Fällen aufstellen.

»Folgendes ist der Deal«, sagte Brad. »Ich kann Ihnen keine prozentuale Beteiligung anbieten, weil es unethisch ist, einem Nichtanwalt einen Prozentsatz dafür zu zahlen, dass er der Kanzlei einen Auftrag verschafft. Und trotz der Art, wie Sie arbeiten, glauben einige von uns immer noch an die moralischen Regeln, dass Gesetze ab und zu befolgt werden sollten. Aber wenn Sie diesen Fall in unsere Kanzlei mitbringen und wenn Sie einverstanden sind, sich an unseren Verhaltenskodex zu halten, gebe ich Ihnen einen Einjahresvertrag mit fünfzigtausend Dollar Jahresgehalt.« Er blickte finster, um sein Missfallen, so ein geschmackloses Angebot machen zu müssen, zu unterstreichen.

Nikki schnaubte höhnisch. »Dieser Fall allein ist eine halbe Million für Ihre Kanzlei wert. Und ich kann noch einen Haufen anderer Fälle wie diesen an Land ziehen. Aber ich bin bereit, mich im ersten Jahr zu beweisen.« Sie runzelte die Stirn und warf einen Blick auf den Vertrag in ihrer Hand, als versuche sie, den gemeinsamen Wert des Vertrags und ihrer Brillanz zu berechnen. »Ich mache es für schlappe fünfundsiebzigtausend, plus Bonus, wenn wir im Johnson-Fall Erfolg haben. Über die Bonushöhe können wir sprechen, wenn wir Jahr zwei verhandeln.«

Brad schnaubte durch die Nase, als hätte sie ihn gerade um den Grand Canyon gebeten. Er schüttelte den Kopf. »Sechzigtausend.«

Nikki zögerte nicht oder blinzelte auch nur. Sie drehte sich einfach wieder auf dem Absatz um und steuerte auf das Krankenzimmer zu.

»Okay«, schäumte Brad, »Fünfundsiebzig.«

Sie wandte sich um. »Plus Gesundheitsleistungen, Parkplatz und betriebliche Altersvorsorge.«

»Sie sind eingestellt«, sagte Brad schnell.

Die zwei neuen Partner gingen den Flur entlang zum Warteraum und entwarfen einen kurzen Vertrag auf der Rückseite des Blattes, das Johnson unterschrieben hatte. Der Knoten in Brads Magen erinnerte ihn daran, dass er Bella diese Nachricht beibringen musste. Er machte sich darauf gefasst, ihr eine Gehaltserhöhung anzubieten.

»Eine Frage noch«, sagte Brad zu Nikki, als er die provisorische Übereinkunft unterschrieb. »Wo hatte der Lastwagenfahrer den Jack Daniels wirklich her?«

»Wenn Sie darauf eine Antwort wollen«, sagte Nikki lächelnd, »werden Sie mir eine Gehaltserhöhung geben müssen.«

Ganz wie Brad angenommen hatte. Er nahm sich vor, ein Auge auf Nikki Moreno zu haben.

9

»Ich kann das nicht tun«, sagte Sarah. »Und ich werde es nicht tun. Es könnte die Mitglieder unserer Gemeinde, die immer noch in Riad Gottesdienst feiern, in Gefahr bringen. Es könnte die Bemühungen der World Mission Society behindern, weitere Missionare auszusenden. Aber was am wichtigsten ist: Es würde vermutlich bedeuten, dass ich nie wieder zurück zu den Saudis könnte – dass ich nie zu dem Volk zurückkehren könnte, das ich liebe.«

Brad warf Leslie einen Seitenblick zu. Diese Reaktion hatte er nicht erwartet auf seinen Vorschlag, dass Sarah sowohl gegen die saudische Regierung als auch gegen die Versicherungsgesellschaft klagen sollte. Brad hatte vorhergesehen, dass Sarah sich bei der Aussicht darauf sperren könnte, Geld bei dem Fall zu riskieren, also bot er ihr an, den Fall auf Erfolgshonorarbasis anzunehmen und die Ausgaben streng aus den Firmenrücklagen zu finanzieren. Sarah würde absolut keine Gebühren zahlen, bis sie den Schadenersatz erhielten. Doch Brad hätte sich nicht träumen lassen, dass Sarah immer noch aus philosophischen Gründen Einwände haben würde. Mandanten hatten nie Einwände gegen die Möglichkeit auf eine riesige Schadenersatzsumme, wenn Anwälte das ganze Risiko auf sich nahmen.

»Na gut«, sagte Brad nach einer langen Pause. Er starrte auf seine Papiere auf dem Konferenztisch. »Niemand wird Sie zwingen, diese Klage zu erheben. Aber es scheint mir, dass es Zeiten gibt, in denen man die andere Wange hinhalten sollte, und Zeiten, in denen man sich wehren sollte.« Brad suchte verzweifelt in seinem Gedächtnis nach irgendwelchen biblischen Argumenten, aber sein Repertoire war auf das Wenige beschränkt, an das er sich aus seinen Sonntagschultagen erinnern konnte.

Er erinnerte sich vage, dass Jesus Christus selbst ein oder zwei Mal wütend wurde und ein paar Kerle im Tempel aufgemischt hatte – er konnte sich an das Bild in seiner Bibel erinnern. »Ich meine, sogar Jesus hat die Tische von diesen Männern umgeworfen, die im Tempel Tauben verkauften.« Er sah auf und merkte, dass Sarah versuchte, ein Grinsen zu unterdrücken. Vielleicht sollte er sich doch an logische Argumente halten. »Ich denke, es läuft alles auf das übergeordnete Wohl hinaus. Sie könnten zurück nach Saudi-Arabien gehen und als Missionarin Dutzende von Leuten erreichen, vielleicht sogar Hunderte. Aber was, wenn dieser Prozess zu wirklicher Religionsfreiheit in Saudi-Arabien führen würde? Wie viele Sarah Reeds könnten dann in diesem Land ihren Dienst tun? Und nicht im Schutz der Dunkelheit, sondern bei Tageslicht. Und was, wenn dieser Fall zu ähnlichen Fällen gegen China und andere repressive Länder führen würde? Könnte es sein, dass Gott Sie beruft, jetzt und auf diese Art Stellung zu beziehen, um den Weg für Tausende andere zu ebnen, damit sie gehen können, wohin sie nie zuvor gehen konnten?«

Brad hörte auf zu reden und wartete geduldig auf Sarahs Antwort. Sie war tief in Gedanken versunken und lächelte jetzt ganz und gar nicht mehr. Leslie richtete ihren Blick ebenfalls auf Sarah.

»Brad, ich weiß es einfach nicht«, antwortete Sarah schließlich zögernd. »Ich brauche ein bisschen Zeit, um darüber nachzudenken, darüber zu beten. Was Sie sagen, klingt logisch, aber nur, wenn wir gewinnen. Wenn wir verlieren, ist es nicht nur ein Prozess und es ist nicht nur Geld, sondern meine Berufung, die auf dem Spiel steht. Ich könnte nie wieder zurück. Sie können den Staub abschütteln und zu ihrem nächsten Fall übergehen. Aber ich könnte nicht damit leben, wenn ich es den Konvertiten in Saudi-Arabien irgendwie schwerer gemacht hätte.«

»Was würde Charles wollen?«, frage Leslie leise.

Sarah studierte ihre gefalteten Hände. »Was würde Jesus tun? Wenn ich die Antwort auf diese Frage wüsste, dann wüsste ich auch, was Charles wollen würde.«

Wieder herrschte Schweigen. Die drei stimmten schließlich überein, dass Sarah sich ein paar Tage Zeit nehmen würde, um darüber nachzudenken und zu beten. Leslie würde für alle Fälle schon einmal anfangen, die Klage zu entwerfen. Brad nahm sich vor, sich eine Bibel zu besorgen und unterstützende Argumente zu sammeln für den Vorschlag, dass Jesus Klage erhoben hätte. Aber er musste zugeben, dass es ihm seltsam vorkam, sich den Mann, der ohne Einwände in seinen Tod am Kreuz ging, vorzustellen, wie er wegen einer Menschenrechtsverletzung einen Prozess anstrengte.

Brad hatte nicht die leiseste Ahnung, was Jesus tun würde. Aber er wusste genau, was er tun wollte. Er musste Sarahs Erlaubnis bekommen, diesen Fall zu verhandeln. Und er musste einen Weg finden, zu gewinnen.

* * *

Nikki genoss die ersten fünf Minuten ihres neuen Jobs. Sie verbrachte die Zeit damit, ihre persönlichen Sachen in ihrem neuen Büro auszupacken, während sie darauf wartete, dass Brad mit Anweisungen für sie kam.

Doch um 8.35 Uhr wurde Nikkis Einsamkeit erschüttert, als eine dicke Frau mit schlechter Laune sich in Nikkis Bürotür parkte. Sie stand da mit einer Hand auf der Hüfte, eine Zigarette in der anderen, während sie sich schnaufend und keuchend über den Verkehr ausließ, das trübe Wetter und die anderen Unzulänglichkeiten des Lebens in Tidewater. »Sie müssen Nikki Moreno sein«, sagte sie schließlich, die Stimme voller Verachtung.

»Jau«, antwortete Nikki. »Macht es Ihnen etwas aus, die Zigarette auszumachen, während Sie in meinem Büro stehen?«

Bella wies darauf hin, dass sie genau genommen nicht in Nikkis Büro stand und selbst wenn sie es täte, würde sie diese Zigarette ausmachen, wenn es ihr, und nur ihr, gefiele. Nikki wies darauf hin, dass Bella die einzige ihr bekannte Person sei, die so dick war, dass sie genau genommen gleichzeitig in Nikkis Büro, im Flur und im Empfangsbereich sein konnte. Von da an ging das Gespräch bergab.

Sie stritten über die Übel des Rauchens und die Gefahren des Passivrauchens. Sie stritten darüber, ob Bella Nikkis Tipparbeiten übernehmen und ans Telefon gehen würde. Sie stritten darüber, ob Miniröcke angemessene Bürokleidung seien. Bella sagte Nikki, sie sei so dünn, dass sie krank aussehe. Nikki sagte, zumindest habe sie in letzter Zeit niemand mit einem gestrandeten Wal verwechselt. Wegen ihrer Tätowierungen nannte Bella sie »die Drachenlady«. Dafür taufte Nikki Bella »Willy«, zu Ehren des berühmten Orcawals.

* * *

Bis Brad ankam, standen die beiden Frauen kurz davor, sich zu prügeln. »Wie ich sehe, haben sich die beiden Turteltauben schon kennengelernt«, sagte Brad. »Bella, in mein Büro – sofort!«

Brad verbrachte den Rest des Vormittags damit, beide Frauen zu überreden, nicht zu kündigen. Bis Mittag hatte er hämmernde Kopfschmerzen. Wie erwartet verlangte und bekam Bella eine Gehaltserhöhung, obwohl sie wahrscheinlich bereits die höchstbezahlte Anwaltssekretärin von ganz Tidewater war.

Selbst nach der Gehaltserhöhung sagte Bella Brad, sie verstünde einfach nicht, warum sie weniger verdienen sollte als die arrogante und unerfahrene Nikki Moreno. Vor allem, beschwerte sich Bella, da ihre Mutter in einem Altenheim sei und Bella die ganzen Rechnungen allein zahlen müsse. Dieselbe Mitleidsmasche benutzte Bella schon seit zwei Jahren.

Später an diesem Nachmittag hörte Brad, wie Bella die Firma für Bürobedarf anrief und ein Messingnamensschild für Nikkis Büro bestellte, in dem in schwarz der Schriftzug »Drachenlady« eingraviert war. Als er seinen Kopf in Nikkis Büro streckte, sah er, wie sie gerahmte Bilder von Delphinen und Walen aufhängte, die sie in ihrer Mittagspause im Einkaufszentrum gekauft hatte, als sei sie immer schon eine glühende Fischliebhaberin gewesen.

Die psychologische Kriegsführung war in vollem Gang.

* * *

Sarah ließ sich auf den abgeschabten Sessel in dem kleinen Wohnzimmer fallen. Es war fast halb elf und es war noch so viel zu tun, bevor sie ins Bett kriechen konnte. Noch zwei Ladungen Wäsche, schmutziges Geschirr in der ganzen Küche, Brote schmieren für die Schule am nächsten Tag, Rechnungen zahlen, die schon gestern hätten bezahlt werden müssen – na gut, eigentlich letzte Woche.

Dies war nicht die Art, wie sie ihren Tag beenden wollte. Meredith hatte eben einen Wutanfall bekommen und sie hatte sie in ihr Zimmer geschickt. Die Wände waren dünn in diesem einstöckigen Farmhaus und jetzt drang die Musik aus Merediths CD-Player bis in jeden Winkel der Wohnung. Es würde nicht lange dauern und Steven würde vermutlich aus seinem Zimmer kommen und sich beschweren, dass er nicht schlafen könne. Dann würde es einen weiteren Kampf mit Meredith geben, die seit Charles' Tod zunehmend abweisend und rebellisch geworden war.

Sarah wusste nicht, ob sie noch einen Streit ertragen konnte. Nicht heute Abend.

Sie seufzte schwer und griff nach der abgenutzten Bibel – Charles' alter Bibel –, die auf einem kleinen Couchtisch lag, genau dort, wo sie sie zwei Tage zuvor abgelegt hatte. Als Charles noch lebte, hatten sie fast jeden Morgen, wenn sie noch frisch gewesen waren, gemeinsame Andachten gehabt. Jetzt hatte sie Mühe, morgens aus dem Bett zu kommen, geriet schon von vornherein in Rückstand, und kam nicht vor dem Abend zu ihrer stillen Zeit. Oft schaffte sie es dabei nicht einmal, wach zu bleiben.

Bevor sie begann, sprach sie dasselbe kurze Gebet, das sie immer sprach. »Herr, zeig mir heute Abend etwas in diesem Buch, das nur für mich ist … weil ich für dich lebe.«

Sie las in der Apostelgeschichte weiter, wo sie das letzte Mal aufgehört hatte. Kapitel um Kapitel. Die Schwierigkeiten, denen Paulus begegnete, und sein Gehorsam gegenüber seiner Mission angesichts extremer Probleme inspirierte Sarah und ließ sie sich wieder nach dem Missionsfeld sehnen. Eines Tages würde sie zurückgehen. Sie liebte das saudi-arabische Volk so sehr.

Sie begann sich zu entspannen, während sie Gottes Wort las, und ihre Augenlider wurden schwer. Paulus war verhaftet worden, zum ungefähr dritten oder vierten Mal, weil er die Gute Nachricht gepredigt hatte, und er stand vor einem römischen Statthalter namens Festus vor Gericht. Wie immer trieb Paulus den Statthalter in den Wahnsinn, während er sich selbst verteidigte und Zeugnis über Christus und seine Auferstehung ablegte. Sarahs Gedanken begannen zu wandern und sie stellte sich den krummbeinigen, kleinen Paulus vor, wie klein er vor der Pracht des römischen Gerichts aussah, während er dem großen Festus mit dem Finger drohte und ihm von der Auferstehung von den Toten erzählte. Sie konnte die verblüfften Gesichter der römischen Würdenträger förmlich vor sich sehen, als dieser widerspenstige kleine jüdische Mann seine Argumente vorbrachte. Sarahs Augenlider blinzelten jetzt langsamer, die Musik aus Merediths Zimmer driftete in den Hintergrund und die Worte auf der Seite vor ihren Augen verschwammen zu einem See aus schwarzer Tinte.

Und dann sprang ein winziger Satz aus der Seite heraus. »Ich berufe mich auf den Kaiser!«, sagte Paulus. Die Worte drangen durch den schläfrigen Nebel und ohrfeigten Sarah wach. »Ich berufe mich auf den Kaiser«, verlangte Paulus. Und dann antwortete Festus: »Du hast dich auf den Kaiser berufen, dann sollst du auch zum Kaiser gehen!« Plötzlich saß sie aufrecht in ihrem Sessel, die Augen weit geöffnet.

Die Worte sprachen Sarah direkt an, riefen aus einer zweitausendjährigen Vergangenheit und von der anderen Seite der Erde, als stünde Paulus selbst in diesem Moment in ihrem Wohnzimmer: »Ich berufe mich auf den Kaiser!«

Plötzlich war Sarah energiegeladen. Sie konnte nicht schnell genug lesen. Warum berief sich Paulus auf den Kaiser? Wollte er nicht einfach zurück aufs Missionsfeld? Wusste er nicht, dass es ihn Jahre von seiner Arbeit fernhalten konnte, wenn er seinen Fall vor den Kaiser brachte? Warum beharrte dieser Mann, der sich freute, wenn er um Christi willen misshandelt wurde, plötzlich so auf seinen Rechten?

Sie stand auf, holte sich einen Stift und einen Notizblock und räumte sich etwas Platz auf dem Küchentisch frei. Sie machte ein paar schnelle Notizen und fasste die Geschichte von Paulus' juristischen Problemen und Möglichkeiten zusammen. Sie las frühere Kapitel, um den Sinnzusammenhang herzustellen. Mehr Notizen. Mehr Aufregung. Sie war einer Sache auf der Spur. Die Antwort war hier irgendwo.

Einige Zeit und mehrere Notizseiten später fand sie die Antwort im neunten Kapitel der Apostelgeschichte, direkt nachdem Paulus von einem Verfolger der Kirche zum Missionar geworden war. Sie hatte es schon so oft gelesen, aber sie hatte es nie gesehen. Zumindest nicht auf diese Art.

Der Herr nannte Paulus sein »auserwähltes Werkzeug« und »dass er meinen Namen trage vor Heiden und vor Könige und vor das Volk Israel. Ich will ihm zeigen, wie viel er leiden muss um meines Namens willen«.

Da war es! Ihre Antwort. Gott hatte Paulus eine dreifache Aufgabe gegeben. Dem Volk Israel die gute Nachricht bringen, was Paulus tat, als er in Jerusalem predigte. Den Heiden die gute Nachricht zu bringen, was er tat, als er in ganz Kleinasien Gemeinden gründete. Aber Paulus hatte außerdem den Auftrag, Königen die gute Nachricht zu bringen. Und wie tat Paulus das? Über das Gerichtssystem! Die Sanhedrin, Statthalter Festus, König Agrippa und schließlich der oberste Herrscher selbst - der Kaiser!

Bei Paulus' Bitte ging es nicht ums Gewinnen oder Verlieren. Er plante keine juristische Strategie. Tatsächlich endete die Apostelgeschichte damit, dass Paulus in Rom im Gefängnis saß, bereit, vor dem Kaiser Zeugnis zu geben. Wie dieser Prozess endete - wer weiß?

Aber Paulus erfüllte seine Mission.

Dem Volk Israel, dachte Sarah, Paulus' eigenem Volk. In ihrem Fall waren das wohl die Amerikaner. Den Heiden, Ausländern, die von Paulus' Volk verachtet wurden. Das waren dann die Saudi-Araber. Und die Könige, die Gerichtsbeamten. Das würden die Richter des Bundesgerichts sein, die Medien der Welt und die Staatschefs, wenn sie diesen internationalen Prozess durch die Augen der Weltpresse verfolgten.

Eine dreifache Mission.

»Ich berufe mich auf den Kaiser«, sagte Sarah feierlich.

Ohne sich um die Uhrzeit zu kümmern, nahm sie den Hörer ab und wählte Brads Nummer.

10

Leslie reichte die Klagepapiere ein, als der Norfolk Federal Court am Karfreitag seine Pforten öffnete. Der Zeitpunkt war Brads Idee. Die Presse würde am Osterwochenende nach ein paar guten religiösen Neuigkeiten suchen. Und Brad tat ihnen den Gefallen nur zu gerne. Die Vergiftung des Jurybeckens hatte begonnen.

Die Klage war ein dicker Brocken. Sie umfasste beeindruckende sechsundfünfzig Seiten, enthielt sieben verschiedene Klagegründe und Unmengen einleitender, bisheriger und vorstehender Klauseln. Leslies Meisterstück enthielt außerdem beeindruckende Zitate aus verschiedenen internationalen Menschenrechtsgesetzen, sowie anschauliche Verweise auf bestimmte Folterungen, die den Reeds zugefügt wurden, die gutes Futter für die Akten abgeben würden.

Die Klage benannte die Nation Saudi-Arabien als Angeklagten und mindestens neun verschiedene »John Does«, Hinweise auf die unbekannten Individuen, die Sarah angegriffen und Charles getötet hatten.

Nachdem sie auf mehr als fünfundfünfzig Seiten detailliert das abscheuliche Verhalten der saudischen Beamten dargestellt hatte, verlangte Leslie in Großbuchstaben die hübsche Summe von EINHUNDERTFÜNFZIG MILLIONEN DOLLAR als Entschädigung und Schadenersatz.

Die Klageschrift forderte Schwurgerichtsverhandlungen in den Anklagepunkten gegen die Individuen und einen Prozess vor einem Richter im Anklagepunkt gegen Saudi-Arabien.

Brad bestand außerdem darauf, in Norfolk zu verhandeln, wo Prozesse immer innerhalb von sechs Monaten verhandelt wurden. Er wollte die Klage auch deshalb in Norfolk einreichen, weil das Gericht ein Erbe von mutigen Richtern besaß, die harte Urteile in Rassenintegrationsprozessen gefällt hatten. Obwohl diese Richter inzwischen in Rente waren, hoffte Brad, von diesem Erbe von wegweisenden Bürgerrechtsentscheidungen profitieren zu können.

Während Leslie die Klage einreichte, lieferte Nikki persönlich Kopien an die örtlichen Zeitungsredaktionen und Fernsehstationen. Beide Frauen kehrten ins Büro zurück, um beim Beantworten der Telefonanrufe zu helfen. Leslie lächelte, als sie zuhörte, wie Nikki über all das Medieninteresse die Überraschte spielte.

Bis Mittag klingelten die Telefone ununterbrochen. Örtliche Sender wollten Interviews; die Zeitungen wollten einen Kommentar. Selbst Associated Press rief mit ein paar klärenden Fragen an. Es war eine aufregende Sache für Nikki und Bella, doch der arme Brad steckte tief in einer außergerichtlichen eidlichen Aussage in einem Kunstfehlerprozess mit einem zänkischen Anwalt, der nach Stunden bezahlt wurde und nicht die Absicht hatte, früh fertig zu werden.

Um halb eins brauchte der Verteidiger eine Pause und Brad sprintete aus dem Raum, um seinen rechtmäßigen Platz im Rampenlicht für sich zu beanspruchen. Er rief zuerst die Zeitung an und verbrachte die nächsten dreißig Minuten damit, den Fall zu erklären und eloquent von der Bedeutung internationaler Religionsfreiheit zu sprechen. Sein Eröffnungsplädoyer in diesem Fall würde lange, bevor die Jury sich überhaupt versammelte, beginnen.

Brad ging in seiner Mittagspause die Zeit aus, bevor ihm die Interviewgelegenheiten ausgingen. Er sagte Leslie, er würde sie zum Star machen. Er ließ Bella für vier Uhr nachmittags eine Pressekonferenz für die örtlichen Fernsehstationen einberufen. Leslie würde ihre Medien-Feuertaufe erleben.

Brad hatte recht. Karfreitag war ein Tag für Soziales bei der Presse. Nationale Sender übernahmen Leslies ernsthaftes Gesicht und ihre anwaltsmäßigen Bemerkungen von ihren örtlichen Zweigstellen. Bald sprangen die Kabelsender auf die Geschichte auf und Leslies Gesicht war sowohl in ihrem Apartment in Williamsburg als auch auf der ganzen Welt auf CNN zu sehen.

Leslie sah ihr Fernsehdebüt am Abend zusammen mit Brad auf einem lokalen Sender. Ein paar Freunde riefen an, um ihr zu sagen, sie wirke cool und erfahren. Ein Professor hinterließ ihr eine Nachricht und schlug vor, sie solle das nächste Mal klarstellen, dass sie nur Jurastudentin sei. Brad überhäufte sie mit Lob und trank auf ihre Brillanz.

Später in dieser Nacht nahm Leslie eine Aufnahme der Nachrichtensendungen mit in ihre Wohnung und sah sie sich noch mehrere Male an. Gnadenlos analysierte sie ihre Premiere. Sie nahm sich fest vor, beim nächsten Mal besser zu sein.

* * *

Frederick Barnes, ein Mann, der an eine kleine Bowlingkugel erinnerte und eine »Beratungsfirma« mit Sitz in Washington besaß, verdiente allein mit seinen saudi-arabischen Kunden ein kleines Vermögen. Barnes war sehr stolz darauf, einen Stall von mitleidlosen Kunden zu vertreten, mit tiefen

Taschen und der Bereitschaft, fast jeden Preis für Dienstleistungen und Informationen zu zahlen, die – nach Barnes' Meinung – gerade noch nicht unter Spionage oder Landesverrat fielen. Er wusste, wie man sich auf der schäbigen Schattenseite der Hauptstadtpolitik auf eine Weise bewegte, die seinen Kunden im Allgemeinen gefiel und seine Taschen füllte.

Nicht alle seine Klienten waren zufriedene Kunden. Ahmed Aberijan war noch nicht lange am Telefon, ehe Barnes zu dem Schluss kam, er werde damit zufrieden sein müssen, Ahmeds Geld zu nehmen, während er die Beschimpfungen des Saudis erduldete. Einer von Ahmeds Männern hatte Berichte auf CNN gesehen über einen Prozess, der gegen den Staat Saudi-Arabien angestrengt wurde. In der Klage wurde behauptet, die Muttawa hätten einen amerikanischen Missionar gefoltert und getötet. Alles Lügen, laut Aberijan.

Erbost und höhnisch verbrachte Aberijan den größten Teil des Gesprächs damit, Barnes zu beschimpfen, als habe Barnes selbst die Klage eingereicht. Als er sich genug Luft gemacht hatte, umriss Ahmed einige Maßnahmen, die dazu geeignet waren, die Klage schon in der Anfangsphase einzustellen. Selbst mit Ahmeds Beschimpfungen im Ohr versuchte Barnes sich auf die Vorzüge von dessen Plänen zu konzentrieren. Barnes musste zugeben, dass er sowohl von der Komplexität als auch von der Kühnheit der Pläne beeindruckt war, die dieser saudi-arabische Hitzkopf in so kurzer Zeit ausgebrütet hatte.

* * *

Ahmed legte auf und rief direkt im Büro des Kronprinzen an. Prinz Asad stimmte zu, dass der Fall aufgehalten werden musste. Der Prinz hatte kein Verlangen danach, sich die Hände mit den Einzelheiten des Falles schmutzig zu machen. Ahmed würde das übernehmen. Die offizielle Stellungnahme des Kronprinzen würde sein Vertrauen in und seine Unterstützung für die Muttawa unterstreichen. Der Kronprinz würde noch einmal sein Bedauern darüber zum Ausdruck bringen, dass ein amerikanischer Bürger nach einer unglücklichen, jedoch unvermeidlichen Verhaftung gestorben war. Prinz Assad würde keine weitere Aussage zu diesem Fall machen und hatte nicht die Absicht, Fragen dazu zu beantworten.

Ahmed wurde instruiert, den Kronprinzen auf dem Laufenden zu halten, während der Fall in Gang war, und Ahmed wusste, was er zwischen den Zeilen dieses Befehls zu lesen hatte. Sein Job war es, den Prozess mit allen Mitteln zu gewinnen und es war besser, wenn der Kronprinz nicht alle Einzelheiten dessen kannte, was dies möglicherweise mit sich brachte.

Das erste Telefongespräch zwischen Ahmed und dem Kronprinzen zu diesem Thema würde außerdem das letzte sein.

* * *

Innerhalb von vierundzwanzig Stunden rief Barnes Ahmed zurück, nachdem er seine erste Aufgabe erfüllt hatte.

»Ich habe genau den richtigen Anwalt gefunden«, berichtete Barnes. »Er kennt sich in internationalem Recht aus, er ist rücksichtslos und man sagt ihm nach, er kenne, wenn nötig, auch die schmutzigen Tricks.«

»Perfekt«, antwortete Ahmed.

11

Am Montag ihrer zweiten Woche bei Carson & Partner brachte Nikki die Telefonleitungen durch Telefonate mit Freundinnen zum Glühen. Wie üblich schloss sie die Bürotür, einerseits um Bella davon abzuhalten, in ihren persönlichen Angelegenheiten herumzuschnüffeln, und andererseits als Schutzwall gegen den Zigarettenrauch, der jedes Mal hereinwaberte, wenn Bella in ihre unmittelbare Nähe kam.

Die Anrufe machte sie natürlich während ihrer Arbeitszeit. Nikki hielt es aus einer ganzen Reihe von geschäftlichen Gründen für entscheidend, im Gerüchtenetzwerk der Anwaltsassistenten zu bleiben.

»Niemals!«, rief Nikki aus. Sie trug ein Headset und sprach in ein kleines Mikro, das an einem Kabel hing, sodass sie beide Hände frei hatte, um eine E-Mail an eine andere Freundin zu tippen. »Wer hat dir das erzählt?«

»Ich habe es von Jessica, dieser neuen Anwaltshilfe in der Jones-Kanzlei. Sie ist gut mit Marisa befreundet, die, wie du weißt, etwas mit einem gewissen ungenannten Partner bei Kilgore & Strobel am Laufen hat.«

»Du meinst einen gewissen ungenannten Partner mit welligen, dunklen Haaren, breiten Schultern, zwei BMWs und einem niedlichen kleinen Hintern?«

»Das hast du aber nicht von mir!«

»Was denn?«, Nikki lachte.

Ihre Freundin kicherte, dann begann sie eine neue Geschichte über Liebe und Intrigen. Doch Nikki hörte schon nicht mehr zu.

Sie war bereits dabei, einen Plan zu entwerfen.

* * *

Bis er endlich in Norfolk landete, war Ahmed gereizt und erschöpft. Der Flug von Riad nach Norfolk dauerte ganze neun Stunden. Selbst an Bord eines saudi-arabischen Luxusjets fühlte er sich beengt und eingesperrt. Zumindest flog er nicht mit den ungewaschenen Massen in einer überfüllten Maschine einer kommerziellen Fluglinie.

Die wenig beeindruckende Größe des Flughafens von Norfolk überraschte Ahmed. Es fiel ihm schwer zu glauben, dass die mächtige Regierung von Saudi-Arabien gezwungen wurde, in einer Stadt wie dieser gegenstandslose juristische Anschuldigungen beantworten zu müssen.

Die augenfällige Dekadenz des amerikanischen Volkes drohte ihn zu ersticken. Er konnte es in den Magazinen und Bücherregalen sehen, auf den Reklamewänden, die die Flughafenhalle säumten, an den Frühlingskleidern der Frauen. In seinem Land sparten sich die Frauen für das Vergnügen ihrer Ehemänner auf. Hier schienen die Frauen sich zu brüsten, sich anzupreisen und die Männer zu dominieren. Sicher war es nur eine Frage der Zeit, bis Allah diese heidnische Kultur richtete.

Ahmed würde hier so wenig Zeit wie möglich verbringen. Und er würde jede Minute davon hassen.

In Tidewater war es heiß, aber er konnte mit Hitze umgehen. Die Feuchtigkeit schaffte ihn jedoch ziemlich. Obwohl es fast zehn Uhr abends in der ersten Maiwoche war, brach Ahmed auf dem kurzen Fußmarsch der Schweiß aus. Er genoss nichts an Amerika. Außer vielleicht die Leichtigkeit, mit der er seinen Plan möglicherweise erfolgreich würde durchführen können.

* * *

Fünf Minuten nach zehn klingelte Nikkis Handy. Der Anrufer meldete sich als Johnny, der Empfangssekretär des Marriott.

»Er ist hier«, flüsterte Johnny. »Sein Name ist Ahmed Aberijan und er hat nur für eine Nacht eingecheckt. Wie wir schon besprochen haben, kann ich Ihnen seine Zimmernummer nicht geben.«

»Sie sind ein Schatz«, sagte Nikki, ebenfalls flüsternd. »Hat er den Papierkram unterschrieben?«

»Wie wär's damit!«, rief Johnny aus. »Ich habe anscheinend dummerweise vergessen, ihn die Preisliste unterschreiben zu lassen.«

»Ich bin in zwanzig Minuten da.«

Nikki legte auf und grinste über ihr Glück.

Achtzehn Minuten später betrat sie die weitläufige Lobby des Marriott und warf einen Blick zu Johnny hinüber. Nachdem sie seinen Blick aufgefangen hatte, durchquerte sie die Lobby zu der gewundenen, offenen Treppe am anderen Ende, die zum Restaurant und der Bar im ersten Stock führte. Sie stieg die Stufen hinauf und kauerte sich hinter das Geländer, von wo sie unauffällig das Erdgeschoss und die Rezeption beobachten konnte. Sie zwinkerte ihrem neuen Freund hinter dem Empfangstresen zu und der nahm den Telefonhörer ab.

Als Johnny seinen Anruf beendet hatte, hob er den Daumen in ihre Richtung. Sie kauerte sich nieder, beäugte den Aufzug und wartete.

Fünf Minuten später öffnete sich die Fahrstuhltür, Ahmed trat heraus und steuerte direkt auf die Rezeption zu. Nikki beobachtete die lebhafte Diskussion zwischen Ahmed und dem Angestellten, mit erhobenen Stimmen und aufgebrachten Gesten. Schließlich beugte sich Ahmed vor, unterschrieb die Karten mit einem Schnörkel, warf den Stift auf den Empfangstresen und wandte sich um. In einer schnellen Bewegung sah er sich in der gewaltigen Lobby um und dann nach oben, direkt in Nikkis Richtung. Sie duckte sich und schlang hinter dem Geländer die Arme um die Knie.

Während sie den Atem anhielt und nicht hinzusehen wagte, wurde ihr klar, wie sehr sie diesen riskanten und gefährlichen Teil ihres Jobs liebte.

Ahmed würde in ein paar Sekunden außer Sichtweite sein. Wenn er sie bemerkte, war sie Geschichte. Wenn nicht, musste sie schnell arbeiten.

Sie atmete ruhig aus und hob ihren Kopf knapp über das Geländer. Er hatte den Blick gesenkt und durchquerte die Lobby. Sie schob sich ein paar Zentimeter höher. Er ging weiter, ahnungslos. *Ja. Geh weiter. Schau jetzt nicht hoch, Kumpel.* Noch ein paar Schritte und er war im Fadenkreuz.

Sie konzentrierte sich, zielte, krümmte den Finger und schoss drei Mal frontal.

* * *

Rashid Berjein reagierte schnell auf das geheime Klopfzeichen. Die spezielle Abfolge und der Rhythmus ließen sein Herz jedes Mal schneller schlagen. Seine Gedanken rasten in Erwartung und Furcht. Es konnte ein Besucher sein, jeder aus einer ganzen Reihe von Leuten, denen gegenüber er den Mut aufgebracht hatte, von diesen Gottesdiensten zu erzählen. Oder es konnte die Muttawa sein. Sie hatten die Kirche schon einmal infiltriert. Es gab keine Garantie dafür, dass sie es nicht noch einmal tun würden.

Rashid sah durch den Türspion. Zu seiner großen Überraschung gehörten die Augen, die ihn grüßten, seinem Bruder Hanif. Rashid hatte seiner Familie von seinem Glauben erzählt und diese Treffen erwähnt, doch bisher waren nur Hohn und Spott zurückgekommen. Dennoch betete er jeden Morgen und Abend für seine Familie. Und jetzt das! Mit Tränen in den Augen riss er die Tür auf, schlang die Arme um Hanifs Hals, küsste ihn auf beide Wangen und bat ihn herein.

Als Rashid seinen Bruder vorstellte, dachte er an den Anruf vor vielen Monaten, der für die ums Überleben kämpfenden Gemeinden in Riad schon so viel bedeutet hatte. Hanif, ein Polizist im Dienst der Stadt, hatte von der geplanten Razzia der Religionspolizei erfahren. Obwohl Hanif die Kirche verabscheute, die sein Bruder besuchte, gehörte er dennoch zur Familie. Hanif gab Rashid widerstrebend einen Tipp und dieser wiederum rief Sarah an. Das allein verhinderte, dass die Muttawa im Apartment der Reeds Aufzeichnungen fand, die ein ganzes Netzwerk von Gemeinden aufgedeckt hätten. Es war nicht übertrieben zu sagen, dass Hanif sie gerettet hatte.

Und so wollte sich Rashid an diesem Abend revanchieren. Er wünschte sich nichts mehr im Leben als seinem kleinen Bruder eine ganz andere Art von Rettung zu zeigen.

* * *

Das Wohnzimmer der Berjeins war nur spärlich möbliert - ein altes Sofa, ein Sessel, ein wackliger Couchtisch und ein Holzstuhl. Die meisten Gäste saßen auf dem Boden. Niemand bemerkte oder hätte das kleine elektronische Abhörgerät auch nur sehen können, das Ahmeds Männer an der Unterseite des Sofas befestigt hatten. Ebenso wenig bemerkten sie ein ähnliches Gerät an der Unterseite des Küchentisches. Und auch nicht das im Telefonhörer. Kurz nachdem Ahmed von dem Prozess gehört hatte, hatte er seine Männer instruiert, ähnliche Geräte in allen Wohnungen der ehemaligen Mitglieder der kleinen Gemeinde der Reeds zu platzieren.

Der Gottesdienst an diesem Abend war nicht nur etwas Besonderes, weil Rashids Bruder anwesend war, sondern auch weil die Abhörgeräte jedes Wort über Funk zu einem in der Nähe parkenden Kleinbus übermittelten, wo zwei von Ahmeds Männern an dem Gottesdienst teilnehmen würden. Die Gemeinde in Riad hatte jetzt einen ungewollten Mediendienst, doch die Sünder in dem Kleinbus würden auf keinen Fall auch nur daran denken, Buße zu tun. Stattdessen zeichneten sie den Gottesdienst mit modernster digitaler Ausrüstung auf und lächelten. Ahmed würde zufrieden sein.

* * *

An diesem Abend, in Anwesenheit eines Familienmitglieds, war Rashid nervöser als je zuvor, als er anfing zu predigen. Seine Stimme war heiser und hoch, kaum kenntlich bei ihrem nervösen Unterton. *Es ist so schwierig, meinem eigenen Bruder von diesen Dingen zu erzählen. Er kennt mich zu gut - kennt jede meiner Charakterschwächen und Fehler. Wie kann ich für ihn irgendwie glaubwürdig sein?*

Doch während Rashid sprach und die gläubigen Gemeindemitglieder ihn anspornten und ihre Amen murmelten, wurde er selbstbewusster und fing an, sich weniger auf sich selbst als den Botschafter, sondern mehr auf die Botschaft selbst zu konzentrieren. Er sprach einfach und mit echter Demut - von einem Sünder zum anderen; ein blinder Bettler, der einem anderen blinden Bettler sagte, wo er Brot finden konnte.

Hanif reagierte sofort; Tränen rannen ihm über die Wangen. Rashid umarmte ihn noch einmal ungestüm als Zeichen seiner Annahme und gab sich keine Mühe, die Flut seiner eigenen Tränen zurückzuhalten. Die anderen bildeten einen engen Kreis um Hanif, streckten die Hände aus, um ihn zu berühren, während Hanif ein Reuegebet sprach und sein Leben Jesus Christus übergab. Bis das letzte Amen ausgesprochen war, gab es in der Wohnung kein trockenes Auge mehr.

Rashid fühlte sich, als schwebte er, und er konnte es sich nicht verkneifen, Hanif einen Klaps auf den Rücken zu geben und immer wieder »Unglaublich!« zu rufen. *Mein Bruder! Mein eigener Bruder!*, dachte Rashid kopfschüttelnd. Die ganze Gruppe war begeistert und stimmte bald spontane Anbetungslieder an. Niemand sang lauter als Hanif, obwohl er die Melodien offensichtlich nicht kannte. Der Gottesdienst dauerte eine halbe Stunde länger als normal und selbst danach musste Rashid die Leute praktisch zur Tür hinausdrängen.

Hanif war der Letzte, der ging. Als er auf der Schwelle stand, hielt ihn Rashid bei den Schultern, drückte ihn fest, als müsse er sich überzeugen, dass die ganze Szene real war, und sah ihm direkt in die Augen. »Ich liebe dich, Bruder«, sagte Rashid zum ersten Mal in seinem Leben.

Der Frischbekehrte senkte den Blick zum Boden. »Danke«, sagte er leise und kämpfte schon wieder mit den Tränen. Dann küsste er Rashid auf beide Wangen, lächelte breit und verschwand in der Nacht.

Die Tür hatte sich kaum geschlossen, als Rashid zu einem Dankgebet auf die Knie sank.

* * *

Das schrille Klingeln des Telefons weckte Sarah. Sie setzte sich im Bett auf und versuchte, auf die Uhr zu sehen. Es war fast elf Uhr abends. Sie nahm den Telefonhörer auf, bevor das Telefon noch einmal klingeln und die Kinder wecken konnte.

»Hallo?«

»Sarah, hier ist Nikki Moreno, Brads neue Anwaltshilfe. Wir haben letzte Woche telefoniert. Brad ist wegen ein paar außergerichtlicher Regelungen nicht in der Stadt und ich muss etwas wirklich Wichtiges zu Ihrem Fall mit Ihnen besprechen. Ich kann am Telefon nicht darüber reden. Können Sie noch ungefähr eine halbe Stunde aufbleiben?«

Sarah war verwirrt. Sie konnte hören, dass Nikki von einem Handy aus anrief. Ihr gefiel der Gedanke nicht, dass diese Frau, die sie nie persönlich getroffen hatte, mitten in der Nacht in ihr Haus kam.

»Kann das nicht bis morgen früh warten?«

»Es ist wirklich dringend, Sarah. Wenn ich es Ihnen erkläre, werden Sie es verstehen. Sie müssen mir vertrauen. Ich verspreche, vor Mitternacht da zu sein, okay?«

Nach einer langen Pause stimmte Sarah zu. Sie legte auf und ging in die Küche, um sich eine Tasse Kaffee zu machen. Sie fragte sich, was sie sich da angetan hatte.

* * *

Kurz vor Mitternacht kam Nikki vor Sarahs Haus in einer typischen Stadtrandsiedlung von Chesapeake, auf einem briefmarkengroßen Grundstück in einer der hundert Sackgassen in diesem Wohnviertel an. Das »Great Bridge Special«-Haus, das so hieß, weil es denselben Grundriss hatte wie tausend andere einstöckige Häuser in der Gemeinde Great Bridge, war mit beigefarbenem Vinyl in Standardausführung und mit blauen und roten Zierleisten verkleidet. Als sie in die Einfahrt einbog, ermahnte sich Nikki, dass sie niemals so wohnen wollte.

Sicher, die Häuser selbst standen eine Stufe höher als die Buden im Süden Norfolks, wo Nikki ihre Kindheit verbracht hatte. Doch innerhalb der vier Wände waren die Kämpfe wohl dieselben – alleinerziehende Eltern, zerrüttete Familien, ständige Reibereien. Während sie von der Einfahrt zur Vorderveranda ging, fragte sich Nikki, wie es Sarah wohl wirklich ging. Nikki wusste, wie sehr der Schein trügen konnte.

Verbotene Gedanken aus ihrer eigenen Kindheit fluteten in ihr Bewusstsein, entfesselt von unterbewussten Kräften, die sich Nikkis Kontrolle entzogen. Doch als sie leise klopfte, verbannte sie diese Gedanken vollständig. Das lag hinter ihr. Alte Geschichten. Sie war darüber hinweg.

»Hi«, sagte Sarah und streckte mit gezwungenem Lächeln die Hand aus. Sie kam in einem abgetragen aussehenden Pyjama an die Tür, über den sie einen Hausmantel geworfen hatte. »Kommen Sie herein.«

Die beiden Frauen setzten sich an den Küchentisch und kamen gleich zum Wesentlichen. Nikki lehnte einen Kaffee ab. Was sie wirklich brauchte, war harter Alkohol, aber Sarah sagte, sie habe nicht einmal Bier.

»Wie Sie wissen, haben wir Klage gegen Saudi-Arabien und neun John Does, also unbekannte Täter, erhoben«, erklärte Nikki. »Die John Does stellen die Männer dar, die Sie tatsächlich missbrauchten und Ihren Mann töteten. Wir haben keine spezifischen Individuen genannt, weil die US-Gerichte keine Gerichtshoheit, wie die Anwälte das nennen, über Einzelpersonen haben, die sich nie innerhalb der Vereinigten Staaten aufgehalten haben. Laut unserer Verfassung können Individuen im Allgemeinen nur zu einer Strafe verurteilt werden, wenn sie tatsächlich auf dem Gebiet der USA erscheinen. Verstehen Sie das?«

»Eigentlich nicht«, gab Sarah zu. Sie sah verwirrt aus und nur halb wach.

»Jedenfalls ist das das Entscheidende. Ich habe heute Nacht im Marriott Hotel in Norfolk ein paar Fotos von einem Typen aus Saudi-Arabien geschossen, der sich hier mit ein paar Anwälten treffen will. Wenn Sie ihn als einen Ihrer Folterer identifizieren können, können wir ihn morgen legal anklagen, während er noch im Land ist. So können wir immer noch gegen diesen Kerl und die anderen John Does vorgehen, selbst wenn der Richter den Fall gegen Saudi-Arabien ablehnt.«

Nikki klatschte die Fotos auf den Tisch, stolz auf ihr Werk. Der Zoom hatte gut funktioniert; man konnte jede Falte im ledrigen Gesicht des Mannes sehen. Man konnte den Hass in den blutunterlaufenen Augen sehen, den drahtigen schwarzen Bart, die breite Nase und die dunklen Augenbrauen.

»Der Empfangsmitarbeiter sagte, sein Name sei Ahmed Aberijan«, sagte Nikki. »Ist das nicht der Kopf der Muttawa?«

Sarah nahm die Fotos auf und ihre Hände begannen zu zittern. Tränen rollten ihr über die Wangen. Sie gab sich keine Mühe, sie zu stoppen.

»Ist alles in Ordnung?«, fragte Nikki.

Die Frage schien Sarah in die Realität zurückzuholen. Sie nickte und holte ein paar Mal tief und stockend Luft.

»Er war der Anführer«, sagte Sarah. »Er ist derjenige, der seinen Männern sagte, sie sollten mich ausziehen und durchsuchen.« Ihrer heiseren Stimme waren die Gefühle deutlich anzuhören, ihr Blick war in die Ferne gerichtet. »Ich bin sicher, dass er derjenige ist, der den Befehl gab, Charles zu töten. Ich kann nicht glauben, dass er die Dreistigkeit besitzt, in dieses Land zu kommen, als sei nichts geschehen.«

»Dann wäre das John Doe Nummer eins im Prozess«, sagte Nikki sanft. Sie rutschte auf ihrem Stuhl herum und wandte den Blick nicht von Sarah. »Folgendes werde ich tun«, sagte sie so beruhigend wie möglich. »Ich werde sofort ins Büro zurückfahren und die Klage überarbeiten. Wir werden John Doe Nummer eins durch den Namen Ahmed Aberijan ersetzen und die überarbeitete Klage morgen als allererstes einreichen. Bis Mittag werden wir Mr. Aberijan die Klage persönlich zustellen und es wird außer Frage stehen, dass er der hiesigen Gerichtsbarkeit unterliegt.«

Sarah sah Nikki mit leerem Blick an. Nikki gab ihr professionelles Auftreten auf und senkte wieder die Stimme. »Sind Sie sicher, dass alles in Ordnung ist?«

Sarah schürzte die Lippen, nickte langsam und versicherte, ihr gehe es gut.

* * *

Nachdem Nikki gegangen war, saß Sarah über den Küchentisch gebeugt und starrte in ihren Kaffe. Sie war plötzlich so furchtbar müde, so furchtbar einsam. Der Mann auf den Fotos hatte ihr aus der Ferne einen Schlag in den Magen versetzt, der ihr die Luft nahm und ihre heroischen Bemühungen, das alles hinter sich zu lassen, zerstörte.

Sie brauchte Charles' Umarmung – in diesem Moment vielleicht noch mehr als sonst. Sie vermisste ihn so sehr. Sie konnte nicht zu Bett gehen, denn hinter ihren geschlossenen Augen würde das Gesicht von Ahmed Aberijan wieder auftauchen. Die Erinnerungen würden wieder über sie hereinbrechen: die splitternde Eingangstür ... der schreckliche Schweiß- und Mundgeruch des Mannes, als er sie befingerte ... das abscheuliche Lachen, als sie ihr die Kleider vom Leib rissen ... der Kampf ... die Schwärze. Die Albträume waren immer dieselben. Die Gesichter der Muttawa, das blutige Gesicht von Charles, seine Hand, die sich nach ihr ausstreckte, sie aber nicht erreichen konnte, dann Bilder von dem Sarg.

Sanft flüsterte sie Charles' Namen, während Tränen von ihrem Kinn auf den Tisch tropften.

* * *

Nikki rief Bella vom Handy aus an, als sie aus der Einfahrt gefahren war. Es war jetzt nach Mitternacht.

»Was?«, meldete sich Bella, charmant wie immer.

»Sie müssen sofort ins Büro kommen. Wir treffen uns dort in fünfzehn Minuten.«

»Das glauben auch nur Sie!« Bella knallte den Hörer auf. Nikki drückte auf Wahlwiederholung.

»*Was denn?*«

»Bella, legen Sie nicht auf, es ist ernst. Es geht um den Fall Reed. Ein Kerl namens Ahmed Aberijan ist in der Stadt ...« Plötzlich hörte sie das Freizeichen. Sie drückte noch einmal auf Wahlwiederholung. Wenn sie im selben Raum gewesen wären, hätte sie Bella geschlagen.

Bella ging nicht ans Telefon, aber nach fünfmal Klingeln sprang ihr Anrufbeantworter an. Nikki drückte »eins«, um eine Nachricht zu hinterlassen.

»Hören Sie zu, Sie faule Schnecke! Wir haben weniger als neun Stunden, um eine geänderte Klage im Fall Reed vorzubereiten, einzureichen und morgen eines der Schweine zu verhaften, das Sarah gefoltert und ihren Mann umgebracht hat. Ich komme nicht an die Dokumente heran, die ich brauche, weil sie auf Ihrer Festplatte sind. Wenn ich muss, gehe ich alleine und schreibe alles neu, auch wenn ich dazu die ganze Nacht brauche. Aber Bella, ich könnte Ihre Hilfe wirklich gebrauchen. Ich würde nicht so spät in der Nacht anrufen, wenn ich nicht verzweifelt wäre.«

Als Nikki eine Viertelstunde später im Büro ankam, saß Bella schon an ihrem Schreibtisch. Eine Zigarette glomm im Aschenbecher vor sich hin, eine zweite hing zwischen Bellas Lippen. Sie sah schlimmer aus als gewöhnlich und für den Bruchteil einer Sekunde tat sie Nikki leid.

»Wieso kommen Sie jetzt erst?«, fragte Bella.

12

Am nächsten Morgen um sieben kampierten Nikki und Bella mit starkem Kaffee und der örtlichen Tageszeitung in den Polstersesseln der Lobby des Marriott Hotels. Ungefähr alle zwanzig Minuten schlüpfte Bella auf eine Zigarette nach draußen. Nikki war dankbar, dass sie einen anderen Empfangsmitarbeiter an Johnnys Stelle vorfand. Sie wollte den Tag nicht damit beginnen, ihm das Herz zu brechen.

Um zehn vor neun kam Ahmed mit einer Aktentasche aus dem Aufzug.

Nikki und Bella sahen ihm nach, als er direkt zur Vordertür des Hotels hinausging, und folgten ihm dann über die Straße, wo er in der Drehtür eines zwanzigstöckigen Bürogebäudes verschwand, an dem groß und unbescheiden »Commercial Place 1« stand. Sie betraten die Empfangshalle genau in dem Moment, als Ahmed sich mit Ellbogenunterstützung in einen Aufzug drängte, der zu den Stockwerken elf bis zwanzig fuhr. Als die Aufzugtüren sich schlossen, starrten Ahmed und die anderen grimmig dreinblickenden Büroangestellten stur geradeaus.

Als der Saudi verschwunden war, machte sich Bella direkt zum Gericht auf, um die geänderte Klage einzureichen und eine beglaubigte Kopie zu erhalten, die Ahmed ausgehändigt werden sollte. In der Zwischenzeit hielt sich Nikki für eine Observierung in der Lobby versteckt. Sie fand durch das Firmenverzeichnis heraus, dass sich Mack Strobels Büro im zwanzigsten Stock befand. Obwohl sie es nicht sicher wissen konnte, war der überlebensgroße Strobel die naheliegende Wahl unter den vielen Anwälten bei Kilgore & Strobel, um solch einen großen Prozess zu verhandeln. Sie rief die kommerziellen Fluglinien an, gab sich als Ahmeds Sekretärin aus und fand heraus, dass er nicht mit den Verkehrsfluglinien flog. Danach konnte sie nichts weiter tun, als zu warten, deshalb kaufte sie sich in einem kleinen Geschäft eine Zeitschrift und studierte an die Wand gelehnt die neueste Mode, wobei sie ständig mindestens mit einem Auge die Aufzugtüren im Blick behielt.

Weniger als eine Stunde später kam Bella mit den nötigen Papieren zurück. Die beiden Frauen würden geduldig auf ihre Chance warten, Ahmed Aberijan eine 150-Millionen-Klage in die blutbefleckten Hände zu drücken.

* * *

Zwanzig Stockwerke über ihnen fühlte sich Mack Strobel plötzlich beengt in seinem großen Eckbüro. Trotz der geräumigen Ausstattung und der teuren Perserteppiche war es bei weitem nicht groß oder vornehm genug, um bequem mit den beiden Egos fertig zu werden, die jetzt den Raum füllten. Mack hatte vorgeschlagen, einfach am Telefon zu reden, aber Frederick Barnes wollte nichts davon hören. »Der Mandant will seinen Anwalt persönlich sprechen«, hatte Barnes beharrlich gefordert.

Mack schlug strategisch vor, an dem kleinen, runden Konferenztisch in einer Ecke seines Büros zu arbeiten, direkt unter dem weitläufigen Bild von Strobels Alma Mater, dem Virginia Military Institute. Er machte den Vorschlag an Barnes gewandt, der ihn für Ahmed dolmetschte, der wiederum zustimmend nickte.

Während Mack sich argwöhnisch setzte, griff Barnes in seine Jacketttasche und zog eine kleine Plastikröhre mit einer teuren kubanischen Zigarre heraus. Barnes holte die Zigarre aus ihrer Hülle, leckte vorsichtig ein Ende an und steckte sie in den Mund, während er seine Taschen nach einem Feuerzeug abklopfte.

Mack sah ihm angewidert zu. Er hätte es durchgehen lassen, wenn Barnes nur vorgehabt hätte, auf dem ekligen Ding zu kauen. Aber Mack war selbst ein ehemaliger Raucher und hielt es für seine Lebensmission, andere davon abzuhalten.

»Die Nichtraucher hier wüssten es zu schätzen, wenn Sie in diesem Raum nicht rauchen würden. Das Zeug bringt Sie noch um, das wissen Sie.«

»Ich inhaliere nicht«, antwortete Barnes, als er schließlich sein Feuerzeug fand und anzündete. »Abgesehen davon hätte ich nicht gedacht, dass ich ausgerechnet in der Kanzlei Kritik einstecken muss, die Phillip Morris vertritt.«

»Sie inhalieren vielleicht nicht, wir müssen es trotzdem«, knurrte Strobel.

Barnes ignorierte ihn und beobachtete mit entspannter Zufriedenheit, wie der süße Gestank der Zigarre schnell den Raum ausfüllte.

Mandant oder nicht - Barnes wusste, wie man alle falschen Knöpfe drückte. Mack ließ alle Höflichkeit beiseite: »Entweder Sie machen das Ding aus oder Sie suchen sich einen anderen Anwalt. Wenn Sie Phillip Morris vertreten würden, hätten Sie auch aufgehört zu rauchen.«

Langsam und bedächtig, die Zigarre im Mundwinkel hängend, stand Barnes auf und ging lässig zur Bürotür, öffnete sie, immer noch an seinem Stumpen paffend, und lächelte Strobels junge Assistentin an ihrem Schreibtisch an.

»Gibt's hier einen Aschenbecher?«, fragte er.

»Nein, Sir, aber ich kann Ihnen einen besorgen«, hörte Mack seine Assistentin sagen.

Barnes nickte nur und lehnte sich an den Türrahmen, wobei er mit dem Blick der Frau folgte, die den Flur entlangstürmte. Sie kam mit einem sauberen Glasaschenbecher zurück und überreichte ihn behutsam. Er nahm ihn, wandte sich wieder Mack zu und grub seinen Stumpen widerwillig in die Glasschale. Barnes schloss die Bürotür und kehrte langsam zu seinem Platz am Tisch zurück, während er auf der Zigarre kaute und Stobel breit anlächelte.

In diesem Augenblick beschloss Mack, Barnes bei der ersten sich bietenden Gelegenheit auszubooten. Er würde sich im Lauf des Verfahrens Aberijans ausschließliche Loyalität verdienen. Mack hatte das schon tausend Mal erlebt; er schaffte es immer, sich den Respekt auch noch der widerwilligsten Mandanten zu verdienen. Wenn es so weit war, würde Barnes entbehrlich sein und Mack würde ihn hereinlegen.

»Sie sollten auch mal eine probieren«, sagte Barnes, der seinen kalten Stumpen beäugte, während er ihn in den Fingern drehte.

»Fangen wir an«, antwortete Mack barsch. »Mr. Aberijan hat dieses Treffen nicht einberufen, damit wir über Zigarren diskutieren.«

In den nächsten zwei Stunden besprachen die Männer Gebühren und Strategie. Trotz des holprigen Starts handelte Mack bald einen erstklassigen Stundensatz für sich und die Scharen von anderen Anwälten, die an dem Fall arbeiten würden, heraus. Vierhundert Dollar die Stunde für Mack. Ein neuer Rekord. Eine neue Melkkuh. Es würde aufgeregtes Flüstern an den Telefonen und in den Fluren geben und Macks Legende würde weiter wachsen. Die Freude bei Kilgore & Strobel würde groß sein.

* * *

In der Lobby machte Nikki sich Sorgen. Ahmed war vor mehr als zwei Stunden im Aufzug verschwunden. Sie wusste, sein Gepäck war immer noch im Hotel und sie war sich ziemlich sicher, dass er auf dem Weg nach draußen wieder durch diese Lobby kommen musste; dennoch kamen ihr immer neue Möglichkeiten in den Sinn.

Was, wenn jemand von Kilgore & Strobel sie und Bella in der Lobby hatte herumsitzen sehen? Was, wenn Ahmed die Treppe nahm und zu einer der Treppenhaustüren hinausschlüpfte? Was, wenn er den Aufzug hinunter zur Laderampe im Keller nahm, wo ein Auto auf ihn wartete? Was, wenn er Nikki ganz entwischte und es zurück nach Saudi-Arabien schaffte, ohne angeklagt zu werden?

Wie konnte sie es Sarah je erklären, wenn Ahmed davonkam?

Aus Gründen, die Nikki nicht genau definieren konnte, wusste sie, dass der Fall zu etwas Persönlichem geworden war. Etwas war in ihrem Inneren passiert, als sie Sarahs verzweifelte Reaktion auf Ahmeds Foto gesehen hatte. Sie musste diesen Mann anklagen. Er musste zur Rechenschaft gezogen werden. Er musste dafür bezahlen, was er Sarah angetan hatte und zweifellos noch Hunderten anderen wie ihr.

Er würde nicht noch einmal damit durchkommen; nicht, wenn sie hinter ihm her war.

Zwei Stunden waren zu lang. Sie erklärte Bella ihren Plan, die augenblicklich protestierend den Kopf schüttelte.

* * *

Zwanzig Stockwerke weiter oben klingelte das Telefon. Barnes beobachtete, wie Mack verärgert den Hörer abnahm. Er genoss es, Anwälte nervös zu sehen.

»Ich sagte: keine Anrufe. Sie wissen, ich bin in einem Meeting und will nicht gestört werden.« Mack hörte zu und runzelte die Stirn. »Okay, stellen Sie sie durch.« Wieder eine lange Pause, während er weiter zuhörte. Seine Stimme wurde leiser, aber nicht so, dass Barnes ihn nicht mehr hören konnte. »Bringen Sie mir sofort eine Kopie. Danke für die Warnung.«

Er legte auf und sah Barnes an.

»Wir haben ein bisschen Ärger hier«, sagte Mack. »Einer unserer Assistenten kommt gerade vom Gericht zurück. Anscheinend wurde eine Klage, in der Mr. Aberijan als Angeklagter genannt wird, eingereicht. Die Antragsteller haben auch Prozesspapiere beantragt, damit Mr. Aberijan persönlich angeklagt werden kann, während er auf amerikanischem Boden ist. Genau das meinte ich, als ich vorhin sagte, Mr. Aberijan sollte ab jetzt außer Landes bleiben. Wir müssen ihn in sein Flugzeug zurückbekommen, bevor die Kläger ihm die Klage zustellen.«

Barnes sprach auf Arabisch mit Ahmed. Der nickte und antwortete energisch.

»Er hat noch ein paar Sachen im Hotel«, erklärte Barnes. »Ich kann sie holen, wenn Sie ihn zum Flughafen bringen.«

»Ich veranlasse, dass wir im Keller von einer Limo abgeholt werden. In fünfundzwanzig Minuten sind wir am Flughafen.«

* * *

Nikki stieg im zwanzigsten Stock aus dem Aufzug und betrat den dicken Perserteppich des Empfangsbereichs. Verschwenderische Zeugnisse der Fähigkeiten und des Wohlstands der Jungs von Kilgore & Strobel umgaben sie. Polierte Eichenböden, Mahagonizierleisten, stilvolle antike Möbel. Selbst die Empfangsdame, verbarrikadiert hinter einem schönen Eichenschreibtisch mit dem Firmenlogo in Gold, sah aus, als sei sie eben dem Cover einer Modezeitschrift entstiegen.

Sie schenkte Nikki ein blendend weißes Lächeln und fragte mit Übelkeit erregender Freundlichkeit: »Kann ich Ihnen helfen?«

Nikki gab das Lächeln mit ihrerseits geschlossenen Lippen zurück – es brachte nichts, zu versuchen, mit diesen Zähnen mitzuhalten. »Ich habe einen Termin mit Mr. ... ähm ...« Nikki schüttelte den Kopf, frustriert über ihre eigene Dummheit, »ich fasse es nicht, dass ich seinen Namen vergessen habe ... Ich war erst vor ein paar Wochen in seinem Büro!«

Die Empfangsdame warf ihr einen misstrauischen Blick zu.

»Oh, wissen Sie was«, fuhr Nikki fort, »ich habe seinen Namen irgendwo hier drin.« Sie begann, den Ordner zu öffnen, den sie dabeihatte. Sie las ein paar Zeilen eines Dokuments. »Hier ist es ... richtig. Der Kerl, mit dem ich eigentlich verabredet war, war Mr. Strobel« – sie deutete einen Flur zu ihrer Linken hinab –, »aber dann hat er mich an einen Typ verwiesen, dessen Büro direkt neben seinem lag, und ich erinnere mich nicht an seinen Namen ...«

Die Empfangsdame sah in ein paar Papiere vor sich. »Eigentlich gehört das Büro neben Mr. Strobel einem unserer weiblichen Partner, Andrea Gates.« *Ausgerechnet – die Kilgore-Kanzlei konnte im Ganzen nicht mehr als zwei weibliche Partner haben und eine davon musste die neben Strobel sein!* »Sind Sie sicher ...«, begann die Empfangsdame.

»Auf welcher Seite von seinem Büro?«, unterbrach Nikki. »Er hat ein Eckbüro, richtig?« *Das war eine sichere Sache.* Sie gestikulierte vage hinter sich, in Richtung Nordwestecke des Gebäudes. *Wo blieb nur Bella so lange? Konnte sie nicht einmal so eine einfache Sache wie ...*

»Das stimmt, aber es ist die Ecke da drüben«, sagte die Empfangsdame zuvorkommend und deutete in die Nordostecke. Nikki schenkte ihr einen verwirrten Blick und ein unschuldiges Achselzucken.

»Ach … ja, stimmt«, sagte sie und drehte sich in einem Halbkreis, als müsse sie sich orientieren.

»Und der Herr neben ihm im anderen Flur ist Brett Aikens«, sagte die Empfangsdame. »Ich rufe ihn an.«

Bemühen Sie sich nicht, wollte Nikki sagen. Stattdessen brachte sie ein Danke heraus. Immer noch keine Bella. Sie würde sie später umbringen.

»Ihr Name?«

»Oh.« Die Frage traf Nikki unvorbereitet. Sie hatte vergessen, sich einen Decknamen auszudenken. In der Hitze des Gefechts sagte sie das Erste, was ihr in den Sinn kam. »Bella Harper.«

»Danke.«

Die Empfangsdame rief den Anwalt an und zu Nikkis großer Erleichterung war er nicht im Büro. Nikki bestand darauf, zu warten, bis er wiederkam. Es sei ein sehr wichtiger Termin, sagte Nikki. Also setzte sie sich in den Empfangsbereich, sah auf die Uhr und begann, lautlos Bella zu verfluchen.

Fünf Minuten später, mit genau sieben Minuten Verspätung, trat Bella aus dem Aufzug. Nikki nahm die Aktenmappe auf, die neben ihr auf dem Boden lag.

Die Empfangsdame war am Telefon und hob einen Finger, um Bella zu signalisieren, sie würde sich gleich um sie kümmern. Bella warf einen Blick zu Nikki hinüber, die mit zusammengebissenen Zähnen finster zurückstarrte, um ihr Missfallen über ihr Timing zu demonstrieren. Bella ihrerseits antwortete mit einem Augenrollen und einem leichten Kopfschütteln, das Nikki noch wütender machte.

»Kann ich Ihnen helfen?«, fragte die Empfangsdame.

»Ja, ich bin Bella Harper und ich bin hier …«

Nikki sprang beinahe aus ihrem Sessel. *Welcher Idiot würde seinen eigenen Namen nennen, wenn er an einer Gaunerei beteiligt war und nicht einmal danach gefragt wurde?* Der verwirrte Blick der Empfangsdame dauerte nur einen Moment, denn im nächsten Moment forderte ein größeres Problem ihre sofortige Aufmerksamkeit.

Bella griff sich an die Brust und stöhnte laut. Die Augen der Empfangsdame weiteten sich. Bellas Gesicht wurde rot und sie begann zu taumeln und nach Luft zu schnappen. Mit einem abgehackten Keuchen sackte Bella in sich zusammen und fiel donnernd und glorreich auf den Perserteppich, wo sie zur Seite plumpste und sich immer noch die Brust hielt.

Die Empfangsdame schlug eine Hand vor den Mund und unterdrückte einen Schrei. Sie sah auf Bella hinab und wählte fieberhaft eine Nummer. »Geht es Ihnen gut? Geht es Ihnen gut?«, fragte sie immer wieder.

Nikki hätte das Drama gern bis zum Schluss gesehen, doch das war nicht der Plan. »Ich hole Hilfe!«, rief sie aus und stürmte auf Strobels Büro zu.

Sie hatte nicht mehr als fünf oder sechs Schritte in dem langen Flur gemacht – ein echter Spießrutenlauf zwischen Sekretärinnen an Computerterminals und offenen Großraumbüros –, als drei Männer in der Tür des Eckbüros am Ende erschienen. Sie erkannte einen der Männer als Mack Strobel und einen als Ahmed Aberijan. Den Dritten konnte sie nicht einordnen. Sie steckten vor dem Büro kurz die Köpfe zusammen und besprachen etwas, nicht mehr als fünfundzwanzig Meter von ihr entfernt.

Nikki richtete ihren Blick stur geradeaus und beschleunigte ihren Schritt.

Sie hatte den Gang zur Hälfte durchquert, als Mack Strobel sie kommen sah und einen Schritt in ihre Richtung machte. Der kleinere Mann nahm Ahmed am Arm und führte ihn den rechtwinkligen Gang entlang, weg von Nikki.

»Wer sind Sie?«, verlangte Strobel zu wissen, während er auf sie zukam. Einige Sekretärinnen hörten auf zu tippen, andere hielten vorübergehend in ihrem Telefontratsch inne, fast alle von ihnen sahen auf. »Was tun Sie hier?«

Als sie nur noch ein paar Schritte entfernt war, begann Nikki schnell zu sprechen und wild mit den Händen zu fuchteln, um die Dringlichkeit ihrer Botschaft zu unterstreichen. »*Dónde está la oficina de Señor Aiken?*«, plapperte sie. Ein verwirrter Ausdruck erschien auf Strobels Gesicht; sie standen jetzt nur noch zwei Meter voneinander entfernt. »*No entiendes ni una palabra que he dicho verdad, tonto?*«

Strobel sah sie mit leerem Blick an und die Muskeln in seinem Gesicht entspannten sich ganz leicht. »Kann hier jemand Spanisch?«, fragte er mit einem Blick in die Runde.

Ihre Chance witternd, stürmte Nikki vor, wobei sie ihn leicht mit ihrer freien Hand zur Seite schob und sich flink an dem verdutzten Anwalt vorbeischob. Sie ging in einen Sprint über und war schnell um die Ecke.

»Haltet sie auf!«, gellte Strobel.

Der Schrei erweckte die Aufmerksamkeit von Ahmed und seinem Kumpan, die immer noch einen halben Flur von Nikki entfernt waren und gerade in einen anderen anschließenden Gang abbiegen wollten. Sie drehten sich beide mit überraschtem Blick auf dem Absatz um. Nikki sah Ahmed unverwandt in die Augen und rannte direkt auf ihn zu.

Bevor sie ihn erreichte, traf sie sein kräftiger Handlanger mit einer Kraft, die sie gegen die Wand schleuderte. Nikki keuchte, als ihr die Luft ausging, und fiel zu Boden. Der Schmerz schoss ihr durch die linke Schulter, die als Erstes auf die Wand getroffen war und den Hauptstoß des brutalen Kerls abbekommen hatte, der sie angriff. Jetzt stand er über ihr. Die Welt drehte sich und sie blinzelte, um die zusammenfließende Schwärze und die Sterne zurückzudrängen.

Benommen, aber immer noch bei Bewusstsein, wurde Nikki klar, dass sie immer noch den Umschlag mit den Klagepapieren in der Hand hielt. Sie warf den Umschlag über den Boden, sodass er bis auf wenige Zentimeter vor Ahmeds Füße glitt.

»Glückwunsch«, keuchte sie. »Klage zugestellt.«

Ahmed schnaubte höhnisch, die Lippen ganz leicht zu einem arroganten kleinen Lächeln verzogen, und seine Augen sandten ihre ganz eigene unmissverständliche Botschaft aus. Sie hatte diesen Blick schon gesehen, dieselbe aufgestaute Wut, dieselbe schwelende Brutalität. Es war der Blick ihres eigenen Vaters, der auch nach einem Jahrzehnt noch in ihrer Erinnerung geblieben war aus diesem Bruchteil einer Sekunde; jedes Mal, bevor er ihre Mutter schlug ...

»Steh auf!«, bellte der untersetzte Mann und zerrte Nikki auf die Füße. Mack Strobel befahl den erstarrten Sekretärinnen, den Sicherheitsdienst zu rufen.

»Nehmen Sie Ihre Hände weg!«, schrie Nikki zurück. »Sie tun mir weh! Jemand soll die Polizei rufen!«

Doch der Mann verdrehte ihren Arm nur noch mehr und als der Schmerz durch ihre Schulter schoss, hörte Nikki auf, sich zu wehren. Eine gaffende Sekretärin brachte die Geistesgegenwart auf, den Sicherheitsdienst ans Telefon zu holen und Mack Strobel den Hörer zu geben. Der Umschlag lag immer noch auf dem Boden und Mack Strobel war am Telefon beschäftigt, als Ahmed zu Nikki herüberkam und sich so dicht zu ihr beugte, dass sein stinkender Atem über ihr Gesicht strich.

»Dafür wirst du bezahlen«, sagte Ahmed langsam und mit Nachdruck.

Die Worte schossen durch Nikkis durcheinandergebrachtes Nervensystem und versetzten ihre Fluchtinstinkte in volle Alarmbereitschaft. Ihr Sinn für Kühnheit ließ sie allerdings nie im Stich.

»Immer diese leeren Versprechungen«, schoss sie zurück.

Sie sah Ahmed fest und ohne mit der Wimper zu zucken in die Augen, bis sein Freund sie wieder in den Gang und in Richtung Lobby zerrte, wobei er ihre Drohungen ignorierte, ihn bis aufs letzte Hemd zu verklagen. Er marschierte mit ihr direkt an Bella vorbei, die jetzt mit nassen Papierhandtüchern auf der Stirn in einem Sessel saß und stoßweise atmete. Nikki warf ihrer Komplizin einen Seitenblick zu, die ihrerseits mit einem fast unmerklichen Kopfnicken antwortete und dann ihre gequälte Darstellung eines Herzinfarktopfers wieder aufnahm, wobei sie sich laut darüber beschwerte, wie lange der Krankenwagen brauche.

Die Klage gegen Ahmed Aberijan war zugestellt.

13

Ein ganz besonderes Gefühl der Erleichterung überspült den Körper eines Jurastudenten, wenn er am Ende der Semesterklausuren seinen Stift weglegt. Die hängenden Schultern straffen sich, ein Lächeln ersetzt das Stirnrunzeln und das Schlurfen in der Examenswoche weicht einem schwungvollen Schritt.

Bei Leslie Connors wurde diese belebende Entspannung noch durch die Vorfreude auf den Abend mit Brad unterstrichen. Er hatte sie zum Abendessen eingeladen, angeblich, um mit ihr über ihre Arbeit am Reed-Fall zu sprechen. Doch Leslie glaubte – und hoffte –, dass der wahre Grund mehr persönlichen Motiven zuzuschreiben war. Leslie hatte Brad nicht mehr gesehen, seit vor zwei Wochen ihre Examen begonnen hatten, und sie freute sich gar nicht darauf, den Sommer weit entfernt von ihm in England zu verbringen, getrennt durch den Atlantik statt durch die Chesapeake Bay.

Leslie war fast dreißig und erlebte ein Gefühlschaos wie zu ihren Schulzeiten. Sie hatte ein bisschen ein schlechtes Gewissen, weil sie sich so nach seiner Aufmerksamkeit sehnte. Wenn auch ihr wohlgeordneter Lebensplan keinen Raum für eine Beziehung mit Brad offen ließ, so sagten ihr ihre Gefühle doch, dass solch eine Beziehung genau das sei, was sie brauchte.

An diesem Abend gelobte sie, alle Vorsicht in den Wind zu schreiben und sich zu amüsieren. Brad hatte darauf bestanden, das Restaurant auszusuchen. Es war eine leichte Wahl. Das romantischste Restaurant in der Gegend war das Trellis, ein malerisches, elegantes und altmodisches Restaurant, das einen in eine andere Ära im Herzen des kolonialen Williamsburg zurückversetzte. Die Lage war perfekt, zur Duke of Gloucester Street hin, strategisch mitten in Williamsburgs historischem Viertel gelegen.

Die Duke of Gloucester Street, oder »Dog Street«, wie die Einheimischen sie nannten, war das Tor zu einer einfacheren Zeit. Die koloniale Architektur, die Schotterstraße, die gepflegten Rasenflächen, die authentischen historischen Kostüme der Arbeiter und die exakten Nachbildungen der kolonialen Gebäude – all das zusammen ließ den Besucher Teil der Geschichte werden. Jede Spannung, die von den Examen noch übrig war, verließ Leslies Körper restlos, als sie die Dog Street entlangschlenderte und die Zeit totschlug. Es war die perfekte Kulisse für einen vielversprechenden Abend.

* * *

Wie alle Autofahrer in Tidewater hasste Brad die Brücken und Tunnel, die Norfolk und Virginia Beach umgaben. Er hasste sie am meisten, wenn er – wie heute Abend – spät dran war und nach Norden fuhr, denn in diese Richtung zu fahren bedeutete, die Chesapeake Bay durch die Mutter aller Stauerzeuger zu durchqueren: den Hampton-Roads-Tunnel. In diesem Tunnel war in den seltenen Fällen, in denen er pünktlich war, *nie* Stau. Aber irgendwie schien seine persönliche Lage, wenn er verzweifelt war, die schlimmsten Staus auszulösen. An diesem Abend, Brad war spät dran, gab sich ein liegen gebliebenes Auto die Ehre, den Verkehr fast eine Meile zu stauen.

Während er sich zentimeterweise vorwärtskämpfte, zog Brad sein Handy heraus und wählte.

»Strobel hier«, dröhnte es. Strobel hatte auf Lautsprecher umgestellt; das Echo machte es schwierig, ihn zu verstehen und ließ ihn lauter klingen als im wirklichen Leben.

»Schalten Sie den Lautsprecher aus«, sagte Brad.

»Wer ist da?«, brüllte Strobel. Es war der Tonfall eines Mannes, der nicht daran gewöhnt war, Befehle von einem Fremden entgegenzunehmen.

»Hier ist Brad Carson, Sie hatten versucht, mich zu erreichen, aber ich werde nicht mit Ihnen sprechen, wenn Sie diesen verfluchten Lautsprecher nicht ausschalten.«

»Bradley, danke für den Rückruf.« Strobel sprach immer noch über Lautsprecher. Brad kochte. Niemand nannte ihn Bradley. »Hören Sie zu, alter Junge: Wie Sie vermutlich wissen, wurden wir auf diesen niedlichen kleinen Trick hin, den Ihre Anwaltshilfe abgezogen hat, gebeten, die Verteidigung im Reed-Fall zu übernehmen. Ich dachte, ich sei Ihnen aus Höflichkeit eine Benachrichtigung schuldig, bevor ich die Gesuche einreiche, die wir gerade vorbereiten. Sind Sie noch da?«

»Ja, ich bin noch da«, antwortete Brad. Er hatte sein Handy nun ebenfalls auf Lautsprecher umgestellt und legte es auf den Beifahrersitz. Das Spiel konnte er mitspielen.

»Von welcher Art von Gesuchen reden Sie?«

»Was sagen Sie?«, rief Strobel.

»Ich sagte, welche Art von Gesuchen werden Sie einreichen?« Brad sagte es langsamer und lauter, jedes Wort betonend.

»Tja, Brad, ich arbeite schon sehr lange in dem Geschäft. Sie mögen ein guter Anwalt sein, aber ich habe noch nie einen so aussichtslosen Fall wie diesen miterlebt, abgesehen vielleicht von ein paar von diesen *pro-se*-Fällen, die von Häftlingen beantragt wurden, die sich übers Gefängnisessen beschwert haben. Wenn ich nicht irgendwas verpasst habe, haben Sie so gut wie gar nichts. Oder irre ich mich da? Kennen Sie irgendeine Rechtsprechung oder Vollmacht, über die ich noch nicht gestolpert bin?«

Strobel fischte offensichtlich im Trüben und versuchte, Brads Argumente herauszulocken, damit er sie in seinem Eröffnungsplädoyer ansprechen konnte. Brad würde aber nicht anbeißen.

»Sie sind der Experte in internationalem Recht. Sagen Sie es mir.«

Ein hörbarer Seufzer. Strapazierte Geduld. »Na gut, Bradley, ich werde es Ihnen sagen. Ihre Ansprüche gegen Saudi-Arabien verbieten sich durch das Immunitätsgesetz. Außerdem, Bradley, ist die einzige Zeugin, die Sie zur Unterstützung Ihrer Klage haben, Ihre eigene Mandantin. Und ihre Glaubwürdigkeit ist – wie soll ich sagen? – im besten Falle wacklig.« Strobel hielt inne, offenbar wollte er die halbverschleierte Drohung sacken lassen.

»Unter diesen Umständen haben wir nur die Wahl, eine Klageabweisung zu beantragen und das Gericht außerdem darum zu bitten, Sie und Ihre Kanzlei gemäß Regel 11 zu sanktionieren, weil Sie eine ungerechtfertigte Klage eingereicht haben. Ich reiche ungern solche Klagen gegen Kollegen ein, Bradley. Deshalb rufe ich an. Wenn Sie die Klage freiwillig bis Ende der Woche zurückziehen, vergessen wir den Antrag auf Sanktionen. Wir gehen alle nach Hause und zum nächsten Fall über. Sie haben die Wahl, Bradley, wie sieht's aus?«

* * *

Erst als Mack endlich aufhörte, hin und her zu gehen und zu plappern, sondern zuhörte, wurde ihm klar, dass das Geräusch am anderen Ende der Leitung das Freizeichen war.

Mack hatte seine Antwort. Dieser Fall würde schmutzig werden.

* * *

Leslie kam zehn vor sieben an und bestätigte die Reservierung. Bis 19.15 Uhr war noch immer nichts von Brad zu sehen. Leslie wusste, dass Brad typischerweise Besprechungen und Verabredungen damit begann, sich für sein Zuspätkommen zu entschuldigen. Dieser Abend war wohl keine Ausnahme.

Während die Minuten verrannen, fühlte sie, wie die Magie der Dog Street verblasste. Leslie und Bill hatten nur einmal im Trellis gegessen, ein paar Monate nach der Diagnose. Seit damals die Krankheit Teil ihres Lebens geworden war, war der Abend wohl der erste gewesen, an dem sie die ganze Zeit miteinander verbracht hatten, ohne die Krankheit zu erwähnen. Bill hatte beschlossen, das perfekte Rendezvous nicht zu verderben, und Leslie hatte ihm dabei geholfen.

Jetzt, während sie hier saß und auf Brad wartete, überwältigten sie die Erinnerungen an diesen Abend – der Geruch nach Brot, frisch aus dem Ofen, das Geräusch von lachenden Touristen, der Blick auf das William and Mary College nur ein paar Häuserblocks entfernt, schon allein die Atmosphäre dieses Teils des kolonialen Williamsburg. Plötzlich verspürte sie das Bedürfnis, allein zu sein, noch einmal die besondere Beziehung auszukosten, die sie mit Bill gehabt hatte, dem einen Mann, der sie restlos kannte – mit allen Fehlern und Schwächen – und sie voll und ganz akzeptiert hatte. Sie stand auf, um nach Hause zu gehen, sich ein hübsches Glas Wein einzuschenken und sich auf dem Dock mit Blick über den Chickahominy zu entspannen.

Sie seufzte und setzte sich wieder. Auf einmal fühlte sich der Abend nach harter Arbeit an, als sei es ihr Job, Brad mit einer offenen und lebenslustigen Persönlichkeit zu beeindrucken. Sie würde sich vor Ausrutschern im Gespräch hüten müssen, davor, etwas zu sagen, das das stärker werdende Gefühl der Depression verriet, das an ihr nagte. Warum spürte sie plötzlich so viel Druck, dass der Abend gelingen musste? Und warum war es ausgerechnet heute so schwer, Bill aus ihren Gedanken zu verbannen?

Bis halb acht, als Brad endlich von einem nahen Parkplatz herübergejoggt kam, stand Leslies Unruhe in voller Blüte. Während er näherkam, spürte sie, wie ihr Puls sich beschleunigte, doch sie setzte ihr Pokerface auf und lächelte nicht – eine kleine Strafe für die Verspätung.

»Hey, Leslie. Tut mir leid, dass ich so spät bin«, sagte Brad außer Atem. »Ich hoffe, Sie warten noch nicht allzu lange.«

Sie sahen sich unbehaglich an, während Brad noch zwischen einer kurzen Umarmung und einem Händeschütteln schwankte. Leslie streckte als weitere Bestrafung ihre Hand aus und Brad richtete sich nach ihr. Sofort fühlte sie sich dumm und beschloss, ihn zu beruhigen. Ihr Pokerface verschwand und wurde durch ein breites Lächeln ersetzt. Sie ließ dem Handschlag eine kurze Umarmung folgen und gratulierte sich selbst zu ihrem wohlüberlegten Akt der Spontaneität.

»Machen Sie sich keine Gedanken. Zum ersten Mal seit Wochen habe ich keine Fristen einzuhalten.« Sie war sich der fehlenden Begeisterung in ihrer Stimme genau bewusst und fragte sich, ob Brad es merkte. »Aber ich bin am Verhungern. Lassen Sie uns fragen, ob sie immer noch einen Tisch für uns haben.«

»Es tut mir wirklich leid«, wiederholte er, als sie das Restaurant betraten. Brad öffnete die Tür und legte Leslie sanft die Hand an die Schulter, als sie an ihm vorbeiging. Die spontane Berührung schickte einen Schauder durch Leslies ganzen Körper. Schon wieder die Erinnerung an Bill. Die behutsame Hand an der Schulter, als sie das Restaurant betraten, die sanfte, spontane Berührung – diese Eigenheiten gehörten zu Bill. Leslie war bis zu diesem Augenblick nie klar gewesen, wie sehr sie sie vermisste, diese kleinen Angewohnheiten.

»In ungefähr zwanzig Minuten müsste ein Tisch frei werden«, versprach der Oberkellner.

Brad beugte sich zu dem Mann vor und flüsterte eindringlich, als seien die beiden alte Freunde. Zwei Minuten und zwanzig Dollar später setzte er sie an einen abgeschiedenen Zweiertisch am Fenster mit Blick auf die Dog Street.

Das Gespräch begann schleppend, erschwert durch Leslies Melancholie. Doch es dauerte nicht lange, bis ihre Gereiztheit vor Brads unerbittlicher Entschlossenheit, einen schönen Abend zu haben, dahinschmolz. Er ließ seinen ganzen Charme spielen. Er hatte geistreiche Bemerkungen und Geschichten im Überfluss parat und er schaffte es sogar, ein nettes Gespräch mit der Kellnerin anzufangen, von der Leslie den Verdacht hatte, dass sie mit ihrem Begleiter flirtete.

Aber das war eines der Dinge, die sie am meisten an Brad mochte – seine Fähigkeit und seinen Wunsch, Menschen die Nervosität zu nehmen. Dafür zu sorgen, dass sie sich wohlfühlten.

Trotz ihrer enormen Abwehrhaltung stellte Leslie fest, dass der Carson-Charme funktionierte. Das Gespräch nahm während des Essens einen immer leichteren Gang, die Zeit flog dahin und schon bald wurden sie gefragt, ob sie ein Dessert wünschten. Brad ließ sich von der flirtenden Kellnerin zu einer Schokoladentorte überreden. Leslie passte.

Brad erwähnte den Reed-Fall nicht, ehe er den ersten Bissen von seiner Kalorienbombe genommen hatte.

»Ich habe heute mit Mack Strobel gesprochen«, sagte er aus dem Nichts heraus.

»Sie wissen echt, wie man ein perfektes Abendessen ruiniert.«

»Er wird Regel-11-Sanktionen gegen uns verlangen«, sagte Brad sachlich und nahm noch einen Bissen von dem gehaltvollen dunklen Schokoladenkuchen mit Schokoglasur und Schokosoße. »Das hier macht einem richtig Lust auf Gefängnisessen.«

»A propos, wie geht es Nikki?«

»Hat Bella Sie nicht angerufen?« Brad schob das Dessert in ihre Richtung. Leslie begann, den Teller zurückzuschieben, bremste sich aber. Sie schüttelte den Kopf als Antwort auf seine Frage und stach mit ihrer Gabel ein kleines Stück ab. Sie wollte gar nicht wissen, was dieser kleine Bissen sie kosten würde – wahrscheinlich drei Pfund, direkt auf die Hüften. Aber es schmeckte toll ... eigentlich sogar noch besser als toll, obwohl das schlechte Gewissen wegen der Kalorien schon einsetzte, noch bevor sie schluckte.

Sie schob den Teller zurück.

»Vier Stunden im Gefängnis wegen Hausfriedensbruch und wir hatten sie wieder draußen. Ich habe das Ganze übers Telefon abgewickelt. Sechs Monate auf Bewährung – keine Haftstrafe. Ich glaube, der Staatsanwalt fand das Ganze eher lustig.«

Leslie beäugte die Schokoladentorte. Sie schwand schnell.

»Aber dann mischt sich diese stellvertretende Bezirksstaatsanwältin ein«, fuhr Brad fort. »Angela Bennett – eiskaltes Biest – und droht, Klage einzureichen wegen Angriffs auf einen ausländischen Würdenträger.«

»Was haben Sie getan?«

»Sie meinen, nachdem ich Nikki wieder von der Decke gekratzt hatte?«

Leslie grinste beim Gedanken an Nikkis Reaktion.

»Bennett war in unserem Konferenzraum und hat uns diese Anschuldigungen direkt ins Gesicht geschleudert.« Ein Grinsen kräuselte Brads Lippen, als er sich die Szene in Erinnerung rief, dann verjagte er sie mit einem weiteren Bissen Schokolade. »Also zeigt Nikki ihre Verletzungen her, stapft zum Telefon und fängt an, einen Freund bei einer örtlichen Fernsehanstalt anzurufen. ›Rufen wir doch einfach die Medien an‹, sagt sie, ›und erzählen ihnen, dass dieser *ausländische Würdenträger* mich verprügelt hat, mich bedroht hat und dass Sie das Ganze jetzt noch toppen, indem Sie mich verklagen.‹«

Brad grinste breit. Er hielt seine Gabel mit einem weiteren Bissen von seinem Dessert hoch, als wolle er damit auf Nikki anstoßen.

»Fall abgelehnt«, sagte er und verschlang den Bissen auf seiner Gabel.

»Wurde sie verletzt?«, fragte Leslie.

»Sie hat ziemliche Schrammen und ihr droht immer noch eine Klage, aber es geht schon. Sie sagte, dieser Arsch aus Saudi-Arabien hätte sie bedroht, aber Nikki lässt sich nicht so leicht einschüchtern.«

»Sie muss vorsichtiger werden.«

Brad ließ seine Gabel in der Luft hängen und schien über diese trockene Bemerkung nachzudenken.

»Nein«, sagte er ernst. »Die Juristerei ist die Kunst, Risiken einzugehen. Sie bereiten sich vor und kalkulieren alles ein, so gut Sie können, aber letztendlich lassen Sie nur die Würfel rollen und das ganze Leben Ihres Mandanten wird verändert durch das, was dabei herauskommt. Sie können nicht erfolgreich sein, wenn Sie ein Problem mit Risiken haben.«

Leslie dachte darüber nach, während sie zusah, wie Brad den Rest seines Desserts verschlang. Risiken waren nicht ihr Ding. Vielleicht war es nur Brads Stil, vielleicht hatte er aber auch recht. Sie würde sich zwingen, ein paar Risiken mehr einzugehen. Damit würde sie jetzt anfangen.

Sie nahm ihre Gabel auf, dachte noch einmal an die Kalorien und legte sie wieder hin. Sie fragte sich, was die risikofreudige Nikki mit diesem Dessert wohl angestellt hätte.

Und plötzlich fand sie den Gedanken an Nikki hinter Gittern lustig.

»Haben Sie je daran gedacht, Werbung mit Ihnen und Nikki im Gefängnis zu machen?« Leslie streckte die Hände vor und umklammerte imaginäre Gitterstäbe. »Carson & Partner – wir holen Sie raus.«

»Sehr witzig«, sagte Brad. Aber er musste dabei lächeln.

* * *

Eine Stunde später gingen sie schweigend die Dog Street entlang, genossen den anregenden Abend und schwelgten im traditionellen Flair des kolonialen Williamsburg. Brad hatte seine Berichterstattung beendet, weil er eine Behaglichkeit zwischen ihnen spürte, die nicht durch behelfsmäßige Konversation gebrochen werden brauchte.

Während sie gemütlich dahinspazierten, focht Brad innerlich seinen eigenen Kampf aus. Er hatte früher schon einmal Arbeit und Vergnügen vermischt – mit verheerenden Auswirkungen: am Boden zerstörte Gefühle und ein verlorener Fall. Der Druck während eines Prozesses hatte so seine Art, Romanzen zu schmieden, die unter normalen Umständen nie hielten. Er hatte sich vor langer Zeit die strikte Regel aufgestellt, dass er nie wieder eine Beziehung mit einer Anwältin anfangen würde, die an einem seiner Fälle beteiligt war.

Abgesehen davon ließ ihm sein Lebensstil wenig Zeit für ernsthafte Beziehungen. Ab und zu bereute er das. Häufiger war er sich aber darüber im Klaren, dass er noch immer nicht bereit war, den Nervenkitzel eines großen Falles gegen das banale Leben eines Vorstadtehemannes und Vaters einzutauschen. Doch an diesem Abend sagte ihm sein Herz, er solle sich ein Schlupfloch offenlassen für eine Romanze mit dieser hübschen Jurastudentin, ein Schlupfloch, das ihm besonders reizvoll erschien, als er Leslies kastanienbraunes Haar im sanften Mondlicht schimmern sah. Was sie für Brad noch schöner machte, war, dass Leslie keine Ahnung hatte, wie hübsch sie war.

* * *

Nachdem ihr anfängliches Unbehagen vollständig verschwunden war, wünschte sich Leslie dringend, der Abend hätte eben erst begonnen. Sie stand in den Schatten der Dog Street, Brad zugewandt, nur Zentimeter von ihm entfernt. Brad nahm ihre Hand.

»Das war ein toller Abend«, sagte er. »Ich wünschte wirklich, du würdest nicht nach England gehen. Das könnten lange zwei Monate werden.«

»Ich weiß«, sagte Leslie, überrascht von der Intensität ihrer inneren Reaktion auf die Wärme und Stärke seiner Hände. Sie konnte sich nicht bewegen oder denken; sie konnte nur zittern.

»Können wir das wiederholen, wenn du wieder hier bist?«, fragte Brad. Er ließ eine Hand los und strich ihr sanft die Haare über die Schulter nach hinten. Sie hatte schon so lange Zeit nicht mehr so gefühlt.

»Das wäre schön.«

Brad zog sie sanft an sich und sie leistete keinen Widerstand. Die Wärme seiner Umarmung, die Sicherheit seiner Arme – sie hatte vergessen, wie besonders sich Nähe anfühlen konnte. Sie atmete tief ein, füllte ihre Lungen mit der Gegenwart von Brad Carson. Und dann wurden Zeit und Raum außer Kraft gesetzt; sie schloss die Augen und neigte anmutig den Kopf zurück. Ihre Lippen berührten sich sanft. Die Dog Street drehte sich, die Leidenschaft floss. Es war – Leslies wohlüberlegter Meinung nach – ein unglaublicher Kuss. Einer, der länger dauerte, als sie vorgehabt hatte. Einer, der sie mit der Heftigkeit ihrer eigenen Gefühle überwältigte, mit dem Prickeln auf ihrer Haut, der Freisetzung von angestauten Emotionen. Er war gleichzeitig zart und anregend. Er dauerte nur ein paar Sekunden, aber er riss sie voll und ganz mit sich.

Die Dog Street war tatsächlich magisch.

Doch Leslie war zugleich verwirrt. Sie schob sich ein kleines Stück von Brad weg, während ihre Gedanken zu schnell rasten, um sie verarbeiten zu können, und Vergangenheit und Gegenwart in einem Durcheinander kollidierten.

»Ich kann das nicht, Brad. Ich bin noch nicht so weit; es ist immer noch zu frisch.« Selbst für Leslie klang das verrückt. Wie konnte sie nach drei Jahren nicht bereit sein, weiterzugehen? Wann würde sie es sein?

Aber es stimmte zugleich. Sie brauchte mehr Zeit. Die Gefühle von eben hatte sie nicht mehr gehabt, seit sie Bill verloren hatte; sie hatte geglaubt, nie wieder so zu fühlen. Es war einfach zu heftig. Zu überwältigend. Und Brad war ihr zu wichtig, um ihm etwas anderes als die Wahrheit zu sagen.

»Ich habe vor drei Jahren meinen Mann durch Krebs verloren«, flüsterte sie. »Es tut mir leid.« Sie machte einen halben Schritt rückwärts, senkte den Blick und scharrte mit den Füßen. Ihre Schuldgefühle wurden noch verstärkt durch das Wissen, was sie Brad damit antat.

»Leslie, das wusste ich nicht … Ich hätte nie …« Er zögerte und nahm behutsam ihre Hände. »Du musst dich für nichts entschuldigen.«

Seine Freundlichkeit machte es nur noch schlimmer. Sie wusste nicht, was sie sagen sollte, war vollkommen verlegen durch die Geschehnisse, die sie nicht ändern konnte.

»Willst du darüber reden?«, fragte er sanft.

Leslie schüttelte den Kopf.

»Wenn es je so sein sollte, sag mir Bescheid.«

Sie nickte.

»Na komm«, sagte Brad. »Ich begleite dich zu deinem Auto.«

14

Abgesehen von seinen drohenden Annäherungsversuchen bei Brad Carson war Mack Strobel ein vernünftiger Anwalt, der nicht leichtfertig einen Regel-11-Antrag stellte. Er wollte nichts mehr, als Carson die sprichwörtlichen juristischen Daumenschrauben anzusetzen und ihn durch die Sanktionen gedemütigt zu sehen. Doch da die Gerichte die Regel 11 sparsam einsetzten, würde Mack Vorsicht walten lassen müssen, um zu vermeiden, dass ihm sein Antrag selbst um die Ohren flog. Wie er es immer tat, wenn er einen Rat brauchte, rief Mack die anderen Mitglieder des informellen Braintrusts der Kanzlei zusammen.

Obwohl Kilgore & Strobel einen offiziellen Exekutivausschuss hatte, wusste jeder, dass die vier Männer, die sich an diesem Tag im Golf- und Countryclub von Norfolk trafen, bestimmten, wo es langging. Sie trafen sich inoffiziell, um die Strategie sämtlicher wichtiger Fälle und Geschäfte auszuarbeiten, mit denen die Kanzlei je zu tun hatte. Es war ihre Art, einander mit leicht abrechnungsfähigen Stunden auf Kosten der Mandanten zu belohnen, die das zusätzliche Honorar gar nicht bemerken würden. Heute, nach strapaziösen achtzehn Löchern in der Hitze des Mainachmittags, zahlten sie Wetten aus und stürzten ein paar kühle Biere, um ihre Gehirnzellen zu schmieren.

Mack leerte sein zweites Glas, überblickte die Gruppe und schüttelte innerlich den Kopf. *Wenn das hier die A-Mannschaft ist,* dachte er, *ist es ein Wunder, dass unsere Kanzlei überhaupt funktioniert.*

Direkt gegenüber von Mack saß ein faltiger Mann mit traurigen, hängenden Augen, abgebaut, aber immer noch energisch, mit einem spitzen Gesicht und Büscheln grauer Haare an den Seiten seines Kopfs. Oben wuchs nichts und das, seit Mack sich erinnern konnte. Sein Name war Theodore »Teddy« Kilgore, der großväterliche Patriarch der Firma und der einzige Anwalt, der ranghöher war als Mack. Er war nicht mehr aktiv im Geschäft, aber er war immer noch der führende »Regenmacher«, der die finanzstarken Mandanten an Land zog, damit die jungen Hüpfer an ihren Fällen arbeiten konnten.

Zu Macks Rechten an dem kleinen Tisch saß Melvin Phillips, ein brillanter Harvard-Absolvent und erstklassiger Steueranwalt ohne gesellschaftliche Umgangsformen. Die Jungs bei Kilgore & Strobel schätzten seinen scharfen Verstand und kamen regelmäßig mit ihren kniffligsten Problemen zu ihm, aber sie hielten ihn auch gut vor den Mandanten versteckt. Er kämmte seinen dichten, grauen Haarschopf nie und er trug schlecht sitzende Anzüge, die aussahen, als hätte er sie von einem Verkehrsgerichtsanwalt geerbt. Melvin beherbergte sein schlaues Gehirn in einem runden Kopf, der unsicher auf einem runden Körper ohne einen einzigen erkennbaren Muskel saß. Er hatte ein gewaltiges Doppelkinn und kleine Knopfaugen, die durch dicke Brillengläser noch kleiner wirkten, sodass er immer etwas abwesend aussah.

An Macks anderer Seite saß das Mitglied des Braintrusts mit dem besten Stammbaum, ein Mann, den Mack persönlich für seine affektierte Arroganz und herablassende Art verachtete. Winsted Aaron Mackenzie IV. stammte aus gutem Hause. Sein Vater war ein prominenter Politiker in Virginia, sein Großvater ein Berufungsrichter und sein Urgroßvater, der ursprüngliche Winsted Aaron Mackenzie, hatte für die Konföderation gekämpft. »Win« war der Schönling der Firma – maßgeschneiderte Anzüge und Hemden mit Monogramm, Seidenkrawatten und eine gewellte braune Fernsehpredigerfrisur, bei der sich nie auch nur ein Härchen bewegte, nicht einmal in der steifsten Brise. Win war fünfzehn Jahre jünger als Mack, hatte aber bereits einen Ruf als kompromissloser Prozesstaktiker, ein Ruf, der es mit den Mythen über Mack aufnehmen konnte. Zwischen den beiden herrschte nicht gerade wenig beruflicher Neid.

»Das Thema, zu dem ich eure Hilfe brauche«, eröffnete Mack schließlich, »ist die Frage, ob ich Sanktionen gemäß Regel 11 gegen Carson beantragen soll.«

»Ich würde es tun«, sagte Win, wie vorherzusehen war. »Das ist eine der hanebüchensten Klagen, die ich je gesehen habe. Wir vertreten unsere Mandanten nicht aggressiv genug, wenn wir Carson nicht verfolgen. Das ist ein Kinderspiel.«

Melvin Phillips nickte zustimmend, dann hob er die Hand, um die Kellnerin zu rufen. »Was ist los? Gibt's hier einen Kellnerinnen-Streik? Mein Glas ist leer. Ich verdurste hier noch!« Alle im Raum, inklusive die Kellnerinnen, ignorierten ihn.

»Ich weiß nicht«, sagte Teddy. »Diese ganze Regel-11-Sache ist schlecht für Anwälte. Wenn wir Carson in diesem Fall verklagen, verklagt uns ein anderer im nächsten. Dann werden Fälle ziemlich schnell zu Privatkriegen zwischen Anwälten. Wir sollten in der Lage sein, in einem Fall zu widersprechen, ohne persönlich zu werden.«

Mack wusste, der alte Mann war vorsichtig und klagte nur widerwillig. In vieler Hinsicht lebte Teddy immer noch in einer vergangenen Ära von Gentleman-Anwälten. Er verstand nichts vom Zeitalter der Rambo-Rechtsstreits.

»Teddy, die Zeiten haben sich geändert«, sagte Mack leidenschaftslos. »Carson würde uns ohne Zögern die Kehle durchschneiden, wenn wir ihn lassen würden, genauso wie die Hälfte der anderen Anwälte in Tidewater. Prozesse sind keine Spiele unter Ehrenmännern mehr; sie sind Krieg. Und im Krieg werden keine Gefangenen gemacht.«

»Da stimme ich zu, Teddy«, sagte Win. »Und wenn wir nicht auf Regel 11 klagen, lassen wir nur zu, dass Typen wie Carson noch mehr Schrottklagen einreichen.«

Melvin schaffte es endlich, eine Kellnerin herbeizuwinken. »Braucht noch jemand eins?«, fragte er. Er füllte sein Glas und die Strategiesitzung ging weiter. Diesmal klinkte sich auch Melvin ein.

»Wie stehen die Chancen?«, fragte Melvin.

»Was meinst du?«, gab Mack zurück.

»Genau das, was ich sagte. Wie stehen die Chancen, dass du mit Regel 11 gewinnst? Meiner Meinung nach ist es eine reine Frage der Taktik. Wenn du eine vernünftige Chance zu gewinnen hast, reich die Klage ein. Das vermittelt dem Richter die Botschaft, dass du diesen Fall wirklich für sinnlos hältst. Es erhöht die Wahrscheinlichkeit, dass der Richter den Fall abweist. Außerdem öffnet es dem Richter einen Mittelweg. Er kann deinen Regel-11-Antrag abweisen und somit Carson entgegenkommen, dann aber deinem Antrag stattgeben, die Klage abzuweisen und den Fall loswerden. Es ist wie in der Bibel: Richter spielen gern Salomo und teilen das Baby. Und andererseits bist du glücklich und zufrieden, weil du bekommst, was du eigentlich wolltest – eine abgewiesene Klage.« Melvin hielt inne und nahm einen großen Schluck Bier.

»Aber wenn deine Chancen schlecht stehen«, fuhr er fort, »wird der Richter dich niederbügeln, denn Richter hassen Regel-11-Anträge. Darüber hinaus wirst du Carson animieren, alle möglichen anderen schikanösen Klagen einzureichen. Wie Win eben sagte, du schaffst die Voraussetzungen für seine Handlungsweisen.«

Die anderen dachten über Melvins Kommentare nach. Lange Zeit sprach niemand.

»Ich halte Carsons Klage gegen Saudi-Arabien für totalen Schwindel und denke, Regel 11 hat eine gute Chance«, sagte Mack, der spürte, dass die anderen auf seine Analyse warteten. »Aber diese Klagen gegen Aberijan und die natürlichen Personen basieren auf einer anderen Gruppe von Gesetzen und könnten in gewisser Weise begründet sein. Zumindest mit diesen Klagen könnte er Regel 11 vermeiden.«

Melvin nahm noch einen großen Schluck und stellte sein Glas hart auf dem Tisch ab, als wäre es ein Richterhammer. »Dann hast du deine Antwort. Du reichst einen Antrag auf Sanktionen gemäß Regel 11 ein, beschränkst ihn aber auf Carsons ungerechtfertigte Klage gegen Saudi-Arabien.«

»Klingt logisch«, räumte Mack ein, obwohl er eigentlich auf einen weiter gefassten und aggressiveren Antrag hoffte.

»Das sollte aber nicht zur üblichen Praxis in unserer Kanzlei werden«, sagte Teddy. »Ich will nicht, dass wir als die Kanzlei bekannt sind, die ständig Regel-11-Anträge stellt.«

Die anderen Partner nickten zustimmend. Mack würde den alten Mann noch ein paar Jahre bei Laune halten. Selbst Mack war noch nicht ganz bereit, sich mit Teddy anzulegen.

»Lasst uns mal kurz über Sarah Reed reden«, sagte Melvin, der seinen riesigen Kopf herumrollte, um sein Publikum zu überblicken. »Habt ihr euch den Fall mal aus ihrer Perspektive angesehen? Wenn ihre Behauptungen stimmen: Was sind ihre Schwächen und wie könnte man sie ausnützen?«

»Natürlich habe ich daran gedacht«, sagte Mack. Natürlich hatte er das nicht, aber er konnte das vor diesem Haufen nicht zugeben. »Wir haben es uns aus jedem möglichen Blickwinkel angeschaut.«

»Seit unserer letzten Sitzung habe ich mich in Sarah Reeds Lage versetzt«, fuhr Melvin fort, als hätte Mack nie etwas gesagt. »Eine Sache fürchtet sie mehr als den Verlust dieses Falles.« Er hielt inne, offenbar in dem Versuch, ein kleines Geheimnis daraus zu machen. Er nahm noch einen großen Schluck von seinem Bier. Das war eine von Melvins nervtötenden Angewohnheiten, die Mack besonders hasste: einen Satz anfangen, dann einen Bissen nehmen oder einen Schluck trinken, während die anderen gespannt warten. »... und das ist, dass die Namen der Gemeindeleiter in

Saudi-Arabien preisgegeben werden. Nach ihren eigenen Behauptungen ist ihr Mann lieber gestorben, als diese Namen zu nennen. Sie würde ohne jeden Zweifel diese Klage zurückziehen, bevor sie diese Menschen bloßstellen muss, aus Angst, dass sie verfolgt werden. Das ist ihre Schwäche; überlegt euch, wie man das ausnützen kann.«

Und dafür habe ich gewartet?

»Das ist eine hervorragende Theorie«, höhnte Mack, »aber unmöglich durchzuführen. Ich habe vor, auf diese Namen zu drängen, aber Carson wird Einspruch erheben. Der Richter wird vermutlich nicht der Meinung sein, sie seien relevant für unsere Verteidigung.«

Melvin lächelte und kniff dabei seine Knopfaugen zusammen. »Finde einen Weg, damit sie relevant werden, Mack. Du bist der Prozessanwalt. Mach sie zum zentralen Thema in diesem Fall. Stell sie vor die Wahl, entweder die Namen herauszugeben oder die Klage zurückzuziehen. Wenn ihr mich jetzt entschuldigen wollt, ich muss mal für kleine Jungs.«

Damit schwankte Melvin in Richtung Toiletten und ließ die anderen kopfschüttelnd zurück.

»Der alte Melvin. Hat öfter mal unrecht, zweifelt aber nie«, sagte Win.

Doch Mack saß nur da und starrte seinem schrulligen Partner hinterher, die Gedanken meilenweit entfernt. Abrupt wandte er sich an die verbleibenden beiden Mitglieder der Gruppe. »Kann sein, aber diesmal ist er vielleicht auf der richtigen Spur. Ich habe eine Idee.«

In der nächsten halben Stunde diskutierten sie und verfeinerten die Einzelheiten von Macks Plan. Das ganze Treffen dauerte zwei Stunden und kostete die Nation Saudi-Arabien 3 225 Dollar. Es würde sich als jeden Penny wert erweisen.

* * *

Brad vernachlässigte den Reed-Fall in den zwei Monaten, die Leslie in England war, ziemlich. Sicherlich machte der Fall Fortschritte, aber Brad selbst war zu beschäftigt mit anderen Dingen, um seine Zeit der Klage zu widmen. Seine Hauptsorge während der Sommermonate galt einem verzwickten Produkthaftungsfall, der in der letzten Juliwoche vor Gericht ging. Man einigte sich außergerichtlich, während die Geschworenen berieten; doch den Fall vorzubereiten dezimierte Brads Sommer.

Während Brad Ingenieuren unter Eid Aussagen abnahm und Produkt testende Reporter zu diesem Fall befragte, wurde das Tröpfeln der Papiere von Kilgore & Strobel zu einer wahren Flut. Täglich wurde der Posteingang mit Schriftsätzen, Anträgen und Offenlegungsgesuchen von Strobels Lakaien verstopft. Brad schenkte dem wachsenden Berg von Papierkram nicht viel Aufmerksamkeit. Er wusste, es würde nichts Nennenswertes passieren, bis das Gericht Ende August eine Anhörung zum Antrag auf Klageabweisung durchgeführt hatte. Glücklicherweise würde Leslie ein paar Wochen vorher wieder im Land sein, um ihm bei den Vorbereitungen zu helfen.

* * *

Den ganzen Sommer über strapazierten Leslie und Bella die FedEx-Flugzeuge zwischen Virginia Beach und Exeter. Leslie ging vormittags zum Unterricht, arbeitete den ganzen Nachmittag an juristischen Schriftsätzen und durchsuchte ihre FedEx-Pakete nach weiteren Geschenken von Kilgore & Strobel. Sie war dankbar, dass ihre Kurse überschaubar waren, aber verärgert, dass sie keine Zeit hatte, sich das Land anzusehen. Sie konnte sich nicht freinehmen, während es am Reed-Fall noch Arbeit gab – und es gab immer etwas zu tun am Reed-Fall.

* * *

Für Bella war es ein einsamer Tag im Büro wie jeder andere. Brad war im Gericht und Nikki und Sarah saßen im Konferenzraum zusammen und arbeiteten an ihren Antworten für die Vernehmung. Wie üblich hielt Bella die Stellung, nahm Anrufe entgegen und machte die Ablage. Die Zeiger der Uhr auf ihrem Schreibtisch bewegten sich kaum, der Vormittag dehnte sich endlos und sie ertappte sich dabei, wie sie die Minuten bis zur Mittagspause zählte.

Ein paar Minuten vor zwölf stellte Bella ihr Telefon um, eilte in die kleine Küche der Kanzlei, schloss die Tür hinter sich und zündete sich ihre fünfte oder sechste Zigarette des Morgens an – sie hatte den Überblick verloren. Sie schaltete den kleinen Lüfter an, der strategisch in der Ecke der Arbeitsplatte stand und zog einen Plastikstuhl an den kleinen Tisch. Sie holte ihr

Mittagessen aus dem Kühlschrank und nahm ihren kitschigen Liebesroman auf. Die Handlung war zu vorhersehbar, aber sie hatte es wegen des Coverbildes mit dem strammen, jungen Gladiator mit den langen, dunklen Haaren und dem einladenden Blick gekauft. Sie richtete sich darauf ein, wie immer allein zu essen. Das war wohl der Preis, den man zahlen musste, wenn man sein Recht auf Rauchen in Anspruch nahm.

Es gab keine Fenster in der Küche, nur weiße Wände mit gelben Flecken, einen Fliesenboden, eine Theke, Spülbecken, Kühlschrank, Mikrowelle und Kaffeemaschine. Für Bella war es eng wie eine Gefängniszelle. Doch dank der harten Verhandlungen mit Brad ein paar Jahre zuvor war es auch der Ort im Büro, wo sie noch offiziell rauchen durfte. Bis Nikki kam, hatte sie auch noch auf der Damentoilette heimlich rauchen oder sich eine anzünden können, wenn Brad nicht im Büro war, aber jetzt gab es selbst diesen kleinen Luxus nicht mehr.

Bella suhlte sich ein bisschen in Selbstmitleid. Raucherdiskriminierung war anscheinend nicht nur legal, sondern geradezu Mode. Irgendwer sollte etwas dagegen tun. Es war schließlich nicht so, als hätte sie es nicht im Griff. Raucher hatten auch Rechte.

Während sie sich durch ihren Salat und ein weiteres geistloses Kapitel ihres Buchs arbeitete, flog die Tür auf und Nikki schoss herein. Wie üblich hielt sie den Atem an und ging direkt zum Kühlschrank, um ihr Mittagessen zu holen. Sie winkte Bella abfällig zu und schenkte ihr ein verkniffenes Lächeln. Dann wedelte sie den Rauch von ihrem Gesicht weg, wobei sie die ganze Zeit weder sprach noch atmete, während sie im Raum war.

»Ich hoffe, du erstickst«, sagte Bella, als sich die Tür hinter Nikki schloss.

Ein paar Minuten später – genau genommen drei Seiten und zwei lange, leidenschaftliche Küsse später – öffnete sich die Tür wieder, diesmal aber langsamer. Sarah Reed streckte den Kopf in die Küche und kam mit ihrem eigenen Mittagessen herein.

»Hallo«, sagte sie. »Stört es Sie, wenn ich mich zu Ihnen setze?«

»Ähm … nein.« Bella legte das Buch weg und zog ihre Plastikdose ein wenig näher zu sich, damit Sarah Platz hatte. »Ich würde mich freuen.«

Sie sah zu, wie Sarah ein Sandwich, ein paar Karottenstifte und einen Apfel ausbreitete. Bella fühlte sich plötzlich schuldig wegen der Zigarette, die im Aschenbecher vor sich hin rauchte. Sie mochte Sarah – schließlich hatte es sonst noch nie jemand gewagt, sich zum Mittagessen in diesem

Rauchkerker zu ihr zu setzen. Doch Bella beschloss, ihre Zigarette noch nicht auszumachen – einfach aus Prinzip.

»Was lesen Sie gerade?«, fragte Sarah.

Würde eine Missionarin einen Liebesroman gutheißen? »Ach, das lag nur irgendwo herum«, sagte Bella. Sie warf einen misstrauischen und abschätzigen Blick auf das Buch, als hätte jemand ihr eigenes Buch gegen dieses ausgetauscht, während sie gerade nicht hinsah. Sie drehte es um, damit es mit dem Cover nach unten lag.

»Das ist wahrscheinlich eine nette Abwechslung von all diesen juristischen Schriftsätzen«, sagte Sarah. »Ich weiß nicht, wie Sie das machen, Tag um Tag.«

»Ja, das ist es.« Bella nahm einen kurzen Zug von ihrer Zigarette und blies den Rauch über ihre Schulter. »Das andere Zeug wird mit der Zeit ziemlich trocken.«

Sarah nickte. »Darf ich Sie um einen Rat bitten?«

»Klar.«

»Wie schaffen Sie es, alles hier in Ordnung zu halten? Ich meine, ich bin auf einmal alleinerziehende Mutter und schaffe es einfach nicht, alles in geordneten Bahnen zu halten. Irgendwie komme ich immer zu spät oder vergesse etwas oder werde mit etwas nicht fertig. Und Sie sind selbst auch alleinstehend und halten diese ganze Kanzlei praktisch allein am Laufen.« Sarah beugte sich vor und neigte den Kopf ein wenig. »Wie machen Sie das?«

Das war, fand Bella, eine gute Frage. Sie legte das Buch beiseite. Gerade an diesem Morgen war ihr aufgefallen, wie deutlich man die Anspannung in Sarahs Gesicht sehen konnte. Vielleicht konnte sie ihr helfen.

Nach ein paar Minuten Zeitmanagement-Nachhilfe wandte sich das Gespräch anderen Themen zu. Bella hatte ihren Salat aufgegessen, sprach aber weiter. Sarah schien von ihr fasziniert zu sein, zumal sie ihren Blick nicht von ihr wandte, einfühlsame Fragen stellte und von den Antworten verzaubert zu sein schien. Es dauerte nicht lange, bis Bella unwillkürlich ihre zur Hälfte gerauchte Zigarette ausdrückte und mit Sarah lachte. Sie konnte sich nicht erinnern, wann sie je so natürlich mit jemandem über nicht juristische Themen gesprochen hatte.

»Erzählen Sie mir von Ihrer Familie«, sagte Sarah.

Bella zögerte. Die erste merkliche Pause im Gespräch. Was gab es da zu erzählen? *Ich bin nicht verheiratet. War es auch nie. Einzelkind mit geschiedenen Eltern. Der einzige Mensch, der mich je geliebt hat – meine Mutter –, erkennt mich kaum noch. Erzählen Sie mir von Ihrer Familie.*

Welche Familie?

»Da gibt es nicht viel zu erzählen«, sagte Bella, den Blick auf ihre Plastikdose gesenkt. Sie begann zusammenzupacken. »Meine Eltern haben sich scheiden lassen, als ich im College war. Keine Geschwister. Und Mom, naja ...« Sie spürte, wie ihr die Tränen in die Augen stiegen und die Worte ihr im Hals stecken blieben. »Mom geht es nicht gut.« Sie schniefte. »Tut mir leid.«

Bella stand auf, um zu gehen, und leerte den Aschenbecher in den Mülleimer aus. Sie fühlte sich dumm, wie sie hier anfing, wegen ihrer Mutter zu heulen, aber sie konnte nicht anders. Sie wusste, es war besser, das Thema zu wechseln und sich wieder an die Arbeit zu machen.

Doch irgendetwas hatte Sarah an sich. »Sie ist in einem Pflegeheim«, hörte Bella sich sagen, »mit Parkinson.«

Sarah stand jetzt auch und legte Bella sanft eine Hand auf den Arm. »Sehen Sie sie oft?«

Bella nickte.

»Vielleicht könnte ich ja mal mitkommen«, sagte Sarah leise.

»Das würden Sie tun?«

»Natürlich. Und ich würde gern noch etwas tun.«

»Ja?«

»Wäre es in Ordnung, wenn ich für sie bete?«

»Jetzt?« Bella konnte sich nicht vorstellen, hier und jetzt, mitten im Raucherraum zu beten. War das gültig? Es schien ihr so ... nun ja, so unrein. So ... unnatürlich.

»Natürlich. Wie heißt sie?«

»Gertrude.«

Und bevor Bella wusste, wie ihr geschah, betete Sarah für sie und Gertrude direkt hier im Raucherraum, während ihre Hand behutsam über Bellas Arm strich. Sarah war so aufrichtig bei dieser ganzen Sache; diese goldige Missionarin, die ihren Mann verloren hatte, betete jetzt leidenschaftlich für Bella und ihre Mom, sodass Bella sich schuldig fühlte, als ihr bewusst wurde, dass sie das Gespräch nicht ein Mal auf Sarah gelenkt hatte.

Bella schloss die Augen nicht, aus Angst, dass Nicki zur Tür hereinstürmen würde. Dennoch hatte sie irgendwie das Gefühl, dass Gott gar nicht anders konnte, als Sarahs Gebet für sie zu hören.

»Danke«, sagte Bella, als Sarah fertig war. »Das ist eines der nettesten Dinge, die je jemand für mich getan hat.«

Dann hastete sie aus der kleinen Küche, bevor sie ernsthaft anfangen konnte zu weinen.

* * *

Nikki verbrachte den größten Teil des Sommers, fast in den ganzen USA unterwegs, mit Gesprächen mit Expertenzeugen, sie machte die Ärzte ausfindig, die die Reeds im Militärkrankenhaus in Riad behandelt hatten, und gab Geld für Kleidung aus. Erfolg hatte sie mit einem jungen Assistenzarzt in Fort Bragg, einem Militärarzt namens Jeffrey Rydell, der einer von Charles Reeds behandelnden Ärzten in Riad gewesen war. Nikki saß auf einem Stuhl neben Rydell statt ihm gegenüber an dem kleinen Konferenzraumtisch. Sie trug einen ihrer üblichen engen schwarzen Miniröcke und schlug die Beine provokativ übereinander, in der Hoffnung, dass der junge Arzt es bemerken würde.

»Wie geht es Mrs. Reed?«, fragte er Nikki mit echter Anteilnahme.

»Wenn Sie körperlich meinen, geht es ihr sehr gut. Was den Rest angeht, lassen Sie ihr Zeit. Es wird schon werden.«

»Sie schien mir eine Kämpferin zu sein. Ich hoffe ehrlich, dass sie darüber hinwegkommt. Ich werde helfen, wo ich kann.«

»Sie können damit anfangen, dass Sie mir Ihre Meinung zur Todesursache von Dr. Reed sagen.«

Nikki legte ihr Diktiergerät auf den Tisch. Sie beugte sich vor und nahm eine Pose ein, den Ellbogen aufs Knie und das Kinn in der Hand, die dem Doktor signalisieren sollte, dass sie interessiert war. Sie gab sich große Mühe, den Ehering an seiner linken Hand zu ignorieren.

»Die Todesursache war eine Kokain-Injektion durch die Muttawa, die wiederum zu einem akuten Herzinfarkt führte. Auch vorher hatte Dr. Reed schon eine fortgeschrittene Herzkranzgefäßerkrankung, deshalb war der Blutfluss zu seinem Herzen stark beeinträchtigt. Das Kokain stimulierte meiner Meinung nach wahrscheinlich die Bildung eines Blutgerinnsels bei einem Mann, der bereits extrem litt, weil er gefoltert wurde. Das

Blutgerinnsel mag vielleicht in den Arterien eines normalen Mannes nicht tödlich gewesen sein, doch in Dr. Reeds Fall führte es zur vollständigen Blockierung des Blutflusses zum Herzen, was schwere Schäden und letztlich den Tod zur Folge hatte.«

»Sie scheinen so sicher, dass das Kokain in seine Blutbahn *injiziert* wurde, Doktor.«

»Das bin ich.«

»Auf welcher Grundlage?«

»Nun, zunächst hatte ich Sarah Reeds Wort, dass sie und ihr Mann mit dem Zeug niemals auch nur experimentiert hatten. Zweitens trugen weder Dr. Reed noch seine Frau die typischen Zeichen von Drogenabhängigen und ich war an der Behandlung von Hunderten von kritischen Patienten mit Suchtproblemen beteiligt. Drittens bestätigten die toxikologischen Untersuchungen, dass die Kokainkonzentration in Dr. Reeds Blut im zweiten Krankenhaus, dem Militärkrankenhaus, tatsächlich höhere Werte aufwies als im ersten, dem König-Faisal-Spezialkrankenhaus.«

Es entstand eine Pause und der faszinierten Nikki wurde klar, dass es an ihr war zu sprechen. »Was bedeutet das, Doktor?«

»Nun, es bedeutet, dass das Kokain injiziert worden sein muss, ziemlich kurz bevor Dr. Reed ins König-Faisal-Krankenhaus aufgenommen wurde, und dass das Kokain immer noch in seinen Blutkreislauf aufgenommen wurde, während er eingeliefert wurde. Ich war außerdem geschockt über den Kokainpegel, der in den toxikologischen Berichten stand. Diese Werte sind typischerweise nicht mit dem Schnupfen von Kokain in Verbindung zu bringen. Wenn Kokain geschnupft wird, verengt es die Blutgefäße in der Nase, was wiederum den Blutfluss reduziert und zu einer langsameren Absorptionsrate führt. Die erhöhten Messwerte, die wir in Dr. Reeds Fall feststellten, stammen normalerweise entweder davon, dass Kokain direkt in eine Vene gespritzt wird, oder vom Crackrauchen.«

»Faszinierend.«

»Und schließlich, und das ist vielleicht das Wichtigste, sagt mir ein sehr spezieller Aspekt des toxikologischen Berichts, den ich gar nicht sofort bemerkte, sicher, dass die Droge injiziert wurde.« Rydell zögerte einen Augenblick. »Aber wenn ich es Ihnen sage, müssen Sie es wohl in die offiziellen Papiere aufnehmen oder sichergehen, dass ich es in meiner Aussage erwähne, nicht wahr?«

Die Frage hing eine Weile in der Luft, während Nikki bewusst wurde, dass sie nicht die leiseste Ahnung hatte, was er eben gefragt hatte. Sie war zu beschäftigt damit gewesen, tief in diese Augen zu sehen und nach einem Anzeichen beiderseitigen Interesses zu angeln.

»Mmmh? Oh, natürlich … Wie war noch mal Ihre Frage?«

»Wenn ich Ihnen von der Ahnung erzähle, die ich bei diesem Laborbericht habe, müssten Sie dann der Gegnerseite vor dem Prozess meine Meinung mitteilen?«

»Ja, wir müssen sie über alle Ansichten informieren, die Sie im Prozess bezeugen wollen, und dann werden sie Ihnen vor dem Prozess in einer eidesstattlichen Aussage Fragen zu diesen Meinungen stellen.«

»Und dann werden sie losgehen und sechzehn andere Ärzte anheuern, damit sie kommen und aussagen, warum ich mich irre. Läuft es nicht so?«

»So ähnlich. Offenbar haben Sie das schon einmal gemacht.«

Rydell sah einen Moment nachdenklich aus, vielleicht im Zwiespalt, ob er Nikki von seiner Ahnung erzählen sollte oder nicht. »Eine Frage noch«, sagte er nach einer Pause.

Nikki hob die Augenbrauen.

»Wenn es eigentlich noch nicht meine Meinung ist, wenn es nur eine Ahnung ist und ich dieser ›Ahnung‹ bis kurz vor dem Prozess nicht nachgehe und wenn ich noch keine richtige Meinung formulieren kann, solange ich keine Gelegenheit hatte, die ›Ahnung‹ weiter zu untersuchen, müssten Sie es dann weitergeben?«

»Es gibt kein Gesetz, das besagt, dass wir eine Ahnung offenlegen müssen«, antwortete Nikki überzeugt.

»Gut. Dann sagen wir einfach, ich habe eine starke Ahnung …« Nikki hörte eine Vibration und dann senkte Rydell den Blick und sah auf seinen Piepser. Er sah besorgt aus. »Es tut mir leid, Ms. Moreno, aber ich muss gehen. Wie ich schon sagte, ich werde helfen, wo immer ich kann …« Er war bereits auf dem Weg zur Tür.

»Vielleicht könnte ich für eine weiterführende Befragung wiederkommen … Wir müssen eine ganze Menge Dinge erfassen«, führte Nikki an.

»Ich spreche gern jederzeit mit Ihnen, wenn Sie mich brauchen, aber Sie müssen nicht extra herkommen. Rufen Sie mich einfach an, vereinbaren Sie einen Termin, an dem wir uns am Telefon unterhalten können.« Und damit war Dr. Rydell aus der Tür, unterwegs, um Leben zu retten.

Nikki sah wehmütig auf die Konferenzraumtür. Sie schaltete den Recorder aus und stopfte ihn in ihre Aktentasche. Sie machte sich Sorgen, dass sie allmählich ihre Wirkung verlor. Als sie aufstand, um zu gehen, sah sie ihr Spiegelbild im Fenster des Konferenzraums. Sie richtete sich gerader auf, zog den Bauch ein und lächelte.

Der Junge muss blind sein, sagte sie sich.

15

In der ersten Juliwoche bereitete sich Nikki darauf vor, ihre Untersuchung international auszudehnen. Es war nicht leicht gewesen, die Reise zu arrangieren.

Zunächst einmal war ein Visum für Saudi-Arabien unmöglich zu bekommen ohne einen Gönner innerhalb des Landes. Und einen Gönner aufzutreiben war nicht leicht, wenn der Grund für die Einreise ins Land der war, in einem hochbrisanten Fall gegen seine Regierung zu ermitteln.

Nikki begann mit den großen multinationalen Kanzleien, die mit einem Stall voller englischsprachiger Anwälte warben. Ihr Ziel war es, einen Anwalt anzuheuern, der ihr später mit Anträgen im Land helfen würde und ihr bei ihrem ersten Besuch als Dolmetscher und Berater dienen konnte. Allerdings war keine seriöse Anwaltskanzlei erpicht darauf, die Hand zu beißen, die sie fütterte.

Nach drei Tagen voller Anrufe und drei Tagen voller Absagen gab Nikki es auf, auf eine seriöse Kanzlei mit Spezialisten in internationalem Recht zu bestehen. Sie würde sich mit irgendeinem halbgebildeten saudischen Anwalt begnügen, der passabel Englisch sprach. Den fand sie schließlich in Sa'id el-Khamin, einem allein arbeitenden Anwalt, der offensichtlich dringend Mandanten nötig hatte und bereit war, schnelles Geld zu verdienen. Sie willigte ein, ihm die exorbitante Summe von zwölfhundert Saudi-Rials pro Stunde zu zahlen, was mehr als dreihundert US-Dollar entsprach. Irgendwie fühlte sich der Betrag eher nach Schmiergeld an als nach Anwaltsgebühren.

Mit el-Khamins Unterstützung bekam Nikki schließlich ihr Visum und machte sich bereit, sich in Saudi-Arabien zu bewähren. Mit el-Khamin an ihrer Seite würde Nikki ehemalige Nachbarn der Reeds befragen und die Mitglieder der Freitagabend-Gemeinde.

Nikki kam am späten Abend des 8. Juli am King Khalid International Airport in Riad an. Sie war vollkommen abgekämpft von dem grausamen Flug vom Reagan National Airport, auf dem sie zwischen zwei großen Europäern eingezwängt gesessen hatte, die beide tief und fest schliefen, während sie immer mehr von Nikkis Platz erbeuteten. Als sie im Königreich ankam, dauerte die Zollabfertigung ewig, verlangsamt durch einen Mangel an Zollbeamten und die Tatsache, dass sie eine alleinstehende Frau ohne Begleitung war.

Schließlich wurde sie von ihrem Unterstützer gerettet, dem zerzausten bärtigen Sa'id el-Khamin, der die Behörden überzeugte, dass sie harmlos war und sich benehmen würde. Sie übergaben sie in seine Obhut.

»Hier, ich bringe ein Geschenk für Sie ... Tragen Sie diese Abaja, bitte.« Sa'id überreichte Nikki das hässlichste Kleidungsstück, das ihr je unter die Augen gekommen war: einen riesigen, alles bedeckenden, schwarzen Umhang.

Für Nikki, die ähnliche Kleidungsstücke in Nachrichtensendungen über Afghanistan gesehen hatte, war es das Symbol chauvinistischer Unterdrückung schlechthin. Sie hielt das Ding auf Armlänge von sich, als wäre es mit den Keimen einer unheilbaren Krankheit getränkt.

»Ziehen Sie um ... hier«, schlug Sa'id vor und deutete auf eine Damentoilette. »Sie müssen nicht bedecken ...«, und er machte eine wischende Bewegung über sein Gesicht. »Aber, bitte, Miiiss Niiki, ziehen an über andere Kleider.«

Nikki lächelte und steuerte gnädig auf die Toiletten zu, wobei sie sich fragte, warum sie das hier tat. Vor sich hinmurmelnd wickelte sie den Umhang um sich, bis sie sich wie eine Mumie fühlte, dann sah sie sich missbilligend im Spiegel an. Augenblicklich begann sie zu schwitzen. Das würde eine lange Woche im Königreich werden.

Als sie aus der Toilette kam, verbeugte sich ihr eigenartiger kleiner Gastgeber tief und dankte ihr enthusiastisch. Sa'id selbst trug ein weißes, bodenlanges Hemd, das aussah wie ein Kleid. Er nannte es einen »Thob«. Während sie durch den Flughafen gingen, zeigte er Nikki Gegenstände und nannte ihre Namen auf Arabisch, als würde sie in der Woche, die sie hier verbrachte, die Sprache lernen müssen. Nikki hatte nur zwei unmittelbare Ziele: ein nettes amerikanisches Hotelzimmer und so schnell wie möglich aus der erdrückenden Abaja herauszukommen.

Auf der fünfundvierzig Kilometer langen Fahrt vom Flughafen zum Hyatt Regency in Riad saß Nikki auf dem Rücksitz und bestaunte die Aussicht, während Sa'id fuhr. Er gab Nikki ausdrücklich zu verstehen, Frauen führen nicht im Königreich.

Sa'id machte ein paar halbherzige Versuche, ein Gespräch in Gang zu bringen, doch Nikki war mehr daran interessiert, die Aussicht in diesem seltsamen und fremden Land zu bewundern. Sie hatte eine rückständige und schmutzige Stadt erwartet. Stattdessen war Riad eine High-Tech-Oase aus Glas, Stahl und Beton, die sich in der Wüste aus dem Nichts erhob. Es gab Schnellstraßen, Bürohochhäuser, große Krankenhäuser und Hotels und modern aussehende Gebäude, die sich bis über den Horizont hinaus erstreckten. Sie war verblüfft von der Sauberkeit der Stadt und ihrer modernen, glitzernden Architektur. Außerdem erstaunte sie die Verkehrsflut und das Fehlen von Fußgängern. Die Straßen sahen aus wie zur Stoßzeit in L. A., doch die Gehwege sahen aus wie in einer Geisterstadt.

Weiterhin bemerkte sie, sehr zu ihrer Erleichterung, dass nicht alle ausländischen Frauen die erstickenden schwarzen Abajas trugen. Sie beschloss, ihre am nächsten Tag nicht zu tragen. Sa'id würde damit leben müssen.

* * *

An ihrem dritten Tag in Riad hatte die Stadt ihren Charme verloren. Es gab absolut kein Nachtleben und Alkohol jeder Art war strikt verboten. Sämtliche Restaurants und Geschäfte schlossen während der Gebetszeiten und die meisten schlossen um 13 Uhr für den Rest des Tages. Nikkis Lieblingszeitvertreib, Klamotten kaufen, hätte im Grunde genommen illegal sein können. Viele der Geschäfte verboten tatsächlich weibliche Einkäufer und an die Mode von denen, die das nicht taten, hätte sie sich nicht herangewagt.

Zu ihrem Entsetzen setzte die Kultur rigoros eine strikte Trennung zwischen Männern und Frauen durch. Familien aßen gemeinsam in speziellen Räumen der Restaurants, von denen manche sich weigerten, überhaupt Frauen zu bedienen. Frauen fuhren im hinteren Teil der Busse mit und ein

Taxifahrer weigerte sich eines Abends, als sie nicht in Sa'ids Begleitung war, Nikki mitzunehmen. Laut Sa'id verlangte es die Sitte, dass Frauen Männern nicht in die Augen sahen, ein Brauch, den Nikki mit Begeisterung übertrat, indem sie alle Arten von saudischen männlichen Wesen finster anstarrte. Ihr Verhalten führte ständig zu lauten Diskussionen zwischen Sa'id und den Opfern von Nikkis unanständigem Benehmen, Rügen von Sa'id und Drohungen, Nikki einen Schleier zu besorgen.

Im Gegensatz zu ihrem ursprünglichen Vorhaben ging Nikki wieder dazu über, ihre verhasste Abaja zu tragen. Es war der einzige Weg, wie sie und Sa'id ungewollte Aufmerksamkeit vermeiden konnten, wenn sie gemeinsam unterwegs waren und vorgaben, Mann und Frau zu sein. Sa'id schien diese Vorstellung zu gefallen; seine Körpersprache und Eigenheiten verrieten seine Schwärmerei für Nikki. Sie wusste nicht, ob er verheiratet war. Zu fragen traute sie sich nicht.

Die ersten drei Tage der Reise waren eine totale Pleite gewesen. Nikki und Sa'id konnten einige der ehemaligen Kirchenmitglieder nicht ausfindig machen, was die Gerüchte eines allgemeinen Zusammenbruchs der Gemeinde an dem Abend bestätigte, an dem die Reeds verhaftet wurden. Die Mitglieder, die sie fanden, weigerten sich standhaft, sowohl mit Nikki als auch mit Sa'id zu sprechen; viele kamen nicht einmal an die Tür. Nikki schwitzte, wurde mutlos und hatte genug davon, von Männern beschimpft zu werden, deren Sprache sie nicht verstand.

Am Abend des dritten Tages fanden Sa'id und Nikki zu dem kleinen Apartment von Rashid und Mobara Berjein und klopften leise an die Tür. Eine zögernde Frau öffnete die Tür einen Spalt und sah misstrauisch auf das Paar im Flur. Sa'id begann eine rasche Erklärung auf Arabisch zum Grund ihres Besuchs, doch die Frau bewegte sich nicht und der Türspalt wurde nicht breiter. Nikki entdeckte jedoch ein leichtes Weiten der Augen, als der Name Sarah Reed fiel, und zum ersten Mal seit ihrer Landung auf dem King Khalid International Airport gönnte Nikki sich einen Hoffnungsschimmer.

Aus Ungeduld über Sa'ids langsames Vorankommen mischte sich Nikki in Sa'ids höfliche Befragung ein und zog ein Foto von Sarah und ihren Kindern hervor. Zu Nikkis Überraschung griff die Frau durch den Spalt, nahm das Bild und studierte es sorgfältig. Sie murmelte an Sa'id gewandt etwas auf Arabisch.

»Sie fragt, wie sie wissen kann, dass sie die Wahrheit sagen kann«, dolmetschte Sa'id.

»Sagen Sie ihr, Sarah lässt herzlich grüßen und schickt eine Botschaft«, sagte Nikki. Ihre Worte wurden von Sa'id gedolmetscht.

Nikki hörte, wie die Frau mit jemandem hinter ihr sprach, dann spähte sie wieder durch den Türspalt und stellte Sa'id noch eine Frage.

»Sie will wissen, was die Botschaft ist.«

»Folgendes ist die Botschaft von Sarah Reed: Gott hat uns nicht den Geist der Furcht gegeben, sondern der Liebe und Kraft und Besonnenheit.«

Sa'id übersetzte die Botschaft. Zu Nikkis Verblüffung öffnete die Frau langsam und vorsichtig die Tür. Sie lächelte schüchtern, stellte sich als Mobara Berjein und den Mann neben sich als Rashid Berjein vor und bat die Besucher herein.

Nachdem Nikki und Sa'id sich im Wohnzimmer gesetzt hatten, boten Rashid und Mobara ihnen Mokka an. Nikki hatte bereits von Sa'id gelernt, dass es äußerst unhöflich war, solch ein Angebot abzulehnen. Die Etikette, hatte Sa'id gesagt, musste sorgfältig befolgt werden. Geduld würde zu gegebener Zeit belohnt; Ungeduld würde Misstrauen wecken. Nikki fragte sich, wie viel davon stimmte und wie viel von der Tatsache motiviert war, dass Sa'ids Geduld durch dreihundert Dollar die Stunde belohnt wurde.

Mobara servierte den Kaffee in winzigen, henkellosen Tassen, die nur ein halbes Dutzend Schlucke enthielten. Sa'ids Beispiel folgend bat Nikki darum, ihren Kaffee *masbut* zu bekommen, was offenbar mit der Zuckermenge zu tun hatte. Sie musste all ihre Selbstbeherrschung aufbringen, um keine Grimasse zu ziehen, während sie die dickflüssige, klebrige Flüssigkeit in ihrer Tasse trank und zuhörte, wie sich die anderen auf Arabisch unterhielten. Pflichtbewusst trank sie alles aus, bis zu dem Haufen Kaffeesatz, der sich auf dem Tassenboden befand.

Nach zehn Minuten Höflichkeiten waren die Berjeins anscheinend bereit, über ihre Kirche zu reden. Sie begannen ein paar Fragen über Sarah zu stellen und als Sa'id anfing zu dolmetschen, übernahm Nikkis Paranoia das Ruder. Sie fand es seltsam, dass kein anderes Mitglied der Gemeinde mit ihr und Sa'id auch nur sprechen wollte. Sie sorgte sich über die allgegenwärtigen Augen und Ohren der berüchtigten Muttawa. Ihr Instinkt sagte ihr, dass die Wohnung verwanzt sein könnte. Deshalb schlug sie über Sa'id vor, dass Rashid und Mobara sie im Auto begleiteten und an einem Ort über diese heiklen Themen sprachen, wo sie nicht belauscht werden konnten.

Sie parkten in einer abgelegenen Seitenstraße in der Innenstadt, dann drehten sie das Radio auf eine lästige Lautstärke hoch. Alle vier drängten sich in der Automitte zusammen; Rashid und Sa'id lehnten sich vom Vordersitz nach hinten, während Nikki und Mobara sich nach vorn beugten. Nach zwei Stunden genauer Befragungen bekam Nikki, was sie wollte. Die Berjeins willigten ein, für Sarah Reed auszusagen, egal welche Konsequenzen es hatte. Um ihre Zeugenaussage zu bekräftigen, schrieb Nikki von Hand eine eidesstattliche Erklärung, die Sa'id übersetzen und die die Berjeins unterschreiben sollten. Während Nikki die Erklärung aufsetzte, schrieb Mobara schnell einen Brief an Sarah, in dem sie ihr von dem phänomenalen Wachstum der überlebenden Kirche erzählte, der Bekehrung von Rashids Bruder und Rashids tapferen Versuchen, in Dr. Reeds Fußstapfen zu treten. Sie faltete ihn sorgfältig und übergab ihn Nikki.

Während sie zur Wohnung zurückfuhren, beglaubigte Nikki die eidesstattliche Erklärung, die die Unterschriften der Berjeins trug, und steckte sie in ihre Aktentasche. Sie entwarf einen Plan, wie die Aussage der Berjeins vor einem amerikanischen Gericht gesichert werden und gleichzeitig das Risiko für die beiden minimiert werden konnte.

Bevor sie ausstiegen, nahm Mobara Nikki noch einmal das Versprechen ab, dafür zu sorgen, dass Sarah den Brief auch sicher bekam. Die Frauen verabschiedeten sich mit einer Umarmung und Nikkis Versprechen, Sarah ganz herzlich von Mobara zu grüßen.

* * *

Rashid hielt Mobaras Hand, als sie mit erhobenen Köpfen zu ihrer Wohnung zurückgingen. Er war dankbar für die Gelegenheit, sich reinzuwaschen und zusammen mit Sarah Reed für die Sache ihres Retters einzustehen. Er schloss die Tür hinter sich und umarmte sofort seine Frau. Es waren keine Worte notwendig und keine Worte hätten Mobaras Zittern in seinen Armen stoppen können.

Sie hatten das Richtige getan, aber sie würden zweifellos mit Konsequenzen rechnen müssen. Nachdem er Mobara eine ganze Weile im Arm gehalten und schweigend ihr Haar gestreichelt hatte, während sie sich direkt hinter der Wohnungstür umarmt hielten, begann er leise zu beten. Erst dann spürte er, wie Mobara endlich aufhörte zu zittern. Und sobald sie das tat, fast als seien die Geschehnisse sorgfältig choreografiert und aufeinander abgestimmt worden, klopfte es laut an der Tür.

Rashid wandte sich ruhig zum Türspion um und sah hindurch, als der ungeduldige Besucher erneut klopfte, diesmal noch lauter. Vier Männer standen vor der Tür, doch Rashids Aufmerksamkeit wandte sich augenblicklich einem von ihnen zu. Er hatte das Gesicht im Fernsehen gesehen, den Hass in diesen Augen. Und jetzt, nur Zentimeter entfernt, waren die Augen noch eindringlicher und ließen Rashid unwillkürlich schaudern.

»Es ist die Muttawa«, flüsterte er über die Schulter, als er die Hand ausstreckte, um die Tür zu entriegeln. »Und Ahmed Aberijan ist bei ihnen.«

16

Leslie hatte diesen Tag seit zwei Monaten herbeigesehnt.

Die Zeit floss zäh dahin während des Flugs über den Atlantik. Leslie konnte an nichts anderes als an Brad denken. Da war so viel, was sie ihm sagen wollte, wenn sie ihn am Flughafen sah. Zwei Monate Nachdenken hatten ihren Kopf freigemacht und ihre Gedanken beruhigt. Sie war nervös, aber bereit, da weiterzumachen, wo sie aufgehört hatten. Sie träumte seit Wochen davon, Zeit mit Brad zu verbringen, einen Nachmittag am Strand, gefolgt von einem Abendessen und einem langen Spaziergang auf der Uferpromenade. Sie war entschlossen, Brad nicht mit Bill zu vergleichen, da sie ganz und gar nicht sicher war, wer gewinnen würde, wenn sie es tat.

Diesmal würde es kein Händeschütteln geben. Sie würden mit einer Umarmung anfangen. Sie rannte beinahe, als sie sich dem Ende der Flughafenhalle näherte, wo er auf sie warten wollte. Zwei Monate warten. Das würde es wert sein.

»Willkommen zurück, Rhodes-Stipendiatin«, sagte Bella.

»Danke, Bella. Wo ist Brad?«

»Ich freue mich auch, Sie zu sehen«, gab Bella zurück.

»Es tut mir leid, Bella. Ich habe mich nur gefragt, ob etwas nicht stimmt.«

»Mein Auto steht auf einem gebührenpflichtigen Parkplatz, also warum schnappen Sie sich nicht Ihr Gepäck und wir sehen uns vorn. Wir haben Ärger im Reed-Fall. Ich erkläre es Ihnen auf dem Weg ins Büro.«

Leslie hatte nicht vorgehabt, ins Büro zu gehen, aber sie beklagte sich nicht. Es klang ernst.

* * *

Brad, Sarah und Nikki erwarteten sie schon im Hauptkonferenzraum. Tisch und Boden waren übersät mit Gesetzbüchern, Laptops, Notizblöcken, Schriftsätzen, verschiedenen Abhandlungen und halbleeren Kaffeetassen. Die Telefone klingelten unerbittlich, doch Brad und die anderen schienen es nicht zu bemerken.

Nach einer herzlichen Begrüßung für Leslie und allgemeinen Umarmungen, die alle außer Bella einschlossen, zog Leslie ein Dokument heraus, das sie dem Team unbedingt zeigen wollte, und legte es auf den Tisch. Es war überschrieben mit »Vorläufige Strategie für Reed gegen Saudi-Arabien« und enthielt das Beste aus Leslies Gedankengängen zum Fall – Zeugen, die aufgerufen werden sollten, Experten, Beweise, die schaden und Beweise, die helfen würden. Es demonstrierte ihre typische Detailgenauigkeit. Die anderen hatten nicht gewusste, dass es in Arbeit war – sie wollte sie damit überraschen und es als Rahmen für ihre Fallvorbereitung benutzen.

Brad nahm keine Notiz von Leslies Dokument und warf ein anderes darauf. Es war eine eidesstattliche Erklärung als Unterstützung für einen Antrag auf Sanktionen gemäß Regel 11, unterzeichnet von Mack Strobel. Der Antrag war ein paar Stunden zuvor eingereicht worden. Leslie nahm es auf und begann zu lesen.

> Am 11. Mai hatte ich eine Telefonkonferenz mit dem Klägeranwalt Mr. Bradley Carson zum Zweck, die Absicht unserer Kanzlei zu erklären, einen Antrag auf Sanktionen gemäß Regel 11 gegen Mr. Carson wegen der geringfügigen Natur seines Falls einzureichen. Ich rief Mr. Carson aus Höflichkeit an, um ihm die Gelegenheit zu geben, zu erklären, ob er irgendwelche Fälle oder maßgebliche Gerichtsentscheidungen hatte, um die nie dagewesenen Klagen zu stützen, die er in seinem Fall erhebt.

Als Antwort auf meine Frage, ob er von anderen Fällen oder Urteilen wisse, die seinen Fall stützen könnten, gab Mr. Carson an, es gebe nichts dergleichen. Er gab außerdem das größere Expertenwissen unserer Kanzlei in internationalem Recht zu und fragte, ob wir von einem Präzedenzfall wüssten, der die Einreichung dieser Klage rechtfertigen würde. Diesbezüglich waren seine genauen Worte, wenn ich mich recht erinnere: »Sie sind der Experte für internationales Recht, sagen Sie mir, ob Sie glauben, es gäbe ein Gesetz oder Präzedenzurteil, das unsere Klage stützen könnte.« Ich antwortete, indem ich Mr. Carson sagte, es gebe keine legale Grundlage für diesen Fall. Ich wartete mehrere Wochen in der Annahme, dass Mr. Carson seine Klage entweder fallen lassen oder mir juristische Quellen vorlegen würde, die diese Klage rechtfertigen könnten. Ich habe nichts mehr von Mr. Carson gehört und beantrage daher Regel-11-Sanktionen auf Grundlage der immensen Verschwendung richterlicher Zeit und Mittel, die durch die Einreichung dieser Klage verursacht wurden.

Mein Mandant, der Staat Saudi-Arabien, hatte bis heute Ausgaben für Anwaltskosten in Höhe von hundertfünfundvierzigtausend Dollar ($ 145 000), um sich vor dieser Klage zu schützen, und fordert folglich Sanktionen in dieser Höhe gegen Mr. Carson.

Leslies Gesicht verfärbte sich eine Stufe dunkler als ihr rotbraunes Haar. Sie verfluchte Strobel, dann bemerkte sie den enttäuschten Blick in Sarahs Gesicht.

»Entschuldigung, Sarah. Ich verstehe nur nicht, wie irgendein Jurist in einer eidesstattlichen Erklärung so direkt lügen kann. Das schlägt dem Fass den Boden aus.«

»Willkommen in der wirklichen Welt«, sagte Nikki.

»Das ist meine Schuld«, sagte Brad. »Ich dachte, er würde nach Informationen über unseren Fall angeln, also gab ich ihm keine. Wenn jemand von euch von jetzt an mit Strobel oder einem anderen Mitglied des Verteidigerteams am Telefon spricht, schickt ihr einen Brief hinterher, in dem der Inhalt des Gesprächs bestätigt wird. Wir können es uns nicht leisten, dass sie uns vor dem Richter falsch darstellen.«

»Es ist lächerlich, dass man dem anderen Anwalt nicht über den Weg trauen kann«, sagte Leslie.

Brad drehte seine Brille auf dem Tisch und nahm ein anderes Dokument auf. Er stand auf, um im Raum herumzugehen, während er seine juristische Bedeutung erklärte.

»Das ist eine weitere Klage, die heute von Kilgore & Strobel eingereicht wurde. Es ist ein Antrag auf Erzwingung von Antworten auf formelle Parteibefragungen. Sie haben ihn für eine Anhörung gestellt, am selben Tag wie den Antrag auf Klageabweisung. Bevor ich zu den Einzelheiten komme, lasst mich eines klarstellen«, er hielt inne und sah in die Runde. »Dieser Antrag ist niemandes Schuld und es würde nichts bringen, wenn wir uns deshalb gegenseitig zerfleischen. In diesem Team wird es keine Schuldzuweisungen geben.«

Dann wandte er sich Sarah zu. »Als Leiter dieses Teams und als der Anwalt, den Sie persönlich engagiert haben, übernehme ich die volle Verantwortung für sämtliche Probleme, die sich durch diesen Antrag ergeben.«

Leslies Magen geriet in Aufruhr. Wovon sprach Brad da? Diese schriftlichen Beweisfragen waren Teil der üblichen Ermittlungsprozesse in jeder Verhandlung. Die eine Seite schickte der anderen eine Reihe von Fragen über Zeugen oder Beweisstücke oder sonstige relevante Fakten oder Umstände. Diese wurden dann unter Eid beantwortet oder es wurde Einspruch eingelegt und ein Richter entschied, ob die Fragen beantwortet werden mussten.

Leslie und Nikki hatten die formellen Fragen der Antragsgegner bereits einen Monat zuvor beantwortet. Leslie sorgte für die rechtsgültigen Einreden und Nikki für das Beweismaterial. Die Einreden und Antworten waren vollständig und fair. Leslie konnte sich nicht vorstellen, worüber sich die Beklagten jetzt beschwerten, aber ihr Gefühl sagte ihr, dass sie etwas übersehen hatte. Etwas Großes. Sie schob ihre kalten und klammen Hände unter ihre Schenkel.

»In dem Antrag auf Antworterzwingung wird der Richter gebeten, alle unsere Einreden als nicht fristgerecht abzulehnen und uns aufzufordern, sämtliche Fragen zu beantworten. Einige dieser Fragen zielen auf Informationen, die eindeutig durch die anwaltliche Schweigepflicht geschützt sind. Sie behaupten, wir hätten Einspruchfristen versäumt …«

Was?!

»Das ist lächerlich«, unterbrach Leslie. Sie hatte genug gehört. »Wir haben alle unsere Antworten und Einreden innerhalb der gesetzlich erlaubten

30 Tage eingereicht.« Sie schnappte sich ein Gesetzbuch und blätterte darin.

»Ich habe die Einreden höchstpersönlich abgegeben«, fügte Nikki hinzu.

»Hier steht es«, verkündete Leslie. »Regel 33(b)(3): ›Die Partei, der die formellen Parteibefragungen vorgelegt werden, hat innerhalb von 30 Tagen eine Ausfertigung der Antworten und Einreden einzureichen.‹« Sie schloss das Buch und legte es zurück auf den Tisch.

»Wenn ihr zwei fertig seid, lasst mich ausreden.« Brad ging immer noch auf und ab. »Bei bundesstaatlichen Verfahren kann jedes beliebige Bezirksgericht als Ergänzung der bundesgerichtlichen Rechtsregeln eigene Regeln aufstellen. Leslie, das lernt man tatsächlich nicht im Jurastudium und du konntest es nicht wissen, aber die Gerichte in Norfolk haben in ihrer unendlichen Weisheit eine Regel aufgestellt, die besagt, dass gegen schriftliche Beweisfragen innerhalb von fünfzehn, nicht von dreißig Tagen Einspruch eingelegt werden muss.« Er zögerte nur eine einzige Sekunde, doch für Leslie schien sie sich ewig hinzuziehen. Die furchtbaren Konsequenzen dieses groben Fehlers betäubten augenblicklich ihr Gehirn und drehten ihr den Magen um. Brads nächste Worte drangen durch das Klingeln in ihren Ohren kaum zu ihr durch. »Deshalb sage ich, dass dieser Antrag meine Schuld ist. Ich hätte dich darauf aufmerksam machen müssen, dass du die Bezirksregeln lesen musst.«

Leslie spürte, wie ihr das Blut aus dem Gesicht wich.

»Wird der Richter uns da nicht ein bisschen Spielraum lassen?«, fragte Nikki. »Das passiert doch sicher ständig!«

»Es passiert tatsächlich ständig. Aber der Richter ist dafür bekannt, dass er nicht sehr nachsichtig ist, was diese Dinge angeht.«

Leslie zwang sich zum Nachdenken. Die aufsteigende Panik niederkämpfend blätterte sie mit zitternden Fingern die Bezirksregeln in dem Gesetzbuch durch, das Brad auf den Tisch hatte fallen lassen. Sie las die Regel drei Mal und konnte es immer noch nicht glauben.

»Es gibt massenweise problematische Fragen«, fuhr Brad fort. »Aber keine ist so schlimm wie Nummer drei. Sie fordert die Namen ›aller mutmaßlichen Gemeindemitglieder, die mit Charles und Sarah Reed während ihrer Beschäftigungsdauer in Saudi-Arabien Gottesdienst feierten‹. Dagegen haben wir natürlich Einspruch eingelegt, aber jetzt könnte es sein, dass unser Einspruch nicht standhält, weil er nicht fristgerecht eingereicht wurde.«

»Was bedeutet das?«, fragte Sarah. Es war das erste Mal, dass sie Interesse an den juristischen Themen zeigte.

»Das bedeutet, wenn dem Antrag auf Antworterzwingung stattgegeben wird, müssen wir die Namen sämtlicher Gemeindemitglieder angeben, die entweder mit Ihnen oder Ihrem Mann am Gottesdienst teilgenommen haben, und beten, dass sie nicht von der Muttawa verfolgt werden, oder …« Brad verstummte.

»Oder was?«, beharrte Leslie.

»Oder die Klage fallen lassen, um diese unschuldigen Gemeindemitglieder zu schützen«, vollendete Brad seinen Satz.

»Wir können ihnen die Namen nicht geben«, sagte Sarah fest. »Dutzende haben sich mit uns an Abenden außerhalb der Freitagabende getroffen, von denen die Muttawa nichts wissen. Charles ist lieber gestorben, als diese Namen preiszugeben. Ich würde dasselbe tun.«

Sarahs untypische Offenheit schuf ein langes Schweigen. Leslie war wie erstarrt.

»Dann werden wir dafür sorgen müssen, dass der Antrag abgelehnt wird«, sagte Brad schließlich, »und den Richter überreden, dass er diesmal Gnade walten lässt.«

Die Szene, die sich vor Leslies innerem Auge abspielte, war surreal, der schlimmste Albtraum eines Anwalts. Sie würden den Fall verlieren, nicht wegen der Sachverhalte oder Ansprüche, sondern wegen einer Formsache. Einfach so. Verdrehtes Recht.

»Also hängt alles von einem Richter ab und ob dieser Richter uns erlauben wird, die Einreden zu spät einzureichen?« Leslie atmete scharf aus. »Egal was das Gesetz sagt, alles läuft nur auf das Gutdünken eines Richters hinaus, Daumen hoch oder runter, und der Fall ist einfach so vorbei?« Ihre Stimme war voller Verachtung; ihre unverdorbenen Ansichten über das Gesetz waren in einer Sekunde in sich zusammengestürzt.

»Das trifft so ziemlich den Nagel auf den Kopf«, sagte Brad.

Schweigen füllte den Raum; das Gewicht dieser heiklen Lage begann sich auf sie zu legen. Tränen der Frustration und Schuld stiegen in Leslies Augen auf.

»Das ist alles meine Schuld«, sagte sie mit zitternder Stimme. »Ich war für die Einreden zuständig. Ich habe über jeder Einzelheit dieses Falles geschwitzt – bis auf das letzte i-Tüpfelchen. Und irgendwie habe ich das übersehen. Ich habe die letzten vier Wochen meines Lebens wie ein Pferd an diesem Fall geschuftet und die letzten zwei Wochen rund um die Uhr an einer detaillierten Strategie gearbeitet, und jetzt war die ganze Arbeit umsonst wegen irgendeiner idiotischen Bezirksregel, von der kein Mensch weiß.

Aber darum geht es im Rechtswesen gar nicht«, sagte sie und fegte mit ihrer linken Hand den Tisch vor sich frei, sodass Gesetzbücher und Dokumente, einschließlich ihrer geliebten Strategie, auf den Boden fielen. »Es geht darum, dass schlaue Anwälte wie Strobel, Dummköpfe wie mich ausbooten.«

Damit stand Leslie vor ihren verblüfften Kollegen auf und stürmte aus dem Raum, während die anderen ihr sprachlos nachsahen.

* * *

Brad hatte das starke Bedürfnis, Leslie nachzulaufen, mit ihr zu reden, sie irgendwie zu beruhigen und alles wiedergutzumachen. Doch etwas anderes sagte ihm, er solle bleiben, wo er war. Leslie würde lernen müssen wie ein Profi zu reagieren. Ihr nachzulaufen würde nicht helfen.

Sarah stand auf und sah Brad an. »Lassen Sie mich mit ihr reden.«

»Viel Glück.«

Sobald sich die Tür hinter Sarah schloss, schaltete sich Nikki ein.

»Leslie sollte sich zusammennehmen. Aber ich sehe nicht, warum wir die Klage fallen lassen sollten, falls wir ein negatives Urteil bekommen. Ich meine, wir könnten den Richter doch einfach bitten, uns zu erlauben, Strobel die Namen mit einer gerichtlichen Verfügung zu geben, nach der er die Namen nicht an seinen Mandanten weitergeben darf. So gewinnen wir Zeit und einigen uns außergerichtlich.«

»Klar«, höhnte Bella. »Setzen wir unser Vertrauen auf Mack Strobel, den Pfadfinder. Selbst wenn er es der Muttawa nicht sagt, wird er schriftliche Aussagen wollen, und wie halten wir die Namen dann geheim?«

Brad lehnte sich auf seinem Stuhl zurück und wandte sich Nikki zu; diese beginnende Debatte interessierte ihn. Vielleicht half es ihm, ein paar Dinge ins Reine zu bringen. Im Moment hatte Bella recht. Vorteil Bella.

»Na gut, dann bluffen wir eben«, antwortete Nikki. »Wir geben ihnen falsche Namen, was uns immer noch genug Zeit verschafft, uns außergerichtlich zu einigen, dann bekommen wir noch etwas dabei heraus und geben nicht nur nach.«

Wacklig, dachte Brad. Bella wird das Argument in der Luft zerreißen.

»Super. Der einzige Unterschied zwischen diesem Vorschlag und Straßenräuberei ist, dass wir dabei keine Pistolen benutzen würden«, schnaubte Bella. »Damit ich das richtig verstehe: Wir betrügen das Gericht, leisten einen Meineid und versuchen in der Zwischenzeit unter einem falschen Vorwand Geld zu bekommen?«

Matchball.

»Und was haben Sie für eine Superidee?«, schoss Nikki mit frustriert erhobener Stimme zurück. »Den Widerling einfach gehen lassen? Damit er in ganz Saudi-Arabien über uns lachen kann?«

»Die Klage fallen lassen!«, sagte Bella mit finsterem Blick. »Unsere Verluste kleinhalten! Nicht dumm sein!«

Diesmal antwortete Nikki nicht, sie starrte Bella nur wütend an. Sie sah aus, als wolle sie sie schlagen.

In einem Akt einstudierter Provokation zückte Bella eine Schachtel Zigaretten, schüttelte eine heraus und zündete sie mitten im rauchfreien Konferenzraum an.

»Na wunderbar«, sagte Nikki und wedelte den Rauch mit der Hand weg. »Diese Staublungen-Entschädigungen, Brad, wer kriegt die heutzutage noch mal – übergewichtige, alleinstehende Sekretärinnen mit eingeschränkter Arbeitsfähigkeit?«

Bella stand auf.

»Setzen Sie sich«, sagte Brad scharf. Er wandte sich an Nikki. »Das war unnötig.« Dann wieder zu Bella: »Kommen Sie, machen Sie sie aus.« Sie seufzte, warf ihre Zigarette in eine halbvolle Kaffeetasse und ließ sich wieder auf ihren Stuhl fallen. Brad fühlte sich, als müsse er zwei Kinder belehren. »Nikki, wir gehen hier nicht so mit Fällen um. Wenn der Mandant sagt, wir lassen ihn fallen, tun wir das.«

Nikki ließ ein kurzes, spöttisches Lachen hören. »Ach ja. Ich vergaß. Mal sehen … Der Fall Lewis vor zwei Wochen: Der Mandant will 150 000, die Versicherungsgesellschaft bietet 100, Sie sagen: ›nehmen Sie's an‹. Der Fall Pardee letzte Woche. Der gegnerische Anwalt sagt 75 000, Mandant sagt 90, Sie nehmen 85. Der Fall Migliori …«

»Das ist etwas anderes«, argumentierte Brad. »In jedem dieser Fälle ging es um einen gierigen Mandanten, unrealistische Forderungen. Sie waren mit jedem einzelnen der Vergleiche einverstanden. Es ist unser Job, den Mandanten die Realität klarzumachen. Sarah ... na ja, sie ist anders.«

»Dann ist es also unser Job, sie zu verraten und den Fall hinzuwerfen ...«

»Sie verstehen es nicht, oder?«, unterbrach Bella. »Niemand verrät hier etwas. Wenn wir diesen Fall weiterlaufen lassen, könnte uns das ruinieren. Es bringt nichts, Nikki. Und wenn wir bankrottgehen wegen eines aussichtslosen Falls, dann bringt Ihr ganzer gut gemeinter Kreuzzug niemandem etwas.«

»Niemand verrät hier etwas«, wiederholte Nikki, wobei sie Bellas Tonfall imitierte. »Wie nennen Sie es dann?«

»Ich denke, wenn jemand eine Ahnung hat, was Verrat ist, dann Sie«, antwortete Bella. »So sind Sie ja überhaupt erst hier in die Firma gekommen ...«

»Es reicht!«, bellte Brad. Er fragte sich, ob die beiden Frauen je miteinander auskommen würden.

»Wenn wir ihnen die Namen geben müssen«, sagte er leise, »dann lassen wir die Klage fallen. Es tut mir leid, Nikki. Aber so muss es sein.«

Nikki begann sich zu beruhigen. »Sollten wir nicht wenigstens Leslie wieder hereinholen und sie abstimmen lassen?«

»Keine Abstimmungen«, antwortete Brad.

»Oh, verstehe. Und auch kein Respekt, was?«

»Kommen Sie, Nikki. Sie wissen, dass wir das hier nicht so machen.«

Nikki schürzte die Lippen und sah stur geradeaus, offenbar nicht überzeugt. Bella, deren Sieg gesichert war, stand auf und steuerte auf die Tür zu, eine dünne Rauchfahne in ihrem Kielwasser hinter sich herziehend.

»Zufrieden?«, fragte Nikki.

»Finden Sie sich damit ab!«, gab Bella zurück und knallte die Tür hinter sich zu.

* * *

Leslie spürte eine sanfte Hand auf ihrer Schulter, als sie auf dem Gehweg vor dem Bürogebäude stand und über den Parkplatz schaute.

»Es geht eigentlich gar nicht um den Fall, nicht wahr?«, fragte Sarah.

»Es geht um den Fall«, sagte Leslie mit Hoffnungslosigkeit in der Stimme. »Es geht darum, dass Aberijan und die anderen nicht mit einem Mord davonkommen dürfen. Es geht darum, dass der Tod Ihres Mannes nicht umsonst gewesen sein soll.«

Die beiden Frauen standen einen Moment schweigend nebeneinander.

»Hören Sie, Leslie, ich hege keinen Groll gegen diese Männer. Ich vermisse Charles sehr, aber ich weiß, wenn ich nicht vergebe, frisst es mich nur auf und verursacht noch mehr Schmerz. Ich vertraue Gott, dass er für Gerechtigkeit sorgt. Das ist sein Job, nicht meiner.«

Leslie konnte diese Bereitschaft zur Vergebung, die sich Sarah so einfach zu eigen machte, nicht begreifen. Sie hasste Ahmed dafür, was er Sarah angetan hatte. Sie hasste Mack Strobel, weil er sein Handlanger war. Und im Moment war kein guter Zeitpunkt für die Platitüden einer Missionarin.

Sie sind niedlich, Sarah, aber Sie sind nicht ich. Ich bin nicht so gestrickt. Ich werde es nie sein.

Leslie wandte sich Sarah zu, sah ihr aber nicht in die Augen. »Ich weiß nicht, wie Sie diesen Männern vergeben können – und Gott, wo wir schon dabei sind. Ich liege mit Gott in Fehde, seit er mir Bill weggenommen hat.«

»Vielleicht ist das der Unterschied«, sagte Sarah weich. »Ich mache Gott keinen Vorwurf, dass er mir Charles weggenommen hat. Ich danke ihm nur dafür, dass er ihn mir all diese Jahre geschenkt hat.«

Die Worte versetzten Leslie einen weiteren Schlag. Obwohl sie nicht freundlicher hätten ausgesprochen sein können, brachten sie eine nachhaltige Bitterkeit an die Oberfläche, die Leslie in harter Arbeit zu verleugnen versucht hatte.

Die Worte verfolgten sie den ganzen Tag und hallten noch lange in den Abend hinein nach. Sie wälzte sie in Gedanken hin und her und suchte in ihrem eigenen Herzen vergeblich nach dem Frieden, den Sarah ausstrahlte. Stattdessen fand sie Demütigung. Beschämung. Niedergeschlagenheit. Und als sie schließlich in ihrem winzigen Garagenapartment ankam und ins Bett kroch, war es die verpasste Frist und nicht die klugen Worte einer Missionarin, die dafür sorgte, dass sie die ganze Nacht wach lag und an denselben Punkt an der Decke starrte.

* * *

Es kam zwei Tage vor der Anhörung auf Klageabweisung. Es kam in einem ordinären Briefumschlag mit einem Poststempel aus Norfolk, Virginia. Ahmed las den Inhalt des Päckchens zum dritten Mal, immer noch ungläubig über sein Glück.

Der Umschlag enthielt zwei Dokumente. Das erste war eine Seite lang und das zweite umfasste fast zwanzig. Das lange Dokument war überschrieben mit: »Vorläufige Strategie für Reed gegen Saudi-Arabien«. Es enthielt Listen mit potenziellen Zeugen, Experten, Beweisstücken und relevanten Dokumenten. Es schien eine Art Analyse des Falls durch die Klägeranwälte zu sein.

Das andere Dokument war eine Mitteilung, die aus ausgeschnittenen Buchstaben und Zahlen aus Zeitschriften zusammengesetzt und auf ein einfaches weißes Blatt Druckerpapier geklebt war. Ahmed würde Barnes bitten, beide Dokumente auf Fingerabdrücke und andere Spuren hin zu analysieren, obwohl er eigentlich nicht erwartete, etwas zu finden. Die Mitteilung war einfach und direkt: »Diese erste Rate kostet Sie 50 000 Dollar. Mehr wird folgen, wenn Sie meinen Instruktionen Folge leisten und nicht nachforschen. Zahlen Sie vor Ende der Anhörung zum Antrag auf Klageabweisung.«

Der zweite Absatz enthielt eine Anweisung zur Zahlung auf ein Bankkonto auf den Cayman-Inseln, das zweifellos einer Mantelgesellschaft gehörte, deren Geschäftsführung und Teilhaber unauffindbar waren. Die Mitteilung war natürlich nicht unterschrieben.

Ahmed rief Barnes an und spekulierte fast eine Stunde über die Mitteilung. Sie waren sich einig, dass sie aus allen möglichen Quellen stammen konnte. Am wahrscheinlichsten, fand Ahmed, war ein Angestellter von Carson & Partner. Ein ernsthaft verärgerter Insider, der die Nase voll hatte und diesen Fall für einen todsicheren Weg hielt, schnell das große Geld zu machen.

Doch Ahmed erkannte auch, dass es eine ganze Reihe anderer weniger wünschenswerter Möglichkeiten gab. Tatsächlich beunruhigte Ahmed, dass die geforderte Summe so mager war. Vielleicht war die Quelle doch kein Mitglied des Anwaltsteams. Solch eine Person hätte dem Fall einen höheren Wert beigemessen. Es konnte ein Mitbewohner oder Freund sein. Es konnte ihr ungeschickter saudischer Anwalt sein, el-Khamin. Es konnte sogar ein Freund von Sarah Reed sein. Eigentlich konnte es sogar der

Hausmeister in Carsons Gebäude sein oder nur ein guter, altmodischer Dieb. Die Möglichkeiten waren endlos, aber das Versprechen in der Mitteilung von weiteren Informationen in der Zukunft hatte auf jeden Fall Ahmeds Aufmerksamkeit geweckt. Er musste die Quelle kennen, damit er die Glaubwürdigkeit dieser Information überprüfen konnte.

»Frederick, was glauben Sie, warum ich Sie so gut bezahle? Ich muss wissen, wer das hier geschickt hat, und zwar bald. Ist das klar?«

»Sie werden es erfahren, Ahmed. Ich brauche nur ein bisschen Zeit.«

17

Der Wecker schien lauter als sonst; teilweise, weil er ihn eine Stunde früher gestellt hatte, und teilweise, weil Brad die ganze Nacht über nicht tief geschlafen hatte. Halb sechs. Er zwang sich aus dem Bett und stolperte nach unten, um die Kaffeemaschine anzumachen. Er würde heute zwei Meilen mehr joggen, fünfzehn Minuten länger, weil er die zusätzliche Zeit brauchte, um seinen Kopf freizubekommen und sich auf die Ereignisse des Tages vorzubereiten.

Seine erste Meile war immer eine Schinderei und eine Stunde früher loszulaufen war nicht gerade hilfreich. Die Endorphine setzten bei Meile zwei ein und befreiten seinen Geist für tiefere Gedanken. Um 5.45 Uhr hatte er seinen Schritt gefunden und begann, in der frühmorgendlichen Hitze und der Feuchtigkeit von Tidewater zu schwitzen.

Am Ende von Meile drei ging es automatisch. Er beschloss, dass der beste Weg, einen Antrag auf Regel 11 zu bekämpfen, der war, die Rolle des vernünftigen und umsichtigen Anwalts zu spielen. Die Dramatik würde er sich für den Prozess aufsparen. Heute würde er in wissenschaftlichem Ton über das Gesetz diskutieren und das Bild eines Anwalts abgeben, der nie auch nur daran denken würde, eine Klage anzustrengen, die nicht durch die aktuelle Rechtslage gestützt wurde. Er würde die Beschimpfungen und Beleidigungen Strobel überlassen. Brad gelobte sich, sich zu benehmen.

Er würde Leslie den Antrag auf zwangsbewehrte Anordnung überlassen. Sie würde alles auf sich nehmen, ihren Fehler zugeben und um Gnade flehen. Sie würde zweifellos Mitleid wecken. Ein Richter hatte eher mit einer Jurastudentin Mitleid als mit einem erfahrenen Prozessanwalt.

Während seiner vierten Meile dachte er darüber nach, wie er den Antrag auf Klageabweisung behandeln und seinen Stil dem Richter anpassen würde, dem die Anhörung übertragen worden war. Das war noch eine große Unbekannte. Das Bundesgericht in Norfolk war berühmt dafür, die Person des Richters bis zum Morgen der Anhörung geheimzuhalten. Um die Klageparteien im Ungewissen zu lassen, tauschte das Gericht sogar seine Richter innerhalb eines Falls von einer Anhörung zur nächsten aus, bis zum Morgen des Prozesses. Der Prozessrichter würde bis zum Morgen der Geschworenenwahl ein Geheimnis bleiben.

Brad fürchtete sich vor der Möglichkeit, es könnte Ichabod sein. Wenn sie heute in ihrer schwarzen Robe auftauchte, konnte er genausogut sein Scheckbuch herausholen, um die Sanktionen zu zahlen und sich von seinem Fall verabschieden. Keine Anpassung seines Stils kam gegen Ichabods Wut an.

Wenn er sich seinen Richter hätte aussuchen können, hätte er um Richter Samuel Johnson gebeten, den einzigen Afroamerikaner auf der Richterbank von Norfolk und den einzigen Richter, dessen berufliche Laufbahn keine Periode bei einer großen Firma beinhaltete, die Fälle für Firmenkunden verhandelte. Er vermutete, dass Richter Johnson eher als jedes andere Mitglied der Richterschaft für sein Argument offen sein könnte, dass es gegen abscheuliche Menschenrechtsverletzungen wie im vorliegenden Fall Mittel im internationalen Recht geben müsste. Johnson würde die grundsätzlichen Parallelen zu den Grundrechten seines eigenen Landes sehen und sich nicht von dem Umstand einschüchtern lassen, der erste Richter zu sein, der das Richtige tat.

Brad nutzte die letzten drei Meilen seiner Strecke, um seine Argumente einzustudieren. Als er um 6.15 Uhr fertig war, war er entspannt und bereit für den Mahlstrom des Tages.

* * *

Bis neun Uhr morgens war das Gerichtsgebäude zu einem medialen Irrenhaus geworden. Obwohl die Vorschriften Kameras im Gerichtssaal verboten, hielt der erste Verfassungszusatz die Richter davon ab, diesen Bann auf die Treppen und Gehwege vor dem großen Backsteingebäude auszudehnen. Folglich verwandelten die örtlichen Medienhorden diesen Bereich in einen Spießrutenlauf zwischen Kameras und Mikrofonen, die nur darauf warteten, die Anwälte und ihre Mandanten zu verschlingen, wenn sie das Allerheiligste des Gerichts betraten.

Strobel und seine Entourage tauchten als Erste auf. Sie kamen gleichzeitig in mehreren Luxuskarossen an, die nicht weniger als acht Anwälte und Rechtsassistenten transportierten. Alle trugen teure dunkelblaue oder graue Anzüge. Während der Rest des Teams damit beschäftigt war, Kisten mit Dokumenten und Notizbüchern auszuladen, ließ Strobel sich bei den Reportern aus.

»Wie stehen Ihre Chancen, dass diese Klage heute abgelehnt wird?«

»Wir halten sie für ausgezeichnet, sonst hätten wir den Antrag nicht gestellt.«

»Erwarten Sie Sanktionen gegen Mr. Carson?«

»Werden Sie heute Zeugen aufrufen?«

»Werden Sie in Berufung gehen, wenn Sie verlieren?«

»Eine Frage nach der anderen, bitte. Wenn das Gericht über eine Antragsablehnung entscheidet, werden keine Zeugen angehört. Wir glauben nicht, dass wir diese Anhörung verlieren, aber wenn doch, können wir keine Berufung einlegen, solange der gesamte Fall nicht vorüber ist. Und was die Sanktionen gegen Mr. Carson angeht: Das wird der Richter zu entscheiden haben.«

»Sind Sie zufrieden mit der Wahl von Richter Johnson für diese Anhörung?«

Strobel zögerte. Seine Augen blitzten, dann kehrte sein Pokerface zurück.

»Ich bin sicher, Richter Johnson wird seine Arbeit gut machen. Welcher Richter bestimmt wird, ist für uns nicht von Bedeutung. Sämtliche Juristen dieses Gerichts sind fair und unparteiisch. Wenn Sie mich jetzt bitte entschuldigen wollen, wir müssen uns vorbereiten.«

* * *

Brad lächelte unwillkürlich, als Richter Johnson, der es wohl stilvoll fand, zu seiner eigenen Anhörung zu spät zu kommen, die Richterbank betrat.

Brad wischte sich das Grinsen aus dem Gesicht, als die Zuschauer aufstanden und verstummten.

»Setzen Sie sich«, sagte der Richter mit seinem schweren, langsamen Südstaatenbariton. »Die Herren Anwälte: Ich habe zwei Stunden für Ihre Ausführungen reserviert, nicht mehr. Das Gericht hat jedes Wort Ihrer Schriftsätze gelesen, verschwenden Sie also nicht meine Zeit, indem Sie bloß Argumente wiederholen, die Sie bereits vorgebracht haben. Haben wir uns verstanden?«

»Ja, Euer Ehren«, sagte Brad gleichzeitig mit Mack Strobel.

»Mr. Strobel, wir sind hier auf Ihren Antrag hin, fangen Sie also bitte an.«

Strobel schlenderte selbstbewusst zum Rednerpult, um sich an den Richter zu wenden. Er nahm einen dicken Notizblock mit und ließ einen zweiten gerade außer Reichweite auf seinem Anwaltstisch liegen.

»Euer Ehren, wir sind heute wegen einer ganzen Reihe von Anträgen der Verteidigung hier.« Seine selbstsichere Stimme schallte durch den Gerichtssaal. »Ich werde drei Anträge vorbringen: den Antrag, die Klage abzuweisen, weil diesem Gericht die Zuständigkeit fehlt; den entsprechenden Antrag auf Sanktionen gemäß Regel 11 gegen den Anwalt der Klägerin wegen leichtfertiger Klageeinreichung; und unseren Antrag auf Erzwingung von Antworten auf die schriftlichen Beweisfragen, die wir aufgrund der Tatsache eingereicht haben, dass der Klägeranwalt nicht fristgerecht Einspruch eingelegt hat.«

»Kümmern wir uns zuerst um den Antrag auf Antworterzwingung«, schlug Johnson vor. »Es scheint, diese Frage ist recht unkompliziert und wir dürften sie schnell geklärt haben, bevor wir zum komplexeren Antrag auf Klageabweisung kommen.«

Ein dünnes Lächeln knitterte Strobels Gesicht und in den nächsten Minuten legte er seine Gründe dar, warum er jede einzelne schriftliche Beweisfrage beantwortet haben wollte, vor allem aber diejenige nach den Namen sämtlicher Gemeindemitglieder, die je mit Ehepaar Reed zu tun hatten. Die Namen seien relevant, argumentierte er, damit er die Aussagen dieser ehemaligen Gemeindemitglieder aufnehmen und herausfinden könne, ob die Reeds wirklich als Missionare gearbeitet hätten oder nur als besonders clevere Drogenbarone. Abgesehen davon, machte er geltend, habe die Klägerin auf jegliche Einrede verzichtet, indem ihre Anwälte die Einspruchsfrist versäumten.

»Ist das wahr, Sie haben die Frist versäumt?«, fragte Richter Johnson an Brad gewandt.

So viel zum Thema Schriftsätze lesen, dachte Brad. Für das Thema haben wir ja nur ungefähr zehn Seiten gebraucht.

Obwohl Johnson Brad ansah, stand Leslie auf. »Leider ja, Euer Ehren.« Sie sah angemessen nervös aus, mit unstetem Blick, die Stimme leicht zitternd. Brad war stolz auf sie.

»Und es ist voll und ganz meine Schuld. Ich bin eine Jurastudentin im dritten Jahr, die Mr. Carson bei diesem Fall hilft, und ich habe die Widerspruchsfrist versäumt. Ich wusste nichts von der hiesigen Fünfzehn-Tage-Regel, wenn ich auch zugeben muss, dass es ganz und gar in meiner Verantwortung lag, mit dieser Regel vertraut zu sein. Ich will mich nicht herausreden, ich bitte Sie nur, meine Mandantin nicht für meine Fehler verantwortlich zu machen, indem Sie uns zwingen, die Namen zu nennen. Wir sind bereit, alle anderen Fragen zu beantworten, aber wenn wir diese Namen vorlegen müssen, glauben wir aufrichtig, dass es nur eine Frage der Zeit ist, bis sie ebenfalls gefoltert werden.«

Johnson dachte einen Augenblick mit unentschlossen gerunzelter Stirn darüber nach. Leslie setzte sich vorsichtig und wandte den Blick nicht von dem Richter ab. Der starrte wortlos an die hintere Wand.

Schließlich ergriff er das Wort.

»Ich habe in den Schriftsätzen gelesen, dass Ihre Mandantin eher die Klage fallen lassen würde, als irgendwelche Namen zu nennen. Ist das richtig?«

Halt! Er hat die Schriftsätze doch gelesen. Die Frage von eben war nur eine Falle, ein Glaubwürdigkeitstest, um zu sehen, ob wir uns das Ganze nur aus den Fingern saugen; ob unsere Argumentation nur ein Vorwand ist, den wir taktisch geschickt ausspielen. Wir haben bestanden.

Leslie stand wieder auf. »Das ist korrekt«, sagte sie zögernd.

»Und wenn ich Ihnen die einfache Anweisung gebe, Mr. Strobel alle Namen der angeblichen Gemeindemitglieder mitzuteilen, die mit Sarah Reed Gottesdienst gefeiert haben, würden Sie eher die Klage fallen lassen als meinen Anweisungen zu folgen?«

Leslie trat von einem Bein aufs andere; in ihren Blick stand der Kummer über diese Antwort geschrieben.

»So würde ich es nicht ausdrücken, Euer Ehren. Aber bei allem Respekt:

Meine Mandantin hat entschieden, die Namen unter keinen Umständen preiszugeben.«

Johnson richtete seinen Blick auf Sarah.

»Stimmt das?«, wollte er wissen.

Sarah stand auf. »Absolut, Euer Ehren.«

»Das dachte ich mir«, sagte Johnson. »Und das erleichtert mir die Entscheidung.« Er lächelte Sarah kurz an. »Sie können sich wieder setzen, Mrs. Reed.«

»Danke«, sagte sie verlegen.

»Dieser Fall erinnert mich an die biblische Geschichte von Salomo und den beiden Frauen, die um ein Baby stritten. Salomo sagte, er würde das Baby teilen und beiden Frauen, die behaupteten, die Mutter zu sein, eine Hälfte geben. Er wusste, die echte Mutter würde das nie zulassen. Und so gab er das Baby der Frau, die den König anflehte, das Kind nicht zu töten.«

Brad spürte, wie ein leichtes Lächeln auf seine Lippen kroch.

»In gleicher Weise bin ich beeindruckt von der Aufrichtigkeit von Mrs. Reed. Sie ist bereit, eher die Klage fallen zu lassen als die Namen mutmaßlicher Gemeindemitglieder preiszugeben. Sie muss ehrlich glauben, dass sie für ihren Glauben verfolgt werden würden. Mir ist klar, dass ihre Anwälte eine Frist versäumt haben, aber dieses Gericht wird nicht Mrs. Reed für den Fehler ihrer Anwälte bezahlen lassen.

Folglich«, schloss er, »werden wir uns das Buch Salomo zum Vorbild nehmen und schauen, ob wir das Baby teilen können. Mrs. Reed muss jede einzelne Frage beantworten, bis auf die nach den Namen der Gemeindemitglieder, die der Beklagtenpartei nicht bekannt sind. Im Gegenzug darf Mrs. Reed im Prozess kein mutmaßliches Gemeindemitglied außer denen der Freitagabendgruppe erwähnen, von denen die Beklagtenpartei schon weiß. Ich weiß, es ist keine Ideallösung, aber mehr kann ich im Moment nicht tun. Schließlich bin ich nicht Salomo.«

Ein kollektiver Seufzer der Erleichterung wurde am Anwaltstisch der Klägerpartei laut. Heute hatten sie zumindest eine Kugel abgewehrt. Was Brad anging, war dieser Richter der geborene Salomo. Er beugte sich vor, um Leslie etwas zuzuflüstern.

»Gute Arbeit«, sagte er. »Du hast mitleiderregend ausgesehen.«

»Danke«, flüsterte sie zurück. »Das ist meine Spezialität.«

Strobel schien unbeeindruckt. Er hatte im Lauf der Jahre zweifellos genügend Überraschungen erlebt und man konnte an seiner Haltung nie ablesen, ob ihm etwas wirklich einen Schlag versetzte. Er blieb stoisch, dankte dem Richter für die Entscheidung und machte sich mit unvermindertem Elan an seine Ausführungen über den Antrag auf Klageabweisung.

»Die Gerichte der Vereinigten Staaten erkennen die Immunität anderer Nationen gegen Prozesse seit mehr als 180 Jahren an«, erklärte er. »Von der Zeit an, als der Oberste Richter John Marshall 1812 im Fall *Schooner Exchange gegen M'Faddon* das Urteil sprach, bis zum heutigen Tage, haben Gerichte das fundamentale Prinzip anerkannt, dass jedes Land exklusive und absolute territoriale Gerichtsbarkeit über Handlungen besitzt, die innerhalb ihres Gebiets geschehen. Deshalb gewähren Länder einander Immunität gegen Rechtsstreits ...«

»Überspringen Sie die Geschichtsstunde«, unterbrach ihn Johnson. »Fangen wir wenigstens 1976 an, ja? Würden Sie mir zustimmen, dass der Kongress 1976 den *Foreign Sovereign Immunities Act* erlassen hat und dass dies das Gesetz ist, das wir heute interpretieren müssen?«

»Ja, Euer Ehren. Und dieses Gesetz setzt fest, dass die Angeklagten ein Recht auf Immunität vor dieser Klage haben.« Strobel passte perfekt in die Rolle des Strafverteidigers einer großen Kanzlei. Er stand aufrecht, seine volle, tiefe Stimme entstand tief unten in seinem Zwerchfell und hallte durch den ganzen Gerichtssaal.

»Die Klägerin behauptet, es solle für Folter aufgrund religiöser Verfolgung eine Ausnahme von diesem Gesetz geben«, fuhr er fort. »Sie sagt, Folter verletze eine fundamentale Regel des internationalen Rechts, auch bekannt als *jus-cogens*-Gesetz, und Nationen könnten deshalb die Immunität internationalen Rechts nicht beanspruchen, wenn sie sich auf eine Art verhalten, die gegen den Kern des internationalen Rechts verstößt. Doch diese Forderung wurde von anderen Gerichten bereits geprüft und zurückgewiesen. Das Berufungsgericht Kalifornien wies zum Beispiel im Fall *Siderman gegen Argentinien* die Klage eines jüdischen Bürgers aus Argentinien ab, der aufgrund seines Glaubens verhaftet und gefoltert worden war ...«

»Wo wir gerade vom Siderman-Fall sprechen«, sagte Richter Johnson und wedelte mit dem Gesetzbuch in seiner Hand, »lassen Sie mich fragen, ob Sie mit einigen Zitaten aus diesem Fall einverstanden sind, die ich sehr überzeugend finde. Stimmen Sie dem folgenden Zitat zu, Sir: ›Das Recht auf Freiheit von Folter durch Behörden ist fundamental und universell, ein Recht, das den höchsten Stellenwert unter internationalem Recht verdient, eine *jus-cogens*-Norm. Der Peitschenknall, das Anziehen von Daumenschrauben, das Quetschen der Eisernen Jungfrau und, in den heutigen effizienteren Zeiten, der Stromstoß aus einem elektrischen Viehtreiber, sind Formen der Folter, die das internationale System nicht dulden wird. Eine Person solchen Gräueln auszusetzen bedeutet, einen der ungeheuerlichsten Verstöße gegen die persönliche Sicherheit und Würde eines Menschen zu verüben.‹ Sind Sie damit einverstanden, Mr. Strobel?«

Johnson starrte auf Strobel herab, immer noch den *Siderman*-Fall in der Hand, als wäre es eine Originalausgabe der Zehn Gebote. Zum allerersten Mal an diesem Tag rückte Brad auf seinem Stuhl zurück, schlug die Beine übereinander und entspannte sich.

»Ich stimme zu, dass Folter die persönliche Sicherheit und Würde des Menschen verletzt, aber …«

»Sind Sie dann nicht auch der Meinung, Mr. Strobel, dass, wenn eine Nation diese fundamentale internationale Verhaltensregel verletzt, der Deckmantel der souveränen Immunität durch das internationale Recht verschwindet und die Nation für Klagen angreifbar macht?«

»Nein, Euer Ehren«, sagte Strobel mit großer Überzeugung. Auch wenn er mit einem Richter sprach, hatte er eine gewisse autoritäre Haltung. »Sie haben einige ausgewählte Stellen aus dem *Siderman*-Fall vorgelesen, aber die letztendliche Entscheidung in diesem Fall wies genau das Argument ab, das Sie eben aufgeworfen haben – das Gericht sagte letzten Endes, der Folterakt mache das Recht auf souveräne Immunität nicht ungültig.«

»Lassen Sie es mich so sagen, Mr. Strobel: Ich denke, ich stimme der Argumentation des Siderman-Falls zu, aber nicht dem letztendlichen Urteil. Ich muss den Schlussfolgerungen dieses Gerichts nicht folgen. Ist Ihnen irgendein Fall vor dem Obersten Gerichtshof bekannt, in dem geurteilt wurde, dass eine fremde Nation, die amerikanische Bürger foltert, nicht vor amerikanischen Gerichten verklagt werden kann?«

»Nein, Euer Ehren, der Oberste Gerichtshof hat sich mit diesem Thema nie direkt befasst.« Strobels Selbstsicherheit nahm einen frustrierten Unterton an. »Auf Grundlage anderer Entscheidungen zu ähnlichen Themen allerdings …«

»Wenn weder der Oberste Gerichtshof noch das Berufungsgericht dieses Gerichtsbezirks sich direkt mit diesem Thema befasst haben, scheint mir, ich werde tun müssen, was ich selbst für richtig halte. Und es kommt mir einfach nicht richtig vor, dass andere Nationen amerikanische Bürger foltern dürfen und dann nach souveräner Immunität schreien, wenn sie vor amerikanischen Gerichten verklagt werden. Wenn alle Gerichte in der Vergangenheit das Gesetz so eng ausgelegt hätten wie Sie, Mr. Strobel, dann befänden wir uns immer noch im finstersten Mittelalter, was die Grundrechte in diesem Land angeht. Gerechtigkeit und Vernunft fordern etwas mehr. Das ist jetzt aber nur mein erster Eindruck in diesem Fall. Ich bin bereit, Ihnen jede Gelegenheit zu geben, mich zu überzeugen.«

In der nächsten Stunde versuchte Strobel heldenhaft, genau das zu tun. Doch Johnsons »erster Eindruck« stellte sich als hartnäckig heraus. Je mehr Strobel sprach, desto mehr redete er sich um Kopf und Kragen. Und nachdem er sämtliche Argumente ausgeschöpft und fast jeden Fall in seinem praktischen schwarzen Notizbuch zitiert hatte, setzte sich Strobel widerstrebend, wohlwissend, dass er ein Wunder benötigte.

Brad schwebte förmlich zum Rednerpult. Doch bevor er etwas sagen konnte, relativierte Johnson die bevorstehenden Ausführungen.

»Mr. Carson, eines sollten Sie im Hinterkopf behalten, wenn Sie mit Ihren Ausführungen beginnen.« Brad lauschte aufmerksam dem ruhigen, gedehnten Bariton. Er wollte auf jede Sorge eingehen und jeden noch vorhandenen Zweifel zerstreuen, den Richter Johnson vorbringen mochte. »Ich habe alle Schriftsätze gelesen und ich habe jetzt Mr. Strobels eloquente Argumentation gehört. Trotzdem tendiere ich dazu, den Fall weiterlaufen zu lassen. Wenn ich das täte, würde ich natürlich den Antrag auf Sanktionen gemäß Regel 11 ablehnen, da Sie wohl kaum dafür sanktioniert werden können, einen geringfügigen Fall eingereicht zu haben, wenn ich entscheide, dass der Fall ausreichend begründet ist, um verhandelt zu werden. In diesem Sinne, Mr. Carson, bin ich sicherlich bereit, Ihnen alle Zeit zu geben, die Sie brauchen, um mir zu helfen, dieses Thema zu überdenken und meine Meinung zu ändern.«

Brad warf einen schnellen Blick hinab auf seinen Notizblock und all die Argumente, die er so sorgfältig ausgefeilt hatte. Er dachte an das Pressecorps hinter sich, das darauf wartete, mit einer leidenschaftlichen Rede über die Tugend der Religionsfreiheit und das Laster blinden religiösen

Eifers beeindruckt zu werden. Er dachte an seinen eigenen Ruf, daran, wie wenige Chancen ein Anwalt hatte, diese Art von Versammlung zu fesseln. Doch dann dachte er auch an Sarah, die Folter und an ihre Kinder, die ohne Vater aufwuchsen.

Stille war schließlich auch eine Tugend.

»In dem Fall, Euer Ehren, glaube ich, dass ich es kurz machen kann. Wir würden uns gern einfach auf die Argumente berufen, die wir im Vorfeld in unseren Schriftsätzen eingereicht haben.«

»Eine weise Entscheidung«, sagte Johnson, und Brad kehrte zu seinem Stuhl zurück.

»Die Sitzung wird für zehn Minuten unterbrochen«, sagte Johnson, »dann werde ich meine Entscheidung bekannt geben.«

* * *

Dreißig Minuten später war Brad gerade dabei, Leslie zu beruhigen, als Johnson wieder den Gerichtssaal betrat. Das allgemeine Gemurmel verstummte augenblicklich. »Bleiben Sie bitte sitzen«, sagte Johnson zu der Menge.

»Mach dir keine Sorgen!«, flüsterte Brad. Er wusste, dass seine Worte von Leslies gerunzelter Stirn einfach abprallten.

»Warum hat er dann so lange gebraucht?«

»Was habe ich gesagt?«

»Sehe ich besorgt aus?«

Brad verzog das Gesicht und nickte. »Japp.«

»Ich werde in den nächsten Wochen eine ausführliche schriftliche Urteilsbegründung verfassen«, sagte Johnson, »aber ich dachte, es ist den Parteien gegenüber nur gerecht, dass ich meine Absichten bezüglich meiner Entscheidung fürs Protokoll bekannt gebe, damit sie entsprechend planen können.«

Der Richter ließ den Blick über die Menge schweifen, setzte seine Lesebrille auf und begann mit der Begründung, die er nur Minuten zuvor in seinem Büro geschrieben hatte.

»Die Vereinigten Staaten, Saudi-Arabien und die meisten anderen zivilisierten Länder sind Mitglieder der Vereinten Nationen und daher Unterzeichner der Allgemeinen Erklärung der Menschenrechte«, begann er. »Artikel 18 dieses Dokuments besagt: ›Jeder Mensch hat Anspruch auf Gedanken-, Gewissens- und Religionsfreiheit; dieses Recht umfasst die Freiheit, seine Religion oder seine Überzeugung zu wechseln, sowie die Freiheit, seine Religion oder seine Überzeugung allein oder in Gemeinschaft mit anderen, in der Öffentlichkeit oder privat, durch Lehre, Ausübung, Gottesdienst und Vollziehung von Ritualen zu bekunden.‹« Er hörte einen Moment auf zu lesen und sah zu Sarah auf. Dann senkte er den Blick wieder und fuhr fort.

»Überdies haben sowohl Saudi-Arabien als auch die Vereinigten Staaten den Internationalen Pakt über bürgerliche und politische Rechte unterzeichnet. Dieses Dokument wiederholt die Verpflichtung zu Religionsfreiheit und erklärt: ›Jeder Vertragsstaat verpflichtet sich, dafür Sorge zu tragen, dass jeder, der in seinen in diesem Pakt anerkannten Rechten oder Freiheiten verletzt worden ist, das Recht hat, eine wirksame Beschwerde einzulegen.‹ Weiterhin – wie ich bereits bemerkte – ist es eine fundamentale Regel des internationalen Rechts, dass Bürger aller Länder frei von Folter durch Regierungsangestellte sein sollten. Um den internationalen Rechten, die in Abkommen und Chartas enthalten sind, die unsere eigene Regierung unterzeichnet hat, Substanz zu geben, muss dieses Gericht ernsthaften und begründeten Menschenrechtsklagen gegen fremde Regierungen die Türen öffnen. Es macht diese Verträge und die Menschenrechte, die sie untermauern, zum Gespött, wenn man andeutet, dass Nationen diese Rechte nach Gutdünken verletzen dürfen und sich dann hinter der Doktrin der souveränen Immunität verstecken können. Folglich lehne ich den Antrag auf Klageabweisung der Beklagtenpartei ab und weise den Antrag auf Sanktionen gemäß Regel 11 ab.«

Ein Murmeln erhob sich aus den Zuschauerreihen. Unterdrücktes und aufgeregtes Flüstern war zu hören. Strobel starrte geradeaus, sein Gesichtsausdruck verriet keinerlei Emotion.

»Ich berücksichtige außerdem, dass aufgeschobene Gerechtigkeit verweigerte Gerechtigkeit ist. Dieser Fall ist seit mehr als drei Monaten anhängig. Die Klägerin hat ein Recht auf ihren Verhandlungstermin. Folglich setze ich das Prozessdatum auf den dritten Oktober fest, in weniger als drei Monaten vom heutigen Datum an.«

Nachdem er diesen letzten Satz gelesen hatte, benutzte Richter Johnson seinen Richterhammer, stand auf und verließ den Raum hoheitsvoll durch die Hintertür. Brad fand, dass dieser bärbeißige alte Richter auffallend einem Engel glich.

* * *

Später an diesem Abend, nach einem spontanen Sieges-Abendessen, begleitete Brad Leslie zu ihrem Auto. Er legte ihr sanft einen Arm um die Schulter. Sie kuschelte sich an ihn und sie gingen langsam, gänzlich synchron.

Das Adrenalin, das an diesem Tag so frei durch ihren Körper gerauscht war, war jetzt vollkommen verschwunden. Sie war so ganz und gar entspannt – sie fühlte sich schlapp wie ein Waschlappen. In diesem Moment wollte sie nichts lieber als das, was gerade geschah. Der Fall ging weiter. Und Brad Carson, der Mann, an den sie in den letzten beiden Monaten in England ununterbrochen gedacht hatte, hatte beim Gehen den Arm um sie gelegt und drückte sie an sich, als würden sie nie wieder getrennt sein.

»Leslie, es tut mir leid wegen diesem Abend in Williamsburg …«

»Du musst dich nicht entschuldigen.«

»Doch«, sagte er leise. »Es tut mir leid, dass ich dich gedrängt habe, was unsere Beziehung angeht. Das mit Bill wusste ich nicht. Ich habe seither viel nachgedacht und mir ist klar geworden, dass du recht hattest. Es ist nicht gut, eine Beziehung anzufangen, wenn man so unter Druck steht wie wir gerade mit unserem Fall. Vor allem, wenn du immer noch versuchst, dich von Bills Tod zu erholen. Lass uns warten, bis der Fall vorbei ist. Das gibt uns beiden mehr Zeit, um alles zu überdenken. Wenn da wirklich etwas Ernstes zwischen uns ist, wird es das überleben. Wenn nicht, sollte es nicht sein.«

Sie blieben stehen und Brad nahm sie behutsam an beiden Händen, wie er es auch in Williamsburg getan hatte. »Jedenfalls«, sagte er, »ist das meine Meinung.«

Das war ganz und gar nicht das, was Leslie dachte. Und tief in Brads durchdringenden Blick zu sehen, in diese eindringlichen, stahlblauen Augen, trug auch nicht gerade zur Klärung ihrer Gedanken bei. In diesem Moment war sie verwirrter als je zuvor.

Sollte sie ihm sagen, was sie fühlte? *Vergiss diesen Abend im kolonialen Williamsburg, Brad Carson. Vergiss mein Zögern und deine Zweifel, meine »Ich brauche mehr Zeit«-Beteuerungen. Ich bin jetzt bereit. Ich habe gründlich darüber nachgedacht. Meine Dämonen des Zweifels vertrieben. Und ich habe beschlossen, dass ich dich mehr brauche, als du ahnst. Nicht, wenn der Fall vorbei ist, sondern jetzt. Sofort. Heute Abend.*

Doch als sie den Mund aufmachte, kam keines dieser Worte heraus, keines dieser Gefühle fand seinen Ausdruck. »Danke, Brad«, war alles, was sie herausbrachte.

Er küsste sie leicht auf die Wange, dann drehte er sich um und ging davon. Er merkte nichts von dem Schleier, der sich über ihren Blick legte.

Teil III

Ermittlung

18

Es ist eine Sache, Folter durch die Hand einer ausländischen Regierung zu unterstellen – es ist eine andere, das auch zu beweisen. Die harte Wirklichkeit dämmerte Brad und seinem Juristenteam am Morgen nach der Anhörung, als die Euphorie, den Antrag auf Klageabweisung überlebt zu haben, der Realität der vor ihnen liegenden Aufgabe Platz machte.

Um die nächste Phase auf dem richtigen Fuß zu starten, berief Brad die versammelte Mannschaft auf 8.30 Uhr zu einer Sitzung ein. Nikki kam um 9.15 Uhr und Bella eiste sich ein paar Minuten später vom Telefon und einer Zigarette los. Leslie war schon seit zwei Stunden im Konferenzraum, verfeinerte ihre vorläufige Strategie und entwickelte eine Liste von potenziellen Zeugen für den Prozess.

Brad ging auf und ab, dachte laut und wirbelte seine Brille herum.

»Solche Fälle stehen und fallen mit den sachverständigen Zeugen. Experten können ihre Ansicht über alles abgeben. Wenn wir die richtigen in den Zeugenstand bekommen – Experten, die die Geschworenen mögen und verstehen –, können wir den Fall weit offenlegen. Wir brauchen Leute, die sich nicht auf eine Stufe mit der Jury herablassen – Geschworene hassen das, müsst ihr wissen – und Leute, die Strobel im Kreuzverhör gewachsen sind, ohne sich unbeliebt zu machen.

Unsere Frist für die Nennung der sachverständigen Zeugen ist Freitag in einer Woche. Wie kommen wir voran, Nikki?«

Nikki riss den Kopf hoch. »Jau, das sehe ich auch so.«

Bella verdrehte die Augen. Nach zwölf Jahren der Zusammenarbeit wusste Brad, was sie dachte: *Und dafür zahlen wir ihr so viel?*

»Was sehen Sie auch so?«, fragte Brad. »Ich frage Sie, wie wir mit den Experten vorankommen?«

»Ganz gut, denke ich«, sagte Nikki. Sie sah ein wenig kleinlaut aus. »Sie sagten, Sie kennen einen Wirtschaftswissenschaftler, der eine Aussage über die wirtschaftlichen Auswirkungen von Dr. Reeds Tod machen könnte – entgangene Löhne, Verlust von Dienstleistungen, solche Sachen. Also habe ich noch nichts zu diesem Thema gemacht.«

»Was für eine Überraschung«, murmelte Bella vor sich hin.

Brad ignorierte es, genauso wie Nikki. Leslie ignorierte alle miteinander und schrieb weiter.

»Bella, besorgen Sie Nikki die Kontaktinformationen von Dr. Calvin Drake«, sagte Brad. »Er soll sich vor der Abgabefrist mit Nikki und Leslie zusammensetzen und eine Stellungnahme entwerfen. Der gesamte wirtschaftliche Verlust muss ungefähr zwei Millionen betragen. Wen haben wir noch?«

Nikki sah beiläufig in ihre Notizen. »Wir haben die Toxikologin, Dr. Nancy Shelhorse. Sie wird zum Thema Blut- und Urintests aussagen, die in den beiden Krankenhäusern gemacht wurden, und zu den toxikologischen Untersuchungen, die Teil der Autopsie waren. Ihrer Meinung nach hat die Polizei Sarah und Charles Reed während ihrer Verhaftung Kokain gespritzt.«

Nikki sah von ihren Notizen auf; diesmal sah sie außergewöhnlich zufrieden mit sich aus. Sie lächelte Bella an.

»Klingt ziemlich stark«, sagte Brad. »Was haben Sie noch?«

»Unser Star wird Alfred Lloyd Worthington sein, ein Lobbyist aus Washington, der für multinationale Unternehmen arbeitet und als außerordentlicher Professor internationales Recht an der George-Mason-Universität lehrt. Worthington ist ein ehemaliger Kongressabgeordneter, der von der demografischen Verschiebung von demokratisch zu republikanisch in Nordvirginia eingeholt wurde. Während seiner Zeit im Kongress war er Mitglied des Ausschusses für Auslandsbeziehungen. Er hat einen großartigen Lebenslauf und er sieht diesen Fall als seine Fahrkarte zurück ins Rampenlicht. Er kann uns seine Stellungnahme zu internationalen Abkommen geben und zur erbärmlichen Erfolgsgeschichte der Saudis, was Religionsfreiheit angeht. Er wird beweisen, dass die saudische Regierung alles über die Aktivitäten der Religionspolizei wusste und dieses Verhalten unterstützte.«

Brad versuchte, nicht so überrascht auszusehen, wie er sich fühlte. Nikki war fleißig gewesen. »Klingt toll. Leslie, hast du ein bisschen Zeit übrig, um auch noch Worthington vorzubereiten?«

Leslie nickte und machte noch ein paar Notizen.

»Wie viel kosten uns all diese wundervollen weisen Männer und Frauen?«, fragte Brad. »Ich will kein Spielverderber sein, aber sind drei Experten nicht ein bisschen viel?«

»Nicht, wenn die Gegner zwölf haben«, sagte Leslie.

»Drei Experten sind eine Menge«, sagte Brad. »Mehr als ein Experte zum selben Thema wird nur verwirrend.«

»Verwirrend und teuer«, sagte Bella. »Wie viel stellen uns diese Typen in Rechnung?«

»Das Übliche«, antwortete Nikki. »Ein paar Hundert die Stunde pro Nase.«

»Ein paar Millionen hier, ein paar Millionen da. Wir werden es ziemlich bald mit echtem Geld zu tun haben«, nörgelte Bella.

»Wird es nicht langsam Zeit für eine Zigarette?«, fragte Nikki.

Brad schoss auf beide einen warnenden Blick ab.

»Brad, ich sehe einfach nicht, wie wir das alles hinbekommen sollen«, schaltete sich Leslie ein, während sie ihre Notizen studierte. »Kilgore & Strobel haben heute Morgen für Sarah, ihre Kinder, alle ihre Ärzte und Anwälte und eine ganze Reihe von ehemaligen Gemeindemitgliedern, die in Saudi-Arabien wohnen, eidesstattliche Aussagen angekündigt. Strobels Jungs rufen schon den ganzen Vormittag an und wollen wissen, wer unsere Experten sind, damit sie ihre Aussagen planen können. Wir wollen mindestens schriftliche eidliche Aussagen von all ihren Experten und von Aberijan. So, wie ich das sehe, warten mindestens dreißig Tage Aussagen auf uns und du bist der Einzige, der sie machen kann.«

»Kannst du nicht ein paar von den Aussagen übernehmen? Als Jurastudentin im dritten Jahr kannst du dir das doch genehmigen lassen.«

»Nicht, wenn nicht du oder irgendein anderer Anwalt mit mir da drin sitzt; was ja nicht Sinn der Sache ist.«

»Brad, Sie können in den nächsten dreißig Tagen nicht mal mit den Aussagen anfangen«, sagte Bella, die immer gern schlechte Nachrichten überbrachte. »Sie sind bis Ende August mit anderen Fällen ausgebucht.«

»Passt auf«, sagte Brad, »wir haben diesen Fall und wir müssen einen Weg finden, wie wir ihn erledigt bekommen. Ihr wart bisher alle großartig im Benennen von Problemen, wie wäre es jetzt, wenn ihr mit ein paar Lösungsvorschlägen behilflich wärt?«

Das ganze Team grübelte schweigend. Nachdem sie ein paar Sekunden lang den Blickkontakt mit Brad vermieden hatte, schluckte Leslie trocken und ergriff das Wort: »Ich nehme mir ein Urlaubssemester und arbeite Vollzeit an dem Fall. So eine Gelegenheit bekommt man nur einmal.«

Brad ertappte sich dabei, wie er sie anstarrte und darüber nachdachte, wie gut es ihm gefallen würde, sie mehr um sich zu haben. Dennoch zwang er sich zu einer angemessen einfühlsamen Antwort. »Das würde ich nie von dir verlangen«, hörte er sich selbst sagen.

»Du hast mich nicht darum gebeten, aber ich werde es trotzdem tun. Du wolltest Lösungen – das ist mein Beitrag.«

Vorsicht, alter Junge. Gib ihr nicht zu viel Gelegenheit, noch einmal darüber nachzudenken und sich herauszuwinden. Leslie Vollzeit hier zu haben wäre toll für dich und genauso gut für den Fall.

»Dann suchen wir dir wenigstens für die nächsten Monate ein Apartment hier in Tidewater«, bot Brad an.

In Bellas Gesicht stand deutlich ihr Missfallen geschrieben. Brad war froh, dass er im Raum auf und ab ging, sonst hätte er einen Tritt bekommen.

»Nein danke«, sagte Leslie und nahm der Situation die Spannung. »Ich kann einen Großteil meiner Arbeit in der Jurabibliothek machen und in Williamsburg bleiben.«

»Ich mache bei meinen anderen Fällen klar Schiff«, bot Brad an, angefeuert von dieser Wendung. »Ich kann ein paar davon meinen Kumpels geben und bei anderen eine Vertagung beantragen. Es wird mich dreißig Tage kosten, aber ich werde klar Schiff machen und mich voll und ganz auf diesen Fall konzentrieren.«

Aus dem Augenwinkel sah er Nikkis Stirnrunzeln. »Alle Fälle bis auf Johnson natürlich.«

»Und ich werde meine herausragende juristische Arbeit weiterführen wie bisher, auch wenn ich grob unterbezahlt bin«, sagte Nikki. Niemand lachte, aber Brad hatte ohnehin das Gefühl, dass Nikki es weniger sagte, um einen Lacher zu erzielen, als um Bella zu ärgern.

»Das ist ja alles schön und gut«, sagte Bella schroff, »warm und kuschelig und alles. Aber es beantwortet nicht die Frage, wer die Aussagen übernimmt. Wir brauchen noch einen zugelassenen Anwalt, der sich mit Leslie zusammensetzt.«

Nikki setzte sich auf; plötzlich blitzten ihre Augen. »Warum haben Sie das nicht gleich gesagt?«, fragte sie. »Ich kenne den perfekten Mann dafür und er wird uns keinen Penny kosten.« Sie hatte Brads Aufmerksamkeit geweckt. »Wir gehen zu The Rock und bitten ihn, ein paar Aussagen mit Leslie aufzunehmen. Im Gegenzug bieten wir ihm an, als Co-Anwalt im Johnson-Fall zu fungieren, den Brad ihm sowieso geklaut hat, und wir geben ihm einen kleinen Teil unseres Honorars. Wir machen ihn außerdem zum Co-Anwalt im Reed-Fall und bieten ihm kein Honorar dafür an. Er ist der einzige Klägeranwalt in Tidewater, der uns mit dem Fall helfen wird, ohne uns einen Penny dafür zu berechnen, nur weil es super kostenlose Werbung ist. The Rock *lebt* für kostenlose Werbung.«

Brad gefiel der Gedanke überhaupt nicht. Doch keiner hatte einen besseren Plan.

Bis Mittag hatten sie The Rock engagiert.

* * *

Mack Strobel war immer dann in bester Form, wenn er jüngere Mitarbeiter seiner Firma schikanieren konnte. Am Morgen nach der Anhörung war er in Hochform.

Die erfolglose Anhörung war natürlich die Schuld der Schriftsatzverfasser. Ihre Texte hatten Richter Johnson nicht überzeugt und selbst die brillantesten rhetorischen Argumente von Mack persönlich konnten die Lage nicht retten. Er zerriss die unfähigen Mitarbeiter in der Luft und schickte sie zurück in die Bibliothek, um an neuen Schriftsätzen für andere wichtige Voranhörungen zu arbeiten. Eine junge Mitarbeiterin verließ tatsächlich mit Tränen in den Augen den Raum. Mack nahm sich vor, sie in Zukunft nicht mehr für wichtige Fälle einzusetzen.

Die Flitterwochen seien vorbei, verkündete er. Sie hätten einmal den Fehler gemacht, diesen Fall zu unterschätzen. Das würde nicht wieder vorkommen. Keine Country-Club-Atmosphäre und Zwölf-Stunden-Arbeitstage mehr. Es sei an der Zeit, sich richtig reinzuknien.

Außerdem berief er ein weiteres Treffen seiner Expertenrunde ein. Es musste – es musste einfach – einen Weg geben, der sicherstellte, dass sie nicht Johnson als Prozessrichter am Hals hatten.

* * *

Wie Rashid ihn gebeten hatte, kam Hanif eine ganze Stunde früher zum Freitagabendgottesdienst. Nach der herzlichen Begrüßung nickte Rashid schweigend mit dem Kopf in Richtung Tür und Hanif folgte ihm nach draußen. Die Brüder gingen mehrere Schritte den Gehweg entlang, bevor Rashid anfing zu reden.

»Die Muttawa weiß von uns«, sagte Rashid. Er wartete ein paar Sekunden, um die schreckliche Nachricht wirken zu lassen.

Hanif setzte keinen Schritt aus. »Das überrascht mich nicht.« Er hielt den Blick auf den Gehweg gerichtet.

»Unser Apartment ist verwanzt.«

Keine Antwort.

»Vor ein paar Wochen kamen sie zu Besuch.«

Das gleichmäßige Klappern von Hanifs Schuhen auf dem Asphalt hörte auf. »Warum hast du nichts gesagt?«

»Ich wollte es so gern, aber ich brauchte Zeit zum Nachdenken, um zu entscheiden, was ich tun sollte.« Rashids Stimme brach. Er starrte stur geradeaus und sprach weiter. »Sie haben Mobara und mir das Versprechen abgenommen, die Gemeinde aufzulösen. Wir mussten versprechen, Zeugenaussagen gegen Sarah Reed auf Video aufzunehmen. Wir mussten versprechen …« Seine Unterlippe zitterte und er verstummte. Statt weiterzusprechen gab er Hanif einen Umschlag.

Der Brief darin war an die Gemeindemitglieder adressiert.

In dem Brief stand, dass die Wohnung der Berjeins verwanzt sei und dass die Mitglieder nichts laut sagen sollten, sondern nur den Brief lesen. Der Brief erklärte, dass Rashid für die Überwachungsgeräte die Auflösung der Gemeinde verkünden würde. Die Mitglieder sollten angemessen bestürzt reagieren, aber letztendlich zustimmen, sich nicht mehr zu treffen.

In dem Brief stand außerdem der Ort für das Treffen der nächsten Woche und die Bitte an die Mitglieder, diesen Treffpunkt nie laut zu erwähnen. In jeder darauffolgenden Woche, schrieb Rashid, würde er einen neuen Brief schreiben mit dem Treffpunkt für die Folgewoche. Er instruierte die Mitglieder, nie ein Wort über den gewählten Treffpunkt zu verlieren und die Briefe zu vernichten, nachdem sie sie gelesen hatten. Sie sollten die Berjeins nicht anrufen oder auf sonstige Art kontaktieren.

Die zweite Seite des Briefs war für Rashid am schwersten zu schreiben gewesen. Er sah zu, während Hanif ihn las und sich auf seinem Gesicht langsam Unglauben ausbreitete.

»Aus Gründen, die ich nicht erklären kann, werde ich mich nur noch ein paar Wochen mit euch treffen können«, hatte Rashid geschrieben. »Deshalb kann ich natürlich nicht länger der Pastor dieser Gemeinschaft sein. Wenn ihr es mir erlaubt, würde ich die Leitungsverantwortung gern an meinen

Bruder Hanif übergeben, den der Heilige Geist bevollmächtigen wird, die Gemeinde durch diese schwere Stunde zu leiten. Bitte bringt ihm dieselbe Liebe und den Respekt entgegen, die ihr mir geschenkt habt. Auch wenn ich nur noch ein paar Mal unter euch sein werde, werdet ihr für immer in meinen Gebeten sein.«

Hanif sah von dem Brief auf und in die tränenfeuchten Augen von Rashid. »Ich kann nicht ... ich kann einfach nicht ...«, stammelte Hanif. »Ich weiß nicht, wie ...«

»Du musst«, antwortete Rashid eindringlich und ergriff seinen jüngeren Bruder an beiden Schultern. »Ich werde dich lehren. Heimlich. Wir werden zusammen Gottes Wort studieren. Die Muttawa haben versprochen, die anderen in der Gemeinde in Ruhe zu lassen, dich eingeschlossen, wenn Mobara und ich in dem Fall gegen Sarah Reed aussagen. Diese Zeugenaussage wird in ein paar Wochen stattfinden. Niemand sonst in der Gemeinde darf davon erfahren.« Rashid fiel wieder in Schweigen, kämpfte mit den aufsteigenden Gefühlen, atmete ein paar Mal stoßweise ein.

»Das kannst du nicht tun!«, protestierte Hanif. »Es hat keine Bedeutung, was sie versprechen!«

»Überlass das mir, Hanif. Und vertrau mir. Ich werde tun, was ich tun muss. Gott hat mir einen Plan gegeben.« Rashid drückte die Schultern seines Bruders. »Deine Aufgabe ist es, diese Gemeinde zu bauen. Niemand außer dir kann das tun.«

Hanif atmete tief aus; die Last der Verantwortung zeigte sich schon in seinem Gesicht. »Na gut«, sagte er und sah seinem Bruder direkt in die Augen. »Ich werde es versuchen.«

Dann umarmten sich die beiden Männer und ihre Kraft ging vom einen auf den anderen über. Rashid war nie stolzer auf seinen kleinen Bruder gewesen.

* * *

Worthington würde umwerfend sein. Selbst während seiner Vorbereitung war Leslie klar, dass er einen großartigen Zeugen abgeben würde. Er besaß Referenzen, gut gepflegtes graues Haar und ein umfassendes Vokabular, wie es für einen Guru in internationalem Recht angemessen war. Leslie stellte ihm die schwierigsten Fragen, die sie sich ausdenken konnte, und er beantwortete sie mit Leichtigkeit.

»Saudi-Arabien hat immer Lippenbekenntnisse zu religiöser Toleranz abgegeben, aber tatsächlich ist sein islamisches Regime eine der repressivsten Regierungen der Welt«, erklärte er. »Sie verletzen systematisch die Menschenrechtserklärung der Vereinten Nationen. Ihre eigenen Gesetze fordern, dass alle Saudis gute Muslime sein müssen, und die berüchtigte Muttawa setzt brutal die strikte Befolgung dieser Gesetze durch. Der Kronprinz von Saudi-Arabien besitzt volle Kenntnis über die Aktivitäten der Muttawa und der Kronprinz höchstpersönlich billigt ihre Anwendung von Polizeigewalt, um das Volk auf Linie zu halten.«

»Worauf gründet sich diese Annahme?«, fragte Leslie.

Worthington antwortete mit einer Reihe von Beispielen aus der Vergangenheit, rief exakte Daten, Namen und Orte aus seinem fast fotografischen Gedächtnis ab. Nach drei Stunden Sondierung nach seinem Schwachpunkt war Leslie zufrieden mit der Feststellung, dass es keinen gab. Er schien zu gut, um wahr zu sein.

Leider war er das auch.

Kurz vor Ende ihrer Sitzung wies Worthington auf die einzige Leiche in seinem Keller hin.

»Wenn ich es recht verstehe, Leslie, werden mich die gegnerischen Anwälte nur über vergangene Vergehen und moralisch verwerfliches Verhalten befragen können, nicht zu anderen. Und sie können mich auch nicht nach Anklagen fragen, nur nach Verurteilungen. Ist das richtig?«

»Natürlich«, antwortete Leslie, deren innere Signalleuchten plötzlich wie wild blinkten. »Vergehen, die auf die Glaubwürdigkeit eines Zeugen abzielen wie lügen, betrügen oder stehlen, lassen die Spielregeln zu. Andere Vergehen nicht. Anklagen wegen Verbrechen sind nicht relevant, solange die Anklage keine Verurteilung zur Folge hat. Warum?«

Worthingtons Blick schoss unstet im Raum herum, als könne es versteckte Kameras geben. Er senkte die Stimme. »Fällt unser Gespräch unter die anwaltliche Schweigepflicht?«

»Natürlich«, sagte Leslie. *Glaube ich zumindest,* sagte sie zu sich selbst. Genau genommen war Worthington ein sachverständiger Zeuge, kein Mandant. Aber er hatte ihr Interesse geweckt. Sie würde ihm sagen, was er hören wollte, damit er ihr sein Herz ausschüttete.

»Vor ungefähr zwei Jahren wurde ich verhaftet und wegen Störung der öffentlichen Sicherheit und Ordnung angeklagt«, sagte er flüsternd, während er auf seine gefalteten Hände hinabsah. »Mein Anwalt hat einen Handel herausgeschlagen und wir haben die Aussage verweigert. Der Richter war einverstanden, den Fall sechs Monate zu überdenken, mit der Übereinkunft, dass die Klage abgelehnt würde, wenn ich sauber blieb. Ich bin nicht einmal bei Rot über die Straße gegangen. Am Ende dieser Frist sprach der Richter mich frei. Das steht alles in den Gerichtsakten.«

»Ich denke nicht, dass sie Sie zu diesem Vorfall befragen können«, sagte Leslie, plötzlich noch neugieriger als zuvor. »Es ist ein Vergehen und Sie wurden technisch gesehen nicht verurteilt. Es dürfte kein Problem sein, das aus dem Fall herauszuhalten. Worum ging es überhaupt?« Sie versuchte, beiläufig zu klingen, wenn ihre Stimme auch merklich höher wurde.

»Ist das wirklich wichtig?« Sein Tonfall verwandelte die Frage in eine Feststellung. Er verschränkte die Arme.

»Ich bin nur neugierig.«

»Wenn ich es Ihnen sage, müsste ich Sie töten«, sagte Worthington mit gezwungenem Kichern.

Leslie lächelte höflich - entschlossen, es herauszufinden.

* * *

Nikki schien jeden einzelnen Polizisten in Tidewater zu kennen. Diese Officer hatten Freunde in Alexandria und unter den Freunden dieser Freunde war ein Officer, der an der Untersuchung des Falles Alfred Lloyd Worthington beteiligt gewesen war.

»Der Kerl schlägt seine Frau«, berichtete Nikki. »Sie hatte irgendwann genug und rief die Cops. Aber als der Fall vor Gericht ging, wollte sie plötzlich keine Anklage mehr erheben. Sie sind jetzt wieder zusammen, das perfekte Vorstadtpaar.«

* * *

Geh nie nach 17 Uhr ans Telefon. Diese einfache Regel ersparte Bella eine Vielzahl von Krisen, die ihr entspannte Abende hätten zerstören können.

Geh nach 17 Uhr ans Telefon und du kannst deinem Feierabend auf Wiedersehen sagen.

Heute Abend hatten die logistischen Herausforderungen des Reed-Falls und die finanziellen Herausforderungen des ganzen Büros sie so abgelenkt, dass sie nicht auf die Zeit achtete, bis sie den Hörer in der Hand hielt. 17.06 Uhr.

»Carson & Partner, wie kann ich Ihnen helfen?«, fragte Bella und klang dabei nicht im Mindesten hilfsbereit.

»Indem Sie den Reed-Fall hinwerfen«, sagte die dumpfe Stimme am anderen Ende. »Sie sagen Ihrem Boss, er sei der Sache nicht gewachsen. Wenn er die Klage nicht fallen lässt, wird er sich wünschen, er wäre Sarah Reed nie begegnet. Und Sie nehmen wir uns als Erstes vor.« Der Anrufer hielt inne. »Haben Sie kapiert?«

Der Hörer zitterte in Bellas Hand. Sie hatte in ihrer beruflichen Laufbahn eine Menge Scherzanrufe bekommen. Dieser war anders.

»Wollen Sie mir drohen?«, fragte sie so unerschrocken, wie sie konnte.

»Lassen Sie die Klage fallen und Sie müssen sich keine Sorgen machen. Sie haben eine Woche.«

Was Bella am meisten Angst machte, war die monotone Übermittlung, das völlige Fehlen jeglicher Gemütsregung.

Bella war so nervös, dass ihr die Worte fehlten. Nicht, dass es eine Rolle gespielt hätte – die Leitung war tot.

Mit zitternder Hand legte sie den Hörer zurück auf die Gabel. Sie starrte vor sich hin, allein im Büro, und fühlte sich plötzlich sehr verwundbar. Sie würde Brad am nächsten Morgen als Allererstes von dem Anruf erzählen – noch ein Grund mehr, diesen riskanten Fall aufzugeben –, doch sie wusste, was seine Reaktion sein würde. Sie waren auch bei anderen Fällen schon bedroht worden. »Wir können uns nicht von diesen Spinnern einschüchtern lassen«, würde Brad sagen. Aber dieser hier war anders. Sie konnte nicht erklären, warum. Aber sie konnte es *fühlen*.

Der Kerl meinte es ernst. Und Bella musste vorbereitet sein.

Zum ersten Mal seit Wochen ging sie vor sechs. Statt in ihr kleines Apartment in Chesapeake zu fahren oder ins Pflegeheim, um ihre Mutter zu besuchen, bog sie in Richtung der Einkaufsmeile am Military Highway ab. Kurz vor sieben betrat sie verlegen ein Sportgeschäft. Sie ging direkt zum Verkaufstresen, sah sich nach den wenigen stöbernden Kunden um, um sicherzugehen, dass sie nicht beachtet wurde, dann sprach sie in gedämpftem Ton mit dem Verkäufer.

»Ich brauche eine Pistole. Etwas Kleines, das ich in die Handtasche stecken kann.«

Als Antwort führte der Verkäufer Bella in einen Sumpf von Genehmigungen, eine versteckte Waffe zu tragen und Rechten nach dem zweiten Verfassungszusatz. Er war mehr als glücklich, ihr helfen zu können, durch diese Gewässer zu navigieren und sowohl eine Beratungsgebühr zu kassieren als auch eine umfangreiche Provision für das gute Stück, das er ihr schließlich verkaufen würde.

Sechs Tage, eine eidesstattliche Erklärung, zwei Anhörungen vor Gericht, eine Erlaubnis zum Tragen einer versteckten Waffe und zwei Kaufhausbesuche später war Bella stolze Besitzerin einer 9-Millimeter-Beretta und einer neuen, übergroßen Handtasche, die deren Heimat sein würde. Sie bezahlte den Verkäufer, damit er sie zum Schießstand mitnahm und ihr zeigte, wie sie ihren neuen Schutzengel benutzen musste. Sie war keine Profischützin, aber sie lernte, wie man die Waffe lud und entlud, und was am wichtigsten war: wie man die Sicherung löste.

Wenn der Feigling vom Telefon im Büro vorbeikam, um seine Drohung wahrzumachen, musste er zuerst an einer bewaffneten und gefährlichen Empfangsdame vorbei. Für den Rest des Reed-Falls, und vielleicht darüber hinaus, war Bella Harper eine Frau mit einer Waffe.

* * *

Es kam in derselben Art Standardumschlag wie beim ersten Mal. Wieder war es an Ahmed Aberijan adressiert. Wie im ersten Paket war der einzige Hinweis auf die Herkunft der Poststempel von Norfolk, Virginia.

Doch diesmal enthielt der Umschlag nur eine Seite. Der Absender hatte wieder peinlich genau Buchstaben und Zahlen aus Zeitschriften ausgeschnitten und sie auf der Seite zu einer Nachricht zusammengeklebt.

> Sachverständiger Zeuge der Klägerpartei Worthington hat eine Achillesferse. Checken Sie die Gerichtsakten des Bezirksgerichts Alexandria und sprechen Sie mit Officer Beecher von der Polizei Alexandria. Noch mal 100 000 Dollar und Sie bekommen noch mehr.

Überweisungsinstruktionen zu einer anderen Bank auf den Caymans folgten. Ahmed las den Brief vier Mal, dankte Allah und rief dann Frederick Barnes an.

»Was haben Sie über den ersten Brief herausgefunden, den ich bekommen habe, in dem die vorläufige Strategie von Mr. Carson war?«

»Den *ersten* Brief?«

»Beantworten Sie meine Frage.«

»Bisher konnten wir ihn noch nicht zurückverfolgen. Es gab keine Abdrücke oder Rückstände auf dem Papier im Umschlag. Der wirkliche Eigentümer des Bankkontos, wohin wir das Geld überwiesen haben, steckt hinter einem Gewirr von Offshore-Firmen, die nicht öffentlich gemeldet sein müssen. Wir sind in einer Sackgasse gelandet.«

»Frederick, ich muss wissen, wer mir diese Briefe schickt. Ich habe eben noch einen über Carsons sachverständigen Zeugen bekommen. Wir werden für die Information bezahlen, aber ich muss wissen, wen ich bezahle.«

»Wir brauchen noch ein bisschen Zeit ...«

»Wir haben keine Zeit!«, schrie Ahmed.

»Er muss ein Insider sein«, sagte Barnes ruhig. »Niemand sonst könnte die Informationen haben oder ihre Bedeutung kennen. Wir können es zumindest auf die Mitglieder von Carsons Team eingrenzen. Ich werde auf alle jemanden ansetzen.«

»Und Sie sollten Strobel diese Information weitergeben, aber sagen Sie ihm nicht, wo sie herkommt.«

»Verstanden«, sagte Barnes.

19

»Wenn Juristerei Krieg ist, dann sind Aufnahmen von eidlichen Aussagen Mann-gegen-Mann-Kämpfe«, sagte Mack einem seiner jungen Mitarbeiter, während sie für den zweiten Tag von Worthingtons Aussage zu den Büros von Carson & Partner fuhren. »Es gibt keinen Richter und wenige Regeln, also ist das A und O Einschüchterung und Hartnäckigkeit. Bringen Sie den Zeugen dazu, lange genug zu reden, dann macht er zwangsläufig irgendwann Fehler. Er wird sich entweder selbst widersprechen oder irgendein kleines Detail vergessen. Ihr Job ist es, dieses kleine Detail zu einem Verbrechen gegen den Staat zu machen.«

Der Mitarbeiter hörte aufmerksam zu. Er hatte den großen Mann am Vortag schon in Aktion gesehen. Jetzt hatte er die seltene Einladung bekommen, mit Strobel von ihrem Büro in Norfolk zu Carsons Büro in Virginia Beach zu fahren. Strobel, für den der Antrag auf Klageabweisung inzwischen ferne Vergangenheit war, war in Mentorenstimmung.

»Wählen Sie eine von zwei Herangehensweisen, je nach Zeugen. Wenn es ein neutraler Zeuge ist, versuchen Sie, ihn einzuwickeln. Bringen Sie ihn dazu, sich zu entspannen und zu reden und sorgen Sie dafür, dass es so bleibt und er weiterredet. Finden Sie über seine Zeugenaussage alles heraus, was Sie können, und holen Sie ein paar Aussagen aus ihm heraus, die Sie im Prozess benutzen können, um ihm ein Bein zu stellen. Das ist leichter, wenn er entspannt ist. Wenn der Zeuge feindlich ist, schüchtern Sie ihn ein. Stellen Sie klar, wer der Boss ist. Stellen Sie ihm Fragen in sarkastischem Tonfall, starren Sie ihn an, lachen Sie über die Anwältin, wenn sie Einspruch erhebt. Ziehen Sie die Aussage in die Länge, bis er mürbe ist. Müde Zeugen machen Fehler.«

»Werden Sie heute mit Worthington fertig oder werden Sie es auf die ganze Woche ausdehnen?«, fragte der junge Mitarbeiter.

Mack fuhr nur schweigend weiter. Ein Mann seines Formats musste die Frage eines kleinen Angestellten nicht zur Kenntnis nehmen. Er würde heute fertig werden. Aber davor hatte er noch ein paar Feuerwerke geplant.

* * *

Die Routinearbeit, als Verteidiger bei Worthingtons Aussage anwesend zu sein, fiel Leslie und The Rock zu. Sie hatte den Experten sorgfältig vorbereitet und war bestens in der Lage, seine Schwächen zu decken.

An diesem zweiten Tag seiner Aussage tauchte The Rock eine Stunde zu spät auf; bis dahin hatte Strobel schlechte Laune. Er ging gleich von Anfang an auf Worthington los und Leslie konnte ihn nicht groß vor Strobels schikanösen Taktiken schützen. The Rock hätte auch genauso gut zu Hause bleiben können.

Am späten Nachmittag war die Anspannung in der abgestandenen Luft des Konferenzraums deutlich zu spüren. Der unerschütterliche Worthington hielt Strobels Unbarmherzigkeit wacker stand, was Strobel nur zu frustrieren schien und ihn noch unausstehlicher und streitsüchtiger machte.

»Mr. Worthington, haben Sie diesen Fall mit Ms. Connors oder den anderen Anwälten der Klägerin besprochen?«

»Einspruch«, sagte Leslie, »diese Gespräche gehören zur anwaltlichen Arbeit.«

»Achten Sie nicht auf sie«, sagte Strobel zu Worthingon, als sei Leslie ein nervendes Kind. »Sie kennt die Regeln für diese Zeugenbefragungen noch nicht; sie lernt noch. Beantworten Sie jetzt bitte die Frage.«

»Beantworten Sie die Frage nicht«, sagte Leslie, innerlich kochend über Strobels Arroganz. »Er will nur Streit.«

»Das ist neu«, höhnte Strobel. »Ihren Zeugen anweisen, eine Frage nicht zu beantworten, mit der Begründung, der Gegneranwalt sei streitsüchtig. Lesen Sie irgendwann mal die Regeln, bevor Sie mit Ihrem Jurastudium fertig sind.« Strobels Mitarbeiter grinste Leslie an.

»Mr. Worthington, wie ich schon sagte: Bemühen Sie sich nicht, die Frage zu beantworten.«

»Werden Sie erwachsen«, sagte Strobel. Es kam von tief in seiner Kehle – eine gutturale Drohung. Dann sah er The Rock an und lächelte. »Mr. Davenport, Sie haben im Lauf der Zeit schon die eine oder andere Aussage aufgenommen. Sagen Sie Ihrem kleinen Schützling, sie kann nicht einfach den Zeugen anweisen, nicht zu antworten, wenn sie eine Frage unlogisch findet. Andernfalls rufen wir den Richter an und ich beantrage Sanktionen. Das ist doch lächerlich.«

The Rock schwitzte stark. Sein linkes Auge zuckte auffällig. »Beantworten Sie bitte die Frage«, sagte er zu Worthington.

Leslie starrte ihn finster an. The Rock tat, als bemerke er es nicht.

»Ich erinnere mich nicht an die Frage«, sagte Worthington.

»Das liegt daran, dass Ihre Anwältin das Protokoll mit schikanösen Einwänden verstopft«, sagte Strobel. »Und ich will, dass sich im Protokoll widerspiegelt, dass ich in meinen mehr als dreißig Jahren Prozesspraxis noch nie so viele unbegründete Einwände aus böser Absicht heraus gehört habe wie heute.«

Die Gerichtsschreiberin, die regelmäßig für Strobel arbeitete, lächelte, als könne sie diesen Spruch aus dem Gedächtnis tippen. Leslie hatte den Verdacht, dass Mack ihn in jedem Fall anbrachte.

»Und ich will fürs Protokoll bemerken«, sagte Leslie, »dass ich noch nie einen unausstehlicheren und unverschämteren Anwalt gesehen habe als heute.« Ihre Hände zitterten; teilweise waren es die Nerven und teilweise war es Wut.

»Okay«, sagte Strobel und wandte seine Aufmerksamkeit wieder Worthington zu, »erzählen Sie mir alles, worüber Sie und Ihre Anwälte gesprochen haben.«

Während der nächsten zehn Minuten wiederholte Worthington in allen Einzelheiten zahlreiche Gespräche, die er mit Leslie gehabt hatte, und gab einen vollständigen Bericht aller Diskussionen, die sie darüber geführt hatten, warum die saudi-arabische Regierung in diesem Fall haftbar gemacht werden sollte. Als Worthington fertig war, lächelte Strobel nur und fragte: »Lassen Sie nicht etwas aus?«

»Was zum Beispiel?«, fragte Worthington defensiv.

»Zum Beispiel die Frage, ob Sie je für ein Verbrechen oder moralisch verwerfliches Verhalten verurteilt wurden.«

Leslie wusste, dass das kommen würde. Sie hatte Worthington auf diese Art von Fragen vorbereitet. Alles, was er tun musste, war, dem Drehbuch zu folgen.

»Nein, das wurde ich nicht.«

»Wurden Sie je eines Verbrechens oder eines moralisch verwerflichen Verhaltens angeklagt und haben sich einer strafbaren Handlung für schuldig erklärt?«

»Einspruch. Das ist nicht relevant oder zulässig und führt nicht zu zulässigem Beweismaterial.« Leslie rutschte nach vorn auf ihre Stuhlkante.

»Weisen Sie ihn an, nicht auf die Frage zu antworten, Frau Anwältin?«, fragte Strobel scheinbar ungläubig. »Hat er etwas zu verbergen?«

»Natürlich nicht, aber wir wissen beide, dass die Frage unzulässig ist.«

»Ich will Ihnen mal sagen, was ich weiß, Ms. Connors. Und am besten inoffiziell.« Strobel wandte sich an die Gerichtsschreiberin, die er für die Aussage angestellt hatte. Sie hörte auf zu tippen.

»Ich weiß, dass Ihr großartiger Sachverständiger in Wirklichkeit ein Frauenschläger mit einem echten Jähzornproblem ist. Ich weiß, dass er gern Geschworene über die Misshandlung von unschuldigen Opfern in Übersee belehrt und dann nach Hause geht und seine Frau selbst ein bisschen misshandelt. Nach dieser Anhörung werde ich meiner Zeugenliste die

Namen von zwei Polizisten hinzufügen, die aussagen werden, dass Mrs. Worthington in der Nacht, als sie schließlich doch den Mut aufbrachte, ihren Mann anzuzeigen, wie ein Sandsack aussah. Ich weiß, dass unser kleiner Chorknabe hier die Aussage verweigert und der Richter ihn schließlich laufen gelassen hat.«

Strobel machte eine kurze Pause. »Zufällig weiß ich auch, dass Ihr Mr. Worthington plant, sich wieder für ein politisches Amt zu bewerben. Und schließlich weiß ich, dass ich ihn zu diesen Anschuldigungen befragen werde, wenn er in diesem Fall in den Zeugenstand tritt, selbst wenn Ihrem Einspruch technisch gesehen stattgegeben wird. Die Geschworenen werden diesen Mann hassen und seine Karriere wird vorbei sein. Wenn Sie ihn also nicht als Zeugen zurückziehen, werde ich ihm diese Fragen hier und heute fürs Protokoll stellen. Wenn Sie bereit sind, ihn als Zeugen zurückzuziehen, können wir das Thema aus dem Protokoll heraushalten. Ich möchte Sie noch daran erinnern, dass dieses Aussageprotokoll der Presse zur Verfügung gestellt werden muss.«

Leslie sah The Rock an, der Worthington anstarrte, als habe der Mann eine ansteckende Krankheit. Sie sah Worthington an – das Blut war ihm aus dem Gesicht gewichen.

»Ich brauche eine Minute, um mich mit Mr. Worthington zu besprechen«, sagte sie.

»Antrag abgelehnt«, antwortete Strobel, als wäre er der Richter. »Das ist ein einfaches Thema. Entweder Sie sagen mir jetzt und hier, dass Sie ihn als Experten zurückziehen, oder ich werde anfangen, ihn offiziell zu der Tatsache zu befragen, dass er seine Frau schlägt, und werde das Protokoll der Presse übergeben.«

»Das ist Erpressung!«, schoss Leslie zurück, die Stimme erhoben. »Und ich werde da nicht mitmachen. Ich werde das Protokoll versiegeln lassen und eine eidesstattliche Erklärung bei Gericht einreichen, in der ich erkläre, dass Sie versuchen, unzulässige Beweise zu benutzen, um sachverständige Zeugen zu erpressen. Ich werde außerdem Klage bei der Anwaltskammer einlegen. Sie haben Glück, wenn sie Ihnen nicht die Lizenz entzieht.«

Leslie stand auf und machte sich bereit, mit Worthington im Schlepptau aus dem Konferenzraum zu marschieren. Sie würde Strobel zeigen, dass sie sich nicht einschüchtern ließ. »Kommen Sie«, sagte sie so souverän wie möglich zu Worthington. »Diese Zeugenaussage ist abgeschlossen.«

Doch Worthington blieb sitzen. »Nein, ist sie nicht«, sagte er, ohne Leslie anzusehen. »Ich ziehe mich selbst als Sachverständiger zurück.«

»Was?!« Jetzt wandte sich Leslie gegen ihren eigenen Zeugen. »Das können Sie nicht tun! Wir haben Sie engagiert!«

»Sie sind ein freier Mann«, sagte Strobel. »Man kann nur Tatsachenzeugen zur Aussage zwingen. Man kann Sie nicht zwingen, als Experte auszusagen, wenn Sie keine Kenntnis der Fakten aus erster Hand haben.«

Worthington sah verlegen zu Leslie, dann über den Tisch zu Strobel, der keine Regung zeigte.

»Ich muss tun, was für mich und meine Familie das Richtige ist«, sagte Worthington. »Es tut mir leid, Leslie.«

»Zurück zum Protokoll«, sagte Strobel.

»Da mache ich nicht mit«, sagte Leslie. »Sie beiden verdienen einander.« Sie warf ihre Papiere und den Notizblock in ihre Aktentasche und stolzierte aus dem Raum. Beim Hinausgehen knallte sie die Tür zu und ließ ihren fassungslosen Co-Anwalt und ihren ehemaligen Starzeugen zurück.

* * *

»Er hat *was* getan?!«, schrie Nikki ins Telefon. »Warum haben Sie ihm nicht gedroht, sein Geheimnis der Presse zu verraten, wenn er nicht für uns aussagt? Das hätte ihm zumindest einen kleinen Anreiz gegeben, das Richtige zu tun.«

»Ehrlich, Nikki«, sagte Leslie, »was für einen Experten wird er abgeben, wenn ich jedes Mal Einspruch erheben muss, wenn Strobel ihn fragt, ob er seine Frau schlägt?«

»Der Typ ist Abschaum. Und jetzt?«

»Beten Sie für einen nachsichtigen Richter, der nicht verlangen wird, dass wir eine direkte Zeugenaussage darüber liefern, wie die Regierung von Saudi-Arabien die Maßnahmen der Muttawa unterstützt. Wir haben auch ohne Worthington massenweise Indizienbeweise gegen die Regierung. Er wäre eben der Einzige gewesen, der das alles zusammengesetzt hätte.«

Als Nikki aufgelegt hatte, wählte sie sofort die Nummer einer Freundin bei der örtlichen Tageszeitung. Worthington würde mit einer Schlagzeile im Lokalteil des nächsten Tages für seine Feigheit bezahlen. Sie würde lauten: »Anwälte feuern sachverständigen Zeugen wegen Missbrauchsanschuldigungen.« Die Story, in der ungenannte Quellen zitiert würden, würde in allen Einzelheiten die Anklage gegen Worthington aufzählen und die Kanzlei Carson & Partner dafür rühmen, ihren eigenen Sachverständigen angesichts seiner kontroversen Vergangenheit mutig zu entlassen.

* * *

Rashid wusste, dass sein Bruder Hanif die Gabe hatte, Gottes Wort zu lehren. Er hegte keine Eifersucht. Die Gemeinde würde bald von Hanif geleitet werden, genau wie Rashid es gehofft hatte. Er lehnte sich bei den Treffen zurück und staunte, wie Gott seinen jüngeren Bruder segnete.

Am Freitagabend kamen so viele, dass Hanif Rashid sagte, er habe beschlossen, noch einen zweiten wöchentlichen Gottesdienst einzurichten. Mit jedem neuen Bekehrten wurde jedoch die Gefahr größer. Rashid konnte nicht wissen, ob jedes der neuen Mitglieder den Segen eines Sünders darstellte, der durch die Gnade gerettet wurde, oder den Fluch eines Regierungsspitzels. Er nahm stets das Erstere an.

Rashid genoss jeden Abend mit der Gemeinde, weil er wusste, dass er nicht mehr viel Zeit hatte. Seine Aussage würde in zwei Wochen stattfinden. Er wusste, was er zu tun hatte, aber er wusste auch, dass es nicht leicht werden würde. Kein Mensch sollte vor die Wahl zwischen Gott und seiner Familie gestellt werden.

* * *

Am Freitagabend, nach einer Reihe von Sechzehnstundentagen, gingen Brad und Leslie groß aus. Sie schlugen sich in einem italienischen Restaurant den Bauch voll, genossen die Gesellschaft des jeweils anderen und vergaßen vorübergehend den Fall, der sie zusammengebracht hatte.

Sie versuchten, mit einem langen Spaziergang auf dem Uferweg ein paar Kalorien zu verbrennen, und nahmen sich Zeit, die Gemälde einheimischer Künstler und die Erzeugnisse hiesiger Kunsthandwerker zu bewundern. Brad, aufmerksam und verschlagen wie immer, nahm Leslies Bewunderung für ein Gemälde des Cape-Hatteras-Leuchtturms zur Kenntnis. Als sie ein

Stück die Promenade weitergegangen waren und Leslie stehen blieb, um einem anderen Künstler beim Betupfen seiner Leinwand zuzusehen, kehrte Brad um unter dem Vorwand, zur Toilette zu gehen, und bezahlte das Bild. Er rannte mit dem Bild zu einem Hotel auf der anderen Straßenseite und ließ es, zusammen mit einem beträchtlichen Trinkgeld, beim Portier. Ein paar Minuten später war er wieder bei Leslie, die immer noch fasziniert dem Amateurmaler zusah und völlig unbeeindruckt war von Brads Beteuerung, dass die nächste Toilette eine halbe Meile entfernt sei.

Sie vollendeten ihren Abend mit einem Spätfilm. Brad wollte einen Thriller, aber Leslie überredete ihn zu einem Frauenfilm. Brad verschlief die letzte Stunde und war voll neuer Energie, als der Film um viertel vor zwölf schließlich endete. Leslie dagegen schlief, nachdem sie aus dem Kino waren, im Auto innerhalb von fünf Minuten tief und fest ein.

Brad änderte stillschweigend den ursprünglichen Plan, Leslie zu ihrem Auto vor dem Büro zurückzubringen, und fuhr stattdessen direkt zu seinem Haus in Virginia Beach. Er fuhr in die ringförmige Auffahrt vor seinem großen Haus und schaltete den Motor aus. Dann streckte er die Hand aus und berührte Leslie sanft an der Schulter. Sie schreckte auf und setzte sich aufrecht.

»Was ist … wo sind wir?«, wollte sie wissen, als ihre Augen aufgingen.

»Nur die Ruhe, Mädchen. Du bist in guter Gesellschaft. Du hast so tief geschlafen, dass ich beschlossen habe, dich zum Schlafen zu mir nach Hause zu bringen.«

Leslie entspannte sich und rieb sich beide Augen. »Tut mir leid, Brad, ich hatte nur diesen Albtraum …«

»Hey. Nach einer Woche wie dieser hast du das Recht auf ein paar Albträume.«

Leslies Augenlider sahen schwer aus. Sie schüttelte den Kopf, um ihre Sinne wachzubekommen und unterdrückte ein Gähnen. Für Brad hatte diese Frau, die den Schlaf nicht aus ihren Augen bekommen konnte und deren Haare statisch aufgeladen in alle Richtungen abstanden, nie schöner ausgesehen. »Mir geht's gut, ehrlich. Besorg mir nur ein bisschen Koffein, dann mach ich mich auf den Weg.« Sie schenkte ihm ein verschlafenes Lächeln.

»Alles klar. Gehen wir.« Brad stieg aus und ging ums Auto herum, um Leslie die Tür zu öffnen. Sie stieg aus und streckte sich.

»Nein, ehrlich, Brad. Das geht schon.«

»Hör zu, ich habe oben eine Gästesuite, die nie benutzt wird. Mir wäre wohler, wenn du nicht versuchen würdest, nach Williamsburg zu kommen, ohne ein bisschen geschlafen zu haben.«

Brad war schon auf dem Weg zur Vordertür. Leslie protestierte, während sie ihm folgte.

»Ich schlafe nur ein paar Stunden auf der Couch.«

»Leslie …«

Sie hielt die Hand hoch, die Augen halb geschlossen. »Die Couch oder gar nichts.«

Brad schüttelte den Kopf. »Na gut, dann lass mich wenigstens eine Decke holen, ein Leintuch und ein Kopfkissen.«

Nachdem er den Platz für Leslie hergerichtet hatte, während sie auf einem der Stühle schlief, beugte sich Brad nach unten, strich ihr sanft das dichte, kastanienbraune Haar aus dem hübschen Gesicht und küsste sie ganz zart. Seine Gefühle machten ihn ganz schwindlig.

»Ich hatte einen tollen Abend«, flüsterte er. Sein Gesicht war nur Zentimeter von ihrem entfernt. Er konnte den Blick nicht von ihrem abwenden. Er wagte es nicht zu zwinkern.

»Danke«, sagte sie und ließ unter ihren schweren Augenlidern ein weiches Lächeln aufblitzen, das den Raum erhellte. »Ich auch.«

»Ich habe eins von meinen T-Shirts auf die Couch gelegt, wenn du etwas Gemütliches zum Schlafen brauchst. Im Badezimmer gibt es Handtücher und Waschlappen. Und eine Extrazahnbürste.«

»Eine Zahnbürste?« Leslie lächelte. »Ich werde nicht fragen, warum.«

Er küsste sie noch einmal auf die Stirn, streichelte ihr sanft über die Wange, wandte sich um und ging zur Treppe.

»Wir geben ein ziemlich gutes Team ab«, sagte er im Weggehen.

Brad dachte an viele unterschiedliche Bedeutungen von »Team«.

* * *

Brad stellte den Wecker auf sechs und widerstand dem Drang, vorher wieder hinunterzugehen. Er schlief unruhig, aber er schlief lächelnd. Er wachte von alleine fünf Minuten vor dem Wecker auf und stand rasch auf, um Frühstück zu machen.

Die Couch war leer. Das T-Shirt war weg, aber Leslie hatte die Leintücher und Decken sauber gefaltet auf dem Kissen hinterlassen, zusammen mit einem Dankesbriefchen. Brad schüttelte ungläubig den Kopf. Sie musste ein Taxi gerufen haben. Er würde diese Frau nie verstehen.

Später am Morgen fuhr Brad eine halbe Stunde von seinem Haus zum Strand, um das Bild abzuholen, und dann noch eine Stunde nach Williamsburg, um es abzuliefern. Er hinterließ das Kunstwerk sorgsam gegen die Außentür der Garage gelehnt, die Leslies Apartment beherbergte.

* * *

Einer von Barnes' Männern, zunehmend gelangweilt von seiner ereignislosen Überwachung Brads, beschloss, ein bisschen Spaß zu haben. Als Brad auf dem langen Feldweg davonfuhr, der von Leslies Haus wegführte, glitt er aus seinem Auto und steckte das Gemälde in den Kofferraum. Seine Frau würde es lieben. Einer der Nebenverdienste eines ansonsten wenig einträglichen Jobs.

20

Mack Strobel persönlich zählte nicht weniger als achtzehn leere Flaschen auf Teddy Kilgores Privatjacht verteilt, als er sich dem Braintrust anschloss. Teddy hatte gegenüber vom Büro angedockt, an einem für ihn reservierten Liegeplatz an der Waterside Marina, um Mack aufzusammeln, damit der Braintrust Carsons Vernichtung planen konnte. Die Hitze und Schwüle des Septembertags klebte an Mack wie ein Blutegel. Er arbeitete schon den ganzen Tag an dem Fall, während seine Gefolgsleute sich auf dem Golfplatz vergnügten und die Wasserstraßen unsicher machten, tranken, Krebse aßen und diese Zeit dem Reed-Fall in Rechnung stellten. Und was hatten sie erreicht?

»Wo ist Phillips?«, fragte er, ohne sich die Mühe zu machen, jemanden zu grüßen.

»Der ist unten.« Mackenzie gestikulierte mit einem leisen Glucksen unter Deck.

Strobel beugte sich über den Treppenaufgang und brüllte: »Mel! Auf geht's!«

Mackenzie klatschte mit der Hand auf Strobels Schulter. »Nein, ich meine, er ist *unten*.« Mackenzie machte mit der Hand eine Geste, als setze er eine Flasche an, um anzudeuten, dass Phillips mehr geschluckt hatte, als er vertrug, und an diesem Abend nicht an der Sitzung teilnehmen würde. Mack fluchte. Mackenzie lachte, fast albern.

Nachdem er ihnen gründlich Bescheid gestoßen hatte, eine Tirade, die keine erkennbaren Auswirkungen auf seine Partner hatte, machte es sich Mack selbst auch auf einem Klubsessel gemütlich und öffnete sein erstes Bier. Wenn er sie schon nicht bezwingen konnte, würde er sich ihnen anschließen und zumindest retten, was von diesem elenden Herbsttag noch übrig war.

Teddy Kilgore, bis zu den Ellbogen in Krebsbeinen beim jämmerlich scheiternden Versuch, etwas Fleisch aus den lästigen Schalen zu pulen, spielte wie immer den Friedensstifter.

»Mack, Junge. So wie ich das sehe, arbeitest du zu hart. Deshalb haben wir Mitarbeiter. Lass sie die ganzen Aussagen übernehmen. Spar dir deine Kräfte, wenn du meine Meinung hören willst.«

Kilgore machte eine Pause in seinem aussichtslosen Kampf gegen die Krebse, stolz auf seinen Rat, und freute sich diebisch wie alle, die zu viel trinken und dann etwas Banales sagen, von dem sie glauben, es sei unglaublich tiefsinnig.

»Danke«, sagte Strobel sarkastisch. Er hatte es satt, diese Kanzlei am Bein zu haben. Teddy lächelte. »Kein Problem.« Er nahm noch einen Schluck von seinem Bier und machte sich wieder über die Krebse her.

»Meiner Meinung nach«, sagte Mackenzie, »hast du eigentlich nur ein Problem – Richter Johnson. Du hast einfach den falschen Richter für die Anhörung gezogen. Sonst wäre das ein Spaziergang gewesen.«

»Darauf wäre ich nie gekommen«, sagte Strobel noch sarkastischer als eben. »Dummerweise berät sich das Gericht nicht mit mir, wenn es die Fälle verteilt.«

»Welchen Richter willst du?«, fragte Win und warf Mack noch ein Bier zu. »Hier, Teddy, lass mich dir helfen. Ich kann nicht glauben, dass du schon all diese Jahre in Tidewater lebst und immer noch nicht weißt, wie man diese Dinger pult.«

Teddy lächelte, während er Win das gute Fleisch aus den Krebsen pulen und auf einen Teller legen ließ. »Ich überlasse das den Hilfskräften«, sagte er.

Strobel erlebte diese Szene nicht zum ersten Mal. Teddy war wahrscheinlich der geschickteste Krebspuler der Bande, aber er war auch der faulste. Teddy hatte vor langer Zeit gelernt, dass die beste Art, gutes Krebsfleisch zu bekommen, ohne sich mit dem lästigen Pellen herumschlagen zu müssen, darin lag, hilflos auszusehen und auf einen Freiwilligen zu warten. Es gab immer einen Freiwilligen.

»Baker-Kline wäre perfekt für uns«, sagte Strobel. Seine Stimmung hatte sich etwas verbessert, als er sah, wie Teddy Mackenzie hereinlegte. »Sie ist normalerweise für die Verteidigung und sie hasst Carson. Hat den Guten letztes Jahr wegen Missachtung in den Knast geschickt.«

»Ich weiß«, antwortete Win. »Der Fall war überall im Fernsehen.«

Während sie sprachen, wankte Melvin Phillips die Treppe herauf, ging zur Kühlbox und holte sich noch ein Bier heraus. Er rülpste laut und drehte sich dann um, um Mack anzusehen.

»Was meinst du dazu?«, fragte Mack sarkastisch. »Zum Thema Reed-Fall – der, auf den du heute deine Stunden abrechnest.«

»Mmm«, sagte Phillips, als er vorsichtig wieder auf die Treppe zusteuerte, wobei er sich an allem Möglichen abstützte, während er sich seinen Weg suchte. »Schließ einen Vergleich.« Dann rülpste er noch einmal und stieg die Treppe hinab.

»Ist noch Bier in der Kühlbox?«, fragte Teddy. Er brauchte etwas, um die Krebsbeine hinunterzuspülen. »Was haben wir für Möglichkeiten?«

»Wofür?«

»Für den Richter. Wer steht noch zur Debatte?«

»Es gibt fünf Posten für Richter ohne Senior-Status«, erklärte Strobel. »Einer davon ist frei; der Kongress muss nur noch den Auserwählten des Präsidenten bestätigen. Richterin Stonebreaker ist ungefähr zur Hälfte mit einem großen Kartellverfahren durch, das sich schon über Monate hinzieht, und die Verteidigung hat gerade erst angefangen. Selbst wenn sie bis Mitte Oktober fertig ist, was ich bezweifle, würden sie sie nie direkt wieder in einen so langen und komplexen Fall schicken.«

»Wer bleibt dann noch übrig?«, fragte Teddy. Er warf eine leere Dose in Richtung des Pappkartons, den sie als Mülleimer benutzten. Die Dose prallte mindestens einen Meter davor unspektakulär aufs Deck.

»Damit bleiben Johnson, Baker-Kline und Lightfoot, der für meinen Geschmack zu liberal ist.«

»Dann lasst uns Lightfoot loswerden«, sagte Win. »Machen wir ein bisschen Richter-Shopping.«

»Wie?«, fragte Mack. »Sollen wir ein paar von unseren Mafiafreunden anrufen?«

»Das muss bei Lightfoot nicht sein«, sagte Win süffisant. »Vergesst nicht: Er war Berufspolitiker, bevor er Richter wurde und unsere Familie hat große Teile seiner Kampagnen zur Wiederwahl finanziert.«

»Deshalb hat er auch verloren«, murmelte Mack.

Win ignorierte den Kommentar. »Ein Teil des Geldes war schmutzig«, erklärte er. »Scheinfirmen, um bundesstaatliche Beschränkungen zu umgehen, solche Sachen. Ich kann Lightfoot sagen, unsere Mandanten hätten herumgeschnüffelt – dass dieser Barnes Wind von diesen finanziellen Unregelmäßigkeiten bekommen hat und droht, der Presse davon zu erzählen, wenn Lightfoot dem Fall zu nahe kommt.«

Mack war fasziniert von dem Gedanken, Lightfoot aus dem Rennen zu werfen. »Aber auch wenn wir Lightfoot einen Anreiz geben, den Fall nicht anzuhören, kann er sich nicht selbst herausnehmen, weil er die Zuteilungen nicht macht. Die Aufgabe fällt Baker-Kline als der aktuellen vorsitzenden Richterin des östlichen Bezirks von Virginia zu.«

»Du hast recht, aber ein vorsitzender Richter pfuscht nicht im Urlaub eines Kollegen herum. Ich werde Lightfoot erklären, wie es steht, und biete ihm einen Ausweg, indem ich ihn einlade, die zweite Oktoberwoche mit unserer Familie in unserem Ferienhaus in den Blue Ridge Mountains zu verbringen. Er kann schlecht den Fall in Norfolk verhandeln und gleichzeitig in Charlottesville mit mir jagen gehen.«

»Das Problem«, antwortete Mack, »ist, dass mir mit deinem Plan ein Fiftyfifty zwischen Johnson und Baker-Kline bleibt. Bei Kopf gewinne ich, bei Zahl verliere ich. Ich glaube, ich würde lieber Lightfoot im Rennen behalten und damit zumindest die Chancen verringern, Johnson zu bekommen.«

Win Mackenzie fing Macks Blick auf und nickte zu Teddy hinüber, dessen Kopf so weit nach hinten geneigt war, dass es aussah, als könne sein Hals jeden Moment durchbrechen. Seine Augen waren geschlossen, doch sein Mund stand weit offen und sog die feuchte Tidewater-Luft ein. Wie üblich war ihre Strategiesitzung auf den harten Kern dezimiert.

»Wie wichtig ist der Fall?«, fragte Win mit gesenkter Stimme. »Ich will eine ernsthafte Antwort, keinen Sarkasmus.«

»Es ist einer der größten, den ich je verhandelt habe«, sinnierte Mack, während er auf die Segelboote hinaussah, die sich den Fluss hinabschlängelten. »Die Publicity für die Firma wird enorm. Ob wir gewinnen oder verlieren – wir werden ein Begriff sein.«

»Dann lass uns alle Hebel in Bewegung setzen«, sagte Mackenzie. »Ich habe einen Deal für dich. Ernenn mich für die Revision zum leitenden Anwalt und zum Pressesprecher im Prozess. Ich garantiere dir, dass ich dir Baker-Kline als Richterin besorge.«

Die Aussicht, Baker-Kline für den Fall zu bekommen, schien Mack zu schön, um wahr zu sein. Doch der Preis war hoch – er musste Win einen Teil des Ruhms abtreten. Mack lehnte sich in seinem Sessel zurück, nahm einen großen Schluck Bier und wählte seine Worte sorgfältig.

»Wie machst du das?«, fragte er. »Und wie kannst du Pressesprecher sein, wenn du Urlaub in den Blue Ridge Mountains machst?«

»Ich habe nie behauptet, dass kein Notfall eintreten und mich vom Urlaub abhalten könnte.«

»Was ist mit Johnson?«

Wins Lippen verzogen sich zu einem selbstgefälligen kleinen Lächeln. »Überlass das mir. Manche Dinge willst du nicht wissen.« Er hielt inne und sah Mack an. »Sind wir im Geschäft?«

Strobel verengte die Augen, stellte sich Ichabod auf der Richterbank vor, wie sie auf Carson herabstarrte und ihn herunterputzte, dann hielt er sein Bier in Mackenzies Richtung. Sie besiegelten das Geschäft, indem sie anstießen, und genossen den restlichen Abend vor der Kulisse des Flusses und Teddys Schnarchen.

* * *

Anders als die Anwälte, die er angeheuert hatte, machte sich Ahmed mehr Sorgen um die Geschworenen als um den Richter. Dementsprechend wurde er unverzüglich tätig, als er etwa einen Monat vor Prozessbeginn von seinen Anwälten die Liste der mehr als einhundert voraussichtlichen Geschworenen bekam. Wie üblich begann er mit einem Anruf bei Barnes.

»Haben Sie die Liste der voraussichtlichen Geschworenen bekommen?«

»Ja, sie kam heute Morgen an. Wir haben uns schon drangemacht. Geben Sie uns zwei Wochen und wir haben einen vollständigen Bericht.«

»Einen Bericht kann ich von den Anwälten bekommen. Von Ihnen brauche ich mehr. Wir müssen ein paar von diesen Geschworenen in der Tasche haben. Können Sie dafür sorgen?«

Stille herrschte in der Telefonleitung. Ahmed wartete ab. »Ich weiß nicht«, sagte Barnes schließlich. »Das ist in den Vereinigten Staaten eine ernste Sache. Man kann dafür verknackt werden, wenn man versucht, an der Jury herumzupfuschen.«

»Was Sie nicht sagen. Wie würden Sie es denn anstellen, wenn Sie es wollten?«

Barnes wartete ein paar Augenblicke, bevor er antwortete. »Na ja, aus dem Stegreif würde ich mit den ersten dreißig oder vierzig Geschworenen anfangen und Strobel fragen, wen er bei der Vorauswahl ausschließen will. Dann würde ich ein paar Privatdetektive aus der Gegend beauftragen, damit sie bei den übrigen Geschworenen ein bisschen die Hintergründe recherchieren. Ihren Müll durchsehen, ihre Arbeitsplätze unter die Lupe nehmen, mit ein paar von ihren Freunden reden, solche Sachen. Wir würden die zehn angreifbarsten Geschworenen herauspicken und anfangen, die Basis dafür zu legen, um sie kaufen oder erpressen zu können, wenn sie ausgewählt werden. Wir ziehen Erpressung vor. Es ist billiger und effektiver. Die Chancen stehen gut, dass 20 Prozent dieser Typen ihre Ehepartner betrügen, Pornos im Internet anschauen oder ihre Chefs beklauen. Wir tauschen unser Schweigen gegen ihre Stimme. Sämtliche Kontakte mit den Geschworenen vor dem Prozess würden ausschließlich von einem meiner zwei besten Männer gemacht. Wir würden sehr diskret vorgehen. Man kann im Allgemeinen herausfinden, ob sich jemand kaufen lässt, ohne je direkt zu fragen. Wir brauchen in einem Zivilprozess nur ein Jurymitglied. Aber zwei könnten sich während der Beratung gegenseitig moralisch unterstützen.«

»Sorgen Sie dafür«, sagte Ahmed, »und Sie haben Ihren Bonus um eine Million erhöht. Zahlen Sie, was immer nötig ist, um die Geschworenen zu kaufen.«

Es entstand eine lange Gesprächspause. Ahmed spürte Barnes' Zögern und beschloss, wieder abzuwarten. Barnes war es nicht gewöhnt, einen

Befehl zu verweigern. Und eine Million Dollar war eine Menge Geld, selbst für Barnes.

»Ich verspreche nichts, Ahmed. Ich bin nicht bereit, wegen eines Zivilprozesses in den Knast zu gehen.«

»Erledigen Sie es.«

Ahmed legte auf.

Gerechtigkeit war in Amerika nicht billig.

* * *

Brad hatte einen weniger ambitionierten Plan für die voraussichtlichen Geschworenen.

»Bella«, sagte er in die Gegensprechanlage. »Haben Sie einen Moment Zeit?«

»Nein«, schnaubte sie. »Aber ich komme trotzdem.«

Ein paar Sekunden später ließ sie sich auf einem der Mandantenstühle gegenüber von Brads Schreibtisch nieder.

»Würden Sie bitte die Liste der voraussichtlichen Geschworenen nehmen und sie diesen Leuten hier schicken?« Ohne von seinem Papierkram aufzusehen, reichte Brad ihr eine Liste von Anwaltskollegen, denen er vertrauen konnte. »Verfassen Sie einen Brief, in dem Sie sie bitten, sich eine Minute Zeit zu nehmen und abzuchecken, ob sie jemanden auf der Liste kennen. Geben Sie ihnen Ihre Nummer, falls sie irgendwelche Informationen haben. Und wenn möglich, sollten die Briefe heute rausgehen.«

Bella rührte sich nicht. Wie üblich hatte Brad ihre Bereitschaft für selbstverständlich genommen. Als er keine erkennbare Reaktion auf seine Bitte bekam, sah er zum ersten Mal von seiner Arbeit auf und bemerkte, dass sie Tränen in den Augen hatte. Er konnte sich nicht daran erinnern, wann das zum letzten Mal passiert war.

»Was ist los?«, fragte er und legte seine Arbeit beiseite. Sie hatte seine volle Aufmerksamkeit.

»Brad, wir haben ein ernstes Geldproblem. So eng war es seit unserem ersten Jahr nicht mehr.« Sie legte einen Stapel Papier auf seinen Schreibtisch. »Das sind die Rechnungen, allein für den Reed-Fall.« Sie legte einen kleineren Stapel daneben. »Das sind die anderen Rechnungen, die wir in den letzten dreißig Tagen bekommen haben. Wenn ich alles auf diesen beiden Stapeln bezahlen würde, hätten wir nur fünfundfünfzigtausend auf der Bank. Abgesehen von den Experten, Nikkis Reise nach Saudi-Arabien, den Abschriften der eidlichen Zeugenaussagen und den üblichen Gehältern und Gemeinkosten, verbrennen wir fünfundsiebzigtausend in der Woche. Selbst wenn wir unsere Kreditlinie bei der Bank voll ausschöpfen und unsere Schuldner so lange wie möglich warten lassen, schätze ich, dass wir einen Acht-Wochen-Prozess durchhalten, aber nicht länger. Wenn wir verlieren, sind wir geliefert. Selbst wenn wir gewinnen, haben wir nicht genug Geldfluss, um es durch eine Revision zu schaffen.«

Sie seufzte, als sei eben eine riesige Last von ihren Schultern genommen worden. Die Rechnungen blieben auf Brads Schreibtischkante liegen. Bella war die Meisterin der Angstverbreitung.

Brad war daran gewöhnt, dass Bella ihn mit schlechten finanziellen Nachrichten versorgte. Was ihn diesmal betroffen machte, war die Intensität ihrer Gefühle. Als sie anfingen, hatten sie schwerere Zeiten gehabt und Bella war nie so verzagt gewesen.

»Wir müssen nur in ein paar von unseren anderen Fällen, die hier noch herumliegen, Vergleiche schließen«, schlug Brad vor. »Wir schaffen das. Wir sind Überlebenskünstler.«

»Was für andere Fälle? Wir haben schon so ungefähr jeden Fall erledigt oder abgegeben, der irgendetwas einbringen konnte, ausgenommen den Johnson-Fall. Ich denke, es wird Zeit, dass wir uns im Johnson-Fall vergleichen.«

»Bella, das hatten wir doch schon. Die Versicherungsgesellschaft macht bis zum Abend vor dem Prozess nie brauchbare Angebote. Es wird noch Monate dauern, bis wir ein Prozessdatum bekommen und ihnen genug Angst machen, dass sie uns ein vernünftiges Angebot machen. Ich werde nicht einen Mandanten für einen anderen verkaufen.«

»Brad, ich sage Ihnen, wir haben keine Wahl! Entweder wir vergleichen uns im Johnson-Fall oder die Kanzlei geht bankrott.«

Sie hatten beide die Stimmen erhoben; jede scharfe Erwiderung lauter als die letzte.

»Bella, das steht nicht zur Debatte. Ende der Diskussion. Wir würden eher Bankrott anmelden und den Reed-Fall fallen lassen, bevor wir anfangen, unsere Mandanten zu verkaufen.« Brad holte Luft und senkte die Lautstärke. »Also, welche Möglichkeiten bleiben uns sonst noch?«

»Sie könnten Geld auf Ihr Haus aufnehmen …«

»Gut. Machen Sie den Papierkram fertig. Wie viel bringt uns das?«

»Noch mal ungefähr hundertfünfzig, wenn wir Glück haben. Sie haben schon eine ernstzunehmende Hypothek auf dieses Monster.«

»Okay, was noch?«

Sehr zu Brads Überraschung kamen die Tränen wieder. Doch diesmal hielt sich Bella nicht zurück, als sie still über ihre Wangen und in ihren Schoß purzelten. So hatte Brad sie noch nie gesehen und er wusste nicht recht, was er tun sollte. Er stand langsam auf, nahm ein paar Taschentücher und ging zu ihr, um ihr eine Hand auf die Schulter zu legen. Er ging vor ihr in die Hocke.

»Es geht nicht ums Geld, oder?«

Bella schüttelte den Kopf. Brad wartete geduldig mit der Hand auf ihrer Schulter. Schließlich zwang sie sich zu reden.

»Wir könnten … sollten … für eine Weile … aufhören, die Gehälter zu zahlen. Aber ich kann mir Moms Heim … kaum leisten. Ich bin hoch verschuldet. Sie ist alles, was ich habe. Ich will sie nicht verlieren.« Die Worte sprudelten in einer Gefühlsaufwallung aus ihr heraus.

»Bella«, sagte Brad sanft, »es wird alles gut … Sie werden sie nicht verlieren … Es wird alles gut.«

* * *

Als Bella ging, schloss Brad die Tür und ließ sich auf seinen Stuhl fallen. Sein Herz raste und sein Brustkorb fühlte sich eng an. Das war der Preis, den er für die Freiheit zahlte, sein eigener Herr zu sein – die Einsamkeit des Leiters.

Er lehnte sich zurück, verschränkte die Hände hinter dem Kopf und starrte konzentriert an die Decke. Er machte eine Bestandsaufnahme. In einem Monat würde er einen Fall verhandeln, den viele für nicht gewinnbar hielten. Seine normalerweise standfeste Sekretärin war in Panik. Er hatte sich ernsthaft in eine Frau verliebt, aus der er nicht schlau wurde. Das stetige Trommelfeuer von Sechzehnstundentagen hatte seine Nerven strapaziert. Er hatte gerade seinen Hauptzeugen in einer grotesken Zeugenanhörung verloren, wodurch sich ihm der Verdacht aufdrängte, sein Büro könnte verwanzt sein. Er hatte seine Fälle dezimiert, um diesen hier zu übernehmen, und riskierte jetzt den Bankrott, selbst wenn er gewann. Und, um das Ganze noch schlimmer zu machen, er würde das Erfolgshonorar im einzigen guten Fall, den er im Büro hatte - den Johnson-Fall - mit dem erbärmlichsten Klägeranwalt von Tidewater teilen müssen - mit The Rock.

Es gab nur eine Lösung. Er würde härter arbeiten. Und er würde den Fall durchrationalisieren. Er würde Ausgaben reduzieren. Er würde einen Tag nach dem anderen in Angriff nehmen. Wenn er gewann, würden ihm andere große Fälle ins Büro flattern. Selbst wenn er verlor, war es eine ruhmreiche Niederlage und noch mehr Fälle würden in sein Büro flattern.

Abgesehen davon war seine Mandantin Missionarin und hatte wahrscheinlich einen direkten Draht zum Allmächtigen. Das war gut. Er konnte ein wenig göttliche Intervention gebrauchen - oder zumindest ein bisschen Glück.

* * *

Nur etwas weiter den Flur entlang feilte Leslie an ihrer vorläufigen Strategie und arbeitete die kürzlich vervollständigten Zeugenaussagen und andere Entwicklungen ein. Das Fünfzig-Seiten-Dokument gab einen Überblick über die Zeugen und ihre zu erwartenden Aussagen. Es erörterte verschiedene Beweisaspekte und erwähnte das jeweilige Gesetz, das die Position des Klägers stützte. Es stellte die Beweisstücke und Dokumente dar, die sie in der Verhandlung einbringen wollten, zusammen mit sämtlichen zu erwartenden Einsprüchen. Jede Seite des wertvollen Dokuments war sachgemäß gekennzeichnet: *Vertraulich: Anwaltsgeheimnis und Prozessarbeit.*

Als sie sich bereit machte, das Büro zu verlassen, machte sie vier Kopien. Zwei Kopien brachte sie persönlich in versiegelten Umschlägen zu den Schreibtischen von Nikki und Bella und eine dritte schob sie unter Brads Tür hindurch. Die vierte Kopie steckte sie in ihre eigene Aktentasche und das Original ließ sie auf ihrem Schreibtisch liegen.

* * *

Nikki verließ das Büro ein paar Minuten nach Leslie, um 18.30 Uhr. Anders als Leslie hatte sie nicht vor, sich Arbeit mit nach Hause zu nehmen. Sie kam allerdings kurz vor Mitternacht ins Büro zurück, wie sie es an den letzten fünf Tagen hintereinander getan hatte. In der ersten Nacht hatte Leslie immer noch im Büro gearbeitet, also hatte Nikki nur ein paar Sachen in ihre Aktentasche geworfen, Hallo gesagt und sich auf den Heimweg gemacht. In den übrigen vier Nächten war das Büro bis auf den gelegentlichen Besuch der Putzkolonne leer gewesen. Nikki arbeitete jede Nacht fast drei Stunden und in dieser Nacht würde sie es genauso machen. Grob gerechnet dachte sie sich, sie müsste es schaffen, mit dem letzten Brief gegen drei Uhr morgens fertig zu sein. Wenn nicht, war sie entschlossen, zu bleiben, bis sie fertig war.

Nikkis modernes Warnsystem bestand aus einem Abhörgerät, wie es Eltern benutzten, um ihre Babys zu überwachen. Sie platzierte den Empfänger in der Lobby an einer abgelegenen Stelle. Das Gegenstück stand auf ihrem eigenen Schreibtisch, während sie arbeitete. Jedes Mal, wenn die Putzkolonne in den ersten paar Nächten kam, hatte das System Nikki gewarnt, dass sie die Dokumente von ihrem Tisch in eine ihrer leeren Schreibtischschubladen fegen musste. Ihr Büro befand sich vom Empfangsbereich aus gesehen am Ende des Gangs; ein kurzer Fußmarsch, der von der Eingangstür nicht länger als fünfzehn Sekunden dauerte, gerade genug Zeit, um ihr Büro in den Normalzustand zu versetzen.

Nikki nahm das Überwachungsgerät mit, als sie in die Küche ging, um sich ihre erste Tasse Kaffee einzuschenken. Wie immer schaltete sie das Licht zu ihrem Büro aus und ging rasch den Flur entlang. Erst als sie dabei war, den Empfangsbereich zu betreten, hörte sie das deutliche Geräusch eines Schlüssels, der ins Schloss geschoben wurde, dann das Drehen des Türknaufs und das Öffnen der Eingangstür. Sie hatte keine Chance, in die Küche zu gelangen, um die Kaffeemaschine abzuschalten oder zurückzuschleichen und im Dunkeln ihr Büro aufzuräumen. Stattdessen glitt sie ins nächste Büro, das zufällig das von Brad war, und saß bei offener Tür ein paar Sekunden in rabenschwarzer Dunkelheit.

Sie hörte die Schritte den Flur entlang auf das Büro zukommen. Sie waren schnell und entschlossen, mit hartem Auftreten wie bei einem Mann. Das übliche Geräusch eines Handwagens oder das Klappern des Putzzubehörs war nicht zu hören.

Das muss Brad sein! Es war Nikkis schlimmster Albtraum.

Das Flurlicht ging an. Nikki erstarrte in einem Moment der Panik. Wie konnte sie sich rechtfertigen, wenn er sie im Dunklen in seinem Büro erwischte? Nur einen Augenblick lang dachte sie ernsthaft darüber nach, sich hinter der Tür zu verstecken und Brad von hinten bewusstlos zu schlagen. Sie würde hinausschlüpfen und der ganze Vorfall würde als misslungener Einbruch verbucht werden.

Stattdessen schlüpfte sie schnell unter seinen massiven Eichenschreibtisch in den Hohlraum, in den Brad seine Beine stellte, wenn er auf seinem Schreibtischstuhl saß. Der Mann betrat den Raum und schaltete das Licht an. Sie hörte das durchdringende Rauschen ihres eigenen Herzschlags in ihren Ohren. Sie versuchte, ihr Atemgeräusch zu kontrollieren, und hielt schließlich den Atem an, um so ruhig wie möglich zu bleiben. Sie bedeckte ihr Gesicht mit den Händen, jeden Muskel ihres Körpers angespannt.

Sie war sich sicher, dass Brad sich an seinen Schreibtisch setzen und sie dabei unvermeidlich treten würde. Sie würde entdeckt, gefeuert und vielleicht verhaftet.

Doch der Mann im Raum setzte sich nicht oder kam auch nur hinter den Schreibtisch. Sie hörte, wie er in den Papieren auf dem Tisch herumwühlte und schließlich den gesuchten Gegenstand fand. Er schien zu zögern, möglicherweise las er in dem Dokument, dann drehte er sich um und steuerte auf die Tür zu. Nach einer scheinbaren Ewigkeit schaltete der Mann das Licht aus und verließ den Raum.

Nikki saß zitternd unter Brads Schreibtisch, gekrümmt wie ein Fötus. Mehrere Minuten war sie nicht in der Lage, ihre Glieder zu bewegen. Schließlich beruhigte sie ihre Nerven, ging in die Küche und schaltete die Kaffeemaschine aus. Sie ging in ihr Büro und verschloss die Tür.

Dann verließ sie die Kanzlei Carson & Partner und kam fünfzehn Minuten später mit einer Flasche Rum wieder. Sie brauchte etwas Stärkeres als Koffein, um diese Nacht zu überstehen.

Drei Stunden später, um genau 3.30 Uhr morgens, leckte sie die letzte Briefmarke an und verschloss den letzten Umschlag.

21

Die Panik setzt normalerweise ungefähr einen Monat vor einem großen Prozess ein, wenn den Anwälten bewusst wird, wie viel noch getan werden muss und wie wenig Zeit dafür bleibt. Brads Vorverhandlungspanik kam ganz nach Plan. Er hatte vier mickrige Wochen, um seine Zeugen vorzubereiten, die Aussagen durchzusehen, ein Eröffnungsplädoyer auszuarbeiten und eine Million andere Dinge zu erledigen, die einen guten Fall von einem mittelmäßigen unterscheiden. Die Tatsache, dass er eine von diesen Wochen in Saudi-Arabien verbringen musste, um Aussagen aufzunehmen, verschlimmerte seine Bauchschmerzen nur.

Noch komplizierter wurde das Ganze durch ein paar schwelende Fragen, die er nicht beantworten oder ignorieren konnte: Wie hatte die Verteidigung von Worthingtons Verhaftung erfahren? Und warum schien die Verteidigung jede Rechtsausführung vorherzusehen, die Brad und sein Team in ihren Schriftsätzen machten? Es war, als läse jemand ihre Post. Oder Schlimmeres. Und es war dieser hartnäckige Verfolgungswahn, der Brad einen Tag vor seiner Abreise nach Saudi-Arabien ins Büro von Patrick O'Mallery, dem Privatdetektiv trieb.

Patrick stand eine Stufe über dem durchschnittlichen Privatdetektiv, der von zu Hause aus arbeitete und untreue Ehepartner ausspionierte. Patrick hatte ein Büro in einem heruntergekommenen Einkaufszentrum am Military Highway in Virginia Beach. Er war auf elektronische Überwachung und das Finden von vermissten Personen spezialisiert.

Brad kam nach einem langen Tag voller Zeugenaussagen in seinem Büro an. Er öffnete die Tür und sah sich in dem Eingangsbereich mit den gelben Wänden und dem fleckigen Teppich um. Die Zeitschriften waren etwa zwei Monate alt, was auch der ungefähre Zeitraum seit der letzten Büroreinigung zu sein schien. Falls O'Malley Geld verdiente, hatte er sicherlich nichts davon für den ersten Eindruck verschleudert.

O'Malley tauchte aus dem Hinterzimmer auf, eine große, schmale Gestalt mit einem buschigen Fu-Manchu-Schnurrbart aus einer anderen Ära. Er trug Cowboystiefel, ausgeblichene Jeans und ein Baumwollhemd.

»Brad, alter Junge«, sagte er und umarmte Brad ungestüm. »Woher diese plötzliche Anwandlung, sich unters gemeine Volk zu mischen und mich in meinem Büro zu besuchen?«

»Wollte nur mal sehen, wie ›Uptown‹ aussieht.«

»Du bist das personifizierte ›Uptown‹, Mr. Bradley Carson, Rechtsanwalt, stolzer Besitzer eines Dodge Viper und Hausherr eines Anwesens am Fluss.« O'Malley verneigte sich tief. »Darf ich deinen Ring küssen?«

»Verschon mich!«

»Vergiss nur uns kleine Leute nicht.«

»Deshalb bin ich hier. Ich will einen der kleinen Leute anheuern.«

»Es geht nicht um deine Ex, oder?«

»Nein«, lachte Brad. »Ich wünschte, es wäre so einfach. Hör zu, ich habe nicht viel Zeit und ich habe nicht viele Informationen. Aber ich habe da diesen Fall und die andere Seite scheint zu wissen, was ich denke, noch bevor ich es selbst weiß. Ich habe keine stichhaltigen Beweise, aber ich mache mir Sorgen, dass das Büro verwanzt sein könnte. Kannst du das überprüfen?«

»Absolut, Mann. Meinst du den Reed-Fall?« Brad nickte. »Hab deine Visage in der Zeitung gesehen«, fuhr O'Malley fort. »Willst du meinen Rat?«

»Nein.«

»Ganz ruhig, Baby. Damit spielst du in der ganz großen Liga mit. Nimm das Geld und hau ab. Du wirst es schwer haben, zu gewinnen. Sei einfach froh über die Publicity, die du hast, und mach weiter.«

»Vielen Dank für den Zuspruch«, sagte Brad.

Innerhalb von fünf Minuten stellten die zwei Männer einen Plan auf, wie sie das Büro jeden Morgen auf Wanzen durchsuchen konnten. Brad würde die Türschlösser austauschen lassen und seinem Team neue Schlüssel ausgeben. Für die nächsten Monate würde er einen neuen Putztrupp beauftragen. Er würde alle ihre Passwörter für Computer und Anrufbeantworter und die Telefonnummern wechseln lassen. Bella würde eine Liste mit den neuen Passwörtern an O'Malley schicken, damit er die Computer und Telefone auf Außenstehende checken konnte, die das System anzapften. Brad würde jedem seiner Teammitglieder sagen, sie sollten auf verdächtige Zeichen achten.

Er brachte es nicht fertig zu glauben, dass irgendein Mitglied seines inneren Kreises darin verwickelt war. Er sei vielleicht paranoid, sagte er zu O'Malley, aber er war immer noch ein guter Menschenkenner und er wusste, dass er Leslie, Nikki und Bella vertrauen konnte. The Rock dagegen würde er vollkommen aus der Informationskette herausnehmen.

* * *

Chesapeake Estates sah von außen angenehm aus. Sorgfältig gestutzte Rasenflächen umgaben das dunkle Backsteingebäude mit den riesigen weißen Säulen, was dem Ganzen eine koloniale Atmosphäre gab. Das Gebäude besaß außerdem eine ausladende Vorderveranda, auf der die Bewohner stundenlang sitzen und schaukeln konnten, während sie übers Wetter redeten und sich über die Regierung beschwerten. Anders als abgelegene Pflegeheime lag dieses gemütlich am Rand des exklusiven Riverwalk-Bezirks im Herzen von Chesapeake. Die Krankenschwestern und Mitarbeiter schienen ehrlich an den Bewohnern von Chesapeake Estates interessiert. Die Betreuung war nicht billig, aber wie bei so vielen Dingen im Leben war es auch hier: Man bekam, wofür man zahlte. Was Bella betraf, war kein Pflegeheim gut genug für ihre Mutter – Gertrude Harper –, aber Chesapeake Estates kam dem zumindest nahe.

Das makellose Äußere des Geländes stand in starkem Kontrast zu dem Chaos, das das Leben der meisten Bewohner prägte. Viele litten unter Alzheimer, Demenz, Parkinson und anderen Krankheiten, die einen alternden Geist und Körper quälten. Bellas Mutter litt unter fortgeschrittenem Parkinson. Sie hatte ihre guten Tage und ihre schlechten. In letzter Zeit waren die guten Tage rar.

Es war ein wunderschöner Herbstnachmittag und Bella hatte vor, früher Feierabend zu machen und mit ihrer Mutter einen Spaziergang zu machen. Doch niemand ging dieser Tage früh bei Carson & Partner. Und so kam Bella erst kurz vor 19 Uhr im Chesapeake Estates an. Sie ging direkt zum Zimmer ihrer Mutter.

Ihre Mutter aus diesem Raum zu bekommen war inzwischen eine ziemliche Herausforderung, denn Gertrudes Nervensystem und Muskelkontrolle ließen nach. Die Ärzte erklärten Bella, die Krankheit beeinträchtige den Geist ihrer Mutter nicht, nur ihre körperliche Fähigkeit, ihre Gedanken zu kommunizieren. Bella glaubte das nicht. An manchen Tagen schien Gertrude sie nicht einmal zu erkennen und rief immerzu nach Bellas Vater, der seit mehr als zwanzig Jahren von Gertrude geschieden und seit mehr als fünf Jahren tot war.

Bella nahm Gertrude auf einen langen Spaziergang mit und versuchte, sie zu überzeugen, dass ihr Exmann nicht zurückkommen würde. Gertrude entlud ihre zahlreichen Sorgen über Dinge, die für Bella keinen Sinn ergaben, zweifellos inspiriert von Gesprächen, die sie bei anderen Bewohnern belauscht hatte. Bella fand es fast unmöglich, Gertrude zu verstehen, die unkontrolliert zitterte, während sie sprach. Sie ging unglaublich langsam und fast auf die Hälfte gebückt. Manchmal dachte Bella während dieser Spaziergänge an ihre Mutter in jugendlicher Frische, wie sie auf die vielen Herausforderungen des Lebens immer eine Antwort hatte. Oh, wie sehr sie sich wünschte, sie könnte die Zeit zurückdrehen und jetzt etwas von dieser Weisheit anzapfen.

Um fast neun Uhr abends, erschöpft und hungrig, küsste Bella ihre Mutter auf die Stirn - dieselbe Art, wie ihre Mutter sie früher geküsst hatte, als sie noch ein kleines Mädchen war - und sagte Gertrude, sie werde bald wiederkommen. Als Bella das Heim verließ, fragte sie sich, ob ihre Mutter sich überhaupt an ihren Besuch erinnern würde. Bella spürte, wie ihr die Tränen in die Augen stiegen, als sie sich zum Gehen wandte und dabei verzweifelt den einen Menschen in ihrem Leben vermisste, dem sie so viel bedeutete, dass er ihr die Tränen wegwischte.

* * *

Win Mackenzie nahm den Hörer auf und wählte die Nummer von Richter Samuel Johnsons Vorzimmer. Er fragte nach Alex Pearson, einem von Johnsons zwei Angestellten.

»Alex, hier ist Winsted Mackenzie, ein Prozesspartner von Kilgore & Strobel. Wie geht's?«

»Super«, sagte Alex. »Mit Richter Johnson zu arbeiten ist super. Ich habe in den ersten paar Monaten im Job mehr gelernt als im ganzen dritten Jahr im Jurastudium.«

Mackenzie, selbst ein Absolvent der University of Virginia, bezweifelte das nicht. Alex hatte Washington und Lee besucht.

»Alex, lassen Sie mich direkt zur Sache kommen, weil ich weiß, dass Richter Johnson Sie auf Trab hält. Kilgore & Strobel bekommt jedes Jahr buchstäblich Hunderte von Bewerbungen für die wenigen Anwaltsstellen, die Berufsneulingen offenstehen. Ich habe Ihren Lebenslauf persönlich durchgesehen und von Ihrer Arbeitsmoral im Bundesgerichtshof gehört.

Wir haben Ihre Referenzen überprüft und Ihre Jahrgangseinstufung an der Uni.«

Win Mackenzie hielt eine Sekunde inne, damit sich die Spannung aufbauen konnte.

»Alex, Sie sind für nächstes Jahr hier in der Kanzlei die erste Wahl. Wir hätten gern, dass Sie nächstes Jahr Vollzeit als Prozessmitarbeiter bei Kilgore & Strobel anfangen, ohne die Gespräche mit den Partnern, die wir normalerweise verlangen. Sie bekommen einen Brief, in dem das alles noch einmal bestätigt wird, aber ich wollte persönlich anrufen und es Ihnen selbst sagen.«

Am anderen Ende der Leitung herrschte Schweigen. Win stellte sich vor, wie Alex sich wahrscheinlich kniff, um sicherzugehen, dass es kein Traum war.

»Das klingt toll«, brachte Alex schließlich heraus. »Werden in dem Brief Einzelheiten für das Angebot stehen?«

»Ja«, sagte Win. »Aber um ein paar davon möchte ich mich gern selbst kümmern.«

In den nächsten Minuten wandte Win Mackenzie, der erfahrene Prozessanwalt, seine harte Verkaufsstrategie an dem entgeisterten Alex Pearson an. Die Großzügigkeit der Kanzlei und die Schmeicheleien von Mackenzie machten den armen Alex ziemlich sprachlos. Als Win das Antrittsgeld von zehntausend Dollar erwähnte, konnte er Alex am anderen Ende der Leitung fast japsen hören.

Oh, die Unschuld der Jugend, dachte Mackenzie.

»Lassen Sie sich Zeit mit der Entscheidung, Alex. Ich weiß, Sie werden letztendlich die richtige Wahl treffen.«

Win legte auf und wählte eine andere Nummer. Diesmal war es kein Justizangestellter, sondern ein Berufungsrichter, der ans Telefon ging. Nach einem kurzen Austausch von Höflichkeiten kam Win mit seinem Cousin gleich zur Sache.

»Ich hoffe, es ist nicht unangemessen, aber ich könnte deine Hilfe bei etwas gebrauchen, auf das ich gerade aufmerksam gemacht wurde. Kann ich im Vertrauen mit dir reden und dich um Rat fragen, was einen potenziellen Interessenkonflikt angeht?«

»Das weißt du doch, Win. Was ist los?«

»Unsere Firma hat einem von Richter Johnsons aktuellen Angestellten ein Stellenangebot gemacht und ich habe gerade in Erfahrung gebracht, dass wir ein kleines Problem haben. Mir geht es um Richter Johnson; ich weiß, er ist ein persönlicher Freund von dir. Er bewundert dich sehr. Johnson ist einer von mehreren Richtern, die eventuell den Reed-Fall behandeln, in dem unsere Kanzlei den Angeklagten vertritt. Man vermutet, dass der Klägeranwalt einen Antrag stellen wird, Johnson auf Grundlage eines Interessenkonflikts als Richter abzulehnen, wenn er ausgewählt wird. Sie würden sagen, dass er nicht objektiv sein kann, wenn einer seiner Angestellten, der ihm bei den Recherchen in dem Fall hilft, ein Stellenangebot von der Kanzlei hat, die den Angeklagten vertritt. Damit haben sie nicht ganz unrecht. Johnson braucht keine schlechte Publicity und es versetzt ihn in eine Situation, in der er nicht gewinnen kann. Du kennst ihn gut. Kannst du mal mit ihm reden?«

»Klar, Win. Alle möglichen anderen Richter können diesen Fall anhören. Kein Grund für Samuel, sich in diese Situation zu bringen. Ich rufe zurück, wenn es Schwierigkeiten gibt. Danke für die Warnung. Und Win …«

»Ja.«

»Viel Glück für den Fall. Das ganze Land wird zusehen.«

* * *

Nachdem er vierzig Minuten in Baker-Klines Empfangsbereich gewartet hatte – der Preis, den jeder Anwalt dafür zahlt, unangekündigt aufzutauchen –, wurde Win schließlich vor die Hochmütige geführt. Er plauderte zehn Minuten, bevor die Ungeduld der ehrenwerten Richterin die Oberhand gewann.

»Ich weiß, Sie sind nicht nur hierhergekommen, um über Kommunalpolitik zu sprechen, Win, und ich muss in zehn Minuten wieder im Gerichtssaal sein.«

Perfekt, dachte Win. Er beugte sich vor und senkte ein klein wenig die Stimme. »Was ich jetzt sage, bleibt unter uns – hier in diesem Raum?«

Ichabod nickte, ihre Ungeduld wurde durch Neugier verdrängt. »Natürlich.«

»Es geht um die Stelle am Berufungsgericht.« Er bemerkte, dass Ichabods Augen aufleuchteten. Dieser Posten, einen Schritt unter dem obersten Gerichtshof, war der Traum jedes Bezirksrichters. »Wie Sie wissen, sitzt mein Onkel im Justizausschuss des Senats. Der politische Aspekt hinter diesen Nominierungen wird ziemlich interessant.«

»Da bin ich sicher«, sagte Ichabod und sah Win eindringlich an.

»Natürlich macht der Präsident die Ernennungen und Sie sind nicht ganz – wie soll ich es dezent ausdrücken? – sein Typ Kandidat.« Win rutschte auf seinem Sitz herum, schlug die Beine übereinander und setzte das feierlichste und geheimnisvollste Gesicht auf, das er zustande brachte. »Aber wir kontrollieren den Justizausschuss. Und im Moment sieht es so aus, als kämen die Kandidaten des Präsidenten nicht aus dem Komitee heraus.«

Das brachte ihm ein wissendes kleines Lächeln von Ichabod ein. Win war sich sicher, dass sie die Verhandlungen genau verfolgt hatte.

»Wie es immer so ist in der Politik, ist von einem Kompromiss die Rede. Mein Onkel und seine Jungs würden vielleicht die meisten der Nominierten des Präsidenten aus dem Komitee entlassen, wenn er ihnen ein bisschen entgegenkommt, indem er jemanden nominiert, dem an unserem Programm gelegen ist … wie zum Beispiel an Frauenrechten.«

Ichabod nickte jetzt mit dem ganzen Körper. Sie konnte offensichtlich absehen, wo das hinführen sollte.

»Ihr Name wurde genannt, und, nun ja, mein Onkel ist einer Ihrer stärksten Befürworter. Das Problem ist nur …« Win zögerte und schürzte die Lippen, als überlege er, wie er es am besten ausdrücken konnte, ohne die Gefühle der Richterin zu verletzen.

»Win«, sagte Ichabod, »reden Sie nicht um den heißen Brei herum. Wenn es ein Problem gibt, muss ich das wissen.«

Win täuschte immer noch Zögerlichkeit vor. »Naja, man sagt, die Regierung fürchtet, Sie könnten gegen die großen Konzerne sein und ihrer Außenpolitik feindlich gegenüberstehen. Ich meine, sie wissen, dass sie zumindest einen Abtreibungsbefürworter hinnehmen müssen, um ihre eigenen Abtreibungsgegner durchzudrücken, aber sie wollen nicht, dass es jemand ist, der auch noch an anderen Fronten Probleme macht.«

Ichabod sah mit gerunzelter Stirn an Win vorbei, während sie diese Information verdaute. Sie hatte es geschluckt. Jetzt kam der heikle Teil.

»Euer Ehren, im Moment gibt es einen Fall mit großem Medieninteresse auf dem Terminkalender des Gerichts, der genau das Gegenteil demonstrieren könnte, nämlich dass Sie nicht dazu neigen, der Regierung in außenpolitischen Fragen entgegenzuwirken. Es ist mehr oder weniger eine todsichere Sache, aber unsere Kanzlei ist involviert und ich weiß nicht, ob es angemessen wäre, wenn ich mit Ihnen darüber spreche …«

Ichabod sah Win mit zu Schlitzen verengten Augen an. »Erzählen Sie mir von dem Fall, Win.« Dann tippte sie mit dem Finger auf ihren Schreibtisch. »Ihnen muss aber klar sein, dass ich mich jetzt und auch sonst niemals auf ein Urteil festlegen würde, bevor ich sämtliche Beweise gehört habe.«

»Das weiß ich, Euer Ehren«, antwortete Win rasch. »Ich dachte nur, wenn Sie die Fakten des Falls kennen würden, könnten Sie entscheiden, ob Sie sich damit befassen wollen. Durch eine Laune des Schicksals hat unsere Kanzlei einen Interessenskonflikt mit einem der anderen Richter, der den Fall hören könnte, deshalb könnten wir sozusagen … nun, wir könnten die Chancen erhöhen, dass Sie den Fall an Land ziehen, wenn das hilfreich sein könnte.«

»Sie werden aber verstehen«, warnte Ichabod, »dass ich nichts versprechen kann.«

»Ja, Euer Ehren.«

»Dann erzählen Sie mir von dem Fall.«

* * *

Obwohl Brads Tür geschlossen war, weil er ungestört bleiben wollte, platzte Nikki ohne anzuklopfen herein. Sie knallte die Tür hinter sich zu, laut genug, dass Bella es im Empfangsbereich hören konnte.

Brads Kopf schoss hoch. »Klar, kommen Sie herein«, sagte er.

Nikki knallte einen rosa Telefonzettel vor ihn auf den Schreibtisch.

»Dieses Mal hat sie es wirklich geschafft«, schäumte sie. »Entweder sie geht oder ich.«

Brad legte seinen Stift ab und hob eine Augenbraue. Er sah kurz auf den Zettel hinab. »So schlimm wird es schon nicht sein.«

»Doch. Und versuchen Sie gar nicht erst, sie zu verteidigen – diesmal ist sie wirklich zu weit gegangen.«

»Okay …«

Nikki marschierte wutschnaubend vor Brads Schreibtisch hin und her. »Die Versicherung bietet 550 000 Dollar für einen Vergleich im Johnson-

Fall – 550 000 Dollar!«, schrie Nikki. »Kleingeld … lächerlich … eine Frechheit! Das ist es noch nicht einmal wert, es meinem Mandanten vorzuschlagen …«

»Unser Mandant«, unterbrach Brad.

Nikki schnaubte höhnisch und marschierte weiter. »Dieser Fall ist viel mehr wert als eine Million … locker! Alles, was darunter liegt, ist ein Ausverkauf, damit wir nicht schließen müssen, während wir dem Reed-Fall nachjagen. Das ist nicht richtig …«

»Setzen Sie sich«, sagte Brad müde. »Niemand sagt, Sie müssen das Angebot annehmen …«

Nikki schnappte den Telefonzettel und wedelte damit unter Brads Nase. »Sie hat es schon getan! Bella hat von dem Angebot erfahren und meinem Mandanten …«, Nikki hielt inne und sah Brad direkt an, »… *meinem* Mandanten von dem Angebot erzählt! Und er stürzt sich darauf, braucht unbedingt Geld, sagt, er braucht es sofort und sagt ihr – sagt Bella, die er noch nie gesehen hat –, sie soll annehmen!«

Allein die Geschichte zu erzählen brachte ihr Blut wieder in Wallung. Johnson war ihr Fall, ihr Bonus, ihre Entscheidung, ob ein Vergleich angenommen wurde. Sie sah Brad an in Erwartung einer Bestätigung, dass die Matriarchin der Kanzlei diesmal ernsthaft ihre Grenzen überschritten hatte. Stattdessen schenkte ihr Brad einen mitfühlenden Blick, zusammen mit einem »Was-soll-ich-Ihrer-Meinung-nach-da-tun?«-Schulterzucken.

»Was?«, fauchte Nikki. »Sie werden sie doch wohl nicht verteidigen wollen, oder?« Sie hielt inne, wartete auf irgendeinen Ausbruch, eine Drohung gegen Bella, eine Rüge … irgendetwas, das ausdrückte, dass Bella bekommen würde, was sie verdiente.

»Haben Sie Ihren Mandanten über das Vergleichsangebot informiert?«, fragte Brad geduldig.

Nikki warf sich auf einen Stuhl, als habe ihr allein die Frage die Luft genommen und jeden Rest Energie aus ihrem Körper gesaugt. »Ich wusste es.«

»Schauen Sie. Sie sollten jetzt nicht störrisch werden. Bella hat ihre Kompetenzen überschritten und ich werde mit ihr darüber reden.«

Mit ihr reden! Nikki schrie es fast laut heraus. *Das ist alles?! »Mit ihr reden« hätte ich auch selbst können …*

»Ich mache ihr klar, dass sie nicht noch einmal mit Mr. Johnson zu sprechen hat«, fuhr Brad fort, »außer um eine Nachricht entgegenzunehmen.

Aber Nikki, wenn der Mandant sich vergleichen will, müssen wir uns vergleichen.«

Nikki starrte Brad ungläubig mit offenem Mund an. Sie hätte es besser wissen müssen, als mit dieser Schweinerei zu Brad zu gehen. Wie immer wäre sie besser dran gewesen, wenn sie die Sache selbst in die Hand genommen hätte.

Ohne ein weiteres Wort schüttelte Nikki den Kopf, stand auf und ging zur Tür. *Mit ihr reden,* murmelte sie lautlos.

»Sie oder ich«, warf Nikki über ihre Schulter zurück. »Sobald wir mit dem Reed-Fall durch sind, werden Sie sich entscheiden müssen.«

»Nikki!«, bellte Brad.

Sie blieb stehen und drehte sich um.

»Ich *werde* mit ihr darüber reden. Und es *wird* nicht noch einmal passieren. Aber wenn der Mandant einen Vergleich will, vergleichen Sie sich«, sagte er fest.

Sie salutierte schneidig, dann marschierte sie aus dem Büro und riss die Tür hinter sich zu.

* * *

Inzwischen hielt Ahmed schon nach den regelmäßig auftauchenden Standardumschlägen Ausschau. Er freute sich diebisch über sein Glück, diese freiwillige, unbekannte Insiderquelle zu besitzen, dann brodelte er innerlich bei dem Gedanken, dass der inkompetente Barnes ihre Identität nicht feststellen konnte.

Wie üblich enthielt der neueste Umschlag eine zusammengeklebte Nachricht. Er enthielt außerdem einen dicken Bericht mit der Überschrift »Überarbeitete vorläufige Strategie für *Reed gegen Saudi-Arabien*«. Dieses zweite Dokument enthielt den überarbeiteten Schlachtplan der Kläger: wer als Zeuge aufgerufen werden sollte, welche Beweise vorgelegt werden sollten, welche Einreden und Rechtsausführungen geplant waren. Er würde dafür sorgen, dass Strobel diese aktualisierten Informationen bekam.

Wie der erste Strategieplan, den er bekommen hatte, würde sich dieser ebenfalls als unschätzbar wertvoll erweisen, aber die beigelegte Nachricht machte Ahmed noch neugieriger:

Worthington jeden Penny der 100 000 Dollar wert. Die Anlage kostet Sie noch mal so viel. Dieselbe Überweisung. Shelhorse muss auch scheitern. Mehr Details folgen. Echtzeit-Überwachungsinfo ist jetzt entscheidend. Wir müssen uns treffen. Gerichtsgebäude Norfolk, Verkehrsabteilung, Raum 2, Montag in zwei Wochen, 9.30 Uhr. Bringen Sie drei Telefonwanzen mit. Kommen Sie allein oder der Deal ist geplatzt.

Ahmed las den Brief immer und immer wieder. Sein schwer fassbarer und mysteriöser Verbündeter würde sich zeigen! Diese Unverfrorenheit!

Ahmed war seiner Meinung, was Shelhorse anging. Sie war eine schlagkräftige Expertin; ihre toxikologischen Beweise waren das Schädlichste für den Fall. Wie würde Carson ohne einen Experten für Toxikologie gewinnen?

Andererseits war Ahmed nicht davon überzeugt, dass es die richtige Strategie war, das Büro zu verwanzen, wie der Informant es seiner Einschätzung nach plante. Es war riskant und würde vermutlich nicht viel mehr bringen, als seine Quelle beschaffen konnte.

Ahmed verstand sofort den Zweck eines Treffens im Gerichtsgebäude von Norfolk. Der Ort würde vor Polizisten wimmeln. Die Metalldetektoren an der Tür würden sämtliche Waffen aussieben. Im Gericht würde es unglaublich hektisch zugehen, Massen von Menschen würden herumlaufen. Der beste Ort, an dem ihr Treffen unbemerkt bleiben konnte, war inmitten einer großen Menschenmenge.

Ahmed dankte Allah und begann, Pläne für das Treffen zu machen. Wenn er erst einmal die Identität seiner Quelle kannte, würde er wieder das Heft in der Hand halten.

22

Als Brad sich bereit machte, ins Flugzeug nach Saudi-Arabien zu steigen, um an den Aussagen der ehemaligen Gemeindemitglieder teilzunehmen, war er nicht sicher, wie schädlich diese Aussagen für den Fall eventuell werden konnten. Strobel hatte sie eingeplant. Sarah warnte Brad, dass diese bestimmten Gemeindemitglieder, mit Ausnahme von Rashid Berjein, sich eigentlich nie uneingeschränkt zu Christus oder der Kirche bekannt hatten. Sie würden wahrscheinlich alles sagen, was die Muttawa wollte. Unglücklicherweise konnten ihre auf Video aufgezeichneten Aussagen, weil sie außerhalb des Zuständigkeitsbereichs des Gerichts lebten, im Prozess anstelle von direkten Zeugenaussagen benutzt werden.

Brad beschloss, Nikki auf die Reise mitzunehmen, zum einen weil sie sich auskannte, zum anderen weil sie Rashid kannte. Nikkis Gegenwart würde Rashid vielleicht Sicherheit und Zutrauen geben. Abgesehen davon würde Brad Spaß dabei haben, zu beobachten, wie Nikki mit den Bräuchen dieses chauvinistischen Landes umging. Bella hatte aus finanziellen Gründen Einspruch erhoben, doch Brad hatte dem nicht stattgegeben und versprochen, jeden Cent zweimal umzudrehen, während er im Ausland war.

Es sollte sich herausstellen, dass Geld das geringste ihrer Probleme war.

Durch eine Verspätung wegen schlechten Wetters kamen Brad und Nikki zu spät am Reagan National Airport an und verpassten ihren Anschlussflug nach Riad. Stunden später bestiegen sie den nächsten internationalen Flug, der prompt ein technisches Problem hatte. Nach zwei Stunden voller gebrochener Versprechen räumte die Fluggesellschaft ihre Niederlage ein und verkündete, es gebe vor dem folgenden Morgen keinen Flug nach Riad mehr.

Während Nikki tobte, rief Brad Sa'id el-Khamin an und sagte ihm, sie würden zu spät zu den Anhörungen kommen. »Wir kommen erst am späten Nachmittag an; sorgen Sie für einen Aufschub um einen Tag«, instruierte er Sa'id.

Am nächsten Morgen glitten Brad und Nikki auf ihre Sitze in der Economy Class und lösten damit ihr Versprechen an Bella ein, um jeden Preis die erste Klasse zu vermeiden. Brad war zwischen zwei Schwergewichten eingezwängt, eines männlich, das andere undefinierbar. Nikki hatte die Ehre, zwischen einer geschwätzigen und nervösen alten Dame auf der einen und einem sechsjährigen Gör auf der anderen Seite zu sitzen. Der Flug schien kein Ende nehmen zu wollen.

* * *

Während Brad und Nikki über dem Atlantik litten, überwachte Mack Strobel die kleine Armee von Anwälten, die sich in einem vornehmen Büro im

Herzen von Riad versammelt hatte und darauf vorbereitete, mit den Aussagen anzufangen.

Die Seite der Verteidigung an dem Konferenztisch war voller Würdenträger und einflussreicher Persönlichkeiten. Ahmed selbst war da, neben Mack, zusammen mit einem weiteren Partner von Kilgore & Strobel und drei ortsansässigen Anwälten. Die hiesigen Anwälte hatten einen Dolmetscher engagiert, der einer der besten von Riad sein sollte. Seine sprachlichen Fähigkeiten seien gut, sagten die Anwälte, und immer, wenn eine kontroverse sprachliche Deutungsfrage auftauche, erinnere er sich daran, wer seine Rechnung bezahle.

Die Gerichtsschreiberin und der Videotechniker waren bereit und die ersten Zeugen warteten im Konferenzraum am anderen Ende des Flurs. Fast alle Zeugen hatten ihre Aussagen bis zum Überdruss einstudiert; Mack selbst hatte die direkte Befragung durchgeführt und sein Partner hatte Brads Rolle im Kreuzverhör gespielt. Sie hatten das mit allen Zeugen durchgeprobt, bis auf Rashid Berjein, der sich standhaft weigerte zu üben, was er sagen würde.

Die Klägerseite am Konferenztisch war nur von dem einsam aussehenden Sa'id el-Khamin besetzt, der als der ortsansässige Anwalt und Dolmetscher für Brad und Nikki fungieren würde. Sa'id hatte Mack gegenüber entschuldigend erklärt, dass Brad und Nikki Probleme mit der Flugverbindung hatten und erst am nächsten Tag hier sein konnten. Mack bestand dennoch darauf, mit den Aussagen weiterzumachen und um genau neun Uhr morgens führte er den ersten Zeugen in den Konferenzraum und ließ ihn vereidigen.

»Fürs Protokoll«, sagte Sa'id mit heiserer und zitternder Stimme: »Der Kläger erhebt Einspruch dagegen, die Aussagen ohne die Anwesenheit von Mr. Carson zu beginnen. Mr. Carson rief gestern spät in der Nacht an und sagte, sein Flug sei wegen technischer Probleme gestrichen worden. Daher beantragen wir respektvoll, dass die Aussagen einen Tag später begonnen werden.«

»Fürs Protokoll«, antwortete Mack, dessen herrische Stimme den Konferenzraum ausfüllte: »Diese Aussagen sind seit mehr als drei Wochen geplant. Mr. Carson war sich der Launen des internationalen Reisebetriebs wohl bewusst und hätte sicherlich etwas Vorlaufzeit einplanen können. Mr. el-Khamin ist ein fähiger örtlicher Anwalt, der von Mr. Carson beauftragt wurde, und kann das Kreuzverhör dieser Zeugen auch selbst durchführen. Die Aussagen werden weitergehen wie geplant. Wenn Sie wollen, können Sie Einspruch erheben und es später mit einem Richter verhandeln, aber die Aussagen werden pünktlich beginnen.«

Mack starrte el-Khamin finster an und forderte den kleinen Mann damit zu einem weiteren Widerspruch heraus. Als dieser ausblieb, wandte sich Mack der Gerichtsschreiberin zu, die ebenfalls von ihm selbst eingestellt war, und befahl ihr: »Vereidigen Sie den Zeugen.« El-Khamin murmelte leise: »Wir erheben trotzdem Einspruch«, und die Aussagen begannen.

Tarik Abdul legte als Erster den Eid ab. Er sagte aus, dass er und seine Frau Semar Mitglieder der Gemeinde der Reeds gewesen seien. Er beschrieb mithilfe des Dolmetschers das Vorhaben als einen Versuch der Reeds, Muslime zu bekehren und sie für einen Drogenring zu rekrutieren. Tarik und Semar besuchten mehrere Treffen der Gruppe, bekehrten sich aber laut Tarik nie zum Christentum. Deshalb, sagte Tarik, wurde ihnen nie ganz vertraut und sie bekamen nie die Gelegenheit, die Drogen zu nehmen oder zu verkaufen, die für diejenigen, die sich bekehrten, im Überfluss vorhanden waren. Ungefragt fügte er schnell hinzu, dass er nie an solch einem perfiden Unternehmen teilgenommen hätte, selbst wenn er die Gelegenheit gehabt hätte.

Obwohl er nie selbst Drogen genommen oder verkauft habe, habe er andere unmittelbar dabei beobachtet. Er lieferte konkrete Namen und Umstände. Am Abend der Verhaftung sei er zwar nicht da gewesen. Aber es überrasche ihn nicht zu hören, dass Dr. Reed sich der Verhaftung widersetzt habe. Er habe mehr als einmal erlebt, wie der normalerweise wohlgesittete Reed die Beherrschung verloren habe, vor allem, wenn jemand seine Autorität infrage stellte. Alles in allem tue es ihm leid, dass Dr. Reed gestorben sei, als er sich seiner Verhaftung widersetzte, es tue ihm leid, dass er, Tarik, unwissentlich Teil dieses kriminellen Unternehmens gewesen sei, und es tue ihm leid, dass er diese Aktivitäten nicht schon früher der Polizei gemeldet habe.

Die Notwendigkeit eines Dolmetschers machte die Zeugenaussage uninteressant und mühsam. Tarik hielt sich ans Skript, sagte aber emotionslos aus. Seine direkte Befragung dauerte fast zwei Stunden und war insgesamt ziemlich lau. Schlimmer noch: Der Blick des Mannes schoss im ganzen Konferenzraum herum, wann immer er über Drogenmissbrauch durch die

Reeds oder andere Gemeindemitglieder sprach. Mack hatte ihn trainiert, nur in die Kamera zu sehen, doch dieser Rat war offensichtlich für seinen verängstigten Zeugen in der Hitze des Gefechts zu schwer zu befolgen.

Nach den Regeln des Gerichts würde das Video, das den Geschworenen gezeigt wurde, aus einer statischen Portraitaufnahme von Tarik bestehen. Mack nahm sich vor, das Band nicht nach einem guten Mittagessen oder in einem warmen Gerichtssaal zu zeigen. Man konnte von keinem Geschworenen erwarten, zwei volle Stunden wach zu bleiben, während er einem sprechenden Kopf zusah, der emotionslos seine Zeugenaussage machte. Andererseits war es bei diesem hierhin und dahin irrenden Blick vielleicht gar nicht so schlecht, wenn die Geschworenen schliefen.

Nach einer kurzen Pause begann Sa'id sein Kreuzverhör, das nur aus drei Fragen bestand; alle von Macks bezahltem Dolmetscher übersetzt.

»Sie waren nicht anwesend, als die Reeds verhaftet wurden, richtig?«

»Ja, das stimmt.«

»Also können Sie nicht aus erster Hand wissen, ob sie von der Polizei gefoltert und geschlagen wurden?«

»Wie ich bereits sagte, ich war nicht da und ich weiß es nicht.«

»Also könnte es genauso passiert sein, wie Mrs. Reed es beschrieben hat?«

»Ich weiß nicht, wie ich Ihre Frage beantworten soll, denn ich weiß nicht, wie Mrs. Reed es beschrieben hat. Aber wenn sie sagte, die Polizei habe ihnen Drogen untergeschoben, glaube ich das nicht. Es waren schon vorher Drogen in der Wohnng.«

»Danke, Mr. Abdul, das ist im Moment alles.«

Mack konnte seine Aufregung kaum verbergen. Drei Fragen! Und keine von ihnen auch nur annähernd hart! El-Khamin war schwächer, als Mack es sich vorgestellt hatte.

Tatsächlich war er so schwach, dass Mack einen Seitenblick auf Ahmed warf, um dessen Reaktion einzuschätzen. Ahmed schien durch diese Wendung der Ereignisse nicht im Mindesten überrascht; sein einschüchterndes Starren änderte sich nicht. Konnte es sein, dass Ahmed auch el-Khamin in der Tasche hatte? Es schien, dass jeder Zweite, den Mack in Saudi-Arabien traf, inklusive jeder der Zeugen, die jetzt aussagten, mehr als erpicht darauf war, in diesem Fall zu kooperieren. Das warf die Frage auf, wie weit Ahmeds Einfluss reichte und welche Mittel er benutzt hatte, um so weitreichende Komplizenschaft zu erlangen.

Nach el-Khamins blasser Darbietung änderte Mack seine Strategie. Er schickte einen der hiesigen Anwälte los, um herauszufinden, wann Brads Flugzeug landete. Die nächsten Zeugen befragte er schnell. Mit etwas Glück, dachte sich Mack, konnte er bis zum Abend fünf von den sechs Zeugen im Schnelldurchlauf abhandeln, sodass für den nächsten Tag nur Rashid Berjein übrig blieb.

Bis zur obligatorischen Pause zum Mittagsgebet war Mack mit den ersten vier Zeugen fertig. Zusätzlich zu Tarik und Semar Abdul bestätigte auch noch ein weiteres Paar, dass die Reeds Drogen verkauften und dann Muslime, vor allem Kinder und ihre Mütter, drängten, sich zum Christentum zu bekehren. Das zweite Paar ging noch einen Schritt weiter als die Abduls, indem sie zugaben, selbst Drogen genommen zu haben, was schließlich in einem Schuldeingeständnis und einer zur Bewährung ausgesetzten Haftstrafe mündete. Wieder war das Kreuzverhör kurz und freundlich und führte nur zu der unbestrittenen Tatsache, dass dieses Paar die Verhaftung von Dr. und Mrs. Reed nicht persönlich bezeugen konnte.

Nach der Gebetspause vereidigte Mack seinen fünften und letzten Zeugen für diesen Tag – Omar Khartoum. Mack wollte unbedingt mit Omar fertig werden, bevor Brad Carson ankam, und beschloss daher, den größten Teil der Vorfragen auszulassen.

* * *

Nachdem er sich durch den Zoll gekämpft und eine wilde Taxifahrt vom Flughafen zur Anwaltskanzlei überlebt hatte, platzte Brad Carson in den Konferenzraum. Stühle und aufgeschreckte Gesichter drehten sich in seine Richtung, als wäre er ein Lehrer, der mitten in einer Blasrohrschlacht das Klassenzimmer betrat. Er trug Jeans und T-Shirt, die Haare ungekämmt, und er roch wie ein Mann, der die ganze Nacht in einem Flugzeug verbracht hat. Eine aufgescheuchte Empfangsdame, die schnell und energisch arabisch sprach, folgte ihm auf dem Fuß und beschwerte sich, weil Brad ihre Proteste ignoriert hatte.

Brad blieb auf der Schwelle stehen und deutete auf den Zeugen. »Was ist hier los?«, wollte er von Strobel wissen. Die Empfangsdame stieß gegen seinen Rücken. Brad ignorierte sie.

Auf der anderen Seite des Konferenztisches stand Strobel auf. »Herr Anwalt, wir sind mitten in unserer fünften eidlichen Aussage für heute. Wir haben heute Morgen zum vereinbarten Zeitpunkt angefangen und Sie waren nicht anwesend. Leider stellt die Welt nicht all ihre Aktivitäten ein und wartet, bis der große Brad Carson daherkommt.«

Nach einem langen Tag und wenig Schlaf war Brad nicht in der Stimmung für Strobels Herablassung. »Sie arroganter Idiot ...!« Brad machte einen Satz um den Tisch herum auf Strobel zu, doch die eiserne Gestalt von Ahmed Aberijan versperrte ihm den Weg. Brad hatte Glück, dass er zurückgehalten wurde, denn der ältere und stärkere Strobel war ihm fünf Zentimeter und fünfzig Pfund voraus. Die beiden Anwälte tauschten Beleidigungen, während Ahmed als menschliche Hürde zwischen Brad und Strobel fungierte und Brad langsam zurück auf seine Seite des Konferenztisches stieß.

Brad bekam keine Unterstützung von Sa'id, der erstarrt auf seinem Stuhl saß, den Mund weit offen und die Augen noch weiter.

Nachdem das Geschrei verebbt war und Brad fürs Protokoll jeden Einspruch eingelegt hatte, der ihm einfiel, beendete Strobel seine direkte Befragung. Die Parteien machten eine zehnminütige Pause, während Sa'id Brad über die Zeugenaussagen auf den neuesten Stand brachte. Sa'id schilderte sein Kreuzverhör der vorherigen Zeugen so beeindruckend, dass Brad sich ein wenig beruhigte. Der Beschreibung Sa'ids nach hatte der kleine Mann seine Aufgabe, die anderen zu diskreditieren, gut und gründlich erfüllt. Brad war dankbar, dass sie diesen eigenartigen kleinen Anwalt engagiert hatten, selbst wenn er sie fast dreihundert Dollar die Stunde kostete.

* * *

Eine Dreiviertelstunde nach Beginn des Kreuzverhörs glitt Nikki, kaum besser gekleidet als Brad, in den Konferenzraum und setzte sich neben ihn. Sie reichte ihm unter dem Tisch zwei Plastiktüten – eine voll von einer Substanz, die aussah wie Marihuana, die andere mit weißem Pulver gefüllt. Sie beugte sich zu ihm und flüsterte ihm ins Ohr.

»Das sollte besser klappen, Baby. Es ist nicht leicht, das Zeug zu kriegen.«

Brad drückte ihr Knie. »Danke«, flüsterte er.

Sorgsam legte er beide Beutel auf den Tisch vor Omar Khartoum.

»Ich bitte die Gerichtsschreiberin zu Identifikationszwecken die Beweisstücke 1 und 2 der Anklage zu vermerken. Ich möchte den Zeugen bitten, die Beweisstücke zu identifizieren.«

»Ich erhebe Einspruch«, verkündete Strobel laut.

»Was für eine Überraschung«, gab Brad zurück.

»Das ist offensichtlich irgendein Trick von Mr. Carson, Substanzen vorzulegen, die aussehen wie Marihuana und Kokain. Wenn sie echt wären, müsste Mr. Aberijan als Gesetzeshüter Mr. Carson verhaften.« Strobel sagte es ruhig, aber nachdrücklich – genau der richtige Ton für die Videokamera.

Khartoum hörte den Einspruch und schien den Wink zu verstehen. Er sah die Materialien in den Beuteln an. Er griff hinein und berührte die Substanzen, dann kostete er eine kleine Menge von seiner Fingerspitze.

»Das ist falsches Kokain und falsches Marihuana«, verkündete er stolz.

»Woran erkennen Sie beim Probieren, dass es falsch ist?«, fragte Brad. »Wie unterscheidet sich diese Substanz von dem echten Kokain, das Sie probiert haben?«

Nach der Übersetzung dachte der Zeuge über die Frage nach. »Diese Substanz ist süßer.«

»Unterscheiden Sie so, ob eine Substanz Kokain ist? Sie schauen, wie süß sie ist?« Brads Toxikologin, Dr. Shelhorse, würde aussagen, dass das verräterische Anzeichen, womit man Kokain erkennen konnte, die Taubheit war, die es auf der Zunge und auf den Schleimhäuten verursachte.

»Ja«, antwortete Khartoum; diesmal war sein Tonfall etwas weniger überzeugt.

»Aber diese Beweisstücke sehen zumindest wie die Art von Drogen aus, die Sie von Mr. und Mrs. Reed gekauft haben?«

»Ja.«

»Haben Sie diese Drogen pro Gramm gekauft?«

»Ja.«

»Wie viel haben Sie für das Marihuana bezahlt und wie viel für das Kokain?«

Khartoum war auf diese Frage tatsächlich vorbereitet und antwortete schnell und selbstbewusst. »Zweihundert Rial pro Gramm für das Marihuana. Vierzehnhundert pro Gramm für das Kokain.«

»Wie viel Gramm, würden Sie sagen, befinden sich in dem Beutel, den wir als ›Beweisstück 1‹ gekennzeichnet haben?«, fragte Brad und hielt eine Tüte Oregano hoch.

Khartoum starrte zwei volle Minuten auf den Beutel. »Ich weiß nicht«, sagte er schließlich.

»Raten Sie«, beharrte Brad.

»Er muss nicht raten«, sagte Strobel. »Wenn er es nicht weiß, weiß er es nicht.«

»Was Sie nicht sagen«, sagte Brad. »Er sagt, er hat gutes Geld für diese Drogen bezahlt. Aber er hat nicht die leiseste Ahnung, wie viel diese Substanzen wiegen?«

»Fünfunddreißig Gramm«, sagte Khartoum. Es klang mehr nach einer Frage als nach einer Antwort.

Nikki zog eine kleine Waage heraus und Brad legte den Beutel darauf.

»Würden Sie bitte ablesen?«, bat Brad.

»Fünfundsiebzig Gramm«, sagte Khartoum kleinlaut. »Aber ich konnte das noch nie abschätzen. Deshalb haben wir es immer gewogen.«

»Haben die Reeds diese Drogen immer abgewogen?«, fragte Brad.

»Sicher.«

»Warum hat die Polizei dann keine Waage beschlagnahmt oder inventarisiert, als sie die Wohnung der Reeds durchsuchte?«

»Einspruch«, sagte Strobel. »Er kann unmöglich wissen, warum die Polizei tat, was sie tat.«

»Noch kann das sonst jemand wissen«, sagte Brad. »Haben Sie das Kokain je inhaliert?«

»Ich verstehe nicht«, antwortete Khartoum.

»Lassen Sie es mich so ausdrücken: Was taten Sie mit dem Marihuana und dem Kokain?«

Khartoum sah verwirrt aus, aber er hatte offenbar ein paar Filme gesehen. »Wir haben das Marihuana geraucht und das Kokain durch die Nase geschnupft.«

»Zeigen Sie mir, wie Sie das Kokain ›geschnupft‹ haben«, sagte Brad und reichte dem Zeugen Beweismittel Nr. 2.

Khartoum sah die Substanz an, als könne sie beißen.

»Ich erhebe Einspruch«, sagte Strobel. »Das ist vollkommen unangemessen.«

»Sie haben Ihren Einwand vorgebracht«, antwortete Brad. »Jetzt lassen Sie den Zeugen die Frage beantworten.«

Khartoum schüttete den Puderzucker in einer langen, dünnen Linie auf den Tisch, legte ein Nasenloch neben das Häufchen und schloss das andere mit dem Finger. »Wir haben es so gemacht und dann eingeatmet«, sagte er.

»Alles?«, fragte Brad. Das war zu schön, um wahr zu sein.

Der Zeuge zuckte die Achseln, als er die Übersetzung hörte.

»Nein, nur einen kleinen Teil davon«, sagte er.

»Zeigen Sie mir, wie viel«, verlangte Brad.

Mit einem Stück Papier teilte Khartoum vorsichtig eine Portion der Substanz ab. Zu Brads Entzücken war es eine große Menge.

»Jetzt wiegen Sie es«, sagte Brad.

»Ich erhebe Einspruch!« Strobel hielt sich inzwischen im Ton nicht mehr für die Kamera zurück. »Das ist Unsinn!«

»Wiegen Sie es einfach«, sagte Brad.

»Ungefähr zwölf Gramm«, kam die übersetzte Antwort zurück.

Brad lächelte. Dr. Shelhorse würde bezeugen, dass im Allgemeinen nur ein Gramm Kokain als tödliche Dosis angesehen wurde, obwohl es Geschichten von erfahrenen Konsumenten gab, die mehr als zwanzig Gramm überlebten. Sicherlich war die von Khartoum abgetrennte Menge keine normale Dosis.

»Haben Sie je Crack *geraucht* oder haben Sie je gesehen, wie die Reeds Crack rauchten?«

Inzwischen hatte Khartoum offenbar beschlossen, dass Unbestimmtheit sein Freund war, also suchte er in einer angemessen vagen Antwort Zuflucht.

»Manchmal«, sagte er.

»Manchmal was?«, drängte Brad. »Manchmal haben Sie Crack geraucht oder manchmal taten es die Reeds oder beides?«

»Manchmal taten es die Reeds. Sie versuchten, mich auch dazu zu bringen, aber ich wollte nicht.«

»Erklären Sie bitte den Vorgang, wie sie das Crack vorbereiteten und es dann rauchten.«

Nachdem er die übersetzte Frage gehört hatte, saß Khartoum eine ganze Weile da und dachte nach. Sein leerer Blick wanderte zu Strobel, doch von dort kam keine Hilfe. Dann gab er eine langsame, kalkulierte Antwort.

»Weil ich nicht mit ihnen Crack rauchen wollte, habe ich nie tatsächlich gesehen, wie sie es taten. Ich weiß, sie rauchten Crack, weil ich sah, wie sie das Kokain erhitzten und Crack zubereiteten.«

»Wie haben sie es erhitzt? Wie heiß?«

Wieder eine Pause. Noch mehr vage Aussagen. »Es ist ein komplizierter Vorgang, den ich nicht beschreiben kann. Ich glaube, die Temperaturen waren wohl sehr hoch - mehr als 250 Grad.«

Brad wusste, wieder aus Informationen von Dr. Shelhorse, dass Kokainpulver bei Temperaturen von über 200 Grad Celsius verdampft und dabei die meisten aktiven Inhaltsstoffe zerstört werden. Crack wurde durch das Verdampfen und die Extraktion des Salzsäureanteils aus dem Kokainhydrochlorid bei sehr viel niedrigeren Temperaturen hergestellt. Brad würde jetzt nicht darauf hinweisen und Khartoum damit die Gelegenheit geben, seine Zeugenaussage zu korrigieren. Er würde warten, bis Strobel den Geschworenen die aufgezeichnete Aussage im Prozess zeigte. Dann würde er Dr. Shelhorse für den Gegenbeweis in den Zeugenstand rufen und Khartoum Lügen strafen.

* * *

Während Khartoum auf seinem Stuhl herumzappelte, Fragen auswich und hilfesuchend zu Strobel sah, lenkte Nikki ihren Blick auf das stoische Gesicht von Ahmed Aberijan. Sie starrte ihn an, obwohl er sich weigerte, den Blick zu erwidern. Sie wollte nur, dass er ein Mal herübersah, damit sie ihm mit Blicken ihre Verachtung entgegenschleudern konnte.

Doch der Mann saß einfach so da, auf der anderen Tischseite und zwei Sitze von Nikki entfernt, und starrte den Zeugen mit einem finsteren Blick an, der ihm zukünftige Schmerzen versprach. Nikki sah das Feuer in Ahmeds Augen glimmen, diesen nur allzu vertrauten Blick eines gewalttätigen Menschen, der jederzeit explodieren konnte. Es war derselbe stählerne Blick, derselbe Jähzorn, den Nikki an ihrem eigenen Vater so gefürchtet hatte. Es war dieser Moment, in dem der Blick von Feuer zu Eis wechselt, von Wut zu einer kalten Entschlossenheit, jemandem wehzutun. Es war immer ein Signal für Nikki gewesen, in der Grundschule und auch noch später in der High School, ihre Schwester zu schnappen und zuzusehen, dass sie aus dem Raum verschwanden. Dann schaltete sie ihren Ghettoblaster an, um den Lärm des unvermeidlich folgenden furchtbaren Streits zu übertönen, von ihrer Mutter, die die Prügel für alle Mädchen in der Familie einsteckte.

Nikki war unter dem Blick, den sie auch jetzt sah, immer fast vergangen vor Angst. Und sie hatte sich nie verziehen, dass sie diesem Mann nicht die Stirn geboten hatte.

Doch jetzt war sie älter. Und weiser. Und stärker.

Sieh mich an!, wollte sie rufen. *Ich werde standhaft bleiben!*

Doch sogar während ihr dieser Gedanke durch den Kopf ging, war sie sich nicht absolut sicher, ob sie es inzwischen konnte.

* * *

»Eine letzte Frage«, kündigte Brad an. »Als Sie das Kokain schnupften, wie lange dauerte es, bis Sie die Wirkung spürten und wie lange hielt der Rausch an?«

Diese Frage, wie auch die anderen, hatte Shelhorse vorgeschlagen. Sie hatte Brad erklärt, dass Crackrauchen eine sofortige Euphorie auslöst, die nur ungefähr zehn Minuten anhält und von einer heftigen depressiven Verstimmung gefolgt wird, die den Raucher reizbar und aufgedreht macht. Diejenigen dagegen, die die Droge schnupften, erklärte Shelhorse, erlebten mehrere Minuten lang während des Absorptionsprozesses keinen Rausch, doch die Euphorie hielt länger an, manchmal bis zu einer Stunde.

Doch offenbar hatte niemand Khartoum diese Fakten erklärt. »Ich habe die Wirkung sofort und stark gespürt«, erklärte er, »und ich kam stundenlang nicht wieder runter.«

»Genau das dachte ich mir«, sagte Brad. »Keine weiteren Fragen.«

23

Rashid Berjein entsprach nicht der Vorstellung, die Brad sich Monate zuvor von ihm gemacht hatte, nachdem er mit Nikki gesprochen hatte. Unterbewusst hatte Brad ihn als nahöstliche Version von Charles Reed abgespeichert – ein leiser Christ mit Bauchansatz, ungefähr in Sarahs Alter. Doch

Rashid sah zehn Jahre jünger aus und sehr viel robuster, als Brad es sich vorgestellt hatte.

Rashids Thob konnte seine athletische Gestalt nicht ganz verbergen. Dicke, kurzgeschorene Haare umrahmten sein glattrasiertes Gesicht, in dem eine markante, breite Nase saß. Große, dunkle Halbkreise unter seinen tiefsitzenden Augen spiegelten die riesigen Augenbrauen darüber wider. Seine Haut war ledrig und gebräunt. Er sah eher aus wie ein junger Mann, den man bei einer Straßenschlägerei an seiner Seite haben wollte, als wie Brads vorgefasstes Bild von einem schüchternen und zurückhaltenden Christen.

Brad war darauf trainiert, Anzeichen von Stress zu erkennen, und an Rashid erkannte er sie alle. Der Mann betrat den Raum mit gesenktem Blick, der herumirrte, während er sich setzte. Er bemühte sich nicht, den Anwälten die Hände zu schütteln oder sie auch nur anzusehen. Brad bemerkte, dass seine Hände zitterten und er häufig blinzelte. Brad sah ihn in der Hoffnung auf Augenkontakt an, doch Rashid hielt seinen Blick stur auf seine Hände gerichtet.

Brad hatte keine Zweifel, dass Rashid eine Zeugenaussage gegen Sarah Reed erfinden würde.

»Nennen Sie fürs Protokoll bitte Ihren Namen«, wies ihn Strobel an.

Rashid sah von seinen Händen auf und richtete seinen traurigen Blick auf Nikki.

»Rashid Berjein«, sagte er.

Er sah Nikki noch eine lange Sekunde an. Brad meinte, ein leichtes Zwinkern der Augen und ein fast unmerkliches Heben der Wangen zu sehen, doch die Zeichen des Wiedererkennens verschwanden so schnell, wie sie gekommen waren.

* * *

Auf der anderen Seite der Stadt saß Mobara Berjein ruhig auf einem Metallklappstuhl, die Hände im Schoß verschränkt, den Kopf im Gebet gesenkt. Die Muttawa standen an der Tür und starrten sie teilnahmslos an, wie sie aufmerksam der Aussage lauschte, die in den kleinen Raum übertragen wurde, und wie sie ihren Ehemann im Stillen aufforderte, nicht vom Plan abzuweichen. Jeder im Raum wusste, dass Mobaras Leben davon abhing, wie gut ihr Mann dem Drehbuch folgte.

* * *

Sarah Reeds engste Freunde kamen ab halb ein Uhr nachts in ihr kleines Haus. Sie hatte um Mitternacht die Kaffeemaschine angemacht und nicht einmal versucht zu schlafen. Doch ihre halbwüchsigen Kinder waren durch nichts wach zu bekommen und so begann sie die unmögliche Aufgabe, sie nur ein paar Stunden, nachdem sie eingeschlafen waren, wieder aufzuwecken.

Zuerst ging sie in Stevens Zimmer und es traf sie wieder einmal ins Herz, wie sehr der Junge seinem Vater ähnelte. Selbst wenn er schlief, waren die Ähnlichkeiten unübersehbar. Sie schliefen beide mit offenem Mund auf dem Rücken, die Hände irgendwo über dem Kopf; Leintuch und Decke überall verstreut, das Ergebnis von hundert dreschenden Bewegungen, die Vorbedingung fürs Einschlafen waren. Steven hatte die Augen seines Vaters, den Mund seines Vaters und die Eigenheiten seines Vaters.

Steven hatte von seinem Vater außerdem den unerschütterlichen Optimismus geerbt und die unfehlbare Loyalität. Er hatte seine neuen Pflichten als »Mann im Haus« ernst genommen und mehr als einmal erklärt, er werde auch dann noch zu Hause wohnen, wenn er ins College ging und danach, wenn er seine erhoffte Karriere als Profibaseballspieler begann. Er schulterte eine schwere Verantwortung für einen Elfjährigen und der Gedanke daran, ließ Sarah Tränen in die Augen steigen. Es war nicht das erste Mal, dass sie im Dunklen neben Stevens Bett stand und weinte.

Um ein Uhr nachts hatte sich die Sackgasse, in der Sarah wohnte, in einen Parkplatz verwandelt. Mitglieder der Chesapeake Community Church füllten das Wohnzimmer, ergossen sich in die Küche und den Flur entlang. Das aufgeregte Summen der Unterhaltungen füllte das winzige Haus, während die Gemeindemitglieder auf den Beginn dieses höchst außergewöhnlichen Treffens warteten.

Die Chesapeake Community Church hatte nicht die inspirierendsten Predigten oder die mitreißendste Musik, aber es war eine betende Gemeinde und die Menschen in Sarahs Haus waren zusammengerufen worden, um zu beten. Und so rief Reverend Jacob Bailey die Anwesenden genau in dem

Moment zur Ruhe, als Rashid in Riad anfing, Fragen zu beantworten, und begann mit der Gruppe zu beten. Sie beteten um Weisheit und Mut für Rashid, sie beteten um Sicherheit für Rashid und Mobara, sie beteten um Scheuklappen für Strobel und Ahmed und um langsames Verstehen. Sie beteten für Brad und Nikki und sogar für Leslie, die Sarahs Einladung zu diesem Treffen abgelehnt hatte. Sie beteten, dass Gottes Werk vorangehen möge und sein Wille durch die Gemeinde in Riad getan würde. Zwei Stunden lang beteten sie und beteten und beteten.

Reverend Bailey und seine Gemeinde in Chesapeake waren nicht die Einzigen, die den Gott des Universums um Sicherheit, Mut und Weisheit ersuchten. Rashids schneidiger Bruder Hanif leitete in Riad ein ähnliches Gebet an. Die Sprache war anders, der Stil war anders und die Intensität war ganz anders. Die rohen Emotionen des Treffens in Riad überstiegen die der Chesapeake-Gemeinde bei Weitem. Viele in Riad waren von Rashid selbst mit Christus bekannt gemacht worden und alle kannten ihn persönlich. Das Treffen war geprägt von einer Leidenschaft, die aus Verfolgung geboren wird; die Intensität gesteigert durch das Wissen, dass dieses Treffen ihr letztes sein konnte. Sie vergossen ohne Scham Tränen und flehten Gott mit lauter Stimme um sein Eingreifen an.

* * *

Brad machte sich massenhaft Notizen, während das Objekt der allgemeinen Gebete schonungslos Sarah Reeds Fall platzen ließ. Rashid bestätigte, dass Charles und Sarah tatsächlich Drogen verkauft hatten, und gab zu, selbst auch Drogen konsumiert zu haben. Er sprach verständlicher als Khartoum und wirkte unendlich viel glaubhafter. Er kam Brad mit allen Themen zuvor, die der am Vortag so effektiv im Kreuzverhör benutzt hatte, indem er sehr detailliert die Art beschrieb, wie die Drogen benutzt wurden.

Nach neunzig Minuten schädlicher Aussagen gab Strobel den Zeugen für ein Kreuzverhör frei, von dem Brad wusste, es würde nicht leicht werden.

Es hatte keinen Sinn, um den heißen Brei herumzureden.

»Wurden Sie und Ihre Frau von der Nation Saudi-Arabien bedroht und gezwungen, in diesem Fall eine falsche Zeugenaussage zu machen?«

»Einspruch«, unterbrach Strobel. »Das ist unerhört! Sie haben keine Grundlage für diese Anschuldigung.«

Brad beugte sich vor und deutete direkt auf Ahmed. »Warum fragen Sie nicht Mr. Aberijan, ob es eine Grundlage für meine Frage gibt?« Dann deutete er auf Rashid. »Warum bringen Sie nicht die Ehefrau dieses Mannes hier in den Konferenzraum, damit ich sie befragen kann?« Er wandte sich an Strobel, der sich inzwischen auch auf dem Tisch nach vorn beugte. »Wie können Sie nachts noch ruhig schlafen, wenn Sie Leute vertreten, die foltern und töten und dann Zeugen einschüchtern, damit sie deswegen lügen?«

Strobel antwortete mit einem vernichtenden Blick. Als er schließlich sprach, tat er das laut und langsam und jedes Wort betonend.

»Sie hören mir jetzt zu, Mr. Carson. Erheben Sie nie wieder Anschuldigungen, die Sie nicht beweisen können. Ich habe genug von diesem Unsinn. Noch so ein Ausbruch von Ihnen und ich gehe und nehme Mr. Berjein mit, um bei der Polizei von Riad eine Strafanzeige gegen Sie einzureichen.« Strobel wandte sich an den Dolmetscher: »Übersetzen Sie seine letzte Frage nicht. Ich habe Einspruch dagegen erhoben und sie ist es nicht wert, übersetzt zu werden.«

Brad und Mack starrten sich ein paar Sekunden an. Brad lehnte sich als Erster zurück.

»Haben Sie sich mit Nikki Moreno und Sa'id el-Khamin vor einigen Wochen getroffen?«, fragte er.

Die Frage wurde übersetzt. Brad wusste, dass Rashid dieses Treffen nicht abstreiten würde. Sowohl Sa'id als auch Nikki konnten als Zeugen vorgeladen werden. Sie konnten außerdem die eidesstattliche Erklärung vorlegen, die Rashid unterschrieben hatte.

»Ja.«

»Ist es wahr, Sir, dass Sie Mr. el-Khamin und Ms. Moreno sagten, dass weder Charles noch Sarah Reed je Drogen konsumiert haben?«

»Ja.«

»Ist es nicht ebenfalls so, dass Sie Mr. el-Khamin und Ms. Moreno sagten, Sie seien von der Muttawa gefoltert worden, in derselben Nacht, als man die Reeds folterte und Mr. Reed starb?«

»Einspruch«, sagte Strobel, diesmal in geschäftsmäßigerem Ton. »Die Frage geht von Umständen aus, die nie bewiesen wurden.«

Rashids übersetzte Antwort war in Wirklichkeit eine Frage. »Soll ich darauf antworten?«

»Ja«, sagte Brad. »Der Richter wird später entscheiden, ob dem Einspruch stattgegeben wird oder nicht.«

Der Dolmetscher gab die Botschaft weiter. »Das habe ich ihnen gesagt, ja«, sagte Rashid.

»Haben Sie gelogen, als Sie mit Mr. el-Khamin und Ms. Moreno sprachen, oder lügen Sie jetzt?«

»Einspruch!«

»Beantworten Sie bitte einfach die Frage«, verlangte Brad.

Die Frage, der Einspruch und der Kommentar wurden übersetzt.

»Ich habe damals gelogen«, gab Rashid zu.

»Lügen Sie, wenn es Ihren Zwecken dient?«, fragte Brad.

»Einspruch.«

»Manchmal«, sagte Rashid durch den Dolmetscher.

Es war eine der wahrheitsgemäßeren Antworten, die Rashid im Kreuzverhör gab. Er erwies sich als schwer zu fassender und geschickter Zeuge. Und am Ende von zwei frustrierenden Stunden hatte es Brad immer noch nicht geschafft, seine Zeugenaussage zu untergraben. Er beschloss, noch eine letzte verzweifelte Frage anzusetzen, einen letzten Versuch, zur Wahrheit vorzudringen.

»Sehen Sie mir in die Augen und sagen Sie mir, dass Sie nicht von den Behörden von Saudi-Arabien eingeschüchtert oder bedroht wurden.«

»Einspruch«, sagte Strobel monoton, »aber er soll die Frage beantworten. Ich werde diesen Einwand später dem Richter vortragen.«

Wie er es den ganzen Nachmittag getan hatte, sah Rashid den Dolmetscher an, während der die Frage dolmetschte. Doch diesmal sah Rashid, statt Brad anzusehen, auf den Tisch hinab und murmelte seine Antwort nur.

»Nichts dergleichen ist geschehen«, sagte der Dolmetscher.

»Dann habe ich keine weiteren Fragen«, sagte Brad.

Das letzte Bild für die Geschworenen würde Rashids Scheitel sein.

* * *

Bella arbeitete alles auf ihrem Schreibtisch ab, bis auf das Firmenscheckbuch, das Hauptbuch und einen riesigen Stapel von Rechnungen, die sie um den Schlaf brachten. Ihr neues wöchentliches Ritual war, den Kontostand der Kanzlei anzusehen und dann den Rechnungen Priorität einzuräumen, die sie bezahlen konnte. Bis zum Prozess waren es immer noch drei Wochen und der Kanzlei rann das Geld noch schneller durch die Finger, als Bella es für möglich gehalten hätte. Inzwischen operierten sie mit einer Kreditlinie von dreihunderttausend Dollar, die auf fünfundsiebzigtausend heruntergezogen war. Alles, was Brad besaß, war verpfändet, um den Kredit abzusichern.

Sie fragte sich, wie lange es dauern würde, bis der Scheck für den Vergleich im Johnson-Fall kam. Ganz sicher würde sie nicht Nikki danach fragen. Diese Vergleiche in trockene Tücher zu bekommen, konnte Wochen dauern, sogar Monate, und Brad hatte sie abgemahnt und ihr jeden weiteren Kontakt mit dieser Akte verboten. Und sonst gab es keinen Fall mit Vergleichspotenzial mehr.

Nur zur Sicherheit, als letzten Notfallplan, bestellte Bella fünfundzwanzig neue Kreditkarten für die Firma, jede von einer anderen Bank. Der durchschnittliche Kreditrahmen für jede Karte lag bei etwas über fünftausend Dollar. Falls nötig konnten diese Karten ihnen noch einmal 125 000 Dollar Betriebseinnahmen bringen, allerdings mit gepfefferten Zinsen.

Bis dahin würde Bella zurechtkommen müssen. Brad hatte schon vor einigen Wochen aufgehört, sich sein Gehalt zu zahlen, und das half schon. Bella schlug vor, dass Nikki ebenfalls auf ihr Gehalt verzichtete, doch Brad wollte nichts davon wissen.

Wie sie es immer tat, legte Bella die Rechnung von Worthington zuunterst in den Stapel. Sie konnte nicht fassen, dass er die Stirn besaß, sich aus dem Fall zurückzuziehen und ihnen dann eine Rechnung für seine bisherigen Fachberaterleistungen zu schicken. Bella hätte Worthington auch dann nicht bezahlt, wenn sie alles Geld der Welt besäße.

Sie traf den unilateralen Beschluss, einige »Ermessensposten« aus dem Firmenbudget zu streichen. Brad gehörte vielen juristischen Vereinigungen an, nahm aber nur selten an den Treffen teil. Bella entschied, er würde seine Mitgliedschaften nicht vermissen, solange sie die Briefe abfing, in denen er gebeten wurde, seinen Austritt noch einmal zu überdenken. Außerdem beschloss sie, dass die juristischen Fachzeitschriften, die Brad nie las, Geldverschwendung waren. Es hatte keinen Sinn, für nichts und wieder nichts Bäume sterben zu lassen. Das waren die einfachen Anrufe.

Etwas schwieriger war die wöchentliche Rechnung für die Putzkolonne. Selbst wenn die Putztruppe voll arbeitete, sah es im Büro aus wie auf einer Sondermülldeponie. Abgesehen davon waren Brad, Nikki und Leslie alle erwachsen und konnten selbst hinter sich aufräumen. Die Putzkolonne würde vorübergehend ausgesetzt.

Zu den drei Posten, die fast überlebt hätten, jetzt aber trotzdem dran glauben mussten, würde sie einiges zu hören bekommen. Carson & Partner zahlte nicht nur Brads Gehalt und Bonus; die Firma übernahm auch die Ratenzahlungen für seine Autos und das Boot. Brad würde in den nächsten Monaten viel zu beschäftigt sein, um sein Boot zu benutzen. Und was die Autos anging, rechnete sie sich aus, dass sie mindestens neunzig Tage herausschlagen konnte, bevor der Repo-Mann zu Besuch kam und sich die Autos zurückholte. Mit etwas Glück war der Fall bis dahin abgeschlossen. Bella teilte die Rechnungen in »Zahlen« und »Nicht zahlen« auf. Sie dachte an all das Geld, das in den vergangenen zwölf Jahren durch die Firma geflossen war. Bis der Reed-Fall zum einzigen Fokus der Kanzlei wurde, hatten sie immer genug Fälle in Vorbereitung gehabt, dass die Erfolgshonorare stetig flossen, jedes scheinbar höher als das vorherige. Doch das war Geld von gestern und es war bereits ausgegeben. Jetzt hatte Brad beschlossen, alles für einen Fall zu riskieren, was sie nie zuvor getan hatten. Ein tollkühnes Glücksspiel. Und Bella hatte nicht das Gefühl, dass sie eine Glückssträhne hatten.

Wie so oft, seit Nikki dieses kolossale Gehalt gefordert hatte, wandte Bella ihre Aufmerksamkeit von den Firmenrechnungen ihren eigenen finanziellen Verpflichtungen zu. Nur eine davon war ihr wirklich wichtig, aber sie war riesig. So sehr ihr Brad am Herzen lag, sie würde nicht zulassen, dass seine finanzielle Unbesonnenheit sie ihrer Lebensgrundlage und der Pflege ihrer geliebten Mutter beraubte. Wenn sie ihren Plan sorgfältig genug durchführte, umsichtig und behutsam, würde das auch nie passieren.

* * *

Auf dem Rückflug von Saudi-Arabien wirbelten in Brads Kopf die Gedanken an noch ausstehende Aufgaben vor dem Prozess, an die Auswirkungen der eidlichen Aussagen und seine Sorgen darüber herum, dass vertrauliche Informationen zur anderen Seite durchsickerten.

Gleichzeitig kreisten seine Gedanken oft um Leslie. Er hatte sich daran gewöhnt, sie täglich zu sehen und vermisste sie sehr auf seiner einwöchigen Reise. Er gab es auf, zu versuchen, sich selbst vorzumachen, ihre Beziehung sei rein beruflicher Natur oder dass sie nur Freunde seien. An eine »Freundin« dachte man nicht jede Sekunde, die man von ihr getrennt war. Man ertappte sich nicht dabei, wie man sich ständig fragte, wie eine »Freundin« wohl auf die Dinge reagieren würde, die man tat, oder was diese »Freundin« wohl in diesem Augenblick tat. Man verbrachte keine Zeit in einem fremden und exotischen Land und wünschte sich, diese »Freundin« wäre da, um es gemeinsam zu erleben.

Abgesehen von ihrem Kuss vor dem Trellis war er sich nicht sicher, ob Leslie seine Gefühle teilte. Brad hatte immer wieder Andeutungen über das Leuchtturmbild fallen lassen, aber er hatte nie ein Wort des Dankes bekommen. Diese Frau war wirklich ein Rätsel. War er der Einzige, der Gefühle entwickelte? War es nur der Druck und das Trauma dieses Falles, das gelegentlich ein Knistern zwischen ihnen hervorrief – und seine momentanen Gedanken? Er wusste es nicht sicher; er wusste nur, dass er ihr Lächeln vermisste, ihre Berührung. Er vermisste es, sie anzusehen, wenn sie nicht hersah. Er vermisste es, wie er sich in ihrer Gegenwart fühlte.

Er stand jetzt drei Wochen vor dem größten Prozess seines Lebens, vollkommen unvorbereitet, und alles, woran er denken konnte, war diese merkwürdige und wunderbare Frau, die seine Gedanken beherrschte. Das war keine Freundschaft; es war Liebe.

Da. Er hatte es gesagt, wenn auch nur zu sich selbst. Er liebte sie. Es war sinnlos, der Zeitpunkt war denkbar schlecht gewählt und es konnte sein, dass sie ihn nicht liebte. Doch nichts davon zählte. Dies war eine Herzensangelegenheit, keine Kopfsache. Er liebte Leslie Connors. Und er würde ihr das sagen und die Dinge einfach laufen lassen. Sobald er die Chance dazu bekam. Sobald er den Mut aufbrachte. Brad Carson, der unerschrockene Prozessanwalt, furchtlos im Gerichtssaal und ein Feigling in der Liebe. Er würde es ihr sagen.

Sobald der Fall abgeschlossen war.

* * *

Zurück auf amerikanischem Boden, während sie am Reagan International Airport auf ihren Anschlussflug warteten, verschwand Nikki heimlich und rief ihren Anrufbeantworter zu Hause ab. Sie hatte sechzehn neue Nachrichten, eine durchschnittliche Anzahl für eine Gesellschaftslöwin ihres Kalibers. Die ersten zwölf übersprang sie, dann hörte sie die Stimme, die sie zu hören gehofft hatte. Rashid Berjein. Verkehrslärm im Hintergrund – Rashid rief von einem Münztelefon an.

Leise, aber deutlich, wiederholte er einen Satz auf Arabisch, dann hängte er auf. Nikki sprach nicht fließend, aber sie hatte während ihrer Reisen ins Königreich ein paar Sätze gelernt. Sie und Rashid hatten vereinbart, dass sie diesen als Code benutzen würden.

»Alles in Ordnung«, hatte er gesagt.

»Allah sei Dank«, murmelte Nikki sarkastisch. Sie lächelte und steckte das Handy ein, ohne ihre restlichen Nachrichten abzuhören.

24

Ahmed kam zu früh im Bezirksgericht Norfolk, Verkehrsabteilung an – um genau 8.30 Uhr. Er ging ohne besondere Vorkommnisse durch den Metalldetektor, wandte sich nach links in den Flur und fand Gerichtssaal Nummer 2, einen von zwei Verkehrsgerichtssälen im Gebäude. Er setzte sich in die zweite Reihe und sah der Parade der lasterhaften Amerikaner bei der Ankunft zu ihrem Tag im Gericht zu.

Ahmeds Instinkt sagte ihm, er sollte auf eine Falle vorbereitet sein, doch die Vernunft sagte ihm, dass er schon zu viele nützliche Informationen erhalten hatte, als dass dies ein Schwindel sein konnte. Dennoch würde er sich besser fühlen, wenn er den Informanten erst einmal getroffen hatte und mehr über dessen Motive wusste.

Innerhalb von wenigen Minuten kamen drei von Barnes' besten Agenten herein und nahmen ihre Plätze im Gerichtssaal ein. Der Erste war ein Sechsundzwanzigjähriger in übergroßen Jeans, einem schäbigen T-Shirt, jeder Menge Schmuck und mindestens zwei Ohrringen. Seine Schlüssel und die Brieftasche waren mit einer Kette an seinem Gürtel befestigt. Er setzte sich direkt hinter Ahmed. Der Zweite postierte sich im vorderen Bereich des Saals als gescheiterter Anwalt in einer ausgefransten Anzugshose, mit fleckiger roter Krawatte, passenden Hosenträgern und einem schlechtsitzenden Sakko. Ein dritter Ermittler, ein Mann mittleren Alters mit unscheinbaren Gesichtszügen, der mit jeder Menschenmenge verschmolz, stand an der Seite des Gerichtssaals.

* * *

Die Informantin trat um 9.50 Uhr - angemessen spät - durch die Tür des Gerichtsgebäudes. Sie durchlief die Metalldetektoren und ging direkt zur Frauentoilette. Dort beugte sie sich übers Waschbecken und sah sich dicht vor dem Spiegel selbst ins Gesicht, während sie sich Mut zusprach und ihre Nerven beruhigte. Sie wusch sich die Hände mit heißem Wasser, rieb sie energisch aneinander und trocknete sie grob mit Papiertüchern ab. Immer noch eiskalt. Sie beschloss, Ahmed nicht die Hand zu geben.

Sie ging langsam in den Gerichtssaal, ihr Blick irrte über die Zuschauerränge, erfasste jeden Blick, jede Bewegung, schätzte jede Person ein, ob sie dazugehörte. Sie hatte in der jüngsten Vergangenheit genug Zeit hier verbracht, um die Anwälte zu kennen, die Gerichtsangestellten und den Rhythmus des Gerichts - wer dazugehörte und wer nicht. Mit beiden Händen klammerte sie sich an eine kleine Lederaktentasche. Sie ging bedächtig zur zweiten Reihe und setzte sich neben Ahmed.

Er starrte teilnahmslos geradeaus. »Sie?«, zischte er.

Sie ignorierte die Bemerkung. »Ich sagte, Sie sollen allein kommen«, flüsterte sie rau.

»Das bin ich«, gab Ahmed ruhig zurück.

Das ganze Treffen war hochriskant, aber sie musste den Einsatz erhöhen. Ahmed schien zu entspannt, zu sehr Herr der Lage. Sie musste etwas tun, um ihn aus dem Konzept zu bringen. Die ersten Minuten waren entscheidend.

»Direkt hinter dem Anwaltstisch links.« Sie nickte in Richtung eines Anwalts, der dort saß. »Halbglatze. Rote Krawatte. Rote Hosenträger.« Sie hatte ihn nie zuvor in diesem Gerichtssaal gesehen, obwohl hier jeden Tag dieselben Anwälte aufzutauchen schienen. Außerdem hatte er nur ein paar Aktenordner in der Hand, die jeder einen einzelnen Fall darstellten, und kein Verkehrsrechtsanwalt konnte mit so einem mageren Auftragsvolumen leben. Im Gerichtssaal Nummer 2 behandelten die Anwälte ihre Fälle tonnenweise. Die anderen Anwälte hatten überall Aktenordner.

Sie stand auf, um zu gehen. »Er ist einer von Ihnen«, flüsterte sie. »Das Treffen ist abgesagt.«

Ahmed hielt sie mit dicken Fingern am Unterarm fest und riss sie zurück auf ihren Sitz. Die ungehemmte Gewalt dieser Geste, mitten im Gerichtsgebäude, ließ sie zittern.

»Beeindruckend«, zischte er. Dann ließ er ihren Arm los. »Ich schicke meine Männer hinaus.«

Ahmed wandte sich um und nickte dem Mann zu, der direkt hinter ihnen saß. »Gehen Sie. Und nehmen Sie Ihren Freund mit.« Ahmed nickte zu dem Mann am Tisch im vorderen Teil des Raums hinüber. Die Informantin hielt den Blick geradeaus gerichtet und sah schweigend zu, wie der Mann ging.

Das Herz schlug ihr bis zum Hals, jeder Schlag dröhnte in ihren Ohren. Gänsehaut, klamme Finger, der Magen in Aufruhr, das volle Programm. Dennoch zwang sie sich dazu, sich zu entspannen - tiefe Atemzüge, unbewegtes Gesicht, ruhige Bewegungen. Wer würde das Heft in die Hand nehmen? Wer würde als Erstes zwinkern? Wer würde vor der Aufgabe zurückschrecken, die vor ihnen lag?

»Wenn Sie das je noch mal versuchen«, flüsterte sie, jetzt mit ruhiger Stimme, »ist der ganze Deal hinfällig. Ich verhandle mit Ihnen. Keine Mittelsmänner. Keine Extras.«

Aus dem Augenwinkel konnte sie Ahmed schlucken sehen. Er gewöhnte sich besser daran, Befehle von einer Frau entgegenzunehmen.

»Haben Sie die Transmitter dabei?«, fragte sie.

Ahmed zeigte sie ihr auf seiner ruhigen rechten Hand. Sie nahm sie, wobei sie achtgab, seine Haut nicht zu berühren. Sie legte sie in ihre Aktentasche.

»Sie sind magnetisch, bringen Sie sie einfach an einer beliebigen Metalloberfläche an«, erklärte er mit kaum hörbarer Stimme. »Sie funktionieren mit Kurzwelle und senden ein verschlüsseltes Signal an den Empfänger.«

Er drehte sich zu ihr, um sie direkt anzusehen. Sie erstarrte, dann atmete sie gleichmäßig aus. »Ich glaube eigentlich nicht, dass sie nötig sind«, sagte Ahmed. »Glauben Sie wirklich, wir hätten es nicht selbst hinbekommen, wenn wir das wollten?«

Obwohl Ahmed sie direkt ansah, direkt durch sie hindurch, hielt sie den Blick auf den vorderen Teil des Saals gerichtet. »Ich werde sie an den drei Haupttelefonen anbringen«, sagte sie mit zusammengebissenen Zähnen. »Carson sucht jeden Tag zur gleichen Zeit nach Wanzen. Ich werde sie nach diesen Durchsuchungen anbringen und sie nachts wieder wegnehmen.«

Sie war kurz davor zu flüchten. Dieser Mann, nur Zentimeter entfernt, der sie mit Blicken durchbohrte und ihr mit seinem stinkenden Atem Übelkeit verursachte, war fast mehr, als sie ertragen konnte. Sie hatte ihr Ziel für dieses Treffen erreicht. Warum warten?

»Wie planen Sie, Shelhorse auszuschalten?«, fragte er.

»Es genügt, dass Sie wissen, dass es passieren wird. Ich werde Ihnen unseren nächsten Treffpunkt und die Uhrzeit mitteilen. Wenn Sie versuchen, mir zu folgen oder mich auf sonstige Art zu kontaktieren, sind wir fertig miteinander.«

Mit dieser abschließenden Warnung stand sie auf, sah auf ihn hinab – starrte ihn an – während sie einen Augenblick über ihm aufragte, dann verließ sie schnell den Gerichtssaal. Sie eilte an dem Metalldetektor vorbei und zur Tür hinaus, begierig, ihre Lungen mit frischer Luft zu füllen. Sie sah sich um, in Beschlag genommen von den misstrauischen Blicken Dutzender von Fremden, jeder ein potenzieller Komplize Ahmeds. Sie widerstand dem Drang, loszurennen, zu schreien oder in eine Gruppe Menschen zu huschen und in irgendeiner Seitengasse zu verschwinden.

Was würde es nützen? Sie wussten jetzt, wer sie war. Das Spiel hatte begonnen. Ihre einzige Hoffnung war, ihnen immer einen Schritt voraus zu bleiben.

* * *

Später versammelte Brad sein Team im Hauptkonferenzraum, den Nikki passenderweise »Kommandozentrale« getauft hatte. Es sah aus, als habe William T. Sherman den Raum auf seinem Marsch zum Meer geplündert und Papiere, Aussageprotokolle, Aktenordner, leere Tassen, Papierteller und schmutzige Servietten zurückgelassen.

Im Strudel dieses Durcheinanders saß Nikki auf einem Stuhl, die Beine auf einem anderen, Papiere auf ihrem Schoß, dem Tisch und dem Boden um sich verteilt. Nikkis drei Diät-Coladosen, alle teilweise mit schaler Limonade gefüllt, vermutlich von gestern, standen nebeneinander auf einem Schild, das Bella eine Woche zuvor an die Wand gepinnt hatte: »Ihre Mutter arbeitet hier nicht, also räumen Sie Ihre Unordnung bitte selbst weg.« Nikki hatte das fleckige Schild vom Boden geborgen, nachdem es irgendwann heruntergefallen war, und benutzte es jetzt als großen Untersetzer.

Leslie betrat die Kommandozentrale und räumte sich etwas Platz auf dem Tisch frei, indem sie das Wirrwarr zu einem ordentlichen Stapel zusammenschob. Neben ihr breitete Nikki einen Stapel von etwas aus, was wie Gutachten aussah. Die Ecke von einem davon trieb über eine unsichtbare Grenzlinie. Leslie hob eine Augenbraue und schob das Blatt, ohne Nikki anzusehen, aus dem Weg.

Die Unordnung des Konferenzraums wurde an diesem Abend, eine Woche vor dem Prozess, durch große Bögen Plakatpapier verschärft, die an die Wände geklebt wurden und auf deren Oberkante die Namen der ersten fünfzig Geschworenen der Geschworenenliste quer nebeneinandergekritzelt waren. Da dies ein Zivilrechtfall war, würde die Jury am Ende aus sieben Geschworenen plus Ersatz bestehen. Brads Erfahrung nach konnte es sein, dass man in einem großen Fall wie diesem bis zu fünfzig potenzielle Geschworene brauchte, nur um die sieben herauszufinden, die geeignet waren. Brad stand neben dem Blatt mit der Überschrift »Ideales Geschworenenprofil« und leitete eine Diskussion über wünschenswerte Charakteristiken bei Geschworenen.

»Männlich oder weiblich?«, fragte er.

»Definitiv weiblich«, sagte Leslie und machte eine sorgfältige Anmerkung auf dem Notizblock vor sich. »Frauen können ermessen, was es heißt, einen Ehemann zu verlieren und allein Kinder großzuziehen.«

»Das sehe ich auch so«, sagte Nikki. »Außerdem sind sie klüger.«

Bella grunzte zustimmend, womit unter den weiblichen Teammitgliedern Einstimmigkeit herrschte. The Rock war natürlich nicht zu dem Treffen eingeladen.

»Weiß, afroamerikanischer, hispanischer oder asiatischer Herkunft?«, fragte Brad weiter, indem er die vorherrschenden ethnischen Gruppen aufzählte, die er auf der Geschworenenliste zu sehen erwartete.

»Definitiv schwarz«, entschied Bella. Sie hatte permanent Schwierigkeiten damit, sich zu merken, dass Brad den Ausdruck »Afroamerikaner« bevorzugte. »Sie haben ein natürliches Misstrauen der Polizei und Autoritätspersonen gegenüber. Sie werden Ahmed hassen. Abgesehen davon: Schaut euch die guten Entscheidungen an, die wir schon von Richter Johnson bekommen haben.«

»Latinos haben auch eine klare Position«, behauptete Nikki. »Wir brauchen einfach nur Geschworene mit der richtigen Einstellung.«

Leslie runzelte die Stirn und hörte auf zu schreiben. »Dürfen wir diese Frage überhaupt stellen? Ist das nicht Diskriminierung bei der Geschworenenwahl und nach dem Batson-Fall nicht zulässig?«

»Streng genommen ja«, sagte Brad. »Aber wir diskriminieren hier keine Minderheiten, wir drücken tatsächlich eine Präferenz für sie als Geschworene aus. Sozusagen unser eigenes kleines Förderprogramm.«

Leslie sah missbilligend drein. »Das ist schwach, Brad Carson, und das weißt du.«

»Entschuuuldige bitte«, sagte Nikki. »Wo kommt denn diese Einstellung her?«

Leslie ignorierte die Frage und Brad beschloss, lieber weiterzumachen. Die Chemie zwischen den Frauen war bestenfalls instabil.

»Na gut, machen wir weiter«, schlug er vor. »Wie alt ist der ideale Geschworene?«

»Jung.« Das war wieder Nikki. »Die alten Knacker vertrauen der Polizei und werden nicht für Ärger sorgen wollen.«

Niemand sonst sagte etwas. Brad nahm das als Zustimmung. Er schrieb es auf.

»Religion?«

»Ich dachte, Sie würden nie fragen …«, begann Nikki.

»Wartet. Das können wir auch nicht fragen, oder?« Leslies Stirnrunzeln war zurück, diesmal kombiniert mit einer missbilligenden Kopfbewegung.

»Gemäß Batson können wir wahrscheinlich keinen Geschworenen aufgrund seiner Religion ablehnen«, gab Brad zu. »Aber in diesem Fall, mit seiner spezifisch religiösen Natur, können wir den Richter vielleicht dazu bekommen, ein paar Geschworene aufgrund ihrer Religion herauszunehmen.«

»Jedenfalls«, sagte Nikki und tat die juristischen Feinheiten mit einer

Handbewegung ab, »brauchen wir glühende Hardcore-Christen in dieser Jury. Keine Muslime. Keine Atheisten. Keine gleichgültigen Neutralen. Wir brauchen echte aggressive Bibelverfechter. Höllenfeuer- und Schwefeltypen.«

Eine Stunde lang fassten sie Meinungen zusammen und verteidigten ihre Intuitionen. Als sie fertig waren, trat Brad zurück und bewunderte das Profil seines Traumgeschworenen: eine junge, afroamerikanische oder lateinamerikanische alleinerziehende Mutter mit starken evangelikalen Glaubensgrundsätzen, bevorzugt geringer verdienend, und jemand, der in der Vergangenheit zumindest einmal versucht hatte, wegen Körperverletzung zu klagen. *Herzlich wenig Aussichten*, dachte er.

Als Nächstes würden sie die einzelnen Geschworenen auf einer Skala von eins bis zehn bewerten, damit der Vorgang wenigstens den Anschein wissenschaftlicher Genauigkeit besaß. Sie waren sich alle einig, dass Brad die Einschätzungen ändern durfte, wenn sie anfingen, die Geschworenen vor Gericht zu befragen, aber es würde ihnen zumindest einen Ausgangspunkt liefern.

Bei der ersten Geschworenen, einer alleinerziehenden Mutter mit zwei Kindern, kam es zu einem Patt. Leslie gab ihr eine Fünf, Bella eine Zwei, Brad eine Sieben und Nikki eine Zehn. Brad rechnete kurz, gab der Geschworenen Nummer 1 eine Sechs und kam dann zum zweiten der fünfzig Geschworenen. Es wurde langsam spät.

Doch Nikki schüttelte den Kopf. »Ihr könnt mir vertrauen, Leute, sie ist eine Zehn. Wenn die Chance besteht, müssen wir sie in Ihre Jury kriegen.«

»Kommen Sie, Nikki«, stöhnte Brad. »Sie hatten Ihre Abstimmung. Wir sitzen noch die ganze Nacht hier, wenn wir uns alle für unsere Favoriten einsetzen.«

»Brad, ich weiß, wovon ich rede. Vertrauen Sie mir.«

»Das ist keine Frage des Vertrauens«, mischte Leslie sich ein. »Es ist eine Frage der Fairness. Wir haben jeder eine Stimme und dann kann Brad im Prozess seine Angleichungen machen, wie er will. Wir haben sowieso nicht viel, wonach wir gehen können. Wir wissen nicht einmal, welcher Rasse oder Religion sie angehört.«

»Was, wenn ich euch sagen würde, sie ist treues Mitglied einer unabhängigen Kirche namens Grace Chapel und geht jedes Jahr mindestens auf eine Missionsreise? Was, wenn ich euch sagen würde, sie glaubt ernsthaft, dass jeder von Jesus Christus erfahren muss? Was, wenn ich euch garantiere, dass sie eine eingefleischte Unterstützerin aller Missionsunternehmungen ist?«

»Dann würde ich meine Bewertung ändern«, gab Leslie zu. »Aber woher solltest du das alles wissen?«

Die Blicke der anderen bestätigten, dass sie alle dasselbe dachten. Brad kaute auf seinem Brillenbügel und sah Nikki mit fragend hochgezogener Augenbraue an.

»Und?«, fragte er.

»Sagen wir einfach, ich habe Insiderinformationen über sechsunddreißig von diesen fünfzig Geschworenen«, sagte Nikki fast flüsternd. Brad wollte etwas sagen, aber Nikki hob die Hand, um ihn zum Schweigen zu bringen. »Ich kenne die Regeln, Brad. Kein direkter Kontakt mit voraussichtlichen Geschworenen. Fragen Sie mich nicht, woher ich diese Information habe, aber es ist alles legitim. Bei den meisten Geschworenen kann ich Ihnen mehr über ihre religiösen Überzeugungen sagen, als selbst ihre eigenen Mütter wissen.«

Brad starrte Nikki schweigend an, suchte ihr Gesicht nach Hinweisen ab. Sie befanden sich ethisch auf dünnem Eis. Er wollte diese Information – nein, er brauchte diese Information. Unbedingt. Doch zu welchem Preis?

»Sind Sie sicher, dass Sie mit keinem Geschworenen in Kontakt getreten sind?«

»Auf jeden Fall.«

»Sicher, dass alles legal ist?«

»Darauf können Sie wetten.«

Er musterte sie noch einen Moment und sie zuckte immer noch nicht mit der Wimper.

»Also gut, dann ändere ich meine Bewertung auf eine Zehn«, sagte Brad.

»Ich auch«, sagte Bella.

»Ich bleibe bei meiner Fünf«, sagte Leslie. »Ich vertraue keiner unbekannten Quelle, die nicht überprüft werden kann.«

Nikki verdrehte die Augen.

»Geschworene 1 bekommt eine Neun«, verkündete Brad und strich die alte Bewertung auf dem Plakat durch.

Und so ging es weiter, ein Geschworener nach dem anderen, Nikki lieferte ihre mysteriösen Einblicke und die Gruppe kam zu einer Entscheidung. Um viertel nach eins dachte das Team über den Geschworenen Nummer 50 nach. Sie hatten die ausgedehnten Diskussionen schon lange aufgegeben.

»Irgendwelche Insiderinformationen über diesen hier?«, fragte Brad.

»Jau«, antwortete Nikki. »Ich gebe ihm eine Acht.«

»Ich auch, wenn das so ist«, sagte Brad.

»Ich bin dabei«, sagte Bella.

»Vier«, sagte Leslie.

»Geschworener 50 bekommt eine Sieben«, sagte Brad. »Und ich gehe nach Hause.«

* * *

Die müde Truppe ging hintereinander zum Parkplatz und schleppte sich in die jeweiligen Autos, um sich auf den Heimweg zu machen. Nikki fuhr noch keine fünf Minuten, als ihr Telefon klingelte.

»Ich bin's«, sagte Bella schroff am anderen Ende. »Wie haben Sie das jetzt mit diesen Geschworenen gemacht?«

Nikki war verblüfft, dass Bella überhaupt anrief. Doch an diesem Abend hatte Bella für Nikki gestimmt, nicht gegen sie. Vielleicht war das Bellas Art, nach einem Mittelweg zu suchen. Nikki wusste, sie konnte auf keinen Fall eine volle Entschuldigung erwarten, doch sie war bereit, Bella auf halbem Weg entgegenzukommen. Schließlich hatte Bella sie angerufen; der Wal hatte den ersten Schritt getan.

»Versprechen Sie, es Brad nicht zu sagen?«

»Ja.«

»Okay. Also, als Erstes habe ich den Geschworenen und all ihren Nachbarn eine Umfrage zum Thema Religion geschickt. Ich habe den Brief nicht in meinem Namen geschickt; ich habe Brad also die Wahrheit gesagt, als ich behauptete, ich hätte keinen Kontakt zu den Geschworenen aufgenommen. In dem Brief stand, es ginge um eine neue Gemeinde, die in Tidewater gegründet werde. Ich habe ganz allgemein nach den religiösen Überzeugungen der Geschworenen gefragt, ob sie zur Kirche gingen und ob sie sich einer Gemeinde anschließen würden, die sich zu 100 Prozent der Mission widmete und die Gute Nachricht in die ganze Welt trage. Die meisten Geschworenen haben den Fragebogen nicht zurückgeschickt, ein paar aber schon. Bei denen, von denen ich nichts hörte, habe ich The Rock anrufen lassen, um ihnen diese Fragen zu stellen. Ein paar haben wir trotzdem nicht erreicht oder sie haben sich geweigert zu antworten.«

Nikkis Erklärung folgte ein langes Schweigen. Sie wusste, dass Bella beeindruckt war, sich aber alle Mühe gab, es nicht zu zeigen. Sie fragte sich, ob es eine gute Idee gewesen war, es Bella zu sagen und nahm an, Bella würde Brad am nächsten Morgen sofort etwas sagen.

»So etwas dachte ich mir schon«, sagte Bella.

»Habt ihr bei euren Fällen bisher noch nie so was gemacht?«, fragte Nikki.

»Oh, natürlich, wir reden nur nicht gern darüber.«

Natürlich.

»Ich muss los«, sagte Bella, diplomatisch wie immer. Bevor Nikki antworten konnte, hatte sie aufgelegt.

Nikki fragte sich, wie Brads Kanzlei je einen Fall gewonnen hatte, wenn er offensichtlich keine Zeit in die Überprüfung der Geschworenen investierte.

»Er muss ein cleveres Kerlchen sein«, murmelte sie vor sich hin, während sie den Motor ihres Cabrios hochdrehte. In wenigen Tagen würde sie es herausfinden.

Teil IV

Der Prozess

25

Die Sonne lachte an dem strahlenden Oktobermorgen des ersten Prozesstages. Eine kühle Brise zauste Norfolk sanft und jagte ein paar bauschige weiße Wolken über den Himmel. Ein perfekter Tag, um zu protestieren.

Die Demonstranten trafen ab halb acht ein und stellten sich ordentlich auf dem Gehweg vor dem massiven Bundesgebäude in der Granby Street auf. Auf einer Seite der Gerichtstreppe und den Gehweg hinab standen ungefähr 150 Christen aus jeder Gesellschaftsschicht, angeführt von Reverend Jacob Bailey und einer treuen Gruppe von Gebetskriegern.

Während Reverend Bailey und sein Team beteten, verwandelten andere die Mahnwache in ein Picknick, genossen Kaffee und Donuts und alle möglichen anderen Frühstücksleckereien. Sie hatten ein paar Schilder dabei, die meisten mit Bibelzitaten wie Johannes 3,16 darauf oder mit der Mahnung an das Gericht: »Stoppt die Folter«. Und pünktlich um acht, zur Hauptnachrichtenzeit, hörten sie alle auf zu essen und schlossen sich Reverend Bailey in einem spontanen Gebet für die verfolgten Christen auf der ganzen Welt an.

Auf der anderen Seite der Treppe stand eine Gruppe von ungefähr achtzig Muslimen, die hier waren, um für die Freiheit des saudi-arabischen Volkes einzustehen, seine Religion selbst zu wählen, frei von westlichem Einfluss. Diese Demonstranten wurden durch ein rhetorisches Sperrfeuer von einer kleinen Gruppe hitziger Anführer unterhalten. Gelegentlich brachen sie in Sprechchöre aus und stachelten die zahmeren Demonstranten auf der anderen Treppenseite auf. Die Presse versammelte sich bei den Muslimen, die eher dazu neigten, leidenschaftliche Interviews zu geben und damit besseres Sendematerial abgaben.

Zu keiner der beiden Gruppen passend, aber entschlossen, zu so einem wichtigen Anlass ihre verfassungsmäßigen Rechte in Anspruch zu nehmen, gab es noch eine Handvoll gemischter Demonstranten, die ein halbes Dutzend anderer Sachen vertraten. Der weitaus Farbenfrohste des Pulks war der Herr in einem abgewetzten, leuchtend gelben Hühnerkostüm, der ein Schild trug mit der Aufschrift »Jesus war Vegetarier«. Die meisten nahmen an, er sei von der PETA und alle machten ihm viel Platz, während er auf den Gehwegen herumwanderte – im Stechschritt, damit er nicht über seine eigenen großen Füße mit den Schwimmhäuten fiel.

Wie üblich schien es, als seien mehr Presseleute da als Personen, über die sie berichteten; und die Reporter hatten die besten Plätze im Haus. Kameramänner, TV-Sprecher und ein Schwarm von Zeitungsreportern beherrschten den Gehweg direkt vor dem Gerichtsgebäude. Lokale und nationale Übertragungswagen mit Satellitenschüsseln auf dem Dach verstopften die Straßen.

Um genau 8.30 Uhr hielt eine schwarze Stretchlimousine vor den Stufen des Gerichts, aus der Ahmed Aberijan und Frederick Barnes stiegen. Barnes bahnte seinem berüchtigten Kollegen den Weg und Ahmed sah verwirrt die ganzen englisch sprechenden Journalisten an, die ihm Mikrofone unter die Nase hielten und ihm Fragen zubrüllten.

Mack Strobel, Winsted Mackenzie und einige ihrer Partner kamen als Nächste an, jeder mit nur einer kleinen Aktentasche. Die Mitarbeiter von Kilgore & Strobel hatten schon im Vorfeld ordentlich nummerierte Kisten mit Dokumenten und Beweisstücken in den Gerichtssaal geschafft. Mackenzie hielt auf der obersten Stufe für eine improvisierte Pressekonferenz an. Mack und die anderen standen daneben und sahen eine Weile mit ernster Miene zu, dann verschwanden sie im Gebäude.

»Wird die Verteidigung behaupten, dass Dr. und Mrs. Reed Drogendealer waren?«

»Wir werden es nicht nur behaupten, wir werden es beweisen.«

»Wird jemand von der saudi-arabischen Regierung aussagen, wie zum Beispiel der Kronprinz?«

»Mr. Aberijan wird aussagen. Andere werden nicht notwendig sein.«

Und so ging es weiter, endlose Fragen und Antworten. Mackenzie kam den Medien, solange die Kameras liefen, bereitwillig mit Antworten auf sämtliche Fragen entgegen, egal wie trivial sie auch waren.

* * *

Um 8.45 Uhr verlor Win sein Publikum, als Sarah Reeds Team erschien. Anders als das Team der Verteidigung, das mit Chauffeur vorfuhr, parkten sie zwei Häuserblocks vom Gericht entfernt und schleppten große Aktentaschen und Kartons voller Aktenkoffer die Straße entlang. Bella bahnte ihnen den Weg und machte dabei keine Gefangenen. Sarah ging zwischen Leslie und Nikki.

Als einziger Mann der Gruppe fühlte sich Brad verpflichtet, die Nachhut zu übernehmen und die schwere Sackkarre zu ziehen, die drei große Kisten Dokumente enthielt, die nicht in die Aktentaschen gepasst hatten. Er mühte sich gewaltig ab, während er die Sackkarre die Gerichtstreppe hinaufhievte und sich dabei eher wie ein ungeschickter Laufbursche fühlte und ganz und gar nicht wie ein Anwalt mit Spitzenhonoraren kurz vor einem großen Fall.

Getreu Murphys Gesetz löste sich, als er die zweitletzte Stufe erreicht hatte, die oberste Kiste unter dem Gummiseil, mit dem die Kisten festgebunden waren, fiel schwer auf die Stufen und erbrach Schriftsätze, Beweisstücke und Aussageprotokolle zu Füßen des verblüfften Pressecorps.

Was für eine Art, in den Morgennachrichten Eindruck zu machen!

Brad lächelte verlegen und murmelte das Erste, das ihm in den Sinn kam: »Besser, ich kündige meinen Hauptberuf nicht.« Es klang dumm und er wünschte sich augenblicklich, er könne es zurücknehmen.

Und dann sah er zu seiner Überraschung, wie Reporter, Kameraleute und Demonstranten sich alle bückten, um die Dokumente aufzulesen und zurück in die schändliche Kiste zu legen. Brad dankte ihnen mit einer kurzen Pressekonferenz, dann fuhr er seine Dokumente vorsichtig, ganz vorsichtig, ins Gebäude und durch die Metalldetektoren.

Er holte den Rest des Teams im Aufzug ein und bemerkte sofort, dass alle Farbe aus Leslies Gesicht gewichen war.

»Was ist los?«, fragte er, außer Atem von seiner Arbeit als Packesel des Teams.

»Wir sind in Gerichtssaal Nummer 1«, flüsterte Leslie, »und den Vorsitz hat die Ehrenwerte Cynthia Baker-Kline.«

* * *

Stille fiel über den geräumigen Gerichtssaal im zweiten Stock des Gerichtsgebäudes, als alle sich erhoben. Richterin Cynthia Baker-Kline trat durch eine breite Eichentür direkt hinter ihrer Richterbank ein, die lange schwarze Robe wie eine Schleppe hinter ihr wehend. Ihr Zorn war an der Geschwindigkeit ihres Schritts abzulesen, an den geschürzten Lippen und an den zu Schlitzen verengten Augen. Sie kam an der Bank an, warf Brad einen vernichtenden Blick zu und wandte den starren Blick dann auf diejenigen, die an der hinteren Wand des überfüllten Gerichtssaals standen. Die Flügel ihrer langen Nase hoben und senkten sich in rascher Folge, wie bei einem Stier, der sich auf den Angriff vorbereitet.

Ichabod war sehr beherrscht.

»Hört, hört, hört. Ruhe bitte, wenn das ehrenwerte Gericht tagt. All diejenigen, die Gesuche vorzubringen und Angelegenheiten zu diskutieren haben, mögen vortreten und sollen gehört werden. Möge Gott die Vereinigten Staaten von Amerika und dieses ehrenwerte Gericht schützen.«

»Möge Gott uns alle schützen«, murmelte Brad leise vor sich hin.

»Möge Gott uns Weisheit schenken und es uns ermöglichen, ihn zu verherrlichen«, hörte er Sarah flüstern.

»Setzen Sie sich«, fauchte Ichabod.

Sie beugte sich vor und starrte finster auf die Anwaltstische herab.

»Gentlemen«, bellte sie, »ich werde jetzt die Geschworenen hereinbitten, damit wir mit dem Auswahlverfahren beginnen können. Dies ist ein wichtiger Fall und die Welt sieht zu.« Sie richtete ihren Blick aus verengten Augen direkt auf Brad. »Ich erwarte, dass Sie sich beide wie Justizangehörige verhalten.«

Ein Warnschuss vor den Bug.

Brad nickte mit dem gesamten Ernst, den er aufbringen konnte.

* * *

»Ich habe tatsächlich ein paar Fragen für Mr. Robertson, Euer Ehren.« Strobel stand selbstsicher auf und näherte sich der Geschworenenbank, um Geschworenen Nummer 3 zu befragen, den ersten Baptisten, der geprüft wurde. Strobel richtete sich zu voller Größe auf, schloss den obersten Knopf seines blauen Nadelstreifenanzugs und begann, indem er liebenswürdig sich und seinen Mandanten vorstellte. Selbst Brad musste zugeben, dass Strobel eine imposante Gestalt abgab, dem die Autorität aus allen Poren drang.

Er stand direkt vor dem Geschworenen Nummer 3, nur etwa einen Meter von der Geschworenenbank entfernt, und versperrte Brad deshalb die Sicht auf den nervösen Geschworenen. Brad nahm an, dass das Absicht war und beugte sich auf seinem Stuhl nach links, damit er das Gesicht des Geschworenen sehen konnte.

»Sind Sie ein regelmäßiger Kirchgänger?«, fragte Strobel in seinem besten Normalbürgertonfall. Zweifellos kannte er die Antwort. Genau wie Brad. Laut Nikki war Geschworener 3 ein treues Mitglied der Sandbridge Baptist Church. Er hatte eine Acht auf Brads Skala bekommen.

»Ja, Sir, ich versuche es«, gab Robertson kleinlaut zu.

»In welche Gemeinde gehen Sie?«

»Sandbridge Baptist Church auf dem Shore Drive.«

»Diese Gemeinde ist missionarisch ziemlich engagiert, nicht?« Strobel sagte es, als hätte er schon einmal von der Gemeinde gehört.

»Ja, Sir, das stimmt.«

»Und als Baptistengemeinde nimmt Ihre Gemeinde auch am sogenannten *Cooperative Program* teil, einer Organisation, die wiederum baptistische Missionare auf der ganzen Welt unterstützt. Funktioniert es nicht so?«

Robertson schien perplex, er errötete. Wahrscheinlich hatte er keine Ahnung, wie seine Gemeinde ihre Missionsarbeit machte. Aber wie konnte er das vor einem heidnischen Großstadtanwalt zugeben?

»Ich ... denke, dass es ungefähr so läuft, ja«, stammelte Robertson.

»Sie und Ihre Gemeinde helfen also auf sehr konkrete Weise, jeden baptistischen Missionar zu unterstützen, der ausgesandt wird, richtig?«

»Ich ... denke schon.«

»Und geben Sie der Gemeinde Geld?«

»Oh ja, Sir. Baptisten werden gelehrt, den Zehnten zu geben.«

»Und fließt etwas von diesem Geld in das Kooperationsprogramm?«

»Soweit ich weiß, ja.«

»Und Missionarsgehälter werden teilweise von diesem Kooperationsprogramm bezahlt?«

»Ich glaube, das ist richtig.«

»Und im Übrigen beten Sie auch fast jeden Tag für diese baptistischen Missionare, nicht wahr?«

Ein gequälter Ausdruck erschien auf Mr. Robertsons Gesicht, bevor er ihn unterdrücken konnte. Brad war klar, dass der arme Kerl wahrscheinlich nicht einen einzigen Namen eines baptistischen Missionars kannte und sicherlich schon einige Zeit nicht mehr daran gedacht hatte, für sie zu beten.

»Wahrscheinlich nicht so oft, wie ich sollte, aber ich versuche es.«

Brad beschloss, es sei an der Zeit, sich ein paar Freunde unter den Geschworenen zu machen.

»Einspruch, Euer Ehren«, sagte er laut. »Mr. Robertson steht hier nicht unter Anklage.«

Strobel drehte sich auf dem Absatz um und starrte Brad mit einem seiner Blicke an, die Stahl schmelzen konnten.

»Sie können keinen Einspruch gegen eine Frage über den Hintergrund eines Geschworenen einlegen«, sagte Ichabod. »Abgelehnt.«

Brad sah an Strobel vorbei in die Augen von Robertson und spürte, dass er einen Freund gewonnen hatte.

Strobel wandte sich wieder an den Geschworenen. »Danke, Mr. Robertson, für Ihre Ehrlichkeit bei der Beantwortung dieser Fragen.« Dann wandte er sich an die Richterin. »Dürfen wir nach vorn kommen, Euer Ehren?«

Ichabod nickte.

Strobel und die drei Anwälte aus seiner Kanzlei drängten sich vor der Richterbank zusammen, ebenso Brad und Leslie.

»Ich beantrage, Geschworenen Nummer 3 aus gewichtigem Grund abzulehnen«, flüsterte Strobel. »Der Mann hat eine finanzielle und emotionale Verbindung zu Missionaren in der ganzen Welt. Wie könnte er da unparteiisch sein?«

»Das habe ich schon meilenweit kommen sehen«, antwortete Ichabod. »Irgendwelche Einwände, Mr. Carson?«

»Ich erhebe natürlich Einspruch, Euer Ehren. Diesen Geschworenen aus religiösen Gründen abzulehnen verletzt die Prinzipien, die im Fall Batson vom Supreme Court dargelegt wurden.«

»Ich bitte das Gericht nicht, ihn abzulehnen, weil er Baptist ist«, flüsterte Strobel. »Sarah Reed ist keine Baptistin. Aber durch seine Kirche gibt dieser Geschworene seine hart verdienten Dollars Missionaren in aller Welt, die ähnlich sind wie Sarah Reed. Ihn zu bitten, das zu ignorieren, wäre unmöglich.«

»Kann ich ihm zumindest ein paar Fragen stellen, um zu beweisen, dass er fair sein kann?« Brad hob die Stimme, damit die Geschworenen ihn hören konnten. Er wollte, dass die zukünftigen Geschworenen wussten, dass er ihrer Fähigkeit vertraute, unvoreingenommen zu sein, und dass sein Gegner heimlich versuchte, sie wegschicken zu lassen.

»Sprechen Sie bitte leise«, beharrte Ichabod laut flüsternd. Sie sah Brad strafend an, dann senkte sie selbst die Stimme. »Also, wir haben einige wohlqualifizierte Geschworene in dieser Auswahl. Manche sind wahrscheinlich Christen, andere wahrscheinlich Muslime und manche rühren ihren Glauben wahrscheinlich in ihren Morgenkaffee. Das macht für mich keinen Unterschied. Aber ich werde nicht erlauben, dass die Geschworenenauswahl vergiftet wird, wenn ich eine potenzielle Neigung für eine der beiden Parteien in diesem Fall sehe, egal wie schwach sie sein mag.«

Brad öffnete den Mund, um zu widersprechen, doch er wurde von der ausgestreckten Hand der Richterin gestoppt. »Ich habe entschieden, Mr. Carson. Wenn Ihnen meine Entscheidung nicht gefällt, können Sie das mit dem Berufungsgericht klären, wenn dieser Fall vorüber ist. Jetzt kehren Sie bitte zu Ihren Plätzen zurück, meine Herren.«

Die anderen Anwälte drehten sich um und gingen. Brad blieb stehen und sah die Richterin einen Moment an. Dann schüttelte er den Kopf und schlurfte schmollend zu seinem Platz zurück.

»Mr. Robertson, Sie sind von Ihrer Pflicht entbunden«, verkündete Ichabod. »Danke, dass Sie sich die Zeit genommen und so offen geantwortet haben. Sie dürfen gehen.«

* * *

Am Ende des zweiten Tages vereidigte Richterin Baker-Kline die Geschworenen, die die Aufgabe hatten, im Fall »Reed gegen Ahmed Aberijan und acht Unbekannte« zu entscheiden. Aufgrund der prozesstechnischen Besonderheiten des *Foreign Sovereign Immunities Act* würde Richterin Baker-Kline selbst gleichzeitig ein Urteil im Fall »Reed gegen Saudi-Arabien« sprechen.

Brad musterte seine Jury – die Jury, die den wichtigsten Fall seiner Berufslaufbahn entscheiden würde – mit einem wachsenden Gefühl der Mutlosigkeit. Seine Idealgeschworene war nirgends zu sehen. Einen nach dem anderen hatte Strobel alle bekennenden Missionsunterstützer aus gewichtigem Grund abgelehnt. Dann eliminierte Strobel noch drei weitere Geschworene, die hohe Punktzahlen auf Brads Skala erreicht hatten, inklusive zwei Angehörige ethnischer Minderheiten, die Kirchgänger waren und auf seiner Skala eine Neun bekommen hatten.

Von den sieben Geschworenen, die letztendlich den Fall entscheiden würden, stammten nur zwei aus ethnischen Minderheiten. Einer war ein Afroamerikaner, der seit Jahren keine Kirche mehr von innen gesehen hatte. Die andere war eine Lateinamerikanerin, die behauptete, katholisch zu sein, aber Schwierigkeiten hatte, sich an den Namen ihrer Kirche zu erinnern.

Ein Muslim auf der Geschworenenbank würde als erster Ersatzmann dienen. Trotz Nikkis Drängen, es zu tun, hatte Brad sich geweigert, ihn abzulehnen. Jede Grundlage für eine Revision aufgrund von Strobels religiös diskriminierenden Abwahlen wäre wertlos, wenn Brad sich ebenso verhielt.

Während er sich am Ende des zweiten Tages der Geschworenenauswahl bereit machte, den Gerichtssaal zu verlassen, studierte Brad die Geschworenen und Ersatzmänner ein letztes Mal, dann sah er zu seiner Mandantin hinüber. Sarah, die alleinerziehende Mutter; Sarah, die Missionarin; Sarah, die brennende evangelikale Christin hatte einen Prozess vor sich, der von einer Jury von vermeintlich »Ihresgleichen« beurteilt wurde, eine Jury, die aus sechs Männern und drei Frauen bestand und nur einer Person, die auch nur vage aussah wie sie. Und diese Geschworene saß am Ende der letzten Reihe, wo sie dem Prozess als die zweite Ersatzfrau beiwohnen würde.

* * *

Strobel betrachtete diese Jury als ein Bravourstück. Er hatte fast alle Jesus-Freaks und unangenehmen Minderheiten eliminiert. Er hatte ein schlechtes Gefühl beim Geschworenen Nummer 4, aber Ahmed hatte darauf bestanden, dass Nummer 4 in der Jury blieb. Bei der Versammlung um den Anwaltstisch hatte Ahmed durch einen Dolmetscher sagen lassen, er habe Insiderinformationen über den Geschworenen, von denen er dem Juristenteam nichts sagen könne. Was Strobel sonst auch tat, es war unerlässlich, dass Geschworener Nummer 4 blieb, wo er war.

* * *

Die Demonstranten waren am Ende von Tag zwei mit Leidenschaft bei der Sache. Trotz des steten Nieselregens waren die Reihen der Christen auf mehrere Hundert angeschwollen. Die Nachricht, dass die Verteidigung Evangelikale am laufenden Meter hinauswarf, hatte sich wie ein Lauffeuer verbreitet. Jetzt maßen sich forsche Pastoren mit den feurigen Reden der

Anführer der Muslime. Während der Lärm der Menge und die Inbrunst stieg, bewegten sich Reverend Bailey und seine Gruppe von Gebetskriegern einen halben Häuserblock weg, damit sie Gott einigermaßen ungestört um Hilfe bitten konnten.

Anders als die Stille, die die Beteiligten begrüßte, als sie am ersten Tag das Gerichtsgebäude verließen, erwartete sie am zweiten Tag Jubel der jeweiligen Gruppe, die ihnen anhing. Selbst Bella musste lächeln, als die christlichen Demonstranten Sarah versicherten, dass sie sie in ihre Gebete einschlossen.

Die steigende Spannung freute den Mann im Hühnerkostüm, einen Veteranen vieler medienwirksamer Fälle. Er sagte voraus, dass bald T-Shirt-Verkäufer und andere Straßenhändler anfangen würden, Ausrüstung für beide Seiten zu verkaufen. Die eine oder andere Schlägerei würde ausbrechen, vor allem wenn die christlichen Milizen des rechten Flügels sich verlocken ließen, sich dem Getümmel anzuschließen. Es versprach ein aufregender Monat auf den Gehwegen der Granby Street zu werden.

26

»Sarah, Sie sind bereit«, urteilte Leslie. »Die Hauptsache ist, dass wir ein bisschen Schlaf bekommen.«

Sie waren seit vier Stunden ununterbrochen an der Arbeit, von halb sieben bis halb elf, und nutzten das leer geräumte Ende des Konferenztischs als behelfsmäßigen Zeugenstand. Leslie feuerte Fragen ab, Sarah antwortete, dann kritisierte Leslie Sarahs Antworten. Sarahs Bereitschaft, die Kritik anzunehmen und umsichtig mit einer anderen Variante derselben Grundantwort zu reagieren, verblüffte Leslie.

»Sind Sie sicher?« Sarah klang immer noch nicht überzeugt. »Können wir nicht die Ereignisse des Abends von Charles' Tod noch einmal durchgehen?«

»Sarah, wir haben das doch schon drei Mal durchgekaut. Wenn wir es noch einmal machen, hört es sich an, als hätten Sie es auswendig gelernt.«

»Wenn Sie meinen.«

»Das tue ich.«

Leslie unterdrückte ein Gähnen und begann, ihre Notizen zusammenzupacken. Das Adrenalin des Tages vor Gericht war schon lange aus ihrem Körper gesickert und hatte jedes bisschen Energie mitgenommen.

»Leslie, ich will, dass Sie offen und ehrlich mit mir sind, okay?« Sarah sah auf und wartete auf ein Versprechen.

»Natürlich.«

»Wie schlimm sind die Richterin und die Geschworenen, mit denen wir es jetzt zu tun haben?«

Die Offenheit von Sarahs Frage ließ Leslie innehalten und sie direkt ansehen. Sarahs Augen, ihr herausragendstes und vorteilhaftestes Merkmal, waren blutunterlaufen, die Lider schwer, die Falten darunter ausgeprägter als am Tag, als Leslie sie kennengelernt hatte. Tatsächlich war Sarahs ganzes Gesicht gezeichnet und hager, ihre Kleidung schien jetzt um ihre magere Gestalt zu hängen. Sie sah so zerbrechlich aus. Der Tod ihres Mannes, der posttraumatische Stress, die Belastungen einer alleinerziehenden Mutter und der Druck des Falls hatten alle erheblich ihren Tribut gefordert.

Die ganze Zeit über war Sarah ruhig und entschlossen geblieben. Und Leslie hatte nie das Gefühl gehabt, sie wanke in ihrem optimistischen Glauben. Bis zu diesem Moment.

»Die Geschworenen sind ziemlich schlecht«, sagte Leslie. »Die Richterin ist noch schlimmer.« Sie fragte sich, wie viel mehr Sarah ertragen konnte.

»Das dachte ich mir«, sagte Sarah leise.

Sie sahen sich schweigend an.

»Geht nach Hause!«, rief Brad, der mit der Tür hereinplatzte.

Leslie erschrak und fasste sich ans Herz. Zu ihrer Überraschung schlug es noch.

Brad lachte. »Dies ist ein Marathon, kein Sprint. Meine Starzeugin und meine Star-Co-Anwältin sollten besser eine Runde schlafen.«

Brads Ausgelassenheit munterte Leslie sofort auf. Sie durfte ihn aber nicht merken lassen, dass er die Macht hatte, ihre Stimmung so leicht zu ändern.

»Worüber freust du dich so, Cowboy?«, fragte sie trocken. »Warst du heute beim selben Prozess wie wir?«

»Ja und wir haben es ihnen ganz schön gezeigt.« Brad stolzierte im Raum herum. »Strobel sitzt wahrscheinlich irgendwo in einer Bar, betrinkt sich und feiert und wir arbeiten uns hier krumm und schief. Sie sind zu selbstsicher. Es funktioniert.«

»Ja und du hast die Richterin um den Finger gewickelt«, spottete Leslie. »Mr. Strobel«, fuhr sie im Tonfall und mit der Miene Ichabods fort, »gibt es noch andere Geschworene, die Sie loswerden wollen, damit ich zusehen kann, wie Ihr Gegneranwalt sich krümmt und quiekt wie ein Hummer, wenn er gekocht wird?«

Brad verzog das Gesicht und verdrehte seinen Körper in einer bemitleidenswerten Imitation eines kochenden Hummers. Sie lachten alle.

Plötzlich hörte er auf. »Sarah, ich dachte, ich hätte Ihnen gesagt, Sie sollen darauf achten, dass sie auch mal ein Ende findet«, sagte er. »Geht nach Hause, alle beide, das ist ein Befehl. Ihr seht beide allmählich ein bisschen fertig aus.«

»Wir?!«, fragten die beiden Frauen unisono. Doch Brad war schon auf dem Rückzug und halb aus der Tür. Leslie sah Sarah an und schüttelte den Kopf.

»Was ist bloß in ihn gefahren?«, fragte sie sich laut.

»Was auch immer es ist – ich will etwas davon«, sagte Sarah. »Ich liebe diesen Kerl.« Sie sagte es ohne das kleinste bisschen Verlegenheit und offensichtlich ohne auch nur an irgendetwas anderes als brüderliche Zuneigung zu denken. »Ich bin so froh, dass er auf meiner Seite steht.«

»Mhmmm«, murmelte Leslie. Sie verstand nicht, wie Sarah so beiläufig davon sprechen konnte, jemanden zu lieben. Leslies eigene Gefühle für Brad gingen weit über die »Er-ist-ein-toller-Kerl«-Haltung von Sarah hinaus, aber sie wagte nicht, es Liebe zu nennen.

Was war es dann eigentlich genau? Sie spürte diese Sehnsucht, bei ihm zu sein. Die ganze Zeit. Sie lebte auf, wenn er den Raum betrat, vor allem, wenn er sie berührte. Sie studierte jede seiner Bewegungen, liebte den Klang seiner Stimme, jedes Wort. Wenn das keine Liebe war …

Was immer es war, es machte ihr Angst.

Ihre Gefühle hatten angefangen, jedes Detail ihres Lebensplans zu dezimieren, den sie in den letzten zwei Jahren so sorgfältig und logisch aufgebaut hatte. Sie brauchte einen Rat.

»Sarah, glauben Sie, Sie werden je wieder heiraten?«, fragte sie, bevor ihr bewusst wurde, dass sie die Frage laut ausgesprochen hatte.

Sarahs Contenance fiel in sich zusammen. Sie sank zurück auf ihren

Stuhl, als könne sie sich nicht mehr aufrechthalten. Sie hatte eben Dutzende von Fragen über Charles beantwortet und wie sehr sie ihm vermisste. Aber diese spontane Erkundigung schien sie sehr viel härter zu treffen.

»Es wird nie wieder einen anderen Charles geben«, sagte Sarah einfach. »Die Leute sagen mir, Gott habe jemand Besonderen für mich – vielleicht nicht auf dieselbe Art wie Charles, aber genauso richtig für mich. Ich lächle und nicke, aber ich glaube es nicht. Sie kannten Charles nicht, wie ich ihn kannte. Andernfalls würden sie solche Dinge nicht sagen.«

»Glauben Sie, es wäre falsch, wieder zu heiraten? Ich meine, in dem Sinne, dass es irgendwie Charles' Andenken herabsetzen würde?«

»Himmel, nein!«, rief Sarah aus. »Eigentlich glaube ich sogar, dass Charles wollen würde, dass ich wieder heirate. Er sagt wahrscheinlich oben im Himmel genau in diesem Moment: ›Sarah, hast du schon an Richard gedacht?‹ oder ›Sarah, Joe wäre ein toller Vater für unsere Kinder; er ist so ein netter Kerl.‹« Sarah lächelte wissend und seufzte. »Ich kann mir nur einfach nicht vorstellen, jemals jemanden so sehr zu lieben, wie ich Charles geliebt habe. Aber Leslie, es ist erst ein Jahr her. Wenn ich tatsächlich den Richtigen treffe, werde ich es wissen. Und wenn mein Herz sagt, ich soll es tun, dann werde ich es tun.«

Leslie wusste, dass Sarah den wahren Grund für ihre Frage erkannte. »Das klang jetzt mehr wie eine Aufmunterungsrede als nach einer Antwort.«

Sarah streckte die Hand aus und legte sie auf Leslies. »Ich müsste blind sein, wenn ich das Knistern zwischen Ihnen und Brad nicht bemerken würde«, sagte sie sanft. »Vertrauen Sie Ihrem Herzen, Sarah. Bill würde Ihnen dasselbe sagen, wenn er könnte.«

* * *

Nachdem er die Frauen aus dem Büro gescheucht hatte, polierte Brad sein Eröffnungsplädoyer auf und machte sich dann auf den Heimweg. Er kam nach Mitternacht an.

Er hatte ein gutes Gefühl, was diese Eröffnung anging. Und ein gutes Gefühl wegen Sarah als seine erste Zeugin. Morgen würde sich das Schicksal wenden. Morgen würde ein guter Tag für die Guten sein.

Brad kickte seine Schuhe von den Füßen und warf die Morgenzeitung und die ungeöffnete Post auf den Küchentresen, wo schon ein Stapel weiterer, ungelesener Zeitungen und ungeöffneter Post lag. Er warf sein Jackett über einen Stuhl, lockerte die Krawatte und ging direkt zum Kühlschrank. Er trank etwas Milch aus einer Zweiliterflasche. Sie hatte diesen herben Geschmack von Milch, die einen Tag vor dem Sauerwerden steht, oder vielleicht auch einen Tag darüber hinaus. Der Nachgeschmack ließ ihn eine Grimasse ziehen, dann schraubte er den Deckel zurück auf die Flasche und stellte sie wieder in den Kühlschrank. Als er auf die Treppe zuging, bemerkte er das blinkende rote Licht seines Anrufbeantworters und tippte den Code ein.

Vier neue Nachrichten.

»Brad, Jimmy Hartley hier. Hören Sie, ich weiß, Sie stecken mitten in einem Prozess, aber ich muss zumindest ein paar Zinszahlungen auf die Anleihen auf das Auto und Ihr Haus sehen. Ich habe versucht, Sie im Büro zu erreichen, aber ...«

Brad drückte zwei Knöpfe und die Nachricht war gelöscht. Bella würde sich darum kümmern. Er nahm sich vor, sie daran zu erinnern.

Die nächsten drei Nachrichten waren von Leslie. Seltsam, dass sie ihn zu Hause anrief und nicht auf seinem Handy. Leslies erste Nachricht kam um 22.45 Uhr. Dem Hintergrundgeräusch nach rief sie aus einem Auto an.

»Brad, Sarah ist bereit. Ich meine ... wirklich bereit. Die direkte Befragung wird ungefähr vier Stunden dauern. Ich würde morgen beim Mittagessen gern über ein paar heikle Bereiche reden oder ruf mich einfach an, wenn es noch nicht zu spät ist, wenn du diese Nachricht abhörst. Ich wollte die Strategie nicht vor Sarah besprechen. Sie ist auch so schon nervös genug.«

Die zweite Nachricht kam fünf Minuten später.

»Übrigens, Brad, ich mache mir immer noch Sorgen, dass unser Büro verwanzt sein könnte. Ich weiß, wir benutzen die Bürotelefone nicht für Vertrauliches, aber wir bereiten Zeugen in der Kommandozentrale vor. Könnten wir O'Malley nicht irgendwie dazu bekommen, dass er zu verschiedenen Tageszeiten nach Wanzen sucht? Er kontrolliert das Büro immer früh morgens und wenn jemand sich die Zeit und Mühe macht, unser Büro zu verwanzen, wird er sicherlich das Muster bemerken. Nenn mich paranoid, aber ich würde mich besser fühlen, wenn er sowohl morgens als auch zu einem unvorhersehbaren Zeitpunkt am Nachmittag kontrollieren würde. Danke.«

Es gab eine kurze Pause, dann schloss Leslie mit unsicherer Stimme: »Und ruf mich an, wenn es nicht zu spät ist.«

Die dritte Nachricht, aufgenommen fast eine Stunde nach den ersten beiden, bewies, dass Leslie Brads Ermahnung, schlafen zu gehen, ignorierte.

»Brad, tut mir leid, dass ich dir das auf den Anrufbeantworter spreche, aber irgendwie haben wir nie die Gelegenheit, miteinander zu reden ... allein.« Leslies Stimme war zögernd und so leise, dass Brad den Hörer fester an sein Ohr presste. »Und wenn wir es tun ... naja, ich habe schon hundert Mal versucht, dir das zu sagen, habe es aber nie herausgebracht. Brad, ich weiß, was du damit meintest, zu warten und erst nach dem Fall, ähm, zu schauen, wo wir stehen. Aber das ist irgendwie noch so lange hin und, naja, ich habe mich einfach gefragt ... ähm« – nach einer merklichen Pause sprudelten die Worte nur so –, »ob wir vielleicht dieses Wochenende versuchen könnten, noch mal von vorn anzufangen. Vielleicht am Freitagabend. Naja, wenn das kein Problem für dich ist, sag mir einfach Bescheid. Wenn doch, musst du gar nichts sagen ..., dann verstehe ich schon. Wenn du lieber warten willst, bis der Fall vorbei ist ... ähm, dann ist das auch okay.«

Ein kurzes Piepsen signalisierte, dass Leslie kaum noch Zeit für ihre Nachricht hatte. Ihre Stimme haspelte jetzt noch schneller.

»Wie auch immer, ich wollte nicht vom Hundertsten ins Tausendste kommen. Ich dachte nur, du könntest dieses Wochenende eine Ablenkung gebrauchen, nachdem du die ganze Woche die reizende Ichabod gesehen hast.«

Brad sah auf die Uhr. Es war 0.45 Uhr, wahrscheinlich zu spät, um anzurufen. Die ersten zwei Prozesstage waren hart und unproduktiv gewesen. Aber sein Instinkt war richtig. Der dritte Tag würde wunderbar klappen. Und er hatte eben großartig begonnen.

27

»Wenn Sie erlauben, Euer Ehren«, nickte Brad in Ichabods Richtung, als er mit seinem Eröffnungsplädoyer begann. Er stand auf und kam gemessenen Schrittes um das Rednerpult herum zur Geschworenenbank, wobei er unterwegs sein Jackett zuknöpfte und die Stoppuhr seiner Armbanduhr in Gang setzte. Er erwartete beinahe, dass Ichabod ihm befehlen würde, zum Rednerpult zurückzukehren. Aber er wusste auch, sie würde sich nicht sofort auf ihn stürzen wollen, aus Angst, die Geschworenen gegen sich aufzubringen.

Er nahm keine Notizen oder anderes mit, um seine Hände zu beschäftigen. Er wollte einen kleinen Familienplausch halten, von Anwalt zu Jury, zwischen Verbündeten auf der Suche nach der Wahrheit. Er trat so nahe an die Geschworenenbank heran, wie es möglich war, ohne den Geschworenen zu dicht auf die Pelle zu rücken. Dort blieb er stehen und sah jedem Geschworenen einzeln in die Augen. Er wusste, sein erster Satz war entscheidend. Er hatte sich so angestrengt, das Wesen des ganzen Falles in den ersten paar Sätzen einzufangen, die er an sie richten würde.

»Meine Damen und Herren«, begann er ruhig und selbstbewusst, »in diesem Fall geht es um Löwen und Heilige. Die Verfolgung, Folter und Misshandlung, die Christen auf der ganzen Welt in ebendiesem Moment erleiden, sind furchtbar und erschreckend. Sie sind genauso boshaft und grotesk wie im ersten Jahrhundert, als die Römer die Gläubigen ins Kolosseum führten, ihnen Schnitte zufügten, damit sie bluteten, und jubelten, wenn die Körper der Christen dann von hungrigen Löwen zerrissen wurden. Viele der Opfer des zwanzigsten Jahrhunderts, wie Sarah Reed, haben Ähnliches erlebt. Viele der Opfer des zwanzigsten Jahrhunderts, wie Sarah Reed, mussten zusehen, wie Angehörige oder Freunde gefoltert und getötet wurden. Und viele der Opfer des zwanzigsten Jahrhunderts, wie Sarah Reed, sind Bürger der Vereinigten Staaten von Amerika und verdienen den Schutz der amerikanischen Gerichte.«

Brad flüsterte diese Worte beinahe und im gesamten Gerichtssaal schien es noch leiser zu werden, während er sprach. Er wusste, diejenigen in den hinteren Reihen konnten ihn vermutlich nicht hören und es war ihm egal. Die Geschworenen, und nur die Geschworenen, waren sein Publikum. Dies war jetzt ihr Fall und sie hörten aufmerksam zu, hielten beinahe kollektiv den Atem an. Brad hielt inne, sah noch einmal jedem Einzelnen in die Augen und begann, auf und ab zu gehen, damit sie sich noch weiter entspannten.

Er hob ein wenig die Stimme und übertrug ihnen die Verantwortung.

»Sie haben jetzt gemeinsam die Macht, diesen Wahnsinn zu beenden. Wie keine Jury vor Ihnen, können Sie eine Botschaft aussenden, die von jedem Diktator und menschenverachtenden Staatsoberhaupt auf der ganzen Welt gehört werden wird. Sie, und nur Sie allein, können der Religionsfreiheit überall und für alle einen großen Dienst erweisen. Was Sie in diesem Fall entscheiden, kann den Buddhisten und den Baptisten schützen, den Muslim und den Methodisten. Es kann Menschen in Afrika und Amerika schützen, im Sudan und, ja: in Saudi-Arabien. Sie, und Sie allein, können dieses moderne Kolosseum schließen.«

Strobel war aufgestanden: »Ich erhebe *Einspruch*«, bellte er. »Euer Ehren, es tut mir leid. Ich hasse es, während Eröffnungsplädoyers Einspruch erheben zu müssen, aber Eröffnungen sollen einen Überblick über die Beweise geben, keine Predigt über Menschenrechte und weltweite …«

»Stattgegeben«, sagte Ichabod.

Brad sah auf die Uhr. Eine Minute und fünfunddreißig Sekunden. Strobel enttäuschte ihn. Er hatte fünf Dollar darauf verwettet, dass Strobel innerhalb von dreißig Sekunden Einspruch erheben würde. Nikki sagte weniger als eine Minute. Bella sagte aus taktischen Gründen neunzig Sekunden und Brad bemerkte Bellas »Hab-ich's-nicht-gesagt«-Grinsen aus dem Augenwinkel.

»Mr. Carson, bitte beschränken Sie Ihre Eröffnung auf eine Übersicht der Beweise, nicht auf eine stumpfe Ansprache. Ich werde nicht zulassen, dass Sie diesen Gerichtssaal in einen Zirkus verwandeln. Des Weiteren möchte ich Sie bitten, Ihr Eröffnungsplädoyer vom Rednerpult aus fortzusetzen.«

»Ja, Euer Ehren.«

Brad unterdrückte ein Lächeln und zog sich zum Rednerpult zurück. Er hatte den Einspruch nicht nur vorhergesehen; er hatte Strobel dazu angestachelt. Er wollte, dass die Geschworenen ihn als einen Kämpfer für die Gerechtigkeit sahen, als den Anwalt, nicht nur für Sarah Reed, sondern für verfolgte Menschen auf der ganzen Welt. Er wollte, dass die Geschworenen hörten, wie Strobel Einspruch erhob, dass sie sahen, wie Strobel die mit dem Fall asoziierten umfassenderen Themen vermied, dass sie merkten, dass Strobel versuchte, ihnen etwas vorzuenthalten.

Brad stützte sich mit beiden Händen auf die Seiten des Rednerpults und legte einen anderen Gang ein. Der Familienplausch war vorüber, jetzt verwandelte er sich in einen Evangelisten für die Gerechtigkeit. Die Leute in der letzten Reihe würden keine Mühe haben, zu hören, was jetzt kam.

»Wir werden beweisen, dass dieser Mann«, und er deutete direkt auf Ahmed Aberijan, »der skrupellose und repressive Anführer der Religionspolizei von Saudi-Arabien ist, einer Gruppe namens Muttawa. Wir werden beweisen, dass er von Charles und Sarah Reed und ihren Kindern erfuhr, Missionaren in Saudi-Arabien, die den Menschen in diesem Land die Liebe Jesu Christi bringen wollten.

Wir werden beweisen, dass dieser Mann, Ahmed Aberijan, einen Überfall auf die kleine Wohnung der Reeds anführte, mit dem einzigen Ziel, die Reeds zu foltern und zu demütigen und den Namen aller Gemeindemitglieder zu erfahren, genauso wie die Namen von Leitern anderer Gemeinden, damit er diese ebenfalls terrorisieren und foltern konnte. Als Charles und Sarah Reed sich weigerten, seinen Forderungen nachzugeben, schlugen Aberijan und seine Männer Charles Reed, brachen ihm dabei das Handgelenk und fügten ihm wiederholt Stromstöße mit einem Elektroschocker zu, die durch seinen ganzen Körper strömten.«

Brad hatte jetzt seinen Rhythmus gefunden – seine Stimme den Gefühlsregungen angepasst. »Sie werden die Aussage von Dr. Jeffrey Rydell hören, eines Arztes, der verzweifelt versuchte, Charles Reeds Leben zu retten. Er wird über die Verbrennungen in Charles Reeds Nacken sprechen, die ihm durch den wiederholten Gebrauch eines Elektroschockers beigebracht wurden, obwohl Charles Reed keine Gefahr für die Beamten darstellen konnte, die ihn verhafteten.«

Er legte eine rhetorische Pause ein. »Tatsächlich werden die Beweise dieser schicksalhaften Nacht nur ein Szenario beweisen: Aufgrund der direkten Zeugenaussage von Sarah Reed, der Brandmale an Charles Reeds Nacken, des gebrochenen Handgelenks und des Autopsiebefundes, dass Charles Reeds Magen im Wesentlichen ohne Inhalt war, ist klar, dass Aberijan Dr. Reed zuerst schlug und ihm das Handgelenk brach, dann über Dr. Reed stand, ihn anschrie und ihn wiederholt mit dem Elektroschocker folterte, während Dr. Reed hilflos in seinem eigenen Erbrochenen auf dem

Boden lag, nach Luft rang und um sein Leben flehte. Ohne Gnade fügte Aberijan Reed immer und immer wieder Stromschläge zu, die ihm Nervenenden und Fleisch versengten, und lächelte in seiner Arroganz, während Reed sich vor Schmerzen krümmte. Und währenddessen forderte dieser Mann, Aberijan, die Namen von anderen Gemeindemitgliedern, damit er sie wie Tiere jagen, zur Strecke bringen und ebenfalls foltern konnte.«

Brad schrie jetzt, während er Aberijan zornig anstarrte und mit dem Finger auf ihn zeigte. Der starrte zurück, selbstgefällig, als verstünde er die Sprache nicht. Das war genau die Reaktion, die Brad ihm zu entlocken hoffte. Er hielt inne, um wieder zu Atem zu kommen. Er hatte sich von seiner eigenen Leidenschaft mitreißen lassen und stellte jetzt fest, wie ihn die Intensität seiner Emotionen erschöpft hatte. Und das war erst der Anfang.

Die Geschworenen saßen vorgebeugt, verarbeiteten die Anschuldigungen und warteten atemlos auf die Fortsetzung. Alle bis auf Geschworenen 4, der mit verschränkten Armen zurückgelehnt dasaß und alles tat, um zu signalisieren, wie wenig ihn das Ganze beeindruckte.

»Sarah Reed wird eine Aussage über die Ereignisse dieses furchtbaren Abends machen, der ihr Leben für immer veränderte. Bilden Sie sich Ihr eigenes Urteil über ihre Glaubwürdigkeit. Sie wird Ihnen erzählen, wie Aberijan seinen Männern den Befehl gab, ›sie sich zu Willen zu machen‹, einen Befehl, den seine Männer als die Erlaubnis verstanden, sie zu vergewaltigen. Sie wird Ihnen erzählen, wie diese Tiere begannen, ihr die Kleider vom Leib zu reißen, wie sie versuchte, sich zu wehren, wie sie sie zu Boden warfen, ihr den Kopf auf die Erde schlugen, sodass sie bewusstlos wurde. Und dann verübte dieser Mann, Mr. Aberijan« – Brad sah den Abschaum am Tisch der Verteidigung verächtlich an –, »der nicht damit zufrieden war, Charles Reed zu foltern und die Vergewaltigung seiner Frau zu befehlen, der an nichts anderes als an seinen eigenen Ruf dachte, in dieser Nacht noch eine Gräueltat. Charles Reed war bewusstlos von der Folter, Sarah Reed von dem Schlag auf den Kopf und Aberijan befahl, dass ihnen beiden Kokain injiziert würde, um es so aussehen zu lassen, als seien sie gewöhnliche Kriminelle, die solch eine furchtbare Misshandlung verdienten.«

Eine ganze Stunde lang zählte Brad Beweise auf und zeichnete ein Bild von seiner Mandantin und ihren Kindern als Heilige. Er durchlief das ganze Spektrum der Gefühle. Scharfe und heftige Worte für Aberijan und die Regierung von Saudi-Arabien. Worte des Mitgefühls für die Familie Reed, für die Kinder, die den liebenden Vater verloren hatten, für die Frau, die ihren Geliebten und besten Freund verloren hatte. Er kämpfte mit den Tränen, er schüttelte wütend die Faust. Er hypnotisierte die Jury. Und er wusste die ganze Zeit über, dass die Reporter sich darauf stürzen würden; sie liebten so etwas.

Nach einer Stunde begann Ichabod, absichtlich monoton, nachzufragen, ob Brad langsam fertig sei. Fünf Minuten später fragte sie noch einmal. Zehn Minuten später bat sie ihn, zum Schluss zu kommen, oder sie würde ihm das Wort entziehen.

Brad beschloss daraufhin, dass es jetzt an der Zeit war für eine kleine, lehrreiche Geschichte. Er wusste, dies war unorthodox, ein kalkuliertes Glücksspiel, doch er setzte auf Strobels Widerstreben, während des Eröffnungsplädoyers Einspruch zu erheben, und Ichabods Versuch, auszusehen, als höre sie gar nicht zu.

»Auf dem Höhepunkt der menschenunwürdigen Spiele und des Blutvergießens des römischen Kolosseums lebte ein kleiner und gebeugter Mönch namens Telemachus in einem Kloster weit außerhalb der Stadt Rom. Eines Tages hörte er Gottes Ruf, der ihm sagte, er solle eine Pilgerreise nach Rom unternehmen, obwohl er nicht wusste, warum. Er packte seine Habseligkeiten zusammen und machte sich auf die lange Reise. Als er in Rom ankam, wurde er von dem Strom der Menschenmenge auf den Straßen mitgerissen und in das Blutvergießen und die Gewalt des Kolosseums getragen. Dort sah er zu seinem Entsetzen, wie Gladiatoren sich als Sport gegenseitig umbrachten. Er konnte das Blutvergießen Unschuldiger nicht ertragen und er wusste, er musste etwas tun.«

Brad bemerkte, wie Ichabods Blick zu Strobel schoss, um Macks Aufmerksamkeit zu erlangen, zweifellos ein Versuch, den Mann dazu zu veranlassen, Einspruch zu erheben. *Apropos etwas tun,* schien ihr Blick zu sagen, *wie wäre es jetzt mit einem Einspruch?* Doch Strobel schien damit zufrieden, es auszusitzen.

»Also sprang Telemachus ins Innere des Kolosseums, rannte zwischen zwei Gladiatoren, streckte die Hände aus und sagte: ›Im Namen Christi: lasst ab.‹« Brad beugte sich vor und streckte die Arme weit aus – die Verkörperung von Telemachus selbst.

»Zuerst jubelte die Menge, weil sie dachte, Telemachus sei ein Clown, der zu ihrer Unterhaltung herumrannte. Doch schließlich begannen sie, ihn auszubuhen und zu pfeifen, als Telemachus damit weitermachte, sich zwischen Kämpfer zu stellen und zu versuchen, den Blutstrom einzudämmen.«

Brad spürte, dass seine Geschichte das Interesse der Geschworenen neu entfacht hatte. Keiner bewegte sich, keiner sah woandershin.

»Einspruch!«, verkündete Strobel schließlich. »Dies hier soll ein Eröffnungsplädoyer sein, keine Erzählstunde.«

Brad war sich sicher, die Erzählstunde sei vorbei, doch die launenhafte Ichabod überraschte ihn.

»Ich stimme Ihnen zu, Mr. Strobel«, sagte sie streng. »Aber Sie hätten diesen Einspruch schon vor langer Zeit machen sollen. Inzwischen haben Sie auf Ihren Einspruch verzichtet. Mr. Carson, Sie können weitermachen.«

Brad dachte sich, Ichabod wollte nur wissen, wie die Geschichte endete. Sie konnte die Zwecklosigkeit der Geschichte auch später noch mit ein paar wohlgewählten Worten auseinandernehmen.

»Danke, Euer Ehren.« Dann wandte sich Brad wieder den Geschworenen zu und trat hinter seinem Rednerpult hervor, wobei er ein imaginäres Schwert schwang. »Jedenfalls hatte einer der Gladiatoren genug von diesem unbeholfenen kleinen Mönch und durchbohrte ihn mit einem Schwert. Doch selbst als Telemachus auf dem Boden des Kolosseums in einer Lache seines eigenen Blutes lag, dachte er nicht an sich selbst, sondern nur an diese Gladiatoren und an seinen Auftrag, der ihm jetzt so klar geworden war. Und während das Leben aus seinem kleinen Körper wich, hob er mit seinem letzten Atemzug die Hände und flehte ein letztes Mal« – Brad senkte die Stimme, schloss die Augen und hob nur ein kleines bisschen seine matten Arme –, »›Im Namen Christi, lasst ab.‹ Etwas Komisches passierte an diesem Tag im Kolosseum. Abgestoßen von dem blutigen Abschlachten eines unschuldigen Mönchs stand ein Zuschauer von seinem Sitz auf und verließ das Kolosseum für immer. Ihm folgte noch einer und noch einer. Einer nach dem anderen standen die Zuschauer in stillem Protest auf und verließen den blutigen Ort. Und die geschichtliche Überlieferung besagt, dass von diesem Tag an das Blutvergießen im Kolosseum für immer endete.«

Brad hörte auf zu sprechen und stand vollkommen still, um den feierlichen Moment wirken zu lassen. Die enorme Tragweite ihrer Aufgabe legte sich schwer auf die Geschworenen, während Brad mit beschwörendem Blick vor ihnen stand.

»Letztendlich wurden Sie, wie Telemachus, berufen, als ein Mann oder eine Frau die Zustände zu verändern. Die Geschichte wird über Ihr Urteil entscheiden …«

»Dagegen muss ich Einspruch erheben«, sagte Strobel energisch und stand auf, »dies ist vollkommen unzulässig.«

»Werden Sie den Mut haben, dem Blutvergießen und der Gewalt ein Ende zu setzen?«

»Stattgegeben«, sagte Ichabod. Sie benutzte ihren Hammer. »Mr. Carson, das genügt völlig!«

»Sind Sie bereit, dieses Ungeheuer anzusehen, Mr. Aberijan …«

»Einspruch!«, gellte Strobel. »Das Gericht hat entschieden! Das darf doch nicht wahr sein!«

»Mr. Carson, kein Wort mehr!«

»… und sagen: ›Im Namen der Gerechtigkeit - lasst ab!‹?«

»Jetzt reicht es!«, schrie Ichabod. »In mein Büro! Sofort!« Sie stürmte von der Richterbank, ihre schwarze Robe wehte hinter ihr her. Sie ließ einen Gerichtssaal hinter sich, in dem das Chaos ausbrach: aufgeregtes Gemurmel, wild schreibende Reporter, Geschworene mit weit aufgerissenen Augen und Strobel, der Brad mit Blicken erdolchte.

In diesem wirbelnden Wahnsinn ging Brad rasch, aber ruhig zu seinem Anwaltstisch zurück. Er blieb neben Leslie stehen, legte einen Arm auf ihre Stuhllehne, beugte sich vor und flüsterte ihr ins Ohr.

»Ich nehme dein Angebot für Freitagabend sehr gerne an«, flüsterte er, »vorausgesetzt, ich sitze nicht im Gefängnis.«

28

Ichabod brauchte sechzehneinhalb Minuten, um die Integrität des Gerichts wiederherzustellen. Zehn Minuten dauerte es, Brad gehörig die Meinung zu sagen. Weitere anderthalb Minuten brauchte Brad, um seinen Scheck über zehntausend Dollar zu unterschreiben - zu zahlen an das Gericht für seine Verurteilung wegen Missachtung. Dann brauchte Ichabod noch fünf Minuten, um die Geschworenen zu belehren und sicherzustellen, dass Brads Unfug sie nicht unvorschriftsmäßig beeinflusst hatte.

»Was die Anwälte in ihren Eröffnungsplädoyers sagen, ist kein Beweis«, erklärte sie. »Und das gilt vor allem, wenn sie auf belanglose Themen zurückgreifen wie Geschichten über irrelevante Begebenheiten. Andererseits«, warnte sie, »sollten Sie einen Anwalt nicht mit einem nachteiligen Urteil bestrafen, nur weil er die Regeln des Gerichts nicht befolgt und ein Chaos im Gerichtssaal anrichtet.«

Ichabod versicherte den Geschworenen, dass sie sich um solche Übeltäter selbst kümmern werde, wie sie es auch in diesem Fall getan hatte. Es sei ihre Aufgabe, sich auf die Beweise des Falles zu konzentrieren und auf nichts sonst. Nach dieser Erklärung an die Geschworenen berief Ichabod eine weitere kurze Pause ein.

* * *

Als die Verhandlung weiterging, ging Strobel selbstsicher zum Rednerpult; er wusste genau, was er zu tun hatte. Jahrelange Erfahrung hatte ihn gelehrt, dass man, wenn man einen unpopulären Angeklagten verteidigte, an die Logik appellierte, nicht an Gefühle. Den Ball flach halten. Zum Lehrmeister werden. *Vernünftig* mit den Freunden in der Jury reden.

»Meine Damen und Herren Geschworenen«, tönte Strobels Bariton durch den Gerichtssaal, »jeder Fall hat zwei Seiten. Deshalb haben Sie einen Eid abgelegt, unvoreingenommen zu sein, bis Sie alle Beweise gehört haben.« Strobel stand aufrecht hinter dem Rednerpult, ein Ausbund an Anständigkeit. »Eines Ihrer wichtigsten Werkzeuge auf der Suche nach der Wahrheit wird Ihr eigener gesunder Menschenverstand sein. Lassen Sie nicht zu, dass Mr. Carsons emotionale Appelle beeinflussen, was Ihr gesunder Menschenverstand für wahr hält.« Er hielt inne und suchte die Gesichter der Geschworenen ab auf der Suche nach einem stillschweigenden Versprechen, dass sie tatsächlich ihrem gesunden Menschenverstand folgen würden, koste es, was es wolle.

»Scheuen Sie sich nicht, die harten Fragen zu stellen, wenn Sie die Beweise beurteilen. Warum sollten Ahmed Aberijan und seine Kollegen Charles und Sarah Reed Kokain spritzen? Die Reeds haben gelogen, um nach Saudi-Arabien zu gelangen, und brachen das Gesetz, indem sie versuchten, Muslime zu konvertieren. Was die Reeds taten, war nach dem saudi-arabischen Gesetz offenkundig illegal und jeder wusste es. Mr. Aberijan hatte jedes Recht, sie zu verhaften und auszuweisen. Er musste dafür sicherlich keine falsche Anklage wegen Drogen fingieren. Und warum hätte er sie foltern sollen und dann zur Behandlung in ein Krankenhaus bringen? Wenn er sie hätte töten wollen, wie Mrs. Reed behauptet, warum hätte er sie dann in ein Krankenhaus gebracht, damit sie behandelt wurden und überlebten? Und warum - wenn Mrs. Reed und ihr Mann so unschuldige Opfer waren - hatten die verhaftenden Beamten Schürfwunden und Prellungen, inklusive Kratzer von Mrs. Reeds Fingernägeln und eine große Platzwunde im Gesicht eines Beamten von einem Schlag durch Charles Reed? Und wo sind die erhärtenden Beweise? Wo sind die Zeugen? Es gibt keine, die Mrs. Reeds Lügenmärchen bestätigen. Es haben sogar zahlreiche Mitglieder ihrer angeblichen Gemeinde gegen sie ausgesagt. Sie haben bestätigt, dass die sogenannte Kirche nur eine Fassade für einen mächtigen Drogenring war.«

Strobel ließ Highlights aus den Aussagevideos ablaufen. Die Geschworenen saugten die Worte der ersten Zeugen auf, deren Aussagen sie hören würden.

Er brauchte anderthalb Stunden, um die Beweise methodisch durchzugeben, die er während der Verhandlung vorlegen wollte. Es war Zeit für ein paar Illustrationen. Er tat sein Bestes, um es mit bunten Tabellen und Vergrößerungen von Dokumenten zu würzen, doch als die Minuten dahinrannen, sahen einige Geschworene auf die Uhr und begannen, auf ihren Sitzen herumzurutschen. Strobel bemerkte es und beschloss, den gewonnenen Boden zu halten.

»Ich werde ebenfalls mit einer Geschichte schließen«, sagte er. »Aber meine ist wahr. Es ist die Geschichte eines Muslims des einundzwanzigsten Jahrhunderts, der seinem Land viele Jahre treu gedient hat. Es ist eine Geschichte darüber, wie dieser Mann seine Arbeit machte, in seinem Land einen Drogenring aufbrach und in einem fremden Land gemeine Lügen und Anschuldigungen durch den Anwalt einer habgierigen Klägerin über sich ergehen lassen musste. Es ist die Geschichte darüber, wie dieser treue Muslim und loyale Staatsdiener seinen Glauben in das amerikanische Justizsystem setzte und in eine Jury, die versprochen hat, unvoreingenommen die Beweise zu betrachten und ein unparteiisches Urteil zu sprechen. Sie werden das letzte Kapitel dieser Geschichte schreiben, und Sie werden entscheiden, ob unser System den Test besteht, denen gegenüber gerecht zu sein, die anders denken und glauben als wir. Sie können ein Kapitel für Religionsfreiheit schreiben, indem Sie die Freiheit der Menschen in Saudi-Arabien anerkennen, ihre Religion selbst zu wählen und ihren eigenen Gott anzubeten, frei vom westlichen Imperialismus.«

Strobel hielt inne, sah den Geschworenen direkt in die Augen, dann schritt er selbstbewusst zu seinem Platz zurück. Geschworener Nummer 4 nickte zustimmend, während er sich vor und zurück wiegte. Die anderen warfen nachdenkliche, aber misstrauische Blicke zu Sarah Reed hinüber.

* * *

Die Regeln der Fahrstuhletikette hatten sich in den ersten beiden Tagen während der Geschworenenauswahl eingespielt. Die Anwälte und die konkurrierenden Parteien ließen die Geschworenen und die Zuschauer die ersten paar Fahrstühle nach unten nehmen. Sarah Reed und ihr Team nahmen den nächsten, sodass der letzte für Ahmed Aberijan, Mack Strobel und den Rest des Verteidigerteams blieb. Wenn die Teilnehmer nach den Eröffnungsplädoyers in die Mittagspause gingen, folgten sie demselben ungeschriebenen Protokoll.

Als wichtiges Mitglied des Klägerteams gesellte sich Aberijans Informantin zu Brad und den anderen im Aufzug; alle sahen nach vorn, alle trugen ihre Aktentaschen, alle warteten, dass sich die Türen schlossen. Niemand sagte ein Wort, aber sie spürte, dass das Team in Jubel und Schulterklopfen ausbrechen würde, sobald sie unter sich waren. Brads Eröffnung war nichts weniger als meisterhaft gewesen.

Doch als die Türen sich zu schließen begannen, griff eine Hand herein und drückte auf den Gummi-Sicherheitsstreifen an der Innenseite der Tür. Die Türen gingen wieder auf und gaben einen fleischigen Mann mittleren Alters frei, der im Gerichtssaal hinter dem Tisch der Verteidigung gesessen hatte. Ahmed Aberijan stand direkt hinter ihm. Unter den fragenden Blicken von Brads Team betraten die beiden Männer den Aufzug.

Ahmed ging zur hinteren Wand durch, stellte sich neben seine Informantin und beobachtete schweigend die Stockwerkanzeige, während sie nach unten fuhren.

Was soll das? Versucht er, mich einzuschüchtern?

Sie hatte gute Lust, handgreiflich zu werden, ihm gehörig den Kopf zu waschen. Solch ein mutiger Zug würde ihre Deckung verbessern, sie für die anderen zur Heldin machen. Aber niemand sagte ein Wort; sie starrten nur alle geradeaus. Und als die Türen sich im Erdgeschoss öffneten, stiegen Ahmed und sein lächerlicher kleiner Handlanger als Erste aus.

»Was sollte das?«, sagte sie gerade laut genug, dass Ahmed und sein Partner es hören konnten.

»Wer weiß?«, sagte Brad.

Sie erfuhr es, direkt nachdem sie ihr Mittagessen bestellt hatte.

Als sie in ihre Aktentasche griff, um ein paar Dokumente herauszuholen, entdeckte sie einen schmalen Briefumschlag in der Außentasche.

Plötzlich trat das Gespräch um sie herum in den Hintergrund, als befände sie sich in einem tiefen Schacht. Sie musste wissen, was in diesem Umschlag war. Nichts anderes zählte. Mit rauer Stimme entschuldigte sie sich. Sie zog sich auf die Toilette zurück und öffnete den Umschlag vorsichtig in einer der kleinen Kabinen. Die Nachricht war kurz und deutlich. Ahmed fühlte sich offenbar wieder als Herr der Lage.

> Die Wanzen sind nutzlos und ein großes Risiko. Entfernen Sie sie sofort und geben Sie sie uns zurück. Wir brauchen Einzelheiten über den Plan für Shelhorse. Treffen am üblichen Ort, Freitag, 8.30 Uhr.

Sie las den Brief zwei Mal. Und sie zitterte. Sie war der Situation eindeutig nicht gewachsen, doch sie konnte jetzt nicht zurück. Es gefiel ihr nicht, wie dreist Ahmed sie direkt kontaktierte. Es gefiel ihr nicht, dass er die Befehle erteilte. Das hatte sie so nicht geplant. Es passierte alles zu schnell. Sie musste klar denken. Sie musste schnell handeln. Sie musste die Kontrolle über die Lage wiedergewinnen.

* * *

Sarah erzählte ihre Geschichte sehr gut. Sie und Leslie begannen mit den Ereignissen des Abends, an dem Charles starb, und Sarah gab das, was sie gesehen und gehört hatte, präzise wieder. Sie erzählte von der Razzia der Muttawa, den Schlägen, der versuchten Vergewaltigung und dem, was später im Krankenhaus geschah. Ihre Bewusstlosigkeit hinterließ natürlich eine große Lücke in der Geschichte um Charles' tatsächliche Folter.

Sarah sah wohl kaum aus wie eine Drogendealerin und verhielt sich auch nicht so. Sie schien den ganzen emotionalen Teil ihrer Zeugenaussage hindurch mit den Tränen zu kämpfen, brach aber nur einmal zusammen, als sie erzählte, wie sie vom Tod ihres Mannes erfuhr. Sarah war mit einer schlanken Gestalt gesegnet und sah regelrecht winzig aus in dem großen Zeugenstand und der wuchtigen Erhabenheit des Gerichtssaals. Leslie meinte, fast greifbare Empathie von der Geschworenenbank herüberfließen zu spüren.

Nach der emotionalen Aussage über den Überfall der Muttawa ging Leslie eine Stunde lang Hintergrundinformationen über ihr Leben mit Charles und ihre Missionsarbeit in Saudi-Arabien mit ihr durch. Dieser Teil der Aussage schenkte Sarah eine gefühlsmäßige Auszeit und bereitete die Geschworenen auf den emotionalen Damm vor, der brechen würde, wenn Sarah von ihren Kindern sprach.

»Ich liebte das saudische Volk«, sagte Sarah aus, »und ich glaubte fest, meine Berufung sei es, das Größte mit diesen Menschen zu teilen, das mir je passiert ist. Charles und ich waren berufen, die Gute Nachricht nach Saudi-Arabien zu tragen.«

»Hatten Sie zu Beginn großen Erfolg?«, fragte Leslie.

»Das hängt davon ab, wie Sie Erfolg definieren«, erklärte Sarah. »Wenn Sie damit meinen, dass wir gleich von Anfang an eine riesige Gemeinde hatten - nein. Aber wenn Sie meinen, dass wir die Menschen erreichen und ein paar Leuten helfen konnten, die schwere Zeiten durchmachten - ja. Unsere erste Konvertitin war eine ältere Dame, die keine Familie hatte und keine Möglichkeit, selbst für sich zu sorgen. Meredith - das ist meine Tochter - und ich saßen Stunden bei ihr, hörten ihren Geschichten zu und während wir da waren, putzten wir ihr Haus oder kochten Essen für sie. Wir versuchten, uns um sie zu kümmern, ohne sie in ihrem Stolz zu kränken. In ihrem eigenen Tempo und auf ihre eigene Art kam sie zu Christus.«

Den größten Teil des Nachmittags beschrieb Sarah das Leben eines Missionars. Den Kummer und die Herausforderungen, die Liebe zu den Menschen, die Furcht vor der Regierung. Strobel gab sich gezielt Mühe, gelangweilt auszusehen. Um halb fünf beschloss Leslie, mit den Auswirkungen auf die Familie zum Schluss zu kommen.

»Wie geht Steven mit dem Tod seines Vaters um?«, fragte sie.

Sarahs Oberlippe zitterte. Sie tupfte sich mit einem zerfledderten Papiertaschentuch die Augen, das sie in den letzten Stunden zerknautscht hatte.

»Steven vermisst seinen Dad so sehr, aber er gibt sich große Mühe, es nicht zu zeigen. Er muss so schnell erwachsen werden. Er sieht sich als den Mann im Haus. Jeden Samstagmorgen, wenn seine Freunde beim Schwimmen sind oder Ball spielen, mäht er den Rasen und hilft uns im Haus. Ich versuche, gleichzeitig Mutter und Vater zu sein, aber das ist nicht leicht.«

Lautlos rannen die Tränen über ihre Wangen.

»Ich habe ihm gesagt, dass mein Zeitplan es zulässt, dass er eine Sportart macht. Er liebt Fußball. Letzten Samstag verlor seine Mannschaft ein Spiel im Elfmeterschießen und Steven schoss seinen daneben. Ich versuchte, ihn zu trösten, so gut ich konnte, aber er reagierte nicht. Als wir wegfuhren, sah ich, wie er aus dem Beifahrerfenster aufs Spielfeld schaute. Er sah einem von den anderen Jungen zu, der seinen Elfmeter auch nicht getroffen hatte. Der Junge übte da auf dem Feld Elfmeterschießen, während sein Vater den Torwart spielte.«

Sarah hielt einen Moment inne, um sich ein paar Tränen wegzuwischen. Leslie merkte, dass ihre eigenen Augen auch brannten.

»Ich wusste, dass er weinte und seinen Dad vermisste«, fuhr Sarah flüsternd fort, »weil seine Schultern bebten. Auf dem ganzen Weg nach Hause wandte er sein Gesicht zum Fenster.«

Keiner der Geschworenen sah jetzt Sarah an; ihr Schmerz war ihnen sichtlich unangenehm. Leslie musste weitermachen, aber sie spürte, dass Sarah noch nicht fertig war. Sie wartete noch einen Augenblick.

»Es ist nicht leicht, einen jungen Mann großzuziehen, der ohne Vater in die Pubertät kommt, auch wenn ich weiß, dass Gott der Vater aller Vaterlosen ist.«

»Brauchen Sie eine kurze Pause?«, fragte Leslie. Sarah weinte jetzt noch mehr.

»Nein, ich mache lieber weiter«, antwortete Sarah unter Schluchzen.

»Erzählen Sie uns, wie Meredith damit umgeht«, bat Leslie sanft.

»Nicht so gut wie Steven«, gab Sarah zu. »Meredith gibt Gott die Schuld. Sie stellt Fragen, die ich ihr nicht beantworten kann. Zum Beispiel: ›Warum hat Gott zugelassen, dass Dad starb, wenn er doch Gottes Werk tat?‹ Sie wird aufsässig und schwer zu bändigen. Sie will nichts mit der Kirche zu tun haben.« Sarah hielt inne, suchte nach den rechten Worten. »Charles konnte immer viel besser mit ihr umgehen als ich. Zwischen einem Vater und seiner Tochter besteht immer eine besondere Beziehung. Ich weiß nicht, was ich tun soll ... Ich habe das Gefühl, als Mutter total versagt zu haben. Ich habe mir solche Mühe gegeben ...«

Sarah konnte nicht zu Ende reden. Während ihr die Tränen ungehindert über die Wangen strömten, weil das Taschentuch nichts mehr aufhalten konnte, wiederholte sie nur immer wieder die Worte »Es tut mir leid«.

»Können wir eine kurze Pause machen, Euer Ehren?«, fragte Leslie, die selbst mit den Tränen zu kämpfen hatte.

»Ja.« Selbst das Granitherz von Ichabod schien angerührt. »Die Verhandlung wird unterbrochen.«

Als die Richterin und die Geschworenen ruhig hintereinander nach draußen gingen, ging Leslie zum Zeugenstand hinüber und umarmte Sarah. Die beiden Frauen hielten sich gegenseitig und trauerten um Ehemänner, die sie geliebt und verloren hatten. Für Leslie war es das erste Mal seit fast einem Jahr, dass sie sich gestattete, wegen Bill zu weinen. Auf eine seltsame Art fühlte sie eine Befreiung von ihrer eigenen Schuld und Vergebung, die so frei floss wie ihre Tränen.

* * *

Als er aufstand, um Sarah Reed ins Kreuzverhör zu nehmen, wusste Mack Strobel, dass die Geschworenen ihn hassen würden. Aber er wusste auch, dass Ichabod in nur dreißig Minuten die Verhandlung für diesen Tag beenden würde, was es für ihn zwingend erforderlich machte, schnell einen Treffer zu landen.

»Guten Tag, Mrs. Reed.« Er stand bequem hinter dem Rednerpult und lächelte Sarah zu.

»Guten Tag.« Sie erwiderte das Lächeln nicht.

»Ich möchte Ihnen gerne zeigen, was zur Identifikation als Beweisstück 1 der Anklage gekennzeichnet wurde. Erkennen Sie es wieder?« Macks Lächeln war jetzt fort.

»Ja.«

»Und was ist es?«

»Es ist der Antrag, den ich ausgefüllt habe, um ein Aufenthaltsvisum für Saudi-Arabien zu bekommen.«

»Euer Ehren, ich möchte diesen Antrag als Beweisstück 1 der Verteidigung anführen. Ich habe außerdem eine Vergrößerung, die ich gern den Geschworenen zeigen würde.«

»Keine Einwände«, sagte Leslie lässig.

»Ist das Ihre Unterschrift am Fuß des Dokuments?«, fragte Mack.

»Ja.«

»Also gut. Wenn Sie sich die drittletzte Antwort auf der ersten Seite ansehen – sagen Sie mir doch bitte, was dieses Dokument darüber sagt, was Sie in Saudi-Arabien tun werden?«

»Da steht ›Schulverwaltung‹.«

»Und ist es nicht so, Mrs. Reed, dass Ihr Hauptgrund, nach Saudi-Arabien zu gehen, der war, Missionarin zu sein und als Missionarin zu versuchen, Muslime zum Christentum zu bekehren?« Macks Stimme war laut und abgehackt, mit anklagendem Tonfall.

Sarahs Antwort kam leise. »Ja, ich bin als Missionarin hingegangen, aber ich hatte nicht vor, meine Arbeit auf Muslime zu beschränken; ich wollte mit allen und jedem darüber sprechen, wie man Christ wird.«

»Sie wussten, dass es in Saudi-Arabien illegal ist, sich vom muslimischen Glauben zum Christentum zu bekehren, nicht wahr, Mrs. Reed?«

Sarah sah auf ihre verschränkten Hände nieder. »Ja.«

»Und Sie wussten außerdem, dass Sie, wenn Sie das Wort *Missionarin* auf den Visumsantrag geschrieben hätten, nicht ins Land hätten einreisen dürfen. Ist das richtig?«

»Das nehme ich an.«

»Dann kann man sagen, dass Sie auf Ihrem Visumsantrag gelogen haben, um Zugang zu einem Land zu bekommen, damit Sie danach anderen beibringen konnten, wie man das Gesetz bricht und sich zum Christentum bekehrt?« Mack sah Sarah fest an und wedelte mit dem Visumsantrag in seiner rechten Hand.

Sarah kaute auf ihrer Lippe.

»So würde ich das nicht ausdrücken«, sagte sie schließlich.

»Wie würden Sie es dann ausdrücken?« Mack liebte es, wenn Zeugen mit ihm stritten. Das stellte nur seine Argumente besser heraus.

»Ich weiß nicht«, gab Sarah zu. »Ich würde wohl sagen, dass wir gewisse

Dinge auf dem Visumsantrag nicht verraten haben, weil wir wussten, dass wir sonst nicht ins Land gelassen würden.«

»Aha«, sagte Mack. »Es ist also in Ordnung, Informationen vor den Behörden zurückzuhalten, wenn Sie es für angemessen halten ... Informationen wie Marihuana- und Kokainkonsum, Mrs. Reed?«

»Nein, wir haben nie Marihuana oder Kokain konsumiert«, antwortete Sarah nachdrücklich.

Mack würde später auf diesen Punkt zurückkommen. Jetzt hatte er aber nur noch fünf Minuten bis zum Feierabend. Er wollte sie nutzen.

»Erinnern Sie sich, dass Sie in der direkten Befragung eine Aussage über den Abend gemacht haben, an dem die Muttawa in Ihre Wohnung kam?«

»Ja, Sir.«

»Hatte Mr. Aberijan oder jemand anderes von der Muttawa Ihres Wissens nach vor diesem Abend je Zugang zu Ihrer Wohnung?«

»Nein, Sir.«

»Und dennoch haben Sie tatsächlich mit ihren eigenen Augen gesehen, wie sie kleine Plastikbeutel mit Kokain fanden, unter anderem in Ihren Sofakissen. Richtig?«

»Ja, es ging alles sehr schnell. Aber ja, das stimmt.«

»Und stimmt es nicht auch, dass sie diese Kissen aufschneiden mussten, um an die Kokainbeutel zu gelangen?«, fuhr Mack fort.

»Ja.«

»Dann konnten sie sie also nicht am selben Abend dort ablegen und ein paar Sekunden später so tun, als hätten sie sie gefunden.«

»Ich nehme an, das wäre schwierig gewesen.«

»Mrs. Reed, wollen Sie den Geschworenen heute wirklich sagen, dass Sie keine Ahnung haben, wie diese Plastikbeutel mit Kokain unter anderem ins Futter Ihrer eigenen Sofakissen eingenäht werden konnten?« Mack klang ungläubig. Geschworener Nummer 4 hob die Augenbrauen.

»Einspruch, argumentativ«, rief Leslie aus.

»Abgelehnt«, schnappte Ichabod.

»Das will ich damit sagen, ja«, antwortete Sarah.

Es konnte die Wahrheit sein. Mack wusste es nicht. Er war mehr an dem Feuer interessiert, das sich in Sarahs Blick bildete. Sie hatte langsam genug davon, fehlinterpretiert, falsch zitiert und irregeführt zu werden. Er konnte erkennen, dass sie bereit war, den Köder zu schlucken und zu tun, wovor Leslie und Brad sie zweifellos gewarnt hatten.

Sie war bereit, sich mit Mack Strobel anzulegen.

»Warum hätte ich Plastikbeutel mit Kokain herumliegen lassen sollen, wenn ich wusste, dass die Muttawa kam?«, fragte sie. »Was glauben Sie, warum wir den Gottesdienst an diesem Abend abgesagt haben? Wir wussten, dass sie kommen. Für wie dumm halten Sie mich?« Ihr Gesicht war gerötet, ihre Stimme erhob sich frustriert.

Er unterdrückte ein Lächeln. »Mrs. Reed«, gab er ruhig zurück, »Sie hätten sehr wohl der Meinung sein können, dass es die Religionspolizei abhalten würde, das Kokain zu entdecken, wenn Sie es in den Sofakissen versteckten. Aber nicht ich sage hier als Zeuge aus. Ich stelle die Fragen.«

»Ich erhebe Einspruch und beantrage, dass Mr. Strobels Spekulation aus dem Protokoll gestrichen wird!« Leslie war wieder auf den Beinen.

»Setzen Sie sich«, bellte Ichabod.

»Bedeutet das, meinem Einspruch wurde stattgegeben oder wurde er abgelehnt?« Leslie stand immer noch.

»Es bedeutet, dass Sie sich hinsetzen und ich es Ihnen sagen werde.«

Verstimmt setzte Leslie sich wieder.

»Abgelehnt«, sagte Ichabod.

»Darf ich fortfahren, Euer Ehren?«, fragte Mack höflich. Die Wendung der Ereignisse amüsierte ihn und er war bereit, die Feindseligkeit der Zeugin noch weiter zu nutzen.

»Ja.«

»Mrs. Reed, haben Sie ausgesagt, Sie hätten gewusst, dass die Muttawa kam?«

»Ja.«

»Woher wussten Sie das?«

»Wir hatten eine Quelle.«

Die Antwort war genau das, was Mack hören wollte, genau das, was er selbst auch geplant hätte. Er wandte sich zu Brad Carson und Leslie Connors um, als klage er sie an, wichtige Beweisstücke zu unterschlagen.

Brad hatte den Kopf in die Hände gestützt. Leslie ließ ihren Stift fallen und starrte die Zeugin an, als erkenne sie die Frau nicht wieder, die eben gesprochen hatte.

Mack drehte sich wieder zu der Zeugin um, wobei er sämtliche Muskeln seines Gesichts verzog, um Überraschung auszudrücken. »Sie hatten eine Quelle?«, fragte er.

Die Zeugin hatte die Tür geöffnet. Der Name der Quelle war jetzt relevant. Jetzt konnte es kein Argument mehr dagegen geben.

»Wer war Ihre Quelle? Wer sagte Ihnen, die Muttawa würde kommen?«, drängte Mack.

»Diese Frage kann ich nicht beantworten«, sagte Sarah leise.

»Können Sie nicht oder wollen Sie nicht?«, bellte Mack.

»Will ich nicht«, bestätigte Sarah.

»In meinem Gerichtssaal werden Sie es tun«, sagte Ichabod, die sich nach vorn beugte und böse auf die Zeugin herabsah. »Sie haben ausgesagt, Sie hätten gewusst, dass die Muttawa kommen würde, weil Sie eine Quelle hatten. Sie haben ausgesagt, es wäre lächerlich gewesen, wissentlich Kokain in Ihrer Wohnung zu haben, da Sie wussten, die Muttawa würde kommen. Die Frage nach der Quelle ist daher relevant. Aus diesem Grund weise ich Sie an, die Frage zu beantworten.«

»Das werde ich nicht«, flüsterte Sarah mit zu Boden gerichtetem Blick. »Es könnte sein Leben gefährden.«

»Mrs. Reed, ich bitte Sie nicht, darüber nachzudenken, ob Sie den Namen der Person, offenbar eines Mannes, den Sie selbst ins Spiel gebracht haben, nennen werden. Ich *befehle* Ihnen, es zu tun. Sie hätten über die Frage der Vertraulichkeit nachdenken können, bevor Sie Klage erhoben haben und auf jeden Fall, bevor Sie diesen Namen zu einem sachdienlichen Thema gemacht haben. Sie können ihn nicht benutzen, um Ihre Glaubwürdigkeit zu stärken und ihn dann hinter dem Mantel der Anonymität verstecken.«

Sarah saß nur mit zitternden Lippen im Zeugenstand und schüttelte langsam den Kopf.

»Gerichtsdiener, entlassen Sie bitte die Geschworenen«, befahl Ichabod.

Die Geschworenen schoben sich schweigend aus dem Raum. Einige Jurymitglieder warfen auf dem Weg nach draußen über die Schulter Blicke zurück auf Sarah. Ihre mitleidigen Blicke beunruhigten Mack.

»Mr. Carson«, sagte Ichabod, »dies war ein langer und emotionaler Tag für alle Anwesenden.« Ichabod schien Mühe zu haben, die Fassung zu bewahren. »Ich weiß, Ihre Mandantin ist erschöpft und denkt nicht klar. Wir werden morgen früh wieder zusammenkommen und Mr. Strobel wird seine

Frage noch einmal stellen. Sie werden Mrs. Reed darauf vorbereiten zu antworten oder ich werde in Betracht ziehen, den Fall abzuweisen.«

Brad nickte schweigend.

Mack kehrte an seinen Platz zurück, wo eine Nachricht von Ahmeds Dolmetscher auf ihn wartete.

»Gute Arbeit«, stand da. »Besorgen Sie mir den Namen, koste es, was es wolle.«

29

Sie musste vor den anderen im Büro sein. Ahmeds Nachricht änderte ihre Pläne radikal. Der erste Tagesordnungspunkt war, die Abhörgeräte aus den Telefonen zu entfernen. Die kleinen magnetischen Funktransmitter, nicht größer als ein Vierteldollar, waren unter jedem Bürotelefon angebracht. Es würde nur ein paar Minuten dauern, alle drei an sich zu nehmen, aber dazu musste sie als Erste im Büro sein. Allein.

Sie verließ das Gerichtsgebäude kurz vor den anderen, hastete zu ihrem Auto und fuhr wie eine Wilde die Interstate entlang. Ein paar Meilen vor Norfolk auf der Interstate 44 traf sie auf den unvermeidlichen Stau und war eigentlich dankbar. Indem sie sich durch den Verkehr schlängelte und dabei sogar die Spur für Schwertransporte nutzte, gewann sie wertvolle Zeit vor den anderen.

Sie parkte auf einem Behindertenparkplatz direkt vor dem Gebäude und nahm den Aufzug zum fünften Stock. Dort bog sie scharf rechts ab und holte den Schlüssel heraus, während sie sich den Büroräumen näherte. Sie schlüpfte in den Empfangsbereich. Die Lichter waren an, genauso wie das Team sie am Morgen hinterlassen hatte. Sie durchquerte den Empfangsbereich und bog nach links zu Brads Büro ab.

Als sie in dem halbdunklen Flur um die Ecke kam, erstarrte sie und schnappte nach Luft. Sie stand nur Zentimeter vor Patrick O'Malley.

»Entschuldigung«, sagte er. »Ich wollte Sie nicht erschrecken, aber wir haben ein Problem hier.«

Er hielt ihr die Handfläche hin. Darauf lagen die drei Transmitter.

»Ich weiß«, sagte sie, immer noch außer Atem. »Deshalb hat mich Brad vorgeschickt. Er hat mich gebeten, ein paar Dinge mit Ihnen zu besprechen. Kommen Sie doch bitte kurz hier rüber.« Sie deutete auf die Kommandozentrale und sie traten gemeinsam ein und schlossen die Tür.

* * *

Sarah sah aus dem Fenster von Brads Auto, als nähme er sie zu einem Rendezvous mit einem Exekutionskommando mit. Sie dachte an Saudi-Arabien und die leidende Kirche, die sie zu schützen versuchte.

»Wir sind erledigt«, sagte sie.

»Ichabod wird den Fall nicht abweisen«, sagte Brad überzeugt. »Wir könnten den Beschluss in null Komma nichts in der Berufung aufheben lassen. Und das weiß sie. Sie könnte Ihnen möglicherweise eine Geldstrafe aufbrummen. Sie könnte dafür sorgen, dass die Geschworenen glauben, es gäbe keinen Spitzel. Sie könnte Sie sogar ins Gefängnis stecken. Aber sie kann den Fall nicht einfach abweisen.«

»Oh, das ist natürlich viel besser«, ächzte Sarah. »Gefängnis.«

»Sie blufft«, versprach Brad. »Deshalb sagte sie, sie würde darüber *nachdenken*, den Fall abzuweisen. Lassen Sie nicht zu, dass sie uns mit ihrem Bluff ablenken kann. Wir müssen uns vorbereiten, als würde der Fall morgen weitergehen … weil es so sein wird.«

Sarah fühlte sich wenig getröstet von Brads Beteuerungen. Die Aussicht auf ein stundenlanges Kreuzverhör durch Strobel am nächsten Tag zerrte schon genug an ihren Nerven. Doch jetzt hatte sie es auch noch mit einer wütenden Richterin zu tun, die sie für etwas ins Gefängnis werfen konnte, das nicht in ihrer Macht stand. Sie hatte hämmernde Kopfschmerzen. Sie schloss die Augen und lehnte den Kopf zurück gegen die Nackenstütze, unwillig, ins Büro und in die Kommandozentrale zurückzukehren, um noch Stunden an Vorbereitung zu überstehen. Schließlich hatte es heute nicht viel gebracht.

»Was sage ich, wenn Strobel noch einmal fragt?« Sie versuchte, die Verspannung aus ihrem Nacken zu reiben. Wie hatte sie sich nur in dieses Schlamassel gebracht?

»Dasselbe wie heute«, antwortete Brad. »Sagen Sie der Richterin einfach, dass Sie sich respektvoll weigern zu antworten, aufgrund dessen, dass Sie sonst das Leben eines unschuldigen Mannes in Gefahr bringen würden. Die

Geschworenen werden Sie dafür lieben. Leslie und ich werden von da an übernehmen.«

»Ja, klar«, sagte Sarah, die Augen weiterhin geschlossen. »Und die Richterin wird Hackfleisch aus mir machen.«

* * *

»Das ist ein Kinderspiel«, sagte Win, der sich auf einen Stuhl vor Teddys massivem Eichenschreibtisch fläzte. »Wir fangen morgen früh damit an, Sarah noch einmal nach dem Namen ihres Informanten zu fragen. Sie weigert sich. Ichabod weist den Fall ab. Carson geht in Berufung. Wenn wir Glück haben, gewinnt er die Berufung und bekommt einen neuen Prozess. Wir stellen noch ein paar Millionen in Rechnung und gewinnen ihn ganz klar beim nächsten Mal. Alle sind glücklich – bis auf Carson, und der verdient es nicht, glücklich zu sein.«

Teddy setzte sich aufrechter auf seinen Lederchefsessel. »Ich hoffe, Sie meinen das nicht ernst«, sagte er streng. »Unsere Verpflichtung ist, das Richtige für unseren Mandanten zu tun, nicht, einen Weg zu finden, für diesen Fall zu kassieren, bis wir alle in Rente gehen.«

Mack wusste, Win meinte es ernst. Aber er wusste auch, dass Win nicht diskutieren würde. Armer, naiver Teddy. Die Zeit war an ihm vorbeigegangen.

Doch diesmal war Mack dankbar für Teddys altmodische Moralvorstellungen.

»Das ist ein Teil meines Problems«, erklärte Mack. »So ironisch das klingt: Das Beste für den Mandanten ist in dieser Situation unter Umständen keine so frühe Abweisung des Falls wegen einer Formsache. Carson würde in Berufung gehen und unsere Rechercheleute sagen, er würde wahrscheinlich gewinnen. Ich denke, es nützt dem Mandanten mehr, wenn wir Ichabod den ganzen Fall hören lassen und dann Reed am Ende des ganzen Falls noch einmal aufrufen, um ihr die Frage zu stellen. So kann Ichabod sagen, sie weise den Fall zurück, weil er erstens unbegründet ist und zweitens weil die Klägerin sich weigert, eine sachdienliche Frage zu beantworten.

In der Revision haben wir dann eine viel bessere Chance, das Urteil aufrechtzuerhalten. Und offen gesagt, Win, will ich diesen Fall nicht noch einmal verhandeln müssen, auch nicht für alle berechnungsfähigen Stunden der Welt. Reed gibt eine gute Zeugin ab und Carson ist ein zäher Anwalt. In meinem Alter verhandelt man Fälle wie diese nicht neu.«

»Aber du hast Reed die Frage schon gestellt!«, protestierte Win. »Die Katze ist aus dem Sack! Wie bekommst du Ichabod dazu, zu warten?«

»Es ist meine Frage. Ich werde sie einfach zurückziehen und die Richterin am Ende des Prozesses um die Erlaubnis bitten, die Zeugin noch einmal aufrufen zu dürfen.«

»Das gefällt mir«, stimmte Teddy zu.

»Ich sage immer noch: Nimm den Sieg und hoffe in der Revision das Beste«, sagte Mackenzie stur. Er zählte wahrscheinlich auf einen kontroversen Sieg, mit dem er zu *Larry King Live* eingeladen würde.

»Es gibt noch ein Problem.« Mack wandte sich um und sah Teddy direkt in die Augen. »Ich glaube, Sarah Reed hat recht, wenn sie den Namen zurückhält. Ich sage es wirklich äußerst ungern, aber ich glaube, mein Mandant würde innerhalb von einer Sekunde den Tötungsbefehl für den Informanten geben.«

»Seit wann hast du ein Gewissen?«, fragte Win. »Du kannst nicht anfangen, so zu denken, Mack. Du schuldest deinem Mandanten hundertprozentige Vertretung. Wenn du anfängst, der Gegenseite zu glauben, kannst du auch gleich das Handtuch werfen.«

Mack ging hinüber, wo Winsted Aaron Mackenzie IV saß und ragte über ihm auf.

»Hör zu, du kleine Primadonna«, sagte Mack langsam und dehnte dabei jedes Wort. »Ich habe es nicht nötig, dass du mir sagst, wie ich meinen Fall zu verhandeln habe. Ich werde Reed morgen auch ohne diese lächerliche Frage zur Schnecke machen. Aberijan und Saudi-Arabien bekommen ihre hundertprozentige Vertretung, wie sie sie nirgends sonst bekommen würden. Aber das heißt nicht, dass man den Kopf eines unschuldigen Mannes auf die Guillotine legt.«

Wins Augen weiteten sich, als er zu seinem zornigen Partner aufsah. Er hob die Hände und zuckte mit den Schultern.

»Meine Herren«, sagte Teddy laut. Strobel trat von Mackenzie zurück. »Ich stimme Mack zu. Unsere Kanzlei wird sich nicht als Lockvogel missbrauchen lassen, damit irgendein Autokrat aus Saudi-Arabien den Namen eines Informanten bekommt und ihn auslöschen kann. Andererseits glaube ich, Mack macht sich umsonst Gedanken. Mrs. Reed hat bereits ihren sturen Unwillen gezeigt, Namen preiszugeben.«

Teddy beugte sich gedankenvoll vor, die Ellbogen auf dem Tisch. Er machte ein leises, summendes Geräusch in seiner Kehle. Mack wusste, das war das Geräusch, das Teddy machte, wenn er sich den Kopf zerbrach. Er wusste auch, dass das, was diesem kleinen Summen folgte, üblicherweise ziemlich tiefsinnig war. Nach mehr als einer Minute sah Teddy auf.

»Wenn Mack die Frage morgen zurückzieht und dann Mrs. Reed am Ende des Prozesses zurück in den Zeugenstand ruft und ihr dieselbe Frage noch einmal stellt, werden zwei Dinge passieren. Beide sind gut. Erstens werden wir eine bessere Chance haben, diesen Fall in der Revision zu verteidigen. Zweitens werden wir, falls der Informant je in Gefahr wäre und sein Name erst zum Ende des Prozesses veröffentlicht wird, von jetzt an bis Prozessende Zeit haben, einen Weg zu finden, die Muttawa zu umgehen. Mack, ich bitte dich in meiner Eigenschaft als Seniorpartner dieser Kanzlei, die Frage morgen zurückzuziehen.«

»Das hatte ich auch vor«, stimmte Mack zu. »Ich wollte nur, dass du auf eine Nörgelattacke von unserem Mandanten gefasst bist.«

»Lass ihn jammern«, sagte Teddy. »Sorg nur dafür, dass er die Rechnungen zahlt.«

»Wie stehen deine Chancen bei den Geschworenen?«, fragte Win. Die Frage signalisierte, dass er Teddys Entscheidung nicht anzweifeln würde.

»Ich würde sagen, fünfzig-fünfzig«, antwortete Mack. Er lehnte sich mit dem Rücken ans Fenster. »Es ist noch zu früh, um Genaueres sagen zu können. Aber eines weiß ich: Sarah Reed gibt eine ziemlich gute Zeugin ab und sie hat ein paar Geschworene beeindruckt. Es wird nicht leicht.«

»Dann sorg für einen Fehlprozess«, riet Win. »Lass deine Schnüffler in den nächsten Tagen den Geschworenen folgen. Sie werden genug für sieben Prozessfehler finden. Ich garantiere dir, dass einige dieser Geschworenen die Nachrichten über den Prozess anschauen oder untereinander darüber reden, wie der Prozess ausgehen sollte.«

Mack blickte im Raum herum, als höre er nur halb zu. Aber er dachte, Win könnte nicht ganz unrecht haben.

»Wenn Ichabod die Geschworenen entlässt, dann erklärt sie nur den Fall gegen Ahmed für fehlerhaft, denn das ist der einzige Punkt der Klagebegründung, in dem der Kläger ein Geschworenenurteil bekommt«, erklärte

Win in seinem nervtötend gönnerhaften Tonfall. »Danach wird Ichabod die Klage gegen Saudi-Arabien entscheiden, voraussichtlich zu unseren Gunsten, und den Fall gegen Ahmed wegen Verfahrensverstößen durch Jurymitglieder für ungültig erklären.«

Er hat recht, dachte Mack. *Die Primadonna ist da auf der richtigen Spur.*

»Die Klägerin wird nicht einmal nach einem neuen Prozess gegen Ahmed fragen, weil es nicht groß Geld bringt, wenn sie Ahmed verklagt«, fuhr Win fort. »Ahmed blufft nur. Lass den Fall wegen Fehlverhaltens der Geschworenen abweisen und deine Probleme sind erledigt.«

Mack schnaubte, als wolle er den Plan ohne ein Wort verwerfen. Dann drehte er sich um und marschierte entschlossen aus dem Büro und den Flur entlang. Er würde Barnes anrufen. Win hatte recht; die Geschworenen schummelten zweifellos. Das taten sie immer in großen Fällen und Barnes war der richtige Mann, um sie dabei zu ertappen.

»Bitte, gern geschehen«, brummelte Winsted Aaron Mackenzie IV vor sich hin, ein paar Sekunden, nachdem Mack den Raum verlassen hatte. Diese Bemerkung fand Teddy lustig und er ließ ein polterndes Lachen hören, das Mackenzie schon seit Jahren nicht mehr gehört hatte.

* * *

»Ich kann nicht glauben, dass Sie das für mich tun«, schwärmte Bella, die wie eine Verrückte die 464 auf dem Weg zum Chesapeake Estates entlangraste.

Auf dem Beifahrersitz stellte Sarah ihren nicht gerade schwachen Glauben auf die Probe, indem sie zusah, wie Bella den Großteil von zwei Spuren einnahm. Da sie aus Brooklyn stammte, konnte Bella nicht reden, ohne die Hände dazu zu benutzen, selbst während sie fuhr. Ebenso wenig konnte sie richtig mit jemandem reden, wenn sie ihm nicht direkt in die Augen sah. Sarah stammte aus dem Süden und glaubte deshalb, es wäre unhöflich, Bella zu bitten, sie solle auf die Straße sehen.

»Danke, dass Sie noch eine Pizza mit mir essen gegangen sind«, fuhr Bella fort. »Ich hätte nicht noch einen Abend das gelieferte Essen vom Chinesen im Büro ertragen. Ich weiß, Sie waren nicht hungrig, aber Mädchen,

Sie müssen anfangen, etwas zu essen. Den Fall zu gewinnen bringt uns nicht viel, wenn unsere Mandantin verhungert.« Im letztmöglichen Moment schwenkte sie auf die Ausfahrt ein.

»Um ehrlich zu sein, Bella, will ich eigentlich nur den morgigen Tag überstehen, wissen Sie, was ich meine?« Sarah meinte damit genauso Bellas Fahrstil wie ihren zweiten Aussagetag.

»Ja«, knurrte Bella. »So lebe ich schon die ganze Zeit, seit ich meine Mom vor anderthalb Jahren in dieses Heim gebracht habe – von einem Tag zum anderen. Ich will auch einfach nur den nächsten Tag überstehen.«

»Haben Sie je mit Ihrer Mutter über Glaubensdinge geredet?«, fragte Sarah behutsam.

»Eigentlich nicht. Zumindest schon lange nicht mehr. Als ich ein kleines Mädchen war, hat sie mich meistens mit in die Kirche genommen und so. Aber sie behielt religiöse Dinge immer für sich. Nachdem mein Dad gegangen war, ging sie nicht mehr hin. Scheidungen waren damals ziemlich selten und Sie wissen, wie Kirchenleute einem ein mieses Gefühl machen können. Ich erinnere mich eigentlich nicht, dass ich in der Kirche war, nachdem mein Dad weg war, bis auf Beerdigungen und Hochzeiten.«

Bella zögerte eine Sekunde, als bereue sie es, ihre Mutter kritisiert zu haben. »Sie war eine wunderbare Mutter und ein guter Mensch, sie hatte nur keine Zeit für organisierte Religion.«

Bella bog abrupt auf den Parkplatz des Pflegeheims ein und Sarah sprach ein schnelles und lautloses Dankgebet. Sie sah keinen Grund, etwas zu sagen. Bella schien keinen Rat zu suchen.

»Mom tat nie etwas für sich selbst«, erklärte Bella. »Sie hat sich die Finger wundgearbeitet, um für uns zu sorgen. Die Schecks von Dad kamen in manchen Monaten, in anderen nicht. Er selbst kam nie. Mom dagegen verpasste nie meine Schulveranstaltungen. Je älter ich wurde, desto enger wurde meine Beziehung zu Mom. Sie hat mich manchmal wahnsinnig gemacht, weil sie so glückenhaft war und sich ständig Sorgen machte. Aber vor ein paar Jahren ist mir klar geworden, dass sie nicht nur meine beste Freundin war – eigentlich war sie meine einzige Freundin. Jetzt ist sie in diesem gottverlassenen Heim und ich kann nichts tun, damit das besser wird.«

Bella stellte den Motor ab und fuhr fort, Sarah ihr Herz auszuschütten. »Ich glaube nicht, dass Mom noch viel Zeit bleibt. Es wird Zeit, dass sie mit ihrem Schöpfer ins Reine kommt. Ich dachte, dabei könnten Sie vielleicht helfen.«

»Was ist mit Ihnen, Bella?«, fragte Sarah geduldig, während sie aus dem Auto ausstieg. Die frische Luft war eine Erleichterung nach dem kalten Zigarettenrauch, der das Auto verpestete.

Bella öffnete die Tür und hievte ihre beachtliche Gestalt vom Fahrersitz.

»Kümmern wir uns erstmal um Mom«, witzelte sie. »Für ein paar von uns gibt es keine Hoffnung mehr.«

»Sie wären überrascht«, sagte Sarah. Aber Bella ging schon über den Parkplatz, atmete schwer und stieß Pizza auf.

* * *

Sie fanden Gertrude in ihrem kleinen, sterilen Zimmer in ihrem Lieblingsschaukelstuhl. Der Fernseher plärrte, doch Gertrude sah nicht hin. Bella stellte ihn leiser und warf sich aufs Fußende des Bettes neben dem Schaukelstuhl. Sarah setzte sich vorsichtig auf den einzigen Stuhl im Raum, abgesehen von dem Schaukelstuhl.

»Mom, das ist Sarah Reed«, sagte Bella laut. Gertrude wandte sich langsam zu Sarah um und streckte ihre zitternde Hand aus. Sarah stand sofort auf, nahm die Hand und hielt sie warm in beiden Händen.

»Sie ist eine baptistische Missionarin«, sagte Bella stolz. »So was wie die protestantische Version von Mutter Theresa. Mom, verstehst du das?«

Gertrude nickte und Sarah spürte, wie die schwache Frau sanft ihre Hand drückte.

»Ich habe Sarah gebeten, uns von Gott und dem Himmel zu erzählen, Mom. Ist das in Ordnung?« Bellas Stimme war in ein Schreien übergegangen. Gertrudes Tür war offen und Sarah war sich sicher, dass jetzt alle im Gebäude wussten, wer sie war und warum sie hier war.

Gertrude schluckte und bemühte sich zu reden. Die Worte kamen gepresst und gehaucht heraus: »Gut … Ich mochte … Missionare immer.« Und dann lächelten ihre Augen. Bella sah Sarah an und nickte. Dies war offenbar ihr Einsatz.

»Bella hat mir alles über Sie erzählt«, begann Sarah. Sie sprach leiser als Bella. Und während sie sprach, schob sie ihren Stuhl direkt neben den Schaukelstuhl, damit sie sich gegenübersaßen. Gertrude streckte die Hand aus und nahm wieder die ihre. »Darüber, wie Sie sich um Bella gekümmert haben. Man merkt, dass Bella Sie sehr liebt. Sie müssen sehr stolz auf sie sein.«

Gertrude drückte wieder Sarahs Hand.

»So wie Sie Ihre Tochter lieben, Gertrude, so liebt uns unser himmlischer Vater. Und so wie Sie sich um Bella gekümmert haben, so kümmert sich unser himmlischer Vater um uns. Haben Sie schon mal von Johannes 3,16 gehört?«

Gertrude runzelte die Stirn. Einen Augenblick hörte sie auf zu schaukeln.

»Denn Gott hat die Welt so sehr geliebt«, zitierte Sarah den Vers, »dass er seinen einzigen Sohn hingab, damit jeder, der an ihn glaubt, nicht verloren geht, sondern das ewige Leben hat.«

Ein Schimmer des Wiedererkennens ging über Gertrudes Gesicht.

»Haben Sie diesen Bibelvers schon einmal gehört?«, fragte Sarah.

Gertrude machte sich zu einer Antwort bereit, aber Bella kam ihr zuvor.

»Klar hast du das, Mom«, platzte sie heraus. »Das hast du die ganze Zeit zu mir gesagt, als ich klein war.«

»Aber es ist nicht genug, nur den Vers zu kennen«, fuhr Sarah fort. »Sie müssen tun, was der Vers sagt. Sie müssen an Gottes Sohn, Jesus Christus, glauben, damit Sie gerettet werden.«

Bellas Mutter schloss die Augen und schaukelte weiter. Sarah sah wieder Bella an, die ihr mit einer Handbewegung zu verstehen gab, sie solle weitermachen.

»Es gibt noch einen Vers aus der Schrift, den ich Ihnen gerne nennen würde«, sagte Sarah. »Es ist Römer 3,23. Und da steht: ›Denn alle Menschen haben gesündigt und das Leben in der Herrlichkeit Gottes verloren.‹ Das heißt, egal was Sie für eine gute Mutter waren, egal wie sehr Sie Bella liebten und sich um sie kümmerten, haben Sie trotzdem manche Dinge falsch gemacht, die die Bibel ›Sünde‹ nennt. Und diese Sünde trennt uns von Gott, denn Gott ist perfekt und heilig und kann Sünde nicht tolerieren. Und die Schrift sagt, dass der Lohn der Sünde der Tod ist. Verstehen Sie das, Gertrude? Verstehen Sie, dass Sie und ich und jeder Mensch, der je gelebt hat, Sünder sind und es verdienen, von Gott bestraft zu werden?«

Gertrudes Gesicht verriet keine sichtbare Regung. Sie schaukelte nur weiter auf ihre langsame, gleichmäßige und rhythmische Art. Ihre Augen blieben geschlossen und ihre Lippen blieben zu einer Linie zusammengekniffen.

»Denken Sie an das Schlimmste, was Sie je getan haben, an Ihr größtes Versagen als Mutter oder Ehefrau oder einfach als Frau. Dann denken Sie eine Minute über den Preis dieser Sünde nach. In Johannes 3,16 steht, dass Gott uns seinen einzigen Sohn gab. Damit Sie mit Gott versöhnt sein können und Ihnen Ihre Sünden vergeben sind, musste Gott seinen eigenen Sohn auf diese Erde schicken. Und Jesus Christus, der einzige, eingeborene Sohn Gottes, lebte ein perfektes Leben und starb einen furchtbaren und grausamen Tod am Kreuz. Er nahm unsere Sünden auf sich und nahm damit durch seinen Tod unseren Platz ein.«

Obwohl Gertrude keine erkennbare Reaktion zeigte, sprach Sarah schneller und aufgeregter. Das passierte jedes Mal, wenn sie von der Frohen Botschaft sprach.

»Aber das Grab konnte ihn nicht festhalten und am dritten Tag stieg er aus dem Grab auf und besiegte den Tod ein für alle Mal. Und wegen all dem, was er getan hat – ein fehlerloses Leben führen, an unserer Stelle sterben und dann den Tod besiegen –, können wir durch das Blut Jesu Christi Vergebung für unsere Sünden erlangen. Und wenn wir nur bereit sind, unsere Sünden zu bereuen und Jesus in unser Herz zu bitten, damit er unser Herr und Retter ist, dann verspricht uns die Bibel, dass wir gerettet werden. Wir werden eine persönliche Beziehung mit Jesus Christus haben und ewig mit ihm leben.«

Während Sarah sprach, wurden die Ereignisse des Tages unwichtig. Strobels hartes Verhör. Richterin Baker-Klines mitleidslose Entscheidungen. Leslies tapfere, aber vergebliche Bemühungen. Nichts davon zählte mehr. Im Leben ging es nicht um Gerichte und das ganze Drum und Dran. Zumindest nicht im ewigen Leben.

Sarah glaubte, dass ihr wahrer Ankläger Satan war, dass Gott ihr Richter und Jesus Christus selbst ihr Anwalt war. Im einzigen Gerichtssaal, der wirklich zählte, hatte ihr Anwalt ihren Platz als die Angeklagte eingenommen und ihre Strafe erduldet. Demzufolge hatte der Richter des Universums sie freigesprochen. Und jetzt wollte Sarah mehr als alles in der Welt, dass Gertrude dieselbe Befreiung erlebte.

»Die Schrift sagt, wenn Sie mit Ihrem Mund bekennen, dass Jesus der Herr ist, und glauben, dass Gott ihn von den Toten auferweckt hat, dann sind Sie gerettet. Gertrude, Christus ist für Sie gestorben! Und für mich. Wir sind diejenigen, die am Kreuz hätten hängen sollen, aber er nahm unseren Platz ein, damit wir das ewige Leben haben, wenn wir sterben, und Leben im Überfluss, solange wir leben.«

Sarah hielt inne und holte tief Luft. Es war ihr etwas peinlich, dass sie so schnell und lebhaft gesprochen hatte. Doch ihre Botschaft war ihr nicht peinlich. Einfach über Jesus zu sprechen und das Gefühl, dass eine Seele auf dem Spiel stand, stärkte sie.

»Verstehen Sie das, Gertrude?«

Das Schaukeln hörte auf, aber Gertrude schwieg. Sie saß vollkommen still und stumm in ihrem Schaukelstuhl. Das Geräusch von Bellas schwerfälligem Atem füllte den Raum.

Da bemerkte es Sarah. Eine kleine Träne fiel still aus dem Winkel von Gertrudes geschlossenem Auge. Dann noch eine. Und noch eine. Sie begann wieder zu schaukeln und nach einer Weile öffnete sie ihre geröteten Augen und enthüllte die Gefühle einer Frau, die ihren Frieden mit ihrem ewigen Schicksal machte.

»Ja«, sagte sie.

Sarah stand auf und kniete sich neben Gertrude. Die alte Frau beugte den Kopf, streckte die Hand aus und legte sanft ihre zitternde Hand auf Sarahs Schulter. Mit der anderen Hand hielt sie Sarahs umklammert.

»Ich werde Sie jetzt bitten, mit mir zu beten«, sagte Sarah. »Wenn Sie wollen, sage ich die Worte und Sie können meine Hand drücken, wenn das Ihr Gebet ist. Ist das in Ordnung?«

Ein Händedruck sagte Sarah, sie solle fortfahren.

»Lieber Gott. Ich weiß, ich bin eine Sünderin. Und ich weiß, dass ich deine Gnade und Barmherzigkeit nicht verdiene. Aber ich weiß auch, dass du deinen einzigen Sohn geschickt hast, damit er für meine Sünden starb, damit mir Vergebung zuteilwird. Ich bereue meine Sünden und nehme Jesus als meinen persönlichen Herrn und Retter an und bitte ihn, in mein Herz zu kommen und Herr meines Lebens zu sein. Danke, Gott, dass du mir das ewige Leben schenkst. Im Namen Jesu, amen.«

Gertrude hielt während des Gebets Sarahs Hand umklammert und brachte ein Amen heraus, als Sarah fertig war. Sarah sah Gertrude an und erkannte den Gesichtsausdruck. Sie hatte ihn schon öfter gesehen. Erleichterung lag in ihrem Blick, Freiheit, Annahme. Gertrude konnte nicht mit ihrem Mund lächeln, aber ihre geröteten Augen tanzten. Sie fiel fast aus dem Stuhl, als sie sich mühsam vorbeugte und Sarah unbeholfen umarmte.

* * *

Sarah und Gertrude waren nicht die Einzigen, die beteten.

Unbemerkt war Bella vom Bett geglitten und kniete daneben, während Sarah betete. Für Bella schien es die passende Haltung. So hatte ihre Mutter sie gelehrt zu beten. Aber es schien auch angemessen, auf den Knien zu sein, sich tatsächlich zu erniedrigen, als sie sich bereit machte, den Gott des Universums zu bitten, ihr eine ganze Wagenladung Sünde zu vergeben und zu vergessen.

Bella sprach die Worte lautlos mit, während Sarah betete. Wie ihre Mutter ließ sie Sarahs Amen ihr eigenes folgen.

Als sie aufstand, hatte sie plötzlich das Bedürfnis, sich wieder zu setzen. Sie spürte die bedingungslose Liebe und Annahme, die ihr in ihrem ganzen Leben versagt geblieben waren. Die Szenen ihrer Vergangenheit verschmolzen zu einer wirbelnden Collage des Elends - ein pflichtvergessender Vater, eine überbehütende Mutter, hänselnde Klassenkameraden, misslungene Beziehungsversuche, das Verhärten ihres Herzens, der Zynismus und die Hoffnungslosigkeit, die daraus entstanden. Doch in diesem Moment schien das alles von einer Flut der Vergebung und Annahme fortgespült zu werden. Ein gleichgültiger irdischer Vater wurde durch einen liebenden himmlischen Vater ersetzt. Während Sarah und Gertrude sich umarmten, setzte sich Bella also einfach aufs Bett und badete in einer Welle der Liebe und Vergebung, wie sie es nie zuvor erlebt hatte.

30

»Ich ziehe die noch offene Frage zurück, Euer Ehren«, verkündete Mack Strobel, als er am Donnerstagmorgen hinter das Rednerpult trat.

»Sie tun was ...?«, rief Ichabod aus. Sie runzelte missbilligend die Stirn.

»Ich würde die Frage für den Moment gern zurückziehen«, wiederholte Strobel selbstbewusst. »Ich möchte mir außerdem gern das Recht vorbehalten, Mrs. Reed am Schluss der Verhandlung, wenn nötig, noch einmal in den Zeugenstand zu rufen.«

Ichabod sah Strobel an, als habe er den Verstand verloren. »Es ist Ihre Frage«, sagte sie schließlich.

»Danke, Euer Ehren.«

Sarah konnte sich den Grund für diese überraschende Wende nicht vorstellen. Vom Zeugenstand aus sah sie Brad an und zeigte ihm ihre Überraschung an. *Was hat das zu bedeuten?* Brad konnte nur die Achseln zucken und lächeln. Als Richterin Baker-Kline Strobel erlaubte fortzufahren, wurde Sarah bewusst, dass sie den Atem angehalten hatte, und atmete langsam aus. *Danke, Herr.*

Ihre Erleichterung hielt allerdings nicht lange an, als Strobel den ganzen Morgen und den größten Teil des Nachmittags damit verbrachte, sie mit irreführenden Fragen und Andeutungen in die Mangel zu nehmen. Sie zögerte und stolperte bei einigen Antworten, aus Furcht, sich wieder einen Fehltritt zu leisten, und sagte ein paar Dinge, die nicht mit ihrer eidlichen Aussage vor Prozessbeginn übereinstimmten. Bis Ichabod sie aus dem Zeugenstand entließ, war Sarahs Glaubwürdigkeit arg angeschlagen.

Nachdem Sarah aus dem Zeugenstand getreten war, rief Brad Dr. Patrick Rydell auf und befragte ihn für den Rest des Nachmittags. Als das Gericht sich vertagte, versicherte Brad Sarah, dass sie ihre Sache sehr gut gemacht habe, und versprach ihr, dass sich am Freitag alles zum Besseren wenden würde.

* * *

Um 8.15 Uhr am Freitagmorgen parkte sie hinter Patrick O'Malleys Van, der in einer Seitenstraße ungefähr einen Häuserblock vom Bezirksgericht entfernt stand. Das Timing würde eng werden. Sie sollte Ahmed um halb neun treffen. Und um neun erwartete Brad sie im Bundesgericht am anderen Ende der Stadt zum Beginn der Zeugenaussage.

Ein scheußlicher Wind fegte durch die Straßen von Norfolk und es begann zu nieseln. Sie sprang in Patricks Van. Er reichte ihr einen Umschlag mit einer Nachricht und den drei Transmittern aus dem Büro. Das Funkgerät plärrte im Hintergrund, während sie das Papier auffaltete und las.

»Ich höre auf einer Frequenz zu, die diese Transmitter auffängt. Wenn etwas schiefgeht, bin ich da. Diese Dinger haben keine große Reichweite, also halt sie dicht an Ahmed.«

Sie nickte, froh, jetzt mit einem Partner zu arbeiten, schloss den Umschlag und ließ die Nachricht bei Patrick.

»Viel Glück«, formte er tonlos mit den Lippen, als sie in die Kälte hinausstieg.

* * *

Ahmed starrte geradeaus und schien keine Notiz von ihr zu nehmen.

»Ich hatte Ihnen doch gesagt, Sie sollen allein kommen«, zischte sie.

»Sie sind verkabelt«, fauchte Ahmed zurück. Er schnappte ihren linken Arm am Bizeps und drückte mit starken Fingern zu, wobei er sie näher zu sich zog. Sie schnappte nach Luft. »Und Sie haben hier nicht mehr das Sagen. Die Männer bleiben.«

»Natürlich bin ich verkabelt. Ich habe Ihre Wanzen dabei.«

»Zeigen Sie sie mir«, befahl er.

»Dann lassen Sie mich los«, antwortete sie fest. Konnte er ihre Angst spüren, ihren Schrecken riechen?

Ahmed wartete einen Moment, dann ließ er ihren Arm los.

Sie zog den Umschlag aus ihrer Handtasche und reichte ihn Ahmed. Er drehte sich zu ihr, um sie anzusehen, und starrte direkt durch sie hindurch mit diesen kalten, grauen Augen. Seine Lippen verzogen sich zu einem bösartigen kleinen Lächeln. »Ich glaube, Sie zittern, meine Freundin.« Er hatte es bemerkt; er wusste, er hatte die Oberhand! Er sah auf die Transmitter hinab. »Wie sieht der Plan für Shelhorse aus?«

Reiß dich zusammen! Tief atmen. Dieser Typ ist Abschaum – behandle ihn auch so!

»Wie ich Ihnen schon gesagt habe«, sagte sie ruhig, »ist der Plan der, Shelhorse von der Aussage abzuhalten. Wenn ich es schaffe, werden Sie einhunderttausend Dollar auf das Konto bei der Bank auf den Caymans überweisen, das auf diesem Blatt steht.« Sie reichte ihm ein Stück Papier, das die Überweisungsinstruktionen enthielt. Diesmal war ihre Hand ruhiger.

Sie senkte die Stimme noch etwas und sprach langsam und überlegt.

»Da ist noch etwas. Ich kenne einen Geschworenen, den wir kaufen können. Er ist ein Anführertyp. Wenn Sie ihn kaufen, haben Sie Ihr Urteil.«

Ahmeds Augen leuchteten auf. »Welcher?«, wollte er wissen.

»Das geht Sie nichts an.« Ihre Angst begann sich aufzulösen.

Ahmed wandte sich ihr zu und blies ihr seinen heißen Atem ins Gesicht. »Ab jetzt geht es mich etwas an. Wir haben schon einen Geschworenen. Ich muss wissen, ob es dieselbe Person ist.«

Er sah sie unverwandt an. Sie durfte jetzt nicht zögern, auch nicht für den Bruchteil einer Sekunde. Er stellte sie auf die Probe. Ihr Herz hämmerte wild in ihrer Brust.

»Geschworener Nummer 6«, sagte sie ruhig. »Welchen haben Sie gekauft?«

»Das geht Sie wirklich nichts an«, sagte Ahmed. Er hielt inne, starrte weiter. »Aber es ist nicht Geschworener Nummer 6.«

Die Verschwörer wechselten einen Blick. Sie meinte, erkennen zu können, wie sich seine Kiefermuskeln leicht entspannten.

»Was kostet es?«

»Zwei Millionen«, sagte sie, ohne mit der Wimper zu zucken. »Hier sind die Überweisungsdaten.« Sie reichte ihm ein zweites Stück Papier, diesmal für ein Bankkonto in der Schweiz. »Wenn unser Geschworener nicht den Rest der Jury liefert, schulden Sie uns nichts.«

»›Unser?‹«, fragte Ahmed.

»Ich bin kein Dummkopf. Und ich vertraue Ihnen nicht. Was würde Sie davon abhalten, mich zu eliminieren, wenn Sie Ihren Freispruch bekommen haben?«

»Sie haben mein Wort«, sagte Ahmed lahm.

»Wertlos, wenn ich tot bin.«

»Was schlagen Sie vor?«, fragte Ahmed. Seine Worte hatten einen harten Unterton. Seine Muskeln waren wieder angespannt.

Sie wartete gerade lang genug, um ihm zu signalisieren, dass sie sich nicht einschüchtern ließ. »Das Land Saudi-Arabien hinterlegt hundert Millionen Dollar auf einem Schweizer Bankkonto. Ich bekomme eine Kopie von diesem Treuhanddokument« – sie schob es ihm hin, hielt es aber fest – »unterzeichnet von einem saudi-arabischen Amtsträger. *Nicht* von Ihnen. Das Geld ist meine Lebensversicherung. Solange ich am Leben bin, bleibt das Geld auf der Bank. Sollte ich sterben, sehen die Bedingungen des Treuhandvertrags vor, dass die Person, die ich als meinen Nachlassverwalter benenne, die Umstände meines Todes untersuchen muss. Wenn er oder sie zu dem Schluss kommt, dass ich ermordet wurde oder dass es verdächtige Umstände um meinen Tod gab, gehen die hundert Millionen an Sarah Reed und ihre Kinder. Falls mein Verwalter zu dem Schluss kommt, dass mein Tod natürliche Ursachen hatte, dann geht das Geld zurück an Saudi-Arabien.«

Sie konnte Ahmeds steigende Frustration spüren; der tödliche Blick war wieder da. Sie hielt ihre Stimme leise und ruhig. Während sie sprach, beugte sie sich vor, sodass ihr Mund kaum dreißig Zentimeter von den Transmittern entfernt war.

»Bis nächsten Freitag will ich das Geld als Einlage und ich will, dass dieses Dokument von einem Bevollmächtigten der saudi-arabischen Regierung unterzeichnet und der Schweizer Bank geliefert wird. Noch Fragen?«

Ahmed nahm das Treuhanddokument. Er studierte es mit großer Geste, blätterte die Seiten langsam und methodisch um.

Er steckte das Dokument in seine Aktentasche, die Transmitter daneben, dann flüsterte er ihr ins Ohr und die Worte trieften vor Boshaftigkeit.

»Nicht Sie legen die Fristen fest; ich tue es. Ich werde das Dokument unterschreiben lassen, aber nicht, bevor Sie Ihr Versprechen wegen Shelhorse eingelöst haben. Und ich werde das Geld überweisen lassen, wenn ich so weit bin – irgendwann, bevor die Geschworenen mit der Beratung beginnen. Ihre willkürlichen Fristen bedeuten mir gar nichts. Ich werde das nächste Treffen einberufen, nicht Sie ... Und noch eines, wobei ich mir sicher bin, dass Sie es sich schon denken können. Wenn Sie Shelhorse nicht loswerden oder wenn wir aus irgendeinem seltsamen tragischen Grund keinen Freispruch bekommen, werden Sie sterben. Und kein Treuhandkonto wird uns davon abhalten.«

Sie verhärtete ihre Gesichtszüge, verengte die Augen und starrte zurück.

»Übrigens«, sagte Ahmed brüsk, »zwei Millionen sind zu viel. Ich werde den Preis später festlegen.« Er stand auf, nahm seinen Mantel und verließ den Raum.

Sie sah ihm nach und biss die Zähne zusammen. Sie war gleichzeitig verängstigt und wütend. Ihr Kopf pochte, während das Adrenalin durch ihren gesamten Körper schoss. Sie war von einem kaltblütigen Mörder bedroht worden.

Aber sie hatte ihm in die Augen gesehen, ihn zum Nachgeben gezwungen, und ihre zwei Millionen verlangt. Sie zwang sich aufzustehen, reckte das Kinn und verließ furchtlos den Gerichtssaal.

* * *

Während der Fahrer mit dem morgendlichen Berufsverkehr kämpfte, hatte Ahmed Zeit, Barnes anzurufen und ihn zu informieren.

»Finden Sie heraus, ob sie ein Testament hat, und wenn ja, wer der Nachlassverwalter ist«, befahl Ahmed. »Sie muss den Verwalter in dieses kleine Erpressungskomplott eingeweiht haben. Warten Sie, bis wir unseren Freispruch haben. Danach will ich innerhalb von vierundzwanzig Stunden sowohl sie als auch den Nachlassverwalter tot sehen.«

* * *

Patrick O'Malley nahm das Gespräch aus ein paar Häuserblocks Entfernung mit seinem Digitalrecorder auf. Er war jetzt der Verwalter und er würde vorsichtig sein müssen. Aber so weit er sagen konnte, hatten sie zumindest Zeit, bis die Geschworenen ihr Urteil verkündeten, um den Plan auszuführen.

Er lächelte, als er daran dachte, wie Ahmed über den Preis von zwei Millionen für das Urteil diskutiert hatte. Er hatte vorhergesagt, dass der Saudi versuchen würde, es für die Hälfte zu bekommen. Und die ganze Zeit hatte Aberijan vor lauter Bäumen den Wald nicht gesehen. Zwei Millionen, eine Million, wo war der Unterschied? Hundert Millionen – das war echtes Geld. Und dieser Preis war nicht verhandelbar.

O'Malley tippte die Nummer in sein Handy und war nicht überrascht, als nach nur einem Klingeln abgehoben wurde.

»Ich bin's«, sagte eine angespannte Stimme. »Wie ist es gelaufen?«

»Genau wie geplant«, triumphierte O'Malley. »Er hat es voll und ganz geschluckt. Er hat sogar versucht, den Preis für das Urteil zu drücken …«

Sein Telefon piepste und zeigte einen ankommenden Anruf an. »Warte mal eine Sekunde«, sagte er. Er sah aufs Display.

O'Malley legte den ersten Anrufer in die Warteschleife und nahm den zweiten an. »Du warst großartig«, sagte er beruhigend. »Das Geld ist so gut wie auf der Bank. Die Saudis werden es nicht vermissen.«

31

Um 9.05 Uhr saßen sämtliche Mitspieler auf ihren entsprechenden Plätzen und Dr. Jeffrey Rydell nahm zum zweiten Mal seinen Platz im Zeugenstand ein. Brad sah, wie eine Geschworene ihre Kollegin neben sich anstieß und mit den Augenbrauen wackelte. Rydell sah auf jungenhafte Art gut aus, mit seinem vollen, blonden Haarschopf und den strahlend blauen Augen. Er war der typische Junge von nebenan, außer dass er zufällig ein zertifizierter Internist war und alles über Notfallmedizin zu wissen schien.

Brad hatte den ersten Tag von Rydells Aussage damit verbracht, seine Qualifikationen und seine Behandlung von Charles und Sarah Reed wiederzukäuen. Heute plante er, den Feinschliff an den entscheidenden medizinischen Fragen vorzunehmen.

»Dr. Rydell, haben Sie mit einem begründeten Grad an medizinischer Sicherheit eine Meinung darüber, ob Kokain als Faktor zum Tod von Charles Reed beigetragen hat?«

»Das habe ich«, antwortete Rydell. Eines, was Brad an diesem Zeugen liebte, war, dass er immer nur die Frage beantwortete und nicht weiterschwafelte, nur um seine Intelligenz zu zeigen.

»Wie sieht diese Meinung aus, Sir?«

»Einspruch«, sagte Strobel. Brad verdrehte die Augen. »Dr. Rydell ist kein Toxikologe und sollte deshalb kein Gutachten zu diesem Thema abgeben dürfen.«

»Ich bin tendenziell Mr. Strobels Meinung«, sagte Ichabod, was keinen überraschte.

»Euer Ehren«, flehte Brad, »er war der Arzt im Militärkrankenhaus, der Dr. Reed persönlich direkt vor seinem Tod behandelte. Er kann sicherlich auf Grundlage seiner Beobachtungen seine Ansicht zur Todesursache abgeben.«

»Dürfen wir nach vorn kommen?«, fragte Strobel. Ohne auf eine Antwort zu warten, ging er auf Ichabods Richterbank zu. Brad schloss sich ihm an.

»Ich habe nichts dagegen, wenn er über seine Behandlung an Dr. Reed spricht und darüber, was er beobachtet hat«, flüsterte Mack. »Aber aus seiner eidlichen Aussage wird deutlich, dass er außerdem vorhat, über toxikologische Untersuchungen zu sprechen, die sowohl im King-Faisal-Krankenhaus als auch im Militärkrankenhaus vorgenommen wurden, und dann über die unterschiedlich hohen Werte diskutieren, die dabei gemessen wurden. Er war nicht bei den Tests im King-Faisal-Krankenhaus dabei und ist kein Experte für Resorptionsgeschwindigkeiten und andere Faktoren, die die Bedeutung dieser Werte beeinflussen würden ...«

»Euer Ehren, er hat sich auf die Untersuchungen im King-Faisal-Krankenhaus gestützt, als er Dr. Reed im Militärkrankenhaus behandelte.« Brads Unterbrechung brachte ihm einen bösen Blick von Strobel ein, den er ignorierte. »Der Grund, warum Mr. Strobel nicht will, dass diese Tests zugelassen werden, ist, weil die Tests im Militärkrankenhaus einen höheren, keinen niedrigeren Kokainwert im Blut zeigten. Das kann nur bedeuten, dass jemand Dr. Reed sehr kurz vor seiner Einlieferung im ersten Krankenhaus Kokain gespritzt haben muss, sodass das Kokain, während es vom Blut aufgenommen und im Urin verarbeitet wurde, zwischen der Aufnahme im King-Faisal-Krankenhaus und dem Zeitpunkt seiner späteren Aufnahme im Militärkrankenhaus progressiv höhere Werte anzeigte.« Brad sprach schnell, in dem verzweifelten Versuch, Ichabod dazu zu bringen, die Bedeutung dieser Entscheidung zu erfassen.

Sie unterbrach ihn mit ausgestreckter Hand.

»Das ist eine ziemlich kunstvolle Theorie, Mr. Carson, und sie basiert auf einem nicht gerade geringen Grad an Spekulation. Es hängt tatsächlich, wie Mr. Strobel sagt, von solchen Dingen wie der Resorptionsgeschwindigkeit von Kokain in der Blutbahn ab. Mr. Carson, haben Sie einen Toxikologen, den Sie als Experten aufzurufen gedenken?«

»Ja, Euer Ehren, Dr. Shelhorse, aber ...«

»Mr. Carson«, unterbrach ihn Ichabod, »das war eine Frage, die mit Ja oder Nein zu beantworten war. Da Sie eine Toxikologin haben, entscheide ich, dass die vorherigen Tests aus dem King-Faisal-Krankenhaus durch diesen Zeugen nicht zulässig sind. Wir können uns damit beschäftigen, wenn Ihre Toxikologin in den Zeugenstand tritt.«

Brad sah die Richterin an und bekundete stillen Protest. »Danke, meine Herren«, sagte sie.

Brad schnaubte verärgert und stolzierte zurück zum Rednerpult.

»Dr. Rydell, bitte teilen Sie uns Ihre Meinung dazu mit, ob Kokain zum Tod von Dr. Reed beitrug, erörtern Sie dabei aber bitte nicht die vorhergehenden Drogentests des King-Faisal-Krankenhauses. Leuchtet Ihnen das ein?«

»Nein«, sagte der Doktor, »aber ich werde es versuchen. In meiner elfjährigen Erfahrung im Umgang mit Patienten in kritischem Zustand habe ich viele behandelt, bei denen verschiedene Komplikationen auftraten, die mit Kokainkonsum in Zusammenhang standen. Kokain ist ein starkes Stimulans für das zentrale Nervensystem, das die Aufmerksamkeit erhöht, den Appetit und das Schlafbedürfnis hemmt und Euphorie auslöst. Es wird entweder als Kokainhydrochlorid geschnupft oder mit Natriumhydrogenkarbonat aufgekocht, um eine Substanz herzustellen, die man auf der Straße als ›Crack‹ bezeichnet und die geraucht und damit über die Lungen aufgenommen wird. In seltenen Fällen wird Kokain mit Wasser aufgelöst und direkt in den Blutkreislauf gespritzt.«

Rydell sprach direkt die Geschworenen an und Brad bemerkte, dass sie alle zuzuhören schienen – mit Ausnahme natürlich vom Geschworenen 4, der vielmehr an seinen eigenen Schuhen interessiert zu sein schien.

»Egal wie es aufgenommen wird, verursacht Kokain verschiedene potenziell tödliche Komplikationen, unter anderem auch solche, die direkt das Herz betreffen. Selbst in relativ kleinen Dosen erhöht Kokain den Blutdruck und verengt die Blutgefäße. Es stimuliert außerdem die Bildung von Blutgerinnseln, bringt den normalen Herzrhythmus durcheinander und kann sich direkt mit Herzmuskelzellen verbinden und so die Fähigkeit des Herzens, Blut zu pumpen, schwächen. Eine ganze Reihe von kardiovaskulären Zuständen und Krankheiten werden mit Kokainkonsum in Verbindung gebracht, wie zum Beispiel Bluthochdruck, Herzrhythmusstörungen, Kardiomyopathie, Schlaganfälle, Aneurysmen, Herzmuskelentzündungen und Herzinfarkte. Viele Erstkonsumenten haben Herzinfarkte erlitten, die tödlich endeten. Im Fall von Dr. Reed hatte die Wirkung einer enormen Dosis Kokain, wie toxikologische Untersuchungen zeigten, die in beiden Krankenhäusern …«

»Einspruch!«, rief Strobel.

»Stattgegeben!«, schnaubte Ichabod. »Die Geschworenen werden die letzte Aussage ignorieren. Dr. Rydell, Sie dürfen auf keine Art die toxikologischen Untersuchungen erwähnen, die im King-Faisal-Krankenhaus gemacht wurden. Ist das klar?«

»Jetzt ja, Euer Ehren«, sagte Rydell unbeeindruckt. »Ich dachte bisher, Sie wollten damit nur sagen, dass ich den Geschworenen die genauen Werte nicht nennen dürfe.«

Während Ichabod missbilligend den Kopf schüttelte, wandte sich Rydell wieder mit ausgeglichenem Gesichtsausdruck den Geschworenen zu und fuhr mit seinem Vortrag fort.

»Charles Reed hatte bereits ein schwaches Herz. Er hatte eine recht fortgeschrittene Kranzgefäßerkrankung, was bedeutet, dass der Zufluss von sauerstoffreichem Blut zu seinem Herzen stark beeinträchtigt war. Meiner Meinung nach führte eine Kombination von dem Stress einer Verhaftung, der Wirkung des injizierten Kokains in seinem Blutkreislauf und der bereits vorhandenen Kranzgefäßerkrankung zu seinem Tod. Das Kokain stimulierte die Bildung eines Blutgerinnsels, das in den Arterien eines normalen Mannes nicht tödlich sein mag, aber es führte zu einer totalen Einschränkung des Blutflusses zum Herzen von Dr. Reed. Der medizinische Ausdruck dafür ist ein akuter Myokardinfarkt oder Herzinfarkt, aber es bedeutet einfach, dass das Herz keinen Sauerstoff aufnehmen kann und als Folge davon stark geschädigt wird. In Dr. Reeds Fall war es tödlich.«

Rydell sah wieder Brad an, offenbar zufrieden mit seiner Antwort. Genau wie Brad.

»Sie sagten, Dr. Reed starb an den Komplikationen, die mit einer Kokaininjektion zusammenhingen; wollen Sie das damit aussagen?« Brad wollte sichergehen, dass kein Geschworener den entscheidenden Punkt verpasste.

»Ja, es war definitiv eine Kokaininjektion.«

»Nun, Doktor, wie können Sie wissen, dass das Kokain Dr. Reed gespritzt wurde und er es nicht auf irgendeine andere Art aufnahm … durch Schnupfen oder Rauchen zum Beispiel?«

»Meine Schlussfolgerung gründet sich auf den Kokainwert, der im Militärkrankenhaus in Dr. Reeds Urin gefunden wurde«, erklärte Dr. Rydell. Er sah wieder die Geschworenen an. »Das ist kein Wert, den man typischerweise mit dem Schnupfen von Kokain in Verbindung bringt. Wenn die

Droge geschnupft wird, verengt sie die Blutgefäße in der Nase, was den Blutfluss in diesem Bereich reduziert, wodurch eine langsame Resorptionsgeschwindigkeit durch die Blutgefäße in den Blutkreislauf entsteht. Die erhöhten Werte hingegen, die wir in diesem Fall feststellten, entstehen im Allgemeinen entweder durch die direkte Injektion von Kokain in eine Vene oder durch das Inhalieren von Crack. Crackrauchen, wie es genannt wird, führt innerhalb von Sekunden zu einer konzentrierten Menge der Droge in den Lungen, im Gehirn und im Blutkreislauf. Deshalb löst die Injektion von Kokain oder das Crackrauchen bei den Konsumenten einen direkten Rauschzustand aus, während es beim Schnupfen mehrere Minuten dauern kann, bis die Wirkung eintritt. Das hat alles mit der Resorptionsgeschwindigkeit zu tun. Meiner Ansicht nach wäre es beinahe unmöglich, einen Kokainwert wie den von Dr. Reed im Blut zu erreichen, indem man mehrere Stunden vor den Labortests Kokain schnupft.«

»Dr. Rydell, das würde Ihre Schlussfolgerung erklären, dass Dr. Reed das Kokain nicht geschnupft hat, das zu seinem Tod führte. Aber wie können Sie zu dem Schluss kommen, dass er kein Crack geraucht hat?«, fragte Brad. Er folgte dem Drehbuch, das er und der Doktor am Abend zuvor sorgfältig ausgearbeitet hatten.

»Euer Ehren, ich erhebe Einspruch!« Strobel war schon wieder aufgesprungen und klang genervt, dass er sich schon wieder die Mühe eines Einspruchs machen musste. »Dieselbe Grundlage wie vorhin. Dr. Rydell ist kein Toxikologe und er ist sehr weit von seinem Fachgebiet entfernt mit dieser Aussage.«

Diesmal zögerte Ichabod. »Ich werde Ihren Einspruch abweisen, Mr. Strobel. Wenn er während seiner Antwort auf diese Frage von seinem Spezialgebiet abweicht, werde ich die Antwort streichen und die Geschworenen anweisen, die Aussage zu ignorieren.«

»Darf ich antworten?«, fragte Dr. Rydell höflich an die Richterin gewandt. Brad drehte sich um und lächelte Leslie zu.

»Ja, bleiben Sie aber bei Ihrem Fachgebiet«, wies ihn Ichabod an.

Rydell nickte. »In meinem Beruf ist es üblich, dass man bei der Behandlung von Patienten Spezialisten konsultiert. Das ist im Grunde das, was ich im Fall von Dr. Reed getan habe. Im fraglichen Fall stehe ich auch nach Dr. Reeds Tod noch in Verbindung mit Spezialisten, um herauszufinden, was passiert ist. Haben Sie eine Kopie der Laborergebnisse aus dem Krankenhaus?«, fragte er an Brad gewandt. Diese Bitte sah spontan aus, doch sie war natürlich geplant.

Brad zog einen dicken schwarzen Hefter heraus und blätterte herum, bis er die richtige Stelle fand. »Bitte nehmen Sie ins Protokoll auf, dass die Laborberichte des Militärkrankenhauses bereits als Beweisstück Nummer 37 der Anklage zugelassen wurden.«

Brad reichte Rydell den Bericht.

»Hier ist es«, erklärte Rydell und deutete auf eine bestimmte Seite. »Das hat mir zunächst nichts gesagt, weil es für Dr. Reeds Behandlung nicht wichtig war, aber dieser Urintest ist nicht positiv auf Methylecgonin.«

»Und was bedeutet das, Dr. Rydell?«

»Nun, man raucht nicht eigentlich Kokain, man raucht eine Form der Kokainbase der Droge, die wir ›Crack‹ nennen.« Rydells Blick wurde ernst und er nahm seine Rolle als Professor wieder auf. »Diese Kokainbase wird hergestellt, indem Kokainpulver mit Natriumhydrogenkarbonat, besser bekannt als Natron, aufgekocht wird, ein Prozess, der die freie Kokainbase vom Kokainhydrochlorid trennt. Dabei entstehen die Crackkörner. Wenn dieses Produkt dann geraucht und in den Blutkreislauf absorbiert wird, wird es vom Körper umgewandelt und produziert ein Metabolit, das im Urin des Konsumenten nachweisbar ist. Dieses Metabolit wird ›Methylecgonin‹ genannt. Am Vorhandensein oder Nichtvorhandensein einer gewissen Menge dieser Substanz kann man einen Schnupfer von einem Raucher unterscheiden.«

Rydell räusperte sich. »Im Fall von Dr. Reed führte das Labor, nachdem durch einen Immunassay-Test Kokain nachweisbar war, eine genauere Analyse durch, bei der sowohl auf Kokain als auch auf sein Metabolit gestestet wurde. Dieser differenziertere Test wird Gaschromatografie mit Massenspektrometrie-Kopplung genannt und stellt im Grunde einen chemischen Fingerabdruck der Droge her und quantifiziert sie. Das Kokain wurde bestätigt, aber sein Metabolit, diese Verbindung namens Methylecgonin, war nicht in Mengen vorhanden, die über einen Normwert hinausgehen. Daher wurde es nicht als positiv eingestuft.«

»Wenn der Konsument also Crack rauchte, würde man erwarten, diese Substanz zu finden. Aber in diesem Fall fanden Sie sie nicht?«, fragte Brad unschuldig. Er wollte sichergehen, dass jeder Geschworene es mindestens zwei Mal hörte.

»Einspruch«, bellte Strobel noch einmal. »Diese Frage ist eine Suggestivfrage und sollte gestrichen werden. Aber was noch wichtiger ist, Euer Ehren: Die ganze Richtung der Zeugenaussage ist weit vom Spezialgebiet des Doktors entfernt. Darf ich den Zeugen vorvernehmen, um dem Gericht zu zeigen, was ich meine?«

»Sie machen wohl Witze«, gab Brad zurück. »Er darf meinen Zeugen nicht mitten in seiner Aussage vorvernehmen. Das Thema kann er im Kreuzverhör klären.«

»Ich werde eine kurze Zwischenvernehmung erlauben«, entschied Ichabod, lehnte sich zurück und verschränkte die Arme.

Brad hielt in stillem Protest beide Hände in die Luft, dann drehte er sich um und ging zu seinem Platz. Strobel stand rasch auf, um mit seiner Befragung zu beginnen; sein verächtlicher Blick zeigte den Geschworenen, dass er nicht im Mindesten von Rydell beeindruckt war. Strobel begann, den Zeugen mit Fragen zu löchern, noch bevor er am Rednerpult angekommen war.

»Dr. Rydell, Sie sind kein zertifizierter Toxikologe, oder?«

»Nein.«

»Wenn Sie einen Patienten mit einem ausgefallenen toxikologischen Symptom hätten, würden Sie vielmehr einen Spezialisten zu Rate ziehen, der auf diesem Gebiet mehr Erfahrung hat als Sie. Richtig?«

»Das ist richtig«, sagte Rydell, »aber ich würde eine Überdosis Kokain nicht als ausgefallenes toxikologisches Problem bezeichnen.«

»Euer Ehren«, bat Strobel, »weisen Sie den Zeugen bitte an, nur die Frage zu beantworten.«

»Dr. Rydell«, schalt die Richterin, »bitte geben Sie nicht ungefragt Zusatzinformationen.«

Bevor Rydell antworten konnte, ging Strobel wieder zum Angriff über.

»Diese Laborberichte, inklusive Urintest, befanden sich die ganze Zeit in Dr. Reeds Krankenakte, ist das richtig?«

»Meines Wissens nach, ja«, antwortete Rydell.

»Und als der behandelnde Arzt hätten Sie sie vermutlich durchgesehen. Richtig?«

»Das stimmt auch.«

»Doch das Nichtvorhandensein von Methylecgonin sagte Ihnen zu der Zeit nichts, weil Sie nichts von dieser Substanz wussten. Richtig?«

»Das Nichtvorhandensein der Verbindung sagte mir zu dem Zeitpunkt nichts. Das heißt nicht, dass ich die Substanz nicht kannte.«

»Nun, Dr. Rydell, stimmt es nicht, dass Sie auch noch vor drei Monaten, als Ihre eidliche Aussage in diesem Fall aufgenommen wurde, dem Nichtvorhandensein dieser Substanz keine Bedeutung beigemessen haben?«

»Ja. Zum Zeitpunkt meiner eidlichen Aussage war mir die Bedeutung dieses Laborergebnisses noch nicht bewusst. Dr. Reed wurde positiv auf einen sehr hohen Kokainwert getestet. Das Fehlen von erheblichen Mengen des Metabolits schien mir zu der Zeit noch nicht so maßgeblich.«

»Dr. Rydell, Sie gaben an, dass diese Drogentests mit einer Methode namens Gaschromatografie mit Massenspektrometrie-Kopplung bestätigt wurden, was Sie einen ›Fingerabdruck der Droge‹ nannten. Stimmt das?«

»Ja, ich glaube, das habe ich gesagt.«

»Euer Ehren, darf ich mich dem Zeugen nähern?«, fragte Strobel.

»Ja«, sagte Ichabod, ohne aufzusehen.

Strobel begann, auf Dr. Rydell zuzugehen, wobei er in jeder Hand ein Papier schwenkte.

»Ich habe hier zwei tatsächliche Gaschromatografien, eine ist von dieser Verbindung, die Sie erwähnten, Methylecgonin, und eine, die eine ganz andere Verbindung darstellt. Ich würde sie Ihnen gern zeigen und sehen, ob Sie sie zuordnen können.«

Brad sprang auf, um Einspruch zu erheben, doch bevor er etwas sagen konnte, antwortete der Zeuge.

»Geben Sie sich keine Mühe«, sagte Rydell. »Ich hätte nicht die leiseste Ahnung. Ich habe mich auf den Toxikologen verlassen, der sie für mich interpretierte.«

Obwohl er nachgab, tat er das so bescheiden, dass es wirkte, als habe er gar nichts zugegeben. Das ärgerte Strobel, der sein Argument nicht einfach so eines stillen Todes sterben lassen wollte. Er stand dicht vor dem Zeugenstand und stocherte mit den Gaschromatografien in der Luft herum.

»Tatsächlich haben Sie alle Erkenntnisse, über die Sie heute aussagten, aus Gesprächen mit anderen oder aus Forschungsarbeiten entnommen, weil Sie kein ausgebildeter Toxikologe sind. Bis Sie mit jemand anderem gesprochen haben, hatten Sie keine Ahnung, was diese Substanz überhaupt war, oder doch?«

»Es ist richtig, dass ich alles, was ich über Methylecgonin weiß, in den letzten Monaten von anderen gelernt habe. Aber der Grund, warum ich zu diesem Thema recherchierte, lag darin, dass ich die eidlichen Aussagen dieser Zeugen gesehen habe, die Sie in Saudi-Arabien auf Video aufgenommen haben. Sie wissen schon, die ehemaligen Gemeindemitglieder - diejenigen, die behaupten, die Reeds hätten Kokain konsumiert. Wie Sie wissen, gibt Sarah Reed an, dass ihrem Mann die Droge gespritzt worden sein muss, aber Ihre Zeugen behaupten ...«

»Beantworten Sie nur die Frage, die Ihnen gestellt wurde, Doktor, und sparen Sie sich die Vorträge«, verlangte Strobel. Sein Gesicht war rot und er betonte jedes Wort abgehackt. »Haben Sie - oder haben Sie nicht - alles, was Sie über Methylecgonin wissen, in den letzten paar Monaten durch Gespräche mit anderen oder durch das Lesen von Forschungsberichten gelernt?«

»Ja, das habe ich.«

»Ist es dann nicht auch so, Doktor, dass Sie sich an Kollegen mit Spezialausbildung und Erfahrung als Toxikologen gewandt haben?« Strobels Stimme gewann an Lautstärke.

»Ja, das habe ich«, sagte Rydell sachlich.

»Und wenn sie abweichende Meinungen über das Nichtvorhandensein dieser Verbindung im Urin hätten, dann würden Sie sich auf die Meinung dieser Spezialisten verlassen. Richtig?«

»Ich denke, das käme auf die Gründe an, aber generell ja.« Rydell blickte Ichabod in die Augen, ohne zu blinzeln. Er sah offenbar kein Problem darin, das Offensichtliche zuzugeben.

Daraufhin wandte sich Strobel zu Ichabod um und brachte seine Argumente vor: »In diesem Fall, Euer Ehren, angesichts der eigenen Zugeständnisse des Zeugen, würde ich beantragen, dass sämtliche Aussagen dieses Zeugen darüber, ob das Kokain in Dr. Reeds Blutsystem geschnupft, geraucht oder injiziert wurde, als nicht zu seinem Fachgebiet gehörig gestrichen werden.«

»Da stimme ich Ihnen zu«, sagte Ichabod, als Brad den Mund öffnete, um zu reagieren. Sie wandte sich an die Geschworenen. Brad blieb sprachlos am Anwaltstisch stehen, an seiner Miene war deutlich seine Empörung abzulesen.

»Sie werden sämtliche Aussagen von Dr. Rydell darüber, ob Dr. Reed Kokain injiziert wurde, außer Acht lassen. In Bezug darauf sollten Sie auch alle Aussagen über diese Verbindung ignorieren ... äh, wie hieß sie noch, Doktor?«

»Methylecgonin, Euer Ehren.« Rydell sprach den Namen des Metabolits langsam und deutlich aus, damit die Geschworenen ihn sich merken konnten.

»Ja. Sie werden alle Aussagen über diese Substanz ignorieren. Sie dürfen keinen Aspekt Ihres Urteils auf diese Aussagen gründen. Praktisch gesehen müssen Sie diese Aussage einfach aus Ihrem Gedächtnis streichen und ihr für diesen Fall keinen Glauben schenken. Haben wir uns verstanden?«

Die Geschworenen nickten und versicherten Ichabod, dass sie ihre Gedanken von dieser verlockenden Information reinigen würden. Aber der Geist war schon aus der Flasche gelassen. Die meisten Geschworenen schienen Rydell zu mögen. Das war offensichtlich. Und Brad hatte den Verdacht, dass die Fragen in den Köpfen der Geschworenen sich nicht mehr darum drehten, ob Dr. Reed Kokain gespritzt worden war, sondern eher wie und warum. Und von wem?

Brad sah weiterhin angewidert drein, als er hinters Rednerpult trat, um seine Befragung von Rydell wieder aufzunehmen. Er zog während der nächsten Fragen einen Schmollmund, nur um gegenüber den Geschworenen zu betonen, wie unfair Ichabod war.

Innerlich lächelte er.

* * *

Rydells Aussage wäre der perfekte Abschluss der ersten Prozesswoche gewesen, wenn Ichabod nicht, nachdem sie die Geschworenen für diesen Tag entlassen hatte, beschlossen hätte, noch einmal ihre Meinung kundzutun.

»Vergessen Sie nicht, Mr. Carson, dass die Geschworenen nur den Fall gegen Mr. Aberijan entscheiden, dass ich aber den Fall gegen den Staat Saudi-Arabien entscheiden muss. Und ich muss sagen, ich bin sehr enttäuscht, dass wir die erste Woche mit Zeugenaussagen beenden und ich noch keine Beweise gehört habe, die mit dem Staat Saudi-Arabien in Zusammenhang stehen.«

Sie hielt inne, seufzte und sah im Gerichtssaal herum, als suche sie ein Fitzelchen Beweis, das sie beeindrucken könnte. Dann wandte sie sich wieder Brad zu.

»Selbst wenn ich die Aussage von Dr. Rydell nicht gestrichen hätte, hätten Sie höchstens eine Mandantin, deren Ehemann Kokain injiziert wurde. Nehmen wir einmal an, auch wenn Sie keinen Beweis zu Protokoll gebracht haben, der das belegt, dass Mr. Aberijan selbst Dr. Reed das Kokain injizierte. Bedeutet das, dass der Staat Saudi-Arabien sich für alles verantworten muss, was Mr. Aberijan getan hat? Ich denke nicht.«

Die Worte, der Tonfall, die nüchterne Zurückweisung einiger seiner stärksten Beweise zerrten an Brads Selbstvertrauen und Enthusiasmus. Obwohl er wusste, dass die Stimmung seines restlichen Teams, Sarah eingeschlossen, in diesem entscheidenden Moment von ihm abhing, konnte er doch nicht anders, als den Blick zu senken und auf seinem Stuhl ein wenig tiefer zu rutschen.

»Mir scheint eindeutig, dass Mr. Aberijan, wenn er irgendeines dieser schrecklichen Dinge getan hätte, deren Sie ihn beschuldigen, seine Kompetenzen als Ermittler des Staates Saudi-Arabien überschritten hätte und das Land Saudi-Arabien deshalb nicht länger für seine Taten verantwortlich wäre. Ich nehme daher an, dass Sie einen direkten Beweis dafür haben, dass der Staat Saudi-Arabien durch seine offiziellen Vertreter das angebliche Handeln Mr. Aberijans entweder zuvor autorisiert oder nach begangener Tat gebilligt hat.« Sie hob die Augenbrauen, um ihr Argument zu unterstreichen. »Ohne diesen Beweis können Sie diesen Fall nicht gewinnen.«

Brad stimmte dem Verständnis der Richterin von den juristischen Mindestanforderungen für ein Urteil gegen Saudi-Arabien ganz und gar nicht zu, aber er wusste auch, dass fünf Uhr am Freitagnachmittag nicht der richtige Zeitpunkt war, um eine Diskussion anzufangen. Die Blicke von Ichabod, seines eigenen Teams und der restlichen Anwesenden lagen jetzt auf ihm.

Er stand auf und stellte sich aufrecht hin, erwiderte den festen Blick Ichabods und schloss die oberen Jackettknöpfe.

»Wir haben zu genau diesem Punkt einen klaren und überzeugenden Beweis, Euer Ehren«, versprach er.

Und in diesem Moment fragten sich sowohl er als auch alle anderen im Gerichtssaal, was in aller Welt das wohl sein könnte.

32

Brad hatte lange Zeit auf diesen Abend gewartet und war entschlossen, ihn zu etwas Besonderem zu machen. Nach der Verhandlung raste er nach Hause, um sich seines marineblauen Nadelstreifenanzugs und der gelben Krawatte zu entledigen und eine bequeme Jeans und ein Poloshirt anzuziehen. Er war es leid, immer schick gekleidet zu sein, um sich zur Schau zu stellen. Dieser Abend würde locker und zwanglos werden. Heute wollte er sich mit aller Macht entspannen. Auf Virginia-Beach-Art streifte er ein paar Slipper ohne Socken über.

Er hatte Leslie angeboten, sich bei ihm zu Hause umzuziehen, aber sie hatte abgelehnt. Stattdessen würde er sie im Büro abholen. Sie wollte noch ein paar Minuten Arbeit hineinquetschen, bevor sie sich für den Abend freinahm. Brad hatte noch nie jemanden gesehen, der so besessen von einem Fall war wie sie.

Der Regen hatte aufgehört, aber es war immer noch windig. Brad schnappte sich eine Windjacke und die Schlüssel für die Viper, die er in der Garage stehen hatte. Sein Cherokee würde diesmal aussetzen müssen. Der Jeep war sein Arbeitstier und er war vollgestopft mit Protokollen, Prozessnotizen, Getränkedosen und Kaffeebechern. Er war nicht in der Verfassung für ein Rendezvous.

Die Viper war eine andere Geschichte. Er hatte sie sich vor drei Jahren als Belohnung für ein überraschend lukratives Urteil in einem schwierigen Fall gekauft. Jetzt lief sie Gefahr, ein reines Liebhaberstück zu werden. Sie war schon seit Monaten nicht aus der Garage gekommen, weil er sie für die gemächlichen Fahrten reservierte, für die er letztlich nie Zeit hatte, oder für die besonderen Gelegenheiten, die irgendwie nie kamen. Doch dieser Abend war perfekt dafür, er würde etwas Besonderes werden. Der Märchenprinz beabsichtigte, in seinem rabenschwarzen, wenn auch staubigen Dodge Viper aufzukreuzen. Aschenputtel würde begeistert sein.

Die Fahrt von seinem Haus zum Büro dauerte im Allgemeinen bei leeren Straßen zwanzig Minuten, plus zwanzig im Berufsverkehr. An diesem Abend, mit der Vorfreude darauf, Leslie zu sehen, und dem Feierabendverkehr entgegen, schaffte er es von Tür zu Tür in knapp über fünfzehn.

Er parkte in der Feuerwehrzufahrt vor dem Bürogebäude, betrat beschwingt die Lobby und wartete ungeduldig auf den Aufzug. Nur zur Sicherheit drückte er den Aufwärtsknopf mehrere Male, bevor der Aufzug endlich kam, was das Ganze nur zu verlangsamen schien. Unendliche zwei Minuten später stieg er im fünften Stock aus und betrat das Büro von Carson & Partner.

Er fand sie in der Kommandozentrale, über ein Aussageprotokoll gebeugt und an ihrem Stiftende kauend. Sie sah auf, als er eintrat, und schenkte ihm ein strahlendes Lächeln, das ihre schönen weißen Zähne betonte, die hohen Wangenknochen und die funkelnden blauen Augen. Leslie war umwerfend. Ihr kastanienbraunes Haar war zurückgebunden und fiel weich auf ihre weiße Baumwollbluse.

Sie hatte die Stimmung des Abends absolut richtig eingeschätzt und trug selbst auch blaue Jeans und weiße Stoffschuhe ohne Socken als Hommage an die Strandkultur. Er starrte sie an, einen Augenblick vor Ehrfurcht erstarrt vor ihrer natürlichen Schönheit – den anmutigen Linien ihres Gesichts –, dann fing er sich wieder und genierte sich dafür, dass er gaffte wie ein Teenager.

»Du siehst toll aus«, brachte er heraus, während ihn seine prozesserprobte Wortgewandtheit im Stich ließ. »Schön, dich so entspannt zu sehen.«

»Danke, Chef«, antwortete sie fröhlich, »ich habe mich auf heute Abend gefreut.«

»Ich auch«, sagte Brad und verwünschte sich selbst dafür, dass ihm nichts Schlaueres einfiel und dass er nicht fähig war, den Blick von ihr abzuwenden. »Fertig?«

»Ja, fertig.« Sie kam zu ihm, nahm seine Hand und gab ihm einen flüchtigen Kuss auf die Wange. »Und ich bin am Verhungern. Wo gehen wir hin?«

Die sanfte Berührung elektrisierte ihn, ein belebender Stromstoß, der alle Nerven seines Körpers zum Leben erweckte. Allein ihre Hand zu halten setzte seinen Körper unter Strom und lähmte sein Hirn. Er konnte nicht sprechen, schaffte es nicht zu gehen, konnte die Intensität seines Blicks in ihre Augen nicht steuern.

Sie musste es auch gespürt haben. In ihrem Blick lag ein unausgesprochenes, tiefes Gefühl.

Wie kann jemand, mit dem ich so viel Zeit verbracht habe, mich plötzlich so sprachlos machen?, fragte sich Brad. Er wollte das Büro nicht verlassen; er wollte sie nur festhalten und auf der Stelle küssen. Er wollte sie an sich ziehen und ihr wortgewandt und leidenschaftlich alles sagen, was er fühlte. Sie ergänzte ihn. Sie machte ihn lebendig. Ihre Nähe machte ihn ganz schwindlig vor lauter Gefühlen. Er hatte weiche Knie.

Doch genau in diesem Moment ließ ihn sein größtes Kapital im Stich. Seine Zunge funktionierte nicht. Ihm fielen keine Worte ein, um die Tiefe seiner Gefühle auszudrücken. Er war stumm. Unfähig. Er würde es ihr später sagen. Im Moment kniff er.

»Es ist eine Überraschung«, sagte er mutig. »Du wirst mir vertrauen müssen.«

Er nahm ihre Hand, führte sie hinunter zur Viper und begann eine Runde vorbei an seinen Lieblingsplätzen in Tidewater.

»Regel Nummer eins«, beharrte er, »ist, dass wir heute Abend nicht über die Arbeit sprechen.«

Leslie sah die Liste von Fragen an, die sie auf eine Karteikarte geschrieben hatte, schürzte die Lippen und stopfte sie dann in ihre Tasche. »Okay«, sagte sie widerwillig, »aber ich wette, Strobel nimmt sich heute Abend nicht frei.«

»Du bist unverbesserlich«, beschwerte sich Brad.

»Und du findest das toll«, neckte ihn Leslie, streckte die Hand aus und streichelte ihn im Nacken.

Und wie toll er das fand!

Dies war kein Abend, um den Fall zu besprechen. Es war ein Abend für Frotzeleien und Lachen, für tiefgreifende Gespräche, um die explosive Chemie zwischen ihnen aufzubauen. Es war ein Abend zum Händchenhalten und Spinnen. Es war ein Abend, um Seelenverwandte zu werden.

Das Paar begann mit einem entspannten Abendessen im Boulevard Café, einem abgelegenen Lokal mit exotischem Essen und einem Innenhof, in dem man unter freiem Himmel essen konnte. Sie beschlossen, unterm Sternenhimmel zu sitzen und die kühle Brise eines perfekten Herbstabends zu genießen. Sehr zu Brads Entzücken fröstelte Leslie unter der Brise und der Abendluft, sodass sie nach dem Hauptgericht näher an ihn heranrückte. Er legte einen Arm um sie und wärmte sie, während sie heiße Schokolade tranken.

Zum Nachtisch führte Brad sie in ein Wahrzeichen von Tidewater – das Doumar's Drive-In. Dieses kuriose Restaurant in Norfolk behauptete, die Heimat der Eiswaffeltüte zu sein und blieb der unangefochtene Eiscreme-Champion der ganzen Tidewater-Region. Hier teilte sich das Paar auf die altmodische Art ein Banana Split, das die Kellnerin auf Rollerskates zur Viper gebracht hatte, wenn Brad auch darauf bestanden hatte, dass sie kein Tablett am Fahrerfenster befestigte. An diesem Abend – und nur an diesem Abend – würde Brad eine seiner unumstößlichsten Regeln brechen, die das Essen in seinem geliebten Auto strikt verbot. Schließlich waren Regeln dafür da, gebrochen zu werden.

Von Doumar's aus gingen sie sich in der MacArthur Mall einen Film ansehen. Nicht nur irgendeinen Film, sondern einen romantischen Frauenfilm, der kein Denken erforderte, sondern nur Gefühle. Doch während sich die Handlung dahinschleppte und das Adrenalin sich verflüchtigte, holte sie die anstrengende Woche vor Gericht ein. Leslie döste als Erste, dann erlag auch Brad der Müdigkeit und gemeinsam verschliefen sie die zweite Hälfte des Films.

Auf dem Weg vom Einkaufszentrum zum Parkhaus lachten sie und wurden wieder von der kühlen Nachtluft begrüßt. Brad sagte sich, dass er lange genug mit angezogener Handbremse gefahren sei. Es war Zeit, Leslie von seinen Gefühlen zu erzählen, davon, wie viel sie ihm eigentlich bedeutete. Der Abend war perfekt gewesen, und bald wurde es Zeit für einen perfekten Abschluss.

»Weißt du noch, auf welcher Ebene wir geparkt haben?«, fragte er. Auf die kleinen Dinge des Lebens hatte er nie viel Aufmerksamkeit verschwendet. Er drückte auf die Fernbedienung seines Schlüssels und horchte auf das Piepsen seiner treuen Viper.

»Ich hätte schwören können, wir waren auf 3A«, sagte Leslie, die sich unter Brads Arm kuschelte.

»Ach, was soll's, es ist ein schöner Abend für einen Spaziergang«, brummelte er.

Und den machten sie dann auch. Sie streiften auf allen Ebenen des Parkhauses herum, von der Mitte nach oben und wieder zurück, bevor sie zur einzig logischen Schlussfolgerung kamen.

»Sie wurde gestohlen«, mutmaßte Leslie. »Ich weiß, wir haben auf Ebene drei geparkt. Wir sollten die Polizei anrufen.«

»Ich fasse es nicht!«, schäumte Brad. Es würde schwer werden, ihr ohne die Viper seine Gefühle zu gestehen. Der Rücksitz eines Taxis hatte einfach nicht dieselbe Atmosphäre. »Das ist das einzige Einkaufszentrum in Amerika, das Parkgebühren erhebt, und sie gehen noch nicht einmal Streife?

Diese Rent-a-Cop-Wächter im Zentrum sind ein Witz! Bei dem ganzen Geld, das sie mit den Parkgebühren machen, sollte man meinen, sie könnten sich ...«

Die Erkenntnis traf ihn mitten im Satz. Ein Szenario – schlimmer als ein gestohlenes Auto. Nein, das konnte nicht sein. Es *durfte* nicht sein. Nicht an diesem Abend.

Nur ein Mensch konnte es wissen. Er musste sie anrufen, aber er hatte sein Handy in der Viper gelassen. »Kannst du mir mal dein Handy leihen?«, fragte Brad.

Kurz darauf hatte er eine verschlafene Bella am Apparat.

»Ich bin sicher, sie haben es gepfändet, Brad. Ich habe Ihren Banker die ganze Woche hingehalten. Ich habe ein paar Raten für den Jeep bezahlt, aber ich wusste, Sie benutzen die Viper nie. Ehrlich gestanden meinte Ihr Banker, er müsse etwas tun, damit es aussieht, als sei nicht mit ihm zu spaßen. Ich habe ihm gesagt, er soll den Jeep und das Haus nicht anrühren. Ich nehme an, das hat er als grünes Licht verstanden, sich die Viper zu holen. Es tut mir leid, Brad. Ich dachte, sie würde das Tageslicht nicht sehen, bevor der Fall abgeschlossen ist.«

»Machen Sie sich keine Gedanken, Bella. Sie tun Ihr Bestes. Wir nehmen einfach ein Taxi.«

»Nein, das werden Sie nicht, Brad Carson. Ich will nichts davon hören. Sie bleiben, wo Sie sind.«

Sie wischte seine Proteste einfach beiseite und tauchte zehn Minuten später im Parkhaus auf. Im Morgenmantel.

»Springt rein«, sagte sie vergnügt – und vollkommen untypisch für sie. »Ich chauffiere euch nach Hause.«

Brad öffnete die hintere Tür des Honda Accord und würgte leicht von dem Geruch nach Zigarettenrauch. Er schob ein paar leere Fast-Food-Tüten mit den passenden Bechern zur Seite. Sorgfältig die alten Pommes Frites auf dem Wagenboden meidend, rutschte er neben ein paar Kleider aus der Reinigung und Leslie folgte ihm vorsichtig.

In den nächsten zwanzig Minuten hörten sie höflich zu (und antworteten sogar gelegentlich), während Bella endlos über den Fall und Ichabod scherzte. Bella bestand darauf, über den Rückspiegel Blickkontakt mit ihnen zu halten, während sie sprach, eine Angewohnheit, die ihre grauenvollen Fahrkünste nur noch verschlimmerte. Nachdem sie ein paar Minuten tollkühn versucht hatten, Bellas Chauffieren ohne Gurte zu überleben, zogen Brad und Leslie die schmuddeligen Gurte zwischen den Sitzen heraus, wischten die Krümel ab und benutzten sie bestimmungsgemäß.

Sie waren höchst erleichtert, als Bella neben Leslies Auto auf dem Büroparkplatz anhielt.

»Vielen, vielen Dank, Bella«, sagte Brad, als er und Leslie aus dem Auto stiegen. »Leslie kann mich von hier aus nach Hause fahren.«

»Quatsch«, antwortete Bella. »Sie muss noch den ganzen Weg nach Williamsburg fahren. Ich fahre Sie. Ich habe sonst nichts zu tun. Und Leslie, Sie können heute bei mir übernachten, wenn Sie wollen.«

»Danke, Bella«, sagte Leslie, ohne einen Moment zu zögern. »Aber ich muss heute Abend wirklich noch nach Hause. Ich habe morgen früh eine Menge Besorgungen zu machen.«

»Wie Sie wollen.« Bella zuckte die Achseln und holte eine Zigarette heraus. »Das gibt uns die Gelegenheit, Brad, über die finanzielle Situation und die persönlichen Dinge zu reden, die Sie noch in der Viper hatten. Abgesehen davon habe ich Neuigkeiten von meiner Mutter, die Sie sicher freuen werden.«

»Okay«, sagte Brad und sah Bella mit einem Zwinkern an. »Geben Sie mir nur eine Minute.«

Er war entschlossen, die Gelegenheit nicht verstreichen zu lassen. Er brachte Leslie zu ihrem Auto und half ihr hinein. Sie kurbelte das Fenster herunter und er beugte sich nieder, damit Bella nicht mithören konnte.

»Tut mir leid, wie der Abend geendet hat«, sagte er. »Ich hatte mir das etwas anders vorgestellt.«

»Aber es war trotzdem ein perfekter Abend«, sagte sie. »Weil ich Zeit mit dir verbringen konnte.«

Leslie legte Brad eine Hand hinter den Kopf und zog ihn sanft zu sich. Sie schlossen die Augen und genossen den Moment, versunken in der sanften Leidenschaft des Kusses, der warmen Welle der Gefühle, und vergaßen die fehlende Viper, Bella und alles andere auf der Welt.

Es war, fand Brad, der perfekte Abschluss eines perfekten Abends.

* * *

Hanif beendete seine Predigt mit einem Trompetenstoß und schloss seine Bibel. Er senkte die Stimme wieder etwas und hörte auf umherzugehen. Jetzt war nicht der Moment für Motivierung, sondern für einen offenen Familienrat.

Er sah in die zu ihm nach oben gewandten Gesichter der Gemeindemitglieder. Sie nahmen jeden Zentimeter des Wohnzimmers ein und saßen bis in die Küche hinaus.

»Zwei Dinge können diese Gemeinde zerstören«, begann er ernst, »und beide haben damit zu tun, die Zunge im Zaum zu halten. Denkt an die Worte von Jakobus: ›So kann auch die Zunge, so klein sie auch ist, enormen Schaden anrichten. Ein winziger Funke steckt einen großen Wald in Brand!‹« Es war so still, dass man eine Stecknadel fallen hören konnte. Alle hörten zu, als Hanif fortfuhr: »Unter uns sind einige, die die Geheimnisse dieser Gemeinde nicht bewahren können. Ich habe Grund zur Annahme, dass sich in den kommenden Tagen die Verfolgung der Kirche verstärken wird. Wenn ihr nicht bereit seid, für Christi Sache zu leiden, dann solltet ihr jetzt gehen.«

Hanif hielt inne und ließ den Blick durch den Raum schweifen. Er sah wenig Furcht. Sein Tonfall blieb gelassen und beruhigend. »Wenn ihr geht, wird die Gemeinde das verstehen und es wird euch keiner verachten. Wir werden nicht schlecht von euch sprechen oder denken. Der schmale Weg liegt nicht jedem.«

Er wartete wieder. Niemand rührte sich. Die meisten hielten fast die Luft an.

»Wenn ihr bleibt, müssen wir für die kommenden Tage höchste Geheimhaltung von euch verlangen und eure totale Loyalität. Denkt daran: ›Gott hat uns nicht einen Geist der Furcht gegeben, sondern einen Geist der Kraft, der Liebe und der Besonnenheit.‹«

Ein allgemeines Amen erklang.

»Es gibt noch etwas, was die Zunge angeht«, fuhr Hanif fort. »Es hat damit zu tun, Gerüchte übereinander zu erzählen.«

Abermals hielt er inne und sah sich um, wobei er absichtlich die Blicke der wahrscheinlichsten Missetäter auffing. »Ein Gerücht vor allem hat mit einem der Gründer dieser Gemeinde zu tun, meinem Bruder Rashid, und mit seiner Frau Mobara. Ich habe gehört, ihm werde nachgesagt, dass er diese Gemeinde verkauft habe, dass er im amerikanischen Rechtssystem gegen die Matriarchin der Gemeinde, Madame Sarah Reed ausgesagt und dann dem Glauben den Rücken gekehrt habe.«

Jetzt hatte er ihre volle Aufmerksamkeit. Die Gerüchte hatten sich wie ein Lauffeuer verbreitet. Und es war nicht gerade zuträglich, dass Rashid und Mobara den Treffen der Gemeinde, an deren Gründung sie selbst beteiligt gewesen waren, seit Monaten fernblieben.

»Ich persönlich weiß, dass die Gerüchte nicht wahr sind. Ich weiß Dinge, von denen ich euch nicht erzählen kann. Was das angeht, müsst ihr mir vertrauen. Aber ich kann euch sagen, dass mein Bruder und seine Frau diesem wertvollen Glauben niemals den Rücken gekehrt haben. Sie nehmen nicht mehr an den Treffen teil, weil sie von den Behörden scharf beobachtet und überwacht werden. Sie lieben diese Gemeinde zu sehr, um sie in Gefahr zu bringen. Sie haben sich selbst von den Treffen mit euch ausgeschlossen. Aber sie baten mich, euch herzlich zu grüßen und auszurichten, dass sie euch in ihre Gebete einschließen.«

Hanif hielt wieder inne und der kleine Raum wurde von der Stille verschluckt. »Aber es stimmt, dass Rashid in dem amerikanischen Fall um Sarah Reed ausgesagt hat. Noch einmal: Ich darf euch gewisse Dinge über diese Zeugenaussage nicht erzählen. Aber eines kann ich sagen: Mr. Ahmed Aberijan wird noch von Rashid Berjein hören.«

Hanif sah sich im Raum um. Köpfe nickten. Diejenigen, die Rashid kannten, schienen froh, dass die Gerüchte ein Ende hatten.

»Ich wünschte, ich könnte euch mehr erzählen, aber ich habe vielleicht schon zu viel gesagt. Wenn die Zeit dafür gekommen ist, in nicht zu ferner Zukunft, werdet ihr alles verstehen. ›Jetzt sehen wir die Dinge noch unvollkommen, wie in einem trüben Spiegel, dann aber werden wir alles in völliger Klarheit erkennen.‹ Bis dahin behandelt das alles bitte streng vertraulich. Und jetzt lasst uns beten.«

Als Hanif die Augen schloss, um das Gebet anzuleiten, fragte er sich, ob er das Richtige getan hatte. »Sag die Wahrheit und vertraue den Menschen«, hatte Rashid ihm einmal gesagt. Aber vielleicht blieben manche Dinge besser ungesagt.

* * *

Nikkis friedlicher Sonntagmorgen verblasste etwas mehr mit jedem Klick der Fernbedienung. Die Berichterstattung über den Prozess lief auf allen Kanälen. Richterin Cynthia Baker-Klines überhebliche Bemerkungen zum Ende der Sitzung am Freitag gingen wie eine alarmierende Welle durch den Medienkrieg. Die christliche Rechte witterte schon wieder einen Betrug vonseiten der linksgerichteten und elitären Gerichtsbarkeit. Konservative Talkshow-Moderatoren und aufwieglerische Prediger nahmen den Fall auf und füllten den Äther mit düsteren Prognosen und Weltuntergangsrhetorik.

In der anderen Ecke nutzten die radikalen muslimischen Gruppen Baker-Klines Bemerkungen, um das Bild eines Falles zu zeichnen, der auf so fadenscheinigen Beweisen beruhte, dass nicht einmal eine voreingenommene Richterin daran glaubte. Was für eine Farce, führten sie an, wenn so ein zweifelhafter Fall vor diese befangenen Geschworenen kam, die ihn dann allein aufgrund von Stereotypen über Araber und Muslime entscheiden würden.

Nikki goss sich noch eine zuckerfreie Cola ein, unter Strom gesetzt vom Koffein und der Diskussion.

Die erneute Heftigkeit der Debatte ließ Funken des Protests und des zivilen Ungehorsams verschiedener nonkonformistischer Gruppen stieben. Die linksgerichteten Randgruppen, von den eingefleischten Umweltschützern bis zu den Libertären, ergriffen die Gelegenheit, gegen das korrupte amerikanische Justizsystem zu wettern und der überbeschäftigten Polizei allen möglichen Ärger anzudrohen. Die Bürgerwehren des rechten Flügels konnten nicht untätig zusehen, während ihre Kontrahenten von der Linken zu den Waffen griffen. Die Bürgerwehren wetterten gegen das korrupte amerikanische Rechtssystem und drohten, die Angelegenheit in die eigenen Hände zu nehmen, wenn die Polizei die Spinner von der Linken nicht in den Griff bekam.

Überregionale Fernsehsender und Nachrichtenkanäle, die entzückt waren über diesen Hagelsturm der Auseinandersetzungen, interviewten die schillerndsten und freimütigsten Befürworter der verschiedenen Standpunkte und wiesen das Publikum auf bevorstehende Sondersendungen hin. Selbst der Präsident mischte mit. Er rief dazu auf, einen kühlen Kopf zu bewahren und die Proteste friedlich zu gestalten und befahl der Nationalgarde von Virginia zusammen mit der bundesstaatlichen Regierung, in voller Kampfausrüstung bereitzustehen, wenn das Gericht am Montagmorgen seine Türen öffnete.

»Ich kann's kaum erwarten«, brummelte Nikki und schaltete auf MTV um.

* * *

»Ich weiß nicht, warum du so stur bist, was den Zeitpunkt von Shelhorses Aussage angeht«, grollte Leslie mit erbittert verschränkten Armen. Freitagabend schien lange her. Das glückliche Paar hatte sich bis Sonntagnachmittag in zwei entschlossene Anwälte mit verschiedenen Ansichten verwandelt.

»Ich habe dir gesagt, wir müssen stark aufhören«, beharrte Brad. »Wir haben schon einen bombigen Zeugen für den Gegenbeweis. Wenn wir uns auch Shelhorse für den Gegenbeweis aufheben, hören wir mit einem starken Doppelschlag auf, bevor der Fall vor die Geschworenen geht.«

»Vielleicht kommen wir erst gar nicht so weit, wenn wir nicht unsere besten Zeugen einsetzen, wenn wir die Chance dazu haben«, argumentierte Nikki. »Shelhorse ist stark. Sie könnte uns helfen, Ichabod umzustimmen, bevor es zu spät ist.«

Brad hatte sich einen Weg freigeräumt, damit er auf seiner Seite des großen Konferenztischs hin und her gehen konnte. Er kaute auf seinem Brillenbügel.

»Aber wenn wir sie einsetzen, bevor Strobel seinen Fall aufbaut, bevor er die aufgezeichneten Aussagen von diesen ehemaligen Gemeindemitgliedern zeigt, dann verliert ihre Aussage ihre Stoßwirkung. Wenn wir warten, macht sie deutlich, dass Khartoum ein Lügner ist. Wenn wir sie zuerst einsetzen, wird Strobel nur die Aussage von Khartoum zurückziehen und das Videoband nicht zeigen.«

»Das kann er nicht«, sagte Leslie. »Er hat schon Teile von diesen Aufnahmen in seinem Eröffnungsplädoyer gezeigt.«

»Und du glaubst, das wird ihn aufhalten?«, fragte Brad mit erhobener Stimme.

Sie diskutierten schon seit einer halben Stunde darüber und Leslie hatte das Gefühl, jedes weitere Argument würde auf taube Ohren stoßen. Stattdessen versuchte sie, Brad mit eisernem Schweigen zu überzeugen, schürzte die Lippen und richtete ihren Blick auf den Tisch. Wenn alles andere versagt, vor allem bei einem Typ, der verrückt nach dir ist ... schmollen hilft.

Nikki schloss sich ihr in stiller Komplizenschaft an.

»Schaut mal«, sagte Brad schließlich, »ich weiß, ihr seid mit dieser Strategie nicht einverstanden und wenn Bella hier wäre, stünde es wahrscheinlich drei gegen einen, aber mein Bauchgefühl sagt mir, dass wir so und nicht anders vorgehen sollten. Wir holen Aberijan am Montag als gegnerischen Zeugen zum Kreuzverhör in den Zeugenstand. Am Dienstag und Mittwoch sind dann unser Experte für Polizeibrutalität und unsere anderen Ärzte und Krankenschwestern dran. Dann schließen wir unsere Beweisaufnahme am Donnerstag mit den Kindern ab. Danach kommt Strobel dran. Er führt die Videobänder vor und wird ungefähr zehn Experten in den Zeugenstand rufen, die allem widersprechen, was wir gesagt haben. Das wird zwei Wochen dauern. Dann rufen wir unsere Gegenbeweis-Zeugen – inklusive Shelhorse –, damit die Geschworenen direkt vor den Schlussplädoyers noch ihre überzeugenden Argumente im Ohr haben. Haltet ihr das wirklich für so einen schlechten Plan?«

»Ja.« Nikki zuckte die Achseln.

Leslie hatte noch immer die Arme verschränkt und die Lippen geschürzt. »Spielt das eine Rolle?«, fragte sie sarkastisch.

»Eigentlich nicht«, antwortete Brad ruhig und gelassen. »Machen wir uns an die Arbeit.«

»Du bist so ein Chauvi!« Leslie konnte es nicht dabei bewenden lassen.

»Komm mir nicht damit«, sagte Brad. »Das hat nichts mit deinem Geschlecht zu tun; es hat nur damit zu tun, wer den Fall finanziert und wer zwanzig Jahre Berufserfahrung hat und wer letztlich für alles verantwortlich ist. Ich respektiere dich und Nikki und eure Meinungen in höchstem Maße. Aber diesmal muss ich meinem Bauchgefühl gehorchen.«

»Das meine ich doch«, gab Leslie zurück. »Diese Bauchgefühl-Sache, diese Mentalität, schwierige Entscheidungen allein treffen zu müssen, selbst wenn alle anderen es für eine schlechte Idee halten – das ist alles so eine Macho-Sache bei dir.«

Zu Brads Ehre musste gesagt sein, dass er sich eine volle Minute schweigend behauptete, während die beiden Frauen ihn anstarrten.

»Ich muss jemanden in den Zeugenstand rufen und mein Bauchgefühl sagt mir, dass es so herum richtig ist«, sagte er schließlich mehr zu sich selbst.

Leslie und Nikki sahen sich an und schüttelten den Kopf. »Er ist ein Chauvi«, sagten sie unisono.

* * *

Bella hatte sich das ganze Wochenende davor gescheut. Doch sie wusste, sie musste unbedingt mit Nikki sprechen. Sie hatte es am Freitagabend versucht, aber es war nicht der richtige Moment gewesen. Samstag und Sonntag waren wichtige Arbeitstage gewesen und jetzt war es schon Sonntagabend.

Bella beschloss, erst noch eine Zigarette zu rauchen, nur um ihre Nerven zu beruhigen. Sie schlurfte in die Küche und fühlte sich schuldiger als je zuvor wegen ihrer Zigarettenpausen. Noch ein Nagel für ihren Sarg, wie Nikki sagen würde. Sie würde definitiv aufhören. Es war ihr todernst. Seit sie Christin geworden war, hatte sie angefangen zu beten, dass Gott ihr diese Gewohnheit nehmen möge. Wenn er es bis zum Ende des Reed-Falls nicht tat, würde sie die Sache selbst in die Hand nehmen.

So oder so würde sie aufhören. Definitiv.

Sie zündete eine Zigarette an und inhalierte tief; schon allein das beruhigte sie. Zurzeit konnte sie noch weniger von ihren Zigaretten lassen als sonst. Nur zu wissen, dass sie bald aufhören würde, sorgte dafür, dass sie pausenlos daran dachte. Sie sog noch einmal an dem dünnen weißen Stab, ein langer und ruhiger Atemzug, und blies Rauchringe an die Decke.

Wie würde Nikki reagieren? Würde sie schreien und schimpfen? In Ohnmacht fallen? Nur erstarrt dastehen?

Noch ein Zug, diesmal nicht so tief. Sie wollte diese Zigarette ausdehnen. Danach würde sie ohne Ausflüchte in Nikkis Büro marschieren und sie mit dem Thema konfrontieren. Warum also hetzen?

Schneller als ihr lieb war, war die Zigarette geraucht. Sie drückte sie aus, dachte über noch eine nach und redete es sich aus. Sie würde nach ihrem Gespräch mit Nikki wiederkommen. Dann hatte sie es auf jeden Fall verdient.

Langsam ging sie den Flur entlang, den Kopf gesenkt. Entgegen all ihren vernünftigen Betrachtungen ging sie direkt zu Nikkis Büro und hebelte sämtliche Ausflüchte aus, die ihr Kopf vorbrachte. Die Tür war offen und sie ging hinein.

Zu ihrer großen Überraschung und noch größeren Erleichterung … war das Büro leer. Nikki war schon gegangen.

Anscheinend ist es nicht Gottes Wille, dass ich das tue, dachte Bella. *Zumindest nicht heute Abend.*

Sie hatte es versucht. Gott wusste es, sie hatte es versucht.

Sie seufzte und steuerte wieder die Küche an. Diesmal brachte sie die Strecke schneller hinter sich und hielt das Feuerzeug schon in der Hand, bevor sie durch die Küchentür war.

33

Am Montagmorgen, nach ein paar Stunden hektischen letzten Vorbereitungen, drängte sich das Prozessteam von Carson & Partner für die morgendliche Pendelstrecke in Brads Jeep. Bella blieb zurück, um Zeugen anzurufen und sich um andere Büroangelegenheiten zu kümmern. Leslie fuhr, damit Brad noch ein paar Minuten lang Aberijans geplantes Kreuzverhör durchgehen konnte.

»Bereit?«, fragte sie.

»Ich weiß nicht recht. Du kannst mir ja in der Mittagspause sagen, ob ich bereit war. Bis dahin müsste ich fertig sein.«

»Ich denke, er wird im Zeugenstand zusammenbrechen und anfangen zu weinen, wie bei Perry Mason«, meldete sich Nikki vom Rücksitz. Brad dachte sofort an Sarahs Auftritt als Zeugin und ein unbehagliches Schweigen folgte.

Nikki schien es nicht zu bemerken. »Hey, kannst du das lauter machen?«, fragte sie. Der Radiosender spielte eines ihrer Lieblingslieder.

»Könntest du es im Gegenteil vielleicht für ein paar Minuten ausmachen?«, fragte Brad. »Ich muss das noch einmal durchgehen und ich kann mich nur schwer konzentrieren.«

»Morgen fahre ich selbst«, erklärte Nikki. »Ich kann mich ohne Musik nicht auf einen Prozess vorbereiten.«

Leslie stellte das Radio aus und die Truppe fuhr mehr oder minder schweigend weiter. Während Nikki summte, sah Brad den Inhalt seiner Aktenmappe noch einmal durch.

Er überflog erneut das Aussageprotokoll von Aberijan mit den Markierungen. Wenn der Mann versuchte, auch nur im Mindesten von seiner Aussage abzuweichen, war Brad darauf vorbereitet, ihn mit seiner früheren Aussage fertig zu machen. Er kontrollierte auch die Beweise noch einmal, die er benutzen würde: Krankenakten von Charles und Sarah Reed, den Polizeibereicht dieser verhängnisvollen Nacht und die Gerichtsprotokolle der ehemaligen Gemeindemitglieder, die gegen Sarah ausgesagt hatten.

Brads Aktentasche quoll fast über vor Waffen für sein Kreuzverhör. Aberijan würde nicht darauf vorbereitet sein. Er hätte nie geahnt, dass Brad ihn mitten in der Beweisaufnahme der Klagepartei als gegnerischen Zeugen in den Zeugenstand rufen würde. Brad konnte es kaum erwarten, sein Gesicht zu sehen, wenn es so weit war.

Nichts mochte Brad lieber als eine Verhandlung mit Hinterhalt.

* * *

Als Brad mit seinem Team um die Ecke in die Granby Street kam, bot sich ihnen ein direkter Blick auf das Chaos vor dem Gerichtsgebäude. Das riesige Steingebäude, gebaut in der Zeit der großen Depression, umfasste den gesamten Häuserblock. Der Gehweg davor war mit Polizeiband und durch eine menschliche Wand von Gesetzeshütern und Nationalgardisten abgesperrt, die wacker daran arbeiteten, den Gehweg für das Gerichtspersonal und andere, die dienstlich unterwegs waren, freizuhalten.

Die Demonstranten drückten gegen die Reihe der Polizisten und strömten bis auf die Granby Street, wo sie den Verkehr behinderten. Wie üblich gerieten die gegnerischen Lager auf der Fahrbahn aneinander.

Während Brad auf die brodelnde Menschenmenge zuging, hatte er das Gefühl, dass irgendetwas nicht richtig war; irgendetwas außer der Größe der Menge war an diesem Tag anders. Im nächsten Moment ging ihm auf, was es war. Aus irgendeinem Grund, der möglicherweise damit zu tun hatte, wer am Morgen zuerst am Gerichtsgebäude angekommen war, hatten die Demonstranten heute die Seiten getauscht. Heute standen die Leute, die mit Saudi-Arabien sympathisierten und die verschiedenen Linksgerichteten zwischen Brads Team und dem Gericht.

Heute würde es kein Schulterklopfen geben. Stattdessen würden Brad und das Team durch eine feindselige Menge Spießruten laufen müssen.

Instinktiv beschleunigte er seinen Schritt und schob sich auf dem Gehweg vor die Frauen. Er zog Sarah eng an seine rechte Seite. Nikki ließ sich einen Schritt hinter Brad fallen, Leslie hinter Sarah. Brad vermisste Bella.

»Da sind Carson und Reed!«, gellte ein Kameramann.

Wie aufs Stichwort schwenkte die Welle der Demonstranten in ihre Richtung herum und stürzte auf sie zu. Die Polizeikette hielt, ihre Schilder und Waffen bildeten eine Barriere für Brad und sein Team. Brad sah stur geradeaus und ging schneller, beunruhigt über das unkontrollierte Meer von Radikalen mit wilden Frisuren – manche mit Plakaten und andere mit diesem gewissen besessenen Blick in den Augen –, die sich gegen die Polizisten drängten. Die Menge machte einen erneuten Vorstoß und die Polizisten hoben ihre Einsatzschilde und begannen, dagegenzudrücken und sie zurückzuhalten.

Brad hatte keine Ahnung, wer damit anfing, aber Schreie und das Geräusch zerbrechender Flaschen wurden laut. Der Mob geriet in Panik.

»Lauft!«, schrie Brad.

Er und die Frauen sprinteten auf die Stufen des Gerichtsgebäudes zu. Er streckte die Hand nach Sarahs Arm aus und warf gerade rechtzeitig einen Blick über die Schulter zurück, um zu sehen, wie ein Demonstrant mit Lederweste und orangefarbenem Haar durch die Polizeikette brach und nach Nikki griff. Brad drehte sich um und schwang mit aller Kraft seine Aktentasche, traf den Demonstranten an Schulter und Hals und warf ihn um. Nikkis Bluse riss, doch sie befreite sich, kickte die hohen Schuhe von den Füßen und rannte zur Treppe.

Die Polizisten überwältigten den Demonstranten sofort, doch die unterbrochene Kette ließ eine weitere Welle zum Gehweg durch. Auf Rache versessen, schnappte die wütende Gruppe Brad und traktierte ihn mit Schlägen und Tritten.

Er landete auf dem Boden, mit gefühlten zwei Tonnen Menschen auf sich. Schmerz schoss ihm durch das rechte Knie und die Hüfte. Er versuchte, sich zu fangen, doch sein Arm gab nach und sein Ellbogen knallte auf den harten Straßenbelag. Er versuchte, die Arme herumzuschwingen und mit den Füßen nach der ihn erstickenden Menge zu treten. Eine Faust traf ihn am rechten Auge. Verzweifelt versuchte er aufzustehen, doch seine

Arme und Beine wurden von der Menge von Körpern niedergedrückt, die auf ihm lagen, von Bergen vierschrötiger Muskeln.

Er hörte jemanden »Tränengas!« rufen, schloss die Augen und hielt den Atem an. Im nächsten Moment spürte er, wie sich die Körper von ihm lösten. Er kämpfte sich frei und blinzelte. Ein Bär von einem Mann half ihm auf die Beine. Der Mann zog ihn hoch, schlang ihm einen muskulösen Arm um die schmalen Schultern und schirmte den Anwalt ab, während sie zum Gerichtsgebäude gingen. Brad hustete und keuchte mit tränenden Augen. Er sah mindestens zwei Flaschen von der Schulter des Mannes abprallen, während sie sich gemeinsam zu den Treppen vorarbeiteten.

Der Mann öffnete die Tür und warf Brad beinahe hinein, dann folgte er ihm und zog die Tür hinter sich zu. Leslie und Sarah, die den Griffen des Mobs irgendwie entgangen waren, umarmten Brad. Nikki saß auf Feinstrümpfen im Flur. Sie sah benommen aus. Brads Wohltäter und neuer Freund half ihr auf die Füße. Er trug die Uniform eines Federal Marshals. Seine gewaltigen Rückenmuskeln traten hervor, während er wieder zu Atem kam.

»Alles klar?«, fragte er.

»Ja, mir geht's gut«, antwortete Nikki. Sie hatte ihre ursprüngliche Angst anscheinend überwunden und sah jetzt rachedurstig aus. Feuer loderte in ihrem Blick. »Leihen Sie mir Ihre Knarre, dann gehe ich raus und sorge für Ordnung.«

Der Mann lachte tief und laut, dann wandte er sich Brad zu. »Alles klar bei Ihnen?«, fragte er ihn.

»Ich glaube schon«, sagte Brad und seufzte tief, als er Sarah und Leslie losließ. Er streckte seinen schmerzenden rechten Arm aus, um dem Mann die Hand zu schütteln.

»Clarence!«, rief er überrascht aus.

Er breitete die Arme aus und umarmte Clarence stürmisch. »Wo wäre ich ohne Sie, Mann?«

»Ich schätze, immer noch ein menschlicher Boxsack da draußen«, antwortete Clarence gedehnt. »Wo ist denn Ihre kräftige Sekretärin, wenn man sie mal braucht?«

Brad lachte – es fühlte sich gut an zu lachen – und begann dann mit der Bestandsaufnahme. Er hatte in dem Kampf seine Aktentasche verloren und sein Arm tat an der Stelle weh, wo der Ellbogen auf den Bürgersteig geknallt war. Seine Rippen schmerzten, sein rechtes Auge pochte und beide Augen brannten von dem Tränengas. Er fragte sich, ob sein rechtes Auge zuschwellen und ihn wie einen Waschbär aussehen lassen würde. Sein Knie und die Hüfte taten allerdings am meisten weh. Er bemerkte einen kleinen Riss am Knie des rechten Hosenbeins und ein kleines Rinnsal Blut. Er war erschöpft und zerschrammt, aber was noch schlimmer war – er konnte sich nicht erinnern, auch nur einen guten Schlag gelandet zu haben.

Als das Adrenalin abzuebben begann und der Schmerz seinen Platz einnahm, hörte er die Stimmen im Flur nur noch wie aus weiter Ferne. Clarence und die anderen schwirrten um ihn herum. Übelkeit. Schwindel. Brad sah hinab auf seine zitternden Hände, versuchte, sich aufrecht zu halten und beschloss, zur Toilette zu gehen. Er taumelte den Flur entlang, verweigerte jede Hilfe und stützte sich mit einer Hand an der Wand ab. Er schaffte es bis in eine der Kabinen, beugte sich über die Toilette und gab sein Frühstück wieder von sich.

Ein paar Minuten später hörte er, wie sich die Tür öffnete und den Klang von schweren Schritten auf dem Fliesenboden.

»Die Ladies haben mich geschickt, um nach Ihnen zu sehen. Wie geht's Ihnen?«, fragte Clarence.

»Ging nie besser«, keuchte Brad unter Würgen.

* * *

Ichabod starrte Brad Carson in ihrem Büro ungerührt an, während er ihr seine Leidensgeschichte erzählte.

»Ich brauche einen Aufschub von einem Tag, Euer Ehren. Nach dem, was heute Morgen passiert ist, brauche ich einfach noch ein bisschen Zeit. Sehen Sie«, sagte er und zeigte Ichabod seine zerrissene Hose. »Außerdem haben sie meine Aktentasche mit meinen Notizen für die Befragung der nächsten beiden Zeugen.«

Ichabod nahm ihre Brille ab und rieb sich die Augen. Sie war plötzlich so müde. *Das kann doch nicht wahr sein. Was ist bloß los mit diesem Kerl? Jedes Mal spielt er die Märtyrerrolle.* Sie musste diesmal vorsichtig vorgehen.

»Es tut mir leid, dass Sie angegriffen wurden«, begann sie. Ihr Gesicht verriet keine Gefühlsregung. »Wenn Sie ärztliche Hilfe brauchen, bringen wir Sie ins Krankenhaus.« Sie hielt einen Augenblick inne und holte tief Luft. »Aber wenn nicht, bin ich nicht geneigt, die Sitzung zu verschieben. Morgen sind nur noch mehr da, wenn sie wissen, dass sie den Prozess unterbrechen können, und wir haben schon die Geschworenen hier. Wir können den Prozessplan nicht von den Demonstranten bestimmen lassen.«

Brad Carson sah auf seine Füße hinab und schüttelte den Kopf.

Sie konnte das Mitgefühl im Raum spüren. Selbst Strobel sah nicht glücklich aus. Stille legte sich über den Raum.

Schließlich brach Leslie das Schweigen. »Das soll doch wohl ein Scherz sein«, sagte sie ungläubig. »Dieser Mann wurde da draußen fast umgebracht, die Polizei musste Tränengas einsetzen, um den Mob unter Kontrolle zu bekommen, und Sie wollen uns nicht einmal einen einzigen Tag geben, um seine Notizen wieder zusammenzubekommen?«

Das hat mir gerade noch gefehlt. Ein weiblicher Brad Carson.

»Lassen Sie Ihren Unmut nicht an mir aus, junge Dame«, schalt Ichabod, die jetzt hinter ihrem Schreibtisch stand. »Es tut mir leid, wenn Sie da draußen Spießruten laufen mussten, aber wenn vielleicht alle Anwälte hier im Raum den Mund halten würden« – ihr wurde bewusst, dass sie die Stimme erhoben hatte und unterbrach sich, um durchzuatmen und ihren Ton zu mäßigen –, »wenn Sie weniger bissige Bemerkungen machen würden, wenn die Presse Fragen stellt, hätten wir nicht so einen Zirkus da draußen.«

»Das ist lächerlich«, murmelte Leslie vor sich hin.

»Haben Sie etwas zu sagen?«, schoss Ichabod zurück.

»Nicht zu Ihnen.«

»Dann sollten Sie besser den Mund halten oder Sie werden vom Gefängnis aus über diesen Fall lesen.« Ichabod starrte Leslie einen Moment nieder, während ihre Worte im Raum widerhallten. Leslie starrte zurück und weigerte sich, den Blick abzuwenden und Ichabod einen psychologischen Sieg zu gönnen. Schließlich sah die Richterin zu Brad hinüber, seufzte tief und setzte sich wieder. Sie holte noch ein paar Mal tief Luft und etwas von der Spannung im Raum löste sich auf.

»Hören Sie, ich weiß, das ist für niemanden hier einfach«, sagte sie schließlich. »Ich werde also Folgendes tun: Ich gebe Ihnen den Vormittag frei, damit Sie sich umziehen können. Wir setzen die Sitzung um 13 Uhr fort. Ich werde die Geschworenen bis dahin im Geschworenenraum warten lassen. Ich will sie nicht wieder an diesem Mob vorbei nach draußen schicken.« Sie hielt inne und sah von einem Anwalt zum anderen. »Ist das akzeptabel für Sie, Mr. Carson?«

»Wenn wir keinen ganzen Tag Aufschub bekommen können, würde ich lieber heute Vormittag anfangen«, sagte Brad stur.

Ichabod schnaubte. *Meinetwegen!* »Na gut. Wie Sie wollen. Die Sitzung beginnt in fünfzehn Minuten. Nehmen Sie ins Protokoll auf, dass ich Mr. Carson einen Aufschub bis heute Nachmittag angeboten habe und er abgelehnt hat.«

»Und nehmen Sie ins Protokoll auf, dass ich Einspruch erhebe«, fügte Brad hinzu.

Icahbod sprang von ihrem Stuhl auf und sah sich im Raum um. »Sie sind entlassen«, sagte sie. Sie beugte sich vor - teilnahmslos und ohne zu lächeln - und stützte sich auf ihren Schreibtisch, während Brad, Leslie, die Gerichtsschreiberin und Strobel hintereinander ihr Büro verließen.

Es war nicht leicht, Bundesrichterin zu sein. Doch selbst in chaotischen Momenten wie an diesem Morgen waren einige Prinzipien kompromisslos, beständig und sicher.

Aufgeschobene Gerechtigkeit ist verweigerte Gerechtigkeit, mahnte sie sich selbst, während sie in ihre schwarze Robe schlüpfte und sich bereit machte, ihren Machtbereich zu betreten. Auf der Straße draußen mochte die Lage an Anarchie grenzen, doch in Gerichtssaal Nummer 1 erhielt Richterin Cynthia Baker-Kline die Ordnung mit eiserner Faust aufrecht.

* * *

Wenn er überrascht war, zeigte er es nicht. Als sein Name als nächster Zeuge aufgerufen wurde, stand Ahmed Aberijan auf und schlenderte aufrecht zum Zeugenstand. Stolz nahm er seinen Platz ein und warf Brad mit kalten, dunklen Augen einen finsteren Blick zu. Ein Dolmetscher stellte sich neben ihn.

»Heben Sie Ihre rechte Hand und sprechen Sie mir nach«, sagte der Gerichtsdiener. Der Dolmetscher sprach. Ahmed bewegte seine Hand nicht. Er sagte etwas auf Arabisch zu dem Dolmetscher.

»Er kann den Eid nicht ablegen«, sagte der Dolmetscher, »aus religiösen Gründen.«

Ichabod schien verärgert, doch sie hatte sich zweifellos schon vorher damit auseinandergesetzt. »Fragen Sie ihn einfach, ob er verspricht, die Wahrheit zu sagen«, instruierte sie den Dolmetscher. »Sagen Sie ihm, es sei kein Eid. Sagen Sie ihm aber auch, dass er sich, wenn er nicht die Wahrheit sagt, des Meineids schuldig macht und zu einer Geldbuße oder Gefängnis verurteilt werden kann.«

Nachdem er mit Ahmed gesprochen hatte, wandte sich der Dolmetscher wieder an Ichabod. »Er versteht es«, versicherte er der Richterin. »Und er möchte dem Gericht dafür danken, nicht zu einem Eid gezwungen zu werden.«

Brad verdrehte die Augen und nahm seinen Platz hinter dem Rednerpult ein, sodass der schmale Riss in seiner Stoffhose verdeckt wurde. Nikki hatte ihm gesagt, um sein rechtes Auge bilde sich ein dunkler Schatten, und ihm vorgeschlagen, sich ein bisschen mehr nach links zu drehen, damit die Geschworenen es nicht bemerkten. Brad ignorierte ihren Rat und stellte sich Ahmed direkt gegenüber. Er hatte keine Notizen oder sonstige Unterlagen bei sich auf dem Rednerpult. Er fühlte sich hilflos und angreifbar, fast nackt, während seine Waffen fürs Kreuzverhör irgendwo auf der Granby Street verschollen waren.

Er begann seine Fragen selbstsicherer, als er sich fühlte. »Wir können aufhören, so zu tun, als verstünden Sie kein Englisch, oder, Mr. Aberijan? Stimmt es nicht, dass Sie sehr gut Englisch sprechen?«, fragte er scharf.

Der Dolmetscher tat seine Arbeit und lieferte seine Antwort ab. »Das ist nicht wahr. Ich verstehe nicht mehr als ein paar Worte Ihrer Sprache.«

»Erinnern Sie sich daran, dass Ihnen in der Kanzlei Kilgore & Strobel diese Klage von meiner Mitarbeiterin Ms. Moreno persönlich zugestellt wurde?«

»Ja, ich erinnere mich sehr gut«, kam die übersetzte Antwort zurück.

»Und ist es nicht eine Tatsache, Mr. Aberijan, dass Sie sie auf Englisch bedroht haben? Dass Sie ihr, nachdem sie Ihnen die Papiere zugestellt hatte, sagten: ›Dafür wirst du bezahlen‹?«

Nachdem der Dolmetscher fertig war, sah Ahmed verwirrt aus. Er gab eine umständliche Antwort, die der Dolmetscher in Teilen wiedergab.

»Nein, das ist nicht wahr. Ihre Mitarbeiterin, diese Miss Moreno, kommt in der Kanzlei auf mich zugerannt, als würde sie mich angreifen wollen. Mr. Strobel rennt ihr nach, weil sie illegal in sein Büro gekommen ist. Ich denke, vielleicht hat sie eine Waffe. Sie wirft mit den Papieren nach mir und wird für ihr widerrechtliches Verhalten verhaftet. Ich spreche mit ihr arabisch und sage: ›Was hat das alles zu bedeuten?‹ Ich bedrohe sie nicht oder sage etwas auf Englisch.«

Während Ahmed antwortete, gab sich Brad in Gedanken selbst einen Tritt. *Stell nie eine Frage, auf die der Zeuge erzählend antworten kann. Stell nie eine Frage, auf die du die Antwort nicht kennst. Bau einen Rhythmus auf. Er darf sich niemals sicher fühlen. Komm schon, Carson. Das ist das Einmaleins!* Er holte tief Luft.

»Ich habe mitbekommen, dass Sie sich aus religiösen Gründen geweigert haben, einen Eid abzulegen. Richtig?«

»Das stimmt«, sagte der Dolmetscher nach einem Austausch mit Ahmed.

»Und Sie glauben, dieses Gericht sollte nicht von Ihnen verlangen, einen Eid abzulegen. Richtig?«

»Das ist ebenfalls richtig«, bestätigte der Dolmetscher.

»Wenn das Gericht also versucht hätte, Sie auf die christliche Bibel schwören zu lassen, hätten Sie sich aus religiösen Gründen geweigert, das zu tun. Richtig?«

»Einspruch«, sagte Strobel und stand auf. »Das ist irrelevant.«

»Ich werde den Zusammenhang herstellen, wenn das Gericht mir noch ein paar Fragen erlaubt«, versprach Brad.

»Sie befinden sich an einer kurzen Leine, Herr Anwalt«, warnte Ichabod. »Fahren Sie fort.«

Der Dolmetscher sprach mit Ahmed. »Ja, das ist richtig.«

»Und die Grundlage, auf der jemand wie Sie sich vor einem amerikanischen Gericht weigern kann, einen Eid abzulegen, wenn der Eid seine religiösen Grundsätze verletzt, ist die Religionsfreiheit, die in der Verfassung der Vereinigten Staaten und der Menschenrechtserklärung der Vereinten Nationen verankert ist. Richtig?«

»Woher sollte er das wissen?« Strobel sprang auf. »Er ist kein Anwalt.«

»Ist das ein Einspruch?«, fragte Ichabod.

»Ja.«

»Stattgegeben.«

Obwohl die Worte nicht übersetzt worden waren, vertiefte sich der selbstzufriedene Ausdruck auf Aberijans Gesicht. Brads Ziel in dieser Befragung war, ihm diesen Ausdruck aus dem Gesicht zu wischen.

»Also gut, Mr. Aberijan«, fuhr Brad fort. »Sie sind Polizist und Angestellter der Justizbehörden in Saudi-Arabien. Richtig?«

»Ja, das ist richtig«, antwortete der Dolmetscher.

»Und in Saudi-Arabien gründen sich die Gerichtsverfahren auf das islamische Gesetz und niemand kann sich weigern, sie zu befolgen, auch wenn er andere religiöse Überzeugungen hat. Stimmt das?«

Die Frage und Antwort wurden übersetzt.

»Ja, Mr. Carson. Unser Volk ist ein islamisches Volk. Unsere Gesetze und Gerichtsverfahren folgen dem Koran und ehren Allah. Wenn ausländische Bürger wie Mrs. Reed in unser Land kommen, wissen sie, dass sie unsere Bräuche und Gesetze befolgen müssen, wenn sie in unserem Land leben wollen.«

»Ist Ihr Land Mitglied der Vereinten Nationen?«, fragte Brad. Mit diesem Kerl war es schwer, einen Rhythmus zu finden. Der Dolmetscher übersetzte die Fragen und Antworten langsam, sodass Ahmed eine Menge Zeit blieb, seine Antworten zu formulieren.

»Ja.«

»Und Ihr Land hat die Charta und die Allgemeine Erklärung der Menschenrechte der Vereinten Nationen unterzeichnet. Richtig?«

»Ja, das haben wir.«

»Ist Ihnen bewusst, dass Artikel 18 der Erklärung wie folgt lautet …«, Brad nahm Leslie eine Kopie des Beweisstückes ab. Glücklicherweise hatte Leslie eine Kopie dieses entscheidenden Dokuments in ihrer Aktentasche gehabt. »›Jeder hat das Recht auf Gedanken-, Gewissens- und Religionsfreiheit; dieses Recht schließt die Freiheit ein, seine Religion oder seine Weltanschauung zu wechseln, sowie die Freiheit, seine Religion oder seine Weltanschauung allein oder in Gemeinschaft mit anderen, öffentlich oder privat durch Lehre, Ausübung, Gottesdienst und Rituale zu bekennen‹?«

Der Artikel wurde in allen Einzelheiten für Ahmed übersetzt. Er dachte einen Moment nach, sich der Bedenklichkeit seiner Lage bewusst, und beschloss offenbar, dass Unwissenheit ein Segen war.

»Mir ist der genaue Wortlaut nicht bekannt, nein.«

Brad sah ihn ungläubig, mit offenem Mund und weit aufgerissenen Augen an. Er hoffte, die Geschworenen schauten zu.

»Sie meinen, Sie wollen mir sagen, Sie seien der Leiter der Muttawa, der Religionspolizei in Saudi-Arabien, die dafür verantwortlich ist, Gesetze zu hüten, die das religiöse Leben in Ihrem Land regeln, und Sie kennen den Inhalt der UN-Charta nicht, die Ihr Land unterzeichnet hat?«

Die Köpfe der Geschworenen schwangen von Brad zu Ahmed, während die Frage übersetzt wurde. Auf ihren Gesichtern spiegelte sich Skepsis.

»Diese Charta steuert nicht meine Arbeit in unserem Land. Unsere Gesetze verlangen von unseren Bürgern, den islamischen Gesetzen und Bräuchen zu folgen. Die Vereinten Nationen sind in meinem Land nicht der Souverän; das ist die Regierung des Königreichs Saudi-Arabien.«

»Besitzt ein Muslim in Saudi-Arabien das Recht, wie es in Artikel 18 erwähnt wird, seine religiösen Überzeugungen zu ändern und Christ zu werden?«

»Nein«, war die übersetzte Antwort.

»Hat ein Christ in Saudi-Arabien das Recht, wie es in Artikel 18 erwähnt wird, seine Religion auszuüben, wenn diese Ausübung das Gewinnen von Konvertiten beinhaltet?«

»Nein.«

»Und stimmt es nicht, dass man zum Tod verurteilt werden kann, wenn man versucht, vom Islam zum Christentum zu konvertieren?« Brad wurde jetzt lauter, ging schneller und sprach eindringlicher.

»Einspruch«, unterbrach Strobel. Brad wusste, der alte Kämpfer versuchte nur, seinen Rhythmus zu stören.

»Auf welcher Grundlage?«

»Relevanz«, erklärte Strobel. Eine typische Antwort, wenn Anwälte nicht wussten, was sie sonst sagen sollten.

Ichabod grinste. »Unsinn. Abgelehnt. Mr. Carson stellt Fragen zu genau dem Gesetz, dessen Schutz Mr. Aberijans Aufgabe ist.«

Brad war überrascht und bekam neuen Schwung durch diese Entscheidung. Konnte es sein, dass Ichabod endlich anfing, seine Sache zu unterstützen? Er würde es darauf ankommen lassen und es herausfinden, doch zuerst wartete er auf Aberijans Antwort.

»Ja«, gab Aberijan durch seinen Übersetzer zu. »Wir sind ein islamisches Land, das auf islamischen Gesetzen gegründet ist. Das Konvertieren zu einer anderen Religion lästert Allah und muss mit dem Tod bestraft werden.«

»Und Sie selbst, Mr. Aberijan, hatten den Vorsitz bei zahlreichen öffentlichen Hinrichtungen durch Köpfen von Menschen, deren einziges Verbrechen es war, einer anderen Religion zu folgen. Richtig?« Brad beugte sich vor, während er sprach, in seinem Tonfall und Gesicht spiegelte sich deutlich die völlige Verachtung, sein Ekel vor dem Mann, der da vor ihm saß. Der Mann mit dem selbstgefälligen kleinen Lächeln.

»Einspruch«, sagte Strobel. »Das ist lächerlich. Frühere Taten dieses Mannes sind nicht relevant. Wir sind heute nur im Hinblick darauf hier, was zwischen Mr. Aberijan und den Reeds geschehen ist, nicht im Hinblick auf angebliche Bestrafungen anderer, die das saudi-arabische Gesetz in der Vergangenheit gebrochen haben.«

»Das sehe ich auch so«, knurrte Ichabod. »Mr. Carson, diese Frage ist unzulässig. Meine Damen und Herren Geschworenen, Sie werden die Frage ignorieren und alles, was damit zusammenhängt. Sie müssen sie vollständig aus Ihrem Gedächtnis streichen. Was immer Mr. Aberijan in der Vergangenheit getan hat oder nicht, ist hier nicht relevant. Sie sollen nur sein Verhalten in der fraglichen Nacht beurteilen.«

So viel zu Ichabods Sinneswandel.

Die Geschworenen nickten zu Ichabods Anweisungen, doch ihre Blicke verrieten das wachsende Misstrauen Ahmed gegenüber. Brad beschloss, den Punkt vollends zu machen.

»Und ist es die Aufgabe Ihrer Behörde, der Muttawa, diese Gesetze durchzusetzen, die den Tod für jeden Muslim fordern, der zum Judentum oder Christentum konvertiert oder zum Buddhismus oder …«

»Einspruch!«

»Mr. Carson«, unterbrach Ichabod, fast gleichzeitig mit Strobels Einspruch, »lassen Sie bitte diese Fragerichtung und kommen Sie zu den Fakten des Falls – *jetzt.*« Ihre verräterische Vene trat hervor.

»Euer Ehren, ich glaube, wir haben das Recht zu zeigen, dass die Gesetze des Landes dieses Mannes Hinrichtungen aus religiösen Gründen erlauben, und dass dieser Mann selbst Schuldige hingerichtet hat und nicht gezögert hätte, dies auch im Fall von Dr. Reed zu tun, auch ohne die Formalitäten eines Gerichtsverfahrens und einer Verurteilung.«

Brad hatte die Lunte angezündet und die Bombe Ichabod explodierte. »Entlassen Sie die Geschworenen!«, befahl sie.

Die Geschworenen standen auf und verließen hintereinander den Raum. Einige Mitglieder warfen schweigend Blicke über die Schulter zu Brad zurück, um ihm mit Blicken ihre Unterstützung zu versichern. Mehr Zuspruch brauchte Brad nicht, um sich der schäumenden Ichabod zu stellen.

In den nächsten fünf Minuten ließ Brad eine Standpauke über sich ergehen, die ihn wünschen ließ, jemand würde ihn wieder nach draußen zu den Demonstranten werfen. Ichabods Adjektive für sein Verhalten umfassten alles von *unethisch* bis *kindisch*. Ihre Drohungen reichten von einer Strafe wegen Missachtung über die Drohung, sein Verhalten der Anwaltskammer zu melden bis hin zur Versicherung, er werde nie wieder als Rechtsanwalt vor dem Bundesgericht erscheinen dürfen. Ihre Rede wurde von diversen »Ja, Euer Ehren« und einem gelegentlichen »Entschuldigung, Euer Ehren« von Brad unterbrochen. Er klang reuevoll und überschlug sich in Abbitten. Er ließ es über sich ergehen, zufrieden mit dem Wissen, dass die Geschworenen, während Ichabod brüllte, im Konferenzraum saßen und über die Wahrscheinlichkeit nachgrübelten, dass Ahmed als Teil seiner Arbeit schon vorher im Namen der Religion getötet hatte und es vermutlich wieder tun würde.

Der Ichabod-Sturm verebbte schließlich, ohne größeren Schaden an Brads Brieftasche angerichtet zu haben und ohne Gefängnisstrafe. Brad hielt sich für einen Glückspilz und Ichabod rief die Geschworenen zurück in den Gerichtssaal.

* * *

Das Drama, das Ichabods Zorn ausgelöst hatte, und der Showdown zwischen Brad und Ahmed, konzentrierte alle Blicke auf diese Akteure im Mittelpunkt des Gerichtssaal-Theaters. Aus diesem Grund schien niemand außer Leslie zu bemerken, wie zwei gut gekleidete Männer mittleren Alters mit dünnen Aktentaschen den Raum durch die Hintertür betraten und sich auf Plätze in der ersten Reihe direkt hinter der barfüßigen Nikki quetschten.

Nikki flüsterte den Männern etwas zu, was Leslie nicht verstand. Einer schüttelte den Kopf. »Noch nicht«, las Leslie von seinen Lippen ab, worauf Nikki sich mit finsterem Blick wieder nach vorn wandte. Leslie schaffte es nicht, ihren Blick aufzufangen.

Die Männer wandten ihre Aufmerksamkeit Brads Kreuzverhör zu. Leslie gab vor, ebenfalls konzentriert zu sein, beobachtete aber die Männer – und Nikki.

* * *

Brad verlagerte sein Gewicht, zuckte, als der Schmerz ihm ins Knie schoss und griff nach der Lesebrille in seiner Jacketttasche. Fort. Im Krawall am Morgen verloren. Mit oder ohne Brille, auf der er hätte herumkauen können, beschloss er, das Thema anzusprechen, ob Ahmed als Angestellter der Regierung von Saudi-Arabien gehandelt hatte, als er die Wohnung der Reeds aufgesucht hatte.

»Wer bezahlte in der fraglichen Nacht Ihr Gehalt?«

»Die Regierung Saudi-Arabien.« Brad konnte förmlich sehen, wie sich die Zahnräder in Ahmeds Kopf drehten, während er versuchte, vorherzusehen, worauf Brad hinauswollte.

»Und wer bezahlte die Gehälter der anderen Mitglieder der Muttawa?

»Die Regierung Saudi-Arabien.«

»Und wem gehörten die Einsatzwagen, die Sie dorthin brachten?«

»Der Regierung Saudi-Arabien.«

Ein Funke der Erkenntnis dämmerte in Ahmeds Augen. Sein arrogantes, schmallippiges Lächeln blieb jedoch.

»Sie geben doch zu, dass in dieser Nacht an Dr. Reed ein Elektroschocker benutzt wurde, oder nicht?«

»Ja, ein Elektroschocker war notwendig, um ihn zu überwältigen. Er wurde gewalttätig und drehte durch, vermutlich von den Drogen, die er genommen hatte.«

»Wem gehörte der Elektroschocker?«

»Einem meiner Beamten.«

»Nein. Ich meine, wer stellte die ganze Ausrüstung – die Handschellen, die Elektroschocker – all die Dinge, die Sie als Gesetzeshüter benutzten?«

Ahmed zögerte nach der Übersetzung. »Sie werden von der Regierung von Saudi-Arabien gestellt.«

»Sie, Sir, waren dort, um in Ihrer Eigenschaft als Leiter der Muttawa, der Religionspolizei von Saudi-Arabien, die Gesetze des Königreichs Saudi-Arabien zu schützen. Sie wurden von Saudi-Arabien bezahlt, von Saudi-Arabien ausgerüstet und von Saudi-Arabien autorisiert. Ist es nicht so, dass Sie zur Zeit dieser Verhaftung als Vertreter des Staates Saudi-Arabien handelten?«

Für Brad und, wie er hoffte, für die Geschworenen, war die Antwort offensichtlich. Es war ihm eigentlich egal, was Ahmed antwortete. Die Macht lag darin, die Frage zu stellen.

Dennoch schien Ahmed unbeeindruckt.

»Ich habe als Staatsbediensteter von Saudi-Arabien gehandelt, um die Gesetze des Staates zu schützen«, erklärte Ahmed durch seinen Dolmetscher. »Und solange ich und die anderen Beamten rechtmäßig handelten, geschah das innerhalb unserer eindeutig dargelegten Befugnisse. Und wir haben nichts Falsches oder Unrechtmäßiges getan. Aber wenn irgendeiner der an der Festnahme beteiligten Beamten getan hätte, was Ihre Mandantin behauptet, wenn irgendein Beamter die Reeds gefoltert, ihnen Drogen untergeschoben oder Dr. Reed oder Mrs. Reed getötet hätte, hätte dieser Beamte seine Befugnisse überschritten und außerhalb der Gesetze des Königreiches gehandelt. Unsere höchsten Funktionäre haben deutlich gemacht, dass sie keinerlei Fehlverhalten der Polizei dulden würden.«

»Wurde Ihr Verhalten in der fraglichen Nacht jemals öffentlich untersucht?«

»Natürlich«, war die Antwort. »Wir wurden von vielen überprüft.«

»Hat irgendein offizieller Staatsbeamter Sie je disziplinarisch bestraft, verwarnt oder Ihnen auf irgendeine Art gesagt, dass der Staat Ihr Verhalten missbilligte?«

»Nein, weil wir nichts Falsches getan haben.«

»Charles Reed ist gestorben!«, platzte Brad heraus. »Und Sie besitzen die Dreistigkeit, mir zu sagen, Sie hätten nichts falsch gemacht?« Brad war außer sich vor Wut über Ahmeds lässige und kühl berechnende Haltung im Zeugenstand. Die selbstgerechte Art dieses unerschütterlichen Sadisten ging ihm unter die Haut.

Der Dolmetscher sah Brad verwirrt an. »Könnten Sie ein anderes Wort als ›Dreistigkeit‹ benutzen?«, fragte er unschuldig. »Ich glaube nicht, dass ich dieses Wort übersetzen kann.«

Geschworener Nummer 4 kicherte.

»Ich ziehe die Frage zurück«, schnappte Brad. »Warum haben Sie an diesem Freitagabend die Wohnung der Reeds durchsucht?«

»Wir wurden informiert, dass sie ein Treffen ihrer Kirche abhielten und gleichzeitig ein Drogenhandel stattfinden sollte.«

»War das so?«

»Nein, die anderen Mitglieder des Drogenrings waren nicht anwesend.

Wir nehmen an, dass jemand aus dem Inneren der Kirche Wind von unserem Vorhaben bekommen hatte.«

»Als Sie am Freitagabend dort ankamen, waren somit die einzigen Personen in der Wohnung die Reeds. Richtig?«

»Ja.«

»Dann beantworten Sie mir eine Frage«, sagte Brad. »Wenn jemand die Reeds darüber informierte, dass Sie kommen würden und sie das Treffen der Kirchengemeinde abgesagt hatten, warum sollten die Reeds sich dann Kokain spritzen, bevor Sie kamen, in dem Wissen, dass sie sofort verhaftet und ins Gefängnis geworfen werden würden?«

»Einspruch«, verkündete Strobel. »Er müsste Gedankenleser sein, um diese Frage beantworten zu können.«

»Genau das ist das Problem«, antwortete Brad, bevor Ichabod eine Entscheidung treffen konnte. »Niemand könnte diese Frage beantworten, weil es keine logische Antwort gibt. Ich werde die Frage für den Moment zurückziehen.«

Es war eine von vielen unbeantworteten Fragen während Brads siebenstündigem Kreuzverhör von Ahmed Aberijan, die den Geschworenen später in den Köpfen bleiben würden.

Um fünf Uhr nachmittags wich Ahmed seiner letzten Frage aus und Ichabod schloss die heutige Sitzung. Die beiden gut gekleideten Herren und Nikki tauschten ein paar Notizen aus und schüttelten sich die Hände. Clarence tauchte wieder neben Brad auf und begleitete die Anwälte und prozessführenden Parteien aus dem gut versteckten Seiteneingang, fort von den unberechenbaren Demonstranten auf der Granby Street.

* * *

Brad arbeitete schon seit zwölf Jahren als Anwalt und hatte nie einen Tag erlebt, der auch nur im Entferntesten dem heutigen ähnelte. Er war von Demonstranten verprügelt worden, von der Richterin zusammengestaucht und gezwungen, das größte Kreuzverhör seines Lebens in zerrissenen Kleidern und ohne seine Notizen oder seine geliebte Lesebrille durchzuführen. Während Leslie ihn zum Büro zurückfuhr und die Sonne sank, fühlte Brad, wie Adrenalin und Energie aus seinem Körper strömten. Die ausgelassenen Stimmen der Frauen, die sich über Ahmeds ausweichende Antworten lustig machten, verblassten zu einem Hintergrundgeräusch und verschwammen mit Brads Träumen. Bis sie auf dem Parkplatz angekommen waren, schlief er tief und fest.

Sie weckten ihn nicht, sondern schlossen leise die Autotüren mit spaltbreit geöffneten Fenstern. Leslie würde sich um die Ärzte und Krankenschwestern kümmern, die am nächsten Tag aussagen sollten. Das Mindeste, was sie tun konnten, war Brad ein paar Stunden wohlverdienten Schlaf zu gönnen. Während der Rest des Teams sich also auf die Verhandlung am Dienstag vorbereitete und während Berichterstatter auf der ganzen Welt die Ereignisse des Tages kommentierten, schnarchte der Mann, der in ihrem Zentrum gestanden hatte, laut, ausgestreckt auf dem Vordersitz seines Jeeps auf einem Parkplatz in Virginia Beach. Anderthalb Stunden träumte er von faszinierten Geschworenen und durchlitt Albträume von wütenden Richtern. Und für anderthalb Stunden drehte sich die Welt ohne die Hilfe von Brad Carson.

34

Der Dienstag brachte eine schwer benötigte Atempause in den intensiven Prozess. Die Demonstranten entdeckten, dass die Nationalgarde und die Gesetzeshüter von Norfolk es ernst meinten und jeden verhafteten, der noch einmal Unruhe stiftete, eine Tatsache, die einen beruhigenden Effekt auf alle, abgesehen von den radikalsten, hatte. Ichabod hatte nichts mehr zu Brads Mangel an Beweisen zu sagen, was den Demonstranten noch einen Grund weniger gab, ihr Blut in Wallung zu bringen. Alles in allem war der Dienstag ein gewöhnlicher Tag im Gericht.

Leslie kümmerte sich um die Zeugen, während Brad am Anwaltstisch saß und sein Veilchen auskurierte. Die Ärzte des Militärkrankenhauses, die Charles Reed behandelt hatten, marschierten in den Zeugenstand und schworen, dass der Stress, das Kokain und das schwache Herz zusammengenommen den Missionar das Leben gekostet hatten. Sie sagten aus, dass Reed keines der klassischen Anzeichen gewohnheitsmäßigen Drogenmissbrauchs zeigte. Im Kreuzverhör ließen sie Angriffe auf ihre Integrität, Widerspruchsfreiheit und Glaubwürdigkeit über sich ergehen. Sie verließen den Zeugenstand gebeugt, aber ungebrochen, angeschlagen von Strobels subtiler Andeutung, dass die Ärzte jemanden suchten, den sie für ihre eigene gescheiterte medizinische Behandlung verantwortlich machen konnten.

* * *

An diesem Abend kaute Barnes am Stummel einer guten kubanischen Zigarre, während er darauf wartete, dass Strobel ihn in den luxuriösen Konferenzraum der Kanzlei bat. Er beschloss, die Zigarre in diesem besonderen Augenblick nicht anzuzünden. Er hatte andere Methoden, um diese geschniegelten Großkanzleianwälte vom Sockel zu hauen, ohne den wackligen Frieden zu zerstören, der zwischen ihm und Strobel herrschte.

»Dies ist Mr. Frederick Barnes«, stellte Strobel ihn den drei Männern vor, die um dem Konferenztisch verteilt saßen. »Er ist ein hochqualifizierter Privatdetektiv und von Mr. Aberijan als Berater engagiert. Bei unserem letzten Treffen schlug Win vor, jemanden zu engagieren, um sämtliche Geschworenen zu beschatten. Ich habe Mr. Barnes für die Überwachung angestellt und – nun, ich werde ihn selbst erzählen lassen, was er herausgefunden hat.«

Barnes setzte sich, schob den Zigarrenstummel in den Mundwinkel und räusperte sich. Er sah in die erwartungsvollen Gesichter vor sich und genoss seinen Moment im Rampenlicht.

»Wir haben das Übliche herausgefunden, was man in einem Fall von dieser Größenordnung erwarten würde. Geschworene, die Zeitung lesen, wenn sie glauben, sie seien unbeobachtet, solche Sachen. Ein Geschworener ist sogar zu Barnes & Noble gegangen und hat sich ein Buch über Saudi-Arabien gekauft. Aber nichts davon reichte, um einzuhaken, bis wir beim Geschworenen Nummer 4, Zeke Stein, eine Möglichkeit bekommen haben.«

Die Gesichter um den Tisch blieben ausdruckslos, aber Barnes wusste, er hatte sie. Anwälte hatten nichts lieber als ein paar kleine Intrigen in der Jury.

»Mr. Stein traf sich in den ersten Prozesswochen drei Mal mit einem noch unbekannten Mann an verschiedenen öffentlichen Orten. Beim dritten Treffen nahm Stein einen Umschlag von diesem Typ an. Wir hatten so eine

Ahnung, dass Stein geschmiert wurde, also haben meine Männer am nächsten Tag gründlich sein Haus durchsucht. Wir fanden den Umschlag unten in der Sockenschublade – mit zehntausend Dollar in bar. Wenn wir sein Bankkonto überprüfen, werden wir sicher noch einiges mehr finden.«

Barnes sah die Mischung aus Besorgnis und Entzücken auf den Gesichtern. Eine illegale Durchsuchung! Ein korrupter Geschworener! Bestechung! Erpressung! Diese Männer waren hochelegante Anwälte und nicht an diesen Grad der Korruption gewöhnt.

Barnes griff in seine Tasche und warf eine Reihe von Fotos auf den Tisch. Zeke Stein saß Schulter an Schulter mit einem Mann auf einer Parkbank. Barnes' Lieblingsbild zeigte Stein, wie er deutlich sichtbar einen Umschlag von dem anderen Mann annahm.

»Und was ist unser nächster Schritt?«, fragte Strobel seine Partner. »Wie spielen wir das aus?«

»Wir gehen direkt zur Richterin«, antwortete Teddy ohne zu zögern. »Du bekommst deine Klageabweisung wegen Verfahrensfehlern und dieser Geschworene geht ins Gefängnis. Ich sehe da keinen Grund zur Diskussion.«

Den Gesichtern der anderen nach war klar, dass sie der Meinung waren, es gäbe einige Themen zu diskutieren. Doch keiner wollte der Erste sein, der es Teddy sagte.

Als schließlich offensichtlich war, dass die anderen nur schweigend dasitzen würden, ergriff Barnes das Wort. »Was wollen Sie der Richterin sagen?«, fragte er Teddy. »Dass Sie einen Privatdetektiv beauftragt haben, der sah, wie sich zwei Männer trafen, und dann in das Haus eines Geschworenen einbrach und ein Bündel Geld in einem Umschlag fand? Angenommen, meine Jungs wären bereit, das auszusagen, und würden riskieren, in den Knast zu wandern, was sie nicht tun würden, bleibt immer noch ein kleines Problem: Wir haben das Geld nicht und unser Wort würde gegen das von Stein stehen.«

»Wie erklärt man die Tatsache, dass man die Geschworenen beschattet?«, fragte Win.

Barnes behielt Strobel im Auge, während die Frage im Raum stand.

»Moment mal«, sagte Mack mit einer Autorität, die die Aufmerksamkeit aller forderte. »Geschworener Nummer 4 ist der eine Geschworene, der uns mit seiner Körpersprache auf alle möglichen Arten positive Zeichen gibt. Wenn es einen Kerl auf der Geschworenenbank gibt, der uns gehört, dann ist er das. Woher wissen wir, dass nicht einer von Ahmeds eigenen Männern ihn bezahlt?«

Die sorgfältig formulierte Frage blendete eine gezieltere Frage aus, die Mack seinen Partnern nicht stellen wollte. Barnes und Mack waren die Einzigen im Raum, die an der Geschworenenauswahl im Gerichtssaal teilgenommen hatten, die Einzigen, die wussten, dass Geschworener Nummer 4 nur in der Jury war, weil Ahmed darauf bestanden hatte, dass sie ihn auswählten.

Macks Augen verengten sich und fingen Barnes' Blick auf, während er auf die Antwort wartete. Es war ein anklagender Blick und er sagte Barnes, dass Mack nichts mit diesem Komplott zu tun haben wollte.

»Wir wissen nicht, wer Stein bezahlt«, sagte Barnes, der keine Miene verzog, »aber ich denke, die Richterin wird Folgendes annehmen: Wenn Sie das Gericht auf diese Bestechung hinweisen, können Sie nicht diejenigen sein, die Stein schmieren.«

»Was schlagen Sie vor?«, fragte Strobel.

»Ich sage, wir warten, bis die Beratungen beginnen«, entwarf Barnes seinen Plan. »So wird die Richterin den Prozess wegen Verfahrensfehlern für ungültig erklären, weil ein unsauberer Geschworener am Beratungsprozess teilgenommen hat.«

Strobel sah Mackenzie an und hob eine Augenbraue.

»In ein paar Tagen werde ich Ihnen einen anonymen Tipp zukommen lassen, inklusive Fotos, in dem behauptet wird, Stein werde bestochen«, fuhr Barnes fort. »So habe ich noch Zeit, seine Bankkonten zu überprüfen.« Er fing überraschte Blicke auf. »Fragen Sie mich nicht, wie. Sie bringen die Fotos zur Richterin und bitten sie um einen Durchsuchungsbefehl für Steins Haus und die Zwangsvorlage seiner Bankbelege. Sie bekommen Ihr fehlerhaftes Verfahren und dieser Typ geht in den Knast.«

Strobel schüttelte den Kopf. »Es gefällt mir nicht, auf dieser Information sitzen zu bleiben. Das sollte die Richterin sofort erfahren.«

»Wir können noch nichts beweisen«, beharrte Barnes. »Wir haben keine juristisch zulässigen Beweise dafür, dass dieser Typ Geld angenommen hat. Wir brauchen noch ein bisschen Zeit, um den Fall aufzubauen, und zufällig liefere ich Ihnen meine Beweise ein paar Stunden nach Beginn der Beratung.«

Teddy hatte während des Gesprächs immer mehr das Gesicht verzogen.

Schließlich sagte er: »Es gefällt mir nicht, aber ich sehe wirklich keine andere Wahl. Mack, du kennst meinen Stil; ich würde nie befürworten, etwas vor dem Gericht geheim zu halten. Aber wir brauchen etwas Solideres, bevor wir zu Richterin Baker-Kline gehen.«

»Mir gefällt es auch nicht«, brummte Strobel. »Es ist eine Sache, die Geschworenen zu beschatten und Beweise zu finden, die eine Klageabweisung rechtfertigen. Aber es ist eine ganz andere Sache, selbst die Verfahrensfehler einzufädeln.«

»Entspannen Sie sich«, schnaubte Barnes. »Sie fädeln gar nichts ein. Wir werden dem guten Mann nur folgen und schauen, was wir herausfinden können. Wir sind schließlich nicht diejenigen, die Schmiergeld annehmen. Wir versuchen nur, diesen Mann auf eine Art zu fassen, die unserem Fall zugute kommt.« Er kaute auf seiner Zigarre und spuckte ein kleines Stück davon auf den Konferenzraumboden. »Wofür fühlen Sie sich alle bloß so schuldig?«

Barnes hatte ihnen eine Lösung wie aus dem Bilderbuch geboten. Er war sicher, sie würden seinen Vorschlag annehmen, selbst wenn das bedeutete, dass sie sich die Hände ein bisschen schmutzig machten.

»Na gut«, sagte Strobel und brach damit das lange Schweigen. »Aber sobald Sie einen soliden Beweis haben, bringen Sie ihn mir – ob die Geschworenen mit ihrer Beratung begonnen haben oder nicht. Und jetzt gehen wir wieder an die Arbeit.«

Barnes leistete sich ein großspuriges Grinsen, mit Zigarre und allem. Er bekam Auftrieb – nicht durch das, was Strobel sagte, sondern durch das, was Strobel nicht sagte. Aus welchem Grund auch immer hatte Strobel offenbar beschlossen, die Tatsache für sich zu behalten, dass Ahmed den Geschworenen Nummer 4 in der Jury haben wollte. Mehr als diesen unausgesprochenen Schweigepakt konnte Barnes nicht verlangen.

»Warum habe ich nur immer das Bedürfnis nach einer Dusche, wenn ich mich mit Ihnen getroffen habe?«, fragte Mack flüsternd, während er Barnes zur Tür begleitete.

* * *

In weniger als einer Woche hatte sich Hanifs Versprechen, dass das letzte Wort zwischen seinem Bruder und Ahmed noch nicht gesprochen war, in ein weitverbreitetes Gerücht verwandelt, dass Rashid selbst einen Mordversuch plante. Die Nachricht erreichte Ahmed am Dienstagabend.

»Verstärkt die Überwachung von Berjein«, befahl der Direktor der Muttawa. »Verwanzt seine Telefone und folgt ihm Tag und Nacht. Wenn er irgendeinen Versuch macht, zu Carson oder einem seiner Partner Kontakt aufzunehmen, inklusive Sa'id el-Khamin, dann lasst es mich sofort wissen. Ich werde persönlich nach Riad zurückfliegen und mich um ihn kümmern. Wenn er irgendeinen Versuch macht, das Land zu verlassen, dann löscht ihn aus.«

* * *

Am Mittwoch beendete Brad seine Ausführungen ruhmlos. Dr. Calvin Drake, ein Ökonom, sagte über den Wert von Charles Reeds Leben aus. Er sprach über das geminderte Einkommen von Sarah und den Kindern. Er versuchte, den Wert des emotionalen Leids zu beziffern, doch Ichabod ließ ihn nicht. Die Geschworenen seien genauso gut in der Lage, über dieses Thema zu entscheiden wie der angesehene Ökonom, sagte sie, und deshalb bräuchten sie seine Expertenhilfe nicht. Brad behielt Drake weniger als eine Stunde im Zeugenstand, während er über das fehlende potenzielle Einkommen, die derzeitigen Wertberechnungen und inflationären Faktoren sprach.

Obwohl die Blicke der meisten Geschworenen nach nur ein paar Minuten ermüdet wirkten, hatte Brad das Gefühl, sie würden Drake allgemein Glauben schenken, weil er klang, als wüsste er viel über die komplizierte Welt der Wirtschaft, und weil er für alle seine Ansichten ein kunstvolles Schaubild hatte. Im Endeffekt war es laut Drake so, dass der Missionar für den Rest seines Arbeitslebens die hübsche Summe von einer Million Dollar hätte verdienen können, wenn sein Leben nicht durch die fraglichen Ereignisse beendet worden wäre.

Strobels Kollege führte ein elegantes Kreuzverhör an Drake durch und bohrte Löcher sowohl in seine Berechnungen als auch die zugrunde liegenden Annahmen. Keinen der Geschworenen schien es zu interessieren. Die Situation wurde weder durch die monotone und einschläfernde Stimme des Wirtschaftwissenschaftlers besser noch durch die Tatsache, dass es im Gerichtssaal deutlich wärmer zu sein schien als sonst. Brad schaffte es, wach zu bleiben, indem er mit Leslie die Körpersprache der Geschworenen analysierte. Nikki blieb munter, indem sie E-Mails über ihren PDA verschickte, den sie in den Gerichtssaal geschmuggelt hatte. Bella stellte Listen von Dingen auf, die sie im Büro zu tun hatte, obwohl sie darauf bestanden hatte, an diesem Morgen mit ins Gericht zu kommen, um dabei zu sein, wenn Brad seine Ausführungen abschloss.

Bis zum Ende von Drakes Zeugenaussage waren drei Geschworene eingeschlafen; ihre Köpfe wackelten unstet auf gummiartigen Hälsen. Diese Nebenvorstellung war interessant genug, um die anderen Geschworenen wachzuhalten und über ihre Kollegen zu kichern. Das Ergebnis war, dass Drakes Kreuzverhör in voller Länge nur von vier von den sieben Geschworenen und beiden Ersatzmännern gehört wurde, obwohl Brad bezweifelte, dass einer von ihnen auch nur irgendetwas von dem, was Drake gesagt hatte, hätte wiedergeben können.

Nachdem Drake auf seinen Platz zurückgekehrt war, blieb Brad seinem früheren Entschluss treu, seine Toxikologin Nancy Shelhorse als Gegenbeweis-Sachverständige aufzusparen. Als Dr. Drakes wenig anregende Aussage beendet war, schockierte Brad die Welt und weckte die drei schlummernden Geschworenen, indem er stolz verkündete: »Die Beweisführung der Klägerseite ist abgeschlossen, Euer Ehren.«

»Wie bitte?«, fragte Ichabod, die sich nicht bemühte, ihre Überraschung zu verbergen.

»Die Beweisführung der Klägerseite ist abgeschlossen«, wiederholte er.

Strobel stand augenblicklich auf.

»Dann habe ich einen Antrag zu stellen, Euer Ehren«, kündigte er an, laut genug, dass jeder im Saal es hören konnte, »und es könnte einige Zeit dauern, ihn zu begründen.«

Brad wusste, dass Strobel einen Antrag auf ein direktes Richterurteil meinte. Er würde die Richterin bitten, den Fall aufgrund von unzureichenden Beweisen abzulehnen. Es war ein Routineantrag, normalerweise von der beklagten Partei eingereicht, sobald der Kläger mit seiner Beweisaufnahme fertig war. In den meisten Fällen wurde er routinemäßig abgewiesen.

Aus dem Augenwinkel fing Brad Leslies »Ich-hab's-dir-doch-gesagt«-Blick auf.

»Ich glaube, Mr. Strobels Antrag verdient eine ernsthafte Betrachtung«, sagte Richterin Baker-Kline. »Folglich unterbrechen wir die Verhandlung für zehn Minuten und nutzen den Rest des Vormittags, um den Antrag zu erörtern. Die Geschworenen werden, wenn nötig, nach der Mittagspause wieder zusammenkommen.«

Mit dieser kurzen Rede verwandelte Ichabod das stumpfsinnige Geschehen des Vormittags in ein Drama. Sobald sie die Richterbank verlassen hatte, explodierte der Gerichtssaal. Reporter sprachen in ihre Handys, Zuschauer schnatterten und die Anwälte gingen in den Flur hinaus, um ihr weiteres Vorgehen zu planen.

* * *

Als sie mit dem Rest von Brads Team den Mittelgang entlangging, bemerkte sie, dass Ahmed Aberijan hinter seinem Anwaltstisch zurückblieb und damit beschäftigt war, eine Nachricht zu schreiben. Sie hatte den ganzen Morgen auf so eine Gelegenheit gewartet, also ging sie zurück zu ihrem eigenen Anwaltstisch und schrieb selbst eine kurze Notiz, darauf bedacht, die Botschaft zu überbringen, bevor die Chance vorüberging. Sie musste sich beeilen, bevor das Team sie vermisste.

Sie beendete die kurze Nachricht, faltete das Papier und schob es unter ein Aussageprotokoll. Als sie sich umwandte, um aus dem Saal zu gehen, ließ sie das gefaltete Papier direkt vor Ahmed auf den Tisch fallen. Bevor er es auseinanderfalten konnte, war sie schon halb den Gang entlang und auf dem Weg zur Hintertür.

* * *

Ahmed sah sich um, ob jemand den geheimen Austausch bemerkt hatte. Er öffnete das Papier und las rasch.

»Unsere Beweisaufnahme ist beendet und Shelhorse hat nicht ausgesagt. Es ist Zeit für die Bezahlung. Ich erwarte das Geld und den unterschriebenen Treuhandvertrag bis zum Ende des morgigen Tages. Der Preis für das Urteil ist immer noch zwei Millionen.«

Ahmed stopfte den Zettel in seine Tasche und strich sich über den Bart. Er dachte ein paar Minuten nach, dann nahm er ein neues Stück Papier und kritzelte seine Antwort. Er musste den Wortlaut vage halten, damit er ihn nicht belasten konnte, wenn der Zettel in die falschen Hände geriet, aber die Botschaft musste deutlich sein. Er entschied sich für zwei einfache Sätze: *Ich warte lieber, bis der schwebende Antrag geklärt ist und die Zeugen für die Gegenbeweise aufgerufen werden. Wenn nötig, werden wir dann handeln.*

* * *

Zehn Minuten später folgte sie dem Rest von Brads Team den Mittelgang entlang zurück zum Anwaltstisch. In ihrem Kopf überschlugen sich die Gedanken an die anstehende Debatte, ihre Botschaft an Ahmed, die angedeutete Drohung von Ichabod, den Fall abzuweisen. Was würde dann aus ihrer kleinen Intrige werden?

Ahmed seinerseits saß bereits am Tisch der Verteidigung, sah in die andere Richtung und sprach mit dem Dolmetscher. Er verhielt sich, als habe er keinerlei Sorgen.

Auf halbem Weg den Gang entlang spürte sie, wie jemand an ihrem Ellbogen zog. Sie wandte sich um und sah in das plumpe Gesicht eines Mannes, der jeden Tag des Prozesses bei Ahmed gesessen hatte, entweder ein Leibwächter oder irgendeine Art Privatdetektiv.

»Sie haben etwas fallen lassen«, sagte er und bückte sich, um einen Umschlag vom Boden aufzuheben.

Als er ihr den Umschlag gab, war sie zu perplex, um zu denken, zu sprechen oder etwas anderes zu tun, als ihn zu nehmen, einen tadelnden Blick abzufeuern und zu ihrem Platz zu hasten.

Sie hatten sie mitten im Gerichtssaal kontaktiert! Am helllichten Tag! In unmittelbarer Nähe zu Brad Carson und deutlich sichtbar für alle ihre Kollegen!

Sie ließ sich auf ihren Stuhl fallen und starrte Ahmeds Rücken an, um ihn dazu zu bringen, herzusehen, damit sie ihn mit Blicken schelten konnte. Als er es nicht tat, setzte sie sich auf, beugte sich über ein Dokument und schlitzte den Umschlag vor sich auf. Ahmeds kryptische Botschaft war nicht die Antwort, die sie erwartet hatte. Das Ganze geriet außer Kontrolle.

Bis sie den Treuhandvertrag mit hundert Millionen sicher auf einem Schweizer Bankkonto verstaut hatte, war das Einzige, was sie am Leben hielt, das Versprechen, dass sie Shelhorse von einer Aussage abhalten und den Geschworenen Nummer 6 bei den Beratungen beeinflussen konnte. Das war keine Kleinigkeit, aber sie war auch schlau genug, dass ihr klar war, dass, wenn Ichabod dem Antrag auf ein Geschworenenurteil stattgab, Ahmed ihre Dienste nicht mehr brauchen würde. Dann war sie entbehrlich. Eine Belastung. Sie überdachte noch einmal ihre Pläne, die sie für solch eine Eventualität gemacht hatte und wartete, dass Ichabod wieder die Richterbank einnahm.

Sie sah noch ein letztes Mal zu Ahmed hinüber, der sich plötzlich umdrehte und zurückstarrte. Mit verengten Augen. Laser, die sie durchbohrten. Das Feixen war fort.

Ahmed war ganz geschäftsmäßig.

* * *

Als die Verhandlung weiterging, war Strobel bereit. Bevor er seine Argumentation begann, reichte er der Richterin und Brad je eine Kopie eines fünfundvierzigseitigen Schriftsatzes, in dem die Gründe aufgeführt waren, warum Ichabod die Geschworenen entlassen und selbst ein direktes Richterurteil für den Angeklagten fällen sollte.

Fast eine Stunde lang legte er seine Argumente dar, wies die Richterin auf die entsprechenden Passagen in seinem Schriftsatz hin und ergänzte seine schriftliche Eingabe mit einem leidenschaftlichen mündlichen Plädoyer.

Ichabod hörte aufmerksam zu und stellte keine Fragen.

Brad sank tiefer in seinen Sitz. Er hatte nicht erwartet, dass der Antrag so ernst genommen wurde. Dieser Schlag konnte tödlich sein. So viel zu seinem chauvinistischen Bauchgefühl. Er konnte weder Leslie noch Nikki in die Augen sehen.

Brad und Leslie wechselten sich in ihren Antworten auf Strobels unbestreitbar starke Eingabe ab. Anders als Strobel hatten sie keinen Schriftsatz, den sie der Richterin geben konnten. Anders als Strobel kamen sie nicht in den Genuss von Ichabods Schweigen. Sie bombardierte sie mit Fragen, Unterbrechungen und höhnischem Schnauben. Sie dachte laut über jeden Grund nach, der es rechtfertigen würde, den Fall abzuweisen und alle nach Hause zu schicken.

Doch am Ende ihrer Debatte verschob Ichabod ihre Entscheidung ganz einfach.

»Herr Anwalt«, verkündete sie, »dieser Antrag hat einiges für sich und die Fälle, die in Mr. Strobels Schriftsatz zitiert werden, scheinen mir deutlich. Dennoch will ich mit Bedacht vorgehen, wenn ich meine Entscheidung treffe. Folglich werden wir die Verhandlung für heute vertagen, damit ich meine eigenen Nachforschungen machen kann. Mr. Carson, ich hätte mich besser auf diesen Antrag vorbereitet, aber mir war nicht klar, dass Sie Ihren Klageantrag so abrupt beenden würden. Ich werde morgen früh so weit sein, meine Entscheidung bekannt zu geben.«

Ichabod stand auf, um den Gerichtssaal zu verlassen. »Erheben Sie sich«, befahl der Gerichtsdiener.

* * *

Bevor sie ging, warf Richterin Baker-Kline einen verstohlenen Blick zu dem besorgten Brad Carson hinüber, der blass, müde und angeschlagen aussah. *Das wird ihm eine Lehre sein*, dachte sie.

35

Ichabod genoss das Theater im Gerichtssaal, vor allem wenn sie im Mittelpunkt stand. Am Donnerstag betrat sie ihren überfüllten Saal mit wehender Robe und einem Notizblock unter dem Arm. Die Blicke aller folgten ihr, während sie sich setzte und sich bereit machte, ihr Urteil zu verkünden. Sie machte eine strategische Pause, um Brad Carson und sein Team über den Rand ihrer Brille hinweg anzusehen. Sein Blick war traurig mit blutunterlaufenen Augen und tiefe Falten furchten seine Stirn. Sie hatte ihn schwitzen lassen; jetzt würde sie tun, was sie schon die ganze Zeit vorgehabt hatte.

»Ich habe vor mir einen Antrag der Verteidigung auf ein direktes Richterurteil liegen. Mit diesem Antrag bittet mich Mr. Strobel, die Geschworenen zu entlassen und ein positives Urteil für beide beklagten Parteien zu fällen: für Mr. Aberijan und den Mitangeklagten, den Staat Saudi-Arabien. Für diese Art Antrag ist das Vorgehen klar: Um dem Antrag stattzugeben, muss ich feststellen, dass keine vernünftige Jury aufgrund dieser Beweislage für die Klägerin entscheiden könnte.«

Sie machte eine Kunstpause. Und sie sah hinunter zu den Anwälten, die kollektiv den Atem anhielten. Sie sah Win Mackenzie an, der direkt hinter Ahmed saß. Er war bereit für den Zahltag, das konnte sie in seinem Blick lesen.

»Ich bin *nicht* bereit zu sagen, dass eine vernünftige Jury kein Urteil zugunsten von Sarah Reed gegen Mr. Aberijan fällen könnte. Im Gegenteil, die Geschworenen könnten die Zeugenaussagen von Sarah Reed, Dr. Rydell und anderen Zeugen der Klägerseite zum Nachweis, dass Mr. Aberijan zumindest sowohl Sarah Reed als auch ihrem Mann Kokain injizierte, um die Verhaftung zu rechtfertigen, für glaubhaft halten. Eine vernünftige Jury könnte sehr wohl zu dem Schluss kommen, dass eine Überdosis Kokain mit zu Charles Reeds Tod beitrug. Eine vernünftige Jury könnte Sarah Reed glauben, wenn sie aussagt, dass Mr. Aberijan seinen Männern im Grunde befahl, sie zu vergewaltigen. Und eine vernünftige Jury könnte glauben, dass der einzige Grund, warum die Vergewaltigung nicht stattfand, der war, dass Sarah Reed sich so vehement wehrte, dass sie bewusstlos geschlagen wurde, ehe diese verabscheuungswürdige Tat ausgeführt werden konnte. Kurz gesagt, Herr Anwalt, weise ich den Antrag insofern ab, als er Mr. Aberijan betrifft.«

Sarah, Brad, Leslie und Nikki stießen einen kollektiven Seufzer der Erleichterung aus. Das lange, traurige Gesicht von Brad verzog sich zu einem kleinen Lächeln.

Ichabod war jedoch noch nicht fertig. »Was den Mitangeklagten angeht, den Staat Saudi-Arabien, halte ich die Entscheidung für sehr viel schwieriger. Offen gestanden habe ich Tag für Tag den Zeugenaussagen zugehört und noch nichts gehört, das mich überzeugt, dass der Staat Saudi-Arabien Mr. Aberijans Verhalten billigte, sowohl vor als auch nach der fraglichen Nacht. Ich habe immer noch Zweifel, ob Mr. Aberijan diese furchtbaren Dinge, deren er angeklagt ist, überhaupt getan hat. Doch ich habe keinen Zweifel, dass höherrangige Mitglieder der saudischen Regierung, wenn sie von so einem Verhalten gewusst hätten, dies auf der Stelle beendet hätten.«

Sie sah wieder von ihren Papieren hoch und fing einen hoffnungsvollen Blick von Mackenzie auf.

»Dennoch warnen uns die Berufungsgerichte davor, Anträge auf direkte Richterurteile zu bewilligen, ohne den ganzen Fall gehört zu haben. Ich bin nicht sicher, ob noch etwas meine Meinung zu diesem Thema ändern könnte, aber ich werde mein Urteil zurückstellen, bis ich alle Beweise beider Seiten gehört habe. Ich lehne Mr. Strobels Antrag daher für den Moment ab, aber ich spreche auch eine strenge Warnung an den Klägeranwalt aus, dass ich noch nicht überzeugt bin, dass die Klägerin auch nur einen Dollar von Saudi-Arabien bekommen sollte. Sie können die Geschworenen in den Saal rufen und wir werden Mr. Strobels Standpunkt hören.«

* * *

Carson und seine Mitarbeiter hatten eine gefährliche Klippe umschifft. Er und Leslie lächelten breit. Unter dem Tisch nahm er ihre Hand und drückte sie.

Nikki, die am anderen Ende des Tisches saß, konnte sich einen Kommentar nicht verkneifen. »Yesss!«, flüsterte sie laut genug, dass es die ganzen ersten drei Reihen hören konnten. Sarah sah zur Decke auf und formte ein stilles Dankeschön mit den Lippen.

Die Siegesfeier war kurzlebig. Innerhalb von Minuten rief Strobel seinen ersten Zeugen und es war Zeit für Sarah und ihre Anwälte, sich der besten Verteidigung zu stellen, die man für Geld kaufen konnte.

* * *

Während der ersten zwei Tage seiner Beweisführung kam Strobel mit Zeugen an, die für Ahmed Aberijans Glaubwürdigkeit bürgten. Diese Zeugen schienen aus der Versenkung zu kommen, und alle schworen, dass Ahmed ein frommer Muslim war, der eher sterben als lügen würde. Sie waren alle bereit, spezifische Beispiele für seine Fairness und Aufrichtigkeit anzuführen, doch sie wurden alle von den Bundesgesetzen und Richterin Baker-Kline davon abgehalten. Obwohl das Ganze schwerfällig vorwärtsging und die Aussagen durch die Notwendigkeit eines Dolmetschers immer wieder ins Stocken kam, war die Gesamtwirkung dennoch stark. Zusammengenommen wirkten die Aussagen irgendwie überzeugend.

Am Freitagnachmittag, kurz bevor sich das Gericht fürs Wochenende vertagte, ließ Strobel den Raum verdunkeln und spielte seine aufgenommenen Zeugenaussagen der ehemaligen Gemeindemitglieder ab.

Die Geschworenen beugten sich vor und hörten gespannt zu, als Tarik Abdul aussagte, dass er und seine Frau Mitglieder der Drogenoperation der Reeds gewesen seien. Sie hörten Tarik das launische Temperament von Charles Reed beschreiben und die brutalen Taktiken, die die Reeds anwandten, um muslimische Kinder zum Christentum zu konvertieren. Sie hörten Tarik den Drogenkonsum der Reeds und anderer Gemeindemitglieder beschreiben. Und sie sahen das rein symbolische Kreuzverhör durch den schüchternen Sa'id el-Khamin.

Den ganzen Nachmittag hielten die Geschworenen ihre Blicke auf den tragbaren Fernsehmonitor gerichtet. Und während der fünften aufgezeichneten eidlichen Aussage schien die Jury besonders fasziniert vom Kreuzverhör durch Brad Carson. Einige Geschworene schrieben die letzten Fragen und Antworten mit.

»Haben Sie je Crack geraucht oder haben Sie je gesehen, wie die Reeds Crack rauchten?«

»Manchmal.«

»Manchmal was? Manchmal haben Sie Crack geraucht oder manchmal taten es die Reeds oder beides?«

»Manchmal taten es die Reeds. Sie versuchten, mich auch dazu zu bringen, aber ich wollte nicht.«

»Erklären Sie bitte den Prozess, wie sie das Crack vorbereiteten und es dann rauchten.«

Es gab eine lange Pause, dann kam die langsame, kalkulierte Antwort: »Weil ich nicht mit ihnen Crack rauchen wollte, habe ich nie tatsächlich gesehen, wie sie es taten. Ich weiß, sie rauchten Crack, weil ich sah, wie sie das Kokain erhitzten und Crack zubereiteten.«

»Wie haben sie es erhitzt? Wie heiß?«

Einer weiteren Pause folgte eine erneute ausweichende Antwort: »Es ist ein komplizierter Prozess, den ich nicht beschreiben kann. Ich glaube, die Temperaturen waren wohl sehr hoch – mehr als 250 Grad.«

»Eine letzte Frage: Als Sie das Kokain schnupften, wie lange dauerte es, bis Sie die Wirkung spürten, und wie lange hielt der Rausch an?«

»Ich habe die Wirkung sofort und stark gespürt«, erklärte er, »und ich kam stundenlang nicht wieder runter.«

»Genau das dachte ich mir. Keine weiteren Fragen«, sagte Brad, als der Bildschirm schwarz wurde.

Strobel war offensichtlich nicht zufrieden damit, die Geschworenen das ganze Wochenende lang über das Kreuzverhör von Omar Khartoum nachdenken zu lassen. Er fragte, ob sie zumindest mit der Aufnahme von Rashid Berjein anfangen könnten.

»Wie lang ist seine Aussage?«, fragte Ichabod.

»Weniger als zwei Stunden«, versprach Strobel.

Ichabod dachte einen Augenblick nach. Ihr Ruf, kühl und sachlich zu sein, eine Richterin, die mit ihrem Beruf verheiratet war, stand auf dem Spiel. In einem Fall mit großem Medieninteresse wie diesem konnte ihre Arbeitsweise Legendenstatus erreichen, wenn sie ihre Karten richtig ausspielte.

»Mr. Strobel, ich werde Ihnen nicht nur erlauben, mit dieser aufgezeichneten Aussage anzufangen, sondern ich bitte Sie darum, sie in voller Länge abzuspielen. Diese Art Aussage aus erster Hand ist zu wichtig, um sie zu unterbrechen.«

Einige Geschworene verschränkten die Arme und zogen finstere Gesichter. Es dauerte aber nicht lange, bis Rashids Aussage sie fesselte.

Die Geschworenen sahen unverwandt zu, wie Rashid mit jeder Frage umging, die Brad auf ihn abfeuerte. Man konnte fast spüren, wie sich die Dynamik des Falls mit jedem verurteilenden Wort, das Rashid sprach, ganz leicht verschob. Nach temporeichen neunzig Minuten wurde der Bildschirm wieder schwarz.

Ichabod beschloss, die Geschworenen für ihr Schmollen über die langen Arbeitszeiten zu bestrafen und gleichzeitig die Welt mit ihrer legendären Geschwindigkeit und Effizienz zu beeindrucken. Und so verkündete sie um 18.30 Uhr am Freitagabend, dass die Sitzung am Montagmorgen um Punkt acht Uhr fortgesetzt und nicht vor 18 Uhr enden würde. Um genau zu sein, sagte Ichabod, würde die ganze Woche so ablaufen und sie erwarte, dass Strobel seine Beweisaufnahme bis zum nächsten Wochenende beendet haben würde. Sie sähe keinen Grund, warum sie mit den Schlussplädoyers nicht Montag in einer Woche beginnen sollten, sodass die Geschworenen sich noch am selben Tag zur Beratung zurückziehen konnten.

Das sei nicht verhandelbar und das sei auch gut so. Viele der Geschworenen sahen aus, als wären sie bei nächster Gelegenheit zur Revolte bereit.

Durch ihr richterliches Gebot hatte Ichabod alle lange im Gerichtssaal festgehalten, hatte Arrangements mit Kindertagesstätten und Wochenendpläne ins Chaos gestürzt und damit jenen Leuten im Gerichtssaal eine schwere Last auferlegt, die für ihre Anwesenheit *nicht* gut bezahlt wurden.

36

Das Wochenende verging wie im Flug und ließ Brad und Leslie keine Zeit, sich aufeinander zu konzentrieren. Stattdessen arbeiteten sie mit Nikki und Bella rund um die Uhr, um sich auf eine ganze Woche mit Strobels Auftragsmördern vorzubereiten – den sachverständigen Zeugen. Sie wussten, dass Strobel nicht enttäuschen würde.

Mack Strobel begann am Montagmorgen in aller Frühe mit den medizinischen Sachverständigen. Sein erster Zeuge, der um Punkt acht Uhr vereidigt wurde, war ein Toxikologe von Weltrang. Zwei Stunden lang verblüffte er die Geschworenen mit Schaubildern und Videos, belehrte sie über die Auswirkungen von Kokainkonsum und beschrieb die toxikologischen Untersuchungen für diese Droge. Auf höfliche Art sagte der Zeuge, dass Dr. Jeffrey Rydell entweder log oder über seine toxikologische Analyse schlecht informiert war. Laut diesem Experten gab es keine Möglichkeit, aus den Labordaten abzulesen, ob das Kokain im Blut injiziert, geschnupft oder geraucht worden war.

Brad und Leslie hatten sich bereits auf das Thema ihres Kreuzverhörs geeinigt und Leslie kam ohne Umschweife zum Punkt.

»Doktor, was berechnen Sie in der Stunde für diese Aussage hier?«

»Ich werde für meine Aussage nicht bezahlt. Aber ich stelle für meine Dienste als Experte 350 Dollar die Stunde in Rechnung.«

Leslie sah die Geschworenen an, denen fast die Augen aus dem Kopf fielen. Sie bekamen als Geschworene jeder zwanzig Dollar am Tag.

»Und Sie stellen einen Aufpreis in Rechnung, wenn Sie als Zeuge aussagen, oder nicht, Doktor? Sagen Sie den Geschworenen, wie hoch dieser Betrag ist.«

»Vierhundert die Stunde.«

Leslie meinte, einen leisen Pfiff von einem der Geschworenen zu hören.

»Und Sie haben außerdem einen Mindesttagessatz, nicht wahr? Anders ausgedrückt: Ob Sie fünf Stunden am Tag arbeiten oder nicht: Wenn Sie eine Fallakte in die Hand nehmen oder wegen eines Falls reisen, zahlt Ihnen Ihr Kunde zweitausend Dollar für diesen Tag. Richtig?«

»Ja, das ist richtig.«

Leslie schüttelte fast unmerklich den Kopf und stieß ein beinahe tonloses »Wow« aus, dann begann sie mit dem Rest der Zeugenaussage des Experten. Ungefähr eine Stunde lang trug sie Stück um Stück sein Fundament ab. Sie schloss, indem sie ihn bat, die Gesamtsumme zu schätzen, die er Kilgore & Strobel bis dato in Rechnung gestellt hatte.

»Ungefähr dreiundzwanzigtausend Dollar«, antwortete der Experte.

»Und noch eines, Doktor«, sagte Leslie, während sie an ihren Tisch zurückkehrte und sich noch einmal zu ihm umdrehte. Es war eine Bewegung, die sie bei Brad oft gesehen hatte. »Sie haben weder Charles noch Sarah Reed tatsächlich behandelt, wie es Dr. Jeffrey Rydell tat. Richtig? Ich meine, Ihre Meinung gründet sich auf die kühle und unpersönliche Durchsicht der Akten.«

»Das stimmt«, antwortete der Experte.

Leslie räusperte sich und setzte sich. Sie sah unbewegt geradeaus, als der Experte den Zeugenstand verließ. Unter dem Tisch schlug sie leicht in Brads Handfläche ein.

Strobel ließ seinem Toxikologen einen hochbezahlten und namhaften Herzchirurgen folgen. Dieser Sachverständige sagte in allen Einzelheiten über die Schwachstellen von Charles Reeds Herz aus, hervorgerufen durch eine fortgeschrittene Arterienverhärtung. Er erklärte den Geschworenen, dass wahrscheinlich auch andere Probleme Charles Reeds schlechten Gesundheitszustand beeinflusst hatten, unter anderem sein Kokainkonsum über einen längeren Zeitraum. Er vertrat außerdem die Auffassung, dass Charles Reed in der fraglichen Nacht an einem Herzinfarkt gestorben sei, mit oder ohne das Kokain in seinem Körper. Für Laien könne man sagen, es war das schwache Herz, nicht das Kokain, das Charles Reed umbrachte.

Es überraschte niemanden, dass der Kardiologe noch mehr für seine Aussage bekam als der Toxikologe. Und es überraschte auch niemanden, dass Brad Carson alle Details seiner Vergütung im Kreuzverhör genauestens untersuchte. Dieser Sachverständige stellte tatsächlich fünfhundert Dollar pro Stunde in Rechnung und er erklärte Brad, dass er mehr verdienen würde, wenn er im Operationssaal geblieben wäre und sich nicht hier mit den Anwälten herumschlagen würde. Brad bekam den Mann dazu, zuzugeben, dass er Strobel bis dato fünfundvierzigtausend Dollar in Rechnung gestellt hatte und wie der Toxikologe einen Mindesttagessatz berechnete. Brad gab sich überrascht bei der Entdeckung, dass der Kardiologe keinen Zuschlag für die Zeit verlangte, die er im Gericht verbrachte. Kurz bevor er zu seinem Platz zurückging, schlug Brad vor, der Zeuge solle sich diesen kleinen Trick für seinen nächsten Fall vielleicht merken. Die Geschworenen lachten und ihren Gesichtsausdrücken nach hielten sie nichts von Ichabods promptem und strengem Vortrag über Anstand im Gerichtssaal.

Die Parade der hochbezahlten Experten ging noch zwei Tage weiter. Ein Sachverständiger für internationale Menschenrechte lobte die kontinuierlichen Fortschritte Saudi-Arabiens, was die Religionsfreiheit anging. Er berechnete nur zweihundertfünfzig Dollar die Stunde und hatte eindeutig noch einiges von den Ärzten zu lernen.

Ein Experte für Polizeitaktik sagte aus, dass sich Ahmed und seine Kumpane in ihrem Umgang mit den mit Drogen vollgepumpten Reeds streng an die Vorschriften gehalten hatten. Er war Strobels bester Kauf, denn er kostete nur hundertfünfzig Dollar die Stunde, doch er machte im Umfang wett, was ihm am Preis fehlte. Selbst Leslie war verblüfft zu erfahren, dass er es geschafft hatte, Strobel bis dato mehr als fünfzigtausend Dollar in Rechnung zu stellen.

Sachverständige für zwischenstaatliche Beziehungen sagten aus, dass die Saudis als Folge des scharf kritisierenden Berichts der Außenpolitikkommission des Senats bereits für ihr Verhalten zur Verantwortung gezogen worden seien. Diese Experten lagen mit um die zweihundertfünfzig Dollar die Stunde im mittleren Preissegment. Bis ihre Kreuzverhöre beendet waren, war jedoch klar, dass Strobel zu viel bezahlte, wenn er ihnen auch nur einen Penny gab.

* * *

Während Brad und Leslie die sachverständigen Zeugen in die Mangel nahmen, war Nikki unterwegs nach Saudi-Arabien. Wenn sie Erfolg hatte, würde sie Rashid und Mobara helfen, über die amerikanische Botschaft politisches Asyl zu bekommen, und sie würde Rashid darauf vorbereiten lassen, als Gegenbeweiszeuge am folgenden Montag in den Zeugenstand zu gehen. Brads Einschätzung nach konnte Strobel am Freitagmorgen mit seiner Beweisaufnahme fertig sein. Brads eigene Toxikologin, Dr. Nancy Shelhorse, würde als Gegenbeweis-Sachverständige den Rest des Tages brauchen. Es war entscheidend, sagte Brad zu Nikki, dass Rashid und Mobara nicht früher als nötig in den Vereinigten Staaten ankamen, um das Überraschungselement zu maximieren und mögliche Versuche von Ahmed, die Berjeins einzuschüchtern oder zu nötigen, zu verhindern.

Brad und Nikki bereiteten die Antragsdokumente für politisches Asyl sorgfältig vor, erklärten die Umstände des Reed-Falles und dokumentierten die Drohungen gegen Rashid und Mobara für den Fall, dass sie ehrlich aussagten. Gleich nach ihrer Ankunft in Saudi-Arabien würde Nikki außerdem von Sa'id el-Khamin ein Videoband bekommen, in dem Sa'id die Umstände des Falls und die Gründe erläuterte, warum politisches Asyl für das junge Paar angebracht war.

Nikki flog am späten Mittwochabend von Washington ab. Sie würde Sa'id am Donnerstag treffen, um die letzten Einzelheiten des Antrags vorzubereiten, und Rashid und Mobara am späten Freitagnachmittag zur Botschaft begleiten. Wenn alles nach Plan lief, würden Nikki und die Berjeins Riad zusammen am späten Freitagabend verlassen und am frühen Samstagmorgen amerikanischen Boden betreten.

* * *

Die Moreno-Göre hat das Land verlassen.

Ahmed las Barnes' Nachricht während der Aussage der Sachverständigen. Innerhalb von zwölf Stunden war er in seinem Privatjet unterwegs nach Saudi-Arabien. Irgendetwas war mit den Berjeins im Gange. Wenn sie versuchten, der Klägerpartei zu helfen, würde Ahmed persönlich ihren Hinrichtungen vorsitzen, selbst wenn das bedeutete, dass er dafür zwei Tage Expertenaussagen verpasste.

* * *

Nikkis erstes Treffen mit Sa'id ereignete sich genau wie geplant. Am späten Donnerstagmorgen Riad-Zeit hatten sie den Asylantrag fertig. Rashid und Mobara würden am nächsten Tag um fünf Uhr in Sa'ids Büro zu ihnen stoßen und sie würden alle gemeinsam zur Botschaft gehen. Sa'id war überzeugt, dass der Antrag bewilligt würde.

Spät am Donnerstagabend ging Nikki zu einem Münztelefon in der Hotellobby und rief Bella an, um sie über den weiteren Verlauf des Prozesses auszufragen.

»Brad hat doch gesagt, Sie sollen keine Telefone benutzen«, rügte Bella sie. »O'Malley sagt, sie könnten abgehört werden.«

»Machen Sie sich deshalb keine Sorgen.«

»Benutzen Sie aber nächstes Mal Ihren Blackberry. O'Malley meint, diese Dinger sind genauso gut wie Telefone, selbst da drüben. Auf jeden Fall sind sie sicherer.«

»Dauert zu lang«, sagte Nikki. »Abgesehen davon habe ich hier keinen Empfang.«

»Ist alles in Ordnung mit Rashid und Mobara?« Nikki hörte die Sorge in Bellas Stimme. Ein unerlaubter Anruf deutete nicht auf gute Neuigkeiten hin.

»Alles läuft nach Plan«, versicherte ihr Nikki. »Wie läuft der Prozess?«

»Ich habe mit Brad und Sarah zu Mittag gegessen, aber seither war ich im Büro. Sie sagten, es sei immer dasselbe. Ein hochbezahlter Experte nach dem anderen. Strobel hat Ichabod anscheinend gesagt, er sei morgen früh fertig. Morgen Nachmittag bringen wir Shelhorse als Zeugin für den Gegenbeweis und am Montag dann Rashid.«

»Besteht die Möglichkeit, dass Ichabod auch am Samstag Verhandlung führt?«

»Sie hat es nicht erwähnt und ich denke, sie würde eine Menge Geschworene wütend machen, wenn sie es täte. Wir können ohne Gefahr auf Montag setzen.«

»Bei Ichabod weiß man nie. Ist Brad sicher, dass er Shelhorse am Freitag den ganzen Nachmittag lang ausdehnen kann? Ich meine, wenn er früher fertig wird, müssten wir unsere Beweisführung abschließen, ohne Rashid im Zeugenstand gehabt zu haben.«

»Keine Sorge, Nikki. Brad sagt, er hat Fragen für sechs Stunden, wenn es sein muss.« Bella klang langsam verteidigend.

Nikki hatte, was sie brauchte. »Grüßen Sie Brad und Leslie schön«, sagte sie.

»Okay. Seien Sie vorsichtig, Nikki.«

»Klar. Vorsicht ist mein zweiter Vorname.«

Nikki legte auf und sah auf ihre Uhr. Es war jetzt halb elf am Donnerstagabend in Riad. Sie war der Norfolk-Zeit acht Stunden voraus. Sie prüfte ihre Notizen und Telefonnummern. Der Zeitplan war entscheidend. Und der Zeitplan würde eng. Alles musste genauso laufen, wie sie es geplant hatte.

* * *

O'Malley hatte am Mittwochabend, während er das Büro angeblich nach Wanzen absuchte, seine eigenen Wanzen in die Telefone bei Carson & Partner eingebaut. Den ganzen Donnerstag lang zeichnete er alle Anrufe auf. Das Gespräch zwischen Nikki und Bella war sein Stichwort.

Ein paar Minuten später fuhr er bei Carson & Partner vorbei. Er begrüßte Bella und begann seine Runde, wobei er sie wissen ließ, dass er alle Telefone überprüfte. Als er fertig war, erklärte er, das Büro sei sauber, und sagte Bella, dass er ein paar Stunden totzuschlagen habe. Er überredete sie, mit ihm zum Gericht zu kommen, um sich einen Teil der Aussagen des Nachmittags anzuschauen. Alles, was sie im Büro zu tun habe, versicherte er ihr, könne warten.

Sie fuhren gemeinsam zum Gericht und ein paar Minuten genossen sie es, Brad dabei zuzusehen, wie er sich einen von Strobels sachverständigen Zeugen vorknöpfte. Doch plötzlich fiel O'Malley ein, dass er zu spät zu einem Termin kam. Bella versicherte ihm, das Prozessteam würde sie heute Abend zum Büro zurückbringen können.

* * *

Dr. Nancy Shelhorse genoss ihre Arbeit als sachverständige Zeugin. Toxikologie, ihre tägliche Arbeit, konnte ganz schön trocken sein. Über den Umstand, als Expertin in einem großen Fall auszusagen, konnte man das nicht gerade sagen. Und die Bezahlung war auch nicht schlecht.

Shelhorse hatte einmal gehört, wie ein Anwalt den perfekten sachverständigen Zeugen als eine wortgewandte Person mit gepflegtem Lebenslauf und Koffer beschrieb. Sie erfüllte alle drei Kriterien. Shelhorse war die geborene Lehrerin und lehrte als außerordentliche Professorin an der University of Richmond Medical School, wo sie angehende Fachärzte unterrichtete. Die nötigen Referenzen brachte sie ebenfalls mit. Sie war erfahren und approbiert und sie hatte so viele anerkannte Fachartikel geschrieben, dass wahrscheinlich mehrere Bäume dafür gefällt werden mussten. Und in diesem Fall, wie in so vielen anderen, sagte sie außerhalb von Richmond aus, wo sie lebte und arbeitete. Aus irgendeinem seltsamen Grund schienen Anwälte und Geschworene zu glauben, dass niemand Experte sein konnte, solange er nicht große Strecken für seine Zeugenaussage zurücklegte oder zumindest kein »Ortsansässiger« war.

Sie war nicht nur qualifiziert; sie war auch vorbereitet. Am Abend vorher war sie zwei Stunden von Norfolk hergefahren, damit sie noch eine Nacht lang mit Brad und Leslie ihre Aussage durchgehen konnte. Sie hatten mehrere Probe-Kreuzverhöre durchgespielt, aber die Anwälte fanden keine Schwachstelle in ihrer Aussage. Schließlich erklärte Brad sie für wasserdicht und schickte sie nach Richmond zurück. Sie plante, morgen – am Freitagmorgen – wiederzukommen und im Flur vor dem Gerichtssaal zu warten, bis sie für ihre Aussage hereingerufen wurde. Sie freute sich darauf; sie hatte so viel zu sagen.

Aus diesem Grund war die Nachricht, die sie um halb vier am Donnerstagnachmittag erreichte, Enttäuschung und Überraschung zugleich. Ihre Assistentin sagte, jemand von Brad Carsons Büro habe angerufen und angekündigt, dass sie sie letztendlich vielleicht doch nicht brauchen würden. Laut dem Anrufer sollte sie so schnell wie möglich ihre E-Mails abrufen, wo sie die ganze Erklärung dafür finden würde.

Gespannt zu erfahren, was da los war, und in dem Wissen, dass sie dreißig Minuten brauchen würde, um vom Krankenhaus zu ihrem Büro zu kommen, bat Shelhorse ihre Assistentin, sich für sie einzuloggen und alle Nachrichten von Carson & Partner abzurufen.

»Hier steht es, Doktor: ›Die kurzfristige Planänderung und Benachrichtigung tut uns wirklich leid, aber der Prozess hat heute Nachmittag eine interessante Wende genommen. Infolgedessen brauchen wir Ihre Aussage nicht mehr. Vielmehr glauben wir, dass die Verteidigung sich mit Ihnen in Verbindung setzen und Sie irgendwie vorladen und zu Ihrer Aussage zwingen wird. Das würde unserem Fall sehr schaden. Sie haben nichts falsch gemacht. Aber dies ist ein kompliziertes und unerwartetes Ereignis, das uns sehr nützlich sein könnte, solange Sie nicht auffindbar sind und gezwungen werden können, in den Zeugenstand zu treten. Folglich werden wir Sie für den vollen morgigen Tag zum üblichen Tarif bezahlen, aber wir möchten Sie bitten, dass Sie sich für morgen und Samstag an einen Ort zurückziehen, den Sie NIEMANDEM nennen, und bis Samstagabend mit niemandem kommunizieren. Wir können Ihnen versichern, dass es im Moment noch keine Vorladung für Sie gibt. Versuchen Sie aber bitte nicht, uns zu kontaktieren, nachdem Sie diese Nachricht erhalten haben. Wenn Mr. Strobel eine Vorladung für Ihr Erscheinen genehmigt bekommt und Sie uns anrufen, wären wir gezwungen, Ihren Aufenthaltsort zu melden. Ich weiß, dass das eine außergewöhnliche Bitte ist, und wir würden sie nicht aussprechen, wenn es nicht absolut notwendig wäre. Vielen Dank für Ihr Verständnis. Am Sonntag werden wir in der Lage sein, unsere gesamte Strategie und den Grund unseres Handelns zu erklären.‹ Und dann steht noch drunter: ›Versandt von Nikki Moreno, Kanzleiassistentin, Carson & Partner.‹«

Shelhorse war schockiert. Sie brauchte eine Minute, um ihre Gedanken zu sammeln.

»Sind Sie noch dran?«, fragte ihre Assistentin.

»Werden Sie irgendwie schlau daraus?«, fragte Shelhorse zurück.

»Eigentlich nicht. Aber ich verstehe auch nicht viel von Prozessen. Ich weiß noch nicht mal genau, was eine Vorladung ist.«

»Wann ist die Nachricht angekommen?«

»In der Kopfzeile steht 14.47 Uhr.«

Shelhorse dachte über die Konsequenzen nach. Sie fühlte sich gekränkt, dass die Verteidigerseite anscheinend dachte, sie könnte ihre Aussage zu ihrem eigenen Vorteil nutzen. Sie sah ihren Auftritt im Rampenlicht dahingehen, ihren Ausbruch aus der Monotonie versperrt, ihre erwartete berufliche Entwicklung in sich zusammenbrechen.

»Ich kann nicht glauben, dass Mack Strobel schon eine Vorladung für mein Erscheinen vor Gericht beantragt haben sollte. Ich rufe auf der Stelle Brad Carson an.«

Shelhorse drückte den »Auflegen«-Knopf auf ihrem Handy und wählte die Nummer von Carson & Partner. Sie hörte die aufgezeichnete und eintönige Stimme von Bella, die ihr die Durchwahlen von verschiedenen Mitarbeitern gab. Shelhorse wählte die Nummer von Brad Carson. Sein Anrufbeantworter versicherte ihr, wie wichtig ihr Anruf ihm sei, und bat sie, eine Nachricht zu hinterlassen.

»Brad, hier ist Nancy Shelhorse. Rufen Sie mich bitte zurück, sobald Sie die Möglichkeit haben. Wenn ich nichts von Ihnen höre, nehme ich einfach an, dass Strobel die Vorladung für mein Erscheinen beantragt hat, und werde mich am Freitag und Samstag verstecken, wie Sie gesagt haben.«

Shelhorse legte auf und schüttelte angewidert den Kopf. »Anwälte!«, murmelte sie mit tief empfundener Verachtung.

* * *

O'Malleys Termin führte ihn direkt zurück in die Büros von Carson & Partner. Er setzte sich an den Empfangstisch und überprüfte geduldig die Telefonnummern, die jedes Mal angezeigt wurden, wenn ein Anruf von außen hereinkam. Außerdem kontrollierte er periodisch die E-Mails und Anrufbeantworter von allen.

Um 15.38 Uhr klingelte das Telefon. Der Bildschirm am Empfang zeigte eine Nummer in Richmond an. O'Malley lauschte aufmerksam, dann hörte er Brad Carsons Telefon auf einer internen Leitung klingeln. Der Anruf war weitergeleitet worden.

Er wartete ein paar Minuten, dann loggte er sich mit den Passwörtern, die Bella ihm vor Wochen gegeben hatte, in Brads Anrufbeantworter ein. Er hörte die Nachricht von Shelhorse ab, löschte sie, verließ die Kanzlei Carson & Partner und schloss hinter sich ab.

37

Nikki Morenos Weckruf kam in aller Frühe, nur wenige Minuten vor Mittag. Sie murmelte wenig begeistert ein Dankeschön an den Telefonisten und glitt tiefer unter ihre Decke. Langsam nahm Zimmer 703 Konturen an und sie begann, über die Herausforderungen der nächsten zwölf Stunden nachzudenken. Sie zwang sich aus dem Bett, ein Bein nach dem anderen, und schlurfte zu der Schiebetür hinüber, die auf ihren Balkon führte.

Ihr Kopf hämmerte und ihr Magen fühlte sich an wie ein Stein. Ihr Mund war ausgedörrt und ihre Nase verstopft - alles in allem fühlte sie sich furchtbar. Sie sah zur Kommode hinüber und verfluchte die Flasche Scotch vom Vorabend, die der Grund für ihren Zustand an diesem Morgen war. Sie war einsam und aufgedreht gewesen gestern Abend und hatte nicht schlafen können. Um sich selbst zu trösten und zu beruhigen, hatte sie sich ein paar Gläser zu viel aus der Flasche gegönnt, die die Reise über den Atlantik in ihrer Kleiderhülle mitgemacht hatte. Wenn ihre erste Reise nach Saudi-Arabien sie eines gelehrt hatte, dann, dass sie sich in diesem verdorrten Land ihren Alkohol selbst mitbringen oder ganz darauf verzichten musste.

An diesem Morgen - oder war es schon Nachmittag? - wünschte sie sich, sie hätte darauf verzichtet.

Sie nahm sich Zeit zum Duschen und Stylen, als könnten langsame Bewegungen ihren Magen beruhigen und das Hämmern in ihrem Kopf stoppen. Heute würde sie so unauffällig sein wie es eine tätowierte Latina in Saudi-Arabien eben konnte. Sie trug kein Make-Up auf und warf sich die verhasste Abaja über, die Sa'id ihr bei ihrem ersten Aufenthalt hier gegeben hatte. Bei dieser Hitze konnte sie auf keinen Fall die Kopfbedeckung tragen, doch sie würde ihr Bestes tun, nicht aufzufallen. Sie würde keine Aktentasche mitnehmen. Sie würde Männern nicht in die Augen sehen, während sie sprach. Genau genommen würde sie es sogar, wenn möglich, ganz vermeiden zu reden. Sie würde sich auf ihren Plan konzentrieren und sonst nichts.

* * *

Um neun Uhr morgens geriet Bella in Panik.

Shelhorse war nirgends aufzufinden.

Sie hätte sich mit ihnen um 7.30 Uhr im Flur vor dem Gerichtssaal treffen sollen. Aber sie war zu spät. Experten kamen immer zu spät. Das ärgerte Bella, versetzte sie aber zunächst nicht in Panik. Inzwischen war Shelhorse allerdings weit über die übliche Verspätung hinaus. Irgendetwas stimmte ganz und gar nicht. Und Bella war außer sich.

Brad war seit über einer Stunde dabei und ihm gingen die Fragen fürs Kreuzverhör von Strobels letztem Zeugen aus. Während er vorgab, einer Antwort zuzuhören, kritzelte er eine Notiz und reichte sie Bella: »Ich kann es bis zehn hinziehen, nicht länger. Gehen Sie Shelhorse suchen!«

Bella hastete in den Flur und wiederholte ihre frühere Serie von Anrufen. Sie rief in Shelhorses Büro an und hinterließ ihre dritte dringende Nachricht des Vormittags. Sie rief auf Shelhorses Handy an. Noch eine Bandansage. Noch eine Nachricht. Bei Shelhorse zu Hause hob niemand ab. Keine Antwort auf den Piepser. Bella wurde noch verrückt.

Es war jetzt 9.15 Uhr. Sie starrte das Münztelefon an. Eine weitere Minute verrann. Der Anrufbeantworter im Büro. Vielleicht hatte Shelhorse einen Unfall gehabt oder es war sonst etwas Unerwartetes passiert und sie hatte eine Nachricht auf Band gesprochen. Bella blätterte in ihrem Terminkalender zu der Seite mit den Passwörtern, die sie O'Malley gegeben hatte.

Sie begann mit ihrem eigenen Telefon, dann Brads, dann Leslies. Sie hörte eine Menge Nachrichten ab, inklusive einer privaten von Leslie an Brad, aber keine betraf Shelhorse.

Nikkis Nachrichten, von denen es viele gab, erwiesen sich als wesentlich interessanter. Bella hörte mit schäbiger Belustigung die persönlichen Anrufe von verschiedenen Männern ab, die von der Existenz der jeweils anderen nichts zu wissen schienen. Aber es war ein geschäftlicher Anruf, der ihre Aufmerksamkeit weckte. Sie spielte ihn mehrere Male ab und schrieb ihn Wort für Wort nieder.

»Ms. Moreno, hier ist wieder Chad Hamilton. Wir haben in letzter Zeit öfter aneinander vorbeitelefoniert. Und statt uns weiter gegenseitig anzurufen, gebe ich Ihnen jetzt einfach das Wichtigste durch. Eins Komma fünf Millionen. Nehmen Sie es an oder lassen Sie's.«

Bella raste zurück in den Gerichtssaal. Brad befragte immer noch methodisch den Zeugen und wurde von Ichabod mehr und mehr unter Druck gesetzt, mit seinem Kreuzverhör voranzukommen. Als Brad Bella wieder auf ihren Platz am Anwaltstisch plumpsen sah, sah er sie erwartungsvoll an. Bella runzelte die Stirn und schüttelte den Kopf. Brad widmete sich wieder seiner Befragung und käute ein paar Themen wieder, die er schon behandelt hatte.

»Nirgendwo eine Nachricht von Dr. Shelhorse und sie geht an keines ihrer Telefone«, flüsterte Bella Leslie zu. »Es ist, als wäre die Frau einfach vom Erdboden verschwunden. Also habe ich bei uns im Büro angerufen, um die Anrufbeantworter abzuhören. Schauen Sie sich das hier an. Das war eine Nachricht, die auf Nikkis Anrufbeantworter hinterlassen wurde.«

»Haben Sie meinen Anrufbeantworter auch abgehört?«, flüsterte Leslie, bevor sie auf den Zettel sah.

»Lesen Sie einfach die Nachricht«, sagte Bella lauter, als sie gewollt hatte. Ichabod warf ihr einen bösen Blick zu. Bella formte eine lautlose Entschuldigung mit den Lippen.

»Hören Sie nie wieder meinen Anrufbeantworter ab«, warnte Leslie.

»Lesen Sie einfach die Nachricht.«

Während Leslie las, legte sie die Stirn in Falten. »Wie verstehen Sie das?«, flüsterte sie.

»Ich dachte, das könnten Sie vielleicht wissen.«

Leslie wusste es nicht. Sie sah Bella achselzuckend an, dann grübelte sie weiter nach, während der Zeuge weiterleierte.

»Könnten Sie bitte Folgendes tun?«, flüsterte Leslie schließlich. »Gehen Sie zurück ins Büro. Rufen Sie von unterwegs O'Malley an und sagen Sie ihm, er soll Sie dort treffen. Rufen Sie außerdem weiterhin Shelhorse an. Wenn Sie etwas herausfinden, lassen Sie meinen Blackberry klingeln. Wenn Sie ins Büro kommen, gehen Sie und O'Malley die E-Mails von allen durch und schauen, ob das etwas bringt. Ich beschuldige Nikki nicht, aber wir haben eine fehlende Zeugin und einen merkwürdigen Anruf.«

»Okay«, sagte Bella stirnrunzelnd. »Ich wusste doch, dass wir ihr nicht trauen können.«

* * *

Nikki kam spät an, weil sie nicht mit dem Taxifahrer kommunizieren konnte und er nicht die leiseste Ahnung hatte, wo er hinfuhr. Sa'ids Büro lag nicht gerade im Zentrum bei den höchstrangigen Firmen. Noch befand es sich in einem Industrie- oder Büropark, wo die zweitrangigeren Firmen lagen. Die einstöckige Kanzlei lag in einer abgelegenen Seitenstraße, auf einer Seite flankiert von einem kleinen Waschsalon und auf der anderen von einem beengten Restaurant, das auch Lebensmittel en gros verkaufte – das Riader Äquivalent eines Deli.

Schmale Gassen trennten die drei farblosen, verputzten Geschäftsgebäude. Sie alle hätten eine Renovierung nötig gehabt, vor allem das von Sa'id. Die Hausnummer an seinem Gebäude war schon lange verschwunden, was das Problem für den sowieso schon verwirrten Taxifahrer noch verschlimmerte.

Als Nikki um 17.20 Uhr schließlich ankam, empfing Sa'id sie herzlich an der Vordertür.

* * *

Er fuhr die unscheinbare schwarze Limousine an den Straßenrand und parkte einen Häuserblock von dem Gebäude entfernt. Sofort funkte er die anderen an.

»Sie hat gerade das Büro des Anwalts betreten«, berichtete er. »Keine Ahnung, ob sie bewaffnet ist.«

»Es könnte sein, dass du bald Gesellschaft bekommst«, kam die Antwort. »Warte dort.«

* * *

Sa'id stellte Nikki, als sie drinnen war, Hanif vor. Sofort fiel ihr seine frappierende Ähnlichkeit mit Rashid ins Auge. Sa'id erklärte, dass Hanif mit ihnen zur Botschaft fahren wolle, um seinen Bruder zu verabschieden. Hanif schüttelte Nikki lächelnd und mit grenzenlosem Enthusiasmus die Hand.

Sa'id teilte sich das Gebäude mit drei anderen Mietern, alle mit kleinen Büros an einem gemeinsamen Flur. Sa'id führte Nikki und Hanif in sein vollgestopftes Büro, damit sie sich das Video ansahen, das Sa'id aufgenommen hatte. Abgesehen von seiner vorherigen schlechten Arbeit hatte der Mann diesmal gute Arbeit geleistet. Hanif teilte seine Aufmerksamkeit zwischen dem Video und dem Bürofenster, das nach vorn hinaus ging, wo er die Jalousie in Augenhöhe mit den Fingern teilte, um Ausschau nach seinem Bruder zu halten.

Vor der Kamera war Sa'id leidenschaftlich und ernst und stellte den Fall eindeutig gegen seine eigene Regierung dar. Nikki war beeindruckt, dass ein streng religiöser Muslim seinen Ruf aufs Spiel setzte, um religiöse und politische Freiheit für ein christliches Paar zu erlangen, das er nicht einmal kannte. Natürlich hatte er keinen großen Ruf zu verlieren, aber dennoch …

Trotz Sa'ids kugelrunder Gestalt, dem ungepflegten Bart, seiner nervtötenden Angewohnheiten und ungeschickten Flirtversuchen, mochte Nikki den kleinen Kerl. Er schien keine gottgegebenen Talente oder Gaben zu besitzen, abgesehen von einem sonnigen Gemüt und einem riesigen Herzen. Selbst diese Eigenschaften waren wahrscheinlich die sechzehnhundert Rial pro Stunde nicht wert, die er einsackte. Doch im Großen und Ganzen hatte er ihre Erwartungen übertroffen.

Nikki dankte Sa'id für die ausgezeichnete Arbeit an dem Band und sah, wie er strahlte. Dann schob sie das Band in ihre verhasste Abaja und gesellte sich zu Hanif auf seinem Wachposten am Fenster.

* * *

Die Berjeins kamen erst kurz vor sechs.

»Warum kommen Sie so spät?«, schäumte Nikki. »Wir müssen in zehn Minuten in der Botschaft sein!«

Sa'id versuchte, Nikkis Tonfall genauso wie ihre Worte zu übersetzen. Die Berjeins standen da wie begossene Pudel.

»Man ist uns gefolgt«, sagte Rashid. »Wir versuchten, sie abzuschütteln, konnten aber nicht. Wir denken, sie sind immer noch draußen.«

Diese abschreckende Nachricht ließ Hanif zum Fenster zurückstürzen, um noch einmal hinauszusehen. Nikki sah über seine Schulter. Draußen saßen in einer schwarzen Limousine zwei Männer, die beide zum Gebäude hersahen. Derjenige, der auf ihrer Seite saß, war schmal und sah böse aus, mit dunklen Knopfaugen und einer markanten Narbe, die sich über seine linke Wange bis in seinen Bart zog. Der andere Agent ragte über dem ersten auf und passte kaum auf den Beifahrersitz.

Die Berjeins wurden wirklich beschattet. Und den Männern da draußen schien es egal zu sein, wenn sie es wussten.

Sie traten vom Fenster weg und alle außer Nikki begannen gleichzeitig auf Arabisch durcheinanderzureden. Sie versuchte angestrengt, trotz des Lärms und Durcheinanders nachzudenken. Schließlich hielt sie es nicht länger aus, stampfte hart mit dem Fuß auf den Boden und stieß gleichzeitig einen lauten Schrei aus.

»Ruhe! Seid einfach mal eine Minute still!« Sie hatte ihre ungeteilte Aufmerksamkeit.

»Ich werde die Botschaft anrufen und lasse den Termin um eine halbe Stunde nach hinten verschieben«, sagte sie. Sie wartete darauf, dass Sa'id dolmetschte.

Dann sah sie ihn an. »Wie weit liegt Ihr Haus entfernt und in welche Richtung?«

»Nördlich der Stadt. Vierzig Minuten mit dem Auto.«

»Das funktioniert nie«, sagte sie, dann zögerte sie. »Okay, Folgendes werden wir tun.«

Sie sah von einem Bruder zum anderen und lächelte über ihr Glück. Rashid, der ältere Bruder, war ungefähr fünf Zentimeter größer und auch ungefähr fünf Kilo schwerer. Aber ihre Ähnlichkeit schluckte diese Unterschiede. Derselbe athletische Körperbau, dieselbe vorspringende Nase, dieselben riesigen, tief liegenden Augen mit denselben großen Ringen darunter. Die männlichen Gene in der Berjein-Abstammung waren stark und ausgeprägt.

Nikki versuchte, sich Hanif mit einem Haarschnitt und ohne Bart vorzustellen.

Sie sah Rashid an, dann noch einmal zurück zu Hanif. »Es wird Zeit für ein kleines Verwirrspiel«, sagte sie, »was zufällig mein Spezialgebiet ist. Sa'id, haben Sie eine Schere und einen Rasierer?«

»Natürlich habe ich eine Schere. Einen Rasierer können wir nebenan kaufen.«

»Gut. Hanif wird sich den Bart abrasieren und die Haare schneiden, damit er Rashid so ähnlich wie möglich sieht. Sie werden außerdem die Kleidung tauschen. Ich habe ungefähr die gleiche Größe wie Mobara. Wir werden ebenfalls die Kleidung tauschen und ich werde ihre Abaja und den Gesichtsschleier tragen. Hanif und ich werden als Erste rausgehen, verkleidet als Rashid und Mobara, und zu meinem Hotel fahren. Sa'id, Sie werden als Nächster gehen, eine andere Route nehmen und uns im Hotel treffen.«

Sie hielt wieder inne. Es wurde gedolmetscht und skeptische Blicke wurden getauscht. Sie beschloss, lebhafter zu klingen, sich enthusiastischer zu geben. Vielleicht würden sie es ihr abkaufen. Schließlich war es der einzige Plan, den sie hatte.

»Wir werden beide unsere Rückspiegel im Auge behalten. Hoffentlich werden diese Männer Hanif, Sa'id und mir zum Hotel folgen. Wenn mein Plan nicht funktioniert und sie uns nicht folgen, sollten Rashid und Mobara bleiben, wo sie sind, bis wir wieder herkommen. Sa'id, gibt es hier einen Hinterausgang?«

Sa'id nickte.

»Rufen Sie ein Taxi für Rashid und Mobara dorthin. Sagen Sie ihnen, sie sollen darauf achten, ob die Männer da draußen uns folgen. Wenn ja, sagen Sie ihnen, sie sollen den Hinterausgang nehmen und mit dem Taxi zur Botschaft fahren. Geben Sie ihnen das Videoband. Sie sollen dort auf uns warten.«

Sa'id dolmetschte Nikkis improvisierten Plan für die anderen. Sie diskutierten kurz auf Arabisch.

»Sie sagen, das wird nie funktionieren«, berichtete Sa'id.

Nikki warf die Arme in die Luft. »Dann sagen Sie ihnen, sie sollen einen besseren Vorschlag machen!«, schnappte sie.

Zwei Minuten später ging Sa'id nach draußen, um einen Rasierer zu kaufen.

* * *

Nikki, gekleidet in Mobaras Abaja, stand auf und bewunderte Hanifs neue Glattrasur und den sauberen Haarschnitt. Sie ließ ihn sich neben seinen Bruder stellen. Dann sah sie von einem zum anderen und wieder zurück. Ein selbstzufriedenes Lächeln erschien auf ihrem Gesicht.

»Sie sind Ihrem Bruder wie aus dem Gesicht geschnitten«, sagte sie zu Hanif.

Er sah sie verwirrt an.

»Egal«, sagte sie und wandte sich an Sa'id.

Der kleine Kerl sah aufgeregter aus als je zuvor, seine Augen glühten förmlich vor Enthusiasmus. Plötzlich spürte Nikki eine Welle der Dankbarkeit für den Mann und eine Welle von Schuldgefühlen, dass sie sein Leben so in Gefahr brachte. »Sie müssen das nicht tun, wissen Sie«, sagte sie, ohne nachzudenken.

»Ich weiß«, antwortete er und sah entschlossener aus als je zuvor. »Aber ich war noch nie vorher Teil von so etwas ... von so etwas Wichtigem«, er vollführte einen Bogen mit der Hand, »mit so engagierten Menschen.«

Nikki nickte dankend und tätschelte ihm den Oberarm. »Beschreiben Sie Hanif den Weg zum Hotel und fragen Sie ihn, ob er bereit ist.«

Sa'id erklärte Hanif den Weg und sagte Nikki, er sei jetzt bereit. Hanif wandte sich seinem Bruder zu. Sie zwinkerten die Tränen fort. Keiner von ihnen schien zu wissen, was er sagen sollte.

Nach einem Moment respektvoller Stille wechselten die Brüder ein paar feierliche Sätze auf Arabisch, während die anderen zusahen. Dann umarmte Hanif seinen älteren Bruder ungestüm und beiden Männern stiegen die Tränen in die Augen. Sie lösten sich voneinander, Rashid schlug Hanif auf die Schulter, wobei er stolz nickte und seinem Bruder fest in die feuchten Augen sah.

Ohne ein Wort drehte sich Hanif zu Nikki um, nahm ihre Hand und ging zur Vordertür hinaus.

Sa'id folgte einen Schritt hinter ihnen.

38

Die beiden Männer in der schwarzen Limousine nahmen zur Kenntnis, dass ein Paar das Gebäude verließ und zu seinem Auto hastete. Der Anwalt folgte ihnen auf dem Fuße und ging zu seinem Auto.

»Folg ihm!«, instruierte der schmale Mann seinen Partner. »Ich rufe Verstärkung, damit sie ein Auge auf Moreno haben.«

Der Berg von einem Mann kletterte aus der Limousine und hastete vorgebeugt, um nicht gesehen werden, zu einem anderen Auto, wobei er Sa'id im Auge behielt.

Der andere Mann folgte Hanif und Nikki und erstattete Bericht. »Moreno ist noch drin. Sie kam im Taxi an und müsste jetzt allein sein. Wenn sie geht, ruft mich an.«

Dann rief er Ahmed an, der auf dem Weg zu Sa'ids Büro war. Der Schlag würde jetzt woanders stattfinden und das Beste, was sie tun konnten, war den Hauptverdächtigen zu folgen und herauszufinden, wo das sein würde.

* * *

Nikki rutschte tief in den Sitz und widerstand dem Drang, sich selbst im Innenspiegel anzusehen. Sie wollte Hanif sagen, dass er sich großartig schlug, aber er hätte es nicht verstanden. Sie gratulierte sich selbst zu der guten Arbeit, die sie angesichts der fehlenden Zeit an seinen Haaren geleistet hatte. Hanif sah tatsächlich richtig gut aus, auf eine etwas zerraufte Art. Sie mochte seinen Stil.

»Sie sehen gut aus mit den neuen Haaren«, sagte sie.

Hanif sah sie von der Seite an, nickte zustimmend und lächelte.

»Sie sprechen doch kein Englisch, oder?«

Hanif nickte wieder und lächelte auf dieselbe Art. Nikki stieß einen Seufzer der Erleichterung aus.

Sie konnte die schwarze Limousine im Seitenspiegel sehen. Der Fahrer schien allein zu sein und sie hoffte, der andere Mann folgte Sa'id. Inzwischen sollten Rashid und Mobara unbemerkt den Hinterausgang benutzt haben, durch die Gasse in eine Seitenstraße gelangt und in ein Taxi zur Botschaft gestiegen sein. Sie hoffte, sie waren sicher entkommen. Sie gestattete sich keinen Gedanken an die Alternativen. Stattdessen richtete sie ihre Gedanken darauf, was sie und Hanif tun sollten, wenn sie das Hotel erreichten.

Im Moment hatte sie noch keine Ahnung.

* * *

Bis 10.05 Uhr hatte Brad all seine Verzögerungstaktiken ausgereizt und Ichabod in schlechte Stimmung versetzt.

Nachdem der Zeuge sich wieder gesetzt hatte, stand Strobel stolz auf und verkündete: »Die Beweisführung der Verteidigung ist abgeschlossen.« Er erneuerte seinen Antrag auf ein direktes Richterurteil und die Richterin zog ihn erneut in Betracht.

»Mr. Carson, haben Sie Zeugen für die Führung des Gegenbeweises?«, fragte Ichabod, ohne von ihren Notizen aufzusehen. »Wie ich schon sagte, fassen Sie sich kurz.«

Brad stand auf und sah sich noch einmal im Gerichtssaal um, in der Hoffnung, dass Nancy Shelhorse vielleicht unbemerkt hereingeschlüpft war. »Euer Ehren, wir haben zwei kurze Gegenbeweiszeugen. Eine ist eine Sachverständige, unsere Toxikologin, und der andere ist ein Tatsachenzeuge. Da Mr. Stobel seine Beweisaufnahme so unerwartet beendet hat, sind unsere Zeugen unglücklicherweise noch nicht da. Wäre es möglich, uns jetzt auf Montag zu vertagen und diese Zeugen am Montag dann schnell als Erstes in den Zeugenstand zu rufen?«

An den Blicken der Geschworenen war abzulesen, dass sie das für eine gute Idee hielten. Es war das erste Mal am ganzen Vormittag, dass Leben in ihren Augen stand.

»Mr. Carson, Sie kennen die Regeln dieses Gerichts. Wenn Ihr nächster Zeuge nicht bereit ist, schließen Sie Ihre Beweisaufnahme ab. Frau Gerichtsschreiberin«, sagte Ichabod, »nehmen Sie ins Protokoll auf, dass Mr. Carson keine Gegenbeweiszeugen aufrufen wird.«

»Warten Sie, Euer Ehren«, platzte Brad heraus, »das ist nicht wahr. Wir *haben* Gegenbeweiszeugen.«

»Wo sind sie dann?«, wollte Richterin Baker-Kline wissen.

»Sie sind unterwegs«, beharrte Brad.

»Und ich bin die Kaiserin von China«, sagte Ichabod sarkastisch. »Folgendes werden wir tun, Herr Anwalt, und ich warne Sie: Das ist mehr als ich normalerweise tue. Ich tue es wider besseres Wissen, aber ich tue es trotzdem. Wir machen fünfzehn Minuten Pause und wenn Ihre Zeugen auftauchen – gut. Wenn nicht, kommen wir zu den Schlussplädoyers.«

»Erheben Sie sich«, verkündete der Gerichtsdiener, »das Gericht vertagt sich um fünfzehn Minuten.«

* * *

»Ich bringe sie um, Leslie! Ich schwöre es! Wenn ich sie in die Finger kriege, bringe ich sie um!«

»Bella, beruhigen Sie sich.« Leslie hielt den Hörer des Münztelefons ein paar Zentimeter von ihrem Ohr weg. »Was haben Sie herausgefunden?«

»Nikki hat gestern Abend eine Nachricht von ihrem Organizer geschickt und Shelhorse gesagt, sie solle nicht kommen! Ist das zu fassen?!«

»Woher wissen Sie das, Bella, wenn sie es von ihrem Organizer verschickt hat?«

»Weil diese neumodischen Blackberries automatisch via Satellit eine Kopie auf den Hauptcomputer schicken, sobald der mit dem Internet verbunden ist. Es ist hier groß und breit auf Nikkis Computer zu sehen!«

»Dafür muss es eine Erklärung geben ...«

»Warum müssen alle diese Frau unbedingt verteidigen? Erst die Mailbox. Ein Typ, den keiner kennt, bietet ihr anderthalb Millionen an. Jetzt die E-Mail, um unsere Hauptzeugin loszuwerden. Ich glaube, wir haben genug, um zu den Cops zu gehen.«

»Bella, denken Sie mal einen Moment nach. Was, wenn es eine Falle ist?«

»Leslie!« Bella schrie so laut, dass die Reporter an den anderen Münztelefonen sie hören konnten. »Wie viele Beweise wollen Sie noch außer einer Mailboxnachricht und einer E-Mail? Kommen Sie …!«

»Na gut. Aber als Erstes müssen wir Shelhorse finden. Sie kann bestätigen, ob Nikki ihr die E-Mail wirklich geschickt hat. Wir haben fünfzehn Minuten, Bella.« Leslies Gedanken rasten. Sie musste dafür sorgen, dass Bella die Ruhe bewahrte. Sie musste Brad die Nachricht überbringen. Sie musste dafür sorgen, dass dieser zerbrechliche Fall nicht außer Kontrolle geriet. »Bis dahin darf Nikki nicht wissen, dass wir ihr auf die Schliche gekommen sind.«

Leslie zwang sich, langsam und ruhig zu sprechen. Sie schirmte den Hörer und ihren Mund mit der Hand ab, damit niemand mithören konnte. »Ich erzähle Brad von Nikki. Und ich rufe Saudi-Arabien an und warne Sa'id und Rashid, ihr nicht zu trauen. Wenn wir recht haben, wird sie sie direkt Aberijan ausliefern.«

»Okay. Und ich versuche weiter, Shelhorse zu erreichen. Aber sagen Sie Brad, dass er einen Mordfall zu verhandeln haben wird, wenn ich die Erste bin, die Nikki in die Finger bekommt, wenn sie in dieses Land zurückkommt.«

»Überlassen Sie solche Sachen lieber Ahmed.« Leslie lachte gezwungen in dem Versuch, die Situation etwas aufzulockern.

Als Antwort bekam sie nur ein Leerzeichen.

* * *

Sarah sah und hörte zu, als Leslie in den Gerichtssaal zurückeilte, um Brad zu informieren.

»Warum will Ichabod unbedingt *heute* mit den Schlussbemerkungen anfangen?«, sprudelte Leslie hervor. »Du bist nicht bereit, oder? Ich meine, ist ihr geliebter Zeitplan so wichtig, dass dabei die Gerechtigkeit niedergewalzt wird?«

Brad hörte kommentarlos zu. »Wir können nicht einfach eine Pause bekommen«, sagte er resigniert.

»Das ist so lächerlich!«, fuhr Leslie fort. »Wenn die Frau mit dem Herz aus Stein zurück auf die Richterbank kommt, lass mich sie um eine Vertagung bitten. Sie kann uns nicht zwingen, heute mit den Schlussbemerkungen anzufangen! Sie muss uns zumindest das Wochenende geben, um Rashid herzuschaffen … oder nicht?«

Wenn Leslie jetzt eine Ermutigung von Brad will, sucht sie am falschen Ort, dachte Sarah.

»Sie ist die Richterin. Sie kann tun, was immer sie will«, sagte Brad.

Zum ersten Mal in diesem Fall sah Sarah, wie Brad die Schultern und den Kopf hängen ließ, was ihr sagte, dass ihn die Kampflust verlassen hatte. Er saß schwer in seinem Stuhl, lehnte sich zurück und rieb sich das Gesicht. Es war die Körperhaltung von Verwirrung und Niederlage.

»Ihr Jungs wart großartig bis jetzt«, sagte Sarah mit sanfter, ermutigender Stimme. »Es wird klappen. Euch wird noch etwas einfallen.«

»Danke«, sagte Brad. Doch sein bedrückter Gesichtsausdruck änderte sich nicht.

»Ich klemme mich ans Telefon«, sagte Leslie. Sie sah auf Brad hinab, als sie ging. »Alles klar?«

Er nickte und sank tiefer in seinen Sitz, während sie den Gerichtssaal wieder verließ.

Da sie nicht wusste, was sie sonst tun sollte, saß Sarah schweigend neben ihm. Er war den ganzen Prozess über eine große Stütze für sie gewesen, er hatte mehr getan, als jeder andere Anwalt hätte tun können. Er hatte sich wacker geschlagen. Wenn er jetzt jemanden brauchte, der still neben ihm saß und zusah, wie die wertvollen Minuten verrannen, war dies das Mindeste, was sie tun konnte. Sie spürte, dass jetzt nicht die Zeit für Worte war.

Die Minuten vergingen und der Gerichtssaal begann sich wieder zu füllen. Brad setzte sich wieder aufrechter hin und faltete die Hände vor sich auf dem Tisch. Er sah starr geradeaus, brach das Schweigen nicht. Zehn Minuten waren vergangen. In weiteren fünf war Ichabod zurück auf der Bank und verlangte von ihnen, dass sie Klartext redeten.

Es war Clarence, der Brad schließlich zum Reden brachte. Der stämmige Marshal schlenderte zu Brad hinüber und setzte sich halb auf die Tischkante. Das Holz quietschte protestierend.

»Sie brauchen keine Gegenbeweiszeugen, Brad Carson. Sie haben's ihnen auch so schon richtig gegeben. Ich würd' sie jetzt einfach noch mit einem von diesen Schlussplädoyers einschüchtern, die Sie immer so halten, und dann aufs Geld warten. Brad, ich sag's Ihnen, die Geschworenen fressen Ihnen aus der Hand. Und jetzt Kopf hoch, bevor sie wieder reinkommen!«

Der einfache und vollkommene Optimismus des Mannes schien zu wirken. Als Clarence fertig war, sah Brad zu dem Berg von einem Mann auf, der da vor ihm saß, zwang sich zu einem Lächeln und sagte doch noch etwas.

»Danke, Clarence. Vielleicht werde ich genau das tun.«

Clarence boxte ihn spielerisch an den Arm und Sarah merkte, wie Brad das Gesicht verzog. Das würde wohl einen blauen Fleck geben. Sie war froh, dass der große Mann auf ihrer Seite war.

Während der Marshal an seinen Platz zurückschlenderte, ging ein Leuchten über Brads Gesicht. Seine Augen leuchteten auf und seine Lippen kräuselten sich zu einem ungezwungenen Lächeln.

»Warten Sie mal«, rief Brad ihm nach. »Haben Sie in Ihrem Gefängnis vielleicht ein paar Kokaindealer im großen Stil?«

* * *

Ichabod blickte von ihrer hohen Richterbank finster zu ihm herab. Brad brauchte noch ungefähr fünf Minuten, bis Clarence mit einem Häftling im Schlepptau wiederkommen würde. Diese Minuten zu bekommen würde nicht leicht werden mit der ungeduldigen Ichabod.

»Rufen Sie Ihren nächsten Zeugen auf!«, befahl sie.

»Lass mich das machen«, flüsterte er Leslie zu. Ihre Telefonate waren vergeblich gewesen.

Er stand auf und ging langsam zum Podium hinüber. Sehr langsam. »Euer Ehren, dürfte ich die Situation mit meinen beiden Gegenbeweiszeugen erklären?«, fragte er höflich und respektvoll.

Ichabod schien zufrieden mit seiner Haltung, sah ihn aber weiterhin fordernd an. Sie lehnte sich auf ihrem Stuhl zurück, verschränkte die Arme und visierte Brad über ihre Nasenspitze an. »Sie dürfen es erklären, Mr. Carson, solange Sie sich keine Hoffnungen darauf machen, dass dieses Gericht auf Ausreden eingehen wird, warum Zeugen zu spät kommen. Aber wenn Sie Ihre Erklärung einfach fürs Protokoll abgeben wollen – bitteschön.«

»Ja, Ma'am«, antwortete Brad. »Ich weiß, das Gericht will am Montag mit den Schlussplädoyers anfangen. Ich würde gerne vorschlagen, dass wir morgen, Samstag, eine kurze Sitzung anberaumen, wie wir es letztes Wochenende schon hatten, damit wir ein paar unvermeidliche Probleme mit diesen beiden Zeugen regeln können.«

»Ich bin nicht bereit, alle hier im Gerichtssaal am Samstag herzubestellen, nur weil Sie Ihre Zeugen nicht rechtzeitig herschaffen konnten, Mr. Carson.« Ichabod hielt inne und schüttelte den Kopf, als könne sie nicht fassen, dass sie die folgende Frage wirklich stellen würde. »Wer sind diese Zeugen und was sind ihre Probleme?«

Brad hatte seine Einleitung.

»Die erste ist Dr. Nancy Shelhorse, eine Toxikologieexpertin von der University of Richmond Medical School. Sie wird zu den toxikologischen Untersuchungen von Charles Reed aussagen und außerdem die Aussage der ehemaligen Gemeindemitglieder zum Thema Drogenkonsum widerlegen. Sie sollte sich heute Morgen mit uns treffen. Wir haben versucht, sie über ihr Handy, ihre Büronummer, Piepser und wer weiß noch was zu erreichen. Wir fürchten, dass ihr auf dem Weg zum Gericht etwas Ernstes zugestoßen ist, und wir bitten um einen Tag, um dem nachzugehen.«

Brad gefiel der Gedanke nicht, seinen nächsten Gegenbeweis-Zeugen vor der ganzen Versammlung bekannt zu geben. Doch unter diesen Umständen hatte er keine große Wahl.

»Unser zweiter Zeuge ist Rashid Berjein, derselbe Mann, der bereits in einer aufgezeichneten eidlichen Zeugenaussage für Mr. Strobel ausgesagt hat. Mr. Berjein ist bereit, seine frühere Aussage zu widerrufen und unter Eid auszusagen, dass der einzige Grund, warum er diese Aussage machte, darin lag, dass er von Mr. Aberijan bedroht wurde. Mr. Berjein wird weiterhin aussagen, dass die Behauptungen, Charles und Sarah Reed oder sonst jemand aus ihrer Hausgemeinde hätten Drogen verkauft oder konsumiert, in keiner Weise der Wahrheit entsprechen.«

»Und warum ist er nicht hier?«, fragte Ichabod. Ihre Augen waren immer noch verengt, die Arme verschränkt. Die Königin des Zynismus.

»Meine Assistentin befindet sich in diesen Minuten in Saudi-Arabien und hilft ihm, politisches Asyl zu erlangen. Wir dachten, Dr. Shelhorse würde heute Nachmittag aussagen und Mr. Berjein würde nicht vor Montag gebraucht.«

»Nun, da haben Sie offensichtlich falsch gedacht«, sagte Ichabod. »Mr. Carson, keine dieser Entschuldigungen ist ausreichend. Dr. Shelhorse hätte gestern Abend in die Stadt kommen sollen und Mr. Berjein hätte früher in dieses Land gebracht werden müssen. Aber ich werde mir die allergrößte Mühe geben, fair zu Ihnen zu sein, ohne unseren Prozessplan aufs Spiel zu setzen.«

Ichabod dachte einen Augenblick nach und Brad hielt die Luft an.

»Ich habe wirklich nicht viel Verständnis, was Dr. Shelhorse angeht«, fuhr Ichabod fort. »Sie ist eine Zeugin aus der Umgebung und hätte rechtzeitig hier sein können. Doch hinsichtlich Mr. Berjein kann ich verstehen, dass politisches Asyl ein schwer einschätzbarer Prozess sein kann, und ich bin bereit, Ihnen einen Tag länger Zeit zu geben, um ihn herzubringen. Wir werden die Sitzung morgen früh um acht Uhr fortsetzen. Wenn Mr. Berjein bis dahin nicht hier ist, wird er nicht aussagen. Die Schlussplädoyers werden wie geplant am Montagmorgen beginnen.«

»Danke, Euer Ehren«, sagte Brad.

»Sehr gut«, sagte Ichabod. »Noch etwas für heute?«

Leslie reichte Brad einen Zettel. Seine Augen leuchteten auf und er wandte sich zu Clarence um, der an der Hintertür des Gerichtssaals stand und den Arm eines schäbig aussehenden Mannes in einem orangefarbenen Overall quetschte.

»Ja, Euer Ehren«, sagte Brad. »Angesichts der Tatsache, dass Dr. Shelhorse nicht aussagen wird, habe ich in der Tat einen schnellen Gegenbeweiszeugen, der heute ihren Platz einnehmen wird.«

»Und wer ist das?«, fragte Ichabod.

Brad drehte sich um und deutete auf Clarence und seinen Gefangenen. »Dieser Mann dort im orangefarbenen Overall«, verkündete Brad.

* * *

Nikki hatte gerade noch Zeit, die übelriechende Abaja auszuziehen, als sie das Klopfen an ihrer Hotelzimmertür hörte und zum Türspion ging. Nur für den Notfall ließ sie die Sicherheitskette, wo sie war. Während sie nachsah, versteckte sich Hanif in einem Schrank, bereit, sich auf jeden Eindringling zu werfen, der womöglich in den Raum platzte.

Sie atmete tief aus, als sie verzerrt den Kopf mit dem schütteren Haar von Sa'id erkannte. Sie löste die Sicherheitskette, öffnete die Tür einen Spalt und riss ihn herein.

Hanif warf die Schranktür auf und sprang heraus. Sa'id griff sich ans Herz. Sein Mund stand offen, aber es kamen keine Worte heraus. Schließlich schaffte er es, etwas auf Arabisch zu stammeln, das Hanif zum Lachen brachte. Immer noch sein Herz festhaltend, taumelte Sa'id zu dem King-Size-Bett und ließ sich auf den Rücken plumpsen.

»Wurden Sie verfolgt?«, fragte Nikki, während sie die Sicherheitskette wieder an ihren Platz schob.

»Ja, aber ich habe ihn abgehängt«, antwortete Sa'id. »Sie kennen die Hintergassen in dieser Stadt nicht so wie ich.«

»Gut«, sagte Nikki, angespornt durch dieses seltene Bruchstück an guten Neuigkeiten. »Inzwischen müssten Rashid und Mobara in der Botschaft sein. Ich packe meine Sachen zusammen und stoße zu ihnen.« Sie sah sich in dem Raum um; ihre Kleidung und ihr Make-Up waren überall verstreut.

Sa'id sah sich neugierig in dem Durcheinander um.

Nikki zuckte die Achseln. »Ich dachte, ich hätte noch Zeit, hierherzukommen, wenn wir mit Rashid und Mobara fertig sind«, sagte sie. »Sa'id, können Sie mich zur Botschaft fahren und Hanif sagen, dass er jetzt gehen kann? Sagen Sie ihm Danke für alles.«

Als Sa'id den Mund zu einer Antwort öffnete, sprengte eine Explosion im Flur die Tür beinahe gänzlich auf. Nur die Sicherheitskette hielt sie davon ab, sich komplett zu öffnen.

»Ich dachte, Sie wurden nicht verfolgt!«, schrie Nikki.

»Das dachte ich auch«, gab Sa'id zurück, der ungläubig auf die Tür starrte.

Während Sa'id starrte, reagierte Hanif. Er schnappte Nikki am Arm und stürzte auf die Schiebetür zu, die auf der anderen Seite des Raums auf den Balkon führte. Er riss sie auf und schleuderte sie hinaus auf den Betonbalkon. Eine weitere Explosion traf die Hotelzimmertür. Diesmal brach die Kette und die Tür knallte gegen die Wand.

Eine dicke Betonmauer an jeder Seite des Balkons trennte ihn von denen der Nebenzimmer. Eine hüfthohe, gusseiserne Brüstung bewahrte einen davor, sieben Stockwerke tief auf den harten Straßenbelag des Parkplatzes darunter zu fallen. Im Bruchteil einer Sekunde, die zu einer Entscheidung blieb, beschloss Hanif anscheinend, den Fluchtweg nach unten zu nehmen.

Er schnappte Nikki unter beiden Armen und schwang sie über das Geländer. Sie war starr vor Angst und wagte nicht, sich zu bewegen. Hanif ließ ihre Arme durch seine starken Hände gleiten und ließ sie so zum darunter liegenden Balkon hinunter. In letzter Sekunde ließ er sie los und Nikki landete erschüttert, aber unverletzt auf dem Balkon darunter. Dann schwang sich Hanif selbst über das Geländer, ließ sich so tief wie möglich hängen, während er sich am untersten Teil des Geländers festhielt, schwang und sprang neben Nikki auf den Balkon.

Als er das Gleichgewicht wiedergewonnen hatte, beugte er sich nach hinten und trat mit aller Kraft mit dem Absatz gegen die Schiebetür von Zimmer Nummer 602. Die Tür splitterte und innerhalb eines Augenblicks entriegelte er die Tür und zog Nikki in den Raum. Sie hörte einen Aufprall hinter sich, der die Ankunft von einem von Ahmeds Männern nur ein paar Schritte entfernt von ihnen auf dem Balkon ankündigte.

Hanif und Nikki sprinteten in den Flur und knallten die Tür hinter sich zu. Zu ihrer Linken, nur ein paar wenige Meter entfernt, führte eine große Metalltür in ein Treppenhaus. Zur Rechten führte ein langer Flur zu Aufzügen und einem weiteren Treppenhaus. Hanif schob Nikki nach links und schrie: »Ich sammle Sie auf der anderen Seite wieder ein«, während er den Flur entlanglief. Nikki starrte ihm für den Bruchteil einer Sekunde nach und fragte sich, ob sie ihn je wiedersehen würde.

Benommen drehte sie sich um und rannte durch die Tür direkt vor ihr ins Treppenhaus. Die Metalltür knallte zu und sie fühlte sich augenblicklich klaustrophobisch, umgeben von Mauerwerk, ohne Fenster, gefangen in einem engen Treppenhaus mit nur einem Weg nach draußen. Instinktiv griff sie nach dem Handlauf und machte ein paar Schritte nach unten. Dann hörte sie es. Das Geräusch schweren Atems auf der Treppe unter ihr, begleitet von eiligen Schritten, die in ihre Richtung kamen. Die Schritte eines Mannes, der beim Klettern keuchte. Wahrscheinlich der Berg von einem Mann, den sie vor Sa'ids Büro gesehen hatte.

Sie konnte nicht zurück durch die Stahltür und in den Flur, weil sie dort dem Mann im sechsten Stock begegnen konnte. Sie konnte nicht nach unten, sonst würde sie dem Berg in die Arme laufen. Also begann sie, so schnell ihre Beine sie trugen, nach oben zu laufen.

Sie schaffte sechs Treppenfluchten, bis sie langsamer wurde, die Beine schwer, die Brust eng und schwer atmend. Das unerbittliche Geräusch der Schritte unter ihr folgte ihr immer noch, war aber jetzt weiter entfernt. Die Stunden auf dem Stepper zahlten sich aus. Die Beute gewann ein paar Sekunden Vorsprung vor dem Jäger.

Sie schloss die Augen, versuchte ihr Glück und duckte sich in den Flur des zwölften Stocks. Sie rannte den teppichbelegten Flur halb entlang, warf einen Blick über die Schulter und bemerkte, dass die meisten der Türen zu ihrer Rechten offen standen. Sie sah in ein Zimmer, während sie vorbeilief, und erblickte ein Zimmermädchen mit einem Putzwagen. Nikki rannte ein paar Schritte an dem Zimmer vorbei, drehte sich schnell um und schoss zurück in den Raum, wo das erschrockene Mädchen gerade das Bett machte.

»Sprechen Sie Englisch?«, fragte Nikki atemlos, vornübergebeugt, die Hände auf den Knien abgestützt und nach Luft ringend.

Das Zimmermädchen hob nur die Hände, die Handflächen nach oben gedreht.

Nikki legte den Finger an die Lippen und bedeutete dem Mädchen, ruhig zu sein. Dann zog sie ein Bündel Rial aus der Tasche und legte es dem Zimmermädchen in die Hand. Ohne ein weiteres Wort kletterte Nikki in den großen Wäschebeutel am Wagen des Mädchens, rollte sich am Boden zusammen und bedeckte sich selbst mit benutzen Betttüchern. Das Zimmermädchen verstand offenbar. Nikki hörte sie summen und die Laken auf dem Bett glatt ziehen.

Nikki hatte in ihrem ganzen Leben keine solche Angst gehabt. Sie lag vollkommen still. Das Summen des Zimmermädchens wurde durch das Geräusch von Nikkis Keuchen und dem Hämmern ihres Herzens übertönt. Sie fühlte heiße Schweißperlen ihren Rücken hinabrinnen. Sie war hilflos, vollkommen einer Frau ausgeliefert, die sie nicht kannte, und baute auf die Bereitschaft der Frau, einer Fremden dabei zu helfen, nicht entdeckt zu werden.

Ahmeds Männer konnten jeden Moment den Raum betreten und das Mädchen musste nur in Richtung des Kleidersacks nicken. Es wäre vorbei, bevor Nikki auch nur wusste, was geschah.

Sie dachte über ihr Leben nach, all die unerledigten Dinge. Jetzt, wo sie mit dem Rücken zur Wand stand, waren all ihre Cleverness, ihr Selbstvertrauen und List zu nichts nütze. Sie wusste nicht, was sie tun konnte, außer hier liegen, zusammengerollt und zitternd.

Also betete sie.

Lieber Gott, wenn du da draußen bist, wenn du so real bist, wie Sarah sagt, bitte hilf mir! Ich weiß, ich verdiene es nicht, aber ich bin verzweifelt und Sarah braucht mich lebend. Bitte blende diese Männer, die mich suchen!

Nikki dachte einen Moment über den nächsten Satz nach. Sie hatte Sarah schon vorher so beten hören, aber es schien die Art von Gott einzuschränken, zu dem sie betete. Wenn die Hindus oder Muslime recht hatten, war sie gerade dabei, einen großen Fehler zu machen. Andererseits – wenn die Muslime recht hatten, warum sollte Gott sie dann überhaupt retten? Schließlich versuchte sie, einer christlichen Missionarin zu helfen.

In Jesu Namen, amen.

Ein paar Sekunden später hörte Nikki, wie ein atemloser Mann auf Arabisch das Zimmermädchen ansprach. Die Frau antwortete und eine kurze Diskussion folgte. Nikki machte sich auf das Schussgeräusch gefasst, das Gefühl von Kugeln, die in ihren Körper eindrangen.

Doch nur Stille folgte – kein Sprechen, kein Summen, überhaupt kein Geräusch. Nikki dachte daran, unter der Wäsche herauszukriechen. Aber gerade als sie sich bewegen wollte, fühlte sie, wie eine starke Hand durch die Laken griff und sie am Arm hochzog.

Erwischt!

Es war das lächelnde Zimmermädchen.

Sie plapperte auf Arabisch und deutete wild gestikulierend in die Richtung, in die sie den Muttawa-Beamten gerade geschickt hatte. Nikki kletterte aus dem Wäschesack, aber bevor sie in die andere Richtung losging, umarmte sie das Zimmermädchen spontan. Dieses schien völlig unbeeindruckt und als Nikki sie losließ, streckte sie für eine handfestere Belohnung die offene Hand aus. Nikki gab ihr noch eine Handvoll Rials, dankte ihr noch einmal und machte sich auf dem Weg hinaus aus dem Zimmer und fort vom Treppenhaus – in Richtung Aufzüge.

Nikki fragte sich, wie viele Mitglieder der Muttawa noch im Hyatt herumstreiften. Mit etwas Glück waren es nur ein paar.

Wo würde ich nachsehen, wenn ich an ihrer Stelle wäre? Als Letztes haben sie mich auf der Treppe nach oben gesehen. Sie würden in den Treppenhäusern nach mir suchen oder erwarten, dass ich von Balkon zu Balkon klettere. Kein vernünftiger Mensch, der um sein Leben rennt, würde es riskieren, in einem Aufzug in der Falle zu sitzen ... also werde ich genau das tun. Den Aufzug hinunter in den ersten Stock nehmen, damit ich unter ihnen bin. Dann eine Treppenflucht hinunterlaufen und auf den Parkplatz.

Nikkis draufgängerische Art überraschte sogar sie selbst. Sie wartete an der Aufzugtür und sah unendliche zwei Minuten lang nach rechts und links, rechts und links. Die Kabine nach unten war leer. Sie sprang hinein und betete noch einmal. Unglaublicherweise hielt der Aufzug bis zum ersten Stock nicht an. Als die Tür aufging, streckte Nikki ihren Kopf hinaus und sah sich rasch um. Dann rannte sie den Flur entlang und sprintete die Treppe hinab, überrascht, unterwegs keinen von der Muttawa zu sehen. Sie schlüpfte zur Seitentür hinaus und auf den Parkplatz.

Sobald sie aus dem Gebäude kam, hörte sie ein Motorengeräusch und sah Sekunden später ein Auto auf sich zukommen. Hanif! Sie sprang hinein und warf einen Blick zurück. Er trat das Gaspedal durch und fuhr mit quietschenden Reifen vom Parkplatz.

»Danke«, keuchte Nikki, als sie davonrasten.

»Jederzeit. Gefällt Ihnen meine Frisur immer noch?«, fragte er in gestelztem Englisch.

»Ich dachte, Sie sprächen kein Englisch«, sagte sie kleinlaut. »Aber die Antwort ist Ja.«

Sie lehnte ihren hämmernden Kopf gegen die Kopfstütze und zählte ihre Blessuren. Sie würden bald in der Botschaft sein, hoffentlich ohne weitere Zwischenfälle. »Danke, Gott«, murmelte sie.

Sie fragte sich, was mit Sa'id passiert war.

* * *

Sa'id sah erbärmlich aus, als Ahmed und der Berg von einem Mann zu einem dunkeläugigen Muttawa-Beamten stießen, der in Zimmer Nummer 703 Wache hielt. Der zitternde saudische Anwalt lag auf dem Boden neben dem King-Size-Bett, die Hände hinter dem Rücken gefesselt. Der Beamte trat ihn und befahl ihm aufzustehen, als Ahmed den Raum betrat. Er gehorchte sofort, hielt den Blick aber gesenkt; er wagte es nicht, Ahmed in die Augen zu sehen.

»Nimm ihm die Handschellen ab!«, befahl Ahmed.

Der Mann mit den dunklen Augen und der Narbe nahm ihm die schmalen Handfesseln ab.

Ahmed ging zu Sa'id hinüber, er ragte neben ihm auf. Sa'id, nur knapp einsachtzig groß, wenn er aufrecht stand, krümmte sich demütig. Ahmed, der von vornherein fünfzehn Zentimeter größer war, schnappte Sa'ids rechte Hand und drückte sie zum rechten Vorderarm hinunter, sodass Sa'ids plumpes Handgelenk fast in der Mitte durchbrach.

Sa'id wimmerte zunächst, dann stieß er einen markerschütternden Schrei aus. »Was wollen Sie?«, schrie er auf Arabisch, als Ahmed den Druck verstärkte.

»Wo sind Rashid und Mobara hingegangen? Was ist mit der Amerikanerin passiert?«, zischte Ahmed. Er drückte noch fester zu und zwang Sa'id damit vor Schmerz auf die Knie.

Dies war sein Augenblick der Wahrheit, der Gnade eines Mannes ausgeliefert, der keine Gnade zeigte. Ob er log oder die Wahrheit sagte – Sa'id spürte, dass er seine letzten Atemzüge tat. Rashid, Mobara und Nikki würden so viel Zeit wie möglich brauchen, um es zur Botschaft zu schaffen, Asyl zu bekommen und das Land zu verlassen. Jede Minute konnte den Unterschied zwischen ihrem Überleben oder ihrer Verhaftung bedeuten. Die Wahrheit konnte sie teuer zu stehen kommen. Aber eine Lüge würde sein Land und seinen Gott verraten. Er hatte nur einen Moment zum Nachdenken.

Wie Nikki es ein paar Minuten vorher getan hatte, betete Sa'id schnell und leise. Es war ebenfalls ein verzweifeltes Gebet, doch dieses hier bat Allah um Vergebung.

»Sie fahren nach Zahran«, keuchte Sa'id, der trotz der Schmerzen nach Luft rang. »Rashid und Mobara … sind gerade losgefahren.« Der Schmerz ließ ihn schneller sprechen, als der Druck auf sein Handgelenk zunahm. »Sie sind auf dem Weg zurück zu meinem Büro, um Moreno abzuholen und fahren dann nach Zahran. Sie wussten, Sie würden sie auf dem Flughafen von Riad suchen … Sie verlassen das Land über Zahran … Sie haben schon Visa.«

* * *

Ahmed drückte mit aller Kraft auf das Handgelenk, bis er das angenehme Geräusch von brechenden Knochen hörte. Er ließ los und die Hand hing lose herab. Sa'id winselte und brach auf dem Boden zusammen, wobei er sein Handgelenk vorsichtig mit der anderen Hand festhielt. Während Sa'id stöhnte, zog Ahmed seine Pistole und richtete sie auf die Stirn des Anwalts.

»Bettle, du Hund!«, befahl er. Sa'id nutzte ihm nichts mehr.

»Im Namen Allahs, bitte! Ich werde Ihnen helfen, sie zu fassen! Bitte, Sir! Schonen Sie mein Leben!« Sa'id kam stolpernd auf die Knie und hielt sein Handgelenk mit seiner linken Hand, bettelte um Gnade und sah verzweifelt zu Ahmed auf.

»Ich sagte, bettle!«, schrie Ahmed.

Sa'id warf sich Ahmed zu Füßen, unterwürfig und um sein Leben flehend. Als er genug gehört hatte, griff Ahmed nach unten und packte Sa'id unterm Kinn. Er zog den Kopf des Mannes nach oben, damit er das Grauen in Sa'ids Blick genießen konnte. Mit seiner freien Hand setzte Ahmed ruhig die Waffe an die Stirn des kleinen Mannes, lächelte und drückte den Abzug.

»Mach hier sauber und schreib einen Bericht. Mach Selbstverteidigung daraus«, sagte er zu dem Mann mit der Narbe und den dunklen Augen. »Ich will, dass es auf dem Flughafen Zahran von Beamten nur so wimmelt. Und schick zur Sicherheit ein paar nach Riad, obwohl ich nicht glaube, dass dieser Wurm den Mumm hatte zu lügen.«

Ahmed wandte sich ab, um das Hotelzimmer zu verlassen, ging jedoch zuerst ins Bad, um sich das Blut von den Händen zu waschen.

39

Der Gefangene im orangefarbenen Overall ließ sich Zeit auf dem Weg zum Zeugenstand. Er bewegte sich langsam, weil seine Knöchel zusammengekettet waren, und es klirrte, wenn er ging. Obwohl er Handschellen trug, schaffte es der junge Mann zu stolzieren. Er brüstete sich mit seiner Jugend, seinen Dreadlocks, seinen zahlreichen Tätowierungen und gekräuselten Fünftagestoppeln.

Als er endlich im Zeugenstand angekommen war, lümmelte er sich auf den Sitz, stützte das Kinn in die Hand und blickte finster.

»Nennen Sie bitte fürs Protokoll Ihren Namen«, sagte Brad, während er seinen Platz hinter dem Rednerpult einnahm und dem Häftling einen wachsamen Blick zuwarf. Er begann sich zu fragen, ob das eine so gute Idee gewesen war.

»Othello Biggs«, kam die dumpfe Antwort. »Man nennt mich Shakespeare.«

Brad konnte nicht sagen, ob der Mann Witze machte, also kam er direkt zur Sache.

»Mr. Biggs, wissen Sie, warum Sie hier sind?«

»M-hm.«

»Mr. Biggs, dies ist ein Zivilprozess. Meine Mandantin ist Sarah Reed, die Dame, die am Anwaltstisch zu meiner Rechten sitzt.« Brad gestikulierte zu Sarah hinüber, doch Shakespeare machte sich nicht die Mühe hinzusehen.

»Na und?«, fragte er mit finsterem Blick.

»Wir haben Klage eingereicht, weil wir behaupten, dass die Polizei in Saudi-Arabien Mrs. Reed und ihren Ehemann fälschlicherweise verhaftet hat. Wir sagen, sie haben die Reeds gefoltert und Mr. Reed schlussendlich getötet. Dies ist im Grunde also ein Fall, in dem wir versuchen, polizeiliches Fehlverhalten nachzuweisen.«

Shakespeare warf einen finsteren Blick zu den Anwälten der Verteidigung hinüber. Er war vermutlich selbst ein paar Mal Opfer polizeilichen Fehlverhaltens gewesen. Brad spürte, wie Shakespeare etwas milder wurde, als er sich ihm wieder zuwandte.

»Die Polizei sagt, die Reeds hätten in Wirklichkeit einen Drogenring betrieben und Kokain und Marihuana verkauft«, fuhr Brad fort. »Wir sagen, die Reeds waren Missionare, die nur eine kleine Hausgemeinde hatten.«

Darüber lachte Shakespeare laut auf.

»Sehr kreativ«, spottete er.

Strobel stand auf. »Hat Mr. Carson eine *Frage* an diesen Zeugen oder hat er vor, ihm den Rest des Tages von diesem Fall zu erzählen?«

»Ich erkläre ihm nur ein bisschen den Kontext, Euer Ehren«, erklärte Brad. »Ich bin gleich fertig.«

»Das will ich Ihnen auch geraten haben«, warnte Richterin Baker-Kline. Brad nahm das als die Erlaubnis weiterzumachen.

»Wir haben Zeugenaussagen über den Konsum von Kokain gehört, ein Thema, von dem ich annehme, Sie könnten etwas darüber wissen. Ich würde Ihnen gern einen Teil dieser Zeugenaussage zeigen und wüsste gern, ob das, was da gesagt wird, so richtig ist.«

Während Brad sprach, bereitete sich Leslie darauf vor, aufs Stichwort das Band von Omar Khartoums Aussage abzuspielen.

»Aber zuerst muss ich Ihre Erfahrung auf diesem Gebiet feststellen. Mr. Biggs, wie oft wurden Sie wegen Drogenkonsum verhaftet?«

»Auf Staats- oder auf Bundesebene?«, fragte er stolz.

»Beides«, stellte Brad klar.

»Sie haben mich vielleicht zehn, zwanzig Mal verhaftet. Bin aber nur drei Mal verknackt worden, inklusive diesmal.«

»Mr. Biggs, Sie müssen schon aufrecht sitzen und ins Mikrofon sprechen«, schimpfte Ichabod.

Biggs rührte sich nicht.

»Wie viele davon waren Verhaftungen wegen Kokain?«, fragte Brad.

»Die meisten.«

»Wurden Sie je für den Verkauf von Kokain verurteilt?«

»Ich hab doch gesagt, ich wurde verknackt. Gibt's daran was nicht zu kapieren?« Biggs' finsterer Blick sagte Brad, sie hätten genug Zeit mit seiner Strafakte verbracht.

»Nur noch ein paar Fragen über Ihre Erfahrung«, sagte Brad vorsichtig. »Seit wie vielen Jahren haben Sie mit Kokainkonsum zu tun?«

»Seit ich dreizehn bin«, sagte er.

»Und wie alt sind Sie jetzt?«

»Zweiundzwanzig.«

»Haben Sie auch Erfahrung mit Crackrauchen und mit Kokainschnupfen?«

Shakespeare schnaubte, als sei das die dümmste Frage, die er je gehört hatte. »'türlich.«

Brad gab Leslie das Zeichen und alle sahen sich ein paar Minuten das Kreuzverhör an. Khartoum war zu sehen, wie er das Kokain einzunehmen versuchte. Dann fragte Brad ihn: »Woran erkennen Sie beim Probieren, dass es falsch ist? Wie unterscheidet sich diese Substanz von dem echten Kokain, das Sie probiert haben?«

»Diese Substanz ist süßer«, war die übersetzte Antwort auf dem Band.

»Unterscheiden Sie so, ob eine Substanz Kokain ist? Sie schauen, wie süß sie ist?«, fragte Brad auf dem Band.

»Ja«, war Kharoums Antwort.

Brad drückte auf den Pausenknopf. »Hat er recht damit, wie Kokain schmeckt?«, fragte Brad.

»Dieser Idiot lügt«, sagte Shakespeare verächtlich, offensichtlich zufrieden, einen anderen Zeugen bei einer Lüge zu erwischen. »Der hat im Leben kein Rock probiert. Man erkennt, dass es echt ist, weil es beißt. Wenn der Stoff echt ist, wird die ganze Zunge und der Rest vom Mund taub, Mann. Kein bisschen ist da süß dran.« Er sah Brad mit verengten Augen an, forderte den Anwalt heraus, sein Urteil zu diesem Thema infrage zu stellen.

Brad spulte etwas vor. Khartoum demonstrierte, wie er einen großen Haufen Kokain schnupfen würde.

»Was halten Sie davon?«, fragte Brad.

»Ich sag doch, er ist ein Idiot«, sagte Shakespeare, »oder er hat Halluzinationen. Man benutzt einen aufgerollten Geldschein, Mann. Man schmeißt es nicht einfach auf den Tisch und schnieft.« Shakespeare kicherte spöttisch. »Und ich sag dir, Mann, wenn du so viel Schnee schnupfst, bist du *so* schnell tot.« Er schnippte zur Betonung mit den Fingern.

Brad spulte weiter vor. Khartoum beschrieb, wie sie das Kokain bei Temperaturen über 250 Grad aufkochten, um Crack herzustellen. Diesmal hatte Brad, als er das Band anhielt, keine Zeit, eine Frage zu stellen.

»Wenn dieser Junge das Koks auf zweihundertfünfzig erhitzt hat, ist er noch ein größerer Vollidiot, als ich dachte.«

Strobel schoss wieder hoch. »Euer Ehren, ich erhebe Einspruch gegen die Art, wie dieser Zeuge Mr. Khartoum bezeichnet. Das ist keine Aussage zu Tatsachen. Das ist Rufmord.«

»Ich stimme Ihnen zu«, sagte Ichabod. »Sir, bitte beschränken Sie Ihre Aussage auf Ihr eigenes Fachwissen. Bewerten Sie nicht die Aussagen von Mr. Khartoum.«

Shakespeare schüttelte nur den Kopf. »Er weiß trotzdem nicht, wovon er spricht«, sagte er trotzig. »Ich weiß sicher, dass man kein Crack herstellt, indem man es auf 250 Grad hochjagt. Wenn man's so heiß macht, zerstört man das Kokain, es verdampft. Ich hab das schon gemacht, Mann, ich weiß, wovon ich rede.«

»Noch eine Frage«, sagte Brad. »Ich zeige Ihnen einen weiteren Ausschnitt aus dem Band und frage Sie, ob die Aussage Ihrer Erfahrung nach so zutreffend ist.«

Brad spulte die Aussage von Khartoum zu der Stelle, wo dieser beschrieb, wie sich der Rausch nach dem Schnupfen von Kokain anfühlte. »Ich habe die Wirkung sofort und stark gespürt«, behauptete er, »und ich kam stundenlang nicht wieder runter.«

»Dieser Idiot redet so einen Scheiß!«, warf Shakespeare dazwischen.

»Einspruch!«, rief Strobel.

»Setz dich und halt den Rand, Glatze«, schnappte Shakespeare.

»Sie halten den Mund, Mr. Biggs, oder Sie sind wegen Missachtung des Gerichts dran«, schrie Ichabod.

»Und was dann?«, fragte Shakespeare höhnisch. »Werfen Sie mich ins Gefängnis? Da krieg ich ja richtig *Angst*!«

Ichabod beschloss, diese Bemerkung zu ignorieren. Ihr war zweifellos klar, dass er von ihrer richterlichen Gewalt nicht im Mindesten eingeschüchtert war.

»Einspruch stattgegeben«, urteilte sie. »Und wenn der Zeuge noch eine Bemerkung wie diese eben macht, werde ich ihn aus dem Zeugenstand entlassen und seine Aussage streichen.«

Brad gab sich die größte Mühe, nicht zu lächeln. Die Marshals liebten diesen Kerl vermutlich dafür. Es konnte gut sein, dass Shakespeare an diesem Abend eine Einzelzelle bekam.

»Stimmt es«, fragte Brad rasch, »dass man sofort in einen Rauschzustand gerät, wenn man Kokain schnupft, und dass der Rausch mehrere Stunden anhält?«

»Auf keinen Fall«, sagte Shakespeare mit der ganzen Autorität eines Mannes, der wusste, wovon er sprach. »Deshalb raucht man Crack. Schnupfen macht einen erstmal lange nicht high und es hält dann auch nicht lang. Vielleicht eine halbe Stunde, vielleicht eine Stunde ... höchstens. Aber Crackrauchen, Mann, das ist was anderes. Es ist wie ...« – und jetzt lehnte sich Shakespeare zurück und strich sich mit beiden Armen über den Körper – »... dieser unglaubliche Rausch kommt sofort, Mann.« Er lächelte, als erlebe er eines dieser Highs genau dort im Zeugenstand noch einmal. Dann wurde er ernst. »Aber so was kriegt man nicht vom bloßen Schnupfen. Nie im Leben. Ist mir egal, was diese Richterin und Glatze hier dazu sagen, der Typ auf dem Band hat keine Ahnung, wovon er redet.«

* * *

Auf Meile vier seiner Laufstrecke am Freitagabend wollte das Ganze Brad immer noch nicht in den Kopf. Er konnte nicht glauben, dass Nikki ihn verkauft hatte. Die E-Mail auf ihrem Computer an Shelhorse störte ihn am meisten. Warum sollte jemand, der so ausgebufft war wie Nikki, so einen offensichtlichen Beweis dafür hinterlassen, ein Verräter zu sein? Es ergab nur Sinn, wenn sie ihren Deal schon gemacht hatte und vorhatte, außer Landes zu bleiben. Wenn das der Fall wäre, wusste Brad, er würde Rashid niemals am nächsten Tag im Zeugenstand sehen. Tatsächlich war der Mann dann vermutlich bereits tot.

Aber wenn Nikki ihren Deal schon gemacht hatte, warum rief dann dieser Mann namens Hamilton an und bot ihr anderthalb Millionen? Trieb Nikki eine Art Doppelspiel mit Ahmed und wurde von einer dritten Partei bezahlt? Aber warum sollte Hamilton so eine belastende Nachricht auf so nachlässige Weise auf Nikkis Mailbox hinterlassen?

Jede Frage brachte zehn weitere hervor. Wo war Ahmed? Konnte jemand in Nikkis Büro eingebrochen sein und Shelhorse über ihren Computer eine Nachricht geschickt haben? Aber wie waren die anderen Lecks zu erklären, wie die Insiderinformationen über Worthington, die ihn aus dem Fall katapultierten? Konnte es noch einen weiteren Verräter unter ihnen geben, eine Person, die eine Gelegenheit sah, es Nikki anzuhängen, während sie außer Landes war? Und wer konnte das sein? Bella? Leslie? Sarah? O'Malley? Nicht einen flüchtigen Moment lang konnte er glauben, dass ihn einer von ihnen verraten würde.

Die Zeit würde das Rätsel lösen. Wenn Nikki wie geplant am Samstagmorgen zurückkam, würde es nur noch schwer zu glauben sein, dass sie etwas damit zu tun hatte. Wenn sie nicht wiederkam, würde er wissen, dass sie reich war und Rashid tot. Aber wer war Chad Hamilton? Und warum sollte Nikki Brad und Sarah verraten?

Er rannte weiter und schneller, aber er bekam seinen Kopf an diesem Abend nicht klar. Er schaffte es nicht, die Dämonen des Zweifels zu exorzieren.

40

»Das ist doch Blödsinn!«, flüsterte Bella zu niemand Bestimmtem. »Sie kommt nicht. Machen wir uns doch nichts vor.« Brad ignorierte sie. Er konnte jetzt gut und gerne auf ihre negativen Gedanken verzichten.

Die Geschworenen versammelten sich im Geschworenenraum und die Anwälte saßen an ihren jeweiligen Tischen. Wenige Demonstranten hatten sich an diesem Morgen vor dem Gericht eingefunden; zum ersten Mal seit Tagen blieben ein paar Sitze im Zuschauerraum des Saals leer. Die Nachrichtensender hatten am frühen Morgen spekuliert, dass Brad heute das Ende der Beweisaufnahme der Anklage bekannt geben würde. Brad bemerkte, dass Ahmed zurück im Gerichtssaal war mit seinem üblichen finsteren Blick. Acht Uhr morgens.

Nikki und Rashid *konnten* noch auftauchen. Es war immer noch möglich. Wenn sie am späten Freitagabend Saudi-Arabien verlassen hatten, war gerade genug Zeit, es bis zum frühen Samstagmorgen nach Norfolk zu schaffen. Aber Brad hatte immer noch nichts von ihnen gehört und selbst der ewige Optimist in ihm musste zugeben, dass ihm die Optionen ausgingen.

»Erheben Sie sich«, befahl der Gerichtsdiener und rief die Menge zur Ruhe. »Ruhe bitte, wenn das Gericht tagt. Die ehrenwerte Richterin Cynthia Baker-Kline hat den Vorsitz. Gott schütze dieses ehrenwerte Gericht.«

Gott schütze mich, dachte Brad.

»Bitte setzen Sie sich«, sagte Ichabod geschäftsmäßig. Brad blieb stehen, um sich an das Gericht zu wenden und um zusätzliche Zeit zu bitten. Er tat es nicht gern.

»Rufen Sie Ihren nächsten Zeugen auf, Mr. Carson«, ordnete die Richterin an.

»Euer Ehren«, begann Brad, »unser nächster Zeuge sollte Rashid Berjein sein. Wie Sie wissen, versuchten wir erst gestern, politisches Asyl für Mr. Berjein zu bekommen, damit er Saudi-Arabien verlassen und in diesem Prozess aussagen konnte. Er ist ein entscheidender Gegenbeweis-Zeuge. Absolut entscheidend. Er hat bereits per Videoaufzeichnung ausgesagt, aber er ist jetzt bereit, diese Aussage persönlich zu korrigieren. Wir haben in den letzten vierundzwanzig Stunden vergeblich versucht, Mr. Berjein oder meine Anwaltsassistentin zu erreichen, die dort ist, um ihm bei dem Vorgang zu helfen. Folglich möchten wir respektvoll beantragen, dass seine Zeugenaussage auf Montag vertagt wird.«

»Antrag abgelehnt«, sagte Ichabod fest. Brad ließ die Schultern hängen und schürzte die Lippen. Die falsche Aussage von Rashid auf dem Videoband würde stehenbleiben.

»Aber ich werde Ihnen eine Unterbrechung von einer halben Stunde gewähren, Mr. Carson. Vor ein paar Minuten habe ich in meinem Büro einen Anruf von Ihrer Assistentin erhalten. Sie sagte, sie habe vergeblich versucht, Sie telefonisch zu erreichen, wahrscheinlich, weil Sie Ihr Handy nicht in den Gerichtssaal mitbringen durften. Sie sagte, sie habe eben eine Reihe von E-Mails auf einer Art tragbarem Computer erhalten, die sie über die Verhandlung von heute Morgen informierten, jetzt, wo sie wieder im Land und innerhalb des Empfangsbereichs sei. Ms. Moreno sagte, sie sei in ungefähr zehn Minuten hier im Gericht. Ich habe beschlossen, großzügig zu sein und Ihnen eine halbe Stunde zu geben.«

Brad schoss der Gedanke durch den Kopf, dass ihm Ichabod, wenn sie wirklich großzügig sein wollte, sofort von dieser Entwicklung erzählt hätte, als sie die Richterbank einnahm, aber er würde sich nicht beschweren. Nikki kam wirklich. Und sie brachte Rashid mit.

»Das Gericht legt eine halbstündige Pause ein«, verkündete der Gerichtsdiener. Ichabod verließ die Bank und aller Augen wandten sich zur Tür an der Rückseite des Gerichtssaals.

Niemand sah gespannter hin als Ahmed.

* * *

Zwanzig Minuten später platzte Nikki mit Rashid im Schlepptau durch die Tür. Keiner von beiden hatte in den letzten fast achtundvierzig Stunden geschlafen, abgesehen von ein paar unruhigen Stunden im Flugzeug. Im Bewusstsein, dass aller Augen auf sie gerichtet waren, machte Nikki verlegen eine Bestandsaufnahme ihrer wilden Erscheinung. Sie trug eine hautenge, ausgebleichte Jeans, eine Bluse, die darüberhing und kein Make-Up. Ihr normalerweise verhätscheltes Haar war fettig und zerzaust. Sie konnte sich nicht erinnern, wann sie es zum letzten Mal gekämmt hatte. Zumindest verbarg ihre Sonnenbrille ihre blutunterlaufenen Augen – vorausgesetzt,

Ichabod zwang sie nicht, sie abzunehmen. Doch als sie Brad sah, vergaß sie das alles.

Nikki rannte den Mittelgang entlang und umarmte ihren Chef stürmisch. »Ich liebe dieses Land«, flüsterte sie. »Ich hoffe, ich bin nicht zu spät.«

»Sie sind genau rechtzeitig«, versicherte er ihr.

Sie wandte sich um und sah, wie Rashid und Sarah sich umarmten. Dann neigte Sarah ihren Kopf zurück, sah Rashid von oben bis unten an, sagte ein paar Worte auf Arabisch und die zwei umarmten sich noch einmal. Rashids breites Lächeln war eine Art verblüfftes Grinsen.

Bella stand ein paar Schritte entfernt, ausgeschlossen aus der exklusiven Umarmungsrunde. Nikki war so froh, wieder auf amerikanischem Boden zu sein, auch wenn es nur Ichabods Gerichtssaal war, dass sie einen Schritt auf Bella zu machte, um sie ebenfalls zu umarmen.

Doch Bellas mürrischer Gesichtsausdruck änderte sich nicht. Als Nikki auf sie zukam, hob Bella beide Arme wie Kolben, stieß sie hart gegen Nikkis Schultern und stieß sie von sich. »Du Verräterin!«, zischte sie. »Wie kannst du es wagen, hier hereinzuschneien …«

Fassungslos von dieser Reaktion stand Nikki den Bruchteil einer Sekunde wie betäubt da. Doch sie würde keinen Schlag von der Walfischfrau einstecken, ohne zu kontern. Sie fing sich wieder und warf sich auf Bella; Fingernägel suchten nach Haut, Beschimpfungen sprudelten nur so aus ihr heraus. Brad warf sich zwischen sie und packte Nikki, bevor sie einen Schlag anbringen konnte. Er hielt sie vor sich fest, während sie weiter Bella beschimpfte.

Schließlich konnte er sie überreden, sich am anderen Ende, weit entfernt von Bella, an den Anwaltstisch zu setzen. Sie tat es, nachdem sie versprochen hatte, Bella die Lungen herauszureißen, eine nach der anderen, sobald die Verhandlung zu Ende war.

»Ist das der Dank dafür«, fragte Nikki, »dass ich mein Leben riskiert habe?« Sie starrte Bella an, als wollte sie sie mit Blicken herausfordern.

Bella, die jetzt ebenfalls saß, starrte stoisch geradeaus und ignorierte ihre Erzfeindin. Leslie saß neben Nikki und schob sich strategisch Nikkis herausforderndem Blick in den Weg. Sarah saß neben Bella.

Brad drehte sich um und wandte sich an die neugierigen Reporter. »Nur ein kleiner Familienzwist«, sagte er nonchalant.

Sie ist tot, dachte Nikki, während sie ihre Rache plante. *Es ist nur eine*

Frage der Zeit. Bella wusste nicht, mit wem sie sich anlegte. Nicht die Hälfte wusste sie.

»Erheben Sie sich«, befahl der Gerichtsdiener und alle beeilten sich aufzustehen. Im nächsten Moment stürmte Ichabod in den Gerichtssaal, zornig wie eh und je. Sie starrte Nikki an, die durch ihre Sonnenbrille hindurch zurückstarrte. Es würde nicht kampflos abgehen.

Ichabod beschloss offenbar, nicht weiter auf der Sache herumzureiten. »Ist Mr. Berjein bereit, auszusagen?«, fragte sie.

»Ja, Euer Ehren«, meldete Brad abgekämpft.

Und endlich ging Rashid Berjein stolz in diesem amerikanischen Gerichtssaal nach vorn, hob die Hand, legte den Eid ab und kletterte in den Zeugenstand, um vor dem Bezirksgericht des Eastern District of Virginia gegen seinen Peiniger – Ahmed Aberijan – auszusagen.

* * *

Sarah hörte Rashids Aussage aufmerksam zu, stimmte ihm mit Blicken zu. Obwohl eine Übersetzung nötig war, war seine Aussage fesselnd. Er sprach aus tiefstem Herzen von der Geschichte der kleinen Gemeinde in Riad. Er sagte aus, dass er und seine Frau in der Nacht, in der Charles Reed starb, von der Muttawa ebenfalls aufgrund falscher Anklagen wegen Drogenmissbrauchs verhaftet worden waren. Die Muttawa bedrohte und schlug sie, zwang sie, ihre Bekehrung zum Christentum zu widerrufen und ließ sie dann wieder frei.

Rashid beschrieb die schlaflosen Nächte, nachdem er seinen christlichen Glauben verleugnet hatte, seine Suche nach Vergebung und die Wiedergeburt der Gemeinde. Ohne die Namen anderer Gemeindemitglieder zu nennen, beschrieb er genau das turbulente Wachstum der kleinen Gemeinde und die Verfolgung, die sie erlitt. Sarah strahlte vor Stolz darüber, wie die Gemeinde sich neu gegründet hatte und weitermachte. Sie staunte darüber, wie der Herr ein paar Samen aus der verfolgten Gemeinde bewahrt hatte und in einer ganz neuen Gemeinde wachsen ließ, die die Verlorenen erreichte und die Gute Nachricht predigte.

Die gedeihende Gemeinde war nichts weniger als ein Wunder, in ihren Augen ein herrliches Wunder.

Sie sah aus dem Augenwinkel zu Bella. Rashids Aussage hatte die immer noch kochende Anwaltssekretärin offensichtlich nicht gefesselt. Sarah nahm ihren Stift und schrieb bedächtig auf den Notizblock vor sich. Dann schob sie ihn zu Bella hinüber.

Ich glaube nicht, dass Nikki es war, stand da. *Warum hätte sie mit Rashid zurückkommen sollen, wenn sie ein Maulwurf der Muttawa wäre? Diese Zeugenaussage schadet ihnen zu sehr.*

Bella las die Notiz und kritzelte eine Antwort. Sie schob sie zu Sarah zurück. *Wie erklären Sie sich dann die E-Mail von Nikki an Shelhorse und die Mailboxnachricht, in der ihr 1,5 Millionen Dollar angeboten wurden?*

Sarah dachte einen Moment nach, sah Rashid dabei an, hörte aber nicht richtig zu. Eine Menge Dinge ergaben keinen Sinn. Sie schrieb eine Antwort und schob sie wieder nach rechts, während sie den Zeugen ansah. Sie fühlte sich wie ein Schulmädchen, das im Unterricht Zettelchen schrieb.

Warum sollte Nikki Shelhorse von ihrem eigenen Computer eine E-Mail schicken? Nikki wusste, wir würden irgendwann mit Shelhorse sprechen und Shelhorse würde uns sagen, von wem die Nachricht kam. Warum sollte Nikki die Schuld auf sich selbst lenken?

Aus dem Augenwinkel beobachtete Sarah, wie Bella die Nachricht las und die Achseln zuckte. Sie nahm ihren Stift nicht auf, um eine Antwort zu schreiben.

Sarah spürte, dass Bella weicher wurde. Sie nahm das Papier erneut zur Hand und beschloss, an Bellas neue spirituelle Seite zu appellieren.

Die Bibel sagt uns, wir sollen einander nicht verurteilen, schrieb Sarah. *Vor allem nicht unsere Beweggründe. Ich denke, Sie schulden Nikki eine Entschuldigung. Wie sollte Nikki je von Christus angezogen werden, wenn sie keinen Wandel in Ihnen bemerkt?*

Sie sprach ein schnelles kleines Gebet und schob das Papier wieder über den Tisch. Bella las es und ließ den Kopf hängen. Eine gewisse Traurigkeit schlich sich in ihren Blick. Sie starrte auf den Tisch hinab und schrieb schließlich ein Wort als Antwort.

Okay.

Sarah schenkte ihr ein kleines Lächeln und drückte ihr kurz die Hand. Bella drückte nicht zurück und Sarah beschloss, ihr Glück nicht überzustrapazieren.

* * *

»Gab es nicht eine Gelegenheit«, fragte Brad, »als Ms. Moreno von unserer Kanzlei Sie auf die Möglichkeit ansprach, in diesem Fall auszusagen?«

»Ja, ich erinnere mich gut an den Tag«, gab der Dolmetscher die Antwort wieder.

»Erzählen Sie mir davon«, sagte Brad.

»Ms. Moreno und ein saudi-arabischer Anwalt, ein Mann namens Sa'id el-Khamin, erzählten mir, was mit Pastor Reed und Sarah passiert war.« Während er sprach, sah Rashid regelmäßig zu Sarah hinüber, holte sich anscheinend Kraft bei der tapferen Missionarin.

»Ich sprach mit Ms. Moreno und stimmte zu, in diesem Fall auszusagen«, übersetzte der Dolmetscher weiter. »Wir trafen uns in ihrem Auto, weil Ms. Moreno glaubte, meine Wohnung sei – wie soll ich sagen –, dass andere mein Telefon abhörten. Ihre Ms. Moreno sagte, ich solle mich auf einen Besuch der Muttawa gefasst machen, sobald Ms. Moreno und Mr. el-Khamin fort waren. Also einigten wir uns auf einen Plan.«

»Was war dieser Plan?«

»An dem Tag gab ich Ihrer Ms. Moreno eine schriftliche Aussage, wie nennen Sie es ... ich schwöre, dass es wahr ist ...«

»Eine eidesstattliche Erklärung?«, schlug Brad vor.

»Ja, das ist es«, kam die gedolmetschte Antwort zurück. »Dann sagte Ms. Moreno, man würde mich auffordern, meine Geschichte vor einem Gericht zu erzählen, bei so etwas wie ...« Rashid fehlte das richtige Wort, der Dolmetscher wartete.

»Eine eidliche Zeugenaussage?«, sprang Brad ein.

»Ja. Also vereinbarten Ms. Moreno und ich, dass ich in der eidlichen Aussage sagen würde, was die Muttawa von mir verlangte. Sie hatten meine Frau ...«

Der Dolmetscher wartete, bis der sichtlich erschütterte Rashid weitersprechen konnte. Die Erinnerung daran, dass das Leben seiner Frau von seinen Worten abhing, schien ihn von Neuem aus der Fassung zu bringen. Er bebte im Zeugenstand, seine Lippen zitterten, er sah auf seine Hände hinab, unfähig zu sprechen.

Die Stille wurde unangenehm und Ichabod griff ein. »Möchte der Zeuge gern eine Pause machen?«, fragte sie den Dolmetscher.

Das Angebot wurde übersetzt, doch Rashid schüttelte den Kopf. »Er will es einfach hinter sich bringen«, sagte der Dolmetscher.

Nach einer weiteren unbehaglichen Pause und einem Blick zu Sarah zur Beruhigung fuhr Rashid fort.

»Sie, die Muttawa, hörten die Aussage mit meiner Frau in einem anderen Raum mit ...«

»Einspruch«, rief Strobel aus, was den Zeugen zusammenzucken und sich mit aufgerissenen Augen auf seinem Stuhl zurücklehnen ließ. »Das ist klassisches Hörensagen.«

»Stattgegeben«, sagte Ichabod nüchtern. »Sagen Sie ihm, er soll nur aussagen, was passierte, und nicht, was er von anderen gehört hat«, wies sie den Dolmetscher an.

Als er den verwirrten Blick des Dolmetschers sah, griff Brad ein.

»Haben Sie in Ihrer Aussage die Wahrheit gesagt?«, fragte Brad über den Dolmetscher.

»Nein.«

»Warum nicht?«

»Weil ich bedroht wurde ...«

»Einspruch ... Hörensagen«, sagte Strobel gereizt.

»Es geht nicht um die Richtigkeit der Sache, Euer Ehren«, erklärte Brad. »Es geht nur um das Motiv.«

Dieser kleine verbale Hokuspokus schien Ichabod zufriedenzustellen. »Ich lasse es zu«, beschloss sie. »Aber meine Damen und Herren Geschworenen, die angeblichen Drohungen gegen Rashid sollten nur zu dem Zweck berücksichtigt werden, zu entscheiden, ob er einen Grund hatte, in seiner Aussage zu lügen. Sie dürfen sich nicht damit beschäftigen, ob die Drohungen tatsächlich stattgefunden haben. Verstehen Sie das?«

Natürlich taten sie das nicht. Doch die Geschworenen nickten, als hätten sie genau verstanden, neugierig darauf, all diese Drohungen zu hören.

»Mir wurde gesagt, wenn ich nicht aussage und behaupte, dass der Pastor und Sarah Reed und sogar ich selbst Drogen konsumiert hätten, würde ich meine Frau niemals lebend wiedersehen. Aber Ms. Moreno und ich hatten schon bei unserem ersten Treffen an diese Möglichkeit gedacht und uns auf zwei Zeichen geeinigt. Das erste Zeichen war für diese Jury.« Rashid drehte sich zu den Geschworenen um. »Wir haben vereinbart, dass Mr. Carson eine Frage auf eine bestimmte Art stellen würde und dass ich auf eine bestimmte Art antworten würde, um Ihnen als Geschworenen zu zeigen, dass ich nur log, um zu überleben.«

Ein kaum wahrnehmbares Lächeln ging über Rashids Gesicht, ein stolzes Lächeln, während er den schlauen kleinen Plan erklärte. Strobel stand auf, um Einspruch zu erheben, ihm fiel aber offensichtlich nichts ein. Ohne ein Wort setzte er sich wieder.

»Was waren die Frage und die Antwort?«, fragte Brad.

»Sie baten mich, Ihnen in die Augen zu sehen und Ihnen zu sagen, dass ich nicht von der Muttawa bedroht worden war. Ich sollte antworten, aber auf den Tisch sehen dabei, damit die Geschworenen sehen, dass ich Ihnen nicht in die Augen sehen konnte und sagen, meine Aussage sei wahr. Diese Sprache ist universell, Mr. Carson. Kann man jemandem in die Augen sehen und ihm sagen, es sei die Wahrheit? Wenn nicht, ist es eine Lüge. Das war mein Signal für diese Geschworenen. Ich habe ihnen durch dieses Signal mitgeteilt, dass meine eidliche Aussage eine Lüge war.«

Brad war sicher, die Geschworenen hatten die letzte Frage von Rashids Aussage nicht vergessen. Die Kamera war auf seinen Scheitel gerichtet gewesen, als das Bild dunkel wurde.

»Und was war das zweite Signal?«, fragte Brad.

»Am nächsten Tag nach der Aussage sollte ich zu einem Münztelefon gehen und Ms. Moreno anrufen. Wenn ich immer noch bereit war, mein Heimatland aufzugeben, meine Gemeinde, meine Familie und meine Freunde, wenn ich immer noch bereit war, politische Sicherheit in den Vereinigten Staaten zu suchen und in diesem Prozess auszusagen, dann sollte ich Ms. Moreno ›Alles in Ordnung‹ auf Arabisch sagen. Ich brachte ihr diesen Satz bei ihrem ersten Besuch bei, weil wir wussten, wir würden keinen Dolmetscher haben. Wenn ich nicht bereit war, mich weiter in den Fall verwickeln zu lassen, sollte ich ihr ›Ich muss hierbleiben‹ auf Arabisch sagen.«

»Riefen Sie Ms. Moreno an, und wenn ja, was haben Sie gesagt?«

»Nun, ich bin hier«, antwortete Rashid, »und das war nicht leicht. Ich rief sie an und sagte ihr ›Alles in Ordnung‹.«

41

Leslie hörte Rashids Aussage zu und beobachtete aus dem Augenwinkel Nikki dabei. Diese hatte sich vorgebeugt, hing dem Zeugen an den Lippen und sah aus, als unterstütze sie ihn hundertprozentig. Das war nicht die Haltung einer Frau, die versucht hatte, ihr eigenes Prozessteam zu verkaufen.

Leslie lehnte sich nach links, legte einen Arm um den Rücken von Nikkis Stuhl und flüsterte ihr ins Ohr.

»Wer ist Chad Hamilton?«, fragte sie.

»Wer will das wissen?«, flüsterte Nikki zurück, die sonnenbebrillten Augen weiterhin auf den Zeugen gerichtet.

»Ich«, sagte Leslie, den Mund dicht an Nikkis Ohr. »Bella hat eine Mailboxnachricht auf deinem Bürotelefon gefunden, in der ein Typ namens Chad Hamilton dir anderthalb Millionen anbietet.«

»Bella ist 'ne Kuh«, sagte Nikki aus tiefster Seele, lauter als im Flüsterton, wobei sie weiterhin geradeaus sah.

»Nikki, da ist eine Mailboxnachricht von Chad Hamilton und es gibt außerdem eine E-Mail, die von deinem Blackberry abgeschickt wurde, in der Dr. Shelhorse gebeten wird, nicht herzukommen und auszusagen. Und Shelhorse ist nicht aufgetaucht.« Nikki nahm die Sonnenbrille ab und sah Leslie entgeistert an. »Wer ist Chad Hamilton?«, fragte Leslie wieder.

»Ist Bella deshalb auf mich losgegangen?«, flüsterte Nikki durch zusammengebissene Zähne. »Glaubt sie, ich sei eine Art Spion von Aberijan?«

Leslie nickte.

»Ich bin Aberijan gerade so mit dem Leben entkommen.« Die Farbe kehrte in ihr Gesicht zurück und sie schoss einen boshaften Blick auf Bella ab.

»Und wer ist nun Chad Hamilton?«, flüsterte Leslie. Es ergab immer noch keinen Sinn.

»Er ist der Schadenssachverständige im Johnson-Fall«, sagte Nikki. »Brad weiß es nicht, aber ich handle einen unglaublichen Vergleich für Mr. Johnson heraus. Brad und Bella – zum Geier, sogar der Mandant – sagten, ich sollte die 550 000 Dollar annehmen. Ich habe sie ignoriert. Und jetzt klingt es, als könnte ich dreimal so viel bekommen. Wir werden eine halbe Million an Anwaltsgebühren einstreichen.«

Diese Nachricht warf Leslie in ihrem Stuhl zurück. »Und wer hat dann die E-Mail an Dr. Shelhorse auf deinem Computer geschrieben?«, fragte sie.

»Vermutlich Bella«, sagte Nikki, ohne sich Mühe zu geben zu flüstern.

»Pssst!«, flüsterte Leslie.

»Vermutlich Bella. Wer sonst ist tagsüber im Büro, während du und Brad im Gericht seid?«

Leslie antwortete nicht. Zu viel war noch offen. Das meiste von dem, was Nikki gesagt hatte, war vollkommen logisch, bis auf ein kleines Element.

Woher wusste Nikki, dass die E-Mail an Shelhorse während der Verhandlung verschickt worden war?

* * *

Während die Damen flüsterten und sich Gedanken machten, beendete Rashid seine Zeugenaussage. »Bitte beantworten Sie alle Fragen, die Mr. Strobel vielleicht noch an Sie hat«, sagte Brad, als er auf seinen Platz zurückkehrte.

Strobel schoss hoch und begann Fragen abzufeuern, noch bevor er am Rednerpult angekommen war. Alles an seiner Haltung und Tonlage sandte eine Botschaft aus: Er war im Angriff.

»Damit ich das richtig verstehe«, donnerte er. »Ihre eidliche aufgezeichnete Zeugenaussage war nur ein Haufen Lügen. Ist das richtig?«

»Ja«, gab Rashid über seinen Dolmetscher zu.

»Und Sie haben nicht nur in dieser Aussage unter Eid gelogen, sondern Sie und Ms. Moreno hatten auch vorher geplant, dass Sie dieses Gericht und diese Jury anlügen würden. Richtig?« Strobel war außer sich, sein Gesicht rot vor Wut.

»Ja«, sagten Rashid und der Dolmetscher beide kleinlaut.

»Und Sie sagen, Sie hätten gelogen, weil Sie Angst hatten, dass Mr. Aberijan Ihrer Frau etwas antat?«

»Ja, seine Männer waren während meiner Zeugenaussage bei meiner Frau und hätten sie verletzt, wenn ich die Wahrheit gesagt hätte.«

»Aber heute sagen Sie die Wahrheit, weil Sie politisches Asyl bekommen und keine Angst mehr vor Mr. Aberijan haben?«

»Ja, das ist richtig.«

»Und warum beantragten Sie dann kein politisches Asyl, bevor Sie Ihre erste Aussage machten, damit Sie nicht diese Richterin und die Geschworenen irreführen mussten?«

»Ich weiß nicht, das war nicht der Plan.«

»Wer hat sich diesen tollen Plan ausgedacht?«

»Es war Ms. Morenos Plan.«

»Und sagte Ihnen Ms. Moreno, Sie könnten politisches Asyl beantragen und eine Chance bekommen, in den Vereinigten Staaten zu leben, wenn Sie bereit wären, für Mrs. Reed auszusagen?«

»Ja und nein. Sie sagte mir, wir könnten, wie Sie es nennen … politisches Asyl bekommen, wenn ich bereit sei, die Wahrheit zu sagen.«

»Und versprach sie Ihnen, in Amerika Arbeit zu finden?«

»Ms. Moreno sagte, sie und Mr. Carson würden versuchen, mir zu helfen.«

»Sind Sie froh, dass Sie politisches Asyl bekommen haben und jetzt eine Chance haben, in Amerika zu leben?«

»Ich blicke hoffungsvoll auf mein zukünftiges Leben in diesem Land.«

»In Amerika können Sie einen Neuanfang machen, aber in Saudi-Arabien, Mr. Berjein, waren Sie ein überführter Drogenhändler, richtig?«

»Ich wurde gezwungen, mich schuldig zu bekennen, aber ich habe keine Drogen konsumiert.«

»Stimmt es nicht, dass Sie tatsächlich Drogen konsumierten und dass Ihre ursprüngliche Aussage richtig war, aber dass Sie eine Chance sahen, im wohlhabendsten Land der Welt – in Amerika – einen Neuanfang zu machen und dass alles, was Sie dafür zu tun hatten, eine kleine Falschaussage war?«

»Einspruch«, sagte Brad. »Das ist argumentativ und unpassend.«

»Ich ziehe die Frage zurück«, sagte Strobel, bevor Ichabod eine Entscheidung treffen konnte.

Eine ganze Stunde griff Strobel den Zeugen an. Er zeichnete Rashid als Opportunist, bereit, jede Chance zu ergreifen, nach Amerika zu kommen. Er spielte alle von Rashids aufgezeichneten Zugeständnissen über seinen Drogenkonsum noch einmal ab und unterstrich, dass Rashid eine Menge Details über Kokain wusste für jemanden, der behauptete, er habe das Zeug nie probiert. Es war ein ausgefuchstes Kreuzverhör und eine Erinnerung, dass Strobel die vierhundert Dollar wert war, die er seinen Mandanten dafür in Rechnung stellte, einen Zeugen wie Rashid auseinanderzunehmen.

Doch Rashid überlebte den Ansturm und verließ den Zeugenstand fast im Laufschritt, als Ichabod ihm sagte, er dürfe gehen.

»Das Gericht macht eine zehnminütige Pause«, erklärte Ichabod und verließ die Richterbank.

* * *

Brad und sein Team atmeten kollektiv erleichtert auf und Rashid stieß zu ihnen. Brad schüttelte ihm die Hand, klopfte ihm auf den Rücken, dann sah er befriedigt zu, wie Rashid behutsam Sarah umarmte und auf beide Wangen küsste: Die anderen versammelten sich ebenfalls um sie, klopften Rashid auf den Rücken oder legten ihm zum Zeichen ihrer Unterstützung die Hand auf die Schulter.

Während sich das Team um den Tisch versammelte, bemerkte Brad, wie Bella einen zögernden Schritt auf Nikki zu machte. Er versteifte sich, bereit, sich zwischen die beiden Frauen zu werfen, die sich jetzt fest in die Augen sahen.

»Es tut mir leid«, sagte Bella und streckte die Hand aus. »Es war dumm, was ich getan habe.«

Nikki sah auf Bellas Hand, zögerte lange genug, um ihr eine Lektion zu erteilen, und schlug dann ein.

»Machen Sie sich keine Gedanken deswegen«, antwortete sie. Ihre Stimme war immer noch mürrisch.

Brad spürte, wie etwas von der Spannung in der Luft sich auflöste.

»In der Mailboxnachricht von Chad Hamilton ging es um den Johnson-Fall«, sagte Leslie kollegial. »Er ist Versicherungssachverständiger.«

Brad sah Nikki an, die Leslie einen »Halt-den-Mund!«-Blick zuwarf. »Ich dachte, wir hätten den Fall schon vor Wochen beigelegt«, sagte er.

Bella, die jetzt mit vor der Brust verschränkten Armen dastand, sah Brad an und nickte. *Ich hab's dir doch gesagt,* sagte ihr Blick.

Nikki verzog die Lippen zu einem schuldbewussten Lächeln und suchte nach einem Anflug von Strafaufschub in Brads Gesicht. »Das ist eine lange Geschichte …«

»Machen Sie's kurz.«

»Okay … Ich habe fast dreimal so viel herausgehandelt wie den Betrag, den ich vor ein paar Wochen annehmen sollte.«

»Sie meinen, Sie haben meine Anweisungen ignoriert – die Anweisungen des Mandanten.«

»Hören Sie, wenn Sie das zusätzliche Geld nicht wollen, nehme ich es«, seufzte Nikki und ließ die Schultern hängen, ganz in der Rolle der Verfolgten. »Ich wusste nur, ich konnte mehr herausholen ... viel mehr ... wenn sie uns in Aktion sehen würden.« Sie sah Brad an, dessen Ausdruck nicht milder geworden war. »Also habe ich Hamilton und seinen Chef zum Prozess eingeladen. Ich habe es so arrangiert, dass sie während des Kreuzverhörs von Ahmed Aberijan da waren. Sie haben das ganze Feuerwerk gesehen: wie Brad eine Strafe wegen Missachtung angedroht wurde, das volle Programm. Sie wussten, wir würden alles tun, um den Fall zu gewinnen. Ich sagte ihnen, unsere Untergrenze sei zum Ende dieses Falls eins Komma sieben Millionen; friss oder stirb. Sie haben jetzt eins Komma fünf angeboten.«

»Sprechen Sie mit dem Mandanten«, sagte Brad, doch seine Stimme blieb ausdruckslos. »Wenn er einverstanden ist, nehmen Sie das Geld.« Er sah zu Boden und suchte nach den richtigen Worten. »Aber Nikki ...«

»Ich weiß.«

»Wenn Sie noch mal so eine Nummer abziehen und vorsätzlich meine Anweisungen missachten – dann sind Sie gefeuert.«

Nikki schnaubte. »Gern geschehen«, murrte sie, gerade laut genug, dass die anderen es hören konnten.

»Was ist mit der E-Mail an Shelhorse?«, fragte Bella. Es war Zeit, mehr Druck auszuüben.

Nikki zuckte die Achseln. »Das Einzige, was ich darüber weiß, ist, was Leslie mir während Rashids Aussage gesagt hat. Ich hätte diese E-Mail nicht aus Saudi-Arabien verschicken können, selbst wenn ich gewollt hätte – ich hatte kein Netz.«

Bella hob eine Augenbraue.

»Prüfen Sie es nach«, sagte Nikki und hielt das Gerät vor sich. »Ich habe nichts verschickt, bis ich wieder auf amerikanischem Boden war. Jemand, der Zugang zu meinem Bürocomputer hat«, sie sah Bella direkt an, »hat die E-Mail verschickt und es aussehen lassen, als käme sie von meinem Blackberry.«

Das erzeugte eine Runde wilder Spekulationen über die E-Mail an Shelhorse. Bella erinnerte sich, dass O'Malley ungefähr eine Stunde, bevor die

Mail verschickt wurde, vorbeigekommen war und sie für ein paar Stunden zum Gericht begleitet hatte, um sich den Prozess anzusehen. Jemand, mutmaßte sie, musste Bella und Patrick das Büro verlassen sehen haben, dann eingebrochen sein und die E-Mail verschickt haben. Es war jemand von außerhalb, daran bestand kein Zweifel.

Alle außer Brad nickten zustimmend.

* * *

»Erheben Sie sich«, rief der Gerichtsdiener, »das Gericht tagt. Die ehrenwerte Richterin Cynthia Baker-Kline hat den Vorsitz.«

Innerhalb von ein paar Minuten waren alle auf ihre Plätze zurückgekehrt, der Gerichtssaal war ruhig und die Geschworenen saßen auf ihren Plätzen.

»Ich nehme an, die Anklage hat ihre Beweisaufnahme jetzt abgeschlossen. Ist das richtig, Mr. Carson?«, fragte Ichabod.

»Ja, Euer Ehren.«

Strobel war schon wieder auf den Beinen. »Wir würden gern eine Gegenbeweiszeugin aufrufen, Euer Ehren – Mrs. Sarah Reed.«

Brad schoss von seinem Stuhl hoch und riss den Kopf zu Strobel herum. In der Aufregung der letzten Tage hatte er ganz vergessen, dass Strobel plante, Sarah noch einmal aufzurufen und einen Fehlprozess zu erzwingen, indem er sie bat, den Namen ihres Informanten preiszugeben.

»Wenn Mr. Strobel Mrs. Reed aus dem einzigen Grund aufruft, den Namen ihres Informanten zu erfragen, würden wir unseren Einspruch gern erneuern«, sagte Brad an die Richterin gewandt. »Solch eine Frage verlangt von Mrs. Reed nicht nur auf unfaire Weise, das Leben dieser Person aufs Spiel zu setzen, wozu sie nicht bereit ist, sondern es dient in diesem Stadium des Prozesses auch keinem sinnvollen Zweck. Mr. Strobel hat jetzt schließlich keine Zeit mehr, diese Person vorzuladen und ihn in diesem Fall in den Zeugenstand zu holen. Indem er bis zur letzten Minute des Prozesses gewartet hat, hat Mr. Strobel gezeigt, dass der einzige Grund, aus dem er diese Frage stellt, der ist, meine Mandantin zu drangsalieren und einen Fehlprozess zu erzwingen.«

»Euer Ehren«, erwiderte Strobel gedehnt, »wir haben gewartet, weil wir dachten, die Information käme auf anderem Wege und wir könnten Mrs.

Reed diese Frage ersparen. Das ist nicht geschehen, also stehen wir wieder am Anfang. Das Gericht hat bereits einmal geurteilt, dass wir ein Recht auf die Beantwortung dieser Frage haben. Wir bringen dieses Thema jetzt nur zu Ende.«

Richterin Baker-Kline schüttelte den Kopf. Brads Herz raste. Es war das erste Mal in diesem Prozess, dass Ichabod andeutete, dass sie von Sarahs Fall bewegt war!

»Sie hatten Ihre Chance, Mr. Strobel, ich hätte Mrs. Reed diese Frage früher im Prozess beantworten lassen. Aber jetzt, nachdem wir gerade die Aussage von Mr. Berjein gehört haben, mache ich mir Sorgen um die Sicherheit des Informanten. Und ich mache mir außerdem Sorgen um Ihre Zeitplanung, Sir. Wenn Sie diese Frage wirklich beantwortet haben wollten, hätten Sie sie früher im Prozess nicht zurückziehen sollen. Dem Einspruch wird stattgegeben. Mrs. Reed wird nicht noch einmal in den Zeugenstand treten.«

Wie üblich zeigte Strobels Pokerface keinerlei Enttäuschung. »Dann ist die Beweisaufnahme der Verteidigung abgeschlossen«, verkündete er den Geschworenen hoch aufgerichtet und sah ihnen direkt in die Augen.

Brad hatte in diesem Fall nie ein besseres Gefühl gehabt.

»Danke, Mr. Strobel«, sagte Ichabod. »Wir werden mit den Schlussplädoyers Montagmorgen um Punkt neun Uhr beginnen. Und Mr. Carson?«

»Ja, Euer Ehren?«

»Ich habe immer noch nicht den allerkleinsten Beweis gehört, der mich glauben ließe, dass der Staat Saudi-Arabien dieses angebliche Fehlverhalten billigte. Behalten Sie das im Hinterkopf, wenn Sie Ihr Schlussplädoyer vorbereiten. Sie könnten es schaffen, dass ich meine Meinung ändere. Aber im Moment sehe ich das noch nicht.«

»Ja, Euer Ehren«, murmelte Brad reflexartig, als Ichabod die Blase ihrer eben getroffenen Entscheidung platzen ließ.

Was in aller Welt will sie, fragte sich Brad, *einen handgravierten Brief des Kronprinzen?*

Das respektlose Geräusch, als der Geschworene Nummer 4 kicherte, brach das Schweigen im Gerichtssaal.

* * *

Es ist unglaublich, was man mit einem Teleobjektiv alles anstellen kann, dachte Frederick Barnes. Er hatte den Geschworenen direkt in flagranti auf Zelluloid gebannt – 400 Millimeter. Ein unwiderlegbarer Beweis. Die Fotos hatte er bereits mit Handschuhen an den Händen in einen kleinen weißen Umschlag gesteckt.

Mit behandschuhten Händen hatte er auch doppelseitiges Klebeband an die Außenseite des Umschlags geklebt und wartete jetzt geduldig auf die Gelegenheit, die Fotos sauber zu übergeben. Barnes war ein vorsichtiger Mann. Er würde auf den perfekten Moment warten oder es gar nicht tun.

Der Moment kam, direkt nachdem Ichabod die Geschworenen entlassen hatte, in dem Moment, als der Geschworene Nummer 4 kicherte.

Brad Carson hatte eine Kopie von Rashids Aussage auf dem Rednerpult gelassen. Einhundert Seiten transkribierte Zeugenaussage, zusammengehalten von einer weichen Plastikhülle vorn und hinten. Es war besser, als mit ihnen in den Aufzug zu springen und zu versuchen, die Fotos in eine Aktentasche fallen zu lassen. Es war so natürlich. Es war perfekt.

Barnes glitt hinter seinem Tisch in der ersten Reihe hervor und ging lässig zum Rednerpult. Er sah sich um, dann nahm er das Aussageprotokoll und klebte die Fotos in den hinteren Umschlag. Diskret zog er die Gummihandschuhe aus und stopfte sie in seine Tasche.

Er wandte sich zum Tisch der Klägerseite um und tippte ihr auf die Schulter.

Als sie sich umdrehte, blitzte kurz Zorn in ihrem Blick auf; ein Blick, der sagte: »Wie kannst du es wagen, hier auf unsere Seite zu kommen und mitten im Gerichtssaal mit mir zu reden«. Sie schien sich zu fangen und Skepsis ersetzte die Wut in den schönen dunklen Augen.

»Mr. Carson hat dieses Protokoll und diese beiden Beweisstücke auf dem Rednerpult vergessen«, erklärte Barnes. »Ich wollte nicht, dass es mit unserem Zeug durcheinandergerät, wenn wir zusammenpacken.«

Sie nahm das Protokoll, doch sie wandte den Blick ihrer dunklen Augen nicht von ihm ab.

»Danke«, sagte Nikki Moreno.

42

Barnes reagierte sofort auf die Aufforderung per Handy. Innerhalb von Minuten gesellte er sich zu Ahmed in dessen Hotelsuite.

»Sie will heute Abend um neun ein Treffen«, sagte Ahmed. »Sie will mich in der Bar hier unten im Haus treffen, Ecktisch, auf der Billardraum-Ebene. Sie hat den üblichen Quatsch von wegen allein kommen erzählt.«

»Ich werde persönlich für Ihren Schutz sorgen«, sagte Barnes. Er ging hinüber zu den raumhohen Fenstern mit Blick über den Hafen und starrte auf den strömenden Regen, der gegen die Scheibe prasselte. Ein gezackter Blitz elektrisierte den Himmel und das Rumpeln des Donners ließ die fünf Zentimeter dicke Glasscheibe beben. »Was ist der Plan?«, fragte er und wandte sich wieder Ahmed zu.

Der saß auf dem Sofa, griff nach der Fernbedienung und schaltete den Fernseher aus. Barnes hasste es, wenn Ahmed das tat - wenn er sich viel Zeit für seine Antwort nahm -, nur um ihm zu zeigen, wer der Chef war. »Brauchen wir den Geschworenen Nummer 6 oder bekommen wir auch ohne ihn einen Fehlprozess?«, fragte er schließlich.

»Ich weiß es noch nicht. Der Plan, ihn abzuservieren, steht. Aber wenn das Timing nicht stimmt, wenn Strobel ihn ablehnt, bevor die Geschworenen mit ihrer Beratung anfangen, dann könnte die Richterin sagen, die Jury sei nicht kontaminiert. Sie könnte einfach Stein entlassen und trotzdem nicht auf Verfahrensfehler entscheiden. Wenn sie das tut, dann brauchen wir die Stimme von diesem anderen Geschworenen. Der Geschworene 6 ist unsere Versicherungspolice.«

Der Saudi sah auf und starrte Barnes an, sah direkt durch ihn hindurch und das Schweigen wurde fast unerträglich. Doch Barnes dachte nicht einmal daran, es zu brechen oder sich auch nur zu rühren, bis er Ahmeds ausdrückliche Erlaubnis hatte, es zu tun.

»Wie sicher sind wir, dass unsere Freundin uns den Geschworenen 6 liefern kann?«, fragte Ahmed.

»Sie hat uns alles andere geliefert.«

Ahmed schnaubte bei dem Gedanken. »Wir sind zu weit gekommen, um jetzt noch Risiken einzugehen. Es könnte sein, dass wir den Geschworenen 6 brauchen. Sie reden mit Strobel und stellen sicher, dass er wartet, bis die Geschworenen mit der Beratung angefangen haben, bevor er den Antrag auf Verfahrensfehler stellt. Ich treffe mich heute Abend mit unserer Freundin. Währenddessen will ich, dass Sie ihr Auto verdrahten ... und ihr Handy, wenn sie es dort lässt. Ich gebe ihr den Treuhandvertrag, den sie verlangt, mit der Unterschrift des Ministers für öffentliche Sicherheit. Wir hören sie nach unserem Treffen ab. Wenn sie liefert, wird sie am Montagmorgen einhundert Millionen auf ihrem kleinen Treuhandkonto vorfinden.«

Der Muttawa-Anführer knallte das Geschworenenjournal auf den Glascouchtisch. Er stand auf und streckte seine massigen Brustmuskeln und die breiten Schultern. Er ließ den Kopf auf seinem muskulösen Hals kreisen und rieb sich kräftig den Nacken. Das war kein Mann, der es gewohnt war, dass ihm die Dinge entglitten.

»Wir werden dieses Spiel spielen«, knurrte er, »und unser Urteil kaufen.« Er hielt inne und sah Barnes mit kalten, grauen Augen an. »Sobald die Geschworenen ihr Urteil abgeben, stirbt sie.«

»Und wir lassen hundert Millionen an Sarah Reed und ihre Familie gehen?«, fragte Barnes ungläubig.

Ahmed schnaubte höhnisch. »Ich sagte, auf dem Treuhandvertrag sei die Unterschrift des Ministers für öffentliche Sicherheit. Ich sagte nicht, die Unterschrift sei echt.«

»Was nützt eine Fälschung? Das Geld bleibt trotzdem unter treuhänderischer Verwaltung.«

»Wenn die Unterschrift eine Fälschung ist, gelten die Bedingungen der Treuhandvereinbarung nicht und das Geld auf dem Konto geht zurück an seinen ursprünglichen Besitzer – Saudi-Arabien.« Ahmed hielt inne. »Unsere Freundin ist nicht so schlau, wie sie glaubt.«

Er ging hinüber zu der Minibar in seinem Zimmer, goss sich noch eine Limo ein und nahm einen langen Schluck.

»Niemand überlebt es, Ahmed Aberijan zu erpressen.«

»Wie sieht Ihr Plan aus, sie auszuschalten?« Es lag ein leichtes Beben in Barnes' Stimme. Er versuchte, abgebrüht zu klingen, als sei das seine tägliche Arbeit, aber er war bisher nie Komplize bei einem Mord gewesen.

»Nicht *mein* Plan«, lachte Ahmed. Es war ein hohles und freudloses Lachen. »Ich verlasse das Land, sobald die Geschworenen mit der Beratung beginnen. Wie sie stirbt, bleibt Ihnen überlassen. Dafür werden Sie so hübsch bezahlt.«

Ahmed gab vor, den fassungslosen Blick stillen Protests auf Barnes'

Gesicht zu übersehen. In Wahrheit hatte er nicht vor, so eine wichtige und dankbare Aufgabe in die Hände eines angeheuerten Handlangers zu legen. Doch Barnes' Blick sagte ihm alles, was er wissen musste. Wenn es hart auf hart kam, konnte man dem Ermittler nicht trauen. Er hatte einfach nicht den Mumm zu töten oder schlimmer: Er hatte beschlossen, dass das nicht in seinem Interesse war.

So oder so – Ahmed würde gezwungen sein, die Sache selbst in die Hand zu nehmen. Und da diese Frage geklärt war, zog sich Ahmed tief in Gedanken versunken in seine eigene kleine Welt zurück. Er starrte einige Minuten aus dem Fenster, sog den Sturm in sich auf und blinzelte nicht einmal, als Barnes den Raum verließ und leise die Tür hinter sich zuzog.

* * *

Barnes kam fünfzehn Minuten zu spät zu seinem Treffen mit dem Braintrust, einen kalten Zigarrenstummel fest in den Mundwinkel geklemmt. Die gegenseitige Begrüßung war kühl und zurückhaltend, und Barnes kam gleich zum Geschäft. Er stand am Ende des Konferenztischs, sein ausladender Bauch lag fast auf dem Tisch. Die Stimmung der Gruppe passte zum Wetter und sie sahen den Mann, den ihnen das Schicksal als Verbündeten ausgesucht hatte, mit missbilligendem Stirnrunzeln an.

»Hier sind noch ein paar Fotos«, sagte er und klatschte einen Ordner auf den Tisch. »Ich sorge dafür, dass der Mann, der die Fotos geschossen hat, bereitsteht, morgen vor Gericht auszusagen.«

Strobel griff sich den Ordner und riss ihn auf. Die Fotos zeigten das Gesicht des Geschworenen Nummer 4 und den Rücken eines anderen Mannes. Es gab zwei Reihen von Fotos aus zwei verschiedenen Restaurants.

»Sie haben sich in den letzten paar Wochen mindestens drei Mal getroffen«, sagte Barnes. »In einem der Restaurants saß mein Mann dicht genug, um ihr Gespräch teilweise mithören zu können. Stein hat seine Stimme für einhunderttausend in bar versprochen, fünfzig jetzt, fünfzig später. Wenn Sie sein Konto bei der Bank of Tidewater prüfen, werden Sie sehen, dass schon fünfzigtausend gezahlt wurden. Er arbeitet definitiv für Brad Carson.«

»Woher wissen Sie das?«, fragte Teddy.

»Das kann ich nicht sagen«, sagte Barnes selbstgefällig. »Aber ich würde meinen Ruf darauf verwetten.« Barnes schwieg kurz und beäugte die Anwälte, forderte jeden Einzelnen heraus, diese Information in Frage zu stellen.

»Warum geht ein Geschworener für nur hunderttausend Dollar solch ein hohes Risiko ein?«, fragte Win. »Das zerstört einem ja fast den Glauben ans System.«

»Hunderttausend Dollar sind für manche Leute immer noch viel Geld«, antwortete Barnes. In seiner Stimme lag ein Vorwurf an diese Großkanzlei-Anwälte. Er sah verächtlich von einem zum anderen. Er biss ein kleines Stück von seiner Zigarre ab und spuckte das Stück zur Seite. »Aber das ist unerheblich«, fuhr er fort. »Unser alter Kumpel Zeke Stein betrügt zufällig seine Frau. Also ist sein Deal nicht nur seine Stimme für hundert Mille; es ist seine Stimme für hundert Mille und das Schweigen des Ermittlers der Klägerseite. Hier sind noch ein paar Fotos, die die Affäre bestätigen, wenn es Sie interessiert«, sagte Barnes und warf noch einen Ordner auf den Tisch. Anders als beim anderen Ordner schnappte niemand danach. Alle vier Männer starrten den Ordner an, widerstanden dem Drang, danach zu greifen, ihn aufzureißen und den Inhalt anzugaffen. Ihre Würde und ihr Rang verlangten es … zumindest im Moment.

»Wie haben Sie das mit der Affäre herausbekommen?«, fragte Win.

»Sie meinen, die Affäre vom Geschworenen Nummer 4?«, fragte Barnes und warf ihm einen vorwurfsvollen Blick zu.

»Natürlich.«

Barnes grinste süffisant. »Mein Mann wird aussagen, er habe gehört, wie der Geschworene 4 und Carsons Lakai, der Mann, dessen Rücken man auf den Fotos sieht, im Restaurant darüber sprachen. Dieser Mann konfrontierte den Geschworenen Nummer 4 mit den Fotos von der Affäre. Und nach dem Gespräch im Restaurant folgte mein Mann Mr. Stein eine Weile, und – *voilà!* – wir haben unsere eigene Fotogalerie von ihm und seiner kleinen Geliebten. Es scheint, unser Mann hält es ohne sein Internetschätzchen einfach nicht aus. Wahrscheinlich ist er auch jetzt gerade bei ihr.«

Win konnte den Blick einfach nicht von dem Ordner abwenden, offensichtlich völlig gefesselt von dem Gedanken daran, was er wohl an Material enthalten mochte.

»Ich nehme an, dass Sie vorhaben, mit dieser Information sofort morgen früh zur Richterin zu gehen?«, fragte Teddy Mack.

Es war weniger eine Frage als ein Befehl. Doch Barnes hegte keinen Respekt für den alten Mann und er merkte nicht, dass Teddys Vorschläge wie das Mosaische Gesetz behandelt werden sollten.

»Ich würde trotzdem empfehlen, sie zurückzuhalten, bis die Geschworenen mit ihrer Beratung begonnen haben«, schlug Barnes vor, bevor Mack antworten konnte. »So wird der Prozess todsicher wegen Verfahrensfehlern abgebrochen, denn bis dahin wird dieser Geschworene die Verhandlungen beeinflusst haben. Wenn Sie es sofort am Montagmorgen publik machen, könnte die Richterin einfach den Geschworenen Nummer 4 entlassen und den anderen Geschworenen und dem Ersatzmann erlauben, mit den Beratungen zu beginnen.« Barnes schwieg und kaute eine Weile energisch auf seiner Zigarre. »Und, Freunde, ich sage es euch nicht gerne, aber ihr vertretet da nicht gerade eine attraktive Position.«

Teddy Kilgore spannte die Kiefermuskeln an und stand langsam auf, wobei er sich auf dem Tisch abstützte. Er streckte einen langen, knochigen, zitternden Finger in Richtung Barnes aus. »Hören Sie mir gut zu, Sir, Sie kommen nicht in unsere Kanzlei spaziert und sagen uns, wie wir unseren Fall verhandeln sollen. Ihre Vorschläge sind sowohl unklug als auch widerwärtig.« Seine Stimme schwoll an und kippte fast vor Zorn.

»Sie schlagen vor, dass diese Kanzlei das Gericht aus strategischen Gründen belügen sollte? Die Integrität dieser Firma und das Vertrauen der Richterschaft opfern, das aufzubauen Jahrzehnte gebraucht hat, nur um einen Verfahrensabbruch zu erzielen? Wenn wir warten, bis die Geschworenen mit ihren Beratungen begonnen haben, um Ihren Mann in den Zeugenstand zu rufen, wird die Richterin uns mit Recht fragen, warum wir ihr das nicht früher gebracht haben. Und entweder Ihr Mann lügt und behauptet, er habe es gerade erst herausgefunden, oder wir sehen aus wie Vollidioten. Habe ich recht?«

Barnes hütete sich, die Frage zu beantworten.

»Außerdem schlagen Sie vor, dass Ihr Mann im Zeugenstand einen Meineid leistet und dass Mr. Strobel dem Gericht wissentlich eine Falschaussage darlegen soll«, fuhr Teddy fort, während sein langer, knorriger Finger auf Barnes' Knollennase zeigte.

Genau das hatte Barnes vorgeschlagen, obwohl er es etwas vorsichtiger ausgedrückt hätte.

»Sie kennen diese Kanzlei offenbar nicht sehr gut«, schnaubte Teddy wütend. Er setzte sich, wandte seinen Blick jedoch nicht von Barnes ab. »Sie werden Ihren Mann morgen als Allererstes in den Gerichtssaal bringen, bereit zu einer Aussage. Mr. Strobel wird die Fotos von dem Treffen zwischen dem Geschworenen 4 und Carsons Aushilfe als Beweis behalten. Sie können Ihre anderen schmierigen Fotos nehmen und verschwinden!« Damit wedelte Teddy mit der Hand und schickte Barnes, die Fotos und einen todsicheren Plan für einen Verfahrensabbruch weg.

Aus dem Augenwinkel sah Barnes, wie Win fast unmerklich den Kopf neigte und Mack ansah. *Tu was!*, schrie dieser Blick.

Doch Mack ignorierte ihn. Teddy besaß immer noch eine überragende Präsenz und großen Einfluss in dieser Kanzlei. Und es war offensichtlich, dass er gerade ein nicht verhandelbares Edikt erlassen hatte.

Selbst Barnes hütete sich, sich in diesem Rahmen mit dem Mann anzulegen. Stattdessen stopfte er den Ordner zurück in seine Aktentasche und stolzierte aus dem Konferenzraum, wobei er Teddy Kilgore lautlos verfluchte.

Sein Plan für einen Verfahrensabbruch hatte einen unerwarteten Rückschlag erlitten. Doch bei Fällen von dieser Wichtigkeit glaubte Barnes an Alternativpläne. Den Geschworenen Nummer 4 auszuschlachten wurde jetzt etwas schwieriger, doch Barnes hatte seine Mittel und Wege. Und die Stimme des Geschworenen Nummer 6 war jetzt kein Luxus mehr. Die Informantin würde liefern müssen.

Auf dem Weg zum Aufzug schnippte er ein wenig Asche auf den Perserteppich.

* * *

Sie fuhr wie der Blitz durch den Wolkenbruch. Um zehn Minuten vor neun war sie immer noch zwanzig Minuten von der Innenstadt Norfolks entfernt. Brad hatte sie alle lange mit seinem überarbeiteten Schlussplädoyer aufgehalten. Sie hatten ihn auf Video aufgenommen, dann mehrere Stunden damit verbracht, ihn zu kritisieren. Zuhören und kritisieren. Zuhören und kritisieren. Hinterher wollte er es trotzdem noch mehrmals üben.

Soweit sie wusste, schritt Brad immer noch um den Konferenztisch herum, beschwatzte die leeren Stühle, choreografierte jeden Tonfall und jede

Geste. Und sie, sie war auf dem Weg zu einem letzten Treffen mit Ahmed Aberijan, um dieses Schlussplädoyer ins Wanken zu bringen.

Es goss weiterhin in Strömen auf ihre Windschutzscheibe; die Fahrbahnmarkierungen auf der Interstate verschwammen. Zumindest Blitz und Donner hatten aufgehört. Ihre Scheibenwischer arbeiteten wie wild, doch sie kamen nicht gegen diese Flut vom Himmel an. Sie fuhr durch eine Wasserlache, das Auto wurde abrupt nach rechts gezogen und kam beinahe ins Schleudern. Ihr Herz schlug schneller, als ihr bewusst wurde, dass sie fast die Kontrolle über den Wagen verloren hätte. Angestrengt hielt sie nach weiteren dunklen Wasserflächen Ausschau. Ihr Tachometer zeigte fünfundachtzig Meilen die Stunde an.

Das Handy klingelte und sie fuhr zusammen. Sie verringerte die Geschwindigkeit etwas und nahm eine Hand vom Lenkrad.

»Hallo?«, sagte sie zögernd.

»Mann, Mädchen, Sie rasen ja! Machen Sie mal ein bisschen langsamer. Ahmed geht nirgendwohin.« Es war O'Malley. Ein paar Minuten zuvor hatte sie seine Scheinwerfer in ihrem Rückspiegel verloren.

»Sind Sie sicher, dass das funktionieren wird?«

»Hören Sie, Kleine, Sie sind vollständig verkabelt. Beim ersten Anzeichen von Ärger bin ich da«, versprach er.

»Was, wenn er eine Waffe zieht?«

»Ich werde direkt vor dem Haus sein. Zehn Sekunden, maximal. Sie müssen sich entspannen, Süße. Aberijan kann Angst riechen.«

»Sie haben gut reden.« Sie driftete durch eine weitere Wasserlache. »Ich muss Schluss machen … Danke, dass Sie da sind, Patrick.«

»Keine Ursache.«

Sie schaffte es sicher zum Hotel, allerdings zehn Minuten zu spät. Sie hielt unter dem Vordach und gab dem Mann vom Parkservice ihren Schlüssel. Dann ging sie durch die ausladende Drehtür in die luxuriöse Lobby. Sie holte tief Luft und wandte sich nach links, ging den Flur entlang zu der Kombination aus Feinkostrestaurant und Bar. Ein Kellner begrüßte sie lächelnd.

»Kann ich Ihnen helfen?«, fragte er.

»Nein, danke. Ich suche nur jemanden.«

Sie ging ein paar Schritte ins Restaurant hinein und überblickte den Raum. Direkt vor ihr genossen ein paar Gäste ein spätes Abendessen und sahen auf einen großen Fernsehbildschirm. Zu ihrer Rechten saßen ein paar Geschäftsreisende in der Barnische und unterhielten sich mit dem Barkeeper. Eine Treppenflucht rechts von ihr führte in einen schummrig beleuchteten Bereich mit einem Poolbillardtisch und ein paar abgeschirmten Tischen. Dieser Teil des Raums wurde von einem schwarzen Eisengeländer begrenzt und man überblickte von dort aus das ganze restliche Restaurant. Zwei Gäste spielten Pool, abgesehen davon sah der erhöhte Bereich leer aus.

Sie ging die Treppe hinauf und fragte sich, warum sie diesen Ort ausgesucht hatte. Der Reed-Fall hatte so viel öffentliches Interesse erregt, dass sie sich nicht mehr öffentlich mit Ahmed treffen konnte. *Doch warum hier?* Sie war hier schon oft zum Essen gewesen. Aber heute schien ihr die Atmosphäre anders. Dunkler. Muffig. Sie konnte das Böse förmlich spüren.

Sie ging an den Poolspielern vorbei und nickte ihnen zu. Dann sah sie ihn. Er saß in einer Nische am anderen Ende, vom Hauptbereich des Restaurants aus nicht zu sehen. Er sah sie ebenfalls und fixierte sie. Sie konnte dem Blick seiner gefühllosen grauen Augen nicht standhalten.

Sie setzte sich ohne ein Wort des Grußes zu ihm in die Nische. Sie wusste, er konnte ihre Angst fühlen, doch sie konnte nichts dagegen tun.

»Sind Sie allein gekommen?«, fragte sie.

»Nein«, sagte er fest. Er war offensichtlich fertig mit den Spielchen.

Sie nickte fragend zu den Männern am Poolbillardtisch hinüber.

»Nein.« Er wandte seinen verhangenen Blick nicht von ihr ab; ihr schien, als blinzle er nicht einmal. Sie begann sich im Raum umzusehen.

»Geben Sie mir das Abhörgerät«, verlangte Ahmed.

»Ich weiß nicht, was Sie meinen«, log sie.

»Sie sind verkabelt. Entweder Sie geben mir das Gerät oder das Treffen ist vorbei.«

Langsam griff sie unter den Tisch, unter ihre Fleecejacke und den Pullover und zog das kleine Mikrofon, das Kabel und den Funksender heraus. Sie legte alles auf den Tisch.

Ahmed nahm es vorsichtig hoch und studierte die Ausrüstung. »Die Lady meldet sich jetzt ab«, sagte er in das Mikro. Dann legte er die Geräte behutsam auf den Boden und trat fest darauf, zermalmte die Stücke mit dem Absatz.

»Jetzt können wir reden«, sagte er.

* * *

Barnes beobachtete, wie der Mann vom Parkservice den Wagen im ersten Stock des Parkhauses abstellte und dann wieder hinausrannte, um den nächsten zu holen. Er hatte dem jungen Mann fast zwanzig Minuten zugesehen und sich ausgerechnet, dass er mehrere Minuten brauchen würde, bis er zurückkam. Viel Zeit, um seine Aufgabe zu erfüllen.

Er zog einen kleinen schwarzen Beutel mit Hightech-Werkzeugen heraus und schlenderte zu dem Auto. Er knackte das Schloss mit einem Autoknacker-Bügel und war innerhalb von Sekunden drin. Mit einem kleinen Schraubenschlüssel, einem scharfen Messer und erfahrenen Fingern machte er die Innenbeleuchtung los, isolierte das stromführende Kabel und verband ein kleines Mikrofon mit dieser Energiequelle. Es würde unbegrenzt aufnehmen.

Das Mikro versteckte er in der Plastikverkleidung der Innenbeleuchtung, ließ die Abdeckung wieder einrasten und machte sich direkt an das Handy. Nokia – perfekt. Schnell und effizient nahm er die Plastikabdeckung ab, setzte die Wanze ein und verband sie mit der eingebauten Antenne des Handys. Als er die Abdeckung wieder einrasten ließ, hörte er das entfernte Geräusch eines Automotors. Er schloss leise die Fahrertür, glitt im Sitz nach unten und sah durch den Seitenspiegel zu, wie der Parkservice vorbeifuhr. Barnes lauschte, während der Motor ausging und die Tür sich schloss. Er saß noch zwei Minuten still – genug Zeit für den Fahrer, das Parkhaus zu verlassen.

Dann hob er langsam den Kopf, sah sich in alle Richtungen um, öffnete die Tür und stieg aus. Nach erledigter Arbeit schlenderte er ruhig aus dem Parkhaus und ging um die Ecke zur Vordertür des Marriott.

* * *

»Ich habe die Sache mit Shelhorse erledigt.«

»Und ich habe das Geld geliefert«, zischte Ahmed.

Sie fühlte sich sehr allein. Ängstlich. Obwohl ihre Stimme vermutlich zitterte, musste sie in der Offensive bleiben. »Das Shelhorse-Geld war gar nichts. Ich will den Rest bis morgen früh, neun Uhr als Einlage oder wir ziehen unseren Freund in der Jury zurück.«

Ahmed lachte. Es war ein bitteres, gezwungenes Lachen. Ein spöttisches Lachen. »Jemand, der so schlau ist wie Sie, schlägt so einen Plan vor? Mal sehen ... Ich überweise eine Million auf ein Konto – nennen wir es das ›Urteil-Konto‹. Und dann hundert Millionen auf ein anderes Konto – nennen wir es das ›Treuhand-Konto‹. Und dann sagen Sie ›vielen Dank‹, verlassen das Land und verschwinden auf Nimmerwiedersehen. Sie betrügen mich, die Geschworenen verurteilen mich zu einer riesigen Summe und ich ... was tue ich? Zur Polizei gehen? ›Officer‹, sage ich, ›diese Dame hat ihren Teil eines Schmiergeldkomplotts nicht erfüllt.‹«

»Die hundert Millionen werden durch den Treuhandvertrag abgesichert.«

»Ich mache mir keine Sorgen um das Treuhandkonto«, schnappte Ahmed. »Das Geld wird da sein, bevor die Geschworenen sich zur Beratung zurückziehen. Aber das Urteilskonto – wodurch wird diese Million abgesichert? Ihr *Versprechen*, dass ich ein positives Urteil bekomme?«

»Zunächst einmal ist der Preis zwei Millionen, nicht eine.« Sie schluckte schwer. »Und zweitens ...«

Aus dem Augenwinkel sah sie einen Mann direkt hinter sich stehen. Sie zuckte zusammen, duckte sich zur Seite weg und drehte sich um.

»Darf ich Ihnen etwas zu trinken bringen?«, fragte der Kellner.

Sie konnte unmöglich sofort antworten, das Herz schlug ihr bis zum Hals. Ahmed ließ dasselbe selbstgefällige Grinsen aufblitzen, das er bei seiner Zeugenaussage aufgesetzt hatte. Sie holte tief Luft und bestellte eine Cola light, damit der Kellner schnell wiederkommen musste.

Ahmed bestellte nichts. Er sah den Kellner nicht einmal an. Sein Blick blieb auf sie geheftet und sie glitt unbewusst ans Ende der Sitzecke.

»Haben Sie den unterzeichneten Treuhandvertrag dabei?«, fragte sie, nachdem der Kellner weg war. Sie wollte das Ganze so schnell wie möglich hinter sich bringen, die Falle verlassen, von der sie spürte, dass sie bald zuschnappen würde.

Ahmed nahm einen Umschlag vom Sitz neben sich und legte ihn auf den Tisch. Er ließ ihn nicht los und sie versuchte nicht, ihn zu nehmen.

»Woher soll ich wissen, dass Sie uns den Geschworenen 6 liefern?«, fragte er.

»Dann brauchen Sie ihn also jetzt?«

»Wie kann ich wissen ... dass Sie liefern?«

Es war an der Zeit, Entrüstung zu heucheln. Sie blickte finster und sprach eindringlich flüsternd, wobei sie Ahmeds unverwandten Blick ohne Blinzeln erwiderte. »Sie vertrauen mir nicht? Ich bin schockiert!«

»Ich liebe es, wenn Sie knallhart werden«, spottete Ahmed. »Aber ich brauche mehr als Ihr Wort, um diese doch eher beträchtliche Investition zu rechtfertigen. Ich sag Ihnen was: Sie liefern zuerst das Urteil, dann zahle ich. Sie haben *mein* Wort dafür.«

Dieses Grinsen machte sie wahnsinnig. *Was wusste er? Was geschah hier gerade?*

Sie zog ein zweiseitiges Dokument aus ihrer Tasche und faltete es auseinander, wobei sie sich Mühe gab, ihre zitternden Hände unter Kontrolle zu bekommen. »Hier sind die Überweisungs- und Anlageinstruktionen für das Schweizer Bankkonto, auf das Sie die zwei Millionen Dollar überweisen. Sie können das hier auch überprüfen. Sobald das Geld auf dem Konto ist, wird es in Put-Optionen von amerikanischen Ölfirmen investiert. Es gibt außerdem einen Vorbehalt, dass diese Investitionsinstruktionen zwei Wochen lang nicht geändert werden können.«

Ahmed sah sie verwirrt an; ihr Selbstvertrauen wuchs. »Diese Put-Optionen sind im Grunde eine Wette, dass die Aktienkurse dieser Unternehmen sinken werden. Wenn die Kurse gleich bleiben, werden die Put-Optionen ein bisschen an Wert verlieren, wenn auch nicht viel. Aber wir wissen beide, dass ein Urteil gegen Saudi-Arabien die Beziehungen mit den Vereinigten Staaten destabilisieren wird«, fuhr sie fort, »und einen Schatten auf die Öllieferungen aus dem Ausland werfen. Wenn das passiert, werden die Kurse der amerikanischen Ölfirmen in den Himmel schießen.«

Sie schob das Papier neben den Umschlag, den Ahmed festhielt. »Wenn die Kurse der amerikanischen Ölfirmen nach oben gehen, werden die Put-Optionen, die mit dem Geld auf diesem Konto gekauft werden, im Grunde wertlos. Anders ausgedrückt: Wenn es ein Urteil gegen Saudi-Arabien gibt, wird das Geld auf diesem Konto verschwinden.«

Sie sah ihm direkt in die Augen. »Zusätzlich haben Sie mein Wort«, sagte sie sarkastisch.

»Ganz schön schlau«, sagte Ahmed. Das abscheuliche Grinsen war wieder da. Er nahm ihr Dokument und schob den Umschlag in ihre Richtung. Sie öffnete ihn vorsichtig. Es schien derselbe Treuhandvertrag zu sein, den sie entworfen hatte, aber sie las trotzdem jedes Wort – zwang sich trotz ihrer Ängste, sich zu konzentrieren –, um sicherzugehen, dass er nichts verändert hatte. Sie sah die Unterschrift am Ende der letzten Seite, eine Unterschrift, die dem Minister für öffentliche Sicherheit gehörte. Zwei andere hatten als Zeugen unterzeichnet. Einer von ihnen war Ahmed. Die Unterschriften waren notariell beglaubigt.

Sie schob den Vertrag zurück in seinen Umschlag. »Ich lasse die Konten morgen früh überprüfen«, versprach sie. »Wenn das Geld auf dem Treuhandkonto liegt und wenn sie bestätigen, dass es diesem Treuhandvertrag entspricht ... *und* wenn auf dem Urteil-Konto zwei Millionen Dollar liegen«, sie hielt inne, »können Sie anfangen, Ihr Urteil zu feiern.«

»Lassen Sie uns über den Preis für dieses Urteil reden«, sagte Ahmed. »Ich glaube nicht, dass wir uns schon geeinigt haben.«

Sie spürte, dass Ahmed aus irgendeinem Grund versuchte, sie aufzuhalten und sie konnte nicht herausfinden, warum. Aus dem Augenwinkel sah sie den Kellner mit ihrem Getränk kommen. Das war ein guter Moment, um ihren Zug zu machen. Vielleicht der einzige. Sie stand auf, als sich der Kellner dem Tisch näherte. »Mein Freund hier wird die Rechnung übernehmen«, sagte sie steif. Sie sah Ahmed direkt an. »Zwei Kröten«, sagte sie.

Der Kellner sah sie neugierig an.

»Ich habe nur einsfünfzig«, antwortete Ahmed.

»Okay«, antwortete sie und klatschte einen Dollarschein auf den Tisch. »Sie zahlen einsfünfzig und ich übernehme den Rest.«

Dann wandte sie sich um und eilte die Treppe hinunter.

Sie hastete vor das Hotel und stellte sich unters Vordach, wo sie wartete, dass der Parkservice ihr Auto brachte. Es goss immer noch in Strömen, der Wind trug den Regen waagerecht heran und ließ sie auch unter dem schützenden Vordach nass werden. Sie dachte über Ahmed nach und fragte sich, warum es so lange dauerte, ehe sie eine Hand auf ihrer Schulter spürte. Sie zuckte zusammen und drehte sich um; das Herz schlug wie wild in ihrer Brust. Sie stand vor einem kleinen, untersetzten Mann, der auf einem Zigarrenstumpen kaute, derselbe Mann, der jeden Tag im Gericht hinter Ahmed saß.

Sie schüttelte seine Hand von ihrer Schulter.

»Lassen Sie mich Ihnen einen kostenlosen Rat geben«, flüsterte er, obwohl niemand in der Nähe war. »Legen Sie sich nicht mit dem Mann da drin an. Tun Sie genau, was Sie versprochen haben. Und wenn Sie überleben wollen, sollte Ihr Mann in der Jury besser liefern. Sorgen Sie für ein positives Urteil für die Verteidigung und verlassen Sie die Stadt. Und dieser Vertrag in dem Umschlag? Der ist das Papier nicht wert, auf dem er verfasst ist.«

Sie beäugte ihn misstrauisch. *War das ein Trick? War er auf Ahmeds Geheiß hier?* »Wovon reden Sie da?«

Der untersetzte Mann antwortete nicht. Er zog sich die Kapuze seiner Windjacke über den Kopf, ging den Gehweg hinunter und verschwand in der Nacht.

Das Ganze wurde einfach zu verrückt. Sie fühlte sich benommen und schutzlos. Sie wollte sich hinsetzen, doch es war keine Sitzgelegenheit in der Nähe. Sie wartete eine gefühlte Ewigkeit in dem beißenden Wind, bis der Mann vom Parkservice mit ihrem Auto kam und ihr die Fahrertür aufhielt. Er reichte ihr ein Stück Papier und wartete dann in Erwartung eines Trinkgelds, doch sie war zu abgelenkt, um seine Andeutungen zu bemerken. Als er widerwillig die Tür schloss, verlor sie keine Zeit, trat aufs Gas und brachte so schnell wie möglich Abstand zwischen sich und das Marriott.

Sie schaltete das Innenlicht an und las die Nachricht beim Fahren, ein Auge auf der Straße, ein Auge auf die beunruhigende Notiz in ihrer zitternden rechten Hand gerichtet.

Der Regen fiel immer noch in Sturzbächen, als sie auf der I-264 nach Westen fuhr. Der Wind war so stark, dass sie spürte, wie er ihr Auto seitwärts drängte. Diesmal hatte sie es nicht eilig. Sie schaltete das Licht aus, um sich auf die Straße zu konzentrieren und im Dunklen nachzudenken. Während sie fuhr, wand sie sich aus ihrer Fleecejacke und schaltete die Heizung an. Zumindest ihre Jeans und der Wollpullover waren noch stellenweise trocken. Das Radio plärrte, doch sie hörte es nicht. Sie blieb auf der rechten Spur, nicht schneller als das Tempolimit, und hatte trotzdem Schwierigkeiten, die Fahrbahnmarkierungen zu sehen. Die Scheibenwischer schlugen wild, hypnotisierten sie.

Sie zitterte – entweder vor Kälte oder beim Gedanken an Ahmed, der sie voller Zorn niederstarrte. Auf ihren Kopf war jetzt eine Prämie ausgesetzt. Einhundert Millionen Dollar. Sie umklammerte das Lenkrad so fest, dass ihre Knöchel weiß hervortraten. *Entspann dich,* ermahnte sie sich. *Das Schlimmste ist vorbei.*

Und warum zittere ich dann? Warum fange ich an zu weinen?

Komm schon, Mädchen, reiß dich zusammen! Sie zwang sich, sich zu entspannen, eine Hand vom Lenker zu nehmen, ihren Kiefer zu lockern. Mit der freien Hand schob sie in einem Akt einstudierter Nonchalance ihre nassen Haare aus dem Gesicht und über ihre Schulter.

Die Scheinwerfer des Wagens hinter ihr reflektierten im Rückspiegel und erleuchteten ihre Silhouette – das Gesicht eines Models und einen langen, schmalen Hals –, umrahmt vom Schimmer ihres windzerzausten und durchnässten kastanienbraunen Haars.

43

Leslie wusste nicht, wie lange der Wagen schon da war, aber ihr wurde plötzlich bewusst, dass sie verfolgt wurde. Die Scheinwerfer lagen hoch – es musste ein Lastwagen oder irgendein Geländewagen sein. Sie wurde langsamer, um dem Drängler die Möglichkeit zu geben, sie zu überholen. Die Lichter kamen jedoch näher. Sie geriet in Panik.

Sie legte erneut beide Hände ans Lenkrad, nahm ihren eisernen Griff wieder auf und begann, nach und nach die Geschwindigkeit zu erhöhen, um zu sehen, ob der Drängler zurückfallen würde. Doch er hielt seinen Abstand, als wäre er durch eine Abschleppstange mit ihrem Auto verbunden. Die Interstate schien plötzlich wie ausgestorben und sie spürte echte Gefahr. Sie wurde noch schneller. Ihr Verfolger tat es ihr gleich. Aquaplaning brachte sie ins Rutschen, doch sie fing den Wagen wieder ab. Das Auto hinter ihr war immer noch da.

Der Drängler ließ die Scheinwerfer aufblitzen und hupte ununterbrochen. Leslies Hände waren um das Lenkrad verkrampft. Sie fuhr auf der linken Spur und überholte die wenigen Fahrzeuge, die der Nacht trotzten. Der Drängler klebte weiterhin an ihrer Stoßstange. Sie warf einen schnellen Blick auf den Tacho. Vierundachtzig Meilen die Stunde in strömendem Regen. *Wo ist die Polizei, wenn man sie mal braucht?*

Ihr Handy klingelte und ihr Herz raste. *Wer ruft mich jetzt noch an? Wer ist da hinter mir her? Soll ich drangehen?* Ihre Gedanken gerieten durcheinander und ihre Ängste nährten sich gegenseitig. *Ich muss mich beruhigen. Vielleicht ist es O'Malley. Wenn sie mich töten wollten, hätten sie nicht gewartet, bis ich auf der Interstate bin.*

Geh ans Telefon!

»Hallo?«, brachte sie mit kläglicher Stimme heraus.

»Ich bin's, Brad. Hinter dir!«, schrie er ins Telefon. »Mach langsamer und fahr rechts ran!«

Erleichterung flutete durch ihren Körper wie bei einem Gefangenen im Todestrakt, der in letzter Minute begnadigt wird.

»Okay«, sagte sie und legte auf.

Gott sei Dank. Sie fuhr langsamer und begann, nach einer Standspur Ausschau zu halten. Und dann kam eine neue Panikattacke. *Wie kommt er hierher? Was weiß er? Was soll ich ihm sagen?*

Sie fand eine gute Stelle, zumindest die beste, auf die sie in diesem strömenden Regen hoffen konnte, und fuhr rechts ran. Ihr Auto kam an einer nassen, grasbewachsenen Stelle fast zwei Meter neben der Straße rutschend zum Stehen. Sie blieb mit verschlossener Tür auf dem Fahrersitz sitzen und starrte nach hinten in die grell leuchtenden Scheinwerfer des Wagens hinter ihr.

Es sah aus wie Brads Jeep, doch sie konnte nicht sicher sein. Sie konnte nur den Schatten des Fahrers ausmachen. Auf dem Beifahrersitz war niemand zu sehen.

Sie sah eine Gestalt die Fahrertür öffnen und in den Wind und Regen hinaustreten. Sie legte den Gang ein, bereit, davonzurasen. Autos flogen an ihr vorbei, ihre Scheinwerfer warfen lange Schatten der Gestalt, die sich auf sie zubewegte. Der Gang, der Körperbau, die Haltung, die Art, wie er sich bewegte – das war ganz und gar Brad!

Sie atmete aus und löste ihre Hände vom Lenkrad. Ihr war nicht bewusst gewesen, dass sie den Atem anhielt. Sie nahm den Gang heraus, sprang hinaus, ohne ihre Jacke anzuziehen, und rannte auf ihn zu. Sie trafen sich zwischen den beiden Autos, seine Scheinwerfer blendeten sie, die Autos rauschten auf der Interstate vorbei, der Regen prasselte auf sie nieder und der Wind riss an ihnen. Den Bruchteil einer Sekunde standen sie voreinander, ihr Haar war tropfnass und hing ihr ins Gesicht, ihr Pulli saugte sich in kürzester Zeit voll. Sie sah den Regen von seinem Kinn in seine Windjacke fließen.

Er war der schönste Anblick, den sie je gesehen hatte.

Sie hatte wieder und wieder in Gedanken geübt, was sie sagen würde, wenn sie je erwischt wurde. Wie sie sich verhalten würde. Wie sie reagieren würde. Doch jetzt, wo der Moment da war, schienen all diese Strategien nutzlos, tief im verwirrten und leidenden Blick seiner hellblauen Augen versunken.

* * *

Er war wütend, bitter enttäuscht und völlig durchnässt.

»Brad, ich bin so froh, dass du es bist!« Sie machte eine Bewegung auf ihn zu, aber er machte einen Schritt rückwärts.

Er schüttelte den Kopf. Zuerst langsam, dann entschlossener. Er hielt eine Hand hoch, um ihre Annäherung abzuweisen.

»Du warst es, oder?«, rief er über den Lärm des Sturms und des Verkehrs hinweg. »Die ganze Zeit warst du es. Du warst mit dem Feind im Bett! Ich habe dich heute Abend vor dem Marriott gesehen … du hast dich mit Ahmeds Ermittler getroffen!« Er schrie jetzt, betonte jede Silbe, die Hände gestikulierten wild. Er ließ ihr keine Möglichkeit zu antworten. »Du hast uns verkauft! *Verkauft*!«

»Nein!«, schrie sie zurück. »Wovon redest du da? Lass mich erklären …« Sie streckte die Hand aus, um Brad bei den Schultern zu nehmen, um ihn zu beruhigen und seine Aufmerksamkeit zu bekommen. Ihr Blick flehte um eine Chance, angehört zu werden.

Brad schob ihren Arm von sich und fuhr mit seiner Tirade fort. »Ich *habe* dir zugehört. Ich habe dir den ganzen Fall über zugehört!« Er hielt inne, rang nach den richtigen Worten. »Du … Leslie … Ich habe dich mit eigenen Augen gesehen … *mit meinen eigenen Augen!* Da gibt es nichts zu erklären!«

»Was hast du dort gemacht?« Sie sah erstaunt aus. Dann: »Brad, du musst … du musst mir vertrauen …« Sie begann, sich langsam näher zu schieben, während er bis zu seiner Motorhaube zurückwich, kopfschüttelnd. Er schob die Hände tief in die Hosentaschen. Er wagte es nicht, sie zu berühren, weil er wusste, dass die Magie ihrer Berührung seine Verteidigung dahinschmelzen lassen und seine Wut in Vergebung verwandeln würde.

»Du willst über Vertrauen reden?«, schrie er. »Reden wir über Vertrauen!

Ich habe dir in allem vertraut … meinen Gefühlen, meinem Fall … Und was ist mit diesem Vertrauen passiert?« Jetzt standen sie sich Auge in Auge gegenüber, seine Muskeln angespannt, während ihm der Regen übers Gesicht lief.

»Brad, ich kann alles erklären … Gib mir nur eine Chance!«, flehte sie.

Brad wünschte sich verzweifelt, die Hand ausstrecken und sie im Arm halten zu können, sie an sich zu ziehen und ihr zu sagen, dass alles wieder gut würde. Aber er konnte es sich nicht erlauben. Er schüttelte den Kopf, wusste nicht mehr, was er sagen sollte. Sie sah ihn jetzt mit flehendem Blick an. Er konnte ihrem Blick kaum standhalten, doch er zwang sich, in diese traurigen, blauen Augen zu sehen, die auch jetzt, mit verklebten Wimpern, noch wunderschön waren, während die Wimperntusche ihr die Wangen hinabrann. Und trotz allem, was sie getan hatte – all die Lügen und der Betrug – in diesem Moment fühlte er nichts als Mitleid.

Er ließ sie noch einen Schritt auf sich zukommen, dann noch einen, ließ zu, dass sie ihre Arme um seinen Hals schlang, ihren Kopf auf seine Schulter legte. Langsam, fast unkontrollierbar, zog er seine Hände aus den Taschen und drückte Leslie an sich. Und er fragte sich, was in aller Welt er da tat.

»O'Malley und ich haben zusammen im Marriott gegessen«, sagte Leslie. »Wenn du mir nicht glaubst, ruf ihn an. Wir hatten so eine Ahnung … wollten sehen, ob jemand, den wir kannten, heute Abend in Ahmeds Hotel vorbeigehen würde. Als ich ging, kam dieser Typ, den du gesehen hast – der, der immer mit Ahmed unterwegs ist – … er kam zu mir und hat mich quasi bedroht …«

Er wollte das Märchen glauben; der Tod seines Traums war zu schmerzvoll. Doch derselbe Instinkt und Verdacht, der ihn veranlasst hatte – ihn buchstäblich getrieben hatte –, ihr überhaupt zu folgen, ließ jetzt nicht zu, dass er ihr glaubte. Er hatte im Auto ein Stück die Straße entlang vor dem Marriott gewartet und den Vordereingang beobachtet. Sie war nicht länger als zehn oder fünfzehn Minuten drin gewesen, sicherlich nicht lang genug für ein Abendessen. Und Brad hatte O'Malley nicht gesehen, weder kommen noch gehen.

»Es tut mir leid, dass ich so paranoid bin, Leslie«, sagte er ruhig, den Blick in die Ferne gerichtet. »Ich denke, der Druck dieses Falls setzt mir langsam zu.« Er drückte sie beruhigend.

Er würde O'Malley auf jeden Fall anrufen. Sobald er sich aus der Umarmung dieser Frau befreit hatte, der er nicht mehr vertrauen konnte.

* * *

Leslie wählte O'Malleys Nummer, sobald sie von ihrem Treffen am Straßenrand wegfuhr.

»Hallo, Schöne«, meldete sich O'Malley.

»Ich hatte eben eine Begegnung mit Brad; das hätte schiefgehen können«, sagte sie, dann erklärte sie, dass er ihre Geschichte über ihr Abendessen im Marriott bestätigen musste.

»Kein Problem, Leslie. Und jetzt erzähl mir von dem Treffen mit Ahmed.«

In den nächsten Minuten gab sie jedes Detail des Treffens wieder. Doch sie beschloss, nichts über ihr kurzes Zusammentreffen mit Ahmeds Ermittler zu sagen.

»Perfekt«, antwortete O'Malley. »Dann kommt das Geld also irgendwann morgen Vormittag?«

»Das hat er gesagt.«

»Wenn ich die Bestätigung habe, gebe ich es unserem Geschworenen weiter. Bist du sicher, dass wir nicht auf zwei Millionen hätten bestehen sollen?«

Sie zögerte. Er klang enttäuscht. »Ich weiß nicht. Ich glaube, ich habe einfach ein bisschen Angst bekommen.«

»Nur keine Panik, Baby. Anderthalb Millionen ist immer noch eine Menge Geld.«

In der Leitung piepte es leise. »Brad ruft an«, sagte O'Malley. »Muss auflegen. Wir sehen uns morgen.«

»Okay«, sagte sie. »Vergiss die Tickets nicht.«

* * *

Barnes sah zu, wie Ahmed die Worte von Leslies Anruf verdaute und sich dann an ihn wandte. »Überweisen Sie morgen um acht Uhr morgens eins Komma fünf Millionen auf dieses Konto.« Er reichte Barnes das Blatt mit den Überweisungsdaten. »Aber ich habe ein schlechtes Gefühl, was dieses Treuhandkonto angeht; irgendwas übersehen wir da …«

Ahmed unterbrach sich mitten im Satz; sein Blick richtete sich auf etwas in sehr weiter Ferne. »Wir haben uns eigentlich bisher nicht auf eine zeitliche Frist für das Treuhandkonto geeinigt, solange es da ist, bevor die Geschworenen mit der Beratung anfangen. Überweisen Sie das Geld nicht vor dem Ende der Schlussplädoyers. Wenn dann immer noch alles gut aussieht, folgen Sie den Instruktionen.« Er gab Barnes das zweite Blatt mit den Instruktionen für die Überweisung von hundert Millionen Dollar.

»Es könnte sein, dass Sie das Geld gar nicht überweisen müssen«, gab Barnes zu bedenken.

Ahmed hob eine Augenbraue. »Und warum das?«

»Ich habe noch nicht alle meine Trümpfe, was den Geschworenen Nummer 4 angeht, ausgespielt. Sie wissen, dass wir ihn von unserem Mann bezahlen lassen und so getan haben, als käme er von Carson …«

»Natürlich. Deshalb hat er ihnen gegenüber so eine negative Körpersprache an den Tag gelegt. Mr. Stein lässt sich nicht gern erpressen.«

»Nun«, erklärte Barnes, der seinen Enthusiasmus kaum unterdrücken konnte, »gestern im Gerichtssaal habe ich ein paar eindeutig kompromittierende Fotos von Stein hinten in ein Aussageprotokoll geschmuggelt, das Carsons Assistentin hatte herumliegen lassen. Sie schleppen diese Sachen jeden Tag ins Gericht und laden sie gewissenhaft auf ihrem Anwaltstisch ab. Ich bin sicher, sie werden sie eines Tages für ihr Schlussplädoyer benutzen.«

Barnes sah Ahmed direkt an, suchte sein Gesicht nach dem kleinsten Anzeichen von Zustimmung ab. »Wenn Strobel die Fotos des Geschworenen 4 einbringt, wie er in dem Restaurant Schmiergeld annimmt, werde ich einem dieser Marshals den Arm um die Schulter legen und ihm sagen, dass ich gerade gesehen habe, wie diese Moreno irgendwas, was nach Fotos aussah, hinten in eines ihrer Aussageprotokolle geschoben hat. Wenn die Marshals nachsehen, falls Ichabod sie lässt, haben sie den Beweis, dass es Moreno und Carson waren, die Nummer 4 bestochen haben. Und dann … naja, das Feuerwerk dürfte interessant werden.«

Ahmed dachte einen Moment darüber nach, dann verzogen sich seine Lippen langsam zu einem boshaften kleinen Lächeln. »Moreno, was?«

»Moreno.«

»Perfekt.«

Barnes erwiderte das Lächeln, sah Ahmed wieder ernst werden und hielt ein langes Schweigen aus, in dem das einzige Geräusch aus dem Lautsprecher in der Tischmitte kam, der die Musik aus Leslies Autoradio übertrug.

»Eines noch«, sagte Ahmed. »Finden Sie heraus, wo Connors und O'Malley morgen hinwollen. Unter den gegebenen Umständen denke ich, es wäre das Beste, wenn ich sie selbst auslösche.«

Barnes versuchte, diese Nachricht so ruhig wie möglich aufzunehmen, im Bewusstsein, dass Ahmed seine Reaktion genau beobachtete.

* * *

Pastor Jacob Bailey und die treuen Mitglieder der Chesapeake Community Church kamen nacheinander aus Sarahs Haus und machten sich auf den Heimweg. Sie hatten für Brad und sein Schlussplädoyer gebetet. Sie hatten für Weisheit für die Geschworenen und die Richterin gebetet. Sie hatten für die Sicherheit der Gemeinde in Riad gebetet. Und sie hatten für Geduld und Kraft für Sarah gebetet.

Auf Sarahs Vorschlag hin hatten sie sogar für Ahmed, Mack Strobel und den Rest des Verteidigerteams gebetet. Sie hatten besonders darum gebeten, dass Sarah ein Zeugnis für diese Männer sein möge, damit sie Christus als ihren Erlöser annahmen.

Bella hatte sich dem Gebetstreffen angeschlossen und selbst ein paar leidenschaftliche Gebete vorgebracht, obwohl sie sich nicht recht überwinden konnte, für Ahmed oder Strobel zu beten. Die anderen genossen es, Bella zuzuhören, weil sie nicht die Plattitüden und den üblichen christlichen Duktus benutzte, in den alle anderen irgendwie immer verfielen. Stattdessen betete Bella in der Art des Mädchens aus Brooklyn – direkt, unerschrocken und unverblümt. Sie scheute sich nicht, alles auszusprechen, was ihr auf dem Herzen lag. Sie war wie eine frische Brise für die anderen, die manchmal zu Gott beteten, aber sich mehr um die anderen Christen sorgten, die ihnen zuhörten, als um den einen Zuhörer im Himmel.

Nach einer ausgiebigen Gebetszeit hatten die Gemeindemitglieder ein gemeinsames Abendbrot genossen, zu dem alle diverse Kleinigkeiten mitgebracht hatten. Jeder hatte sein Lieblingsrezept beigesteuert, sodass mindestens die Hälfte davon in die Kategorie »süße Nachspeise« fiel. Bella gefiel vor allem dieser Teil; sie war eindeutig zum Gemeindemitglied geboren. Sie würde wahrscheinlich bis in alle Ewigkeit noch das eine oder andere Mal anecken, aber Gott arbeitete eindeutig an ihrem Temperament und ihrer Tendenz, andere vorschnell zu verurteilen. Was ein Gebet alles ausmachen konnte!

Gegen halb elf gingen die letzten Beter und Sarah machte sich bettfertig. Als sie die Türklingel hörte, nahm sie an, jemand habe eine Schüssel, Bibel oder sonst einen wichtigen Gegenstand vergessen. Sie trug schon ihren abgetragenen Flanellpyjama und sehnte sich nach ihrem Bett; morgen war ein großer Tag. Sie hoffte, es war niemand mit einem vertraulichen Problem, der zurückkam, nachdem die anderen Gemeindemitglieder alle gegangen waren.

Heute Abend war sie zu müde, um sich auch nur eine weitere Not anzuhören. Sie tappte zur Tür, hoffte darauf, dass sie den Besucher schnell abfertigen konnte, und fühlte sich ein wenig schuldig, weil sie so dachte.

Sie öffnete die Tür, blieb stehen ... blinzelte zwei Mal ... *Wer in aller Welt ...?*

Sie sah in das klitschnasse und finstere Gesicht einer Frau mittleren Alters, die sie nie zuvor gesehen hatte.

»Ich bin Angela Bennett, stellvertretende Bezirksstaatsanwältin«, sagte die Frau und hielt kurz einen Ausweis hoch. »Und ich glaube, wir sollten uns unterhalten.«

44

Brad quälte sich am Montagmorgen um halb sechs aus dem Bett und beschloss, seinen Morgenlauf ausfallen zu lassen. Er hatte immer noch viel zu tun an dem wichtigsten Schlussplädoyer, das er je gehalten hatte. Und er hatte keine Energie.

Er hatte die Nacht damit verbracht, zu versuchen, seine Gefühle zu ordnen. Er hatte an die Decke gestarrt und Dauerwerbesendungen im Fernsehen geschaut. Die ganze Nacht über lagen seine Nerven und Gefühle blank – zu müde, um aufzustehen und an seinem Plädoyer zu arbeiten, aber zu unglücklich, um schlafen zu können.

O'Malley hatte Leslies Geschichte bestätigt, doch Brad hatte immer noch seine Zweifel. *Steckt O'Malley auch mit drin?*

Es war alles nicht zu glauben.

Er schlurfte in die Küche, machte sich Kaffee und setzte sich an den Küchentisch. Er kritzelte ein paar Notizen, sah ein paar Verhandlungsprotokolle durch und dachte noch ein bisschen über Leslie nach. Die Ereignisse des Abends hatten ihm alle Energie ausgesaugt und seine Begeisterung für den Fall zerstört. Das Ganze war wie ein Spiegelkabinett. *Wer arbeitet für wen?*

Brad widerstand dem Drang, ins Bett zurückzukriechen, sich die Decke über den Kopf zu ziehen und die Welt sich ohne ihn weiterdrehen zu lassen. Trotz seiner Zweifel würde er heute die Bühne des wilden und unvorhersehbaren Dramas des Reed-Falls betreten und die ganze Welt würde zusehen.

* * *

Es schien, als sei buchstäblich die ganze Welt aufgetaucht und habe ihre Zelte vor dem Gerichtsgebäude in der Granby Street aufgeschlagen. Der Sturm in der Nacht zuvor hatte einen frischen und sonnigen Herbsttag mitgebracht. Die Wetterberichte sagten ein Hoch mit fast fünfzehn Grad und blauem Himmel voraus. Und die Demonstranten, Aufmerksamkeitsjunkies, Aufrührer und Mitläufer nutzten das gute Wetter und die Armada von Reportern, um landesweite Aufmerksamkeit auf ihr Lieblingsanliegen zu ziehen.

Genauso wie es der Mann in dem gelben Hühnerkostüm vorhergesagt hatte, glich die Szene vor dem Gerichtsgebäude einer Kreuzung zwischen einem Kuriositätenkabinett, einer politischen Kundgebung und einem Kirchenpicknick. Es gab T-Shirts, Kaffeetassen und andere Kinkerlitzchen zu kaufen, alle mit lustigen Slogans als Erinnerung an den neuesten Jahrhundertprozess. Wenn man Sarah Reed unterstützte, konnte man ein T-Shirt bekommen, auf dem stand »Betet für die Verfolgten« oder eines mit einer Liste der großen Märtyrer des Glaubens, inklusive Charles Reed. Wenn man die Verteidigung unterstützte, gab es T-Shirts mit »Reed gegen Aberijan: Die Hexenjagd geht weiter« oder »Die Inquisition – sie beschränkt sich nicht mehr auf Europa«.

Da der Mann im Hühnerkostüm ein natürlicher Feind fundamentalistischer Christen war, hatte er zu Beginn des Prozesses die Verteidigung unterstützt. Doch als die Tage sich dahinschleppten, hatte sich seine Loyalität schrittweise zu Sarah Reed hin verlagert. Er war beeindruckt von der Einfachheit Sarahs und ihrer Prozessmannschaft. In den ersten Tagen des Prozesses gingen sie zwischen den Demonstranten hindurch und trugen ihre Akten und Beweisstücke selbst, während die Verteidigung in Limousinen vorfuhr und sich die Hände nicht schmutzig machte.

Der Mann im Hühnerkostüm war dabei gewesen, als Brad seine Kiste mit Dokumenten auf den Gerichtsstufen fallen ließ und so elegant damit umging. Der Mann hatte außerdem mit Schrecken den Angriff auf Brad und Nikki und ihr knappes Entkommen miterlebt. Im Lauf der Tage war er der selbstgefälligen Blicke von Ahmed, Mack Strobel und den anderen Mitarbeitern der Verteidigung überdrüssig geworden, wenn sie, umringt von Bodyguards, aus ihren schicken Fahrzeugen gestiegen waren. Es war nicht ein einzelner Aspekt, aber all diese Ereignisse zusammengenommen hatten, zumindest nach Ansicht des Hühnermannes, diese ganz und gar untypische Verbindung zwischen ihm und dem Team, das Sarah Reed vertrat, geschaffen. Wenn sich an diesem letzten Tag des Prozesses eine Gelegenheit ergab, würde er seine neue Zugehörigkeit beweisen.

* * *

Um genau 8.55 Uhr - er kam direkt von zu Hause - betrat Brad den überfüllten Gerichtssaal. Er trug seinen Schlussplädoyer-Anzug, ein schwarzes Armani-Modell mit dezentem Karomuster, nach einem großen gewonnenen Prozess ein paar Jahre zuvor für ihn maßgeschneidert - zum Preis von mehr als siebenhundert Dollar. Der Anzug sah das Licht des Tages nur für Schlussplädoyers und in den letzten beiden Jahren hatte der Anzug nur zwei Mal verloren.

Beide Verluste waren selbstverständlich eingetreten, bevor Brad sich die Glücks-Bruno-Magli-Schuhe und das Hemd mit dem Monogramm und den goldenen Manschettenknöpfen - vierzehn Karat - gekauft hatte, sowie die irisierende Seidenkrawatte, die Geschworene mit ihren dunklen Farbnuancen in Purpur, Marineblau und Violett hypnotisierte, wenn sie bei entsprechendem Lichteinfall die Farbe wechselte. Die Kombination von Anzug, Hemd, Schuhen und Krawatte hatte sich als unschlagbar erwiesen. In jedem anderen Fall hatte er sich, wenn er diese Dinge trug, vollmächtiger gefühlt - bereit, die Sterne vom Himmel zu argumentieren.

Doch an diesem Morgen schafften es die Kleider nicht, Leute zu machen. Der Anzug hing an ihm wie an einer Vogelscheuche. Sein schlanker Körper hatte in den hektischen Prozesswochen fast zehn Pfund verloren. Sein fein gemeißeltes Gesicht sah abgehärmt und hager aus. Dunkle Ringe umgaben seine Augen. Er sah – in Bellas Worten – aus »wie der Tod an einem schlechten Tag«.

Er fühlte sich müde, als er den Mittelgang entlangging, verwirrt und allein. Sein Kopf war hier – sein Plädoyer mochte sogar schlüssig sein –, doch er hatte sein Herz am Abend zuvor am Straßenrand gelassen. So etwas stellte Verrat mit einem Menschen an. Er brachte keine *Leidenschaft* auf. Er lief auf Automatik und Sarahs Fall würde mit dem mechanischen Schlussplädoyer eines Anwalts stehen und fallen, der sich wie ein Roboter fühlte.

Zu Brads Erleichterung saß Leslie nicht am Anwaltstisch. Er sah sich rasch im Raum um – nichts von ihr zu sehen. Doch Nikki, Bella und Sarah drängten sich zusammen, als er sich näherte; die Anspannung stand ihnen in die Gesichter geschrieben.

»Wo waren Sie so lange?«, fragte Sarah.

»Wir müssen kurz reden«, sagte Brad.

»Ich weiß«, antwortete Sarah. Sie zog Brad beiseite, fort von Nikki und Bella.

In den nächsten Minuten sprach sie und Brad hörte zu. Zuerst entschuldigte sie sich dafür, was sie im Begriff war zu tun, dann erinnerte sie Brad daran, dass sie die Trumpfkarte in der Hand hielt. Entweder Brad führte die Strategie durch, die sie vorschlug, oder sie würde ihn bitten, als Anwalt zurückzutreten und selbst für sich sprechen. Sie war todernst und standhaft. Das war eine andere Sarah als die, die Brad zu bewundern gelernt hatte.

Zuerst verlangte sie, dass Brad sich für die Chance einsetzte, auf der Grundlage neuer Beweise einen weiteren Zeugen aufzurufen. Sarah hatte sogar eine abgetippte Version der Argumentation, die Brad für sie vorbringen sollte, und er sollte sie Wort für Wort vortragen. Er starrte sie nur an, sah nicht einmal auf das Papier, als habe sie den Verstand verloren. Zweitens wollte sie die Richterin informieren, dass Leslie bereit war, sich mit sofortiger Wirkung als Co-Anwältin zurückzuziehen. Damit hatte Brad keinerlei Schwierigkeiten. Drittens: Wenn die Richterin Brads Argumente akzeptierte und ihm erlaubte, einen letzten Zeugen aufzurufen, würde Sarah eine schriftliche Zeugenaussage einreichen, die die stellvertretende Bezirksstaatsanwältin Angela Bennett verfasst hatte. Sarah wandte sich um und nickte in Richtung einer Frau, die in der zweiten Reihe saß. Bennett stand auf und kam auf sie zu.

Brad hatte genug gehört. »Sarah, das ist doch verrückt! Es gibt da etwas, was Sie nicht wissen ...«

»Erheben Sie sich«, befahl der Gerichtsdiener, als Richterin Cynthia Baker-Kline auf die Richterbank stürmte.

»Tun Sie es«, flüsterte Sarah. »Bitte!«

Brad sah auf das Papier in seiner Hand, dann in Sarahs flehende Augen. Inzwischen war Bennett herangekommen und drückte Brad noch mehr Papiere in die Hand.

»Lesen Sie das!«, sagte sie.

»Herr Anwalt«, sagte Ichabod scharf, »wenn Sie sich bitte setzen wollen.«

Brad hastete zu seinem Platz und überflog rasch Sarahs Instruktionen.

»Guten Morgen, meine Damen und Herren«, sagte Ichabod zu dem überfüllten Gerichtssaal. »Bevor wir die Geschworenen für die Schlussplädoyers hereinbitten – gibt es noch Angelegenheiten, die unsere Aufmerksamkeit verdienen?«

»Ich habe etwas«, kündigte Strobel an.

Brad stand auf, immer noch unsicher, ob er das tun sollte. Er hatte die schriftliche Beweisausführung, die er vorbringen sollte, erst halb durchgelesen. Ein schneller Blick auf Sarah überzeugte ihn und er erklärte: »Ich habe auch etwas.«

Ichabod stieß verärgert die Luft aus. »Dann fangen wir mit dem Klägeranwalt an. Aber lassen Sie mich vorausschicken, meine Herren, dass ich nicht bereit bin, die Schlussplädoyers auch nur eine Minute aufzuschieben. Die Geschworenen warten. Ich rate Ihnen also, etwas Gutes vorzubringen.«

Brad ging langsam, zögernd, zum Rednerpult; Sarahs getipptes Dokument hatte er dabei. Er legte es auf das Pult, starrte darauf und sah dann ein letztes Mal über die Schulter zu Sarah hinüber. Sie wedelte diskret mit der Hand und feuerte ihn an. Er schüttelte resigniert den Kopf.

»Zuerst, Euer Ehren, muss ich das Gericht informieren, dass Ms. Leslie Connors sich mit sofortiger Wirkung als Co-Anwältin zurückgezogen hat.«

Ichabod stieß einen Seufzer aus. »Auf welcher Grundlage?«

»Es ist mir nicht gestattet, darüber zu reden, Euer Ehren.«

Richterin Baker-Kline machte ein beunruhigtes Gesicht. »Na gut, was sonst noch?«

Brad begann, von Sarahs Blatt abzulesen, mit ausdrucks- und emotionsloser Stimme: »Euer Ehren, während unserer Verhandlung versprach ich dem Gericht, dass wir zwingende Beweise vorlegen würden, die Saudi-Arabien mit dem Verhalten von Mr. Aberijan und der Muttawa in Verbindung bringen. Mir ist bewusst, dass dies in letzter Minute kommt. Doch dieses Wochenende wurden wir über neue Beweise unterrichtet, die dieses Gericht hören muss, bevor es den Fall entscheidet, sofern das Gericht wirklich an der Wahrheitsfindung interessiert ist. Wir bitten mit Erlaubnis des Gerichts darum, einen zusätzlichen Zeugen aufzurufen und eine ungefähr einstündige Zeugenaussage dieses Zeugen vorzulegen.«

Die Falten in Ichabods Gesicht vertieften sich missbilligend. Die Zuschauer, die gekommen waren, um die dramatischen Schlussplädoyers zu hören, begannen zu murren.

Ungeachtet dessen fuhr Brad fort: »Im Bewusstsein, dass es eine außergewöhnliche Bitte ist und dass diese Aussage außergewöhnlich sein muss, um die Nachsicht des Gerichts zu verdienen, haben wir eine einseitige Zusammenfassung der Aussage, die wir dem Gericht gern als Angebot vorlegen würden.« Brad hielt Angela Bennetts Schriftsatz hoch. Er hatte nur die ersten paar Zeilen lesen können.

Ichabod saß da, das Kinn in der Hand, und signalisierte mit ihrer ganzen Körpersprache, dass sie nicht im Mindesten von diesem melodramatischen Gesuch in letzter Sekunde beeindruckt war. »Auf keinen Fall, Herr Anwalt. Ich habe Ihnen letzte Woche gesagt, dass wir heute Morgen mit den Schlussplädoyers beginnen würden. Und jetzt wollen Sie ein verzweifeltes ›Ave-Maria‹-Manöver starten?« Sie beugte sich auf ihrer Bank vor und spuckte die Worte förmlich aus. »Nicht in meinem Gericht, Herr Anwalt!«

Brads Herz hing nicht an diesem Gesuch, doch Ichabods hochmütige Abweisung ärgerte ihn. Sie hatte ihn den ganzen Prozess über mit so vollkommener Geringschätzung behandelt und er war emotional am Ende. *Verdiente dieses Gesuch nicht zumindest ein bisschen Beachtung? Was konnte es schaden, sich fünf Minuten zu nehmen und die Zusammenfassung zu lesen?* Sein Siegeswille war geweckt und er konnte es sich nicht verkneifen, auf dem Rückzug noch ein paar Hiebe auszuteilen.

»Beabsichtigen Euer Ehren, meine Anfrage abzuweisen, ohne die Zusammenfassung auch nur zu überfliegen?«, fragte Brad. »Ist der heilige Zeitplan des Gerichts wichtiger als ein Zeuge, der Licht in die Suche nach der Wahrheit bringen kann?«

»Herr Anwalt, Sie bewegen sich auf sehr dünnem Eis«, antwortete Ichabod ungeduldig. »Ich habe meine Entscheidung getroffen.«

Er sah noch einmal über seine Schulter, diesmal zu Bennett hin, die in der ersten Reihe unmittelbar hinter dem Anwaltstisch saß. Sie nickte kaum merklich und Brad wandte sich wieder der Richterin zu.

»Ich verstehe nicht, warum das Gericht darauf besteht, meine Mandantin wegen eines persönlichen Konflikts zwischen dem Gericht und mir zu bestrafen«, sagte er wütend. »Ich verstehe nicht, warum sich das Gericht nach einem dreiwöchigen Prozess nicht fünf Minuten Zeit nehmen will, um eine Zusammenfassung dessen zu lesen, was der wichtigste Beweis in diesem Fall sein könnte. Ist das Gericht an der Wahrheit interessiert oder an Rache?«

Strobel war aufgesprungen, er sah verwirrt und aufgewühlt aus. »Ich erhebe Einspruch! Die Klägerpartei hat ihre Beweisaufnahme am Samstag abgeschlossen. Dies ist *höchst* regelwidrig und *höchst* unangebracht! Ich arbeite jetzt seit achtunddreißig Jahren als Jurist und habe nie so einen unmoralischen und aussichtslosen Schachzug von einem ...«

»Halten *Sie* mir keine Vorträge über Moral!«, schoss Brad zurück.

»Herr Anwalt, ich unterbreche Sie auch nicht, wenn Sie reden ...«, konterte Strobel.

»Das liegt daran, dass ich keine scheinheiligen Anschuldigungen vorbringe ...«

»Ruhe!«, bellte Ichabod und knallte ihren Hammer auf den Tisch. Der Gerichtssaal verstummte. Brad starrte stur geradeaus. Strobel starrte Brad an. »Sie beide benehmen sich wie die Kinder«, schalt sie. »Und ich habe genug von diesen Ausbrüchen in meinem Gerichtssaal!«

»Ich entschuldige mich, Euer Ehren«, sagte Brad.

»Ich auch«, echote Strobel.

* * *

Ichabod schwieg. Sie hatte gute Lust, Brad Carson fertig zu machen, weil er eine solche Szene machte. Sie hätte seine Seite mit dem Angebot am liebsten in winzige Fetzen gerissen, ohne es zu lesen. Sie wollte ihn wegen Missachtung belangen. Sie wollte ihn leiden sehen.

Aber sie war nicht dumm. Sie erinnerte sich an das letzte Mal, als er drauf und dran gewesen war, einen Fall in ihrem Gerichtssaal zu verlieren. Sie erinnerte sich, wie er sie dazu getrieben hatte, die Beherrschung zu verlieren und ihn ins Gefängnis zu schicken. Sie erinnerte sich an die peinliche Revision, die er aufgrund ihrer angeblichen Befangenheit und Anstandslosigkeit hatte einlegen wollen. Obwohl sie Carsons Mandanten gezwungen hatte, einen Deal anzunehmen, hatte er ihren Ruf dabei trotzdem geschädigt. Sie würde nicht zulassen, dass das noch einmal geschah.

Wenn alles nach Plan lief, war sie auf dem besten Weg zum Bundesberufungsgericht. Ein Hochstapler wie Brad Carson würde ihr dabei nicht im Weg stehen.

Es war Zeit für ein bisschen umgekehrte Psychologie.

Sie war sicher, die Aussage, die er einbringen wollte, war von minimaler Bedeutung. Er setzte vermutlich auf die Tatsache, dass sie das Angebot nicht in Betracht ziehen würde. Dann konnte er in der Berufung auf richterliche Befangenheit plädieren.

Diesmal nicht, beschloss sie. *Den Gefallen werde ich dir nicht tun!*

»Herr Anwalt«, sagte sie in bedächtigem Ton. »Übergeben Sie Mr. Strobel eine Kopie der Zusammenfassung und geben Sie dem Gericht das Original. Wir werden fünf Minuten Pause machen, während ich darüber nachdenke, ob ich diesen Zeugen aussagen lasse oder nicht.« Sie benutzte ihren Hammer, nahm die Zusammenfassung des beantragten Beweises an sich und verließ den Saal.

* * *

Im Gerichtssaal brach Tumult aus, sobald Richterin Baker-Kline verschwunden war. Dutzende von Reportern umringten Brad und feuerten Fragen über die vorgelegte Zeugenaussage ab. Sarah neigte dankend den Kopf.

Strobel und sein Anwaltsteam drängten sich um das Dokument. Nach ein paar Minuten ließ Strobel die Fotos und Beweise über den Geschworenen 4 in seine Aktentasche gleiten.

Nur ein kurzer Blick auf das Dokument überzeugte Strobel, dass er diese Fotos nicht mehr brauchte. Der Prozess des Jahrhunderts hatte soeben eine plötzliche und unwiderrufliche Wendung genommen.

* * *

Die Dinge liefen ganz und gar nicht nach den sorgfältig ausgeklügelten Vorstellungen von Frederick Barnes. All die Stunden der Recherchen und Planungen, von akribischer Ermittlungsarbeit, von Spionen, die präzise Anweisungen ausführten und Schläge und Gegenschläge ausführten – alles zunichte. Barnes war übel.

Er sah auf das Dokument, das man Strobel übergeben hatte, und hatte das ungute Gefühl, dass die Fotos des Geschworenen 4 das Licht des Tages niemals sehen würden. Es war eine Schande; es wäre der perfekte Plan gewesen.

Was für ein Spaß, welch schiere Genialität wäre es gewesen, die mit allen Wassern gewaschene Anwaltsassistentin zu übertölpeln, die schon so viele Probleme gemacht hatte. Doch jetzt würde Barnes' clever geplantes Feuerwerk niemals explodieren. Mit dieser Zeugenaussage hatte sich alles geändert. Der Geschworene Nummer 4 war das geringste ihrer Probleme.

Es blieb nur noch eines zu tun.

* * *

In dem Durcheinander bemerkte nur Nikki, dass Ahmed Aberijan sich über das Geländer lehnte, das die Verteidigung vom Zuschauerraum trennte, und ein paar Worte ins Ohr des kleinen und untersetzten Privatdetektivs sagte, der ihr am Samstag nach Verhandlungsschluss das Aussageprotokoll gegeben hatte. Dann gesellte sich Ahmed zu dem Mann und sie gingen gemeinsam zur Hintertür des Gerichtsaals.

Nikki warf Brad, der die Zusammenfassung durchsah, einen Blick über die Schulter. Sie pfiff leise und sagte zu niemandem im Speziellen: »Kein Wunder, dass er gegangen ist.«

Sie schnappte sich Bella, flüsterte ihr ein paar Dinge ins Ohr, dann rannte sie zur Hintertür hinaus, um Ahmed zu folgen. Bella wiederum fand Rashid Berjein in der zweiten Reihe des Zuschauerraums. Sie zog ihn am Arm und er folgte ihr aus dem Gerichtssaal, nur ein paar Sekunden nach Nikki.

* * *

Unten in der Empfangshalle warteten Frederick Barnes und Ahmed Aberijan ungeduldig darauf, dass ihnen die Marshals, die die Metalldetektoren besetzten, ihre Waffen wiedergaben. Wie es ihre tägliche Gewohnheit war, hatten die Marshals die Pistolen genommen, sie mit einem Anhänger versehen und in ein Schließfach gelegt, wo sie am Abend abgeholt werden konnten.

Doch jetzt, als Ahmed und Barnes versuchten, das Gerichtsgebäude zu verlassen, waren die Marshals mit einer langen Schlange von Personen beschäftigt, die das Gerichtsgebäude durch die Metalldetektoren betraten. Also warteten die beiden Männer. Und warteten. Und warteten.

Nikki trat aus dem Aufzug, blieb unauffällig auf der anderen Seite der Eingangshalle und behielt Barnes und Ahmed genau im Auge.

»Meine Herren«, sagte Barnes verärgert, »wir stehen ernstlich unter Zeitdruck. Hier sind unsere Plaketten. Sie haben unsere Waffen in Ihren Schließfächern und wir brauchen sie, wenn wir gehen.«

»Sir«, sagte einer der bedrängten Marshals, »wir kümmern uns um Sie, so schnell wir können. Sehen Sie nicht, dass wir eine Menge Leute abzufertigen haben?«

»Es ist mir egal, wie viele Leute Schlange stehen, um hier hereinzukommen«, sagte Barnes. »Wir haben ein Recht, dieses Gebäude zu verlassen.« Er knirschte mit den Zähnen. »Und jetzt *holen Sie unsere Waffen*!«

»Diese Haltung hat Ihnen gerade noch einmal fünf Minuten Wartezeit eingebracht«, antwortete der Marshal. »*Wir* geben hier die Befehle, nicht Sie.«

Barnes sah Ahmed an und schüttelte angewidert den Kopf. »Sie warten hier auf die Waffen«, sagte Barnes. »Ich hole das Auto und parke vor der Tür.«

Barnes verließ das Gericht, drängelte sich zwischen den Demonstranten hindurch und wandte sich auf der Granby Street nach Norden, wo er geparkt hatte. Nikki kam ein paar Sekunden später, schob sich ebenfalls durch die Demonstrantenmenge und ging die Granby Street entlang zwei Häuserblocks nach Süden, um ihr Auto zu holen. Sie warf einen Blick über die Schulter und sah, dass der untersetzte Mann in eine Art Trab überging. Sie streifte sich die hochhackigen Schuhe ab und begann ebenfalls zu laufen.

Das Timing war perfekt. Ahmed bekam seine Glock in dem Moment von dem Marshal, als Barnes in seinem schwarzen Lincoln Continental vor dem Gerichtsgebäude hielt. Der Marshal weigerte sich, Barnes' Smith and Wesson herauszugeben, solange Barnes nicht selbst seine Plakette vorlegte. Ahmed sagte dem Marshal in beinahe fehlerlosem Englisch die Meinung, dann beschloss er, es sei nicht die Mühe wert. Barnes konnte seine Waffe später holen.

Die Polizei machte eine Gasse zwischen den Demonstranten frei, als Ahmed aus dem Gericht kam und sich auf den Rücksitz des Lincoln setzte. Seine Anwesenheit auf der Granby Street verursachte einen ziemlichen Aufruhr, als einige Demonstranten in Jubelrufe ausbrachen und andere Beschimpfungen brüllten.

Als Ahmed in den Wagen stieg, sah der Mann in dem gelben Hühnerkostüm seine Chance gekommen. Er warf sein Schild von sich, schlüpfte durch die Polizeiabsperrung, sprang auf die Motorhaube des Continental und begann, Unzusammenhängendes zu rufen. Vor seinem geistigen Auge war es ein heroischer Akt, ähnlich dem von Boris Jelzin, als der sich beim Putsch in Moskau auf einen Panzer schwang.

Für die Polizei war er ein Verrückter unter vielen, der verhaftet werden musste.

Barnes hupte wie wild, doch das Huhn sprang weiter auf der Haube herum. Die Polizisten stiegen auf die Kotflügel, schnappten den Mann bei den Federn und zogen ihn aufs Pflaster. Sie legten ihm Handschellen an, lasen ihm seine Rechte vor und zerrten den strampelnden und brüllenden Mann zu einem nahestehenden Einsatzwagen. Schließlich gaben sie die Fahrbahn frei und der Continental raste auf der Granby Street nach Süden, endlich befreit von dem Zirkus vor dem Gerichtsgebäude.

Die Verzögerung hatte Nikki Zeit gegeben, ihren Sebring zu erreichen und ihren Wagen einen Häuserblock südlich des Mobs zu positionieren, der Barnes aufhielt. Als der Continental in die andere Richtung vorbeiraste, wendete Nikki, hielt dabei den Verkehr auf, löste ein Hupkonzert aus und machte sich dann an Barnes' Verfolgung.

Der hatte bis dahin schon mehr als hundert Meter und nicht wenige Autos zwischen sich und Nikki gebracht. Doch Nikki war entschlossen und behielt ihn im Blick. Die Verfolgung führte sie durch die belebten Seitenstraßen von Norfolk und auf der I-264 aus der Stadt. Während sie fuhr, fragte sich Nikki, wo Barnes hinwollte und was in aller Welt sie tun würde, wenn sie ihn tatsächlich erwischte. Wie immer würde sie es nehmen, wie es kam, ein Schritt nach dem anderen, und im Moment war ihr Ziel, ihn nicht aus den Augen zu verlieren und entkommen zu lassen.

* * *

Barnes rief von seinem Handy aus seine Firma in D. C. an. »Leasen Sie sofort einen Privatjet«, befahl er. Er dachte einen Augenblick nach. Wenn er richtig schätzte, würde es auf dem Flughafen von Norfolk innerhalb von einer Stunde von Agenten nur so wimmeln. Er würde es bei einem privaten städtischen Flughafen in Hampton versuchen. Das würde keiner erwarten. »Leasen Sie ihn vom Hampton Municipal Airport aus. Wir werden in dreißig Minuten da sein. Geben Sie einen Flugplan für eine Zwischenlandung auf dem Reagan National Airport auf und dann nach Riad, Saudi-Arabien. Wir müssen sofort starten. Um die Landeerlaubnis dort kümmern wir uns, wenn wir in der Luft sind. Zwei Passagiere. Geld spielt keine Rolle.«

Er beendete seinen ersten Anruf und machte sofort einen zweiten. »Canceln Sie die Überweisung«, sagte er. »Alles hat sich geändert.«

Er hatte noch ungefähr dreißig Meilen auf der Interstate vor sich, bevor er beim Flughafen ankam, inklusive der Fahrt durch den Hampton Roads Bridge Tunnel. Es war riskant. Doch er wusste, die Anwälte würden mindestens dreißig Minuten im Gericht zanken, bevor Ichabod auch nur wusste, was geschah. Es würde eine weitere Stunde dauern, bis sie einen Haftbefehl ausstellen konnte. Bis dahin war Aberijan in der Luft und auf dem Weg aus der Gerichtsbarkeit der Vereinigten Staaten hinaus, weit außerhalb von Ichabods Reichweite und der ihrer Marshals vom Bundesgerichtshof.

Doch zuerst musste Barnes Brad Carsons lästige Anwaltsassistentin abschütteln. Er drückte das Gaspedal durch, entschlossen, die Tachonadel bis zum Anschlag zu treiben, und flog an den anderen Wagen auf der Interstate vorbei. Er würde Moreno einfach davonfahren. Und wenn das nicht klappte, würde er anhalten und sie herankommen lassen. Er würde sie in seinen Wagen zerren und Ahmed würde ihr eine Pistole an den Kopf halten und es beenden. Er wusste, dass nichts dem Saudi mehr Vergnügen bereiten würde, als das Leben der Frau auszulöschen, die ihm schon so viel Ärger gemacht hatte.

45

Richterin Cynthia Baker-Kline setzte sich wieder auf ihre erhöhte Bank im Gerichtssaal und die allgemeinen Gespräche verstummten. Sie hielt die Zusammenfassung des neuen Beweises in der linken Hand und spähte an ihrer langen Nase entlang über ihre Lesebrille zu Brad Carson hinab.

»Mr. Carson, dieses Dokument enthält sehr ernste Anklagen. Das Gericht nimmt diese Anschuldigungen nicht auf die leichte Schulter.«

Die beantragte Zeugenaussage hatte Brad genauso verblüfft wie Ichabod. Er versuchte noch, sich zurechtzufinden und seine Gedanken zu ordnen. Im Moment verstand er die Tragweite des Ganzen noch nicht ganz. Doch er war zu weit gegangen, um jetzt noch umzukehren.

»Und wir bringen sie nicht leichtfertig vor«, antwortete er.

»Ich werde die Aussage zulassen, Mr. Carson«, entschied Ichabod, das Gesicht in strenge Falten gelegt. »Aber wenn sich diese Anschuldigungen als unbegründet herausstellen, wenn das nur wieder einer Ihrer Tricks ist, dann werde ich persönlich bei der Anwaltskammer beantragen, dass Ihnen die Lizenz entzogen wird. Ist das klar?«

»Glasklar, Euer Ehren.«

Brad wartete, bis die Geschworenen ihre Plätze eingenommen hatten. Er stand aufrecht und gerade, mit Blick zum hinteren Teil des Saals. Ein letztes Mal sah er auf Sarah hinab.

»Sie hat Sie gern«, flüsterte Sarah. »Vertrauen Sie ihr.«

»Die Anklage ruft Leslie Connors in den Zeugenstand«, verkündete Brad.

Ein Marshal verschwand im Flur und öffnete ein paar Sekunden später die hintere Tür des Gerichtssaals. Leslie ging elegant den Mittelgang entlang, den Kopf erhoben, ihre perfekte Gestalt zierte den Gerichtssaal. Sie mied es, Brad anzusehen, als sie an ihm vorüberging und im vorderen Bereich des Raums stehen blieb, die Hand hob und den Eid ablegte. Sie trug eine konservative weiße Bluse, einen schwarzen Nadelstreifenrock, der knapp überm Knie endete, und eine passende Weste. Dunkelblauer Lidschatten betonte ihre tief liegenden, himmelblauen Augen.

Wie konnten die Männer unter den Geschworenen *ihr* nicht zuhören?

Sie betrat den Zeugenstand mit unverkennbarer Würde. Nur ihre geröteten und leicht geschwollenen Augen verrieten die Tatsache, dass diese Zeugin in der vergangenen Nacht vermutlich nicht viel geschlafen hatte.

»Bitte nennen Sie Ihren Namen fürs Protokoll.«

»Leslie Connors.«

»Waren Sie ehemals Co-Anwältin der Anklage in diesem Fall?«

»Ja.«

»Wann haben Sie sich aus dieser Rolle zurückgezogen?«

»Heute Morgen.«

Brad fühlte sich wie in einem Traum; dieser Moment war so unwirklich. Er begann die Befragung seiner eigenen Co-Anwältin, einer Frau, mit der er ausgegangen war, und er hatte nicht die leiseste Ahnung, wo das letztlich hinführen würde. Er hatte keine Kontrolle mehr über die Situation, sondern war einer Frau ausgeliefert, die gerade erst am Abend zuvor ein Doppelspiel mit ihm getrieben hatte. Dennoch fühlte es sich richtig an.

Am Abend zuvor war da ein Aufblitzen von Hoffnung in seinem Unterbewusstsein gewesen, ein Gedanke, den er nicht wagte zuzulassen, ein Funke, der jetzt zu einer Flamme geworden war. Trotz dem, was er sah – konnte er ihr noch vertrauen?

Im Augenblick hatte er keine Wahl.

»Sagen Sie heute aus, nachdem Ihnen Immunität gewährt wurde?«, fragte Brad. So viel hatte er aus der Zusammenfassung aufgeschnappt.

»Ja.«

»Werden Sie dem Gericht erzählen, wie das zustande kam?«

»Soll ich von vorn anfangen?«, fragte Leslie.

»Bitte«, sagte Brad. Das war eine der besten Ideen, die er seit Tagen gehört hatte.

* * *

Nikki flog die Interstate entlang. Sie gab sich größte Mühe, mit Barnes mitzuhalten, doch sie fiel mit jeder Minute weiter zurück. Er war immer noch gerade so in Sichtweite und bog jetzt nach Westen auf die I-64 in Richtung Flughafen Norfolk ab. Sie hoffte, die Polizei würde die dahinrasenden Wagen bemerken und sie anhalten. Sie verlangsamte ihre Fahrt ganz leicht und nahm eine Hand vom Lenkrad, um nach ihrem Handy zu greifen. Sie benutzte die Kurzwahltaste, um Bella anzurufen.

»Aberijan fährt auf der 64 nach Westen. Der Flughafen ist die nächste Ausfahrt. Ich kann ihn kaum noch sehen.«

»Wir sind nicht weit hinter Ihnen«, sagte Bella. »Ich hole aus meinem Honda heraus, was ich kann. Rashid ist bei mir und der alte Junge sieht aus, als stünde er unter Schock.«

»Pass doch auf!«, hörte Nikki Bella schreien, offensichtlich an einen anderen Fahrer gewandt. Nikki stellte sich den armen Rashid vor, wie er sich mit weiß hervortretenden Knöcheln ans Armaturenbrett klammerte und sich fragte, wo er da hineingeraten war.

»Warum rufen Sie nicht die Polizei an?«, hörte Nikki Bella ins Autotelefon schreien.

»Und was soll ich ihnen sagen?«, fragte Nikki zurück. »Dass sie diesen ausländischen Würdenträger, der hier zu Besuch ist, wegen Geschwindigkeitsübertretung verhaften sollen? Was ist mit diplomatischer Immunität? Die Polizei macht da gar nichts!«

»Und warum jagen *wir* ihn dann?«, fragte Bella. »Was werden *wir* tun?«

»Ich weiß noch nicht«, gab Nikki zu, »ich weiß nur, dass wir ihn nie wiedersehen, wenn er das Land verlässt, aber wenn … Bella! Er ist an der Flughafen-Ausfahrt vorbeigefahren! Er ist auf dem Weg zum Tunnel!«

»Wa …«, dann hörte Nikki das Geräusch von Bellas Telefon, wie es auf dem Boden auftraf. Sie hörte gedämpfte Rufe von Bella und Rashid, aber sie hörte kein Reifenquietschen oder das Knirschen von Metall.

Sie drückte auf »Auflegen« und konzentrierte sich wieder auf den Verkehr, an dem sie vorbeiraste.

Warum jagen wir ihn dann?, hatte Bella gefragt. *Was werden wir tun?*

In Wahrheit hatte Nikki keine Ahnung, was sie tun würde, wenn sie Ahmed schnappte, aber in den tiefsten Tiefen ihres Unterbewusstseins wusste sie genau, *warum* sie ihn jagte. Und nun, für einen flüchtigen Augenblick, während die Autos auf der I-64 zu einem Nebel verschwammen, erlaubte sie diesen unterbewussten Gedanken, an die Oberfläche zu blubbern – sie erlaubte sich, es zuzugeben, den Grund einzugestehen, warum sie das tat. Und sie wusste im selben Moment, dass es kein Zurück gab.

Ahmed war nicht anders als ihr Vater. Menschen, die andere missbrauchen, benutzen die Unschuldigen so lange, bis sie auf Widerstand treffen, dann fliehen sie. Nikki hatte nie versucht, sich gegen ihren Vater zu stellen, wenn er ihre Mutter schlug ... hätte ihn nicht aufhalten können, wenn sie es versucht hätte ... also drehte sie nur die Musik in ihrem Zimmer lauter, um ihn zu übertönen. Eines Tages ging er dann. Einfach so. Und sie ließ ihn gehen ... froh, dass ihre Familie das Monster los war.

Doch sie hatte ihn nie konfrontiert und niemand hatte ihn je für die Narben verantwortlich gemacht, die er verursacht hatte. Natürlich ignorierte sie ihn; sie sprach nie wieder mit ihm. Das tat ihm weh, sagte sie sich, damit zahlte sie es ihm heim.

Wem wollte sie etwas vormachen?

Jahrelanger Missbrauch und er ist einfach gegangen! Und in diesem Moment tut er es vermutlich wieder jemand anderem an. Jahrelang habe ich mich selbst gehasst, weil ich mich ihm nicht gestellt habe.

Menschen, die andere missbrauchen, benutzen die Unschuldigen, dann rennen sie davon. Fort für immer. Ungestraft.

Nicht diesmal, sagte sie sich.

Der Sebring fuhr jetzt achtundneunzig Meilen die Stunde. Sie holte auf.

* * *

»Es begann alles in diesem Sommer«, erzählte Leslie, »als ich aus Europa zurückkam, um vollzeitlich an diesem Fall zu arbeiten. Das Erste, was ich erfuhr, war, dass ich die Einspruchsfrist für gerichtliche Fragen verpasst hatte – die schriftlichen Fragen, die Sarah Reed unter Eid beantworten musste – und dass Mr. Strobel versuchte, diesen Fehler zu nutzen, um den Fall aufgrund eines Formfehlers zu gewinnen.«

»Wie hat er das versucht?«, fragte Brad. Er erinnerte sich nur zu gut an Strobels Taktiken, aber er wollte sichergehen, dass die Geschworenen es verstanden.

»Nun ja, einer der Fragenkataloge, die sie uns schickten, verlangte, dass Sarah alle Mitglieder der Kirchengemeinden in Saudi-Arabien nannte, mit denen sie Gottesdienst gefeiert hatte. Sarah wusste, wenn sie das tat, waren sie in Gefahr …«

»Einspruch! Sie kann nichts darüber sagen, was Sarah Reed wusste oder nicht wusste«, warf Strobel ein.

»Stattgegeben«, entschied Ichabod.

»Jedenfalls«, fuhr Leslie, ohne mit der Wimper zu zucken, fort, »wusste ich, dass wir diese Namen unter keinen Umständen herausgeben durften, aus Angst davor, was diesen Personen geschehen könnte. Als wir also die Einspruchsfrist verpassten, stellte Mr. Strobel den Antrag, dieses Gericht möge uns entweder zu einer Antwort zwingen oder den Fall ablehnen.«

Brad war verblüfft über Leslies scheinbare Gelassenheit. Ihre Stimme und ihr Blick waren ruhig und verrieten kaum den unglaublichen Druck, unter dem sie stand. Doch sie konnte Brad nicht gänzlich täuschen. Er bemerkte die kleinen roten Flecken an ihrem Hals, ein sicheres Zeiten, dass sie sich im Flur aus Nervosität gekratzt hatte, bevor sie in den Zeugenstand trat.

»Wie führte das zu einem Treffen mit Mr. Aberijan?«

»An diesem Punkt wurde mir klar, dass die Verteidigung nicht an Gerechtigkeit interessiert war, sondern nur daran, den Fall zu gewinnen, und dass sie alles dafür tun würden.« Sie wandte sich an die Geschworenen.

»Einspruch!«, schrie Strobel. »Sie hat kein Recht, unser Verhalten so zu missinterpretieren!«

»Mr. Strobel, setzen Sie sich und lassen Sie die Zeugin aussagen«, sagte Ichabod knapp. »Sie können sie später ins Kreuzverhör nehmen.«

Strobel ließ sich auf seinen Stuhl fallen und warf seinen Stift hörbar auf den Tisch. Ichabod schoss einen Blick auf ihn ab, sagte aber nichts.

»An diesem Punkt«, fuhr Leslie ruhig fort, »beschloss ich, dass man den Spieß auch umdrehen konnte. Ich konnte es nicht ertragen, diesen Fall zu verlieren, weil ich wusste, dass Mr. Aberijan Sarah Reeds Ehemann ermordet hatte. Ich habe selbst vor nicht allzu langer Zeit meinen Mann durch Krebs verloren und ich denke, Sarah Reeds Streben nach Gerechtigkeit wurde dadurch zu etwas Persönlichem für mich. Und ich begann zu glauben, dass das Rechtssystem selbst nicht für Gerechtigkeit sorgen konnte; ich musste nachhelfen. Es schien, als sei die Justiz für Mr. Strobel nur ein Spiel, und ich wollte nicht zulassen, dass er uns in diesem Spiel schlug und meiner Mandantin die Gerechtigkeit verwehrte, die ihr zustand.«

Strobel stand auf, um Einspruch zu erheben.

»Abgewiesen«, sagte Ichabod, bevor er etwas sagen konnte.

»Also habe ich meine eigene kleine verdeckte Ermittlung begonnen«, sagte Leslie. »Ich wusste, Aberijan würde bis zum Schluss abstreiten, was er getan hat, also beschloss ich, ihm eine Falle zu stellen, um ein Geständnis zu bekommen.«

»Warum haben Sie mir das nicht gesagt?«, fragte Brad.

Zum ersten Mal wandte Leslie ihren Blick von Brad und den Geschworenen ab. Ein schmerzlicher Ausdruck ging über ihr Gesicht, sie ließ die Schultern hängen und kniff die Lippen zusammen. Als sie sprach, kamen ihre Worte leise heraus, in der Art einer Beichte.

»Weil ich wusste, dass Sie so korrekt sind, dass Sie es niemals zugelassen hätten. Und bis ich so weit war, damit zu Ihnen zu kommen ... bis ich zu dir kommen wollte ... war es mir durch meine Immunitätsvereinbarung verboten. Es stand so viel auf dem Spiel ... dieser Fall, meine Zukunft, eigentlich alles ...«

Langsam ergab es Sinn für Brad, doch der Stachel ihres Verrats blieb. Vielleicht hatte sie nicht *gegen* ihn gearbeitet, doch sie hatte es dennoch hinter seinem Rücken getan. Sie vertraute ihm nicht; so einfach war das.

Er schaffte es kaum, die nächste Frage zu stellen. Es war nicht von juristischer Bedeutung, aber er musste es einfach wissen. »Würden Sie es genauso wieder machen?«

Leslie zögerte und schien vor der Frage zurückzuschrecken. »Niemals«, sagte sie kaum hörbar. »Ihr unerschütterlicher Glaube an das System und Sarahs unerschütterlicher Glaube daran, das Richtige zu tun, haben mich auf eine Art beeinflusst, wie Sie es sich nicht vorstellen können. Mir wurde schließlich klar, dass das Einzige, was die Guten von den Bösen trennt, darin liegt, dass wir nicht bereit sind, die Gesetze zu beugen, um Gerechtigkeit zu erlangen.«

Brad stieß einen hörbaren Seufzer aus.

Jetzt wirbelten eine Million andere Fragen in seinem Kopf herum. Doch zuerst musste er die Grundlagen befestigen. Leslie sagte unter einer Immunitätsvereinbarung aus. Ein guter Anwalt legte immer als Erstes die Einzelheiten dieser Vereinbarung auf den Tisch.

»Haben Sie am Ende doch noch mit den Behörden verhandelt?«, fragte er.

»Ich sprach Angela Bennett vom Büro des Bundesstaatsanwalts an«, sagte Leslie. »Sie war bereit, mir Immunität zu gewähren und mich in diesem Fall aussagen zu lassen, bevor Verhaftungen vorgenommen würden.« In diesem entscheidenden Moment ihrer Aussage hielt Leslie einen kurzen Augenblick inne, um die Spannung aufzubauen. Sie wandte sich direkt an die Geschworenen. »Im Gegenzug willigte ich ein, mit niemandem über diesen Plan zu spechen, bis auf einen Herrn namens Patrick O'Malley, der es schon wusste. Ich war bereit, dabei zu helfen, stichhaltige Beweise gegen Mr. Aberijan zu beschaffen wegen Behinderung der Justiz, Einschüchterung von Zeugen, Beeinflussung von Geschworenen und Anstiftung zum Mord.«

Diese schockierende Liste von Anklagen löste eine Welle von Aktivitäten im Gerichtssaal aus, von Luftschnappen hier und da bis hin zu allgemeinem aufgeregtem Gemurmel. Mack Strobel stand auf und bat, vortreten zu dürfen. Selbst Brad zog es die Schuhe aus, als er das hörte.

* * *

»Treten Sie vor«, sagte Ichabod.

Sie hatte während Leslies Aussage das Gefühl gehabt, dass etwas im Gerichtssaal anders war; etwas stimmte nicht. Jetzt, als sie den Blick rasch über den Saal schweifen ließ, blieb ihr Blick in der ersten Reihe des Zuschauerraums hängen und ihr ging auf, was es war. Dort saß zum ersten Mal seit Beginn des Prozesses die stellvertretende Bezirksstaatsanwältin Angela Bennett. Und auf der Seite der Verteidigung, obwohl alle Anwälte auf ihren Plätzen saßen – mit offenen Mündern – war Ahmed Aberijan verschwunden.

»Ms. Bennett, Sie auch«, befahl sie.

»Mr. Strobel«, sagte sie dann und sah den Anwalt der Verteidigung über ihre Brille hinweg finster an, »ich bin sicher, Sie haben tausend und einen Einspruch vorzubringen und damit werden wir uns später beschäftigen. Im Moment muss ich wissen, warum Mr. Aberijan nicht hier mit uns im Gerichtssaal ist.«

Mack Strobel sah sie an und biss die Zähne aufeinander. »Ich weiß nicht, wo Mr. Aberijan ist oder warum er nicht hier ist«, sagte er kurz angebunden. »Außerdem: Selbst wenn ich es wüsste, wäre ich nicht befugt, es zu sagen, da er mein Mandant ist und jede Information, die ich über seinen Verbleib habe, unter die anwaltliche Schweigepflicht fiele.«

Ichabod wandte sich von Strobel zu Bennett. »Ist das wahr – diese Aussage über eine Vereinbarung, um Beweise gegen Aberijan zu sammeln?«

»Ja.«

»Beeinflussung von Geschworenen? Behinderung der Justiz?«

»Ja.«

»Anstiftung zum Mord?«

»Ja.«

»Danke«, sagte Ichabod. »Sie können auf Ihre Plätze zurückkehren.« Sie wartete ruhig, bis die Anwälte ihre Plätze eingenommen hatten. »Wir werden mit der Zeugenaussage von Ms. Connors fortfahren. Aber vorher sollten wir uns um ein anderes, dringlicheres Thema kümmern. Auf Grundlage eines Gesprächs mit den Anwälten und Ms. Bennett gebe ich hiermit einen Haftbefehl für Mr. Aberijan heraus, der in diesen Gerichtssaal gebracht werden soll, um sich zu einer potenziellen Strafe wegen Missachtung und anderen Themen zu äußern.«

Sie wandte sich an die Marshals. »Ich will, dass er auf der Stelle hier in diesen Gerichtssaal gebracht wird, und ich will, dass Sie den Flughafen Norfolk verständigen und die Behörden alarmieren, alle abgehenden internationalen Flüge zu überprüfen – inklusive private Charterflüge.«

Dann wandte sich die Richterin Brad zu, der seinen Platz hinter dem Rednerpult eingenommen hatte. »Sie können Ihre Befragung fortführen«, sagte sie im gelassensten Tonfall, den man sich vorstellen konnte.

* * *

Clarence stapfte aus dem Gerichtssaal und ging direkt zu den Münztelefonen. Die anderen Marshals konnten den Flughafen Norfolk anrufen. Er würde Bella Harper anrufen.

46

Die Zielperson der Fahndung der U. S. Marshals verfluchte den Verkehr, als sich ihr Wagen dem Hampton Roads Bridge Tunnel näherte. Barnes behielt seine Schimpfworte für sich. Sie befanden sich auf der Brücke, die sich über den Zufluss des Elizabeth River in die Chesapeake Bay wand, der Norfolk von Hampton trennte. Die PKWs, Geländewagen und Lastwagen reihten sich Stoßstange an Stroßstange hintereinander und kamen nur zentimeterweise vorwärts, soweit Barnes sehen konnte.

Die Brücke besaß zwei Spuren in jede Richtung, mit zwei getrennten Spannbrücken für den Fahrzeugverkehr nach Norden und den nach Süden. Die Fahrspuren nach Norden wurden links und rechts von schmalen Seitenstreifen begrenzt, die wiederum von knapp einen Meter hohen und sechzig Zentimeter breiten Betonmauern abgegrenzt wurden. Wenn der Fluss Hochwasser trug, schwebte die Brücke knapp zehn Meter über der Wasseroberfläche und sie war in regelmäßigen Abständen mit riesigen Betonsäulen untermauert, die die Straßen stützten und tief im Flussboden verankert waren. Die Brücke spannte sich ungefähr zwei Meilen über den Fluss, dann verschwand sie in einem Tunnel unter seiner Oberfläche. Wenn Barnes und Ahmed es auf die andere Seite des Tunnels schafften, waren sie in Hampton und auf bestem Weg zu ihrem wartenden Jet.

»Tu was, du Dummkopf!«, schrie der Saudi vom Rücksitz des Lincoln. »Wir verlieren wertvolle Zeit!«

Angetrieben von Ahmeds Wut schaltete Barnes die Warnblinkanlage an und kurbelte das Fenster herunter. Er fuhr von der linken Spur teilweise auf den linken Standstreifen, doch der dicke Lincoln schaffte es nicht an dem Auto vor ihnen vorbei, sodass sie auf der gelben Linie fuhren, die die Außenseite der linken Spur markierte. Er zog den Wagen so dicht an die Betonabgrenzung wie er sich traute, schrie aus dem Fenster und hupte. Langsam zogen die Fahrer vor ihm teilweise auf die rechte Spur hinüber, sodass er auf dem Standstreifen überholen konnte.

* * *

Weniger als eine halbe Meile hinter ihm ahmte Nikki Barnes' Fahrstrategie nach und gewann den rechten Standstreifen für sich. Die schmale Karosserie ihres Sebring machte es leichter, an den anderen vorbeizukommen und sie hatte ein gutes Alibi. Sie stopfte sich eine Jogginghose und ein T-Shirt aus ihrer Sporttasche in die Bluse. Dann hieb sie auf den Warnblinkerknopf, hielt die Hand auf die Hupe gedrückt und schrie, sie sei auf dem Weg ins Krankenhaus.

»Die Fruchtblase ist geplatzt! ... Vielen Dank! ... Ich muss ins Krankenhaus! ... Das Baby kommt! ... Danke!« Die Wagen teilten sich wie das Rote Meer, während sie auf dem rechten Standstreifen vordrang.

Ihr Telefon klingelte. »Was?«, schrie sie. Jetzt war nicht der richtige Zeitpunkt für einen Anruf. Sie hatte Barnes nicht mehr als fünfzehn Wagenlängen vor sich in Sichtweite.

»Ichabod hat einen Haftbefehl auf Ahmed ausgestellt«, gellte Bella in ihr Telefon. »Lassen Sie ihn nicht entkommen!«

»Das werde ich nicht, ich sehe ihn ... Entschuldigen Sie, Sir - ich muss ins Krankenhaus! Tausend Dank! ... Wie weit sind Sie hinter mir ...? Hey! Geh aus dem Weg! Ich muss ins Krankenhaus ... Beeilen Sie sich, Bella ...«

Nikki brauchte eine Pause und fand sie nur ein paar hundert Meter vor dem Tunnel. Barnes war hinter einem Kleinlaster eingekeilt und die zwei Kerle darin sahen aus, als hätten sie nicht vor, ihn vorbeizulassen. Barnes lehnte sich aus dem Fahrerfenster und schrie sie über seine Motorhaube hinweg an, befahl ihnen, aus dem Weg zu gehen, dies sei eine offizielle Regierungsangelegenheit.

Die Kerle gestikulierten und bewegten sich weiter auf den Standstreifen, um dem Lincoln den Weg zu versperren. Der Dickere von beiden stieg sogar aus, stellte sich auf den Standstreifen und fragte Barnes, ob er sich mit ihm anlegen wolle. Barnes schrie den Mann weiter an, blieb aber im Auto.

Auf dem Standstreifen gegenüber glitt Nikki an dem Lincoln und dem Kleinlaster vorbei.

Plötzlich nahm der Verkehr wieder Geschwindigkeit auf. Nikki warf einen Blick über die Schulter und sah, dass der Kleinlaster sich bewegte und dass der Lincoln hinter ihm fuhr. Es ging mit ungefähr fünfzehn Meilen die Stunde voran, doch Nikki kannte die launische Natur des Tunnelchaos und schätzte, dass die Autos in kürzester Zeit wieder fast in normaler Geschwindigkeit fahren konnten.

Wenn Barnes und Ahmed es auf die andere Seite des Tunnels schafften, waren sie nicht aufzuhalten. Mehrere Ausfahrten führten auf Hunderte von Straßen und Nikki war sicher, sie würde sie nie wiedersehen. Sie musste sie jetzt aufhalten.

Sie zog wieder auf die rechte Fahrspur hinüber. Der Verkehr bewegte sich jetzt mit ungefähr zwanzig Meilen die Stunde. Sie befand sich etwa vier Wagenlängen vor dem Lieferwagen und dem Lincoln, die sich auf der linken Spur ein klein wenig schneller bewegten. Nikki sprach ein kleines Gebet um Vergebung, dann tat sie es.

Sie riss das Steuer nach links, verpasste dem Auto neben sich eine Breitseite und drängte es gegen die Betonabsperrung der linken Fahrspur. Dann wich sie plötzlich nach rechts aus, zwang ihr Auto senkrecht in den Verkehr, auf die Betonbegrenzung auf der rechten Seite zu. Sie stieg auf die Bremse.

Im nächsten Moment, eine Millisekunde später, spürte sie das Rucken ihres plötzlichen Stopps, ihr Kopf wurde wie der einer Stoffpuppe herumgeworfen. Sie hörte das Geräusch von malmendem Metall und splitternden Scheinwerfern, Reifenquietschen und Hupen. Sie machte sich auf einen Seitenaufprall gefasst. Die zweite Kollision kam allerdings nicht. Die Autos hinter ihr kamen auf wundersame Weise nur Zentimenter vor ihrem Sebring zum Halten.

Nikki sprang aus dem Auto und besah sich den Schaden, den sie verursacht hatte. Das Auto, das sie gegen die Fahrbahnbegrenzung gedrängt hatte, war mit geringer Geschwindigkeit von hinten getroffen worden. Dieser Blechschaden, zusammen mit ihrem Auto, das quer über die rechte Spur und den Standstreifen stand, brachte den Verkehr komplett zum Erliegen. Es war nicht einmal eine Gasse frei, um hindurchzukommen. Die Insassen der anderen Wagen schienen unverletzt. Für den Bruchteil einer Sekunde erfüllte ihre Leistung Nikki mit Stolz.

Ihr Stolz machte jedoch schnell der Angst Platz. Barnes und Ahmed kamen auf sie zugerannt; Ahmed hielt eine große schwarze Pistole vor sich. Andere Fahrer stiegen ebenfalls aus ihren Autos und schrien jetzt Nikki an. In dem Chaos kam Ahmed immer näher ... dann duckte er sich.

Nikki bewegte sich auf die Straßenbegrenzung hinter ihrem Sebring zu. Sie deutete auf Barnes und Ahmed. »Die wollen mich umbringen!«, schrie sie, während sie sich zum Rand der Brücke zurückzog.

Während Ahmed sich duckte, streckte er beide Arme aus und zielte ruhig. Er war nicht mehr als fünf Meter entfernt. Der Lauf der Waffe sah riesig aus. Sie konnte hinter ihren Wagen tauchen, aber wenn sie das tat, war Barnes innerhalb von einer Sekunde über ihr.

Sie fühlte den Beton hinter sich, drehte sich, legte beide Hände auf die Mauer. Sie hörte Barnes »Halt!« schreien, während er näherkam.

Nikki sah mit Schrecken auf das aufgewühlte Wasser unter sich, dann dachte sie an die Pistole. Sie holte tief Luft, schwang die Beine über die Absperrung auf die Außenseite und stieß sich mit beiden Händen ab. Sie brachte die Beine zusammen, damit sie ins Wasser einschnitt.

Sie hielt den Atem an und machte sich darauf gefasst, zehn Meter in die Tiefe zu stürzen. Als sie die Augen schloss, hörte sie den Knall von Ahmeds Pistole.

* * *

»Lassen Sie uns zum Anfang zurückgehen«, schlug Brad vor. »Warum erklären Sie nicht die Umstände, die in diesem Fall zu Ihrem ersten Kontakt mit Mr. Aberijan führten?«

Leslie sah zur hinteren Wand, sammelte ihre Gedanken, dann wandte sie sich Brad zu. »An dem Tag, an dem ich erfuhr, dass Mr. Strobel versuchte, diesen Fall wegen Formfehlern abweisen zu lassen, hatte ich ein langes Gespräch mit Sarah. Ich erinnere mich, dass ich voller Wut darüber war, was die Verteidigung tat, aber Sarah war so vergebend und tolerant. Sie sagte mir, sie hege keinen Hass, weder gegen Mr. Aberijan noch gegen Mr. Strobel. Sie sagte, dass Hass nur den Hassenden zerstört.«

Sie sah Sarah bewundernd an und fuhr fort: »In der Nacht nach diesem Gespräch konnte ich nicht schlafen und dachte nur an meinen verstorbenen Mann und an Sarahs Verlust. In dieser Nacht beschloss ich, die Dinge selbst in die Hand zu nehmen.«

»Was taten Sie?«

»Ich hatte an einem Dokument mit dem Titel ›Vorläufige Strategie für Reed gegen Saudi-Arabien‹ gearbeitet. Es war eine Liste von Zeugen, Beweisen … solche Sachen. Offen gesagt war es die Art von Dokumenten, auf die die Verteidigung im üblichen Offenlegungsprozess ein Anrecht gehabt hätte, aber ich wusste, dass Mr. Aberijan das nicht wissen würde. Also nahm ich das Dokument und nahm alles Vertrauliche heraus, von dem ich nicht wollte, dass die andere Seite es sah, wie die Tatsache, dass wir Rashid

Berjein als Zeugen aufrufen würden, und schickte die gesäuberte Fassung zusammen mit einem Brief an Mr. Aberijan, in dem ich fünfzigtausend Dollar forderte und Instruktionen für die Überweisung auf ein Bankkonto auf den Caymans gab.«

»Wusste Mr. Aberijan zu diesem Zeitpunkt, wer Sie waren?«

»Ich glaube nicht. Der Brief war anonym.«

»Okay«, sagte Brad neugierig. »Wann haben Sie Mr. Aberijan zum zweiten Mal kontaktiert?«

»Das zweite Mal war, nachdem ich mich mit einem potenziellen Expertenzeugen namens Alfred Lloyd Worthington getroffen und ihn auf seine Aussage vorbereitet hatte …«

»Ich hätte es wissen müssen«, murmelte Brad.

»Was war das, Herr Anwalt?«, fragte Ichabod. Sie beugte sich jetzt vor; ihr Notizblock lag unberührt vor ihr.

»Nichts, Euer Ehren.«

Leslie fuhr fort. »Mr. Worthington war ein Lobbyist aus Washington und ehemaliges Kongressmitglied im Ausschuss für Auslandsbeziehungen. Er sollte darüber aussagen, wie der Staat Saudi-Arabien die Taten seiner Religionspolizei, der Muttawa, sanktionierte.«

»Euer Ehren, das ist doch lächerlich«, unterbrach Strobel. »Sie haben Worthington nicht in den Zeugenstand gerufen. Man sollte ihnen nicht erlauben, diese Zeugenaussage stellvertretend durch die heutige Zeugin einzubringen.«

»Ich stimme Ihnen zu«, sagte Ichabod. »Ms. Connors, unterlassen Sie es, die geplante Zeugenaussage von Mr. Worthington zu erläutern.«

»Ja, Euer Ehren«, sagte Leslie ohne Zögern. »Im Lauf unserer Vorbereitung auf seine Aussage erfuhr ich, dass Mr. Worthington in einem Fall von geringfügiger Körperverletzung, nachdem er seine Frau geschlagen hatte, die Aussage verweigert hatte. Ich wollte keinen Frauenschläger als Experten in einem Fall in den Zeugenstand rufen, in dem es um Anschuldigungen wegen Polizeigewalt durch Mr. Aberijan ging. Ich glaubte außerdem, dass die Verteidigung diese Information ebenfalls aufdecken würde, also beschloss ich, Mr. Worthingtons Zeugenaussage als meinen zweiten Köder zu benutzen.«

»Und wie, glaubten Sie, hätten wir das zu einem Teil unseres Falls gemacht?« Brads Frustration wurde langsam spürbar. Er hörte es nicht gern, wenn seine Experten als »Köder« bezeichnet wurden.

»Ich wusste«, sagte Leslie, »dass wir Worthington nicht mehr brauchen würden, wenn dieser Trick funktionierte. Und wenn er nicht funktionierte, konnten uns auch alle Worthingtons der Welt nicht mehr helfen. Ich wusste, dass es äußerst riskant war, aber es schien mir ein Risiko zu sein, das ich eingehen musste.«

Nein, das war es nicht, wollte er sagen. *Du musstest nicht darauf zurückgreifen, um zu gewinnen.* Aber er würde sie später dafür abmahnen.

»Wie benutzten Sie Worthingtons Aussage als Köder?«, fragte Brad und schickte damit seine Gedanken zurück zum Thema.

»Ich schickte einen zweiten anonymen Brief, der erklärte, dass Worthington eine Achillesferse habe, die man ausnutzen konnte. Ich erzählte Mr. Aberijan im Grunde von der Aussageverweigerung Worthingtons vor dem Bezirksgericht Alexandria. Ich sagte ihm, diese Information würde einhunderttausend Dollar kosten.«

Brad spürte, wie ihm die Hitze zu Kopf stieg. Es war ein Wunder, dass überhaupt noch etwas von dem Fall übrig geblieben war. »Was passierte bei Worthingtons eidlicher Aussage?«, fragte er.

»Mr. Strobel stellte ihm ein paar Fragen darüber, ob er je seine Frau geschlagen habe, und Worthington zog sich als Experte zurück«, fasste Leslie zusammen.

Richterin Baker-Kline beäugte Strobel. Das ließ sie nicht einfach so durchgehen. »Haben Sie Informationen, die nahelegen, dass Mr. Strobel Teil dieser Verschwörung war?«, fragte sie Leslie.

Leslie sah Strobel unverwandt an, dann runzelte sie die Stirn, während sie über ihre Antwort nachdachte. Der Ruf des Mannes stand auf dem Spiel und Brad spürte, dass Leslie zögerte. Im umgekehrten Fall hätte Strobel ihre schmutzige Wäsche, ohne zu zögern, in der Öffentlichkeit gewaschen. *Was wusste Leslie? Und was würde sie sagen?*

»Nein, überhaupt nicht«, sagte sie schließlich.

Außer einem leichten Entspannen der Schultern zeigte Mack Strobel keine sichtbare Reaktion.

»Was passierte als Nächstes?« Eine sichere Frage, da Brad keine Ahnung hatte, worauf die Zeugin hinauswollte.

»Ich beschloss, dass es Zeit war, die Falle für Mr. Aberijan zuschnappen zu lassen«, antwortete Leslie kühl.

»Wie haben Sie das getan?«

»Nun, ich dachte mir, der beste Ort, einen so gefährlichen Mann wie Mr. Aberijan zu treffen, wäre ein öffentlicher Ort mit viel Polizei. Also wählte ich das Bezirksgericht Norfolk. Ich schickte ihm einen Brief und sagte ihm, er solle mich dort an einem bestimmten Tag allein treffen. Er sollte ein paar Funksender mitbringen, damit ich unser Büro verwanzen konnte.«

»*Was* haben Sie gemacht?«, fragte Brad überrascht, die Augenbrauen ungläubig hochgezogen.

»Sie erinnern sich bestimmt, dass wir nach dem Zwischenfall mit Worthington alle paranoid waren und beschlossen, dass wir unsere Bürotelefone nicht mehr für vertrauliche Gespräche benutzen würden. Wir beauftragten einen Privatdetektiv, Patrick O'Malley, das Büro auf Abhörgeräte abzusuchen. Er kam dazu jeden Morgen vorbei. Ich dachte, ich bräuchte etwas, um Mr. Aberijans Vertrauen zu festigen, damit er nicht auf die Idee käme, dass ich ihn hereingelegte. Ich wusste, dass er, wenn ich ein paar Wanzen in unsere Bürotelefone platzierte, nichts weiter hören würde als harmlose Informationen. Ich wusste außerdem, dass er dann keinen Verdacht mehr hegen würde, das Ganze könnte eine Falle sein. Und schließlich wusste ich, dass ich die Sender einfach jeden Morgen, wenn O'Malley weg war, wieder anbringen und jeden Abend entfernen konnte.«

»Ich dachte, Sie hätten gesagt, O'Malley wüsste es bereits.«

»Sie greifen der Geschichte vor.«

»Dann sagen Sie uns, was bei diesem Treffen geschah.«

»Wir hatten ein sehr kurzes Gespräch. Als ich Mr. Aberijan zu dem Treffen einlud, sagte ich ihm, ich hätte einen Plan, um unsere beste noch verbleibende Expertin, Dr. Nancy Shelhorse, auszuschalten. Ich sagte ihm, der Preis dafür sei einhunderttausend Dollar. Bei dem Treffen gab er mir drei Kurzwellen-Funksender. Er sagte mir, er halte das für keine gute Idee. Ich glaube, seine Worte waren ungefähr: ›Halten Sie die wirklich für nötig?‹ Aber ich versicherte ihm, ich wüsste, was ich tat, und ging.«

Brad fiel es schwer zu glauben, was er da hörte. Von dem Moment an, als er Leslie am Abend zuvor beim Marriott gesehen hatte, hatte er angenommen, dass sie dafür verantwortlich war, dass Shelhorse von der Befragung abgehalten wurde. Doch er hatte sich die Hoffnung zugestanden, es sei nicht so. Jetzt drang die Realität in sein Bewusstsein und er war wie benommen.

»Aber Sie haben immer noch nicht mit mir darüber gesprochen.«

»Ich fing an, nervös zu werden, mir wurde klar, dass ich all dem ganz und gar nicht gewachsen war. Ich spielte ein gefährliches Spionagespiel mit einem kaltblütigen Mörder. Ein Teil von mir wünschte sich verzweifelt, Ihnen alles zu sagen, aber es war wichtiger, Sie zu schützen und Sie aus diesem Albtraum herauszuhalten, den ich geschaffen hatte.« Leslie biss sich auf die Unterlippe und schwieg. »Ich wollte dich nicht verlieren.«

Brad sah auf das Rednerpult hinab. Er fühlte sich ziemlich unbehaglich dabei, solch private Themen offen vor Gericht zu besprechen. Er ermahnte sich, bei nichts als den Tatsachen zu bleiben und es Leslie zumindest etwas leichter zu machen.

»Was geschah dann?«

»Ich brauchte mehr Beweise, bevor ich zu den Behörden gehen konnte«, sagte sie und gewann ihre kühle Professionalität wieder, die für ihre bisherige Aussage charakteristisch gewesen war. »Aber meine Pläne begannen sich am dritten Prozesstag zu entwickeln.«

»Was meinen Sie damit?«

»Mr. Aberijan kam im Aufzug auf mich zu und gab mir eine Notiz. Darin verlangte er Details über meinen Plan, was ich mit Shelhorse machen wollte. Er verlangte außerdem ein Treffen am folgenden Freitag um 8.30 Uhr im Bezirksgericht Norfolk. Außerdem wollte er seine Sender zurück. Seine Unverfrorenheit machte mir Angst, aber die Notiz genügte mir, um zur Staatsanwaltschaft zu gehen. Das Problem war, dass ich nach diesem Tag nach der Verhandlung vor allen anderen im Büro sein musste, um die Sender an mich zu nehmen. Als ich ins Büro zurückkam, war Patrick O'Malley da. Statt seiner üblichen Kontrolle am Morgen hatte er seine Suche nur ein paar Minuten vor meiner Ankunft am Nachmittag durchgeführt. Natürlich hatte er die Geräte gefunden, die ich benutzte.«

»Was taten Sie?«, fragte Brad. Es fiel ihm immer noch schwer zu glauben, dass sein alter Freund O'Malley ebenfalls darin verwickelt war.

»Ich nahm Mr. O'Malley mit in den Konferenzraum und sagte ihm alles. Er war einverstanden, es geheimzuhalten und mir zu helfen, wenn ich versprach, am nächsten Tag zu den Behörden zu gehen. Er wurde mein Partner bei meiner verdeckten Ermittlung.«

»Gingen Sie zu den Behörden?«

»Ja. Am nächsten Tag gingen Mr. O'Malley und ich zu Ms. Bennett. Sie versprach mir Immunität und dass ich in diesem Fall aussagen dürfte, bevor sie Mr. Aberijan verhaften ließ. Die Bedingung war aber, dass Mr. Aberijan mit stichhaltigen Beweisen geschnappt würde und dass ich mit niemandem über diese Operation sprechen durfte.« Leslie hielt inne und warf Bennett einen Blick zu, dann wandte sie sich wieder an Brad. »Sie eingeschlossen.«

Brad war nicht überrascht. Bennett hatte ihn nie besonders gemocht.

»Was passierte, als Sie sich das zweite Mal mit Mr. Aberijan trafen?«

»Ich ging zu dem Treffen mit Mr. Aberijan«, erklärte Leslie, »und wusste, dass er mich irgendwie nach Wanzen absuchen würde. Aber ich wusste auch, dass ich die drei Transmitter zurückgeben würde, die er mir ursprünglich gegeben hatte. Mr. O'Malley fand einen Weg, die Frequenz von Mr. Aberijans Kurzwellensendern anzuzapfen. Also positionierte sich Mr. O'Malley vor dem Gerichtsgebäude, hörte unser Gespräch ab und nahm jedes Wort auf.«

»Was geschah dabei?«

»Mr. Aberijan unterstellte mir, ich sei verkabelt. Ich gab ihm einfach die drei Transmitter. Er war sehr grob mit mir. Er hielt mich am Arm fest und riss mich herum. Er wollte den Plan für Shelhorse wissen.«

»Was haben Sie ihm gesagt?«

Leslie zögerte. Im Gerichtssaal hätte man eine Stecknadel fallen gehört. »Ich sagte ihm, ich könne einen der Geschworenen kaufen«, sagte sie.

Brad sah rechtzeitig zur Geschworenenbank hinüber, um zu sehen, wie der Geschworene 4 kreidebleich wurde.

»Und was war seine Antwort?«, fragte Brad widerstrebend. Er war sich nicht mehr sicher, ob er es wissen wollte. Das Ganze wurde mit jeder Minute bizarrer.

»Er wollte wissen, welchen Geschworenen«, sagte Leslie. »Er sagte, sie hätten schon einen.«

»Einspruch«, verkündete Strobel, der sich nicht länger zurückhalten konnte. »Das ist himmelschreiendes Hörensagen.«

»Nein, das ist es nicht«, konterte Brad. »Es ist ein Geständnis einer Gegenpartei. Abgesehen davon gibt es das alles auf Band. Ich lasse die nötige Ausrüstung hereinbringen und spiele das Band ab, wenn es sein muss.«

»Im Moment besteht dazu keine Veranlassung«, sagte Ichabod. Sie schien begierig, den Rest dieser Aussage zu hören. »Wir spielen das Band später ab. Aber diese Zeugin hat das Recht, aus ihrer Erinnerung über das Gespräch und die folgenden Eingeständnisse eines Prozessgegners auszusagen. Einspruch abgelehnt.«

»Darf ich fortfahren?«, fragte Leslie.

»Bitte«, gestattete die Richterin.

Brad schien es, als zeige Ichabod einen winzigen Anflug von wachsendem Respekt für diese Zeugin. Vielleicht gefiel ihr ihre mutige Suche nach der Wahrheit. Vielleicht gefiel ihr die Tatsache, dass Leslie all das hinter Brads Rücken getan hatte. Vielleicht mochte sie auch nur die Vorstellung einer einfallsreichen jungen Frau, die einen erfahrenen und mächtigen Mann überlistete. Doch was immer ihre Stimmungsänderung verursachte: Ichabod war schlicht fasziniert von dieser Zeugenaussage.

»Mr. Aberijan sagte mir, er habe bereits einen Geschworenen in der Hand. Also fragte er mich, um welchen ich mich kümmerte, um sicherzugehen, dass es nicht derselbe war.«

»Für Eindeutigkeit im Protokoll«, unterbrach sie Brad: »Hatten Sie bis zu diesem Zeitpunkt tatsächlich schon mit einem Geschworenen gesprochen oder haben Sie seither mit einem Geschworenen gesprochen?« Er hielt den Atem an.

»Nein«, sagte Leslie.

Brad atmete aus. »Was sagten Sie Mr. Aberijan?«

»Ich wusste, ich musste raten.« Leslie drehte sich leicht auf ihrem Sitz und sah die Geschworenen direkt an. Die meisten von ihnen verschränkten die Arme und sahen streng drein. »Aufgrund der offensichtlichen Körpersprache während des Prozesses nahm ich an, dass der Geschworene 4 fest auf ihrer Seite war. Also nannte ich ihn nicht. Offen gesagt nahm ich an, dass er derjenige war, den Ahmed schon ›besaß‹.« Sie richtete einen anklagenden Blick auf das blasse Gesicht von Zeke Stein. Er hatte die Arme verschränkt und starrte zurück.

»Der eine Geschworene, der den ganzen Prozess über unmöglich einzuschätzen war – derjenige, der einfach nur alles stoisch und ungerührt über sich ergehen ließ – war der Geschworene Nummer 6. Ich kam zu dem Schluss, wenn ich es bemerkt hatte, musste es auch Mr. Aberijan bemerkt haben. Also war es glaubwürdig, wenn ich den Geschworenen Nummer 6 wählte, solange er nicht sowieso schon auf seiner Seite stand. Das war meine Einschätzung. Und Ahmed akzeptierte es.« Sie wandte sich direkt an den Geschworenen Nummer 6. »Es tut mir leid, Sir«, sagte sie.

Der Geschworene 6 nickte fast unmerklich, sein Gesichtsausdruck blieb unbewegt.

Strobel sprang auf die Füße. »Einspruch!«, brüllte er. »Das ist höchst regelwidrig und ich beantrage die Einstellung des Verfahrens wegen schwerer Verfahrensverstöße!«

»Einspruch stattgegeben«, sagte Ichabod. »Bitte streichen Sie Ms. Connors Entschuldigung aus dem Protokoll. Was die Verfahrensverstöße angeht, ist mir klar, warum Sie das Verfahren einstellen lassen wollen; Sie haben allerdings kein Recht darauf.«

Plötzlich dämmerte Brad etwas.

»Ms. Connors, wie haben Sie zu diesen Gelegenheiten mit Mr. Aberijan kommuniziert? Ich hatte bisher den Eindruck, er verstünde kein Wort Englisch?«

Leslie lächelte zum ersten Mal, seit sie den Zeugenstand betreten hatte. »Ich dachte, Sie würden nie fragen«, sagte sie. »Der Mann spricht fast perfektes Englisch. Sie werden es auf dem Band selbst hören.«

»Was werden wir auf dem Band noch hören?«, fragte Brad.

»Zwei andere wichtige Dinge«, bemerkte Leslie ruhig. »Das Erste ist mein Hinweis auf ein Treuhandkonto bei einer Schweizer Bank. Ich nannte es meine Lebensversicherung, aber in Wirklichkeit war es ein Mittel, um Mr. Aberijan zu zeigen, dass ich nicht allein agierte. Ich verlangte, dass hundert Millionen Dollar auf einem Schweizer Konto deponiert würden, das einem Treuhandvertrag unterliegt, der wiederum von einer hochrangigen saudischen Amtsperson außer Mr. Aberijan unterzeichnet werden sollte. In dem Treuhandvertrag sollte festgelegt sein, dass im Falle meines Todes mein Testamentsvollstrecker meinen Tod untersuchen würde. Wenn er zu dem Schluss kam, dass ich ermordet wurde, würden die hundert Millionen an Sarah Reed und ihre Kinder gehen. Wenn er zu dem Schluss kam, dass ich eines natürlichen Todes gestorben war, sollten die hundert Millionen an den Staat Saudi-Arabien zurückgehen.«

»Fantastisch!«, sagte Brad ohne nachzudenken. *Das war wirklich eine brillante Idee.* »Und wurde der Treuhandvertrag je unterschrieben?«, fragte er.

»Ja. Er wurde mir beim letzten Treffen, das ich mit Mr. Aberijan hatte, übergeben. Das war erst gestern Abend. Mr. O'Malley müsste in ein paar Minuten eine Kopie davon herbringen. Er wird außerdem ein Fax dabeihaben, das den Kontostand des Schweizer Kontos nach einer Überweisung von einhundert Millionen Dollar heute Morgen anzeigt.«

Brad gestattete sich ein leichtes Lächeln. *Dieses Mädchen denkt an alles!*

»Und der zweite interessante Punkt?«

»Nach unserem Treffen hatte Mr. Aberijan die Transmitter und sie sendeten natürlich immer noch. Nachdem er den Gerichtssaal verlassen hatte, rief er einen anderen Gentleman an und befahl diesem, herauszufinden, wer mein Testamentsvollstrecker war.« Sie neigte den Kopf zur Seite, während sie Brad ansah. *Bist du bereit dafür?*, fragte ihr Blick. Er nickte.

»Sie werden hören, wie Ahmed Aberijan den Mord sowohl an mir als auch an meinem Testamentsvollstrecker innerhalb eines Tages nach dem Urteil der Geschworenen befiehlt.«

Ein kollektives Luftschnappen ging durch den Gerichtssaal. Reporter, nicht mehr länger in der Lage, sich zurückzuhalten, hasteten zu den Türen. Die übrigen Zuschauer sprachen alle gleichzeitig und Ichabod hatte Mühe, die Ruhe im Gerichtssaal wieder herzustellen, indem sie wie wild mit ihrem Hammer klopfte.

»Wir brauchen die nötigen technischen Geräte hier, um dieses Band anzuhören«, blaffte sie ihren Gerichtsdiener an. »*Sofort!*«

* * *

In der allgemeinen Aufregung wurde Mack Strobel weitgehend ignoriert. All die Jahre an Erfahrung hatten ihn darauf nicht vorbereitet. Rasch hatte er eine schockierende Enthüllung nach der anderen aufgenommen. Und jetzt würde er gleich seinem Mandanten zuhören, wie er Geschworenenbeeinflussung und den Auftrag für zwei Morde zugab – alles auf Band. Jeder andere Anwalt hätte seine Koffer gepackt. Doch nicht Mack Strobel. Sein Gesicht blieb unbewegt.

»Ihr werdet schon sehen – der alte Hund hat noch einen Trick auf Lager«, murmelte er vor sich hin.

Aber es würde schwierig werden, wenn es eine Bandaufnahme gab.

47

Nikki Moreno hörte den Schuss, spürte aber nichts als das Hochgefühl ihres freien Falls. Sie hatte keine Zeit, dankbar zu sein. Im nächsten Moment tauchte sie in die dunklen Tiefen des Elizabeth River ein. Das eiskalte Wasser stach wie Millionen von Nadeln und nahm ihr den Atem.

Sie schien unendlich tief zu sinken, dann gewann sie ihre Geistesgegenwart zurück und ruderte mit Armen und Beinen, um wieder an die Oberfläche zu gelangen. Sie trat und zog, trat und zog, aber das Wasser über ihr blieb schwarz. Sie hatte keine Luft mehr, trat und paddelte trotzdem immer weiter.

Endlich … die Oberfläche.

Keuchend tauchte sie auf, eingeschnürt von der Kälte. Sie sah rasch nach oben, gerade rechtzeitig, um zu sehen, wie Barnes sich über die Betonabsperrung beugte. Ahmed gesellte sich dazu; seine Pistole war auf sie gerichtet. Sie holte tief Luft und tauchte.

Die Kugel machte ein kurzes, zischendes Geräusch, als sie ins Wasser eindrang. Sie musste ihren Kopf nur um Zentimeter verfehlt haben. Sie hatte keine Chance, ausreichend Luft in ihre Lungen zu füllen, doch sie zwang sich tiefer und begann, unter Wasser auf die Betonsäulen direkt unter der Brücke zuzuschwimmen. Wenn sie es nur bis zu den Säulen schaffte und auf die andere Seite der Brücke gelangen konnte, würde sie vielleicht überleben.

Ihre Lungen gaben auf, bevor sie die Säulen spürte. Nikki tauchte kurz auf, würgte von dem Salzwasser und sah nach oben. Ahmed war fast direkt über ihr und hatte ihre Bewegung vorhergesehen. Er zielte mit der Pistole direkt auf ihren Kopf und ließ ein boshaftes Lächeln aufblitzen.

* * *

Rashid und Bella steckten im Stau fest. Wie die anderen hatten sie versucht, sich auf den Standstreifen am Verkehr vorbeizuschlängeln, doch sie hatten nicht viel Erfolg gehabt. Bella begann, frustriert auf das Lenkrad einzuschlagen. Rashid sah sie an, spähte an der Autoschlange entlang, deutete auf sich selbst, dann nach vorn. Er sprang aus dem Auto und sprintete an dem stehenden Verkehr entlang.

Bella rief ihm nach, doch Rashid drehte sich nicht um. Fast hätte sie geflucht; stattdessen biss sie sich auf die Zunge. Sie sprach ein schnelles Gebet, schaltete die Warnblinkanlage an, fischte die Pistole aus ihrer Handtasche, wälzte sich aus dem Auto und hastete Rashid schwerfällig hinterher.

* * *

Rashid hörte die Hupen, während er lief. Aus der Ferne hörte er die Schreie zwischen Barnes und den Männern im Kleinlaster. Ein paar Sekunden später hörte er das Knirschen von Metall und das Splittern von Glas. Er sah die Verwüstung, die Nikkis Kamikazemanöver angerichet hatte. Als er sich dem Schauplatz näherte, bekam er mit, wie Barnes und Ahmed aus ihrem Auto stiegen und auf Nikki zurannten. Er sah, wie Barnes weiterlief und wie Ahmed sich duckte. Dann sah er Nikki springen.

Als sie Ahmed feuern sahen, duckten sich die gaffenden Autofahrer in ihren Wagen oder sprangen dahinter in Deckung. Ahmed lief zum Rand der Brücke und beugte sich über die Betonmauer. Barnes stand neben ihm, sah ebenfalls über die Kante und suchte das Wasser ab. Während er weiterlief, sah Rashid Ahmed zielen und einen Schuss auf das Wasser unter sich abgeben.

Noch ein paar Schritte und Rashid umrundete das Heck von Nikkis Wagen, nur knapp neben Barnes und Ahmed. Der Leiter der Muttawa hob seine Pistole erneut und zielte. Rashid sprang und landete mit der Schulter direkt in Ahmeds breitem Rücken. Er krachte mit dem ganzen Körper gegen den größeren Mann, wodurch dieser die Pistole losließ, die zu Nikki im Fluss unter ihnen hinabfiel. Der Stoß brachte auch Ahmed aus dem Gleichgewicht und stieß ihn gegen die Betonabsperrung. Beide Männer fielen hart auf den Asphalt, über- und untereinander, die Arme, Beine und Oberkörper ineinander verschränkt.

* * *

Ahmed schüttelte Rashid ab und kam taumelnd auf die Füße. Rashid stand halb auf, in der Hüfte noch abgeknickt, eine Hand auf dem Knie. Ahmed trat auf den kleineren Mann zu und versetzte ihm mit dem Unterarm einen heftigen Schlag ins Gesicht, der ihn auf den Rücken warf. Er spuckte ihn an, dann wandte er sich um, um wieder über die Brückenkante zu schauen.

Nikki war verschwunden.

Er starrte ins Wasser, wartete, dass sie auftauchte. Doch sie war nirgends zu sehen.

Ahmed wandte sich wieder Rashid zu, der rücklings auf dem Asphalt lag, wieder hochzukommen versuchte und den Kopf schüttelte, um die Benommenheit loszuwerden. Ahmed trat vor, buchstäblich mit Schaum vor dem Mund. Ein harter Tritt direkt in Rashids Kiefer würde dem Mann das Genick brechen wie einen dürren Zweig.

Die anderen Autofahrer hielten sich noch immer auf Distanz. Barnes trat ebenfalls zurück. Er wusste, die rechte Hand Mohammeds war unmöglich aufzuhalten.

»Flehe!«, schnaubte Ahmed, während er über Rashid aufragte. Er wiederholte den Befehl auf Arabisch.

Er wartete, als Rashid zu ihm aufsah. Doch diesmal war keine Furcht in Rashids Augen. Nur Verachtung.

»Niemals«, antwortete Rashid leise auf Arabisch.

»Flehe!«, brüllte Ahmed, entschlossen, die Angst zu riechen, bevor er tötete. »Winsle wie ein Hund!«

Rashid starrte in entschlossenem Schweigen zurück.

Ahmed spannte sämtliche Muskeln an und zog sein kräftiges Bein an.

* * *

»Keine Bewegung!«, schrie Bella mit schriller, atemloser Stimme. Sie war immer noch mehrere Meter entfernt, schnaufend und keuchend, doch sie hielt die kleine Beretta fest in der Hand und richtete sie direkt auf Ahmed. In all der Aufregung konnte sie sich nicht erinnern, ob sie die Sicherung ordnungsgemäß gelöst hatte.

Ahmed entspannte sein Bein und wandte Bella einen geringschätzigen Blick zu. Er starrte sie eine Sekunde an, schätzte die Frau ab und begann, langsam auf sie zuzugehen. Ihre Hände zitterten, während sie versuchte, sich an den Schießunterricht zu erinnern, den sie vor so langer Zeit genommen hatte.

»Noch ein Schritt und ich puste Sie weg!«, schrie sie. Es sollte knallhart klingen, kam aber weniger wie ein Kommando, sondern mehr wie ein Quieken heraus.

Ahmed kam weiter auf sie zu.

»Ich meine es ernst!«, gellte sie.

Er war kaum mehr als fünf Meter entfernt. Noch ein paar Schritte und er konnte sich auf sie stürzen.

Sie beschloss, ihm Angst einzujagen, indem sie ihm vor die Füße schoss. Um ihm zu zeigen, dass mit ihr nicht zu spaßen war. Sie zielte, schloss die Augen und drückte ab.

Zugleich riss sie in letzter Sekunde den Arm hoch.

Bella hörte den Aufprall der Kugel, das Reißen von Fleisch, das Knacken von Knochen und einen Schrei aus voller Kehle. Sie öffnete die Augen und sah, wie Ahmeds rechtes Knie einknickte. Sie beobachtete mit Entsetzen, wie Blut aus seinem Hosenbein auf den Asphalt floss.

Sie schwang die Waffe zu Barnes herum, der ein paar riesige Schritte rückwärts machte, ohne Bella aus den Augen zu lassen. Dann begannen ihre Hände unkontrolliert zu zittern und sie ließ die Pistole fallen. Sie brach zusammen und schluchzte.

* * *

Rashid war immer noch benommen, besaß aber die Geistesgegenwart, sich Bellas Waffe zu schnappen. Er bedeutete Barnes damit, sich neben seinen verletzten Partner zu stelllen. Dann, mit der kleinen, aber tödlichen Beretta immer noch auf die beiden Männer gerichtet, umrundete Rashid sie langsam und schob sich zum Rand der Brücke.

Während er seine neuen Gefangenen im Auge behielt, lehnte sich Rashid leicht über die Betonabsperrung und schrie zum Wasser hinunter.

»Alles in Ordnung!«, schrie er auf Arabisch.

* * *

Im nächsten Moment streckte Nikki ihren Kopf hinter einem der Betonpfeiler hervor.

»Alles in Ordnung!«, schrie sie auf Arabisch zurück und sah ungläubig in das lächelnde Gesicht Rashids über sich. Ihre Lippen wurden langsam taub und sie zitterte in dem kalten Wasser, aber sie konnte noch eine Weile durchhalten. Jetzt hatte sie Hoffnung.

Und sie konnte das wundervolle Geräusch von heulenden Sirenen in der Ferne hören.

* * *

Ichabod und die Geschworenen rührten sich kaum, während sie Ahmed zuhörten, wie er auf Band in perfektem Englisch über den Geschworenen prahlte, den er »in der Hand« habe. Sie hörten, wie er die Bedingungen für die Zahlung dafür aushandelte, dass Nancy Shelhorse aus dem Fall gekegelt wurde und dass das Urteil positiv für die Verteidigung ausfiel. Und sie starrten ungläubig auf das Tonbandgerät, hörten Ahmed angestrengt zu, als er den Mord an Leslie und ihrem Testamentsvollstrecker befahl. Es war schwer, alle Worte zu verstehen, aber ein urteilsfähiger Zuhörer konnte deutlich hören, wie Ahmed die Todesurteile aussprach.

Ichabod ließ Brad das Band drei Mal zurückspulen und erneut abspielen. Die Aufnahme änderte vieles für Brad. Er konnte das Zittern in Leslies Stimme hören, als sie versuchte, sich vor Ahmed mutig zu geben. Er konnte den geschäftsmäßigen Tonfall von Ahmed hören, als er die Morde befahl. Ihm wurde zum ersten Mal bewusst, wie viel Leslie riskiert hatte. Seine Gedanken drehten sich nicht länger um sich *selbst* – warum hat sie es *mir* nicht gesagt? Warum hat sie *mich* angelogen? Seine Gedanken wandten sich *ihr* zu – der Gefahr, in der *sie* schwebte. Der Druck, unter dem *sie* stand. Die Genialität *ihres* Plans.

Als es zum dritten Mal durchgelaufen war, reihte Brad das Band in seine Beweise ein und Beweisstück Nummer 63 wurde offiziell Teil des Falls.

Leslie erklärte, wie sie und O'Malley Shelhorses Zeugenaussage verhindert hatten. Es war O'Malley, sagte sie, der die E-Mail von Nikkis Computer verschickte. Und es war O'Malley, der eine Nachricht des Anrufbeantworters löschte, die Shelhorse später an diesem Tag hinterlassen hatte.

Die Geschworenen waren immer noch fest auf die Zeugin konzentriert und Brad lenkte ihre Aufmerksamkeit auf die vergangene Nacht und ihr Treffen mit Ahmed. Er ließ Leslie das Treffen beschreiben und wie sie schließlich den vom saudischen Minister für öffentliche Sicherheit unterschriebenen Treuhandvertrag erhalten hatte. Leslie erzählte den Geschworenen von ihrer bizarren Begegnung mit Frederick Barnes vor dem Marriott.

»Was passierte, als Mr. Barnes ging?«

»Der Parkservice brachte meinen Wagen. Er steckte mir eine Notiz zu, als er mir die Tür öffnete.«

»Von wem?«

»Von Mr. O'Malley. Darin stand, dass Abhörgeräte in meinem Auto und Handy angebracht worden seien, während ich mich mit Ahmed traf. Ich sollte vorsichtig sein, was ich sage.« Sie hielt inne, ihre Lippen formten eine dünne, besorgte Linie. Die Ereignisse der letzten Nacht schienen sie am meisten zu quälen. »Als ich später am Abend mit Mr. O'Malley telefonierte, ließen wir es beide so aussehen, als würden wir wirklich ein positives Urteil für die Verteidigung kaufen und dann die Stadt verlassen.«

Brad schwieg einen Moment und dachte über seine nächste Frage nach. Ein Teil von ihm wollte sie noch einmal durch die Konfrontation des vergangenen Abends zerren, sie bitten, dass sie noch einmal erklärte, warum sie ihn angelogen hatte, damit ihr klar wurde, wie sehr sie ihn verletzt hatte. Doch ein anderer Teil von ihm, der Teil, der ihre Nervosität unter der kühlen Maske sah, der Teil, der die roten Flecken an ihrem Hals bemerkte, der Teil, der sie *liebte*, wollte ihr noch mehr Schmerzen ersparen. Sie hatte genug durchgemacht. Sie hatte es für ihn getan, für den Fall.

Es war kein Wettkampf.

»Lassen Sie mich Ihre Aufmerksamkeit weg von den Ereignissen der letzten Nacht lenken«, nahm Brad seine Befragung wieder auf, »und hin zu dem Treuhandvertrag.«

Er studierte Leslies Reaktion sorgfältig, doch statt Erleichterung, wie er erwartet hatte, sah er ihre Fassung bröckeln, als ihr augenblicklich das Blut aus dem Gesicht wich. Es war derselbe Blick, den Brad am ersten Prozesstag gesehen hatte, als Leslie ihm sagte, dass sie Ichabod als ihre Richterin gezogen hatten.

* * *

Leslie sah zufällig zur Rückseite des Saals, als O'Malley eintrat. Ein kurzes Kopfschütteln seinerseits sagte ihr alles, was sie wissen musste. Es war

O'Malleys Aufgabe, ein Fax des Kontoauszugs des Schweizer Bankkontos zu besorgen, um die Überweisung von hundert Millionen Dollar zu beweisen. Sein niedergeschlagener Blick, ein Blick, den Leslie nie zuvor auf seinem Gesicht gesehen hatte, machte deutlich, dass es ihm nicht gelungen war.

Die ganze Arbeit ruiniert. Die Planung. Das Risiko. Dass ich meine Beziehung mit Brad aufs Spiel gesetzt habe. Alles umsonst, wenn ich nicht beweisen kann, dass das Geld auf dem Konto ist. Was wird Strobel davon abhalten zu argumentieren, dass Ahmed die Unterschrift gefälscht und allein gehandelt hat? Der Staat Saudi-Arabien ist aus dem Schneider.

Gott, drück ein Auge zu! Nur einmal. Für Sarah.

O'Malley ging den Mittelgang entlang, flüsterte Brad etwas ins Ohr, dann reichte er ihm zwei Dokumente. Danach setzte sich der Privatdetektiv verdrießlich auf einen Platz in der ersten Reihe.

Brad klebte Beweismittelaufkleber auf die Dokumente, dann sah er zu Leslie auf. Sie erwartete Panik in seinem Blick, sah aber keine. Nicht einmal ein Anflug von Enttäuschung. Leslie hatte diesen Blick schon einmal gesehen – bei ihrer hypothetischen Verhandlung. *Vertrau mir,* sagte er. *Sehr gerne,* lächelte sie zurück.

»Ich würde gerne zwei Dokumente als neue Beweise einreichen«, sagte Brad. »Das erste ist ein unterschriebener Treuhandvertrag, das zweite ist das Fax einer Bankauskunft über den Kontostand eines Schweizer Bankkontos, das diesem Vertrag unterliegt.«

Mack Strobel sprang auf. Brads Augen blitzten. »Einspruch!«, brüllte er. »Wie kann diese Zeugin sich für diese Dokumente verbürgen, die Mr. Carson gerade erst ausgehändigt wurden? Er hat nicht einmal nachgewiesen, dass sie sie je vorher gesehen hat!«

Brad breitete protestierend die Hände aus. »Das liegt daran, dass ich keine Gelegenheit dazu hatte.«

Richterin Baker-Kline sah Leslie über ihren Brillenrand hinweg an. »Sagten Sie nicht, Mr. Aberijan gab Ihnen den unterschriebenen Treuhandvertrag gestern Abend?«

»Ja, Ma'am.«

»Und diesen Kontoauszug, haben Sie den vorher schon gesehen?«

Leslie zögerte und seufzte. Als Kunstpause. »Nein, Euer Ehren«, antwortete sie düster, »das habe ich nicht.«

»Dann gebe ich dem Einspruch zum Kontoauszug statt und weise den Einspruch zu dem unterschriebenen Treuhandvertrag ab.«

»Aber, Euer Ehren …«, protestierte Brad.

Ist er verrückt geworden?, fragte sich Leslie.

»Mr. Carson«, schnitt ihm Ichabod das Wort ab. »Ich habe entschieden.«

Brad blickte finster drein. »Ja, Euer Ehren. Nach der Einführung dieses Beweises gebe ich die Zeugin weiter.«

* * *

Brad reichte dem Gerichtsdiener den Treuhandvertrag. Er nahm wieder Platz und legte den Kontoauszug, der zeigte, dass nicht ein Penny auf dem Schweizer Bankkonto eingezahlt worden war, auf den Tisch vor sich. Beiläufig legte er einen Notizblock darauf.

Mack Strobel, der vollendete Selbstdarsteller, erhob sich langsam und runzelte die Stirn. Er setzte eine leidende Miene auf, als habe er eine schwerwiegende Ankündigung zu machen zu einem Thema, das ihn heftig plagte.

»Bevor ich mit meinem Kreuzverhör beginne, habe ich einen Antrag zu stellen.« Er schob ein paar Papiere herum, dann sah er zu Ichabod auf. »Von Beginn dieses Falles an hatte ich meine Zweifel, ob ich sowohl Mr. Aberijan persönlich als auch den Staat Saudi-Arabien angemessen vertreten kann, ohne einen ernsten Interessenskonflikt zu schaffen. Ich warnte Mr. Aberijan schon bei unserem ersten Treffen davor.«

Er machte eine effektvolle Pause und Brad verdrehte die Augen in der Hoffnung, dass einer der Geschworenen hersah.

»Jetzt wurde deutlich, dass ich nicht länger beide Angeklagten gleichzeitig vertreten kann. Deshalb beantrage ich die Erlaubnis des Gerichts, mich aufgrund eines unvermeidlichen Interessenskonflikts als Anwalt von Mr. Aberijan zurückziehen zu dürfen. Von jetzt an kann ich nur noch den Staat Saudi-Arabien vertreten.«

»Ich kann verstehen, warum Sie sich als Mr. Aberijans Anwalt zurückziehen wollen«, kommentierte Ichabod. »Und da er nicht hier ist, um Einspruch zu erheben, wird Ihrem Antrag stattgegeben. Das bedeutet aber nicht, dass dieses Gericht die Verhandlung auch nur um eine Minute vertagt, damit er sich einen neuen Anwalt suchen kann. Ist das klar, Mr. Strobel?«

»Ja, Euer Ehren, und danke für Ihre Nachsicht«, antwortete Strobel. Dann nahm er seinen Platz hinter dem Rednerpult ein und wandte sich an Leslie.

»Haben Sie je mit dem saudi-arabischen Minister für öffentliche Sicherheit über diesen Fall gesprochen?«

»Nein.«

»Oder mit jemand anderem aus Saudi-Arabien außer Mr. Aberijan?«

»Ja, ich habe mit Mr. el-Khamin gesprochen.«

»Irgendjemand außer Mr. el-Khamin? Was ich meine, ist: Haben Sie je mit Amtsträgern der saudi-arabischen Regierung darüber gesprochen?«

»Nein.«

»Und haben Sie auch nur eine authentische Unterschrift des Ministers für öffentliche Sicherheit gesehen, um sie mit der angeblichen Unterschrift auf dem Dokument zu vergleichen, das Sie von Mr. Aberijan bekommen haben?«

»Nein.«

Strobel nickte pathetisch, als habe er ihr eben ein überwältigendes Zugeständnis entlockt.

»Ist es dann möglich, dass derselbe Ahmed Aberijan, den wir eben auf dem Tonband beiläufig den Tod von zwei Menschen befehlen gehört haben und darüber sprechen, zwei Geschworene zu bestechen – ist es nicht einfach möglich, dass dieser betrügerische Mann die Unterschrift des Ministers für öffentliche Sicherheit gefälscht haben könnte? Könnte das nicht einfach alles ein Betrug durch Mr. Aberijan selbst sein, ohne Befugnis oder Unterstützung der saudischen Regierung?«

Strobel braucht nicht lange, um sich gegen einen ehemaligen Mandanten zu wenden, dachte Brad.

»Nein, ich glaube nicht, dass das möglich ist«, sagte Leslie überzeugt.

»Nicht einmal *möglich*?«, fragte Strobel, betonte das letzte Wort und hob dabei die Augenbrauen. »Warum nicht?«

»Weil ich es damals nicht geglaubt habe und ich glaube es auch jetzt nicht«, antwortete Leslie kühl, »dass Mr. Aberijan selbst Zugang zu hundert Millionen Dollar haben könnte. Ich glaube, dass Mr. Aberijans Vorgesetzte sehr wohl darüber informiert waren, was er Charles Reed antat und dass sie selbst durchaus in den Fall verwickelt waren. Woher könnte das Geld für dieses Treuhandkonto sonst kommen? Ihr Mandant, der Staat Saudi-Arabien, ist ganz genauso schuldig wie Mr. Aberijan.«

»Aber Sie haben keinen Beweis, dass irgendwelches Geld auf dem Schweizer Konto liegt. Oder, Ms. Connors?«

Brad zuckte unwillkürlich zusammen. Er sah, wie Leslie sich rasch am Hals kratzte. Dann – ruhig, präzise – festigte sich ihr Blick. »Mr. O'Malley sitzt gleich hier in der ersten Reihe, Sir. Warum rufen Sie nicht ihn in den Zeugenstand und fragen ihn?«

Sehr gut.

Brad sah zu Strobel hinüber und sah zum ersten Mal in diesem Fall etwas anderes als Selbstvertrauen im Blick dieses Mannes. Strobel hatte die Antwort nicht kommen sehen. Es war ein Anfängerfehler, so eine Frage zu stellen. Jetzt konnte Brad ihm ansehen, dass Strobel sofort den Fall neu kalkulierte, die Gefahr dieses Zeugen einschätzte; wie sich der Wunsch formte, dieses Kreuzverhör möglichst schnell und elegant hinter sich zu bringen – bevor noch mehr Schaden entstand.

»Und obwohl Sie mit niemandem darüber sprachen, niemanden trafen und nie mit einer Amtsperson des Staates Saudi-Arabien in Kontakt waren – abgesehen von Mr. Aberijan selbst –, glauben Sie aus irgendeinem Grund, dass der Staat für Mr. Aberijans Verhalten verantwortlich ist?«

»Das ist absolut richtig«, sagte Leslie.

»Wenn *das* der Ansatz der Anklage ist«, bemerkte Strobel verächtlich, »erneuere ich meinen Antrag auf ein direktes Richterurteil im Interesse des Staates Saudi-Arabien. Die Anklage hat keinerlei Beweis, dass Mr. Aberijan nicht einfach die Unterschrift eines saudischen Amtsträgers gefälscht und das Geld für das Treuhandkonto selbst unterschlagen hat.«

Bevor Brad etwas dagegen sagen konnte, antwortete Ichabod. »Sollte dieser Antrag nicht eher in Abwesenheit der Geschworenen geprüft werden?«

»Absolut, Euer Ehren«, erwiderte Strobel.

»Dann möge die Zeugin den Stand verlassen. Gerichtsdiener, bitten Sie die Geschworenen einen Moment hinaus, damit ich meine Entscheidung bekannt geben kann«, wies sie an.

Leslie stieß einen tiefen Seufzer der Erleichterung aus, hielt den Kopf erhoben und verließ den Zeugenstand. Als sie am Anwaltstisch vorbeikam, waren die meisten Blicke im Gerichtssaal auf die Geschworenen gerichtet, vor allem auf den Geschworenen Nummer 4, während sie nacheinander die Geschworenenbank verließen. Brad nutzte die kurzzeitige Ablenkung und griff nach Leslies Hand, als sie vorbeikam. Er zog sie neben sich und flüsterte ihr ins Ohr.

»Hat die Zeugin schon Pläne für heute Abend?«, fragte er.

Leslie legte ihm eine Hand auf die Schulter und flüsterte: »Ich treffe mich mit meinem ehemaligen Co-Anwalt, wenn er einverstanden ist.«

Sie zog die Hand zurück, doch ihr Blick blieb auf ihm ruhen. Er zwinkerte und sie nickte, dann schob sie das Kinn vor, ging elegant den Mittelgang entlang und setzte sich im hinteren Teil des Gerichtssaals.

* * *

Innerhalb von Minuten hatten die Geschworenen den Saal verlassen und aller Augen wandten sich Cynthia Baker-Kline zu.

»Haben Sie selbst irgendwelche Beweise, Mr. Strobel, lebende Zeugen oder Dokumente, die darauf hinweisen, dass dieser Treuhandvertrag gefälscht ist?«, fragte sie.

»Im Augenblick nicht«, antwortete Strobel. »Aber wenn wir einen Aufschub von vierundzwanzig Stunden bekommen könnten …«

»Unsinn«, unterbrach ihn Ichabod. »Wir haben seit Prozessbeginn nichts anderes getan als aufgeschoben und vertagt. Legen Sie mir Beweise vor oder halten Sie den Mund.« Sie wusste, diese Bemerkung war unhöflich, fast kindisch. Doch sie hatte genug von Aufschüben und Verzögerungen. Sie sah zu Brad Carson hinüber, der die Arme verschränkt und sich auf seinem Stuhl zurückgelehnt hatte und offensichtlich den Anblick genoss, wie zur Abwechslung jemand anderes zusammengestaucht wurde.

»Mr. Carson«, knurrte Ichabod. Brad sprang förmlich von seinem Stuhl auf. »Haben Sie einen Antrag zu stellen?«

»Äh, ja, Euer Ehren«, stotterte er, anscheinend ohne eine Ahnung, was sie meinte. Dann glomm eine Erkenntnis in seinem Blick auf, gefolgt von einem skeptischen Blick und Hoffnung. Es war fast, als vertraue er ihr nicht oder könne nicht glauben, was er da zu hören meinte.

Schließlich räusperte er sich. »Wir beantragen ebenfalls ein direktes Richterurteil, allerdings zugunsten der Klägerin, nicht der Verteidigung.«

»Danke, Herr Anwalt«, sagte Ichabod. »Sie können sich beide setzen.«

Die Richterin gedachte, diesen Moment höchster Dramatik im Gerichtssaal auszukosten, während sie über ihre Entscheidung nachdachte. Sie warf ein paar Notizen auf ihren Block - »Milch, Brötchen, Flüssigwaschmittel, Chips« -, sich sehr genau bewusst, dass sämtliche Blicke im Raum jedes Kratzen ihres Stifts verfolgten.

Sie dachte an Win Mackenzie, der selbstzufrieden in der ersten Reihe saß, überzeugt, dass sie auf keinen Fall etwas tun würde, was ihre Chance auf eine Nominierung fürs Berufungsgericht gefährdete. Sie gestattete sich einen gedanklichen Abstecher zu den Jahren harter Arbeit - die Drogenfälle, die Asbestfälle, der Abschaum, der täglich durch ihren Gerichtssaal marschierte. Wie wunderbar wäre es, im Berufungsgericht zu sitzen und nur die interessanten Fälle von Spitzenanwälten vorgetragen zu bekommen. Nur eine Stufe unter dem Obersten Gerichtshof!

Sie sah von ihren Notizen auf und direkt in Win Mackenzies Augen. Selbstbewusste Augen. Anmaßende Augen. Er wusste, wie sehr sie es wollte.

»Meine Herren, ich habe in all meinen Jahren als Richterin nie einen Fall erlebt, bei dem beide Seiten so wenig Respekt vor dem Rechtssystem hatten.« Sie wusste, das klassische Schelten war ihre Stärke. »Der Anwalt der Klägerin hat nach allen Regeln der Kunst versucht, mich dazu zu bringen, die Fassung zu verlieren, damit er einen Antrag auf Fehlprozess stellen kann. Gleichzeitig hat seine Co-Anwältin die Standesregeln der anwaltlichen Verantwortlichkeit verletzt und ein Gespräch mit einem Mitglied der Gegenpartei auf Band aufgenommen. Ihr Verhalten war schlau und ihr Plan mutig, doch es war sicherlich kein beispielhaftes Verhalten für ein Mitglied des juristischen Standes.«

Ichabod sah Brad finster an. Sie suchte Leslie mit Blicken und entdeckte sie in den hinteren Reihen. Leslies Gesicht war glühend rot.

»Andererseits hat ihr Plan in der Tat ein entscheidendes Licht auf das verwerflichste Verhalten geworfen, das ich in all meinen Berufsjahren als Richterin je erlebt habe. Es genügt wohl zu sagen, dass klare und überzeugende Beweise für den Umstand vorliegen, dass die Verteidigung alles Nötige tun würde, um zu gewinnen - inklusive Geschworenenbeeinflussung und Bedrohung von Zeugen.«

Ichabod machte eine erneute effektvolle Pause und sah, wie Leslies Gesicht seine natürliche Farbe wiedergewann.

»Nach dem, was ich heute gehört habe, kann ich nur zu dem einen Schluss kommen, dass diese Jury so vorbelastet ist – einschließlich mindestens eines Mitglieds, das bestochen wurde, und möglicherweise noch weitere –, dass sie in diesem Fall nicht weiter von Nutzen ist. Wenn ich diesen Geschworenen erlauben würde, über den Fall zu entscheiden, würde ihr Urteil sicherlich in der Revision außer Kraft gesetzt und wir wären alle wieder hier und müssten von vorn anfangen. Doch glücklicherweise gibt es ein verfahrensrechtliches Vorgehen namens direktes Richterurteil. Jeder Prozessrichter kann Geschworene entlassen und den Fall selbst entscheiden, wenn er der Überzeugung ist, dass keine vernünftige Jury zu einem anderen Urteil kommen könnte als dem, das er selbst fällen würde. Nach Anhörung der Zeugenaussage von Ms. Connors, die ich sehr glaubhaft finde …« – ein weiterer Blick zu Leslie, diesmal begleitet vom kaum merklichen Anflug eines Lächelns –, »nachdem ich die Aufnahme von Mr. Aberijan gehört habe, und unter Berücksichtigung des unterzeichneten Treuhandvertrags, der in die Beweisliste aufgenommen wurde, bin ich zu dem Schluss gekommen, dass eine vernünftige Jury diesen Fall nur auf eine Art entscheiden könnte.«

Ichabod sah Brad Carson durch die Brille am Ende ihrer langen Nase streng an. Sie wusste, sie war gerade dabei, ihn zum Multimillionär zu machen und es widerstrebte ihr aus tiefstem Herzen. Doch sie dachte auch an Sarah Reed und ihre Kinder. Sie dachte an ihre eigene und wachsende Verachtung für Ahmed Aberijan. Und sie wusste tief in ihrem Inneren, dass die Gerechtigkeit dieses Urteil verlangte.

Sie lenkte ihren Blick auf Winsted Mackenzie. Ihre einzige Befriedigung würde sein Blick sein, wenn sie ihre Karriere für die Gerechtigkeit verscherzte.

»Folglich lehne ich hiermit den Antrag der Verteidigung auf ein direktes Richterurteil *ab* und *bewillige* den Antrag der Anklage auf ein direktes Richterurteil, *sowohl* gegen Mr. Aberijan *als auch* gegen den Staat Saudi-Arabien.«

Mackenzies Kopf schoss herum, die Augen geweitet.

»Ich setze die Entschädigungssumme auf neunhunderttausend Dollar fest und die Bußgeldzahlungen auf *fünfzig Millionen*.«

* * *

Brad blieb der Atem weg; das Urteil presste ihm buchstäblich die Luft ab. Damit war er nicht allein. Für einen flüchtigen Moment war der Saal totenstill, betäubt von einer Richterin, die die Gerechtigkeit in die eigenen Hände genommen, sich von Schlussplädoyers und Geschworenenberatungen gelöst und diesen Fall schnell und gnädig zum Abschluss gebracht hatte. Die Worte sanken ins Bewusstsein der Anwesenden. Brad atmete durch.

Ein Höllenlärm brach los.

Sarah beugte sich zu ihm und schlang den Arm um Brads Hals. Reporter stürmten zum Ausgang. Aufgeregte Zuschauer standen schreiend auf, kämpften darum, gehört zu werden. Und die Verteidigung ließ sich auf ihre Stühle zurückfallen, unfähig, die gewaltige Summe auch nur auf ihre Notizblöcke zu schreiben. Währenddessen benutzte Ichabod wütend ihren Richterhammer, während der Lärmpegel weiter anstieg.

Nach ein paar Minuten legte sich der Krach von selbst. Die Richterin nutzte die Ruhepause, um ihre letzte Rede zu halten.

»Ich habe einen Haftbefehl für Mr. Aberijan ausgestellt. Wenn er gefunden wird - vorausgesetzt, er ist der Gerichtsbarkeit dieses Landes nicht entkommen -, will ich, dass er zurück in *meinen Gerichtssaal* gebracht wird, um *mir* persönlich Rede und Antwort zu stehen. Ich erwarte, dass die stellvertretende Bezirksstaatsanwältin ebenfalls Anklage gegen ihn erheben wird. Weil diese Anklagen aus diesem Prozess entstehen, setze ich Mr. Aberijans Strafverfahren auf meine Prozessliste, damit ich hier ebenfalls den Vorsitz führen kann. Ist das klar, Ms. Bennett?«

Bennett stand auf und versicherte dem Gericht mit leiser Stimme, sie habe verstanden.

»Gut«, sagte Ichabod. »Und noch eines, Ms. Bennett.«

»Ja, Euer Ehren?«

»Ich rate Ihnen, dafür zu sorgen, dass die Anklagen gegen alle Geschworenen, die Bestechungsgelder angenommen oder auf andere Weise gegen ihren Eid verstoßen haben, innerhalb einer Woche auf meinem Prozessplan erscheinen. Ist das ebenfalls klar?«

»Wir haben bereits die Vorlage sämtlicher Bankunterlagen der Geschworenen in die Wege geleitet, Euer Ehren.«

»Sehr gut.«

Es war eine wohlbekannte Tradition im Bezirksgericht Virginia, dass die Richter Fälle abschlossen, indem sie den Anwälten vor ihren Mandanten sagten, welchen Dienst sie diesen erwiesen hatten. Selbst Ichabod war dieser Tradition verpflichtet. Sie wandte sich zuerst an Mack Strobel.

»Mr. Strobel, wie üblich haben Sie Ihren Fall vorbildlich verhandelt. Ich habe keinen Grund zu glauben, dass Sie in irgendeine Verfehlung Ihres Mandanten verwickelt oder dafür verantwortlich waren. Sie wurden in diesem Fall durch Dinge überrascht, die man nicht hätte vorhersehen können, und Sie haben sie mit Takt und Diplomatie behandelt. Wenn, was Gott verhüten möge, ich je in einem risikoreichen Fall juristischen Beistand brauchen sollte, dann würde ich Sie anrufen, denke ich.«

»Danke, Euer Ehren«, antwortete ein blasser Mack Strobel. Brad konnte seinen Bariton kaum hören.

»Und Mr. Carson«, sagte sie, indem sie sich Brad zuwandte. »Ich billige Ihre gelegentlichen theatralischen Auftritte und Ihr unorthodoxes Verhalten im Gerichtssaal zwar nicht, aber ich möchte Ihnen sagen, dass Sie ein effizienter Anwalt sind und ein sturer Prozessanwalt. Gratuliere.«

Es war ein zweifelhaftes Kompliment und Brad wusste, es war das beste, das er von ihr erwarten konnte. Es störte ihn nicht. Er wusste, es war unprofessionell, doch er konnte sich sein albernes Grinsen einfach nicht verkneifen. Er trug es, seit Ichabod ihr Urteil verkündet hatte.

»Danke, Euer Ehren«, sagte er aufrichtig. Fünfzig Millionen konnten die Meinung, die man von jemandem hatte, schlagartig ändern. »Und ich möchte dem Gericht dafür danken, dass es diesen schwierigen Fall fair und unparteiisch verhandelt hat, trotz einiger sehr angespannter Momente.«

Ichabod sah ein letztes Mal über ihre unvermeidliche drahtlose Brille zu Brad hinab und schenkte ihm noch einen ihrer vertrauten finsteren Blicke.

»Das ist nett von Ihnen, Mr. Carson, aber auch leicht gesagt, wenn Sie gerade einen großen Fall gewonnen haben. Ich hätte zu gern dieselbe Bemerkung von Ihnen gehört, nachdem Sie einen Fall in meinem Gerichtssaal verloren haben.«

Brads Grinsen verschwand.

Er wollte auf die schlimmstmögliche Art antworten. Ihre Bemerkung war unfair und unwahr. Er käme mit unvoreingenommenen Richtern sehr gut klar, hätte er ihr gern gesagt, aber nicht mit Tyrannen. Sie müsse lernen, wie man ein Kompliment annahm, hätte er ihr gesagt, denn mit ihrer Persönlichkeit würde sie wohl nicht viele bekommen. Er hatte ihr Millionen von Dingen zu sagen, doch er biss sich auf die Zunge und sagte nichts. Schließlich war dies das Bezirksgericht und Brad kannte die ungeschriebenen Gesetze. Eines davon war, dass der Bezirksrichter immer das letzte Wort hatte.

»Fall vertagt«, sagte Ichabod und unterstrich die Worte mit ihrem Hammer.

Epilog

Brads Teammitglieder leisteten wenig in den Tagen unmittelbar nach dem Urteil. Sie waren zu beschäftigt damit, Interviews zu geben, sich im Rampenlicht zu sonnen und davon zu träumen, wie sie ihr Geld ausgeben konnten. Das Büro kehrte vor Freitag derselben Woche in keinster Weise zu einem Anschein von Normalität zurück. Selbst Bella, das typische Arbeitstier, konnte sich schwer motivieren.

Sie kam um 9.15 Uhr im Büro an und war nicht überrascht, die Erste zu sein. Sie schaltete die Lichter an, machte Kaffee und widerstand dem Verlangen, eine zu rauchen. Es war der dritte Tag, an dem sie versuchte, damit aufzuhören. Die beiden vorhergehenden hatten mit ruhmvollen Rauchopfern nach dem Mittagessen geendet.

Sie setzte sich an den Empfangstisch und ließ das Telefon klingeln, während sie einen spannenden Roman über einen verträumten Adonis namens Brandon zu Ende las. Sie fühlte sich nicht im Mindesten schuldig. Brad hatte allen gesagt, sie sollten sich eine Woche freinehmen.

Um halb elf kam Nikki hereingetanzt und gab sich überrascht, Bella zu sehen.

»Konnte nicht wegbleiben«, sagte sie achselzuckend.

»Ich auch nicht«, erwiderte Bella. Sie hielt einen Scheck hoch. »Das Johnson-Geld ist heute hereingekommen.«

»Kontrollieren Sie besser mal, dass nicht noch eine zusätzliche Million draufsteht«, sagte Nikki auf dem Weg durch den Empfangsbereich. »Sonst würde ich unter Garantie gefeuert.«

Bella spürte, wie ihr die Hitze in die Wangen stieg. Typisch Nikki. Man versucht, nett zu ihr zu sein, und wird mit Sarkasmus belohnt. Sie würde Nikki schon die Meinung sagen. Sie stand auf, runzelte die Stirn ... dann setzte sie sich wieder und begann zu zählen. Sie schaffte es bis zehn, dann zwanzig ... fünfzig ... einhundert. Sie spürte, wie sie sich beruhigte.

Sie brauchte eine Camel.

Sie stand wieder auf; ihr Körper schrie nach einem kurzen Abstecher in die Küche. *Es würde meine Nerven beruhigen. Ich könnte das Buch zu Ende lesen. Nikki ist später auch noch da.*

Stattdessen ging sie den Flur entlang zu Nikkis Büro. In der Tür blieb sie stehen und wartete, bis Nikki aufsah.

»Ähm …« Bella rieb die Hände aneinander. Sie hatte diese Rede schon so oft geübt. *Wie fing es noch mal an?*

»Was ist los?«, fragte Nikki. Es war mehr ein »Warum machen Sie nicht hin und sagen, was Ihnen durch den Kopf geht?« als eine Frage.

»Naja«, sagte Bella und sah auf ihre Hände hinab, »ich habe in den letzten Wochen schon hundert Mal versucht, das zu sagen, a-aber ich … ich weiß nicht …«

Nikki legte ihren Stift weg und schenkte Bella ihre ungeteilte Aufmerksamkeit. »Versucht, was zu sagen?«

Okay. Es gibt keinen einfachen Weg dahin. Lass es einfach raus. »Es tut mir leid, Nikki.« Sie sah auf und in Nikkis ausdrucksloses Gesicht. »Das ist alles … Ich wollte mich nur dafür entschuldigen, wie ich … dafür, wie ich Sie behandelt habe …« Sie hielt inne und zuckte die Achseln. *Langsam schien es eine dumme Idee, auch wenn es Sarahs war.* »Vom ersten Tag an.«

Das war es. Ihre ganze Rede. Sie sah wieder zu Nikki hinüber, in der Erwartung … nun, ehrlich gesagt, wusste sie nicht, was sie erwarten sollte.

»Kein Problem«, sagte Nikki achselzuckend.

Das ist alles! Kein »Meine Güte, mir tut es auch leid.« Kein »Mann, das ist wirklich großartig von Ihnen, Bella.« Kein »Super, lassen Sie uns von jetzt an Freunde sein«. Nur ein einfaches »Kein Problem« und ein leerer Blick. Nach allem, was ich durchgemacht habe, kriegt sie nichts Besseres hin?

Enttäuscht wandte sich Bella zum Gehen. Es hatte keinen Sinn, weiter darauf zu bestehen. Sie hatte es versucht, ihr Bestes gegeben. Manche Dinge sollten einfach nicht sein. Sie würde Sarah sagen, dass Beichte und Versöhnung vollkommen überbewertet waren.

»Warten Sie«, rief Nikki. Bella drehte sich wieder um und sah Nikki hinter ihrem Schreibtisch hervorkommen. »Können Sie mir mal kurz helfen?«

»Häh?«

Nikki deutete auf die Bilder an ihrer Wand. »Sie wissen schon … diese Dinger da loswerden. Man fühlt sich hier drin langsam wie in einem Aquarium.«

* * *

Es war Brads Idee, im Lynnhaven Mariner zu feiern. Er würde nie das erste Mal vergessen, als er und Leslie hier gewesen waren. Es schien eine Ewigkeit her zu sein. Sie hatte ihn mit ihrer Schönheit und Ausgeglichenheit bezaubert. Er hatte sie mit seinen Anwaltsgeschichten unterhalten. Und dies war der Ort, wo der Reed-Fall geboren war, wo Brad und Leslie beschlossen hatten, das Rechtssystem zu revolutionieren.

Doch das war Monate her und ihr naiver Idealismus über den Fall war schnell durch die emotionalen Narben des Krieges zerstreut worden. Der schöne Frühlingstag, an dem sie ihren Plan ins Leben gerufen hatten, war diesem kalten und nieseligen Novembertag gewichen, der sie zwang, im Inneren statt auf der Terrasse zu essen.

Es war Sonntagnachmittag, sechs Tage nach dem Urteil. Das launenhafte Medieninteresse, das an den Tagen direkt nach dem neuesten Jahrhundertprozess so stark gewesen war, hatte sich inzwischen wichtigeren Themen zugewandt.

Ahmed und Barnes waren in Gewahrsam. Leslie bereitete sich darauf vor, im Januar an die Uni zurückzukehren und ihren Abschluss zu machen. Brad und Sarah waren jetzt in aller Munde.

Brad hatte nach den Sternen gegriffen, seinen Fall von nationaler Bedeutung gewonnen und festgestellt, dass diese Art von Leistung keine bleibende Zufriedenheit brachte. Eine Woche später waren die Interviews vorbei und mit ihnen der Rausch. Nur die Beziehungen blieben. Von Leslie lernte er jeden Tag, eine Frau zu schätzen, die ihn verstand und so annahm, wie er war. Bei Sarah hatte er die Kraft einer persönlichen Beziehung mit Gott durch seinen Sohn Jesus Christus erlebt. Brad war noch nicht ganz bereit zu springen; all dieser religiöse Kram war noch sehr neu für ihn. Doch er konnte den Trost und die Zufriedenheit, die sowohl Sarah als auch Bella in ihrem Glauben gefunden hatten, nicht leugnen. Er hatte Bella von ihrem Bekehrungserlebnis erzählen hören. Er hatte gesehen, wie sie sich veränderte. Und jetzt fragte er sich, ob ihm das ebenfalls passieren konnte.

Für Brad war das eine sehr private Angelegenheit, eine, die er noch nicht bereit war zu besprechen – auch mit Leslie nicht. Im Moment, während sie bei ihrem Meeresfrüchte-Festschmaus saßen, hatte er unmittelbarere Anliegen auf der Tagesordnung.

»Und wie sehen deine Pläne jetzt aus?« Er spielte mit dem Käsekuchen, den zu bestellen Leslie ihn gezwungen hatte. Sie schien entschlossen, dafür zu sorgen, dass er innerhalb einer Woche wieder zehn Pfund zunahm. Sie selbst hatte wie üblich das Dessert ausgelassen und nippte an einem Cappuccino.

»Ich denke, wieder an die Uni zu gehen wird nach der ganzen Geschichte ziemlich langweilig«, sagte sie, während sie an ihrer Tasse herumspielte. »Aber es wäre schön, auch wirklich einen Abschluss zu haben, wenn ich vorhabe, ins Berufsleben einzusteigen.«

»Wie sieht unsere Zukunft aus, Leslie?«, fragte er direkt und schämte sich schon vor sich selbst, noch während die Frage über seine Lippen kam. »Was ist mit uns?«

Leslie zögerte, bevor sie antwortete, und Brad sah hinab auf seinen Teller, auf dem er den Käsekuchen mit der Gabel hin und her schob. Er liebte sie so sehr, dass er Angst vor der Antwort hatte.

»Ich könnte einen guten Tutor gebrauchen, falls du das meinst«, scherzte sie. »Vor allem für meinen Kurs in juristischer Standesethik. Wie du weißt, ist das nicht gerade meine starke Seite.«

Brad legte seine Gabel hin und sah in ihre schönen blauen Augen. Wortlos streckte er die Hand aus und sie legte ihre hinein.

»Ich meine es ernst, Leslie«, flehte er fast. »Wir kommen toll miteinander klar, aber kommt das nur von dem Druck und dem Fall oder ist da etwas Besonderes zwischen uns? Etwas, worauf wir aufbauen können?«

Er zögerte. *War das zu viel und zu schnell? Würde er sie verschrecken und den einzigen Bereich seines Lebens ruinieren, der wirklich zählte?* Seine Instinkte sagten ihm, er solle es wagen. Jetzt war der richtige Zeitpunkt. Er würde es sich nie verzeihen, wenn er es nicht tat.

»Ich liebe dich, Leslie Connors«, sagte er leise. »Und ich werde Himmel und Erde in Bewegung setzen, damit das mit uns funktioniert.« Er drückte ihre Hand, hielt den Atem an und wartete.

Sie sah auf ihre Hände hinab. »Ich habe mir nach Bills Tod geschworen, dass ich nie wieder einen Mann lieben würde, wie ich ihn geliebt habe. Ich dachte, das wäre treulos.« Sie hielt inne, blinzelte ein paar Mal, dann fuhr sie fort: »Und es tat so weh, als ich ihn verloren habe.« Sie sah mit feuchten Augen zu Brad auf. Die Welt um sie herum blieb stehen.

»Und dann bist du dahergekommen und hast dich erdreistet, mir den Boden unter den Füßen wegzuziehen.« Ein kleines Lächeln. »Ich habe dagegen angekämpft, so gut ich konnte, so lange ich konnte. Aber etwas an dir und an diesem Fall ...«

»Sir«, sagte ihre lächelnde junge Kellnerin mit den blondgefärbten Haaren, ohne zu wissen, was für einen Moment sie da zerstörte, »ich habe gute Neuigkeiten für Sie.«

Brad wandte den Blick nicht von Leslie. Er ignorierte die Kellnerin vollkommen, gab vor, sie existiere gar nicht. Doch Leslie riss ihren Blick von Brad los und sah zu dem munteren Eindringling auf.

»Das ist toll«, sagte Leslie und ließ ihr ungezwungenes, strahlendes Lächeln aufblitzen. Mit der freien Hand wischte sie sich eine Träne aus dem Augenwinkel und schob eine widerspenstige Strähne aus ihrem Gesicht. »Wir sind immer für gute Neuigkeiten zu haben.«

»Der Mann in der Ecke hat Ihre Rechnung übernommen«, sagte die stolze Kellnerin und deutete zu Brads Überraschung auf den lächelnden Mack Strobel, der dort mit ein paar Männern saß, die Brad nicht kannte. Er winkte ihnen kurz zu.

»Dieser Mann?«, fragte Leslie ungläubig. »Sind Sie sicher?«

»Ja, Ma'am«, sagte die Blonde. »Ich soll Ihnen ausrichten, das sei das Mindeste, was er tun könne.«

»Wow«, sagte Leslie. Sie und Brad lösten ihre Hände voneinander und beide erwiderten das Nicken ihrer Nemesis.

»Hat er auch das Trinkgeld übernommen?«, fragte Brad die Kellnerin, die sich immer noch auffallend nah an ihrem Tisch aufhielt.

»Oh ja, Sir«, antwortete sie enthusiastisch, »das hat er allerdings.«

Brad hatte das Bedürfnis, Strobel zu danken. Leslie folgte dicht hinter ihm.

Mack stand auf und streckte die Hand aus. Seine Augen waren glasig und ein Lächeln klebte ihm auf den Lippen.

»Bradley!«, sagte er jovial und laut.

Brad zuckte zusammen, war jedoch entschlossen, freundlich zu sein. »Danke für das Mittagessen, Mack. Das wäre doch nicht nötig gewesen.«

Strobel ließ Brads Hand los und weitete die Höflichkeit auf Leslie aus.

»Wie ich Ihrer Kellnerin schon sagte: Es ist das Mindeste, was ich tun kann«, sagte er lächelnd. »Sie haben mir schon jetzt zu einem meiner finanziell besten Jahre aller Zeiten verholfen und ich habe noch nicht einmal Revision eingelegt.«

Strobel sprach so laut, dass mehrere Gäste aufhörten zu essen und zu starren begannen.

»Sie können von mir aus jederzeit gern wieder eine Treibjagd veranstalten«, fuhr Mack fort. »Wenn Sie mir weiterhin gewinnbringende Fälle wie diesen verschaffen, lasse ich vielleicht sogar meine Kanzlei eine Versicherung auf Sie abschließen, um uns abzusichern, falls Sie uns irgendwann als Einnahmequelle ausfallen sollten. Es sind Klägeranwälte wie Sie, die alte Klepper wie mich im Rennen halten.«

Brad grinste und neigte den Kopf. Er wusste nicht so recht, was er von dem alten Mann halten sollte.

»Sie haben sich großartig geschlagen«, sagte Brad.

»Sie auch, junger Mann«, sagte Strobel laut. »Ich versuche nur, dafür zu sorgen, dass meine Mandanten etwas für ihr Geld bekommen.«

»Sie waren jeden Penny wert«, erwiderte Brad ernsthaft.

Strobel wandte sich Leslie zu. »Und was Sie angeht: Wenn Sie mit der Uni fertig sind und wirklich internationales Recht praktizieren wollen, habe ich ein Büro direkt neben meinem, an dessen Tür Ihr Name steht.«

Leslie verengte die Augen und Brad spürte, dass sie kurz davor war, Strobel zu sagen, was sie von seinem Angebot hielt. Doch der schwieg nicht lange genug, um ihr die Möglichkeit zu geben.

»Ich weiß, die Lohnzulagen mögen nicht so gut sein wie bei Carson & Partner«, fuhr er mit einem Augenzwinkern und einem breiten Grinsen fort, »aber zumindest müssten Sie sich keine Sorgen über die Fallstricke von Anti-Nepotismus-Regelungen machen.«

Er hieb Brad auf den Rücken. Der fragte sich, wie viele Drinks Strobel zum Mittagessen gehabt hatte.

»Ich werde es im Hinterkopf behalten«, sagte Leslie wenig überzeugt.

»Tun Sie das«, grinste Strobel. Er wankte vor und zurück, hielt kaum die Balance.

»Also gut«, sagte Brad, dem bewusst wurde, wie wenig er mit Mack gemeinsam hatte, und trat den Rückzug an, »ich muss los. Machen Sie's gut. Und so gut das Ihren Honoraren tut, ich hoffe, ich sehe Sie nicht so schnell vor Gericht wieder. Es gibt viel einfachere Verteidiger da draußen.«

»Ich nehme das mal als Kompliment«, grinste Strobel. »Und Sie werden mich wahrscheinlich sowieso eine Weile nicht vor Gericht sehen. Ich werde die nächsten Monate mit dem Bezirksstaatsanwalt im Zweikampf verbringen. Können Sie, nach allem, was passiert ist, glauben, dass Aberijan mich wieder engagiert hat, um seine Strafsache zu verhandeln?«

»Und Sie haben sie übernommen?«, rief Leslie aus, die Augen in völligem Unglauben aufgerissen.

»Das war alles Teil meines Masterplans«, sagte Strobel und griff nach seiner Stuhllehne, um sich zu stabilisieren. »Das ist nichts Besonderes. Er zahlt den Anwaltsvorschuss, also übernehme ich den Fall. Und ich denke, wir haben einen ziemlich guten Stand mit Anstiftung zu einer Straftat durch einen Amtsträger.«

Brad merkte, wie Leslie das Blut zu Kopf stieg. Er nahm sie sanft am Arm und führte sie weg.

»Und wir fragen uns, warum Anwälte einen schlechten Ruf haben«, murmelte Leslie unterdrückt, als sie zur Garderobe gingen.

Brad gefiel es, ihr in ihren Mantel zu helfen, und er ließ seinen Arm um ihre Schulter ruhen, als sie zur Tür gingen. Wie ein kultivierter Gentleman hielt er ihr und einem anderen Paar auf dem Weg nach drinnen die Tür auf. Der kalte Novemberwind blies ihm ins Gesicht, als er nach draußen trat. Er benutzte ihn als Ausrede, um Leslie an sich zu ziehen.

Sie gingen um die Ecke des Gebäudes, wo Brad seinen Jeep geparkt hatte. Leslie schien aufgewühlt von Strobels Reden.

»Anstiftung?«, fragte sie.

»Nicht sehr wahrscheinlich«, antwortete Brad überzeugt. »Das funktioniert nur, wenn die Regierung einen verleitet, etwas zu tun, was man sonst nicht getan hätte. Und da Aberijan schon einen Geschworenen bestochen hatte, bevor du überhaupt mit ihm zu tun hattest, wie sollte er da auf Anstiftung plädieren können? Außerdem hat niemand Aberijan verleitet, einen Mord an dir und O'Malley in Auftrag zu geben. Er hat das ganz und gar allein gemacht.«

»Was ist mit der Berufung im Zivilfall?«, fragte Leslie. »Hat er da eine Chance?«

»Ich denke nicht«, antwortete Brad ohne Zögern. »Du warst eine ziemlich überzeugende Zeugin mit ein paar ziemlich schlagkräftigen Beweisen. Er kann es vielleicht eine Weile hinauszögern, aber er wird zahlen. Und wir können es uns leisten zu warten, jetzt wo wir den Scheck aus dem Vergleich im Johnson-Fall haben. Bis dahin hört das Telefon nicht auf zu klingeln vor neuen Mandanten. Es ist ganz nett, berühmt zu sein.«

Leslie legte ihm den Arm um die Taille. Brads Überzeugung schien sie zu beruhigen.

Brad dagegen war gar nicht ruhig und das hatte nichts mit dem Fall zu tun. Es hatte ihn sämtliche Nerven gekostet, doch er hatte es gesagt. Er hatte ihr seine Gefühle gestanden, ihr gesagt, dass er sie liebte und darauf gewartet, dass sie es ebenfalls sagte. Dann war der Moment von Mack Strobel zerstört worden, fast als habe der diese ganze frustrierende Szenerie geplant.

»Brad!«, schrie sie und deutete auf seinen Jeep. Er riss den Kopf gerade rechtzeitig herum, um ihn am Haken eines Abschleppwagens vom Parkplatz rollen zu sehen.

Brad sprintete über den Parkplatz, um den Fahrer aufzuhalten, bevor er um die Ecke bog.

»Hey!«, schrie er und rannte schneller. Der Abschleppwagen wartete auf eine Lücke im Verkehr und Brad hatte noch fast fünfzig Meter vor sich. »Hey! Das ist mein Auto! Das ist ein Fehler! Ich bin Anwalt! Ich verklage Sie!«

Brad fing den Blick des Abschleppwagenfahrers auf, als der in seinen Rückspiegel und dann zurück auf die Straße sah. Brad lief, so schnell er konnte, und holte auf. Noch zehn Meter ... eine kleine Lücke im Verkehr ... ein Durchdrehen der Reifen auf dem losen Kies ... Steine und Sand, die zu Brad hochspritzten ... und der Abschleppwagen war weg.

Neuer Tag, neues gepfändetes Auto.

»Mann!« Brad warf die Arme in die Luft, dann beugte er sich nach vorn, stützte sich mit den Händen auf den Knien ab und versuchte, wieder zu Atem zu kommen.

»Das ist doch ätzend!«, rief er frustriert. Er trat in den Kies. Er hatte sich so darauf gefreut, den Tag mit Leslie zu verbringen: eine romantische Fahrt über den Chesapeake Bay Bridge Tunnel und gemeinsame Zeit an den einsamen Stränden am Ostufer. Und jetzt das. Sie steckten auf einem Parkplatz fest, ohne fahrbaren Untersatz, und ein schneidender Nordostwind blies einen Sturm heran.

Leslie kam lächelnd auf ihn zu. »Vielleicht sollten wir Bella anrufen«, frotzelte sie.

»Ich rufe ein Taxi«, sagte er. Er begann, um Leslie herumzugehen, die sich zwischen ihn und das Restaurant positioniert hatte. »Und da mein

Handy im Jeep liegt, muss ich das von einem blöden Münztelefon aus machen.«

Als der frustrierte Brad an ihr vorbeiging, schnappte Leslie seinen Arm, zog ihn an sich, stellte sich auf die Zehenspitzen und überfiel ihn mit einem Kuss. Er schloss die Augen und vergaß das Wetter, den Jeep, Strobel und das Münztelefon. Zum ersten Mal seit sie sich kennengelernt hatten, konnte er sich jetzt ganz auf Leslie konzentrieren, befreit vom Druck des Falls, von ungelüfteten Geheimnissen und unausgesprochenen Gefühlen. Befreit von der Frage, ob sie dasselbe fühlte wie er.

Und als ihre Lippen sich endlich wieder trennten, umarmten sie sich weiter, ihren Kopf an seiner Schulter, seine Arme sanft und liebevoll um sie geschlungen. Sie standen eine Weile schweigend da, dann wandte sie den Kopf und flüsterte leise und mit Zuversicht in sein Ohr: »Ich liebe dich auch, Brad Carson.«

Danksagungen

Ich schulde vielen etwas für die Worte auf diesen Seiten. Folgende Personen zählen zu meinen beträchtlichsten Schuldnern:

Palmer Rutherford, Conrad Shumadine, Bruce Bishop, John Pearson und Gary Bryant, meine Mentoren und Partner in der Rechtsausübung. Ihr habt mir gezeigt, wie man mit Würde und Leidenschaft arbeitet. Die besten Charakterzüge bei Anwälten in dieser Geschichte stammen von euch; die schlimmsten Charakterzüge habe ich an mir selbst entdeckt.

Bob Reccord, mein Mentor im geistlichen Dienst, der mich den Wert der Freundschaft gelehrt hat. Danke, dass du mich herausgefordert hast zu träumen und zu schreiben.

Erin Healy und Carolyn Curtis, zwei großartige Lektorinnen und Mentorinnen beim Schreiben. Ihr habt mich den Wert der Worte gelehrt und ihr habt sie nicht zerhackt bei euren unermüdlichen Bemühungen, diese Geschichte besser zu machen. Danke für eure Geduld und Beharrlichkeit.

Das tolle Team von WaterBrook Press, das dieser Geschichte erstmals die Chance zu leben gab und bei jedem Schritt des Prozesses für Expertenhilfe sorgte. Danke, dass ihr an mich geglaubt habt.

Diejenigen, die mich zu diesem Buch inspiriert haben: die Missionare des *North American Mission Board,* die die Gute Nachricht an die schwierigen Orte dieses Kontinents tragen, und die Anwälte des *American Center for Law and Justice,* die ihr Recht verteidigen, genau das zu tun. Danke, dass ihr die Art von Opfern bringt, über die andere nur schreiben.

Und schließlich meine großartige Familie und meine unglaublichen Freunde, die mich ständig mit Unterstützung, Einsichten und gütiger Kritik versorgten – diese Geschichte gibt es euretwegen. Dafür werde ich euch immer dankbar sein.